MERICE BRIFFA

Lied des Schicksals

GOLDMANN
Lesen erleben

Buch

Australien im 19. Jahrhundert. Vier ungleiche Kinder wachsen zusammen auf dem australischen Gutshof Langsdale auf: der Mischling Darcy, die Kinder der Gutsbesitzer Etty und Ruan sowie Louisa, deren Mutter als Tochter armer Minenarbeiter aus Cornwall auswanderte. Auf Langsdale herrschen idyllische Zustände, denn die Gutsbesitzer Meggan und Con Trevannick achten auf eine Gleichbehandlung aller, die Hautfarbe spielt keine Rolle. Doch die Idylle ist nicht von Dauer: Als Ruan, der weiße Sohn der Gutsbesitzer, auf die höhere Schule geschickt wird, erkennt der junge Darcy die harte Realität eines Landes, in dem zweierlei Recht herrscht für Weiße und Aborigines. Obwohl er der Intelligentere ist, bleibt ihm die Aufnahme in eine offizielle Schule verwehrt. Trotzdem hält er an seinen ehrgeizigen Zielen fest: Er träumt davon, Anwalt zu werden, um den benachteiligten Aborigines zu helfen – ein Plan, der beinahe zum Scheitern verurteilt scheint. Der schönen Etty hingegen scheint alles zuzufliegen, sie verwirklicht ihren Lebenstraum und wird zur gefeierten Opernsängerin. Als sich die innige Beziehung zwischen Etty und Darcy in eine leidenschaftliche Liebe verwandelt, nimmt ihr beider Leben eine dramatische Wende.

Weitere Informationen zu Merice Briffa
sowie zu lieferbaren Titeln der Autorin
finden Sie am Ende des Buches.

Merice Briffa

Lied des Schicksals

Roman

Deutsch
von Ellen Schlootz

GOLDMANN

Titel der Originalausgabe:
»The Next Generation«

Dieses Buch ist auch als E-Book erhältlich.

MIX
Papier aus verantwortungsvollen Quellen
FSC® C014496

Verlagsgruppe Random House FSC® N001967
Das FSC®-zertifizierte Papier *Holmen Book Cream* für dieses Buch liefert Holmen Paper, Hallstavik, Schweden.

1. Auflage
Deutsche Erstveröffentlichung November 2013

Dieses Werk wurde vermittelt durch die Literarische Agentur Thomas Schlück GmbH, 30827 Garbsen
Umschlaggestaltung: UNO Werbeagentur, München
Umschlagbild: Masterfile/Jochen Schlenker
Redaktion: Barbara Müller
LT · Herstellung: Str.
Satz: omnisatz GmbH, Berlin
Druck und Bindung: GGP Media GmbH, Pößneck
Printed in Germany
ISBN: 978-3-442-47415-8
www.goldmann-verlag.de

1

Der Junge hockte hinter einem niedrigen Akazienbusch, dessen süßer, pulvriger Duft ihm in die Nase stieg. Die Sonnenstrahlen, die durch die farnartigen Blätter drangen, überzogen seinen Körper mit einem filigranen Muster aus Licht und Schatten. Er war barfuß, der Oberkörper nackt wie bei seinen Vorfahren, doch er trug eine dunkelbraune Hose. Ohne Schuhe konnte er sich völlig lautlos bewegen. In dem Wechselspiel von Licht und Schatten schien seine dunkle Haut mit dem Gebüsch zu verschmelzen, hinter dem er wie ein Jäger verborgen auf der Lauer lag. Eine leichte Brise wehte ihm ins Gesicht und trug den Geruch der Tiere zu ihm herüber. Zwei große Östliche Graue Riesenkängurus lagen, wie meistens tagsüber, träge im spärlichen Schatten eines dürren Baumes, dessen Blätter trocken und schlaff in der Sommerhitze herabhingen. Ein drittes Känguru, ein junger Bock, stand allein unter freiem Himmel.

Der Jagdspeer lag perfekt in der Hand des Jungen. Einen Moment lang erfüllte ihn das mit einem gewissen Stolz. Schließlich hatte er den Speer selbst angefertigt. Dann holte er aus, warf und traf. Der junge Bock fiel tot um. Die beiden Kängurus unter dem Baum schreckten auf, spitzten wachsam die Ohren und verharrten einen winzigen Augenblick reglos, bevor sie rasch davonsprangen. Ohne jede Eile ging der Junge zu seiner Beute hinüber, zog den Speer heraus, warf sich das tote Tier über die Schulter und machte sich auf den Weg zu seinem Lager.

Dort begann er, das Känguru so zu häuten, wie sein Stiefvater es ihm beigebracht hatte. Mit einem scharfkantigen Stein schabte er anschließend die Fleischreste von der Innenseite des Fells. Er hätte auch sein Messer benutzen können, doch er hatte sich entschlossen, wie ein echter Aborigine zu leben. Der Zorn, der in ihm schwelte, trieb ihn dazu, sich von allem zu distanzieren, was mit den Weißen zu tun hatte. Wenn diese ihn wie einen ungebildeten Aborigine behandelten, dann wollte er auch wie einer leben.

Als das Fell innen sauber war, rollte er es zusammen und legte es zur Seite. Später würde er es zwischen in den Boden getriebenen Pfählen aufspannen und trocknen lassen. Zunächst musste er seinen Hunger stillen. Nachdem er ein großes Stück aus dem Hinterteil des Kängurus herausgeschnitten und zum Braten auf sein Feuer gelegt hatte, begann er vorsichtig, die kräftigen Sehnen aus den Hinterbeinen des Tieres herauszuziehen. Die könnte er vielleicht eines Tages brauchen, um eine Speerspitze an einem neuen Schaft zu befestigen.

Seit drei Tagen lebte er bereits allein im Busch und ging sorgsam den wenigen Aborigines aus dem Weg, die er sah. Schon mit acht Jahren hatte er sich gekonnt darauf verstanden, sich völlig lautlos und unbemerkt an jemanden heranzuschleichen. Ebenso geschickt war er bereits damals darin, seine Spuren zu verwischen, wenn er nicht wollte, dass ihm jemand folgte. Nun, vier Jahre später, war er überzeugt, dass niemand seinen Lagerplatz finden würde, es sei denn, *er* wollte es.

In seinem jugendlichen Übermut hatte er vergessen, dass sein Stiefvater, ein Mischling genau wie er, ihm seine Aborigine-Fertigkeiten beigebracht hatte, und so hatte Darcy keine Ahnung, dass irgendjemand in der Nähe war, als Nelson plötzlich vor ihm stand. Im Gegensatz zu Darcy war sein Stiefvater vollständig bekleidet und trug Stiefel. Die hätten eigentlich genügend Lärm machen müssen, um ihn zu warnen, dass Nelson sich näherte. Wäre er ein hellhäutiges Mädchen gewesen, wäre Darcy sicher vor Verlegenheit rot geworden, weil man ihn überrumpelt hatte. Er mochte zwar gut sein, doch sein Stiefvater hatte ihm eindeutig bewiesen, wer von ihnen beiden das Leben im Busch besser beherrschte.

Nelson hockte sich auf die andere Seite des verglühenden Feuers. »Hast du noch was von dem Kängurufleisch übrig?« Es roch immer noch köstlich nach Darcys Mahlzeit.

Wortlos reichte Darcy ihm die Portion, die er sich für später aufgehoben hatte. Während er seinen Stiefvater beim Essen beobachtete, fragte er sich ziemlich beklommen, worin wohl seine Strafe bestehen könnte. Er war sicher, dass sie hart ausfallen würde. Nelson schwieg, während er das Fleisch aß. Auch beachtete er seinen Stiefsohn nicht sonderlich. Ihn schien mehr zu interessieren, wie Darcy sein Lager aufgeschlagen hatte.

»Wie ich sehe, hast du einen Kessel. Gegen eine Tasse Tee hätte ich nichts einzuwenden.«

Darcy legte einige Äste auf das Feuer, damit es heiß genug war, um Tee zu kochen. Mürrisch beobachtete er, wie Nelson aufstand und sich ein kurzes Stück entfernte, um zu pinkeln. Da er nicht als Erster etwas sagen wollte, machte ihn die betonte Lässigkeit seines Stiefvaters recht nervös.

Erst als Nelson ihm seinen Zinnbecher hinhielt, damit er ihm Tee einschenkte, sagte er das, worauf Darcy gewartet hatte. Mit ruhiger Stimme, weder wütend noch vorwurfsvoll, stellte er die simple Frage: »Willst du mir sagen, warum du weggelaufen bist?«

»Du weißt doch, warum ich weggelaufen bin.« Schaudernd erkannte Darcy, dass er sich anhörte wie ein trotziges Kind, obwohl er eigentlich hatte rebellisch klingen wollen. Entschlossen. Erwachsen. Er räusperte sich und senkte bewusst die Stimme. »Du kennst den Grund.«

Nelson gab das weder zu, noch stritt er es ab. »Ich will ihn von dir hören.«

Der Junge stocherte missmutig mit einem Ast im Feuer. »Ruan darf aufs Internat und ich nicht. Dabei bin ich viel klüger als er.«

»Außerdem bist du ein Aborigine. Du bist alt genug, Darcy, um zu verstehen, dass es Dinge gibt, die man dir niemals erlauben wird. Keinem Jungen mit Aborigine-Blut in den Adern wird je erlaubt werden, eine Schule zu besuchen, und erst recht kein Internat.«

Darcy wusste, dass Nelson recht hatte. Allerdings war er nur zur Hälfte Aborigine und wie ein Weißer erzogen worden, ebenso wie seine Mutter, die eine vollblütige Aborigine war. Doch auch wenn er die Realität kannte, milderte das seinen Groll nicht. »Ich bin kein gewöhnlicher Aborigine. Und du und Mummy auch nicht. Wir sind genauso wie die Weißen.«

»Unsere Haut bleibt trotzdem schwarz.«

»Meine Haut ist braun.« Warum hatte er bloß versucht, sich davon abzugrenzen, wo sein Stiefvater doch die gleiche braune Haut hatte wie er?

»Schwarz, braun – für die Weißen ist das das Gleiche. Darcy, du bist sehr behütet aufgewachsen. Das Leben wird es nicht immer gut mit dir meinen. Sehr viele weiße Männer werden dich schon allein aus dem Grund hassen, weil du bereits heute intelligenter und gebildeter bist als ein großer Teil von ihnen.«

»Ist es denn bloß wegen meiner Haut ein Verbrechen, wenn ich eine bessere Schulbildung haben will? Ich möchte jemand Bedeutendes sein. Ich möchte etwas aus meinem Leben machen. Ich will nicht wie du mein Leben lang die Schafe eines anderen hüten.«

Die Worte waren ihm unbedacht herausgerutscht, und er rechnete sogleich damit, für diese Bemerkung, die praktisch eine Beleidigung seines Stiefvaters war, bestraft zu werden. Nelson reagierte jedoch nicht so, wie Darcy erwartet hatte, nur seine Augen schienen sich leicht zu verengen. In aller Ruhe griff er nach einem Zweig und rührte damit in seinem Tee.

»Du musst noch viel lernen, junger Mann. Dinge, die nichts mit Lesen, Schreiben oder Rechnen zu tun haben. Eigentlich hätte ich der Erbe meines Vaters sein müssen. Ich war sein ältester Sohn und derjenige, den er am meisten geliebt hat. Stattdessen wird der Besitz an meine Stiefbrüder gehen, die ehelich geboren wurden. Mein Vater hat mich geliebt, und er hat meine Mutter geliebt. Doch alle Liebe auf der Welt kann die Herkunft eines Menschen nicht verändern oder das, was die Leute denken. Als ich das Haus meines Vaters verließ, habe ich mir vorgenommen, was auch immer ich tue, so gut wie möglich zu machen. Und was ich gut kann, ist Farmarbeit. Ich hätte verbittert darüber sein können, dass ich von meinen weißen Stiefbrüdern vergrault worden bin. Ich habe mich entschlossen, es nicht zu sein. Ein Mann ist nur dann zufrieden, wenn er die Dinge akzeptiert, die er nicht ändern kann.« Nelson stellte seinen leeren Becher ab und stand auf. »Was ist? Bist du bereit, zurück nach Hause zu kommen? Mit deinem Verschwinden hast du deiner Mutter großen Kummer bereitet.«

»Wirst du mich bestrafen?«

»Ich nicht, aber vielleicht deine Mutter. In der Hinsicht kann ich dir nichts versprechen.«

Da Darcy keine Sekunde daran glaubte, dass seine Mutter ihn allzu hart bestrafen würde, zog er Hemd und Stiefel an und sammelte seine wenigen Habseligkeiten auf. Eine Frage hatte er allerdings noch an seinen Stiefvater.

»Hast du drei Tage lang nach mir gesucht?«

»Meinst du etwa, ich hätte drei Tage gebraucht, um dich zu finden?«, grummelte Nelson. »Ich hab dir zwei Tage Zeit gelassen, dich zu beruhigen. Und heute Morgen habe ich von Langsdale aus deine Spur verfolgt.«

»Oh.«

»Dafür brauchst du dich nicht zu schämen. Ich zeige dir auf dem Heimweg, welche Fehler du gemacht hast.«

Während des sechsstündigen Fußwegs zurück zur Farm erzählte Darcy auf Drängen seines Stiefvaters, was er in den letzten drei Tagen alles gemacht hatte.

Nelson unterbrach seine Erzählung ab und zu, entweder um zu loben, wie Darcy seine Spuren verwischt hatte, oder um ihm zu sagen, wo er einen Fehler begangen hatte. Außerdem gab er ihm Tipps, wie er seine bereits beachtlichen Fertigkeiten im Busch noch verbessern könnte. Über den Grund, weshalb Darcy fortgelaufen war, wurde nicht mehr gesprochen.

Lange Schatten fielen bereits auf das Land, und der Himmel, der gerade noch im Sonnenuntergang golden gestrahlt hatte, war verblasst, als sich der Mann mit dem Jungen der Farm näherte. Erst in diesem Augenblick wurde Darcy so richtig bewusst, wie selbstsüchtig er sich verhalten hatte. Plötzlich kam er sich kindisch und töricht vor, ein Gefühl, das er überhaupt nicht mochte.

Als seine Mutter ihn vorwurfsvoll, aber mit Tränen in den Augen begrüßte, war er endgültig überzeugt, dass er nicht hart bestraft werden würde – bis er zu Ruans Vater gerufen wurde. Ruan selbst kam zum Cottage, um auszurichten, dass Darcy im Farmhaus erwartet werde.

»Guten Abend, Nelson … Miss Jane. Vater will mit Darcy reden.«

»Dann musst du zu ihm, mein Sohn«, sagte Nelson. »Und benimm dich Mr Trevannick gegenüber.«

»Dir ist doch klar, dass du großen Ärger kriegst«, bemerkte Ruan, während die beiden Jungen nebeneinander über die

Weide gingen. »Vater ist furchtbar wütend«, fügte er hinzu, als Darcy nicht antwortete.

»Bist du wirklich weggelaufen, oder bist du nur auf Walkabout gegangen wie die wilden Aborigines?«, fragte er wenig später. »Ich würde auch mal gerne auf Walkabout gehen.«

Darcy, der sich Sorgen darüber machte, was Ruans Vater zu ihm sagen oder was er mit ihm anstellen könnte, hatte keine Lust, Ruans Fragen zu beantworten. Angespannt drückte er seine geballten Fäuste an sich. »Halt die Klappe, Ruan, oder du kriegst eins auf die Nase.«

Ruan blieb gelassen. »Du wirst immer gleich böse. Ich wollte dir doch gar nichts. Wir sind doch wie Brüder.«

»Yeah. Bloß dass ich nie ein Weißer sein werde.« Mit dieser verbitterten Feststellung ging Darcy mit großen Schritten voran.

Ruan versuchte gar nicht erst, mit Darcy Schritt zu halten. Im Alter von zehn Jahren musste er sich plötzlich mit Problemen von Rasse und Hautfarbe auseinandersetzen, Fragen, die in seiner frühen Kindheit nie eine Rolle gespielt hatten. Er konnte sich an keine Zeit erinnern, da Darcy nicht auf Langsdale gelebt hatte, und ihn quälte die Vorstellung, dass sich ihre Wege schon bald trennen würden.

Da ihm in diesem Augenblick nicht danach war, ins Farmhaus zurückzukehren, schlug er den Weg zum Cottage der Benedicts ein. Er war gern in den überfüllten Zimmern mit ihrem Lärm und der liebevollen Atmosphäre. Oft wünschte er sich, er hätte mehr Geschwister als nur eine ältere Schwester. Tante Agnes und Onkel Larry, wie er die Benedicts nannte, hatten sieben Kinder, von denen die Älteste, Louisa, nur wenige Monate jünger war als er.

Er mochte Louisa sehr gern. Sie sei seine Lieblingsschwester, sagte er oft zu ihr, obwohl sie gar nicht miteinander verwandt waren. Doch sie waren wie eine große Familie aufgewachsen:

seine Schwester Etty, er selbst, Darcy und Louisa mit ihren Geschwistern. Er würde sie alle schrecklich vermissen, wenn er im Internat war. Wenn er es sich aussuchen könnte, würde er nicht gehen. Vergeblich hatte er seinen Vater zu überreden versucht, ihn wie bisher von Miss Jane unterrichten zu lassen.

Er konnte lesen, schreiben und rechnen. Mehr zu lernen hielt er nicht für notwendig. Da er eines Tages Langsdale besitzen und betreiben würde, glaubte er, dass er lieber zu Hause bleiben und alles lernen sollte, was man über Schafzucht wissen musste. Sein Vater war anderer Meinung. Ruan sollte eine Erziehung erhalten, wie sie sich für den Sohn eines Gentleman geziemte. Das Internat würde ihn prägen und seine Persönlichkeit formen. Ruan schmollte. Einen Jungen von zehn interessierte es wenig, was für eine Persönlichkeit er mit zwanzig sein würde.

Tante Meggan war die Erste, die Darcy im Farmhaus traf. Er vermutete, dass sie nach ihm Ausschau gehalten hatte. Sie umarmte ihn kurz und erteilte ihm dann einen sanften Tadel.

»Oh, Darcy. Wir alle haben uns ja solche Sorgen um dich gemacht. Mr Trevannick ist sehr, sehr wütend auf dich. Am besten gehst du gleich zu ihm. Er ist im Büro.«

Das Büro war neben der Küche. Es war Agnes' Zimmer gewesen, bevor sie ihren Amerikaner geheiratet hatte und in das Cottage für den Aufseher gezogen war. Tür und Fenster standen offen, um ein wenig Durchzug gegen die drückende Hitze zu schaffen. Mr Trevannick saß an seinem Schreibtisch, den Kopf über ein Blatt Papier gebeugt.

Darcy klopfte an die offene Tür. Mr Trevannick blickte auf und schob seine Schreibarbeit beiseite. »Komm herein, Darcy, und mach die Tür hinter dir zu.«

Mit zitternden Knien tat Darcy, wie ihm geheißen. Ruans Vater war der Mensch auf der Welt, dessen gute Meinung ihm am meisten bedeutete. Er liebte und bewunderte Nelson und respektierte Onkel Larry, doch vor Mr Trevannick hatte er Ehrfurcht. So große Ehrfurcht, dass er es nie fertiggebracht hatte, Onkel Con zu ihm zu sagen, wie Louisa es tat.

»Ich sollte zu Ihnen kommen, Sir?«

Der Blick, der nun auf ihm ruhte, war so streng, dass er sich auf einmal schrecklich im Unrecht fühlte. »Was hast du zu deiner Verteidigung zu sagen?«

Darcy schluckte. Die Spitzen seiner Stiefel schienen plötzlich ungeheuer interessant zu sein. Er betrachtete sie, während er vor sich hin murmelte: »Tut mir leid, Sir.«

»Bereust du dein Verhalten aufrichtig?«

Darcy hob kurz die Augenlider, sah Mr Trevannick an, schluckte und senkte den Blick wieder. Gleichzeitig nickte er schweigend.

»Es ist einfach zu sagen, dass einem etwas *leidtut*, Darcy. Es wirklich zu meinen ist eine andere Sache. Ich kann dir versichern, es wird dir so leidtun, dass du nie mehr in Versuchung gerätst, einfach ohne ein Wort zu verschwinden, nie wieder. Es war sehr kindisch von dir wegzulaufen. Du hast damit das ganze Leben hier auf der Farm durcheinandergebracht. Ganz zu schweigen davon, dass deine Eltern und deine Freunde sich große Sorgen gemacht haben.«

Der strenge Gesichtsausdruck, die dunklen Augen, die anscheinend in sein Innerstes blicken konnten, ließen Darcy zittern, während er sich angstvoll fragte, wie seine Strafe wohl aussehen mochte. Seine Unruhe verstärkte sich, je länger Mr Trevannick schwieg, bevor er weiterredete.

»Bevor ich dich bestrafe, sag mir nur noch, warum du weggelaufen bist. Ich kann mir keinen einzigen guten Grund vorstellen, der all den Ärger und die Sorgen rechtfertigt, die du uns bereitet hast.«

Darcy, dem der Mut fehlte, das auszusprechen, was er am liebsten zu seiner Verteidigung gesagt hätte, flüsterte nur: »Ich will mit Ruan zur Schule gehen.«

Ein kaum merkliches Nicken von Mr Trevannick schien zu bestätigen, dass er diese Begründung erwartet hatte. »Man hat dir doch erklärt, warum das nicht möglich ist, Darcy. Ich weiß, dass du dich durch diese Ungerechtigkeit verletzt fühlst. Aber was hast du durch dein Verhalten zu erreichen gehofft? Dadurch, dass du weggelaufen bist, hat sich nichts geändert.«

Im Grunde genommen war sich Darcy dessen bewusst gewesen, also murmelte er nur missmutig: »Es ist nicht gerecht. Ich bin klüger als Ruan.«

»Das Leben ist oft ungerecht, mein Junge. Du kannst nicht jedes Mal weglaufen, wenn du nicht kriegst, was du willst. Nur Feiglinge laufen davon. Starke Männer machen das Beste aus dem, was ihnen das Leben bietet.«

»Ich bin kein Feigling!«, erwiderte Darcy, empört über die Unterstellung, er hätte keinen Mut. »Sir«, fügte er hinzu, als Trevannick fragend eine Augenbraue hochzog.

»Ein gestrengerer Mann als ich würde dir eine kräftige Tracht Prügel verpassen. Sei froh, dass ich nichts von harten körperlichen Züchtigungen halte. Ich glaube, dass eine solche Strafe häufig beim Empfänger eine nur noch stärkere Trotzhaltung auslöst.«

Darcy seufzte innerlich vor Erleichterung. Ihm hatte davor gegraut, dass man ihn züchtigen würde. Anscheinend musste er nur ein paar strenge Worte über sich ergehen lassen. Nun ließ er sich seine Erleichterung anmerken. »Danke, Sir, dass Sie mich nicht bestrafen wollen. Ich verspreche, dass ich nie wieder weglaufe.«

Doch das Lächeln, das um seine Mundwinkel gespielt hatte, verschwand bei den nächsten Worten von Mr Trevannick rasch wieder.

»Bestraft wirst du schon, Darcy. Ich habe lediglich gesagt, dass es keine körperliche Strafe sein wird. Morgen früh wirst du mich begleiten und mit jedem Mann, jeder Frau und jedem Kind auf der Farm reden. Du wirst jedem Einzelnen erklären, dass du selbstsüchtig und rücksichtslos gehandelt hast, und dich für die Aufregung und Sorge, die du verursacht hast, entschuldigen.«

»Bei jedem?« Ihm war die Vorstellung zuwider, sich mit dem Hut in der Hand bei einfachen Farmarbeitern entschuldigen zu müssen. Sie würden sein Unbehagen genießen. Wenn er jetzt die Wahl hätte, würde er lieber eine Tracht Prügel über sich ergehen lassen, als eine solche Demütigung zu ertragen.

»Ja, bei jedem. Es wird höchste Zeit, dass du ein bisschen Demut lernst, Darcy. Außerdem verbiete ich dir für einen Monat das Reiten.«

»Das können Sie nicht machen.« Das Verbot traf ihn mit solcher Wucht, dass er lautstark protestierte. Mr Trevannick hatte ihm die schlimmste Strafe erteilt, die überhaupt möglich war. Nicht reiten dürfen? Genauso gut hätte man ihn einen Monat lang an einen Holzklotz ketten können.

Ruans Vater ließ der Protest ungerührt. »Und ob ich das kann. Und wenn du Widerworte gibst, mache ich zwei Monate daraus. Jetzt geh zu deinen Eltern zurück und fang bei ihnen damit an, dich für deine Torheit zu entschuldigen.«

Das war's. Darcy verließ den Raum mit trotzig erhobenem Kopf. Er war am Boden zerstört, denn nichts liebte er so sehr wie das Reiten. Am liebsten hätte er losgeheult, doch noch nie in seinem Leben hatte er sich vor jemandem gedemütigt. Das letzte Mal hatte er geweint, als Onkel Josh gestorben war. Damals war er erst vier Jahre alt gewesen. Er blickte zur Milchstraße hinauf, zu dem hellen Stern, von dem Nelson ihm gesagt hatte, dass dort Onkel Josh sei.

»Ich wünschte, du wärst nicht gestorben, Onkel Josh. Ich weiß, dass du mir helfen würdest.«

Dann fing er an zu weinen. Er rannte zum Stall und huschte in die Box zu seiner wunderschönen Fuchsstute Goonda. Als er sie das erste Mal gesehen hatte, hatte ihr Fell wie eine Flamme in den Strahlen der untergehenden Sonne geleuchtet. Ganz spontan hatte er sie nach dem Aborigine-Wort für Feuer benannt. Sie wieherte zur Begrüßung. Er legte ihr die Arme um den Hals und lehnte seinen Kopf an ihre Mähne. »Du wirst das genauso schrecklich finden wie ich. Es ist nicht gerecht.« Abrupt ließ er das Pferd wieder los, kauerte sich in eine Ecke der Box und schluchzte vor Kummer und Enttäuschung.

Am nächsten Tag führte er mit hocherhobenem Kopf Mr Trevannicks Befehl aus. Er merkte nicht, mit welchem Stolz sowohl Ruans Vater als auch Nelson beobachteten, wie er seine Aufgabe erfüllte. Obwohl er sich über die ihm erteilte Strafe furchtbar ärgerte, hatte er beschlossen, sie wie ein Mann hinzunehmen. Das Verbot zu reiten traf ihn viel schwerer, zumal Ruan und Etty genau an diesem Nachmittag beschlossen auszureiten und ihn fragten, ob er mitkommen wollte.

»Ich darf nicht. Euer Vater hat mir für einen Monat das Reiten verboten.«

»Einen ganzen Monat!«, riefen Bruder und Schwester gleichzeitig. »Wie gemein von Papa«, erklärte Etty. »Er hat dich doch schon gezwungen, dich bei jedem auf der Farm zu entschuldigen. Das war hart genug und außerdem furchtbar erniedrigend.«

Die Wunde über die erfahrene Demütigung war noch so frisch, dass Darcy trübsinnig die Mundwinkel hängen ließ. Einige der Farmarbeiter, meist ungebildete Männer, hatten offen gezeigt, wie sehr sie sein Unbehagen genossen.

»Ein Aborigine zu sein und gedemütigt zu werden, das

scheint Hand in Hand zu gehen.« Er konnte seinen verbitterten Tonfall nicht unterdrücken.

»So ein Blödsinn«, erwiderte Etty. »Ich werde mit Papa reden.«

Bei diesen Worten brauste Darcy sofort auf. »Nein, das wirst du nicht tun. Du brauchst dich nicht in mein Leben einzumischen.«

Verärgert über diese Abfuhr warf Etty verächtlich den Kopf in den Nacken. »Na schön, wenn du das so siehst, dann gehen Ruan und ich halt ohne dich reiten. Komm schon, Ruan.«

Ruan zögerte noch einen Moment, bevor er seiner Schwester folgte. »Es tut mir leid, Darcy. Vielleicht lässt sich Vater ja erweichen, bevor der Monat um ist. Ach je!« Niedergeschlagen ließ er den Kopf hängen. »Dann muss ich ja schon bald ins Internat.«

»Daran brauchst du mich nicht auch noch zu erinnern.«

»Das tut mir ebenfalls leid, Darcy. Ich wünschte wirklich, du könntest mit mir kommen.«

»Ruan, kommst du jetzt, oder bleibst du bei Darcy?«, rief Etty von der Stalltür herüber.

»Ups. Etty ist mal wieder ganz schön hochnäsig«, bemerkte Ruan mit einem traurigen Grinsen. »Bis später, Darcy.«

»Yeah.«

Darcy wartete nicht, bis die beiden losgeritten waren, sondern ging stattdessen zu einem der Lagerräume. Dort könnte man sicher ein wenig aufräumen. Wenn er aus freien Stücken hier und da einige Arbeiten erledigte, wäre Mr Trevannick ihm vielleicht wieder mehr gewogen. Das hoffte er jedenfalls. Daher versuchte er während des gesamten Monats, den er nicht reiten durfte, sein Fehlverhalten wiedergutzumachen, indem er sich alle möglichen kleineren Aufgaben auf der Farm suchte. Mr Trevannick lobte ihn zwar für seine Bemühungen, doch das Reitverbot blieb den gesamten Monat bestehen.

An dem Tag, an dem es aufgehoben wurde, ging er mit Ruan, Etty und Louisa reiten. Sie waren mehrere Stunden unterwegs, machten häufig an schattigen Stellen Rast, um sich hinzusetzen und miteinander zu reden. Alle waren entschlossen, das Beste aus der Zeit zu machen, die ihnen noch zusammen blieb. Der Tag, an dem Ruan ins Internat abreisen würde, rückte immer näher.

Für Ruan konnte das erste Quartal nicht schnell genug vorbeigehen. Es war zwar nicht so, dass er die Schule hasste. Auch war er nicht schikaniert worden wie einige andere von den neuen Schülern, denen man das Leben zur Hölle gemacht hatte. Doch es fiel ihm schwer, den größten Teil des Tages in irgendwelchen Räumen eingesperrt zu sein. Er vermisste die weiten Weiden von Langsdale. Er vermisste Etty, Darcy und Louisa und die anderen Benedict-Kinder. Er vermisste den Geruch von Mrs Clancys Gebäck. Und er vermisste sogar den Geruch der Schafe.

Ruan hatte es nicht mit Büchern. Er glaubte, dass es für seine Zukunft ausreiche, wenn er lesen, schreiben und einfache Rechenaufgaben lösen konnte. Inwieweit Latein, Geographie oder die Geschichte Englands und Europas ihm bei der Leitung einer australischen Schaffarm helfen sollten, war ihm schleierhaft. Englische Literatur hielt er für eine absolute Zeitverschwendung. Er lernte gerade so viel, dass es ausreichte, die Prüfungen zu bestehen. Trotz des mangelnden Eifers lagen seine Noten immer über dem Durchschnitt, was seiner Meinung nach mehr als genügte.

Als er die Aufforderung erhielt, zum Direktor zu kommen, machte er sich mit größerer Beklommenheit auf den Weg, als der Fall gewesen wäre, wenn er sich eines Vergehens bewusst gewesen wäre. Alle zitterten davor, in Creightons Büro gerufen zu werden. Die Schüler nannten den Direktor hinter seinem Rücken Cranky Creighton, den Bärbeißigen, weil er so streng auf

Disziplin achtete. Ruan konnte sich gut vorstellen, dass Cranky Creighton, wie man munkelte, früher Major bei der britischen Armee gewesen war. Seine dröhnende Stimme konnte eine ganze Aula voller lärmender Schüler zum Schweigen bringen. Ruan wusste nicht, welcher Verstoß gegen die Schulordnung ihm eine derartige Vorladung eingebracht haben sollte. Ansonsten wurden die Jungen nur ins Büro des Direktors gerufen, wenn es galt, eine schlechte Nachricht zu übermitteln.

Angespannt klopfte Ruan an die Tür und nannte ebenso nervös seinen Namen, als die gestrenge Stimme wissen wollte, wer da klopfe.

»Ach ja, Trevannick, komm herein.«

Ruan trat ein und machte die Tür hinter sich zu, wie ihm geheißen. Cranky blieb an seinem massiven Schreibtisch sitzen, auf dem sich Papiere und Bücher stapelten. Zitternd stellte sich Ruan ihm gegenüber. An der Wand hinter dem Direktor hing ein Porträt von Königin Victoria. Dunkelbraune Samtvorhänge, dazu Regale voller Bücher und anderer Standesrequisiten ließen das Zimmer bedrohlicher erscheinen, als es andernfalls vielleicht gewesen wäre.

»Weißt du, weshalb du hier bist, Trevannick?«

»Nein, Sir.« Gleichzeitig machte sich Ruan jedoch Sorgen, dass in seiner Familie etwas geschehen sein könnte. »G… gibt es schlimme Nachrichten, Sir?«

»Es ist niemandem etwas passiert. Da kannst du ganz beruhigt sein. Es geht um deine Prüfungsergebnisse, Trevannick, deshalb stehst du hier vor mir. Glaubst du, dass dein Vater mit deinen Noten zufrieden sein wird?«

Erleichtert, dass seine schlimmsten Ängste unbegründet waren, und selber absolut zufrieden mit seinen Noten, lächelte Ruan vage. »Ich hoffe es, Sir.«

»Du *hoffst* es?«

»Ja, Sir.« Ruan kniff die Lippen zusammen. Crankys Tonfall sagte ihm, dass es keinen Grund gebe zu lächeln.

»Mit Hoffen, Trevannick, hat noch nie jemand etwas erreicht. Harte Arbeit und Disziplin, verstehst du? Dadurch wird der Charakter eines Mannes geformt. Und du hast einen bedauerlichen Mangel an beidem gezeigt, seit du auf dieser Schule bist. Kinn hoch, Trevannick! Steh gerade!«

Mit einem Ruck stellte sich Ruan gerade hin, die Hände fest an die Seiten gepresst. »Ja, Sir.«

»Du solltest dankbar sein, dass man dir die Chance auf eine gute Schulbildung gibt.«

Ruan wand sich innerlich. Ihm stand eine von Crankys gefürchteten Predigten bevor.

»Mir ist wohl bewusst, Trevannick, dass einige Jungen hier meinen, ihnen stünde allein aufgrund des Reichtums und des Standes ihrer Familie ein Platz in dieser Schule zu. Solche Jungen bringen nie gute schulische Leistungen. Ich möchte nicht glauben müssen, dass du einer von denen bist.« Er starrte Ruan wütend an.

»Ja, Sir – äh, n… nein, Sir.«

Ein Stirnrunzeln ließ den Blick des Direktors noch wütender erscheinen. Ruan schluckte und stellte sich noch gerader hin. Zaghaftigkeit schätzte Cranky bei seinen Schülern überhaupt nicht. »Nein, Sir, das bin ich nicht«, erklärte er mit so fester Stimme, wie er nur zustande brachte.

»Gut. Dann erwarte ich im nächsten Quartal bessere Ergebnisse von dir.«

»Ja, Sir.«

»Na schön, Trevannick. Du kannst jetzt zu deinem Klassenlehrer gehen und ihm versichern, dass du von nun an härter arbeiten wirst.«

Ungeheuer erleichtert schloss Ruan die Bürotür hinter sich.

An der Ecke des Flurs traf er seinen besten Freund Jimmy Costner, der dort auf ihn gewartet hatte.

»Weshalb wollte Cranky dich sprechen? Hast du Ärger bekommen?«

Ruan zog eine Grimasse. »Den krieg ich noch, wenn ich bei den nächsten Prüfungen nicht besser abschneide.«

Jimmy starrte ihn mit offenem Mund an. »Aber deine Ergebnisse waren doch in Ordnung. Du hast die halbe Klasse übertroffen.«

»Cranky scheint zu meinen, ich sollte zu den Besten der Klasse gehören. Und jetzt muss ich mich bei Boney melden.«

»Wegen Boney brauchst du dir keine Sorgen zu machen. Du bist doch einer von seinen Lieblingen.«

»Ich weiß.« Ruan verzog das Gesicht. Zu den Lieblingen eines Lehrers zu gehören konnte manchmal ein großer Nachteil sein. »Gehst du zum Cricket-Training?«

»Ja. Kommst du auch?«

»Ich hoffe es. Wir treffen uns auf dem Platz.« Cricket war eines der wenigen Dinge, die Ruan an der Schule mochte.

Die Jungen trennten sich vor dem Zimmer ihres Klassenlehrers. Ruan klopfte, bevor er eintrat.

»Guten Tag, Mr Boniface.«

»Ah, Ruan. Komm rein, und mach die Tür zu. Du warst beim Direktor?«

»Ja, Sir.«

»Deine Prüfungsergebnisse waren sehr enttäuschend, Ruan. Ich hatte viel mehr von dir erwartet.«

»Das tut mir leid, Mr Boniface.« Es tat ihm ehrlich leid, den einzigen Lehrer zu enttäuschen, den er wirklich mochte und bewunderte.

»Ich möchte, dass du mir versprichst, dass du dich im nächsten Quartal mehr anstrengst.«

»Das werde ich, Sir.«

»Ich hoffe es. Du hast nämlich das Zeug dazu. Man muss dich nur ein bisschen antreiben.« Sein freundlicher Gesichtsausdruck nahm den Worten jede Schärfe. »Fährst du über die Ferien nach Hause?«

Zum ersten Mal lächelte Ruan. »Ja, Sir«, antwortete er überschwänglich.

»Nimm Platz, Ruan.« Boniface deutete auf einen Stuhl ihm gegenüber. Obwohl das Zimmer des Lehrers kleiner war als das des Direktors, hatte es eine viel einladendere Atmosphäre. Ruan hatte nichts dagegen, sich hinzusetzen.

»Erzähl mir von der Farm deines Vaters«, sagte Boney. »Langsdale heißt die doch, oder?«

»Das ist richtig. Mein Vater hat Langsdale gekauft, bevor ich geboren wurde. Damals standen dort nur der Scherschuppen und das Farmhaus. Mittlerweile ist Langsdale fast wie ein kleines Dorf. Es gibt Ställe, Lagerhäuser, ein Schlachthaus, Wohnquartiere und eine Kantinenhütte für die Scherer. Außerdem neben dem Farmhaus drei weitere Häuser.«

»Kantinenhütte?«

»Dort essen die Scherer und Saisonarbeiter.«

»Ach so. Und wer wohnt in den anderen Häusern?«

»In einem wohnen Ned und Mrs Clancy. Mrs Clancy ist unsere Köchin, und Ned erledigt alle möglichen Arbeiten. Mein Vater hat die beiden zusammen mit dem Haus übernommen. Der Aufseher Larry Benedict – er ist Amerikaner – hat mit seiner Familie ebenfalls ein eigenes Haus. Agnes, das ist Mrs Benedict, arbeitet auch in der Küche und im Haus. Sie haben sieben Kinder.«

»Erhalten diese Kinder denn irgendeine Schulbildung?«, unterbrach ihn Boniface. Seine Augen funkelten vor Neugier.

»Miss Jane unterrichtet alle Kinder auf der Farm. Wir haben sogar ein Schulhaus.«

»Tatsächlich? Wie überaus interessant. War diese Miss Jane Lehrerin, bevor sie hierhergekommen ist?« Mr Boniface war selbst erst seit gut einem Jahr in Australien. Für ihn waren alle Weißen immer noch Auswanderer, obwohl es mittlerweile viele gab, die in den Kolonien geboren waren. Es faszinierte ihn immer wieder, wie sehr sich das Leben in Australien von dem in England unterschied.

»Nein, Sir«, antwortete Ruan. »Miss Jane wurde hier geboren. Sie ist ...« An dieser Stelle zögerte er, verzog den Mund und biss sich auf die Unterlippe. Er hätte niemals gewagt, Cranky gegenüber zu erwähnen, dass seine erste Lehrerin eine vollblütige Aborigine war. Crankys geringschätzige Meinung über die australischen Ureinwohner war in der Schule allgemein bekannt. Er fragte sich, wie Boniface wohl reagieren würde. Da Ruan keine Ahnung hatte, schwieg er.

»Was ist los, Ruan?«, fragte Boniface angesichts seines Zögerns. »Was wolltest du mir gerade sagen? Ist diese Frau eine ehemalige Strafgefangene? Ich bin nicht voreingenommen. Viele von denen, die deportiert wurden, waren politische Gefangene oder hatten sich nur ein geringfügiges Vergehen zuschulden kommen lassen. Man sollte immer erst den wahren Sachverhalt kennen, bevor man ein Urteil über jemanden fällt.«

»Miss Jane war keine Strafgefangene, sie ist eine Aborigine.« Ruan beobachtete, wie Boneys zottige graue Augenbrauen unter seinen ebenso zottigen grauen Haaren verschwanden. »Miss Jane wurde als Kind von einer weißen Familie aufgenommen und von ihr großgezogen«, führte er weiter aus.

Boniface' Augenbrauen kehrten in ihre normale Position zurück. Seine Augen funkelten noch stärker. »Wie außerordentlich. Erzähl mir mehr über Miss Jane.«

»Miss Jane und meine Mutter sind sehr gute Freundinnen. Sie ist mit Nelson verheiratet. Er nennt sich nur Nelson, er benutzt keinen anderen Namen. Er ist zur Hälfte Aborigine. Ihr Sohn Darcy ist mein bester Freund.«

»Hat – äh – Darcy denn eine Schulausbildung?«

»Wir haben alle zusammen Unterricht gehabt.« Ruan grinste plötzlich. »Wenn Sie mich für klug halten, Mr Boniface, sollten Sie erst mal Darcy erleben. Der ist wirklich clever, außerdem macht ihm das Lernen Spaß.«

»Tatsächlich?« Die Augenbrauen wanderten wieder für ein paar Sekunden unter seine Haare. »Wie ungeheuer interessant.« Er kratzte sich mit dem Mittelfinger an der rechten Augenbraue, legte die Hand wieder auf den Tisch und sah Ruan an. »Ich sage dir jetzt etwas ganz im Vertrauen, Ruan. Ich habe nie die allgemeine Meinung akzeptiert, dass dunkelhäutige Rassen weniger intelligent sind als die Weißen.« Einige Sekunden war er in Gedanken verloren. »Weil er ein Aborigine ist, wird dieser Darcy nie in den Genuss einer so guten Schulbildung kommen wie du.«

»Nein, Sir«, antwortete Ruan, obwohl das gar keine Frage gewesen war. »Wir halten das beide für ungerecht. Darcy möchte die gleiche Schulbildung bekommen wie ich.«

»Vielleicht lässt sich da etwas arrangieren«, murmelte Boniface und sah nachdenklich auf die Bücherregale neben der Tür.

»Aborigines ist es nicht erlaubt, zur Schule zu gehen, Sir.«

Boniface schien in die Ferne zu blicken. »Es gibt andere Möglichkeiten, etwas zu lernen, als im Klassenzimmer. Ruan, ich würde diese Miss Jane und Darcy sehr gerne kennenlernen. Wenn dein Freund so klug ist, wie du sagst, werde ich einen Weg finden, ihm eine gute Schulbildung zukommen zu lassen.«

»Sie könnten mit mir nach Hause kommen, Sir«, schlug Ruan spontan vor. »Das heißt natürlich, wenn Sie möchten, Mr Boniface«, schränkte er sofort ein.

»Das ist aber nett von dir, Ruan.« Boney strahlte. »Ich würde tatsächlich gerne mal zu dir nach Hause kommen. Abgesehen von meinem Interesse an deinem klugen Aborigine-Freund und seiner Mutter, habe ich schon immer mal ein großes landwirtschaftliches Anwesen besuchen wollen.« Er kratzte sich wieder an der Augenbraue. »Aber vielleicht sollte ich deine Einladung erst für die nächsten Ferien annehmen, damit deine Eltern Bescheid wissen, dass ich komme.«

Obwohl er seine Einladung völlig impulsiv ausgesprochen hatte, wollte Ruan jetzt unbedingt, dass sein Lehrer sie annahm.

»Die brauchen nicht vorher Bescheid zu wissen. Langsdale nimmt immer gern unerwartete Gäste auf. Das Farmhaus ist zweimal erweitert worden, und wir haben jede Menge freie Zimmer. Meine Eltern haben bestimmt nichts dagegen, wenn Sie mit mir nach Hause kommen. Ehrlich nicht, Sir«, fügte er sicherheitshalber hinzu.

Der Lehrer lächelte. »Wenn du überzeugt davon bist, dass ich deinen Eltern nicht ungelegen komme, nehme ich deine Einladung gerne an, Master Trevannick.«

Ruan grinste. Er mochte Boney gern. Seine Eltern würden den Mann bestimmt auch mögen, und er konnte es kaum erwarten, Boney und Darcy miteinander bekannt zu machen.

2

Was ist denn nur los mit dir?«, wollte Etty wissen. Sie war mit Darcy und Louisa unten am Fluss. Die drei angelten, wie sie es häufig taten oder zu viert getan hatten, bevor Ruan aufs Internat gegangen war. Doch heute wollte sich die gewohnte kameradschaftliche Atmosphäre nicht einstellen. Darcy hatte in den anderthalb Stunden, in denen sie die mit Würmern als Köder präparierten Angelschnüre ins Wasser hängen ließen, kaum ein Wort mit einem der beiden Mädchen gesprochen.

Jetzt holte er erst seine Schnur ein und wickelte sie auf, bevor er mürrisch antwortete. »Das ist eine dämliche Art zu fischen.«

Etty und Louisa sahen sich mit einem leicht überheblichen Lächeln an. Etty hatte zwei ansehnliche Brassen gefangen, während Louisa einen kleinen Barsch geangelt hatte. Darcy hatte nichts aus dem Wasser gezogen, und jedes Mal, wenn er seinen Köder verloren hatte, war seine Laune noch schlechter geworden.

»Du kannst von unseren Fischen was abhaben«, bot Louisa an. Sie wollten nämlich gleich ein kleines Feuer anzünden und darauf ihren Fang braten.

Auch wenn Mrs Clancy regelmäßig erklärte, sie würden sich den Appetit auf eine richtige Mahlzeit verderben, wollte keines der Kinder auf den köstlichen Geschmack eines selbst gefangenen, auf dem Lagerfeuer gebratenen Fischs verzichten. Frischer Fisch, den sie so lange auf dem kleinen Feuer brieten, bis sich die schwarz gewordenen Schuppen samt Haut abziehen ließen und die Eingeweide zu einem leicht zu entfernenden Klumpen geschrumpft waren, war für sie alle ein Hochgenuss.

Etty spürte einen Ruck an ihrer Schnur. »Bei mir hat noch einer angebissen. Mach schon mal Feuer, Darcy, wir haben jetzt genug für ein Essen.«

Darcy ließ einen Stein über das Wasser springen. »Kommandier mich nicht herum, Etty! Ich bin nicht dein Diener.«

In seinen Worten lag eine so starke und unerwartete Feindseligkeit, dass Etty erschrocken die Angelschnur durchhängen ließ und ihr Fisch sich zappelnd befreien konnte. Sie sah seinen silbrigen Körper rasch den Fluss hinunter verschwinden.

»Sieh nur, was du gemacht hast, Darcy! Jetzt ist mein Fisch weg.«

»So ein Pech. Du fängst bestimmt noch einen. Lasst es euch schmecken.« Dann stapfte er mit wütenden Schritten den Fluss hinauf, ohne sich noch einmal nach den Mädchen umzudrehen, die ihm verblüfft hinterherstarrten.

»Was ist nur mit ihm los?«, fragte Etty Louisa mit hochgezogenen Augenbrauen. »So schlecht gelaunt habe ich Darcy ja noch nie erlebt.«

»Hast du etwa vergessen, dass Ruan morgen nach Hause kommt? Darcy glaubt, dass Ruan nicht mehr mit ihm befreundet sein will.«

»Warum sollte Ruan denn nicht mehr Darcys Freund sein wollen?« Etty sah Louisa entgeistert an. »Wir sind doch alle zusammen aufgewachsen. Wir sind wie Brüder und Schwestern.«

»Bloß dass wir nicht eine Familie sind, nicht wahr, Etty? Darcys Eltern und auch meine arbeiten für deine.«

»Hat das denn je irgendeine Rolle für uns gespielt?«, fragte Etty herausfordernd. »Wir alle reden die Eltern der anderen doch mit Onkel und Tante an. Warum sollte sich da irgendetwas ändern?«

»Es hat sich bereits etwas geändert, als Ruan aufs Internat gegangen ist und Darcy nicht mitkommen konnte.«

Etty betrachtete Louisas besonnenes Gesicht. Louisa war erst zehn, genauso alt wie Ruan und zwei Jahre jünger als Darcy und sie selbst. Doch manchmal schien Louisa älter und weiser zu sein als sie alle.

»Ach«, stieß sie aus, während sie versuchte, die Gedanken zu ordnen, die Louisas Worte bei ihr ausgelöst hatten. »Darcy hat sich wirklich ziemlich aufgeregt, weil er nicht mit Ruan aufs Internat konnte«, stimmte sie zu.

»Ja. Und jetzt glaubt er, wenn Ruan nach Hause kommt, wird er ihn wie einen …« Louisa bekam rote Wangen. »… einen Schwarzen behandeln. Darcys Worte.«

Etty war empört. »So etwas würde Ruan niemals tun. Außerdem, wieso hat Darcy das zu dir gesagt und nicht zu mir?« Es ärgerte sie, dass Darcy Louisa ins Vertrauen gezogen hatte. »Darcy und ich waren doch immer ganz besondere Freunde.«

»Ruan ist dein Bruder. Vielleicht wollte Darcy dir deshalb nicht sagen, was er denkt.«

»Ich wünschte, er hätte es getan. Dann hätte ich ihm gesagt, er soll nicht so dämlich sein. Darcy ist und bleibt unser bester Freund.«

»Mein Vater meint, Darcy wird langsam älter und beginnt zu begreifen, dass er immer ein Aborigine bleiben wird.«

»Er ist kein Aborigine«, sagte Etty aufbrausend. »Er ist ein halber Weißer. Und er sollte sich mir anvertrauen und nicht dir.« Vor Kummer stiegen ihr Tränen in die Augen. Die Vorstellung, irgendwann einmal nicht mehr so eng mit Darcy befreundet zu sein, war nur schwer zu ertragen. Außerdem hatte sie das unangenehme Gefühl, dass sie vielleicht eifersüchtig war. Das gefiel ihr überhaupt nicht.

Louisa biss sich auf die Unterlippe, als sie sah, wie Etty mit den Tränen kämpfte. »Tut mir leid, Etty. Ich wollte dich nicht kränken.«

»Das weiß ich doch. Du bist viel zu nett, um jemandem absichtlich wehzutun.« Etty drückte Louisas Hand, um ihr zu zeigen, dass sie nicht böse auf sie war. »Lass uns nach Hause gehen.«

»Was ist denn mit dem Fisch?«

»Gib ihn deiner Mutter. Mir ist die Lust auf Lagerfeuer vergangen.«

Die Mädchen sammelten ihre Angelschnüre und die Fische auf. Da von Darcy nichts zu sehen war, gingen sie allein die halbe Meile zur Farm zurück. Ihren Fang banden sie an einen Stock, den Etty über der Schulter trug.

Agnes Benedict, Louisas Mutter, kochte in dem mit Lehmziegeln eingemauerten Kupferkessel hinter ihrem Cottage Windeln aus. Als die Mädchen sich näherten, war sie gerade dabei, die dampfenden Stoffquadrate mit einem Stock aus der Lauge zu ziehen, um sie zum Ausspülen in eine Wanne mit frischem Wasser zu werfen. Dabei schimpfte sie mit zwei ihrer jüngeren Sprösslinge, weil sie zu nah an den Kessel herankamen.

»Wenn ihr nicht aufpasst, verbrüht ihr euch noch beide mit heißem Wasser. Seht mal, da kommt eure Schwester mit Etty. Ärgert die doch lieber.«

»Hallo, Tante Agnes«, rief Etty. »Wir haben dir ein paar Fische mitgebracht.«

Agnes blickte von ihrem Waschkessel auf. »Kein Lagerfeuer heute? Dabei ist doch so wunderbares Wetter. Um Ostern herum ist das Wetter immer schön.«

»Darcy hat uns den Tag verdorben, indem er eingeschnappt abgehauen ist. Nein, ich kann dich nicht hochnehmen, Joey. Ich hab doch die Fische.« Der Dreijährige zog an Ettys Rock.

»Joey, benimm dich«, schalt seine Mutter ihn. »Weswegen war Darcy denn diesmal eingeschnappt?« Agnes legte den Stock beiseite und begann mit beiden Händen, die Windeln im klaren Wasser auszuspülen. »Der Junge ist in letzter Zeit viel zu launisch.«

»Er hat keinen einzigen Fisch gefangen.« Louisa nahm ihren Bruder auf den Arm, damit er Etty in Ruhe ließ. »Schlafen die Babys, Ma?«

»Gott sei Dank. Jetzt geht ihr beide bloß nicht hin und weckt sie auf. Bring die Fische in die Küche, Etty, dann könnt ihr nachsehen, wo die anderen Jungen stecken.«

»Können wir nicht vielleicht einen kurzen Blick auf die Zwillinge werfen?«, fragte Etty. Sie fand die fünfzehn Monate alten Kinder, ein Junge und ein Mädchen, allerliebst.

Agnes schnaubte genervt. »Ich hab gerade eine Stunde gebraucht, sie zum Schlafen zu kriegen. Du kannst nach ihnen sehen, wenn sie wach sind.«

»In Ordnung, Tante Agnes, dann lassen wir die Fische hier.«

Nachdem sie die Fische in der Küche ablegt hatten, machten sich Etty und Louisa, den dreijährigen Joey und den vierjährigen Billy an der Hand, auf die Suche nach den anderen Benedict-Söhnen.

Agnes blickte hinter ihnen her und streckte ihren schmerzenden Rücken, dann begann sie, die Windeln auszuwringen, um sie auf die Wäscheleine zu hängen. Auch wenn Larry und sie sich eine große Familie gewünscht hatten, hoffte sie doch, dass mit den Zwillingen Schluss war. In den letzten neun Jahren hatte sie spätestens alle zwei Jahre ein Kind geboren.

Sie kannte nur eine sichere Methode, eine Schwangerschaft zu vermeiden, indem man nämlich auf das verzichtete, womit man Babys machte. Das Problem war nur, dass sie wahnsinnig gerne mit ihrem Mann im Bett war. Und da sie nicht vorhatte, Larry ihren Körper zu verweigern, war sie zu dem Schluss gekommen, dass es Zeit wurde, eine andere sichere Methode zu finden, um nicht wieder schwanger zu werden. Ob Meggan oder Jane eine kannten? Darcy war Janes einziges Kind, und Meggan hatte nur Etty und Ruan. Dafür musste es einen Grund geben.

Da sie auf keinen Fall Mrs Trevannick auf so ein Thema ansprechen konnte, beschloss sie, Jane zu fragen. Jane verstand sich sehr gut auf die Behandlung von Krankheiten und Verletzungen, wobei sie sowohl europäische Methoden anwandte als auch solche, die den Aborigines seit Tausenden von Jahren bekannt waren. Ja, sie würde Jane um Rat bitten. Falls sie je ein paar Minuten Zeit neben ihrer vielen Arbeit fand, denn sie hatte nicht nur eine große Familie zu versorgen, sondern half auch noch Mrs Clancy in der Küche.

Als die letzte Windel auf der Leine hing, stellte sie den geflochtenen Wäschekorb umgestülpt auf die Waschbank und streckte sich. Sie presste beide Hände in ihren durchgedrückten Rücken, legte den Kopf in den Nacken und schloss die Augen, da spürte sie plötzlich zwei starke Arme um ihren Oberkörper. Überrascht schrie sie auf.

»Lass das, Larry«, schalt sie, obwohl sie den Kopf an seine starke Brust lehnte und mit beiden Händen seine Unterarme hielt. Er wiegte sie sanft. Mit geschlossenen Augen genoss Agnes das Gefühl der Geborgenheit in der Umarmung ihres Mannes.

»Was machst du mitten am Tag hier zu Hause?«

»Con hat mich geschickt, weil wir noch mehr Draht brauchen. Ein weiteres Stück Zaun ist niedergetrampelt worden. Verdammte Emus.«

»Larry!« Agnes wand sich aus seinen Armen. »Fluch doch nicht! Du bringst den Jungen nur schlechte Angewohnheiten bei.«

»Die Jungen lernen eh ganz schnell das Fluchen, sobald sie sich draußen bei den Männern herumtreiben. Wenn du heute Morgen bei uns gewesen wärst, hättest du von mir noch ein paar stärkere Schimpfworte für diese vermaledeiten Viecher gehört. Hirnlose gefiederte Riesen. Die rennen schnurstracks in den Zaun und trampeln mit ihren großen Füßen den Draht nieder, wenn sie drüberklettern.« Er nahm sie wieder in die Arme und steuerte sie auf den Küchenanbau zu. »Kann ich vielleicht was zu essen haben, bevor ich mit dem Draht wieder losziehe?«

»In der Küche ist frisches Brot und ein Käse von Jane. Den hat eben jemand aus der Milchküche gebracht.« Seufzend stellte Agnes in ihrer winzigen Küche Teller, Messer, Brot und Käse vor ihren Ehemann.

»Müde?«, fragte er, während er ein paar Scheiben Brot abschnitt.

»Ein bisschen. Ich musste gerade an meine eigenen Versuche denken, Käse zu machen. Ich hab nie einen guten hingekriegt.«

»Wo hat Jane es denn gelernt?«, fragte er plötzlich neugierig, obwohl er sich bisher nie darüber Gedanken gemacht hatte. »Dieser Käse ist perfekt.«

»Sie hat mir erzählt, sie habe das von der Frau auf der Farm gelernt, wo sie gewohnt hat, als Darcy geboren wurde. Sie war Kindermädchen des Zwillingspärchens dieser Leute.«

»Übrigens, wie geht's denn unseren eigenen Zwillingen?« Larry schnitt sich eine dicke Scheibe Käse ab.

»Die schlafen beide. Larry …« Agnes zögerte kurz. »Ich muss dir was sagen.«

»Was ist denn, meine Liebe?« Er legte den Käse auf das Brot.

»Ich möchte nicht noch mehr Babys. Sechs sind wirklich genug.«

Larry grinste seine Frau an. »Du kannst nicht zählen, Schatz. Wir haben sieben Kinder.«

»Ja, das weiß ich, und ich hab sie alle gleich lieb, auch wenn ich Louisa nicht geboren habe. Ich war fünfmal schwanger und hab sechs Kinder bekommen, Larry. Ich will nicht so enden wie meine Mutter. Sie hat achtzehn Babys geboren, darunter zweimal Zwillinge.«

Die Hand mit dem Käsebrot verharrte irgendwo zwischen Tisch und Mund. »Ach du meine Güte. Ich wusste ja gar nicht, dass du *so* viele Geschwister hast.«

»Nur elf von uns sind herangewachsen. Vier sind sehr jung gestorben. Ein Zwillingspaar und ein weiteres Baby wurden tot geboren. Ma war sechsundvierzig, als ich auf die Welt kam. Im selben Jahr sind mein Pa und einer der Jungs bei einem Grubenunglück umgekommen. Ich bin froh, dass ich meinen Pa nicht gekannt hab. Er war ein brutaler Trunkenbold.« Ganz unerwartet flossen Tränen ihre Wangen hinunter. »Und Tom war letztlich sogar noch schlimmer als unser Pa.«

Agnes legte den Kopf in die Hände und schluchzte. Larry ließ Brot und Käse auf dem Teller liegen und zog sie auf seinen Schoß. Er hielt ihren Kopf an seine Schulter und streichelte sanft über ihr Haar.

»Tut mir leid«, sagte Agnes schniefend. »Ich weiß selbst nicht, warum ich weine.«

»Du bist einfach nur übermüdet, Schatz. Ich bin ganz deiner Meinung. Nicht noch mehr Babys, wenn wir es verhindern können. Aber verflixt noch mal, Frau, du machst mich schon ganz verrückt, wenn du nur auf meinem Schoß sitzt.«

Agnes rutschte vom Schoß ihres Mannes herunter. »Benimm dich, Larry Benedict! Wir haben beide viel zu tun. Und verschwinde von hier, wenn du aufgegessen hast!«

Ihr Mann stand auf, hob sie hoch und drückte ihr einen Kuss auf die Lippen. Dann nahm er lachend sein Käsebrot, setzte seinen Hut auf den Kopf und ging zur Tür.

Agnes ließ sich auf den freien Stuhl fallen und schob die Hände zwischen die Knie. Sie wusste, dass das Gespräch über ihre Familie und das Aussprechen von Toms Namen ihre Tränen ausgelöst hatten. So viele Jahre waren inzwischen vergangen, und dennoch empfand sie immer noch den gleichen Schmerz wie damals, als sie erfahren hatte, dass der große Bruder, den sie einst vergöttert hatte, zu einem abgrundtief bösen Menschen geworden war. Wie so oft rang sie mit der Frage, ob Louisa erfahren sollte, wer ihre leiblichen Eltern waren, oder nicht. Larry hatte gesagt, er würde ihr die Entscheidung überlassen. Ihr Problem war, dass sie nicht wusste, was das Beste für das Kind war, das sie im Alter von ein paar Monaten zu sich genommen und großgezogen hatte.

Mit solchen Gedanken quälte sie sich herum, bis die Stimmen ihrer Kinder, die zum Essen nach Hause kamen, sie in die Gegenwart zurückholten. Sie begann, Brot und Käse zu schneiden, um ihre hungrigen Mäuler zu stopfen.

Da ihr Louisas Bemerkungen am Fluss nicht aus dem Kopf gehen wollten, machte sich Etty auf die Suche nach Darcy, nachdem sie das Cottage der Benedicts verlassen hatte. Wie sie vermutet hatte, fand sie ihn ein Stück den Fluss hinauf an einer besonders tiefen Wasserstelle, wo er sich gerne aufhielt. Sein Hemd und seine Hose lagen neben seinen Socken und Stiefeln am Ufer. Darcy selbst stand bis zur Taille im Wasser und hielt einen Fischspeer in der erhobenen Hand. Er drehte Etty die Seite zu und war völlig auf das Wasser konzentriert. Etty verharrte schweigend und beobachtete bewundernd seine Aborigine-Fertigkeiten.

Plötzlich stieß Darcy den Fischspeer blitzschnell ins Wasser und zog ihn sofort wieder heraus. An der Spitze zappelte eine große Brasse. Seinen Fang in die Höhe haltend, drehte er sich um, um zurück zum Ufer zu waten. Als er Etty bemerkte, blieb er stehen, das Wasser reichte ihm nur knapp bis an die Taille, und starrte sie wütend an.

»Verschwinde, Etty! Siehst du denn nicht, dass ich nackt bin?«

»Oh.« Etty spürte, wie sie rot wurde, und drehte sich rasch um. Wie dumm von ihr. Natürlich war er nackt. »Sag mir, wenn du angezogen bist.«

»Ich werde mich nicht anziehen, bevor ich trocken bin. Also gehst du am besten gleich wieder.«

Etty verschränkte die Arme über der Brust. »Ich werde *nicht* weggehen, also ziehst *du* dich am besten gleich an.«

»Sei nicht so stur, Etty. Ich will allein sein.«

»Und ich will mit dir reden, also werde ich nicht gehen.«

»Dann wirst du lange Zeit hier herumstehen.«

Etty machte einen Schmollmund und atmete tief durch. Allmählich wurde sie richtig sauer. »Ich drehe mich jetzt um, Darcy.«

Er lachte. »Das traust du dich nicht.«

Sein höhnisches Lachen spornte sie an. Etty drehte sich um und wandte sich, erschrocken nach Luft schnappend, noch schneller wieder ab, als sie Darcy in seiner ganzen braunen Nacktheit am Ufer stehen sah. Er lachte erneut. »Na, gehst du jetzt weg?«

»Ganz bestimmt nicht. Das war gemein von dir, Darcy Winton.«

»Ich hab ja nicht gesagt, du sollst dich umdrehen.«

»Doch, du hast mich dazu herausgefordert.«

»Schämst du dich?«

Als würde sie so etwas zugeben. »Natürlich nicht«, sagte sie und warf den Kopf in den Nacken.

»Pah!«

Eine Minute oder sogar länger herrschte Schweigen zwischen ihnen. Etty vertrieb sich die Zeit, indem sie einen Goldaugen-Honigfresser beobachtete, der aus der leuchtend rosa Blüte eines Grevillea-Buschs Nektar saugte. »Du kannst dich wieder umdrehen, Etty«, sagte Darcy schließlich. »Ich bin angezogen.«

»Ehrlich?«

»Ehrlich. Du wirst mich nie wieder nackt sehen – es sei denn, du heiratest mich.«

»Ich dich heiraten?« Etty drehte sich langsam um. Darcy sah sie nicht einmal an. Er baute gerade mit Stöcken eine kleine Pyramide, um ein Feuer zu machen.

»Würdest du das?«, fragte er, ohne von seiner Arbeit aufzublicken.

Etty, die sich bisher noch keine Gedanken übers Erwachsensein und die Ehe gemacht hatte, war in erster Linie froh darüber, dass offenbar immer noch eine ganz besondere Freundschaft zwischen ihnen bestand. »Frag mich noch mal, wenn ich achtzehn bin.«

Er lächelte sie an. »Das werde ich. Möchtest du was von meinem Fisch abhaben?«

Etty setzte sich neben Darcy auf den kahlen Boden. Den gebratenen Fisch aßen sie mit den Fingern und benutzten ein flaches Stück Fels als gemeinsamen Teller. Als sie den letzten köstlichen Bissen von den Gräten gezupft hatten, warf Darcy die schwarze Haut, die Gräten und die von der Hitze zusammengeschrumpften Innereien in den Fluss. Sie wuschen sich die Hände und schüttelten das überflüssige Wasser ab. Dann setzten sie sich wieder auf den Boden.

»Worüber wolltest du mit mir reden?«, fragte Darcy.

»Ruan kommt morgen aus dem Internat nach Hause.« Darcy schwieg. »Louisa hat mir erzählt, was du zu ihr gesagt hast.«

»Dazu hatte sie kein Recht«, brauste Darcy auf, nahm einen flachen Stein und ließ ihn über das Wasser hüpfen.

»Beruhige dich doch, Darcy. Du bist viel zu jähzornig. Warum hast du Louisa von deiner Befürchtung erzählt und nicht mir?«

»Ruan ist dein Bruder.«

»Gerade weil er mein Bruder ist, kenne ich ihn viel besser als

Louisa. Er wird sich nicht verändert haben. Nichts wird anders sein als vorher.«

»Bloß dass *ich* ein anderer geworden bin. Ich hab immer geglaubt, wir wären wie alle anderen auf Langsdale, bis auf unsere dunkle Haut. Nun weiß ich, dass wir es nicht sind und niemals sein werden. Wir sind noch nicht mal so wie die Aborigine-Schäfer oder die Mädchen, die im Haus arbeiten. Also wer sind wir?«

»Diese Frage kann ich dir nicht beantworten, Darcy. Ich kann dir nur versichern, dass du, deine Mutter und Nelson ganz besondere Menschen seid. Ich würde euch gar nicht anders wollen.«

Darcy hob einen kleinen Zweig auf, an dem zwei vertrocknete Blätter hingen, drehte den Zweig zwischen den Fingern und starrte gebannt auf die wirbelnden Blätter.

»Meine Mutter und Nelson haben mich immer ermutigt, stolz auf mein Aborigine-Blut zu sein. Und ich habe immer geglaubt, dass sie recht haben. Nun frage ich mich jedoch, was für einen Sinn dieser Stolz hat, Etty, wenn man mir sagt, dass ich bestimmte Dinge nicht tun kann, weil ich ein Aborigine bin. Ich frage mich, wie mein Leben aussehen wird, wenn ich erwachsen bin.«

Darauf wusste Etty keine Antwort. Beide saßen schweigend da und hingen ihren Gedanken nach, bis Darcy erklärte, es würde Zeit, nach Hause zu gehen. Als sie aufgestanden waren, stellte sich Etty dicht vor ihn hin und sah ihm fest in die Augen.

»Du wirst immer mein bester Freund sein, Darcy Winton. Wenn du dir das nächste Mal über etwas Sorgen machst, rede bitte mit mir und nicht mit Louisa. Sie ist doch noch ein Kind.« Mit diesen Worten setzte sie sich ungeniert über das Gefühl hinweg, das sie häufig beschlich, dass Louisa nämlich weiser war als sie alle.

Etty selbst entwickelte sich langsam zur Frau. Ihre Regel hatte vor vier Monaten eingesetzt, und ihre Brüste begannen zu knospen. Ihre Mutter hatte angedeutet, dass es ihr lieber sei, wenn sie nicht mehr mit Darcy alleine wäre, weder unten am Fluss noch beim Ausreiten. Davon würde sie Darcy jedoch nichts sagen. Etty verstand die Gründe ihrer Mutter nur vage, doch sie beschloss, dass diese nicht zu wissen brauchte, dass Louisa nicht dabei gewesen war, als sie und Darcy am Fluss Fisch gegessen hatten.

3

Etty und Louisa standen in Ballarat auf dem Bahnsteig, als der Zug aus Melbourne, schwarze Rußwolken ausstoßend, um die Kurve kam. Ein durchdringender Pfiff kündigte seine Ankunft an, als hätte nicht die gesamte Bevölkerung von Ballarat schon längst das nahende Rattern und Stampfen gehört. Fauchend hielt der Zug unter lautem Gekreische an. Die Türen gingen auf. Passagiere strömten aus dem Zug, junge Männer, die behände auf den Bahnsteig sprangen, und Damen, die sich gern beim Herabsteigen der beiden schmalen Stufen behilflich sein ließen.

Ruan war einer der Ersten, die ausstiegen, zwei Wagen von der Stelle entfernt, an der seine Eltern mit den beiden Mädchen warteten. Sobald sie ihn sah, spürte Etty, dass sie ihren Bruder viel stärker vermisst hatte, als ihr bewusst gewesen war. Sie rief seinen Namen und winkte, um seine Aufmerksamkeit zu erregen. Mit einem breiten Grinsen im Gesicht winkte er zurück. Etty wollte auf ihn zulaufen, hielt jedoch inne, als sie sah, dass ihr Bruder nicht allein war.

»Wer ist dieser Mann neben Ruan?«, fragte sie ihre Eltern und runzelte verblüfft die Stirn.

»Sicher jemand, mit dem er sich im Zug angefreundet hat«, antwortete ihre Mutter. »Wir werden es gleich erfahren. Ruan scheint ihn uns vorstellen zu wollen.«

In Gegenwart des streng aussehenden Fremden mit dem

grauen zottigen Haar und den wild wuchernden Augenbrauen gab Etty ihrem Bruder nur einen sittsamen Kuss auf die Wange, statt ihn herzlich zu umarmen, wie sie das andernfalls getan hätte. Ruan schüttelte seinem Vater die Hand, ließ sich von seiner Mutter umarmen und begrüßte Louisa mit einem grinsenden »Hallo«.

»Mutter, Vater, ich möchte euch meinen Klassenlehrer Mr Boniface vorstellen. Mr Boniface, meine Eltern.«

Die Männer schüttelten sich die Hände und murmelten jeder ein höfliches »Angenehm«. Zu Ruans Mutter sagte Mr Boniface: »Es ist mir eine große Freude, Ihre Bekanntschaft zu machen, Mrs Trevannick.«

»Und ich freue mich, einen von Ruans Lehrern kennenzulernen«, antwortete Meggan. »Wohnen Sie in Ballarat, Mr Boniface?«

»Ich habe Mr Boniface über die Ferien zu uns eingeladen«, warf Ruan rasch ein und sah seine Mutter etwas unsicher an. »Ich hoffe, du hast nichts dagegen. Die Zeit war zu knapp, um noch einen Brief zu schicken, und ich habe Mr Boniface gesagt, dass es kein Problem sein würde.«

Wie Ruan erwartet hatte, nahm seine Mutter die Neuigkeit liebenswürdig und gelassen auf. »Gäste sind uns auf Langsdale immer willkommen, Mr Boniface. Ich hoffe, es wird Ihnen bei uns gefallen.«

Sie folgten dem Gepäckträger, der die Koffer zum Ausgang brachte. Ruan ging neben seiner Mutter her, die unbedingt wissen wollte, wie es ihm in der Schule gefalle. Mr Boniface schritt vor ihnen und unterhielt sich mit Ruans Vater. Die Mädchen zockelten mit ein wenig Abstand hinterher.

»Die Schule ist ganz in Ordnung«, beantwortete Ruan die besorgte Frage seiner Mutter. »Macht es dir wirklich nichts aus, dass ich Mr Boniface zu uns eingeladen habe, Mama?«

»Natürlich macht es mir nichts aus. Ich muss allerdings zugeben, dass es mich ein wenig überrascht, dass du einen Lehrer eingeladen hast. Kann er sonst nirgends hin?«

»Er wohnt in der Schule. So lange ist er noch nicht in Australien.«

»Er muss ja dein Lieblingslehrer sein, wenn du ihn nach Hause einlädst.«

»Das ist er, Mama. Mr Boniface ist der beste Lehrer der ganzen Schule. Außerdem möchte er gern Darcy kennenlernen.«

»Ach ja? Aus irgendeinem besonderen Grund?« Meggan hielt inne und zog die Augenbrauen hoch, als suche sie im Gesicht ihres Sohnes nach einer Antwort.

»Ich hab Mr Boniface erzählt, dass Darcy viel klüger ist als ich und dass Miss Jane uns unterrichtet hat.«

»Ich … verstehe.« Ja, sie konnte sich zwar vorstellen, dass ein Lehrer Jane und Darcy interessant fand. Dennoch machte sie sich Gedanken darüber, warum er die beiden unbedingt kennenlernen wollte. Jane und Darcy nahmen nämlich einen ganz besonderen Platz in Meggans Herzen ein.

»Wo ist Darcy überhaupt?«, fragte Ruan. »Warum ist er nicht mit zum Bahnhof gekommen?«

»Darcy ist mit Nelson zur Westweide geritten, um dort nach der Herde zu sehen.«

Ruan wirkte bedrückt. »Dann ist er gar nicht auf der Farm?«

»Erst in ein bis zwei Tagen.«

»Er hat doch gewusst, dass ich nach Hause komme. Musste er denn Nelson unbedingt begleiten?«

»Darcy will dich nicht sehen«, posaunte Etty hinter ihm heraus.

»Was?!« Ruan drehte sich zu seiner Schwester um.

Meggan wandte sich ebenfalls um, um Etty scharf zurechtzuweisen. Doch die rührte das nicht.

»Aber es ist doch wahr, Mama. Ich hab dir ja erzählt, was Darcy gesagt hat.«

»Oh, Etty.« Nun war Louisa bestürzt. »Ich habe dir nur erzählt, was Darcy gesagt hat, weil du mich so sehr bedrängt hast. Du solltest es für dich behalten.«

Diesmal fiel Meggans Verweis etwas milder aus. »Hört auf Kinder, jetzt reicht's. Die Männer sind uns schon ein ganzes Stück voraus. Beeilt euch, und ich will nichts mehr von diesem Unsinn hören.«

Während Etty eilig zu ihrer Mutter aufschloss, blieb Ruan zurück und flüsterte mit Louisa.

»Was hat Darcy zu dir gesagt, Louisa? Ich will das auch wissen.«

Nach einem nervösen Blick auf Meggans Rücken flüsterte Louisa: »Darcy hat die verrückte Idee, dass du dir jetzt, weil du aufs Internat durftest und er nicht, zu fein sein wirst, mit einem Aborigine befreundet zu sein.«

Ruan kommentierte das mit einem verächtlichen Schnauben. »Darcy ist ein Idiot. Ich habe mich nicht verändert.«

»Ich hab ihm auch gesagt, dass du immer noch der Gleiche sein wirst. Aber du weißt ja, dass Darcy nur zuhört, wenn er will.«

Als sie die Wagonette der Trevannicks erreichten, drückte Mr Boniface den Wunsch aus, neben seinem Gastgeber auf dem Kutschbock sitzen zu dürfen. Er wollte alles um sich herum sehen und war fasziniert von den Fördertürmen der tiefen Minen, die jetzt die Hauptquelle für Gold in Ballarat waren. Cons Erzählungen über die frühen Jahre des Städtchens fesselten ihn.

»Sind Sie auch Goldgräber gewesen, Mr Trevannick?«

»Nein, aber die Brüder meiner Frau haben ein paar Jahre erfolgreich nach Gold gesucht. Sie haben zur Zeit des Goldgräberaufstands damit aufgehört.«

»Ach ja, darüber habe ich gelesen. An einem Ort namens Eureka, glaube ich. Es fand ein Kampf mit dem Militär statt, bei dem Hunderte von Männern getötet wurden.«

»Die Zahlen sind stark übertrieben, Mr Boniface. Bei dem Aufstand wurden keine dreißig Männer getötet, allerdings gab es sehr viele Verwundete.« Er blickte kurz nach hinten und stellte fest, dass Meggan und die Mädchen aufmerksam Ruan zuhörten. Dann wandte er sich wieder dem Lehrer zu und fuhr mit leiserer Stimme fort: »Der älteste Bruder meiner Frau ist damals schwer verwundet worden, und sein bester Freund wurde getötet. Einige weitere Ereignisse, die zwar nichts mit dem Aufstand zu tun hatten, die aber während und nach der Schlacht stattfanden, machten das alles zu einer sehr tragischen Zeit für die Familie. Sie werden deshalb verstehen, dass wir zu Hause nicht über Eureka sprechen.«

»Ja, natürlich verstehe ich das, Mr Trevannick. Danke, dass Sie mich darauf hinweisen.«

»Wir bleiben heute Abend in der Stadt und fahren erst morgen nach Hause. Ich könnte Ihnen den Ort und die alten Goldgräberstätten zeigen, wenn Sie Interesse haben.«

»Sehr gerne. Vielen Dank, Sir.«

»Ist mir ein Vergnügen. Und während ich Sie in der Stadt herumführe, könnten Sie mir auch gleich erzählen, wie mein Sohn in der Schule zurechtkommt.«

»Sobald wir zu Hause sind, werde ich als Allererstes reiten gehen«, erklärte Ruan, als sie noch etwa dreißig Minuten von Langsdale entfernt waren. Sein Blick schweifte über die Weiden, auf denen das Gras von der Hitze des langen Sommers welk war, aber immer noch einiges an Viehfutter hergab. Weiter rechts sah er eine kleine Herde von Zuchtschafen. Er atmete tief die kräftige Landluft ein, den Geruch der Bäume, der Schafe und der Eukalypten. Als er einen seltsamen Stich nahe dem Herzen spürte, erkannte er, wie sehr er Langsdale vermisst hatte und wie sehr er sich freute, wieder zu Hause zu sein. Er stieß einen Seufzer aus. »Das Allerschlimmste an der Schule ist, dass man dort nicht reiten kann.«

»Das Allerschlimmste?«, fragte Etty. »Ist es denn da so schrecklich?«

»Manchmal schon. Aber manches ist auch gar nicht so schlecht. Ich habe einen guten Freund namens Jimmy Costner. Seine Familie wohnt in Gippsland. Ganz ehrlich, Etty, ich wünschte, ich brauchte nicht ins Internat zurück. Ich vermisse Langsdale so sehr.«

Etty drückte ihrem Bruder die Hand. »Wir alle haben dich auch vermisst. All die Sachen, die wir zusammen gemacht haben, wie Angeln und so, sind nicht mehr wie früher. Und Darcy hat sich auch verändert.«

»Wie meinst du das?«

»Er schmollt immer noch, weil er nicht mit dir zur Schule gehen durfte.«

Louisa, die bisher sehr wenig gesagt hatte, verteidigte Darcy. »Darcy schmollt nicht. Er ist wütend, weil er so gerne mehr lernen würde.«

»Ich hab ihm versprochen, dass er meine Bücher mit benutzen kann, wenn ich zu Hause bin.«

»Das ist aber nicht das Gleiche, wie zur Schule zu gehen, nicht wahr?«

»Vermutlich nicht.« Ruan machte wieder ein bedrücktes Gesicht. Nun, da sie fast zu Hause waren, betrachtete er Boneys Idee, einen Weg zu finden, wie man Darcy die Schulbildung zukommen lassen konnte, nach der er sich sehnte, nicht mehr so zuversichtlich. Er würde den Mädchen noch nichts davon erzählen. Seinem Vater sollte er besser auch noch nichts sagen.

Vielleicht hätte er zunächst gründlicher über alles nachdenken sollen, bevor er seinen Lehrer so spontan einlud.

Jane und Nelson sahen sich schweigend an. Beide dachten das Gleiche. Mr Boniface saß ihnen gegenüber am Tisch, Darcy an der Stirnseite. Jedes Gesicht drückte ein anderes Gefühl aus. Mr Boniface schien ehrlich begeistert, Darcy aufgeregt und erwartungsvoll. Die Mienen von Jane und Nelson wirkten reserviert. Sie hatten sich alles, was der Lehrer zu sagen hatte, kommentarlos angehört. Nun hatte Mr Boniface aufgehört zu sprechen und wartete anscheinend auf eine Reaktion von ihnen.

»Warum genau sind sie so interessiert daran, meinem Sohn Unterricht zu erteilen, Mr Boniface?«

»Als Ruan mir erzählte, dass Sie die Kinder unterrichten, war meine Neugier geweckt. Ich habe nie die allgemeine Meinung akzeptiert, dass Angehörige dunkelhäutiger Rassen weniger intelligent seien als Weiße. Ich brauche nur Sie beide anzusehen«, er nickte nacheinander Jane und Nelson zu, »um zu erkennen, dass Sie nicht auf den Kopf gefallen sind.« Er hielt inne, um sich zu räuspern, während die ihm gegenüber Sitzenden einen ironischen Blick tauschten. »Äh, verzeihen Sie mir, wenn meine Worte herablassend klingen. Ich meine das überhaupt nicht so.«

Jane versuchte, den Lehrer mit einem vagen Lächeln zu beruhigen. »Wir nehmen keinen Anstoß daran, dass Sie die Wahrheit aussprechen, Mr Boniface. Ich bin als Tochter einer weißen Familie aufgewachsen und habe häufig die Borniertheit engstirniger Menschen erlebt. Ich glaube, ich kann für meinen Mann und für mich sprechen, wenn ich sage, dass es sehr erfreulich ist, jemanden außerhalb unserer Familie – und damit meine ich alle hier auf Langsdale – kennenzulernen, der uns nicht als eine Verirrung der menschlichen Gesellschaft sieht. Sie haben jedoch noch nicht erklärt, warum Sie so sehr daran interessiert sind, ausgerechnet meinem Sohn eine höhere Bildung zu vermitteln.«

Mr Boniface kratzte sich an der rechten Augenbraue, eine Geste, die Ruan vertraut gewesen wäre. »Ethnologie ist eine Art Hobby von mir. Ich hoffe, dass es mir gelingen wird, Studien an den Aborigines durchzuführen unter besonderer Berücksichtigung der Frage, inwieweit eine vollständige Integration in die weiße Gesellschaft möglich ist. Anschließend würde ich gerne einen wissenschaftlichen Aufsatz über meine Erkenntnisse schreiben.«

»Mit anderen Worten«, stellte Nelson mit einem leicht spöttischen Unterton fest, »Sie möchten unsere Familie als Fallbeispiel dafür benutzen, wie man Aborigines zu gebildeten Menschen erziehen kann.« Er warf einen kurzen Blick zu seiner Frau, die mit einem Hochziehen der Augenbrauen und einem leichten Schürzen der Lippen antwortete. Jeder der beiden wusste, was der andere dachte, so sehr stimmten sie in allem überein.

»Genau.« Boniface ließ sich so sehr von seiner Begeisterung mitreißen, dass er den Zynismus von Darcys Eltern gar nicht spürte. »Ich bin sicher, dass viele Ethnologen verblüfft über Ihre Familie sein werden. Deshalb würde ich Darcy gerne sozusagen unter meine Fittiche nehmen.«

Jane runzelte die Stirn. »Ich glaube nicht, dass wir Ihnen bei Ihrem … Projekt behilflich sein können, Mr Boniface. Vielleicht ist Ihnen entgangen, dass Darcy kein vollblütiger Aborigine ist.«

Diese Feststellung brachte Mr Boniface offenbar so sehr aus dem Konzept, dass er nicht in der Lage war zu antworten. Mit tief gerunzelter Stirn betrachtete er die Familie am Tisch.

»Darcys Vater war ein Weißer«, erklärte Jane.

»Und meiner auch«, fügte Nelson hinzu.

»Ach ja, ich verstehe.« Boniface wünschte, er hätte sich bei seiner Gastgeberin gründlicher nach Darcy und seinen Eltern erkundigt. Er wusste nicht, wie er fortfahren sollte. Vielleicht hatte er diesen Leuten eine furchtbare Beleidigung zugefügt. War die Frau ebenfalls ein Mischling? Er war erleichtert, als die unausgesprochene Frage beantwortet wurde.

»Ich bin eine vollblütige Aborigine, Mr Boniface.«

»Mr Boniface«, sagte Nelson, »wir wollen Ihre Ideen und Vorschläge nicht sogleich verwerfen. Ich muss Ihr Angebot jedoch zunächst allein mit meiner Frau bereden.«

»Was gibt es da zu bereden?«, fragte Darcy aufmüpfig, wurde jedoch sofort durch einen strengen Blick seines Stiefvaters zum Schweigen gebracht. Dieser stand nun auf, um dem Lehrer anzudeuten, dass er das Gespräch als beendet betrachtete. Mr Boniface verabschiedete sich mit der Bitte an die Familie, sein Angebot sorgsam zu überdenken.

Darcy hielt sich so lange zurück, bis die Tür hinter ihrem Besucher geschlossen war. Als er mit seiner Mutter sprach, war er kaum in der Lage, den Zorn in seiner Stimme zu unterdrücken. »Warum hast du Mr Boniface nicht zugesagt? Du weißt doch, wie gern ich mehr lernen will.«

»Beruhige dich, Darcy. Dein Vater und ich wissen, dass du weiter lernen möchtest. Wir müssen nur ganz genau wissen, aus welchem Grund Mr Boniface unbedingt dein Tutor werden will.«

»Das hat er euch doch gesagt. Er weiß, dass Aborigines genauso intelligent sind wie Weiße.«

»Ganz genau so hat der Mann das aber nicht gesagt, Darcy.« Nelsons Spott war für seinen Stiefsohn unüberhörbar. »Dieser Lehrer will der Welt zeigen, dass wir trotz unserer Hautfarbe Intelligenz besitzen. Wir möchten aber nicht, dass du irgendwelchen Wissenschaftlern in England oder sonst wo auf der Welt als Kuriosität vorgeführt wirst.«

»Mich braucht niemand der Welt ›vorzuführen‹«, entgegnete

Darcy wütend. »Lasst mich nur genügend lernen, dann beweise ich der Welt, wie klug ich bin.«

Nelson blieb ungerührt. »Das sind leidenschaftliche Worte, mein Sohn. Arrogante Worte. Aber sei doch vernünftig! Denk mal richtig nach! Was willst du mit der ganzen Schulbildung einmal anfangen, Darcy? Das Einzige, worauf du im Leben hoffen kannst, ist ein guter Job auf einem Anwesen wie Langsdale. In einer Stadt könnten wir niemals so angenehm leben. Wir wären Außenseiter. Sei stolz auf deine Herkunft, Darcy, aber erwarte nicht von der weißen Welt, dass sie dich als Gleichberechtigten akzeptiert.«

»Vielleicht bringe ich sie dazu, mich zu akzeptieren.« Voller Wut, die ihn in letzter Zeit immer rasch packte, stürmte er aus dem Zimmer, ohne auf die flehentlichen Worte seiner Mutter zu hören oder sich um den scharfen Tadel seines Stiefvaters zu kümmern.

Er lief über den Hof und pfiff nach seinem Pferd. Erwartungsvoll kam es ans Gatter. Er kletterte auf den Zaun, legte der Stute das Zaumzeug an, glitt auf ihren bloßen Rücken und lenkte sie zum Tor. Als er den Riegel öffnen wollte, ritt ihn plötzlich der Teufel. Er ließ die Stute auf die andere Seite der Koppel traben, streichelte ihren Hals und flüsterte ihr sanft zu. Wiehernd warf sie den Kopf zurück und richtete die Ohren nach vorn.

Dann drückte Darcy die Knie in ihre Flanken. »Los, Mädchen!«

Die Stute galoppierte schnurstracks auf das Tor zu, setzte in hohem Sprung darüber hinweg und landete sicher auf der anderen Seite. Dann galoppierten sie über das offene Weideland, und Darcy musste sein ganzes Können aufbieten, um sich auf ihrem Rücken zu halten. Sobald der wilde Ritt seinen Zorn abgekühlt hatte, ließ Darcy die Stute im Schritt weitergehen. Er glaubte, dass er besser reiten konnte als jeder Weiße, den er kannte.

Vielleicht mit Ausnahme seines Onkels Josh. Onkel Josh war ein guter Reiter gewesen. Während das Pferd in seinem eigenen Tempo dahintrottete, grübelte Darcy darüber nach, wie sein Leben wohl verlaufen wäre, wenn sein Onkel nicht gestorben wäre. Höchstwahrscheinlich würden sie dann immer noch mit Oma und Opa Winton auf Riverview leben. Betrübt stellte er fest, dass er sich nur noch verschwommen an ihre Gesichter erinnern konnte, wie an das meiste aus der Zeit auf Riverview. Seine einzige wirklich klare Erinnerung war, wie er als kleines Kind vor seinem Onkel Josh im Sattel über die Ländereien geritten war.

Nelson und Con Trevannick sahen beide Darcy über das Tor springen.

»Dein Junge wird sich noch eines Tages den Hals brechen«, bemerkte Con, als er Nelson wenige Minuten später traf.

»Haben Sie das auch gesehen?«, grummelte Nelson. »Gegen so viel Leichtsinn muss man etwas tun. Wenn er nach Hause kommt, kriegt er eine ordentliche Tracht Prügel. Ich weiß ja, dass Sie nichts von körperlicher Züchtigung halten, Boss, aber alles andere scheint keinen Eindruck auf den Burschen zu machen.«

Con gab keinen Kommentar dazu ab. Nelson hatte das Recht, seinen Sohn zu bestrafen, wenn er es für angebracht hielt. Er wechselte das Thema. »Ich hab Boniface aus Ihrem Haus kommen sehen.«

»Ja, er war bei uns. Er möchte Darcy Fernunterricht erteilen. Er hat vorgeschlagen, ihm per Post Lektionen zu schicken. Darcy könnte dann die Aufgaben bearbeiten und zurückschicken. Jane und ich würden gerne wissen, was Sie von dieser Idee halten. Uns ist das angebliche Motiv dieses Mannes nicht ganz geheuer.«

Con Trevannick dachte einen Augenblick nach. »Beabsichtigt Mr Boniface, ein Honorar für diesen Unterricht zu verlangen?«

»Nein, Boss. Er will Darcy als Beispiel dafür benutzen, dass man auch Aborigines etwas beibringen kann.«

Der Zynismus entging Con nicht. »Ah, ich verstehe. Sie wollen also wissen, was ich vom Motiv des Mannes halte, Nelson?«

»Darcy will diesen Fernunterricht unbedingt. Wir hätten damit auch eigentlich kein Problem. Aber wir sind absolut dagegen, dass dieser Mann Darcy für seine eigenen Zwecke benutzt.«

»Boniface kommt mir nicht vor wie jemand, der andere zu seinem Vorteil übers Ohr haut. Was verspricht er sich denn davon, dass er Darcy unterrichtet?«

»Er hat erwähnt, dass er einen Aufsatz über die Intelligenz der dunkelhäutigen Rassen schreiben will. Er möchte beweisen, dass Intelligenz nichts mit Hautfarbe zu tun hat. Ich muss zugeben, dass mir diese Absicht vollkommen aufrichtig erscheint.«

»Wenn der Mann nichts weiter vorhat, als einen Aufsatz zu schreiben, dann bin ich der Meinung, dass Sie Darcy zuliebe sein Angebot annehmen sollten. Ich habe noch nie einen Jungen erlebt, der so begierig ist, seinen Kopf mit Wissen vollzustopfen. Ich rede mit Boniface. Und ich stimme vollkommen mit Ihnen überein, dass Darcy in keiner Weise ausgenutzt werden darf.«

»Danke, Boss.« Nelson fing plötzlich an zu lachen. Con sah ihn fragend an.

»Mir kam nur gerade der Gedanke, dass Sie nun vielleicht ein noch größeres Problem mit Ruan haben werden. Wenn er erfährt, dass Darcy Fernunterricht bekommt, wird er nicht mehr zurück ins Internat wollen.«

Con verzog das Gesicht. »Ich wünschte, Ruan hätte nur halb so viel Interesse am Lernen wie Darcy.«

Darcy war nicht der Einzige, der neidisch auf Ruan war. Als dieser seiner Schwester und Louisa seine Schulbücher zeigte, war Ettys Interesse zwar nur flüchtig, doch Louisa begann eifrig, die

Lehrbücher für Mathematik zu studieren. Zahlen faszinierten sie. Miss Jane hatte ihnen addieren, subtrahieren und einfache Multiplikationen beigebracht. Das alles fand Louisa so einfach, dass sie sämtliche Aufgaben im Kopf ausrechnen konnte. Auch wenn sie niemals etwas sagen würde, was Miss Jane kränken könnte, war ihr klar, dass Mathematik sehr viel mehr beinhalten musste, als Miss Jane ihnen beibringen konnte.

In Ruans Büchern stieß sie auf Brüche, schriftliche Divisionen und Gleichungen. Völlig aus dem Häuschen war sie, als sie etwas entdeckte, was Algebra hieß und wobei Zahlen durch Buchstaben des Alphabets ersetzt wurden.

»Was hast du nur für ein Glück, Ruan.«

Dieser schnaubte verächtlich. »Was hat das denn mit Glück zu tun, wenn man Mathematik machen muss? Das ist doch absolut langweilig.«

»Für dich vielleicht, aber nicht für mich. Oh, das ist alles so aufregend. Du musst mir alles beibringen, was du gelernt hast, bevor du zurück ins Internat gehst.«

»Wozu willst du denn diesen ganzen Kram lernen?«, fragte Etty spöttisch. »Was soll das für einen Sinn für ein Mädchen haben? Wenn du groß bist, wirst du eh heiraten und Kinder kriegen. Da brauchst du bloß lesen, schreiben und ein bisschen rechnen zu können.«

»Wie kommst du auf die Idee, dass ich bloß heiraten und Kinder kriegen will? Vielleicht werde ich ja stattdessen Mathematiklehrerin.«

»Ach du meine Güte, Louisa, warum um alles in der Welt solltest ausgerechnet du Lehrerin werden wollen?«

»Warum willst du denn Sängerin werden?«, erwiderte die sonst sehr ausgeglichene Louisa ungewöhnlich scharf und stellte mit Genugtuung fest, dass Etty rote Flecken auf den Wangen bekam.

»Ich will nicht Sängerin *werden*, Louisa, ich *bin* bereits Sängerin. Während Ruan hinter den Schafen herrennt und du mit irgendwem verheiratet bist und Kinder großziehst, werde ich die ganze Welt bereisen. Ich werde eine noch berühmtere Sängerin werden als meine Mutter.«

Ihren Bruder beeindruckte das nicht. »Hör doch auf damit, Etty. Mit deinem aufgeblasenen Gerede kannst du einen manchmal furchtbar nerven.«

Etty stand übertrieben elegant auf und strich eine nicht vorhandene Falte in ihrem Rock glatt. »Und *ich* finde es nervig, euch beiden zuzuhören. Bestimmt gibt es irgendwas Interessantes, was ich tun kann. Amüsiert euch ruhig mit eurer langweiligen Mathematik. Ich möchte eh lieber mit Darcy zusammen sein.«

»Falls Darcy mit dir zusammen sein will. Er findet dich nämlich auch nervig.« Diese Bemerkung ihres Bruders versetzte Etty einen heftigen Stich.

»Das tut er nicht. Du bist gemein, Ruan Trevannick.« Mit diesen Worten stolzierte sie aus dem Zimmer. Zum Glück bekam sie nicht mit, wie sich ihr Bruder und Louisa angrinsten. Manchmal ließ sich Etty wirklich leicht hänseln. Doch sobald sie fort war, hatten die beiden sie auch schon vergessen.«

»Interessierst du dich wirklich für Mathematik?« In der Schule kannte Ruan nur eine Handvoll Jungen, die sich für dieses Fach begeisterten. Er konnte kaum glauben, dass Louisa, obwohl sie immer am schnellsten die von Miss Jane gestellten Rechenaufgaben gelöst hatte, tatsächlich diesen ganzen Kram lernen wollte, den er selbst absolut langweilig fand.

Louisa wurde nachdenklich. »Ich hab schon immer gerne Zahlen zusammengerechnet. Doch bis du mir deine Bücher gezeigt hast, habe ich nicht gewusst, dass man noch so viele andere Sachen mit Zahlen machen kann. Und das würde ich am liebsten alles lernen. Weißt du, was bei dieser Rechenaufgabe herauskommt?«

Ruan blickte auf die Aufgabe. 15 + 6–5 + 9 = …. »Um das auszurechnen, brauch ich Papier und Bleistift.«

»Fünfundzwanzig.«

Ruan löste die Aufgabe auf einem Blatt Papier und war verblüfft. »Du hast recht. Wie bist du darauf gekommen?«

»Ich hab das im Kopf ausgerechnet«, erklärte sie mit bescheidenem Stolz.

»Du meinst, du kriegst das allein durch Nachdenken raus?« Er schnaubte ungläubig. »Niemand kann solche Rechenaufgaben im Kopf lösen. Du hast das zufällig richtig geraten.«

»Nein, Ruan, das war kein Zufallstreffer. Ich zeige dir, wie ich auf die Lösung gekommen bin.« Sie nahm ihm Bleistift und Papier ab. »Sechs minus fünf gleich eins. Eins plus neun gleich zehn. Zehn plus fünfzehn gleich fünfundzwanzig.«

»Wie bist du darauf gekommen, das so zu machen? Das hat man uns in der Schule so nicht beigebracht.«

Louisa zuckte mit den Schultern. »Weiß ich nicht. Ich hab's einfach gemacht. Zeig mir eine andere.«

Ruan blätterte zwei Seiten in dem Lehrbuch um. »Die hier.« Er zeigte auf *20–6 + 11 + 3–9* = …

»Neunzehn.«

»Lass mich mal sehen.« Wieder löste Ruan die Aufgabe auf dem Papier, während Louisa ihm zusah. »Du hast schon wieder recht. Wie bist du denn hier auf die Lösung gekommen?«

»Sechs und neun werden beide abgezogen. Zusammen ergeben sie fünfzehn. Ich hab fünfzehn von zwanzig subtrahiert, das macht fünf. Fünf plus elf plus drei ist neunzehn.«

Ruan war beeindruckt. »Du bist gut. Wir müssen Boney unbedingt zeigen, was du kannst. Vielleicht schickt er dir dann auch Lektionen, so wie Darcy.«

Louisa bekam glühende Wangen. »Meinst du, das würde er tun?«

»Wir können ihn auf jeden Fall fragen.«

»Hoffentlich ist er einverstanden. Oh!« Louisa kam plötzlich ein Gedanke. Ihre Augen strahlten.

»Was ist los? Du wirkst ja ganz aufgeregt.«

»Ich hatte gerade eine wunderbare Idee, Ruan. Wenn Boney …« Sämtliche Kinder hatten Ruans Spitznamen für den Lehrer rasch übernommen. »… wenn er für mich und Darcy Lektionen schickt, könnte er ja vielleicht auch dir welche schicken. Dann brauchtest du nicht mehr zurück ins Internat.«

»Louisa, das ist eine fantastische Idee! Ich hab aber sogar eine noch bessere. Boney könnte hier auf Langsdale bleiben und unser Tutor werden.« Die beiden lächelten sich zuversichtlich an.

»Kommt überhaupt nicht infrage«, antwortete Con Trevannick, als Ruan später am Tag seinem Vater diesen Vorschlag unterbreitete. »Du gehst weiter zur Schule, ob dir das gefällt oder nicht. Du hast die Intelligenz und den Verstand dafür. Die Schule wird dir eine gute Grundlage fürs Leben mitgeben. Die Welt besteht nicht nur aus Langsdale.«

»Steh gerade, Junge!« Ruan hatte die Schultern hängen lassen, als ihm klar wurde, dass sein Vater unerbittlich sein würde. »Fang endlich an, wie ein Mann zu handeln und Verantwortung zu übernehmen. Und in diesem Abschnitt deines Lebens besteht diese Verantwortung darin, das Beste aus deiner Schulausbildung zu machen.«

Ruan stand nun ganz gerade da. »Ja, Sir.« Er kam sich beinah vor, als wäre er wieder in Crankys Büro, so hilflos fühlte er sich seinem Vater gegenüber. »Darf ich jetzt gehen, Sir?«

»Ich werde dich nicht daran hindern«, antwortete sein Vater mit einem leicht amüsierten Zucken um die Mundwinkel. »Nur noch eines. Ich hoffe, du hast Mr Boniface noch nichts von deiner schwachsinnigen Idee erzählt.«

»Nein, Pa.«

»In Ordnung. Dann ab mit dir. Versuch, dich mit irgendetwas Sinnvollem zu beschäftigen.«

Ruan lief zum Cottage der Benedicts, um mit Louisa zu reden. Sie spielte gerade mit ihren beiden jüngsten Brüdern Ball und hielt inne, als sie Ruan sah. »Was hat dein Vater gesagt?«, fragte sie ihn.

»Er hat mir erklärt, ich müsste weiter zur Schule, ob ich will oder nicht.« Er nahm ihr den Ball ab und warf ihn Billy zu, ohne darauf zu achten, ob der Junge ihn fing oder nicht. »Komm mit, Louisa, lass uns Darcy suchen gehen.«

»Nelson hat gesagt, Darcy sei ausgeritten. Ich glaube, er ist böse auf Darcy. Was macht Etty denn gerade?«

»Sie übt mit Mutter singen. Hast du Lust, mit zum Fluss zu gehen? Wir könnten mal wieder ein bisschen nach Gold schürfen.«

»Tut mir leid, Ruan. Ma hat mir aufgetragen, auf die Jungs aufzupassen. Sie wird mir das Fell versohlen, wenn ich mit den beiden auch nur in die Nähe des Flusses gehe.«

»Was soll ich denn jetzt machen?«

»Spiel doch ein bisschen Ball mit uns.«

»Ich mag keine Kinderspiele spielen.«

»Du könntest Boney fragen, ob er mir die Mathematiklektionen schickt. Bitte!«, fügte sie hinzu, als er das Gesicht verzog.

»Warum fragst du ihn nicht selbst?«

»Er ist dein Lehrer.«

»Na schön, ich frag ihn. Bis später, Louisa.«

Er traf Boney, als der gerade auf das Fuhrwerk der Farm klettern wollte, um neben Larry Benedict auf dem Kutschbock Platz zu nehmen. »Wohin fährst du, Onkel Larry?«

»Ich muss in Creswick Umzäunungsdraht abholen und nehme Mr Boniface mit, um ihm die Goldgräberstätten zu zeigen.«

»Kann ich mitkommen?«

»Klar, wenn deine Eltern damit einverstanden sind.«

»Die haben bestimmt nichts dagegen.« Er sah eins der Aborigine-Hausmädchen in der Nähe der Küche. »Hey, Ruby«, rief er. »Sag der Missus, dass ich mit Mr Benedict mitfahre.« Dann sprang er hinten auf den Wagen und setzte sich auf die Ladefläche, die Ellbogen auf eine Seitenwand gestützt. »Was halten Sie bisher von Langsdale, Mr Boniface?«

»Es ist alles äußerst interessant, Ruan. Ich genieße meinen Aufenthalt hier sehr.«

»Würden Sie gern in einer Gegend wie dieser leben, Mr Boniface? Ich meine draußen im Busch?«

»Ich habe mein Leben lang in Städten mit vielen Menschen gewohnt, Ruan, doch ich glaube, ich würde gerne im ›Busch‹ leben, wie ihr hier die Natur nennt. Ich habe schon viel über die endlosen Weiten Australiens gelesen. Doch hierherzukommen und diese unermessliche Weite aus erster Hand zu erleben ist unvergleichlich. Ich beginne allmählich zu verstehen, warum du dich in der Schule eingeengt fühlst, Ruan.«

Ruan machte ein zerknirschtes Gesicht. »Die Schule ist die meiste Zeit schon ganz in Ordnung, Sir. Allerdings würde ich lieber zu Hause bleiben. Wäre es nicht möglich, dass ich ebenfalls Fernunterricht bekomme?«

Mr Boniface musterte seinen Schüler forschend. »Möglich wäre das schon, wenn auch nicht unbedingt zweckmäßig, da du ja zur Schule gehen kannst. Auch wenn die Lektionen, die ich Darcy schicke, sein Wissen vermehren, wird er bei Weitem keine so umfassende Schulbildung erhalten wie du.«

In diesem Moment wurde Ruan klar, dass Boney ihn nicht bei seinem Versuch unterstützen würde, eine Möglichkeit zu finden, nicht zurück ins Internat zu müssen. Also beschloss er, Boney stattdessen von Louisas mathematischem Talent zu erzählen.

»Ist das das kleine blonde Mädchen in deinem Alter?«

Ruan nickte. »Louisa ist Onkel Larrys Tochter.«

»Unsere Älteste«, stellte Larry klar.

»Du sagst, sie kann Rechenaufgaben im Kopf lösen?«, vergewisserte sich Boniface bei Ruan.

»Ja, Sir. In Miss Janes Unterricht war Louisa immer die Beste im Rechnen. Sie hat mir erzählt, dass sie sich unheimlich gern mit Zahlen beschäftigt. Sie möchte sogar Algebra lernen.«

»Du meine Güte, das ist ja wirklich faszinierend. Da gibt es hier doch tatsächlich einen zwölfjährigen Aborigine-Jungen und ein zehnjähriges Mädchen, die beide klug sind und begierig, ihre geistigen Fähigkeiten zu nutzen. Das muss an der Luft in Langsdale liegen.«

Dieser plumpe Versuch, witzig zu sein, kam bei Ruan nicht an. »Miss Jane ist eine gute Lehrerin«, antwortete er ganz ernsthaft. »Sie hat uns immer ermutigt, selbst zu denken und nicht einfach auswendig zu lernen.«

»Miss Jane ist eine ganz ungewöhnliche Frau.«

In diesem Moment brachte Larry Benedict, der sich leicht amüsiert Ruans Loblied auf Louisas geistige Fähigkeiten angehört hatte, das Fuhrwerk mit einem deftigen Fluch zum Stehen. Boneys Augenbrauen verschwanden sofort schockiert unter seinem Haar. Ruan bemühte sich, keine Miene zu verziehen. Sein Vater sah es nicht gern, wenn seine Männer in irgendeiner Form fluchten, besonders wenn Kinder oder Frauen in der Nähe waren. Dennoch hatte sich Ruan, genau wie Darcy, bereits ein umfangreiches Repertoire an Schimpfwörtern angeeignet.

»Was ist los, Onkel Larry?«, fragte er.

»Sieh mal da drüben.« Larry deutete mit dem Kopf ein Stück nach rechts, während er die Leinen vorne am Wagen festband.

Ruan drehte sich um, um sehen zu können, was los war. »Oh-oh, das wird Pa gar nicht gefallen.«

»Ist das Schaf da drüben mit einem Speer getötet worden?«, fragte Boney ängstlich und fasziniert zugleich. Ruan musste schon wieder die Lippen zusammenbeißen, um nicht zu grinsen.

»Ja, schon das zweite diese Woche.« Larry sprang vom Kutschbock, und Ruan schwang sich behände über die Seitenwand des Wagens.

»Kommen Sie mit gucken, Mr Boniface?«, fragte er.

»Äh, nein, ich glaube, ich bleibe lieber hier.«

Das Schaf war noch nicht lange tot. Das Blut um die Wunde war noch hell und frisch. Schon allein die Tatsache, dass der Speer noch in dem toten Tier steckte, sagte dem Mann und dem Jungen, dass derjenige, der die Waffe geworfen hatte, noch in der Nähe war. Kein Aborigine-Jäger würde einen guten Speer zurücklassen.

Larry suchte die Büsche ab, in denen sich der Wilderer versteckt haben könnte. Ruan kniete sich auf den Boden, um nach Fußabdrücken zu suchen, fand jedoch keine.

»Er muss uns genau in dem Moment kommen gehört haben, als er den Speer geworfen hat, Onkel Larry. Der beobachtet uns bestimmt von irgendwo.«

»Und ob der uns beobachtet.« Larry stellte einen Fuß auf das Schaf und zog den Speer heraus. Er hätte ihn über dem Knie zerbrochen, wenn er sich nicht so wunderbar leicht und elastisch in seiner Hand angefühlt hätte. Ohne den Blick von dem dichten Buschwerk abzuwenden, forderte er Ruan auf, den Wagen zu holen.

»Der Kerl wird weder seinen Speer noch eine kostenlose Mahlzeit bekommen. Da das Schaf frisch getötet ist, werden wir es zum Metzger in Creswick bringen.«

Mr Boniface verzog das Gesicht, als Larry und Ruan mit ziemlicher Mühe das tote Tier auf den Wagen hievten. Er zog ein ordentlich gebügeltes Taschentuch hervor und hielt es sich über Nase und Mund, während er das erlegte Schaf mit einer Mischung aus Faszination und Ekel betrachtete.

»Das gehört halt zum Leben hier dazu«, erklärte ihm Larry, als er sich wieder auf den Kutschbock schwang und den Wagen in Bewegung setzte.

»Kommt es oft vor, dass ein Stück Vieh mit einem Speer getötet wird?«, fragte Boniface mit vorgehaltenem Taschentuch.

»Erst in den letzten paar Monaten. In dieser Gegend leben nicht mehr allzu viele Aborigines.«

»Wie kommt das?«

Larry zuckte mit den Schultern. »Als die Goldgräber in die Jagdgebiete der Stämme eindrangen, brachten sie auch die Krankheiten der Weißen mit. Wenn weiße Kinder Masern kriegen, werden sie meistens wieder gesund. Schwarze Kinder sterben daran. Das trifft auf die meisten von unseren Krankheiten zu. Aborigines haben nicht einmal Abwehrkräfte gegen eine ganz normale Erkältung. Solche Infektionen gab es nämlich nicht, bevor die Weißen kamen. Das sind jedoch nicht die einzigen Dinge, die sie umbringen. Viele Aborigines haben Geschmack am Alkohol gefunden. Sie werden rasch abhängig. Dann treiben sie sich am Rand der Siedlungen herum und versuchen, auf irgendeine Weise an einen Drink zu kommen. Leider dreht sich schon bald ihr ganzes Leben nur noch darum, sich Alkohol zu beschaffen. Und wenn sie in diesem Zustand sind, leben sie natürlich nicht mehr lange.«

»Ich habe irgendwo etwas darüber gelesen, wie sehr die eingeborene Bevölkerung durch die weißen Siedlungen dezimiert wird. Ist es denn möglich, dass bereits ganze Stämme ausgerottet wurden?«

»Das ist nicht nur möglich, sondern in manchen Gegenden schon mehr oder weniger Tatsache.«

»Als die Aborigines nicht mehr in ihren Gebieten jagen konnten, haben sie angefangen, mit ihren Speeren Schafe zu töten«, fügte Ruan hinzu, der ebenfalls zu Boneys Weiterbildung beitragen wollte.

»Aber Sie haben doch gesagt, Benedict, dass so etwas erst in jüngster Zeit vorgekommen ist?«

»Der Boss meint, dass hierfür eine kleine Gruppe verantwortlich sein könnte, die sich von ihrem Stamm abgesondert hat. Die werden wir eines Tages schon erwischen, hoffentlich ohne jemanden von ihnen erschießen zu müssen.«

Larrys letzte Worte machten Mr Boniface völlig fassungslos. »Jemanden erschießen? Aber wäre das nicht eine Straftat?« Er blickte nervös auf Larrys Pistole und auf das Gewehr, das im Wagen lag.

»Es besteht ein Unterschied zwischen einem kaltblütigen Mord und Notwehr, Boniface. Wenn es um die Frage ginge, ihr Leben oder unseres, ja, dann würde ich schießen.«

»Äh, ja, natürlich. Und Sie glauben, dass der Mann, der das Schaf getötet hat, immer noch in der Nähe ist?« Boniface blickte nervös zu den Büschen am Wegrand hinüber.

Larry grummelte. »Ja, das glaube ich. Wenn ich sicher gewesen wäre, dass es nur einer ist, hätte ich ihn verfolgt und mir von Ruan mit dem Gewehr Deckung geben lassen. Aber man kann leider nicht feststellen, wie viele sich da im Busch verstecken. Die Eingeborenen verstehen sich darauf, so mit der Landschaft zu verschmelzen, dass man sie nicht sieht.«

»Ja, das habe ich auch schon gehört.« In diesem Augenblick wurde Boney bewusst, was Larry zuvor gesagt hatte, und er gab einen erstickten Laut von sich. »Sie hätten Ruan erlaubt, das Gewehr zu benutzen, Benedict?«

»Ich kann schießen, Mr Boniface. Pa hat es uns allen beigebracht. Er glaubt, wer schießen kann, hat Respekt vor Waffen.«

»Interessante Idee.« Ruan hatte den Eindruck, dass sich Boneys Augenbrauen jetzt auf Dauer unter seine Haare verzogen hatten. »Du hast gesagt, ›uns allen‹. Lernen die Mädchen denn auch, Waffen zu gebrauchen?«

»Etty übt immer mit uns. Louisa nicht mehr. Nachdem sie gelernt hatte, wie man schießt und mit einem Gewehr umgeht, wollte sie nicht mehr mitmachen.«

Larry lachte in sich hinein. »Louisa kann viel besser schießen als ihre Mutter.« Nun fing er laut an zu lachen.

»Was ist denn daran so komisch, Onkel Larry?«

»Ich musste gerade an etwas denken, was vor langer Zeit passiert ist.«

»Erzähl es uns doch bitte.«

»Tut mir leid, Ruan. Das ist zu persönlich und außerdem eine zu kostbare Erinnerung, um sie mit anderen zu teilen.«

»Schießt du denn auf Wild?«, wollte Boniface von Ruan wissen. Offenbar machte ihm immer noch die Vorstellung zu schaffen, dass Kinder hier draußen Waffen in die Hand bekamen.

»Nein. Wir dürfen nur auf Zielscheiben ballern. Pa sagt, er lässt uns erst mit fünfzehn auf Kängurus schießen.«

»Auf Kängurus?«

»Kängurufleisch ist mal eine angenehme Abwechslung statt immer nur Lamm.«

»Du meine Güte. In was für eine fremde Welt bin ich hier nur geraten?« Seine Augenbrauen senkten sich endlich wieder auf ihre normale Höhe.

»Können Sie denn schießen, Mr Boniface?«

»Nein, Ruan, das kann ich nicht«, antwortete der Lehrer nachdrücklich. »Und ich habe auch nicht vor, jemals eine Feuerwaffe in die Hand zu nehmen.«

»Eine Kugel ist allemal schneller als ein Speer«, grummelte Larry vor sich hin.

Als Larry den Kopf wandte, um nachzusehen, wie weit das Gewehr von seiner Hand entfernt lag, wurde sowohl Ruan als auch seinem Lehrer klar, dass das keine beiläufige Bemerkung gewesen war.

Boniface' Augenbrauen wanderten wieder nach oben. »Sind wir in Gefahr?«

Ruan ließ seinen Blick über die Büsche am Wegrand schweifen. »Kannst du sie sehen, Onkel Larry?«

»Wir werden von mindestens zwei verfolgt. Vermutlich wollen sie wissen, wo wir ihr Abendessen hinbringen. Auf dem Heimweg sollten wir wohl besser die Augen offen halten.«

»Glauben Sie, man könnte uns angreifen?« Mr Boniface schien die Begeisterung für diesen Ausflug ein wenig vergangen zu sein.

»Nein. Allerdings sollten wir kein Risiko eingehen.«

»Wäre es nicht ratsam, die Polizei zu informieren?«

»Ich werde das getötete Schaf melden. Aber ich werde auf keinen Fall die Polizei bitten, uns nach Hause zu eskortieren, falls Sie an so etwas gedacht haben. Der zuständige Sergeant ist ein ziemlich voreingenommener Mann. Er hasst die Aborigines fast so sehr wie die Chinesen.«

»Wegen Miss Jane, Nelson und Darcy lädt Pa den Sergeant nie nach Langsdale ein«, erklärte Ruan. »Der hat mal in der Stadt ein paar beleidigende Dinge zu Miss Jane gesagt. Darauf hat Nelson gedroht, ihm den Dez zu zerdeppern.«

»Den Dez zerdeppern?« Boniface blinzelte und zog gleichzeitig die Stirn in Falten. Seine Augenbrauen, die diesmal offenbar keine Antwort unter seinem Haar fanden, zogen sich über dem Nasenrücken zusammen, um sich zu beraten.

»Seinen Kopf mit Fäusten zu bearbeiten«, erklärte Ruan. »Pa musste Nelson zurückhalten.«

»Ich glaube, heute lernt mal der Lehrer was vom Schüler«, sagte Larry lachend. Ruan grinste breit. Und auch Mr Boniface lächelte gut gelaunt.

»Sieht ganz danach aus.«

Sie lieferten das Schaf beim Metzger ab, erstatteten bei einem jungen Polizisten Anzeige und unternahmen eine Tour durch die kleine Stadt und die angrenzenden Goldfelder. Die anschließende Rückfahrt nach Langsdale verlief ohne Zwischenfall.

Am nächsten Morgen brachte Ned Clancy eine Nachricht, die Con Trevannick zwang, den Schritt zu tun, den er seit Längerem hinausgezögert hatte. Vier von Langsdales besten Zuchtschafen waren getötet worden, drei davon lagen noch auf der Weide.

»Die Mistkerle haben nur ein Schaf mitgenommen, Boss. Warum zum Teufel mussten sie noch drei abschlachten, um sie dann einfach liegen zu lassen?« Ned war stinksauer.

Cons Gesicht wirkte grimmig. »Vielleicht war das die Rache dafür, dass Larry ihnen gestern ihre Beute weggenommen hat. Was mir am meisten Sorgen macht, Ned, ist allerdings, dass sie sich so nah an die Farm heranwagen. Ob sie gefährlicher für uns werden? Werden sie noch weiter gehen, als nur Schafe zu töten?«

»Das hab ich mich auch schon gefragt. Erinnern Sie sich noch an die beiden furchtbaren Massaker vor einiger Zeit in Central Queensland?«

Die Vorfälle, von denen Ned sprach, hatten das ganze Land schockiert. 1861, vor gerade mal drei Jahren, waren achtzehn Männer, Frauen und Kinder in Cullin-la-Ringo von Aborigines getötet worden. Vier Jahre zuvor waren elf Weiße auf der Hornet-Bank-Farm ermordet worden.

»Das Hornet-Bank-Massaker war ein Vergeltungsschlag für die Vergewaltigung und Misshandlung von Aborigine-Frauen durch mehrere Weiße. Dagegen soll Wills auf der Cullin-la-Ringo-Farm die Aborigines immer freundlich behandelt haben, das hat jedoch ihn und seine Familie nicht gerettet. Wir müssen diejenigen finden, die die Schafe getötet haben, und diesem Treiben irgendwie ein Ende setzen.«

»Wollen Sie heute noch nach ihnen suchen, Boss?«

»Ja, ich glaube, es wird Zeit, etwas zu unternehmen.«

»Meinen Sie, wir sollten die Polizei um Hilfe bitten?«

Con schüttelte den Kopf. »Ich bin immer noch der Meinung, dass es sich um eine kleine Gruppe handelt, nicht um einen ganzen Stamm. Wenn sie die Tiere, wie ich hoffe, nur getötet haben, weil sie was zu essen brauchten, dann werde ich versuchen, mit ihnen zu verhandeln.«

»Wollen Sie ihnen freien Proviant anbieten, wenn sie sich bereit erklären, keine Schafe mehr zu töten?«

»Genau das habe ich vor.«

Bereits eine Stunde später war der Suchtrupp, bestehend aus Con, Nelson, Ned und Darcy, unterwegs. Nelson ritt voran, sämtliche Sinne äußerst angespannt, bis er die Spuren fand, nach denen er gesucht hatte. Auf einen Wink von ihm stieg Darcy vom Pferd, um sich die Sache genauer anzusehen. Vorsichtig hockte er sich hin, um die schwachen Fußabdrücke nicht zu zerstören.

»Diese Spuren stammen von letzter Nacht. Zwei Männer und ein Junge. Einer der Männer hat etwas Schweres getragen, vermutlich das Schaf.«

Nelson nickte zustimmend. »Richtig, mein Sohn, so würde ich die Spuren auch lesen. Möchtest du jetzt die Führung übernehmen?«

»Klar.«

Ohne ein einziges Mal zu zögern, folgte Darcy eine Meile lang den Spuren, bis sie an ein mit Gestrüpp überwuchertes ausgetrocknetes Flussbett kamen. Dort hob er warnend die Hand. »Sie kampieren etwa eine Viertelmeile weiter im Flussbett.«

»Woher weißt du das?«, fragte Ned und war verblüfft, als er dafür ein Grinsen von Nelson erntete.

»Rauch«, antwortete Darcy.

»Wo?« Con blinzelte in die Richtung, in die Darcy gezeigt hatte.

»Der Junge hat sehr gute Augen«, sagte Nelson. »Er hat den Rauch sogar noch vor mir gesehen. Machen Sie sich keine Sorgen, Boss, Sie werden nicht blind.« Er lachte gutmütig. »Der Rauch zeichnet sich nur als ganz schwacher Schatten gegen den Himmel ab.«

Ned blickte angestrengt zu der Reihe niedriger Bäume am Flussbett. »Also, ich kann keinen Rauch erkennen. Aber ich zweifel natürlich nicht, dass da welcher ist. Boss, sollen wir … Was zum Teufel ist denn da los?«

Gewehrschüsse hatten plötzlich die Stille zerrissen. Die drei Männer und der Junge sahen sich besorgt an. Die Schüsse waren aus der Richtung gekommen, in der Darcy das Feuer ausfindig gemacht hatte. Con trieb sein Pferd an und mahnte die anderen zur Vorsicht.

»Die Aborigines da drüben haben keine Gewehre. Haltet also eure Waffen bereit.«

Sie ritten zügig und verlangsamten erst das Tempo, als sie sich der Baumreihe am Flussbett näherten. Beißender Pulverdampf lag in der Luft. Schurkisches Gelächter drang an ihre Ohren. Alle wussten, wem dieses unangenehme Lachen gehörte.

»Sergeant Dunstan«, flüsterte Nelson.

Con nickte mit finsterer Miene. Obwohl die Männer mit dem Schlimmsten rechneten, erfüllte sie das, was sie schließlich am

Lager der Aborigines vorfanden, mit Wut und Entsetzen. Sieben dunkelhäutige Leichen lagen auf dem Boden. Ihr Blut hob sich leuchtend rot vom sandigen Flussbett ab. Außer den dreien, deren Spur Darcy gefolgt war, handelte es sich um zwei Frauen, eine junge und eine mittleren Alters, sowie einen etwa achtjährigen Jungen und einen Säugling – oder eher das, was von ihm übrig geblieben war, denn die furchtbaren Verletzungen an seinem Körper zeigten deutlich, dass er mehrere Male mit einem Gewehrkolben geschlagen worden war.

Sergeant Dunstan, ein übergewichtiger Mann mit geröteter Haut, dem die Bösartigkeit im Gesicht geschrieben stand, begrüßte sie mit einem selbstgefälligen Grinsen.

»Ich hab Ihnen die Arbeit abgenommen, Trevannick.« Er deutete auf die Gewehre, die seine Männer in den Händen hielten. »Diese schwarzen Dreckskerle werden keine Speere mehr auf Ihre Schafe werfen.«

»Sie mörderisches Schwein, Dunstan! Glauben Sie, dieses Baby oder dieser Junge hätte einen Speer werfen können?« Con stieg die Galle hoch, und er wurde von einem Zorn gepackt, wie er das nur selten erlebt hatte. Noch nie in seinem Leben hatte er einen Menschen erschossen und immer geglaubt, dass er zu einer solchen Tat gar nicht fähig wäre. Doch so wie in diesem Moment hatte er sich noch nie gefühlt. Am liebsten hätte er mit beiden Händen an diesen Mördern auf brutale Weise Gerechtigkeit geübt. Er kannte die drei Männer, die bei dem Sergeant waren. Weißer Abschaum, Männer, die sich einen Spaß daraus machten, Jagd auf Aborigines zu machen und sie wie Wild abzuknallen.

Den Sergeant ließ die Beschimpfung ungerührt. »Seit wann ist es Mord, das Gesetz zu schützen, Trevannick? Das Töten von Schafen ist ein schweres Verbrechen.« Damit stieg er lässig auf sein Pferd, und seine Spießgesellen taten es ihm gleich.

Die beiden Gruppen starrten sich an. Zwischen ihnen lagen die Leichen der ermordeten Familie, um die bereits die Fliegen schwirrten.

Auf der einen Seite Con, Nelson und Ned, schweigsam und wütend.

Auf der anderen Seite Dunstan und seine Spießgesellen, die alle drei etwas weniger großspurig wirkten als der Sergeant. Zweifellos fragten sie sich, ob ihr Verbrechen an höherer Stelle gemeldet würde. Sie fühlten sich offenkundig unbehaglich, auf frischer Tat ertappt worden zu sein.

Con atmete tief durch, um sich ein wenig zu beruhigen. »Damit kommen Sie nicht ungestraft davon, Sergeant.«

»Nein? Sie haben anscheinend vergessen, dass ich hier in der Gegend das Gesetz bin.«

»Ich werde diese Gräueltat an höherer Stelle melden.«

»Ach ja? Na, wenn Sie das ohnehin tun, sollten wir Sie vorher vielleicht gleich noch von diesen Schwarzen befreien, die bei Ihnen leben«, sagte der Sergeant höhnisch.

Nur durch seine jahrelange Selbstdisziplin gelang es Nelson, reglos im Sattel sitzen zu bleiben, selbst als er beobachtete, dass der Mann das Gewehr ein winziges Stück in die Höhe hob. Er hielt dem Blick des Sergeants stand, ohne durch ein Wimpernzucken zu verraten, was in ihm vorging.

»Du bist ja ein ganz Cooler, was Schwarzer? Wo ist denn dieses Balg von dir?«

»Hier bin ich!« Mit diesen Worten sprang Darcy aus dem Gebüsch, in dem er sich versteckt hatte, und warf gleichzeitig einen spitzen Stein, der das Pferd des Sergeants an der Flanke traf. Ängstlich wiehernd bäumte sich das Pferd auf. Bevor er wusste, wie ihm geschah, lag Dunstan mit dem Rücken auf dem Boden und bekam kaum Luft. Das hämische Gelächter seiner Kumpane machte seine Schmach und seinen Zorn nur noch schlimmer. Er richtete sich halb auf und drückte eine Hand auf seine schmerzende Brust.

»Was ... gibt es ... da zu lachen, ihr ... Dreckskerle?«

»Du hast dich von einem schwarzen Jungen austricksen lassen. Jetzt musst du alleine klarkommen, Sergeant. Wir hängen hier nicht länger rum.« Damit wendeten die drei ihre Pferde und ritten rasch davon.

Nelson ritt etwas näher an Dunstan heran, der sich mittlerweile auf einen Ellbogen aufgestützt hatte und immer noch nach Luft schnappte. Darcy war nirgends mehr zu sehen. »Da hat dieses Balg es Ihnen aber gezeigt, Sergeant.«

»Dafür ... wird er ... büßen, au ... Herrgott noch mal!« Mühsam kam er auf die Beine und stieg wieder in den Sattel, was ihm offenkundig Schmerzen bereitete. Zwischen keuchenden Atemzügen schwor er immer wieder Rache. Dann wendete er sein Pferd und sagte im Wegreiten: »Mit dem Aas da können Sie machen, was Sie wollen, Trevannick.«

»Wir müssen sie begraben«, erklärte Con, nachdem Dunston fortgeritten war, und runzelte nachdenklich die Stirn. »Dafür müssen wir aber erst zurück zur Farm, um Schaufeln zu holen.«

»Ich kann hierbleiben«, bot Nelson an, der wusste, welche Gedanken Con durch den Kopf gingen. »Dann kann ich die Aasfresser verscheuchen.« Er blickte zum Himmel, wo bereits Aaskrähen kreisten.

Während er Wache hielt, dachte er über die Worte des Sergeants nach, dass Darcy für die Demütigung, die er ihm zugefügt hatte, büßen müsse. Das war keine leere Drohung gewesen. Auch würde der Sergeant den Zwischenfall so schnell nicht vergessen. Die Geschichte würde sich rasch verbreiten und dabei immer weiter ausgeschmückt werden. Es gab nämlich eine Menge Leute, denen es großes Vergnügen bereiten würde, diese Geschichte weiterzuerzählen und sich auf Kosten des verhassten

Sergeants lustig zu machen. Darcy hatte sich einen Feind fürs Leben geschaffen.

Zwei Tage später fuhren Mr Boniface und Ruan mit dem Zug zurück nach Melbourne – und zurück zur Schule.

4

1867 war ganz Victoria außer sich vor Aufregung. Prinz Alfred wollte die Kolonien besuchen und würde am Sonntag, dem 24. November, in Melbourne eintreffen. Jedes Hotel, jedes Gästehaus und jedes sonstige freie Zimmer waren bereits Monate im Voraus vermietet. Zahlreiche Familienangehörige drängten sich in den Häusern von Verwandten, die in der Hauptstadt wohnten. Aus allen Teilen des Staates kamen die Menschen nach Melbourne, selbst von jenseits der Grenzen aus New South Wales und Südaustralien.

Die Familie Trevannick hatte sich, sehr zur Freude von Etty und Louisa, eine Zimmersuite mit Balkon in einer Straße gesichert, die der Prinz häufiger passieren würde. Agnes, die ebenfalls gerne den Prinzen sehen wollte und die außer ihren Arbeitgebern die einzige Person auf Langsdale war, die in England geboren war, begleitete die Familie. Ihren zahlreichen Nachwuchs hatte sie in der Obhut von Jane und Mrs Clancy gelassen. Agnes sollte einen Tag nach der Ankunft des Prinzen in der Stadt nach Langsdale zurückkehren. Die Trevannicks planten, die gesamten zehn Tage des königlichen Besuchs in Melbourne zu bleiben, damit sie an den diversen Aufführungen und Festlichkeiten teilnehmen konnten, die zu Ehren des Prinzen stattfanden. Auf Langsdale würde Larry Benedict tatkräftig dafür sorgen, dass alles gut lief.

Wie einige andere Jungen, deren Eltern in der Stadt waren,

hatte auch Ruan schulfrei bekommen, um an diesem historischen Tag mit seinen Eltern zusammen sein zu können. Seine Mutter bemerkte leicht schockiert, dass sie sich auf die Zehenspitzen stellen musste, um ihrem dreizehnjährigen Sohn einen Kuss zu geben.

»Ich glaube, du bist in diesem Quartal tatsächlich schon wieder ein paar Zentimeter gewachsen, Ruan.« Sie blickte auf seine Füße und stellte fest, dass seine Hose ein gehöriges Stück über den Schuhen endete. »Hm, ja, deine Hose ist ein bisschen zu kurz geworden. Anscheinend wächst du aus allem gleich wieder heraus, kurz nachdem es gekauft wurde.« Sie seufzte resigniert und schüttelte den Kopf. »Ich hoffe wirklich, dass du bald aufhörst zu wachsen.«

Ruan erwiderte den Kuss seiner Mutter. »Tut mir leid, Mutter, aber ich werde wohl erst aufhören zu wachsen, wenn ich so groß bin wie Pa.«

Seine Mutter seufzte erneut. »Zumindest sind auf diese Weise Agnes' Söhne immer gut mit Kleidung versorgt.«

»Wofür ich sehr dankbar bin«, antwortete Agnes und blickte von dem Koffer auf, den sie gerade auspackte, »auch wenn die Sachen schon ziemlich aufgetragen sind, wenn sie bei Billy und Joey ankommen. Doch so wie mein Jack wächst, wird er nicht mehr lange Hosen von Ruan tragen können. Er wird bestimmt so groß wie sein Pa.«

»Jack sieht auch genauso aus wie sein Vater, Agnes. Ich ähnele mehr meiner Mutter, auch wenn ich so groß werde wie Pa.«

»Du siehst von Tag zu Tag deinem Onkel Will ähnlicher«, korrigierte seine Mutter. »Obwohl du vom Charakter her mehr Onkel Tommy ähnelst.«

Meggan hoffte inständig, dass es im Leben ihres Sohnes keine herzzerreißenden Leidenschaften oder Tragödien geben würde. Ihr jüngster Bruder Tommy war der Einzige von den

Collins-Geschwistern, bei dem alles ganz normal gelaufen war. Er hatte sich verliebt, geheiratet und sich eine berufliche Existenz aufgebaut, die ihn zufriedenstellte. Auch wenn Hals Leben nicht so sehr von Tragödien und Schicksalsschlägen bestimmt gewesen war wie das von Will, war es dennoch nicht ohne dramatische Ereignisse verlaufen. Und das galt auch für ihr eigenes Leben.

Meggan Trevannick blickte zu Ruan hinüber, der sich neben seine Schwester gesetzt hatte. Wie unterschiedlich ihre beiden Kinder doch waren. Etty hatte vom Tag ihrer Geburt an mit ihren schwarzen Haaren und dunklen Augen wie ihr Vater ausgesehen. Und ganz früh hatte es schon Anzeichen dafür gegeben, zu was für einer Schönheit sie sich entwickeln würde. Außerdem schlummerte in ihr eine tiefe Leidenschaft, eine Leidenschaft, die Meggan nur zu gut verstand. Ettys Leben würde ganz sicher turbulent verlaufen. Sie konnte nur hoffen, dass ihrer Tochter unerträglicher Kummer erspart bliebe.

An dem Sonntagmorgen, an dem der Prinz ankommen sollte, waren sie alle lange vor Tagesanbruch auf, um die kurze Strecke nach Sandridge zurückzulegen. Zusammen mit Tausenden von Menschen, die ebenfalls unbedingt den Prinzen sehen wollten, nahmen sie Platz auf eigens für den Anlass errichteten Zuschauertribünen. Hunderte von Händen zeigten aufgeregt zu der Stelle in der Hobson Bay, an der das königliche Schiff, die *HMS Galatea*, umgeben von einer Flotte von Dreimastern vor Anker lag. Die Landebrücke, die in die Bucht hineinragte, war auf beiden Seiten von Fahnen gesäumt. Auf der Strandseite hatte man über der Landebrücke einen mit grünen Zweigen und Blumen geschmückten Pavillon errichtet, dessen Dach eine Krone zierte. Die offizielle Abordnung, die den königlichen Besucher willkommen heißen sollte, stand ganz in der Nähe unter einer

Segeltuchmarkise. Das waren die Einzigen, die in den Genuss von ein wenig Schatten kamen. Die große Masse verging fast in der Novemberhitze, die bis zum Mittag immer mehr zunahm. Um zwölf Uhr sollte der Prinz an Land gehen.

Die allgemeine Aufregung war bereits von dem Moment an spürbar gewesen, als die Trevannicks samt Louisa und Agnes aus ihrem Hotel traten. Zahlreiche Menschen, die teils schon vor Tagesanbruch in der Stadt angekommen waren, drängten sich in den Straßen, durch die der Prinz kommen würde. Alle versuchten sich mit Rempeln und Stoßen einen guten Platz zu sichern.

In Sandridge machten fliegende Händler einträgliche Geschäfte mit dem Verkauf von Speisen und kalten Getränken an die wartenden Zuschauer. Auch wenn ein wahrer Wald von Sonnenschirmen in die Höhe ragte, machte das lange Warten in der Sommersonne durstig. Doch nur wenige Leute jammerten. Was bedeuteten schon ein paar Unbequemlichkeiten verglichen mit der Gelegenheit, den zweitältesten Sohn der Königin höchstpersönlich sehen zu können?

Kurz vor Mittag erschien Prinz Alfred an Deck der *Galatea*. Obwohl er nur für die wenigen zu erkennen war, die das Glück hatten, ein Fernglas zu besitzen, brach sofort großer Jubel aus. Etty und Louisa, die sich an den Händen hielten, jubelten lauter als die Erwachsenen, dann grinsten sie sich an und begannen, über ihre eigene Begeisterung zu kichern. Als sich das königliche Boot zum Strand in Bewegung setzte und zwölf Böllerschüsse ertönten, hielten sich die beiden Mädchen wie auch viele andere Zuschauer die Ohren zu.

Das ausgelassene Geplauder ging in ehrfurchtsvolles Schweigen über, als die offene königliche Kutsche von der Landebrücke rollte. Die Begrüßung des Prinzen in Sandridge dauerte nicht lange. Der offizielle Empfang mit der Begrüßungsrede des Bürgermeisters von Melbourne würde in Emerald Hill stattfinden, wo die Stadtväter unter einer weiteren Markise warteten und wo weitere Tribünen für die Zuschauer errichtet worden waren.

Nachdem die königliche Kutsche den Blicken entschwunden war, mussten die Zuschauer noch lange warten, bis sie endlich die Tribünen verlassen durften. Doch das tat der Begeisterung der getreuen Einwohner Victorias, tatsächlich den Prinzen gesehen zu haben, keinen Abbruch. Auch machte die ermüdend lange Fahrt zurück in die Stadt niemandem sehr viel aus. Bei den Trevannicks waren die Jüngsten allerdings am Abend so erschöpft, dass sie früh zu Bett gingen. Sie wollten gut ausgeschlafen sein, um die vielen anderen Veranstaltungen, die während des königlichen Besuchs stattfinden sollten, so richtig genießen zu können.

»Was hat dir denn am besten gefallen?«, fragte Etty Louisa, als sie am Freitagmorgen aufwachten und noch ein wenig im Bett plauderten. »War das Feuerwerk gestern Abend nicht fantastisch?«

»Oh ja! Ich hätte mir niemals etwas so Wunderbares vorstellen können. Oh, Etty, mir hat alles, was wir gemacht und was wir gesehen haben, so gut gefallen, dass ich gar nicht weiß, was am schönsten war.«

»Da hast du recht. Alles war so wunderbar. Wenn ich mich für etwas entscheiden müsste, würde ich sagen, dass mir der Fackelzug am besten gefallen hat. Es war ein herrlicher Anblick, wie Hunderte von brennenden Fackeln durch die Straßen getragen wurden. Auch die Lichter und den Festschmuck an den Häusern fand ich sehr schön.« Etty seufzte. »Alles war so wunderbar und aufregend.« Sie seufzte ein zweites Mal, diesmal aber weniger vor Begeisterung. »Ich wünschte, ich wäre älter und hätte mit Mama und Papa zum Ball beim Gouverneur gehen können.«

Der Ball hatte am Mittwochabend stattgefunden. Am Donnerstag hatten die beiden Mädchen Meggan, nachdem diese endlich am Nachmittag aufgestanden war, keine Ruhe gelassen. Sie wollten jedes kleinste Detail über den Abend erfahren: Wie waren die Räume im Exhibition Building geschmückt gewesen? Wie hatte der Prinz in seiner Marineuniform ausgesehen? Welche Tänze waren getanzt worden, was wurde zum Abendessen serviert, trugen die Damen raffinierte Ballkleider? Natürlich wussten die Mädchen genau, wer das schönste Paar unter allen Gästen gewesen war.

Sie hatten beide voller Bewunderung geseufzt, als Meggan und Con sich am gestrigen Abend in ihrer Ballkleidung präsentiert hatten. Con hatte sehr elegant in einem Smoking aus dunkelgrünem Samt ausgesehen, der von der Farbe her einen perfekten Kontrast zu Meggans hellgrün und weiß gemusterter Seidenrobe bildete. Das Kleid zeigte ihre bloßen Schultern und betonte ihre immer noch schlanke Taille. Der zweilagige Rock war mit zarter weißer Seide eingefasst. Auf ihrem kunstvoll gelockten Haar trug sie einen Kopfputz aus kleinen weißen Blüten und winzigen grünen Blättern. Die beiden hatten, wie Meggan zugab, sehr viele bewundernde Blicke und Komplimente geerntet. Der Prinz persönlich hatte ihr ein Kompliment über ihr Aussehen gemacht.

Als die Mädchen das hörten, hatten sie vor Begeisterung gekreischt. Nun wollten sie noch mehr Einzelheiten erfahren. Schließlich hatte Meggan die neugierige Befragung beendet, indem sie die Mädchen daran erinnerte, dass sie gleich alle zusammen zu dem kostenlosen Bankett im Zoologischen Garten im Richmond Park gehen wollten.

Jeder Einwohner von Melbourne, unabhängig von Klasse oder Kaste, war eingeladen, was ein seltenes Ereignis in einer Kolonie war, in der Hautfarbe und Rasse immer noch für Zwietracht sorgten. Nach dem Bankett sollte es im Yarra Park ein Feuerwerk geben. So etwas hatte keiner von ihnen je gesehen, und sie freuten sich sehr darauf. Und niemand war enttäuscht worden.

Mittlerweile war Freitag. Meggan hatte versprochen, mit den Mädchen einkaufen zu gehen. Etty schwang die Beine aus dem Bett und streckte die Arme in die Luft. »Heute Abend gehen wir in die Oper, ich kann es kaum erwarten. Mama kauft mir vorher noch ein neues Kleid. Ich hoffe, es ist ein Kleid für Erwachsene.«

»Du bist doch erst fünfzehn, Etty.« Louisa stand ebenfalls auf. »Selbst wenn du ein Abendkleid bekommst, wärst du schon herausgewachsen, bevor du es noch mal anziehen könntest.«

Etty schnitt ihrer Freundin eine Grimasse. »Warum musst du immer alles so praktisch sehen, Louisa?«

»Ich weiß nicht. Ich bin halt so.«

Der Einkaufsbummel versetzte die Mädchen in Staunen und Verzückung. Von Kleidung, Schuhen und Accessoires bis hin zu Möbeln und Porzellan gab es hier so viele Dinge, die sie noch nie gesehen hatten. Zunächst kauften sie Schuhe, Hüte und Kleider für alle Tage, dann führte Meggan sie in ein Geschäft, in dem es Ständer voller Konfektionskleider gab, die junge Mädchen am Abend tragen konnten. Louisa und Etty sahen sie gespannt durch und verglichen ein Kleid mit dem anderen.

»Ich wünschte, ich könnte ständig in Melbourne leben«, erklärte Etty. »Alles ist so lebhaft und aufregend, und die Geschäfte sind einfach wundervoll. Würdest du nicht auch gerne hier wohnen, Louisa?«

»Nein, ich glaube, das würde mir überhaupt nicht gefallen. Hier ist viel zu viel Lärm und Betrieb. Da ist mir die Ruhe in Langsdale viel lieber.«

Etty betrachtete sie leicht spöttisch. »Der Lärm und der Betrieb machen das hier doch gerade so aufregend. Du musst aber doch zugeben, dass dir das Einkaufen und die Parks und Theater genauso viel Spaß gemacht haben wie mir.«

»Natürlich hat mir das alles Spaß gemacht. Ich würde gern einmal im Jahr nach Melbourne in Ferien fahren. Aber ich möchte nicht hier leben. Und das würdest du auch nicht, Etty, denn wenn du hier wohnen würdest, würdest du nicht jeden Tag in den Park oder ins Theater gehen. Deine Eltern machen das nur mit uns, weil wir Ferien haben und es so viele besondere Dinge zu tun gibt, weil der Prinz zu Besuch ist.«

»Melbourne wäre auch sonst viel aufregender als Langsdale.«

Davon war Louisa nicht überzeugt. »Du würdest uns alle schon bald vermissen.«

Etty antwortete Louisa mit einem Schulterzucken und zeigte ihrer Mutter ein sehr elegantes Satinkleid mit Spitze, das auf dem Ständer hing.

»Meinst du, dass mir diese Farbe stehen würde, Mama?«

»Nein, Liebes, dieser Rosaton ist viel zu matt für dich, aber dir, Louisa, würde diese Farbe bestimmt sehr gut stehen. Probier das Kleid doch mal an, Liebes.«

»Ach nein, Tante Meggan. So ein Kleid könnte ich doch nirgends tragen.«

»Das kann Etty auch nicht, außer heute Abend in die Oper. Zieh es doch einfach mal an, Louisa, nur zum Spaß. Wenn dir die Farbe so gut steht, wie ich glaube, finden wir vielleicht ein einfacheres Kleid aus dem gleichen Material.«

»Welches soll *ich* denn anprobieren?«, fragte Etty und betrachtete sinnend ein hellgrünes Kleid mit violettem Besatz.

Ihre Mutter wählte ein anderes aus. »Das hier. Blau steht dir gut, und der Schnitt ist nicht zu extravagant.«

Das rosa Kleid passte Louisa perfekt, sodass Meggan darauf bestand, es ihr zu kaufen. Louisas Einwände, dass sie das Kleid nirgends tragen könne, klangen nur noch wenig überzeugend. Von dem Moment an, als sie sich im Spiegel gesehen hatte, hatte sie das Kleid haben wollen. Noch nie im Leben hatte sie ein so schönes Kleidungsstück besessen. Allerdings konnte sie sich keine Zukunft vorstellen, in der sie selbst etwas anderes als Alltagskleidung brauchen würde.

Beide Mädchen waren begeistert über ihr Aussehen, als sie die Kleider anprobierten. Obwohl Ettys Kleid nicht so »erwachsen« war, wie sie sich das gewünscht hatte, hatte es genug Rüschen und Spitze, um sie glücklich zu machen. Sie wusste, dass sie entzückend aussah. Für einen kurzen Moment wünschte sie, Darcy könnte sie so fein angezogen sehen.

»Ich werde die hübscheste junge Dame im Theater sein«, erklärte sie Louisa, die freundlich zustimmte.

Die ersten bewundernden Blicke erhielten die jungen Mädchen von Leuten, die vor dem Theater standen, weil sie hofften, eine bekannte Persönlichkeit zu erspähen. Auch wenn Etty überzeugt war, dass sie sehr hübsch aussah, war ihr nicht bewusst, was für einen perfekten Kontrast sie und Louisa abgaben. Meggan und Con hingegen erkannten sofort, dass die Mädchen durch den Kontrast jeweils noch hübscher wirkten. Ihre schwarzhaarige Tochter Etty spektakulär in Blau, während die blonde Louisa in ihrem rosa Kleid eine zarte Schönheit ausstrahlte. Selbst nachdem sie ihre Plätze eingenommen hatten, zogen sie noch die Aufmerksamkeit mancher Besucher auf sich, bis das Licht im Theatersaal verlosch.

Dieser Abend war der Höhepunkt in Ettys bisherigem Leben. Von dem Moment an, als die ersten Klänge der Oper das Theater erfüllten, bis der letzte Ton verklungen war, war Etty hingerissen. Sie klatschte so begeistert, dass ihr die Hände wehtaten. Selbst nachdem sich der Vorhang zum letzten Mal vor den Darstellern geschlossen hatte, gehörte sie zu den wenigen, die immer noch klatschten. Als der Applaus dann endgültig erstarb, sah Etty ihre Mutter mit leuchtenden Augen an. Ihre belegte

Stimme verriet, wie stark die Gefühle waren, die sie zu überwältigen drohten.

»Oh, Mama, ich *muss* einfach Opernsängerin werden. Ich spüre ganz deutlich, dass ich dort hingehöre, dort auf die Bühne.« Sie bemerkte, wie die Augen ihrer Mutter feucht wurden, und befürchtete schon, dass sie getadelt würde. »Was ist los, Mama?«

Mit einem wehmütigen Lächeln drückte ihre Mutter ihr die Hand. »Gar nichts, mein Liebes.«

»Ich dachte schon, meine Worte wären zu …«

»Leidenschaftlich? Nein, mein Liebling. Ich hatte einmal denselben Traum. Ich kann verstehen, wie du dich fühlst. Und da du dir so sicher bist, dass du das willst, werde ich dir die beste Gesangslehrerin in Melbourne besorgen.«

Etty schlang ihrer Mutter die Arme um den Hals. In diesem Augenblick war sie das glücklichste Mädchen auf der ganzen Welt. »Danke, Mama.«

Als sie wieder auf Langsdale waren, ging Etty sofort zu Darcy, um ihm zu erzählen, dass sie Opernsängerin werden würde.

Das beeindruckte Darcy nicht. »Wozu soll das gut sein? Ich weiß nichts über Opern, hab keine Ahnung, was das überhaupt ist.«

»Opern sind so ähnlich wie Theaterstücke, bloß dass die Worte gesungen und nicht gesprochen werden. Dazu gibt es ganz wunderbare Musik und schöne Kostüme.« Während sie sprach, erlebte sie in Gedanken die Oper, die sie gesehen hatte, noch einmal und merkte gar nicht, dass ihr Gesicht einen völlig entrückten Ausdruck angenommen hatte.

Darcy betrachtete sie. »Du willst das offenbar wirklich. Du bist jetzt mit deinen Gedanken überhaupt nicht bei mir.«

Etty blinzelte und zwang sich, sich auf Darcy zu konzentrieren. »Ja, ich will unbedingt Opernsängerin werden«, sagte sie voller Leidenschaft. »Ich glaube, das ist mein Schicksal.«

»Schicksal ist das, was man aus seinem Leben macht, Etty.«

Etty blickte Darcy böse an. »Das ist nicht wahr. Unser Lebensweg ist uns vorherbestimmt.«

»So? Dann ist es mir wohl vorherbestimmt, mein Leben lang die Schafe eines anderen zu hüten. Das werde ich nicht tun.«

Etty war zu sehr mit ihren eigenen Träumen beschäftigt, um auf Darcys Worte zu achten. »Du hättest mit uns nach Melbourne kommen sollen. Dort war alles so aufregend. Dann hättest du mich auch in meinem schönen neuen Kleid gesehen. Es ist das schönste Kleid, das ich je hatte. Ich wünschte, du hättest mich gesehen, wie ich so fein gemacht war.«

»Ich mag dich so, wie du bist.«

Etty deutete verächtlich auf den schlichten Rock und das einfache Mieder, das sie trug. »Du hast ja keine Ahnung, wie sehr Frauen Spitzen und Bänder lieben. Eines Tages wirst du mich in einem richtig schönen Kleid sehen.«

»Das ist mir nicht wichtig, aber wenn du Schmuck haben willst …« Er bückte sich, pflückte eine blaue Wildblume und steckte sie ihr ins Haar. »Das ist Schmuck genug.«

Überrascht stellte Etty fest, dass sie ein leichtes Beben durchfuhr. Darcy hatte sie im Laufe der Jahre viele, viele Male berührt, hatte ihre Hand gehalten, einen Arm um ihre Schultern gelegt, sie in den Arm genommen, wenn sie getröstet werden musste. Aber noch nie hatte sie seine Berührung so gespürt wie jetzt. Lachend ließ er seine Hände sinken, doch das Lachen verstummte, als sich ihre Blicke begegneten. Sie betrachteten sich plötzlich mit völlig anderen Augen.

Darcy wandte sich als Erster ab. »Sieh mich nicht so an, Etty.«

Sie biss sich auf die Unterlippe und wollte, dass die kleinen Schmetterlinge in ihrem Bauch aufhörten zu flattern.

»Wie soll ich dich nicht ansehen?«

»Das weißt du doch.«

Ja, sie wusste es. »Entschuldige.«

»Du brauchst dich nicht zu entschuldigen. Lass uns einfach Freunde sein. Okay?«

»Wir mögen uns mehr, als wenn wir nur Freunde wären.«

Dem stimmte er weder zu, noch widersprach er. »Du bist zu jung, um zu wissen, was du willst, Etty.«

»Ich bin zwei Monate älter als du. Soll das heißen, dass du auch nicht weißt, was du willst?«

»Ich weiß, was ich will«, erwiderte er. »Und ich weiß auch, dass ich viel mehr ein Mann bin als du eine Frau.«

»Vielleicht bin ich schon mehr Frau, als dir klar ist.«

An der Art, wie er sich zur Seite wandte und einen Stein fortkickte, merkte sie, dass er über sie verärgert war. »Hör auf damit, Etty, oder ich will nicht mal mehr mit dir befreundet sein. Tut mir leid, aber ich muss jetzt los. Ich hab zu arbeiten.«

Nun schmollte Etty. »Ich wollte dir doch noch mehr über die Oper erzählen.«

»Erzähl's mir ein andermal.«

Irgendwie ergab sich für Etty nie eine Gelegenheit, Darcy die Oper zu beschreiben. Dabei wollte sie ihm unbedingt erzählen, wie sie sich gefühlt hatte und wie die Musik anscheinend von ihrem Körper Besitz ergriffen hatte. Für sie hatte dieser Abend etwas Magisches gehabt; seither wusste sie ohne jeden Zweifel, wo ihre Bestimmung lag. Und dieses Gefühl wollte sie so gern mit Darcy teilen.

Seit Darcy wie ein erwachsener Mann auf der Farm arbeitete, war er oft tagelang fort. Die meiste Zeit, die er nicht arbeitete, lernte er. Mr Boniface schickte weiterhin per Post Lektionen für Darcy und Louisa und verbrachte zumindest einen Teil der Schulferien auf Langsdale. Etty hatte das Gefühl, dass nichts mehr so war wie zu der Zeit, bevor Ruan aufs Internat gegangen war.

Louisa, die ein Paar Socken ihres Vaters stopfte, während sie sich Ettys Klagen anhörte, sah die Sache pragmatisch. »Nichts bleibt ewig gleich, Etty.«

»Freundschaften sollten sich nicht verändern. Ich will, dass zwischen uns vieren alles immer noch so ist wie früher, dass wir zusammen Dinge unternehmen und so. Jetzt sehe ich Darcy kaum noch, und selbst Ruan macht lieber was mit Pa, als dass er mit mir angeln oder reiten geht. Und du kümmerst dich entweder die ganze Zeit um deine Geschwister oder lernst Mathematik.«

»Ma braucht meine Hilfe mit den Kleinen, wenn sie im Farmhaus arbeitet. Dein Problem ist, dass du verwöhnt bist, Etty. Du hast keine Pflichten. Du kannst mit deiner Zeit machen, was du willst.«

»Es gibt aber nichts Interessantes zu tun. Das Leben ist so langweilig, seit wir aus Melbourne zurück sind.«

»Was machst du denn den ganzen Tag? Du liest doch sicher viel oder nähst.«

»Oh nein, nähen tu ich überhaupt nicht! In der Hinsicht bin ich auch wie Mama. Ich hasse Nähen.«

Louisa kicherte über Ettys offenkundigen Widerwillen. »Ach, Etty. Ich nähe sehr gern. Ein ordentlich gestopftes Paar Socken gibt mir das befriedigende Gefühl, etwas getan zu haben.« Sie hielt eine Socke hoch, die sie gerade geflickt hatte. »Sieh mal. Ich bin stolz darauf, was für akkurate Stiche ich machen kann.«

»Also wirklich, Louisa«, sagte Etty bissig. »Hast du denn keinen größeren Ehrgeiz als ordentlich gestopfte Socken?«

»Wenn ich erwachsen bin und selber Kinder habe, wird es von großem Nutzen sein, dass ich stopfen und nähen kann.«

»Und dass du ihnen Mathematik beibringen kannst.«

Louisa verzog leicht das Gesicht. »Jetzt bist du aber gemein.«

Etty seufzte reumütig. »Ja, das war gemein von mir. Tut mir leid, Louisa. Ich bin in letzter Zeit nicht ganz ich selbst. Ich fühle mich ständig so … unschlüssig.«

»Unschlüssig? Wie meinst du das?«

»Einerseits wünsche ich mir, dass das Leben auf Langsdale immer so unverändert weitergeht. Andererseits wünsche ich mir ein Leben voller Ruhm und Glanz. Ich weiß, dass ein Leben ohne Singen für mich keinen Sinn hätte. Ein Teil von mir kann es kaum erwarten, in die Zukunft zu entkommen, während ein anderer Teil von mir an der Vergangenheit festhalten möchte. Ich liebe Langsdale, aber ich brauche mehr, als Langsdale mir bieten kann.«

Louisa drückte Ettys Hand. »Arme Etty. Ich bin froh, dass ich mit einem einfachen Leben zufrieden bin. Ich würde gerne für immer auf Langsdale bleiben.«

»Wie unterschiedlich wir doch sind.«

»Vielleicht sind wir deshalb so gute Freundinnen.«

»Wir sind mehr als Freundinnen, Louisa. Du wirst für mich immer wie eine Schwester sein. Ich hätte es schön gefunden, wenn Mama mehr Kinder bekommen hätte.« Sie beendete den Satz mit einem bedauernden Seufzen.

Etty erinnerte sich vage, dass ihre Mutter, als sie selbst gerade sechs war, einmal sehr krank gewesen war. Die Ursache hatte sie erst vor ein paar Monaten erfahren, bei einem Gespräch von Frau zu Frau mit ihrer Mutter. Ihre Mutter hatte über zwei Monate ein totes Kind im Leib getragen, bevor die Ärzte feststellten, was da nicht in Ordnung war. Weder sie noch Ruan hatte gewusst, wie nah ihre Mutter damals dem Tod gewesen war. Anschließend hatte ihr Vater darauf bestanden, dass es keine weiteren Kinder geben würde.

»Möchtest du viele Kinder haben, Louisa? Ich glaube, ich möchte gar keine.«

»Jede Frau wünscht sich Kinder. Du wirst deine Meinung eines Tages ändern, Etty. Wart es nur ab.«

»Nein, das werde ich nicht. Ich kann keine große Sängerin sein und außerdem Kinder haben. Ich hoffe sehr, dass ich bald nach Melbourne gehen kann, um mit meiner Ausbildung anzufangen. Mama sagt, sie hat bisher noch keine Lehrerin für mich gefunden.«

Während sie beobachtete, wie Louisa die fertige Socke zur Seite legte und sich eine weitere aus dem Handarbeitskorb nahm, sann sie über ihr Leben nach. In gewisser Hinsicht beneidete sie Louisa. Wenn man von einem glühenden Wunsch besessen war so wie sie selbst, konnte das manchmal sehr qualvoll sein. Sie hasste diesen seltsamen Bruch in ihrem Leben. Wenn ihre Gesangsausbildung begann, wäre sie vielleicht in der Lage, sich endlich von ihrer Kindheit zu lösen.

Zu Neujahr hieß es plötzlich, dass Etty nicht nach Melbourne gehen würde. Stattdessen würde ihre Mutter sie nach Adelaide bringen. Keine der Gesangslehrerinnen in Melbourne schien Meggan die notwendige Befähigung zu besitzen, Etty für eine Karriere als Opernsängerin auszubilden. Es gab nur eine Lehrerin, in die Meggan ihr Vertrauen setzte. Nach einem kurzen Briefwechsel war Madame Marietta bereit, sich Etty anzuhören. Wenn das Mädchen die Stimme ihrer Mutter hätte, würde sie sie gern als Schülerin annehmen.

Etty war so aufgeregt darüber, dass sich ihr Leben bald verändern würde, dass sie nur noch mit sich selbst beschäftigt war und von den Gefühlen der anderen nichts mehr mitbekam. Nie kam ihr der Gedanke, dass ihre bevorstehende Abreise etwas damit zu tun haben könnte, dass Darcy immer launischer wurde.

5

Da Ettys Garderobe bei dem Besuch in Melbourne erheblich aufgestockt worden war, waren nur wenige Vorbereitungen für ihren Umzug nach Adelaide erforderlich. Die Fahrt mit dem Küstendampfer war bereits gebucht, bevor Meggan ihre Tochter über die Einzelheiten informierte. Meggan hatte vor, im April zurückzukehren, wenn die Flussschiffe den Betrieb wieder aufnahmen. Wenn alles gut lief, würde Etty das ganze Jahr in Adelaide bleiben.

»Ein ganzes Jahr!«, jammerte Louisa. »Musst du denn so lange fort? Ich werde dich sehr vermissen.«

»Ich werde dich auch vermissen«, versicherte Etty und umarmte sie. »Aber ich freue mich gleichzeitig so sehr, Louisa.« Sie wirbelte im Zimmer herum, blieb dann vor dem Drehspiegel stehen und warf sich in Positur. »Ich werde die größte Opernsängerin der Welt werden. Miss Henrietta Trevannick. Wie glanzvoll sich mein richtiger Name anhört.«

»Henrietta. Das hört sich gar nicht nach dir an. Für mich wirst du immer Etty bleiben.«

»Das werde ich für alle hier auf Langsdale.« Etty wandte sich vom Spiegel ab und ließ sich in einen Sessel plumpsen. Ihre Begeisterung hatte plötzlich einen Dämpfer erfahren. »Darcy wird mich nicht vermissen. Er hat mir nicht mal viel Glück gewünscht.«

Darcy hatte ihre Neuigkeiten scheinbar gleichgültig aufgenommen. »Jetzt hast du ja, was du willst« war sein einziger Kommentar gewesen, begleitet von einem Schulterzucken, als ob ihre bevorstehende Abwesenheit ihn in keiner Weise berührte.

»Ich bin mir sicher, dass Darcy sich für dich freut.«

»Das hat er aber nicht gesagt. Ach, was soll's? Ich hätte Lust auszureiten, Louisa. Wenn ich erst in Adelaide bin, kann ich vermutlich höchstens mal gemächlich durch den Park reiten. Ich würde gern noch einmal so richtig schnell galoppieren.«

»Du weißt doch, dass ich nicht gern im Galopp reite.«

»Du kannst ja so lange auf mich warten. Wenn ich genug hab, komme ich zu dir zurück.«

Als die Mädchen ihre Eltern um Erlaubnis fragten, sagte man ihnen, sie dürften nur in Begleitung von Darcy oder Ruan ausreiten. In den letzten Wochen waren mehrfach Wanderarbeiter zur Farm gekommen und hatten als Gegenleistung für den einen oder anderen Aushilfsjob um etwas zu essen gebeten. Die meisten dieser Leute schienen anständige Männer zu sein. Einige wenige hatte Con fortgeschickt, weil er das Gefühl hatte, dass sie alles andere als ehrlich waren. Und zwei junge Mädchen, die allein zu Pferd unterwegs waren, liefen immer Gefahr, von irgendwelchen zwielichtigen Gestalten belästigt zu werden.

Als sie Ruan fragten, erklärte der, er würde lieber seinem Vater helfen, das vom Sturm beschädigte Dach des Scherschuppens zu reparieren. Darcy, der über jeden Vorwand zum Ausreiten froh war, begleitete die Mädchen dagegen nur zu gern.

Etty, die immer noch verärgert über Darcys anscheinende Gleichgültigkeit über ihre baldige Abreise war, sagte nur wenig. Als Darcy und Louisa ein längeres Gespräch über ihre jeweiligen Studien führten, ritt sie ein Stück voraus. Je mehr Minuten verstrichen, desto saurer wurde sie. Sie wünschte, sie wäre allein reiten gegangen, ohne jemandem etwas davon zu sagen.

Kein Wunder, dass es Darcy egal war, ob sie fortging oder nicht, wenn er immer noch Louisa hatte. Und würde Louisa sie wirklich so sehr vermissen, wie sie immer behauptete, oder freute sie sich insgeheim, dass sie Darcy bald ganz für sich haben würde? Auch wenn sie sich eingestehen musste, dass solche eifersüchtigen Gedanken kleinlich und unwürdig waren, besserte das ihre Laune nicht.

In dem Moment, als sie das offene Weideland erreichten, trieb Etty ihr Pferd zum Galopp an. Dazu war sie schließlich hergekommen. Sie achtete nicht darauf, dass Darcy ihren Namen rief. Als sie um eine Baumgruppe herumritt, drehte sie sich kurz um und stellte fest, dass Darcy rasch aufholte. Er war schon so nah, dass sie den Zorn in seinem Gesicht sehen konnte.

Sie trieb ihr Pferd noch ungestümer an, wobei sie weiterhin Darcys Rufe ignorierte. Mal sehen, ob er sie einholen konnte. Wenige Minuten später war er neben ihr, packte das Zaumzeug ihres Pferdes, und ohne auf ihr Protestgeschrei zu achten, brachte er beide Tiere nach und nach dazu, in Schritt zu fallen und schließlich stehen zu bleiben. Dann rutschte er aus seinem Sattel, zerrte Etty von ihrem herunter und schüttelte sie heftig. Dafür schlug sie ihm ins Gesicht.

»Lass mich los!« Als er sie immer noch an den Schultern festhielt, auch wenn er sie nicht mehr schüttelte, trat sie ihn kräftig vors Schienbein. Er schrie auf, ließ die Hände sinken und hüpfte dabei fluchend auf einem Bein.

»Geschieht dir ganz recht, Darcy Winton. Und jetzt lass mich in Ruhe meinen Galopp beenden«, sagte Etty und wollte wieder auf ihr Pferd steigen.

Er packte sie erneut an den Schultern und zwang sie, in die Richtung zu blicken, in die sie geritten war. »Sieh mal dahin!«, brüllte er. »Sieh doch nur mal, wo du hinwolltest.«

Erst jetzt bemerkte Etty den Zaun, einen neuen Stacheldrahtzaun, der silbern in der Sonne glänzte. Sie spürte, wie sie blass wurde. »Wann ist denn dieser Zaun aufgestellt worden?«

»Letzte Woche, und du wärst schnurstracks hineingeritten, hättest dein Pferd verletzt und dir vermutlich den Hals gebrochen.«

»Ich wäre drübergesprungen.« Nun konnte sie nur mit Trotz überspielen, wie stark sie innerlich aufgewühlt war.

»Ach, tatsächlich? Wann hat denn dein Gaul das gelernt? Wenn du versucht hättest zu springen, hätte das Pferd dich unter Garantie abgeworfen, und du wärst kopfüber über den Zaun geflogen.« Er ging die paar Schritte zu seinem Pferd und ergriff die Zügel. »Du kannst manchmal so dickköpfig und dumm sein, Etty. Verdammt, ich weiß gar nicht, warum ich mir Sorgen um dich mache.«

»Tu doch nicht so, als ob dich interessiert, was aus mir wird«, schrie Etty. Als Darcy sie nur verächtlich ansah, fügte sie widerborstig hinzu: »Es interessiert dich ja nicht mal, dass ich nach Adelaide ziehe. Du wirst mich bestimmt nicht vermissen.«

Darcy schwang sich in den Sattel. »Glaub, was du willst, Etty. Du beschäftigst dich eh nur mit dir selbst. Ich reite jetzt zurück zu Louisa. Du kannst mitkommen oder weitermachen und dir den Hals brechen, ganz wie du willst.«

Etty stieg auf ihr Pferd, wendete es und folgte ihm. »Ich hasse dich, Darcy Winton.«

»Na schön«, erwiderte er, ohne sich umzudrehen. »Dann hasst du mich halt.«

Da beide einen stolzen Charakter hatten, verließ Etty Langsdale, ohne dass das Zerwürfnis zwischen ihr und Darcy beigelegt war. Mrs Clancy, Agnes, Jane und Louisa sagten unter Tränen und zahlreichen Umarmungen Lebewohl. Selbst Larry Benedict umarmte sie kurz. Nelson schüttelte ihr die Hand und wünschte ihr alles Gute. Darcy verabschiedete sich nur kurz und knapp, ohne den tadelnden Blick zu beachten, den ihm seine Mutter zuwarf.

In Melbourne nahm Etty tränenreich Abschied von Ruan und ihrem Vater. Nun, wo der Zeitpunkt der Trennung gekommen war, fand sie die Aussicht, nach Adelaide zu ziehen, gar nicht mehr so aufregend. Die Gewissheit, jetzt endgültig ihr Zuhause und ihre Familie zu verlassen, machte ihr das Herz schwer. Etty vertraute ihrer Mutter ihre Zweifel an.

»Mein Schatz, es ist niemals leicht, diejenigen zu verlassen, die man liebt. Wenn du wirklich nicht nach Adelaide möchtest, nehmen dein Vater und ich dich einfach wieder mit nach Hause.«

»Es ist ja nicht so, dass ich nicht dorthin will. Ich möchte doch so gerne eine große Sängerin werden. Mir ist nur jetzt erst klar geworden, wie sehr ich euch alle vermissen werde.«

»Während der ersten Monate bin ich ja bei dir. Da hast du genügend Zeit, um zu entscheiden, was du willst. Wenn du nicht glücklich bist, kannst du im April immer noch mit mir zurückfahren.«

Sie verließen Melbourne an einem für die Jahreszeit ungewöhnlich nassen und kalten Tag. Als sie in Adelaide ankamen, war es dagegen brütend heiß, da der heiße und trockene Nordwind die Quecksilbersäule auf 38 Grad im Schatten hatte ansteigen lassen. Drei Tage lang wehte der Wind. In den Bergen brachen Buschbrände aus und hüllten die Stadt in einen rauchigen Dunst. Der Rauch und der Staub ließen Ettys Kehle trocken werden.

»Wie soll man nur an so einem Ort singen können?«, fragte sie ihre Mutter.

»Der heiße Wind hält nie länger als ein paar Tage an. Das Wetter wird sich bald ändern. Dann wirst du feststellen, was für eine schöne Stadt Adelaide ist. Wir werden uns zusammen die Sehenswürdigkeiten angucken, denn die Stadt ist erheblich gewachsen, seit ich das letzte Mal hier war. Damals warst du erst ein paar Monate alt.«

Als der Wind bald darauf tatsächlich auf Süd drehte, brachte er erfrischende Regenschauer. Anschließend regnete es zwei Tage lang so heftig, dass auch die letzten Buschfeuer gelöscht wurden. Die Sonne schien von einem strahlend blauen Himmel, als eine Mietdroschke Etty und ihre Mutter vom Hotel zu Madame Marietta brachte.

In der Straße standen viel mehr Häuser als vor sechzehn Jahren, als Meggan Madames Schülerin gewesen war. Das Cottage von Madame sah jedoch immer noch genauso aus, wie Meggan es in Erinnerung hatte. Nur der Garten war womöglich noch verwilderter. Einige Sträucher waren sowohl in die Höhe als auch in die Breite gewachsen, andere waren eingegangen, und an ihren entblätterten Zweigen wucherten Schlingpflanzen.

Der Droschkenkutscher wollte wissen, ob die Damen ganz sicher wären, dass das die richtige Adresse sei. Als Meggan das bestätigte, fragte er, ob er warten solle. Offenbar konnte er sich nicht vorstellen, was zwei gut gekleidete Frauen in einem Cottage wie diesem wollen könnten, das unter dem verwilderten Garten fast begraben war.

Meggan lehnte sein Angebot dankend ab. »Ich weiß nicht, wie lange wir bleiben werden. Aber wenn Sie in zwei Stunden wiederkommen könnten? Dann sind wir vermutlich fertig.«

»Wie Sie wünschen, Madam. Ich bin in zwei Stunden wieder da.«

Nachdem sie aus der Droschke ausgestiegen waren, sah Etty ihre Mutter entsetzt an. »Du hast mir zwar erzählt, dass es hier unordentlich ist, aber so habe ich mir das nicht vorgestellt. Sieht es drinnen im Cottage genauso schlimm aus wie im Garten?«

»Das Haus ist mit allen möglichen Kuriositäten vollgestopft. Doch falls sich Madame nicht im Laufe der Jahre verändert hat, wird es zwischen dem ganzen Durcheinander sauber sein.«

»Oh, Mama, ich bin so nervös. Ich weiß überhaupt nicht, was mich erwartet.«

»Ich hab doch versucht, dich vorzubereiten, Liebes. Madame ist ziemlich fremdländisch und kümmert sich nicht darum, was die feine Gesellschaft denkt. Besser kann ich sie nicht beschreiben. Sie ist einzigartig. Nun komm, Liebes. Madame wartet sicher schon auf uns.«

Als Madame die Tür öffnete, erlebte Meggan ein unerwartetes Déjà-vu. Die Frau, die vor ihnen stand, mochte zwar im Laufe der Jahre beträchtlich zugenommen haben, doch sie schien immer noch das gleiche dunkelrote Samtgewand zu tragen, das sie bei Meggans erstem Besuch im Cottage angehabt hatte. Auch der gefranste Schal aus schwarzer Spitze war wieder um ihre Schultern drapiert, und an ihren Ohren hingen die langen Granatohrringe. An ihrem Dekolleté war die schwarze Chiffonrose befestigt, und in ihrem Haar, in dem keine einzige graue Strähne zu entdecken war, steckte nahe dem linken Ohr die rote Rose. Die unzähligen Ringe, die sie trug, schienen in ihre fleischigen Finger eingewachsen zu sein.

Sie umarmte Meggan theatralisch, dann begann sie zu schimpfen. »So ein Verschwendung. Sie hatten so ein schönes Stimme, doch Sie haben Ihre Talent der Liebe wegen weggeworfen. Sie sind glücklich?«

»Ich bin sehr glücklich, Madame. Das ist meine Tochter Henrietta. Wir nennen Sie Etty.«

»Etty? Was ist das denn für eine Name für eine Artiste?« Sie starrte Etty durchdringend an. »Du möchtest doch eine Artiste werden?«

»J… ja, Madame, das möchte ich.«

»Dann lass mich hören, wie du singst. Ich werde dich nur unterrichten, wenn du das Stimme von deine Mutter hast.«

Sie ging ihnen voran in das Wohnzimmer, in dem tatsächlich ein unglaubliches Durcheinander herrschte. »Du stehst da drüben, Henrietta, und ich sitze hier und sehe dich nicht an.« Sie wedelte mit einer beringten Hand in Richtung Erkerfenster. »Ich höre zu. Ich gucke nicht.«

Etty brauchte das ermutigende Lächeln ihrer Mutter. Auch wenn sie viele Geschichten über die Zeit gehört hatte, in der ihre Mutter bei Madame Marietta studiert hatte, bereitete ihr dieses Vorsingen viel mehr Herzklopfen, als sie erwartet hatte.

»Ich warte«, erklärte Madame.

Ein Lächeln zuckte um Meggans Lippen. Sie konnte es nicht fassen, dass Madame genau die gleichen Dinge tat und sagte, die sie vor so vielen Jahren getan und gesagt hatte. Wenn ihre Tochter nicht nervös neben ihr gestanden hätte, hätte sie beinah glauben können, dass jemand die Zeit zurückgedreht hatte.

Meggans offenkundige Belustigung hatte eine beruhigende Wirkung auf Etty. Sie lächelte ihre Mutter an, versuchte, an nichts mehr zu denken, und sang. Als sie die letzte Note gesungen hatte, blickte sie zu ihrer Mutter und erhielt ein anerkennendes Lächeln.

»So«, sagte Madame, stand von ihrem Stuhl auf und ging zu ihnen hinüber. »Das Mädchen singt wie ihre Maman. Nun sagen Sie mir, dass ich mit diese Mädchen mein Zeit nicht verschwenden werde.«

Auch wenn die Frage an ihre Mutter gerichtet zu sein schien, beeilte sich Etty zu antworten. »Oh nein, Madame Marietta, ich werde Ihre Zeit nicht verschwenden. Ich möchte so gerne eine große Sängerin werden.« Ettys Nervosität hatte sich in dem Moment verflüchtigt, als sie anfing zu singen.

»Wie alt bist du?«

»Ich bin fünfzehn, Madame. Im September werde ich sechzehn.«

»Gut, gut. Dann bist du noch zu jung für die Liebe. Nun machen wir eine Plan für deine Gesangsstunden.«

»Begleitet Frederick noch immer Ihre Schülerinnen, Madame?«

»Ach, leider nein, Meggan. Unser lieber Frederick ist vor zwei Jahren von uns gegangen. Seine Herz, es war nicht gut. Jetzt habe ich ein junge Mann, der fast so talentiert ist wie der liebe Frederick. Ah, ein sehr hübsche Junge. Ein wahrer Adonis. Alle Damen verlieben sich in ihn. Wie schade.« Sie zuckte theatralisch mit den Schultern. »Diese junge Mann hat keine Interesse an Frauen. Also verlieb dich nicht in ihn, Henrietta.«

»Nein, Madame. Ich habe nicht vor, mich in irgendwen zu verlieben.«

»Das ist gut. Nun reden wir über deine Stunden.«

Nachdem wegen Ettys Ausbildung alles besprochen war, bestand Madame darauf, dass sie zusammen Kaffee trinken und Kuchen essen sollten. Zunächst plauderten sie über die feine Gesellschaft von Adelaide und die Leute, in deren Salons Meggan gesungen hatte. Dann begann Madame, Meggan nach ihrem Leben auszufragen und Kommentare dazu abzugeben.

Aus gewissen Bemerkungen von Madame und daraus, wie geschickt ihre Mutter mehr als einmal das Thema wechselte, schloss Etty, dass es viele Dinge gab, die sie über ihre Mutter nicht wusste. Da sie in einem harmonischen Zuhause aufgewachsen war und ihre Eltern sich offenbar immer sehr zugetan gewesen waren, hatte sie sich kaum vorstellen können, dass es in deren Liebesbeziehung Komplikationen gegeben haben sollte. Doch genau das war der Eindruck, den sie nun bekam. Vielleicht würde sie ihre Mutter eines Tages danach fragen.

Auf diesen Tag brauchte Etty gar nicht zu warten. Noch am

selben Abend setzte ihre Mutter sich mit ihr zusammen, um ihr die Geschichte zu erzählen.

»Madame hat häufig eine etwas lockere Zunge. Sie denkt nicht immer nach, bevor sie redet. Deshalb halte ich es für besser, wenn du von mir die Wahrheit erfährst, denn du wirst zweifellos das eine oder andere von Madame hören. Bisher habe ich es nie für notwendig gehalten, dir oder deinem Bruder unsere Geschichte zu erzählen, aber jetzt sollte ich es wohl tun. Ich fürchte nur, Liebes, dass du schockiert sein könntest.«

»Oh, Mama, warum sollte mich etwas schockieren, was du getan hast?« Etty hielt ihre Mutter für die perfekte Frau schlechthin. »Hast du etwas sehr Schlimmes erlebt?«

»Es gab mehr als ein unglückseliges und tragisches Ereignis, das mein Leben geprägt hat. Ich möchte dir allerdings nur von deinem Vater und mir erzählen.«

»Papa und du, ihr habt euch doch so lieb, da muss eure Geschichte einfach sehr romantisch sein. Ich bin schon ganz gespannt darauf.«

Ettys freudige Erwartung löste bei Meggan ein leicht schiefes Lächeln aus, dann begann sie mit ihrer Geschichte.

»Als ich deinen Vater kennenlernte, war ich zwölf Jahre alt. Damals lebten wir noch in Cornwall. Das war, kurz bevor meine ältere Schwester Caroline starb. Danach haben wir uns einige Jahre nicht mehr gesehen. Du weißt, dass meine Familie nach Südaustralien ausgewandert war, um in der Kupfermine von Burra zu arbeiten, und dass ich eine Stelle als Kindermädchen auf der Schaffarm der Familie Heilbuth gefunden hatte.

Eines Tages besuchten dein Vater und seine Pflegeschwester Jenny Tremayne die Heilbuths. Dein Vater und ich haben uns ineinander verliebt. Aber ich nahm genau wie alle anderen an, dass er und Jenny heiraten würden. Nachdem die beiden nach Cornwall zurückgekehrt waren, habe ich deshalb geglaubt, dass ich ihn nie wiedersehen würde. Die Heilbuths hatten einen guten Freund, David Westoby, einen wohlhabenden Mann, der etliche Jahre älter war als ich. Er war seit einiger Zeit ein Verehrer von mir und unterstützte mich sehr in meiner Gesangskarriere. Als David mir einen Heiratsantrag machte, habe ich akzeptiert, weil ich glaubte, dass dein Vater für immer aus meinem Leben verschwunden wäre. David war auch derjenige, der mich mit Madame Marietta bekannt gemacht hat.

David Westoby war ein guter Mensch, und ich lernte, ihn zu lieben, wenn auch auf ganz andere Weise, als ich deinen Vater liebte. Niemals hätte ich damit gerechnet, dass ich eines Tages die Tür öffnen und der Mann, den ich wirklich liebte, vor mir stehen würde. Dein Vater hatte Jenny nicht geheiratet. Nachdem er sie wohlbehalten nach Cornwall zurückgebracht hatte, war er wieder nach Australien zurückgekehrt, um mich zu bitten, seine Frau zu werden. Wir litten beide große Qualen, weil ich nicht genug an ihn geglaubt hatte, um auf seine Rückkehr zu warten.«

»Und was ist dann passiert?«, fragte Etty, denn ihre Mutter hatte, offenbar in Erinnerungen versunken, aufgehört zu reden.

Meggan sah ihre Tochter an, um an ihrem Gesichtsausdruck abzulesen, wie sie wohl auf das Folgende reagieren würde.

»Wir waren beide nicht stark genug, um unsere Liebe zu verleugnen. David war damals auf Geschäftsreise. Wir nutzten die Gelegenheit und verbrachten zwei kurze glückliche Wochen miteinander, bevor dein Vater wieder abreiste. Du warst das Ergebnis dieser heimlichen Stunden.«

Meggan hielt inne und musterte ihre Tochter forschend. Vielleicht hätte sie Etty etwas behutsamer auf dieses Geständnis vorbereiten sollen. Bis zu dem heutigen Gespräch in Madames Cottage hätte sie nie gedacht, dass abgesehen von Con, ihr selbst sowie Jane irgendwer jemals etwas von dieser verbotenen Liebesaffäre erfahren müsse.

»Meine liebe Tochter, ich erzähle dir diese Geschichte, weil du weißt, wie sehr dein Vater und ich uns lieben. Ich hoffe, dass du mich nicht verurteilst.«

»Ich könnte dich niemals verurteilen, Mama«, erklärte Etty inbrünstig, »doch eines verstehe ich nicht so ganz. Wie konntest du denn Papa heiraten, wenn du bereits verheiratet warst? Hast du dich von deinem ersten Mann scheiden lassen?«

»Nein, mein Liebes, ich wollte nichts tun, was den guten David verletzen würde. Mich quälte das Wissen, dass ich ein Kind erwartete, das nicht von ihm sein konnte. Doch bevor er erfuhr, dass ich ihn betrogen hatte, ist er unter tragischen Umständen gestorben. Wieder glaubte ich, dass dein Vater endgültig aus meinem Leben verschwunden war. Ich nahm an, er wäre nach Cornwall zurückgekehrt und hätte Jenny Tremayne doch noch geheiratet, da ich deutlich zu verstehen gegeben hatte, dass es für uns keine gemeinsame Zukunft geben könne.

Während dieser Monate voller Trauer und Schuldbewusstsein trat Jane in mein Leben. Wir zogen gemeinsam zu den Heilbuths. Sowohl du als auch Darcy kamen auf Grasslands zur Welt. An dem Tag, an dem du geboren wurdest, kam mein Vater bei einem Grubenunglück ums Leben. Meine Brüder suchten zu der Zeit bereits in Ballarat nach Gold.

Als du ein paar Monate alt warst, habe ich meine verwitwete Mutter, deine Großmutter, zurück nach Cornwall gebracht. Sie ist in Australien nie glücklich gewesen und hat sich immer nach der alten Heimat gesehnt. Während ich dort war, kam Jenny uns besuchen. Von ihr erfuhr ich, dass dein Vater in Australien geblieben war, nachdem wir uns getrennt hatten. Ich habe ihm geschrieben. Er hat mir geantwortet. Daraufhin bin ich mit dir und Agnes, die ich als mein Dienstmädchen eingestellt hatte, mit dem Schiff zurück nach Australien gefahren. Nur wenige Tage nach unserem Wiedersehen haben dein Vater und ich geheiratet.«

Ettys Augen hatten einen verträumten Ausdruck angenommen. »Wie romantisch, Mama. Deine Geschichte klingt wie aus einem Roman. Ich bin ja so froh, dass du Papa geheiratet hast. Ich möchte mein Leben nicht anders haben als so, wie es ist.«

»Ich hoffe nur, meine liebe Tochter, dass deinem Glück keine Hindernisse im Weg stehen werden, wenn du dich einmal verliebst.«

Ermuntert durch die vertraulichen Mitteilungen ihrer Mutter, gestand Etty dieser ihr eigenes Geheimnis. »Mama, ich glaube, ich bin in Darcy verliebt.«

Ihre Mutter lächelte. »Ich weiß ziemlich genau, was du für Darcy empfindest und er für dich. Ihr wart schon als kleine Kinder viel zusammen. Nun, wo ihr langsam erwachsen werdet, verändern sich eure Gefühle füreinander. Ob ihr euch wahrhaft liebt oder euch diese zärtlichen Gefühle nur einbildet, wird sich noch zeigen.«

»Es macht dir also nichts aus, Mama, dass Darcy ein Aborigine ist?«

»Die Zeit wird es zeigen, mein Liebes. Ihr beide seid gerade erst sechzehn. Darcy ist fest entschlossen, eine gute Schulbildung zu erhalten, und dir ist es ernst damit, Sängerin zu werden. Von nun an wird euer Leben in unterschiedliche Richtungen verlaufen. Ich glaube, dass diese Liebe, die ihr jetzt füreinander empfindet, für euch irgendwann zu dem wird, was sie eigentlich ist: eine ganz innige Freundschaft.«

Obwohl Etty überzeugt davon war, dass sie niemals aufhören würde, Darcy zu lieben, widersprach sie ihrer Mutter nicht, die mittlerweile das Thema gewechselt hatte und über Ettys weitere Ausbildung redete.

Nachdem sie sich mehrere Einrichtungen angesehen hatten, wurde Etty in Miss Hemingways Akademie für junge Damen angemeldet. Diese wurde von etwa fünfzehn Mädchen im Alter von sechzehn bis achtzehn besucht. Der Lehrplan umfasste alles, was eine junge Dame lernen musste, um später ihren Platz in der Gesellschaft einnehmen zu können.

Es gab Benimmstunden, Musikstunden, Gesangsunterricht – von dem Etty befreit war, weil ihre Stimme viel besser als die der Musiklehrerin war – und Tanzstunden. Französischunterricht gehörte ebenfalls zum Lehrplan. Daran nahm Etty mit deutlich größerem Eifer teil als ihre Mitschülerinnen.

»Was hat es denn für einen Sinn, Französisch zu lernen?«, beklagte sich ein Mädchen. »Wir leben doch in Australien und werden höchstwahrscheinlich niemals Frankreich besuchen?«

»Ich werde nach Frankreich reisen«, antwortete Etty, »und in viele Länder mehr, wenn ich erst eine berühmte Sängerin bin.«

»Vielleicht wirst du ja gar nicht berühmt«, erwiderte ein anderes Mädchen.

Etty lächelte nur und schwieg. Ihre Mitschülerinnen wussten nicht, dass sie außerdem Italienischstunden nahm, und zwar bei demselben Lehrer, der auch ihre Mutter unterrichtet hatte.

Der Unterricht im Sticken und Nähen war allerdings für Etty eine Plage. Sie besaß keinerlei Geschick im Umgang mit der Nadel, noch hatte sie Lust, ihre dürftigen Fähigkeiten zu verbessern. Miss Hemingway erklärte, sie habe noch nie ein Mädchen erlebt, das so unordentlich nähte. Da die Lehrerin jedoch die Vorstellung nicht ertrug, dass ein Mädchen ihre Akademie verließ, das keine Zierstiche beherrschte, wurde der Handarbeitsunterricht für Etty zur Qual. Sie hatte den Eindruck, dass sie ständig auftrennte und neu nähte, ohne dass ihre Arbeit viel ordentlicher wurde.

Meggan lachte, als Etty sich über die Handarbeitsstunden beklagte. »Du kommst in so vielen Dingen auf mich, meine liebe Tochter. Ich hab auch nie gern genäht. Hast du dich nie gewundert, warum Agnes alle Sachen auf Langsdale stopft?«

»Ich hab immer angenommen, dass Stopfen zu Agnes' Aufgaben gehört. Andererseits stopft Louisa für ihre ganze Familie die Socken. Wie merkwürdig.« Etty runzelte leicht die Stirn. »Mir ist gerade klar geworden, Mama, dass ich dich noch nie mit einer Nadel in der Hand gesehen habe.«

»Wenn es sein muss, kann ich ganz gut nähen. Das musste ich vor meiner Heirat häufiger tun. Als Kindermädchen bei den Heilbuths gehörte es zu meinen Aufgaben, die Kleidung der Zwillinge in Ordnung zu halten. Doch da Agnes es gerne macht, überlasse ich ihr die ganze Stopferei.«

»Wenn ich doch nur nicht diese langweiligen Stunden ertragen müsste, in denen wir lernen sollen, uns damenhaft zu benehmen. Wir müssen dasitzen und nähen und gleichzeitig höfliche Konversation machen.«

Gegen ihren Willen musste Meggan über Ettys Nörgelei lachen. »Kein Wissen ist jemals vergeudet, Liebes. Wer weiß, vielleicht ist es dir ja eines Tages nützlich, wenn du mit Nadel und Faden umgehen kannst.«

Doch Etty konnte sich nicht vorstellen, dass eine solche Situation je eintreten würde, und erklärte das ihrer Mutter nachdrücklich.

Über ihre Gesangsstunden bei Madame Marietta hatte Etty keine Klagen. Wie damals ihre Mutter gewöhnte auch sie sich schnell an die extravagante Kleidung und die Eigentümlichkeiten dieser Frau. Gleich zu Anfang ihrer ersten Stunde hatte sie gemerkt, dass Madame eine anspruchsvolle Lehrerin war. Nur was nahezu perfekt war, stellte sie zufrieden, und Lob gab es selten. Irgendetwas an dieser Frau und an ihrer Art zu unterrichten trieb Etty an, immer ihr Bestes zu geben. Und nie zeigte Madame Mitleid, selbst wenn sie es schaffte, ihre Schülerin zum Weinen zu bringen.

»Tränen? Das ist gut. Du hast die Gefühl in deinem Herzen.

Nun sing es noch einmal, und diesmal machst du es richtig. Alistair!«

Alistair warf Etty verstohlen einen mitfühlenden Blick zu, dann begann er zu spielen. Etty wischte sich mit einem Finger die Tränen unter den Augen weg und sang.

Selbst der zweite oder gar dritte Versuch fand nicht immer Zustimmung. Manchmal weinte Etty vor Wut. Warum konnte Madame ihr nicht wenigstens *ein* lobendes Wort sagen? Ab und zu jedoch ertappte sie Madame mit einem zufriedenen Ausdruck im Gesicht und erkannte, dass sie mit Absicht in Wut versetzt worden war.

Da sie zu viel Ehrfurcht vor Madame hatte, um sie darauf anzusprechen, vertraute sie sich Alistair an. »Warum versucht Madame absichtlich, mich wütend zu machen? Ich glaube, es macht ihr Spaß, mich zum Weinen zu bringen.«

»Das macht Madame mit all ihren Schülerinnen. Sie sagt, sie will ihre Zeit nicht mit albernen Dämchen verschwenden.«

»Ich bin kein albernes Dämchen.« Etty war empört. »Madame weiß doch, dass es mir mit dem Singen ernst ist.«

»Deshalb stichelt sie so lange, bis du auf irgendeine Art reagierst. Außerdem will dich Madame dazu bringen, zu fühlen und diese Gefühle auszudrücken.«

»Sie will, dass ich unglücklich und wütend bin? Wie soll mir das denn beim Singen weiterhelfen?«

»Eine gute Stimme ist nutzlos, wenn man nicht hinreichend Gefühl in die Worte hineinlegen kann, die man singt. Genau das will Madame von dir.«

Alistair war ein gut aussehender junger Mann mit blonden Haaren, tiefblauen Augen und perfekten Gesichtszügen. Frauen drehten sich nach ihm um, wenn er vorbeiging, doch er bemerkte anscheinend die Aufmerksamkeit nicht, die er erregte. Er war, wie er Etty erzählt hatte, zweiundzwanzig Jahre alt. Seine Eltern waren beide tot, und er hatte eine sehr viel ältere Schwester, die irgendwo in Queensland verheiratet war. Das glaubte er zumindest. Seit sein Musiklehrer, den er sehr geliebt hatte, im letzten Winter an der Grippe gestorben war, lebte er allein.

Etty war zu unschuldig, um die wahre Natur dieser Liebe zu begreifen, und Alistair klärte sie auch nicht auf. Dafür schätzte er ihre Freundschaft zu sehr. Inzwischen wusste auch Etty seine Kameradschaft zu schätzen. Alistair schien ihre Gefühle außerordentlich gut zu verstehen und immer die richtigen Worte zu finden, damit es ihr besser ging.

Anfang März begann Meggan mit den Vorbereitungen für ihre Rückkehr nach Langsdale. Diesmal würde sie nicht mit dem Küstendampfer fahren, sondern mit ihrem Bruder Hal, der mittlerweile drei Raddampfer besaß. Etty sollte dann zusammen mit drei weiteren Mädchen, deren Familien zu weit von Adelaide entfernt lebten, als Internatsschülerin bei Miss Hemingway wohnen.

Schließlich kam der Zeitpunkt, da ihre Mutter in die Kutsche nach Goolwa am Murray River steigen musste, und erst jetzt wurde Etty mit einem Schlag bewusst, dass sie vor Ende des Jahres niemanden aus ihrer Familie wiedersehen würde. Sie klammerte sich an ihre Mutter und verabschiedete sich unter Tränen.

»Ich werde dich so sehr vermissen, Mama.«

»Wir dich auch. Lass uns jede Woche schreiben. Die Briefe sollten nicht länger als ein paar Wochen unterwegs sein. Übe fleißig mit Madame. Auch wenn sie ein bisschen seltsam ist, so ist sie doch eine fantastische Lehrerin. Miss Hemingway wird gut auf dich aufpassen. Außerdem habe ich bemerkt, dass du dich mit Alistair angefreundet hast. Er ist ein aufrichtiger junger Mann.«

»Ja, ich mag ihn sehr gerne. Er will mich auf dem Klavier begleiten, wenn ich bereit bin, öffentlich aufzutreten. Das heißt, wenn Madame damit einverstanden ist.« Sie versuchte zu lächeln, doch als sämtliche Reisenden aufgefordert wurden einzusteigen, schossen ihr wieder die Tränen in die Augen. Sie drückte ihre Mutter fest an sich. »Ich hab dich lieb, Mama.«

»Ich hab dich auch lieb. Leb wohl, mein Schatz.«

Etty blieb auf dem Gehweg stehen, bis die Kutsche um die Ecke gebogen und nicht mehr zu sehen war. Sie fühlte sich sehr einsam, so als lebte sie nicht in derselben Welt wie die anderen Menschen, die auf der Straße auf und ab liefen. Plötzlich wurde sie von einer furchtbaren Panik ergriffen. Am liebsten wäre sie hinter der Kutsche hergelaufen und hätte dem Fahrer zugerufen, er möge anhalten, damit sie auch einsteigen könne. Sie war so in Gedanken versunken, dass sie zusammenschreckte, als plötzlich eine vertraute Stimme neben ihr sprach.

»Alistair! Was machst du denn hier?« Sie hatte sein Angebot, sie und ihre Mutter zu begleiten, entschieden abgelehnt.

»Ich lade dich jetzt zum Tee ein, und danach begleite ich dich zurück zu Miss Hemingway.«

»Oh, Alistair, das ist so nett von dir.« Sie lächelte und gab dann zu: »Ich bin so froh, dich zu sehen.«

»Ich hab mir gedacht, du brauchst jetzt vielleicht ein bisschen Gesellschaft.« Er nahm sie am Ellbogen und führte sie die Straße entlang zu einem Café. Sie setzten sich an einen Tisch am Fenster, von wo aus sie das Treiben auf der Straße beobachten konnten. Bevor der Tee und das Buttergebäck gebracht wurden, hatte Alistair sie bereits mit seinen witzigen und teilweise zynischen Bemerkungen über die Passanten zum Lachen gebracht.

Als er sich anderthalb Stunden später vor der Tür von Miss Hemingways Akademie von ihr verabschiedete, blickte Etty ihrem neuen Leben schon viel gelassener entgegen. »Danke, Alistair. Ich bin sehr froh, dass du mein Freund bist.«

»Ich auch. Dann erst mal auf Wiedersehen. Wir sehen uns morgen in deiner Gesangsstunde.«

6

Zur selben Zeit, als Meggan an Bord der *River Maid* ging, dem Raddampfer ihres Bruders Hal, um nach Langsdale zurückzufahren, waren Nelson und Darcy gerade dabei, die Zäune entlang der Westweide zu überprüfen. Der Mann, der für die Zäune in diesem Grenzabschnitt der Farm verantwortlich gewesen war, hatte sich vor einigen Monaten zu Tode gesoffen. Bisher hatte man noch keinen Ersatz für ihn gefunden. Nur wenigen behagte ein derart einsamer Job, denn üblicherweise hatte man dabei nur sein Pferd und seinen Hund als Gesellschaft. Meistens waren diese Männer aus irgendeinem Grund lieber allein als unter Menschen.

Da Con nicht wollte, dass sich seine Herde reinrassiger Merinoschafe mit den minderwertigen Tieren seines Nachbarn vermischte, hatte er Nelson gebeten, hinauszureiten und nach den Zäunen zu sehen. Nelson hatte darauf bestanden, dass Darcy mitkam, obwohl es auf der Farm genügend Arbeit für den Jungen gegeben hätte. Jedem in der engen Gemeinschaft auf Langsdale war aufgefallen, wie sehr sich Darcy verändert hatte, seit Etty fort war. Bei jemandem wie Darcy, der immer so gesellig und fröhlich gewesen war, deuteten die langen Schweigephasen, in die er nun häufig verfiel, darauf hin, dass er zu sehr über sich nachgrübelte. Jane beobachtete die charakterliche Veränderung ihres Sohnes mit großer Sorge. Deshalb hatte Nelson vorgeschlagen, den Jungen zum Reparieren der Zäune mitzunehmen. Er hoffte, sein Stiefsohn würde ihm vielleicht anvertrauen, weshalb er so launisch war, wenn sie dort draußen alleine waren.

Mehrere Male hatte Nelson bereits versucht, das Gespräch in eine Richtung zu lenken, die Darcy ermutigen würde, über das zu reden, was ihn bedrückte. Doch entweder nahm Darcy Nelsons Andeutungen nicht wahr, oder er ignorierte sie bewusst. Erst in der dritten Nacht, die sie draußen kampierten, erfuhr Nelson, was er wissen wollte.

Sie lagen am Feuer, während um sie herum nur die typischen Geräusche des Buschs zu hören waren: das Rascheln eines kleinen Tiers, das über den Boden huschte, das dumpfe Dröhnen, mit dem Kängurus oder Wallabys über die Weide sprangen, das Blöken eines Schafs in der Ferne. Ein Nachtvogel stieß seinen klagenden Ruf aus, auf den ein anderer Vogel, vermutlich sein Weibchen, kurz darauf antwortete. Darcy, der den Kopf auf seine Hände gebettet hatte, starrte auf die Milchstraße, die am Himmel einen flachen Bogen beschrieb. Zwischen den Myriaden von Sternen fanden seine Augen das mittlerweile so vertraute Bild, den Emu der Aborigines.

»Ich erinnere mich noch, wie du mir das erste Mal den Emu am Himmel gezeigt hast. Onkel Josh hat dir nicht geglaubt, als du gesagt hast, es gäbe am Himmel einen Emu.«

»Daran kannst du dich erinnern? Hast du noch andere Erinnerungen an deinen Onkel?«

»Nicht sehr viele. Nur einzelne Bruchstücke. Manchmal, wenn ich irgendetwas sehe oder tue, kommt mir plötzlich eine Erinnerung an Onkel Josh oder an meine Großeltern. Ich glaube, ich kann mich an das Haus auf Riverview erinnern. Manchmal frage ich mich, wie es dort jetzt wohl aussehen mag, ob immer noch die Leute dort wohnen, die das Haus von meinen Großeltern gekauft haben.«

»Möchtest du dir Riverview irgendwann wieder ansehen?«

»Ich habe nie ernsthaft daran gedacht, noch einmal dorthin zurückzukehren. Wenn es nicht so weit wäre, würde ich es vielleicht aus lauter Neugier mal besuchen. Aber das ist auch alles. Langsdale ist schon viel länger mein Zuhause, als Riverview es war.«

»Langsdale ist jetzt unser aller Heimat, mein Junge. Du weißt, dass du dort ein Zuhause und eine Arbeit hast, solange du lebst. Con Trevannick wird dich niemals fortschicken.«

Darcy drehte sich auf die Seite und sah seinen Stiefvater an. »Das mag ja so sein. Aber ich bin nicht mehr glücklich auf Langsdale.«

»Darcy, wir sehen alle, dass du nicht glücklich bist. Möchtest du mir nicht vielleicht sagen warum?«

»Ich möchte mich nicht für den Rest meines Lebens mit Schafen beschäftigen.«

»Ach ja. Keine Schafe. Was dann? Kühe? Auf dem Fluss arbeiten? Oder möchtest du gerne ein Handwerk erlernen?«

Darcy schüttelte den Kopf und atmete tief durch, um sich Mut zu machen. »Ich möchte gerne noch mehr studieren.«

»Was meinst du denn damit? Deine Mutter und ich waren einverstanden, dass du dich mit Mr Boniface' Hilfe weiterbildest. Aber wird es nicht langsam Zeit, mit dem Studieren aufzuhören und endlich anzufangen zu arbeiten? Ich denke, es wäre besser für dich, wenn du mehr darüber lernst, wie man eine Schaffarm leitet.«

»Ich hab dir doch schon gesagt, dass ich keine Schaffarm leiten will.« Um Mut für die nächsten Worte zu fassen, musste Darcy erneut tief durchatmen. »Ich möchte Jura studieren.«

»Was?« Nelson setzte sich ruckartig auf. »Wo hast du denn diese unsinnige Idee her?«

Darcy drehte sich wieder auf den Rücken, bettete erneut den

Kopf auf die Hände und starrte in den Himmel. »Ich hab gedacht, du würdest das verstehen.«

Nelson ignorierte den Groll in der Stimme des Jungen. »Vielleicht würde ich es verstehen, wenn du mir deine Gründe erklären würdest. Aber verdammt noch mal, Darcy, was meinst du denn, wo du die nötige Schulbildung herkriegen sollst? Leute wie wir kriegen so etwas nicht. Hast du vergessen, dass du ein halber Aborigine bist?«

»Daran werde ich jedes Mal erinnert, wenn ich in die Stadt gehe.«

»So verbittert, Darcy? Das sieht dir gar nicht ähnlich.«

»Das sieht mir wohl ähnlich.« Darcy stand auf und schob mit der Stiefelspitze ein Holzscheit ins Feuer. Ein Funkengestöber sprühte auf. Dann entzündete sich das Scheit und fing an zu brennen. Nelson beobachtete ihn. An der mürrischen Entschlossenheit in Darcys Gesicht konnte er die Stimmung des Jungen ablesen.

»Wenn du schon das Feuer schürst, kannst du auch gleich den Kessel aufsetzen. Dann trinken wir noch eine Tasse Tee, bevor wir uns schlafen legen.«

Darcy machte den Tee, ohne auch nur ein einziges Wort zu sagen, was Nelson nicht weiter störte. Er würde warten, bis der Junge bereit war zu reden. In Nelsons Kopf wimmelte es von Fragen, auf die er keine Antwort wusste. Erst als beide mit einem großen Becher dampfenden Tee in der Hand auf ihren Decken saßen, war Darcy bereit, näher auf seine überraschende Ankündigung einzugehen. Er sprach mit leiser Stimme. Seinen Worten war deutlich der Groll anzuhören, der sich wie ein Geschwür in seine Seele gefressen hatte.

»Warum muss es ein Gesetz für die Weißen geben und für die Aborigines ein anderes? Fast jedes Mal, wenn ich nach Ballarat komme, sehe ich irgendein Beispiel dafür, wie ungerecht die Aborigines von den Weißen behandelt werden. Und dabei geht es nicht nur um Kleinigkeiten. Wenn ein Aborigine ein Verbrechen begeht, wird er viel härter bestraft als ein Weißer für das gleiche Verbrechen. Wenn ein Schwarzer einen Weißen tötet, wird er entweder ohne Prozess erschossen, oder er wird vor Gericht gestellt und gehenkt. Wenn ein Weißer einen Schwarzen erschießt, geschieht ihm nichts. Erinnere dich doch nur mal an die Familie, die unsere Schafe getötet hat. Dieser Sergeant ist für die Morde nicht belangt worden. Seitdem lacht er uns nur noch aus.«

»Es sind auch schon weiße Männer für den Mord an Aborigines hingerichtet worden. Manchmal gibt es Gerechtigkeit.«

»Ja, manchmal. Es muss aber jederzeit Gleichheit vor dem Gesetz bestehen. Ich will vor Gericht jeden schwarzen Mann und jede schwarze Frau verteidigen können, der oder die eines Verbrechens beschuldigt wird. Für die Unschuldigen werde ich Gerechtigkeit fordern. Und wenn der Angeklagte schuldig ist, will ich dafür sorgen, dass die verhängte Strafe angemessen ist.«

Darcy hielt inne, starrte in die Glut und beobachtete die Flammen. Als Nelson schwieg, hob er den Kopf. »Verstehst du jetzt, warum ich Jura studieren möchte?«

»Ja, mein Sohn, das verstehe ich. Das würde auch deine Mutter tun und zweifellos noch einige andere Leute. Doch versprich mir, dass du dein Herz nicht zu sehr daran hängst. Denn mal ganz ehrlich: Wie groß ist deine Chance, deinen Traum zu verwirklichen?«

»Wenn man etwas ganz stark will, findet man auch einen Weg.«

»Vielleicht, vielleicht aber auch nicht. Lösch das Feuer. Wir müssen bei Tagesanbruch aufstehen.«

Nachdem sie sich schlafen gelegt hatten, blieb Darcy noch lange wach und dachte darüber nach, was er seinem Stiefvater nicht erzählt hatte. Er befasste sich nämlich bereits mit den Fachgebieten, die er für die Aufnahmeprüfung an der Universität brauchte. Boney stand hundertprozentig hinter ihm. Dass der Lehrer einen Teil des Ruhms für sich selbst einheimsen würde, sollte Darcy aufgenommen werden, störte Darcy überhaupt nicht. Er hasste es, nicht zu wissen, wohin er gehörte, weder ein Weißer noch ein Schwarzer zu sein. Die Stammesaborigines akzeptierten ihn genauso wenig als einen der Ihren, wie das die Weißen taten. Irgendetwas tief in seinem Inneren trieb ihn dazu, sich seinen eigenen Platz in der Welt schaffen zu wollen.

Die Monate vergingen, und auch wenn Jane ihrem Sohn riet, seine Wünsche und Hoffnungen nicht zu hoch zu stecken, unternahmen seine Eltern nichts, um ihn von seinen ehrgeizigen Plänen abzubringen. Darcys Entschlossenheit geriet nie ins Wanken. Sein größter Förderer war Mr Boniface. Der Tutor und sein Schüler tauschten mittlerweile zwei- bis dreimal die Woche Briefe aus.

Darcy verbrachte jeden Abend mit Lernen. Nur seine Mutter und Nelson wussten, wie viele Stunden er über seinen Büchern hockte. Darcy wollte den anderen erst davon erzählen, wenn er die Aufnahmeprüfung bestanden hatte. Boney glaubte, dass er im nächsten Jahr dafür bereit sein werde. Darcy war entschlossen, mehr als nur bereit zu sein.

Als die langen Sommerferien begannen, kam Boney wieder mit Ruan nach Langsdale. Der Lehrer war inzwischen ein so regelmäßiger Gast, dass er über ein eigenes Cottage mit zwei Zimmern verfügte. Abends aß er mit der Familie, frühstücken tat er nur selten, und sein Mittagessen nahm er ein, wo und wann es ihm gerade passte.

Bereits einen Tag nach seiner Ankunft saß er mit Nelson, Jane und Darcy zusammen und führte mit ihnen ein ernstes Gespräch über den Wunsch des jungen Mannes, Jura zu studieren.

Nelson erläuterte seine und Janes Bedenken. »Darcy durfte keine Schule für weiße Jungen besuchen. Wie kann er sich da Hoffnungen machen, von der Universität angenommen zu werden?«

»Unter normalen Umständen«, antwortete Boney ehrlich, »hätte Darcy keine Chance. Doch ich glaube so sehr an ihn, dass ich bereit bin, meine Beziehungen spielen zu lassen, wie man so sagt. Mit dem Dekan der Juristischen Fakultät war ich während unserer Schulzeit daheim in Surrey befreundet. Er ist wie ich der Meinung, dass die Hautfarbe eines Menschen nichts über dessen Intelligenz aussagt. Ihn hat sehr beeindruckt, was ich ihm über Ihre Familie erzählt habe.«

Er machte eine kurze Atempause. Nach einem raschen Blick zu ihrem Mann sagte Jane: »Mr Boniface, als Sie uns damals angeboten haben, Darcy Fernunterricht zu erteilen, haben wir Ihnen erklärt, dass wir nicht der Welt als Kuriosität vorgeführt werden wollen. Das gilt immer noch.«

Boniface hob beschwichtigend die Hände. »Meine liebe Miss Jane, machen Sie sich keine Sorgen. Mag sein, dass mir so etwas in der Art vorgeschwebt hat, als ich zum ersten Mal durch Ruan von Ihnen erfuhr. Doch Sie können ganz beruhigt sein, dass mein einziges Interesse jetzt darin besteht, Darcy zu helfen, sein Ziel zu erreichen. Im Laufe der Jahre habe ich den Jungen recht lieb gewonnen. Seine Entschlossenheit, seinen Traum zu verwirklichen, weckt meine allergrößte Bewunderung. Die Beziehungen, von denen ich sprach, werden Darcy nur die Möglichkeit eröffnen, an den Prüfungen teilzunehmen. Der Rest liegt an ihm. Darcy muss die Aufnahmeprüfung bestehen, bevor er angenommen werden kann. Es wird keine Sonderbehandlung für ihn geben. Er muss beweisen, dass er seinen Platz an der Universität verdient hat. Wenn er die Prüfung bestanden hat, wird der Dekan seine Bewerbung annehmen und sich gegebenenfalls bei den anderen Mitgliedern der Kommission für ihn einsetzen.«

»Sie haben gesagt ›wenn‹ und nicht, ›falls‹ Darcy die Prüfung besteht, Mr Boniface«, bemerkte Jane.

»Ich werde die Prüfung bestehen, Ma«, erklärte Darcy. Und an seinen Tutor gewandt sagte er: »Ich würde auch gar keine Sonderbehandlung annehmen, selbst wenn man sie mir anbieten würde, Mr Boniface. Ich habe meinen Stolz.«

Boniface strahlte seinen Schützling an. »Ja, das hast du. Deshalb glaube ich auch, dass du deine Sache gut machen wirst. Du hast alle Eigenschaften, die man braucht, um erfolgreich zu sein: Stolz, Entschlossenheit sowie die Bereitschaft, fleißig zu lernen. Ich möchte dir nur raten, Darcy, dass du deinen Stolz zu deinem Vorteil benutzt und nicht zu deinem Nachteil. Verstehst du, was ich meine?«

Darcy verzog den Mund und sah seinen Stiefvater reumütig an. »Ich höre ständig, dass ich meinen Stolz zügeln soll.«

Nelson nickte. »Es spricht nichts gegen ein gesundes Selbstbewusstsein. Ein Mann ist nichts, wenn er keine Achtung vor sich selbst hat. Aber zu viel Stolz hat schon manchen guten Mann ruiniert.«

Diese Einschätzung hatte Darcy seiner Meinung nach schon viel zu oft gehört. Wenn er aber keinen Stolz besaß, wer würde ihm dann Respekt erweisen? Mischlinge wie er wurden häufig als noch minderwertigere Menschen angesehen als vollblütige Aborigines. Schon in sehr jungem Alter war ihm bewusst gewesen, dass allein die Tatsache, dass sie auf Langsdale lebten, seine Mutter, Nelson und ihn selbst vor Feindseligkeiten und Demütigungen bewahrte. Auch wenn dadurch das Leben für sie recht angenehm war, empörte es Darcy zutiefst, dass er nicht von allen Leuten wegen seiner Persönlichkeit akzeptiert würde. In seinen

Tagträumen sah er sich oft wie ein erfolgreicher Anwalt gekleidet. Männer würden aus Ehrerbietung den Hut ziehen, wenn er ihnen auf der Straße begegnete. Außerdem träumte er davon, dass Etty an seiner Seite ging, die Hand unter seinen Arm geschoben. Er vermisste sie mehr, als er bereit war zuzugeben.

In knapp drei Wochen war Weihnachten, und Etty sollte endlich nach Hause kommen. Ganz Langsdale wartete gespannt auf ihre Rückkehr. Den ganzen Nachmittag über hielt Louisa immer wieder inne in ihrem Tun und starrte die Straße hinunter. Ihr Blick suchte den aufsteigenden gelbbraunen Staub, der anzeigen würde, dass sich die Kutsche der Trevannicks näherte. Louisa hatte in all den Monaten, die Etty fort war, nur einen einzigen Brief von ihr erhalten, und obwohl sie sofort zurückgeschrieben hatte, hatte sie keine weitere Post bekommen. Dass sich Etty in den Briefen an ihre Eltern immer nach ihr erkundigte, war wenigstens ein kleiner Trost gewesen. Auch wenn Tante Meggan ihr erzählt hatte, was Etty schrieb, konnte Louisa es kaum erwarten, von Etty selbst alles über ihr Leben in Adelaide zu erfahren.

Trotz aller Wachsamkeit hörte Louisa, die von ihrer Mutter gebeten worden war, ihren jüngsten Geschwistern etwas zu essen zu geben, dann nicht, wie die Kutsche ankam. Die Zwillinge, die mittlerweile fünf waren, stritten sich lautstark mit ihrem siebenjährigen Bruder, und es sah so aus, als würden sie gleich anfangen, sich zu prügeln. Louisa war vollends damit beschäftigt, die drei zu bändigen, als Jack den Kopf ins Zimmer streckte und mitteilte, dass Etty zu Hause sei.

»Ach, ihr schrecklichen Kinder«, beschimpfte sie ihre Geschwister. »Euretwegen hab ich Etty jetzt nicht begrüßen können. Ich sollte euch allen dreien den Popo versohlen.«

»Das würdest du eh nicht tun«, krähte der siebenjährige Joey. »Du bist zu weich. Schlaffischwester, Schlaffischwester – au!«

Die kleine May hatte ihm fest auf den Arm geschlagen. »Lass Louisa in Ruhe.«

»Yeah«, stimmte ihr Zwillingsbruder zu. »Lass Louisa in Ruhe. Du bist hier der Schlaffi.«

»Nein du. Matt ist ein Schlappschwanz, Matt ist ein Schlappschwanz.«

»Schluss jetzt!« Louisa packte die Zwillinge jeweils an einem Arm und zerrte sie zurück an den Tisch. »Setzt euch hier hin und benehmt euch. Und du hör auf, mich auszulachen, Jack Benedict.« Sie sah ihren ältesten Bruder wütend an. »Nimm Joey mit. Ich hab genug von seinen Ungezogenheiten.«

»Ich bin mit meinem Nachmittagstee noch nicht fertig«, protestierte Joey.

Louisa nahm zwei Kekse vom Teller und drückte sie ihm in die Hand. »Da, mehr hast du nicht verdient.«

Joey starrte empört auf die beiden Kekse. »Das sag ich Ma.«

»Dann sag's ihr doch. Die gibt dir vermutlich noch eine ordentliche Tracht Prügel dazu.«

Sie wandte sich wieder den Zwillingen zu, die nun ganz ruhig und friedlich ihre Kekse aßen. »Wenn ich euch eine Weile alleine lasse, seid ihr dann auch brav?«

»Versprochen«, sagten sie im Chor. Da Joey, mit dem sie sich ständig stritten, nun hinausgegangen war, hatten sie keinen Grund mehr, ungezogen zu sein.

Louisa lief über den Küchenhof zur Hintertür des Farmhauses. Dort verlangsamte sie ihre Schritte, obwohl ihr Herz immer noch vor Aufregung heftig schlug, und ging gemächlich den Flur hinunter zum Wohnzimmer. Etty saß mit ihren Eltern und Ruan beim Tee.

»Tut mir leid«, entschuldigte sie sich rasch. »Ich wollte Etty unbedingt sehen und hab nicht darüber nachgedacht …« Sie biss sich verlegen auf die Unterlippe.

Sobald Louisa aufgetaucht war, hatte Etty ihre Tasse abgestellt und so laut den Namen ihrer Freundin gerufen, dass man deren Entschuldigung kaum mitbekam. Etty vergaß sofort alles, was man ihr über damenhaftes Benehmen beigebracht hatte, sprang auf und lief auf Louisa zu, um sie zu umarmen.

»Ich hab dich so vermisst.«

»Ich dich auch«, antwortete Louisa und drückte Etty ebenfalls stürmisch an sich.

»Ich kann gar nicht erwarten, dir alles zu erzählen. Komm, setz dich, und trink Tee mit uns.«

»Danke. Wenn das in Ordnung ist, Tante Meggan.«

»Ich wollte dich auch gerade einladen, Liebes.«

Nachdem Louisa es sich bei einer Tasse Tee und einem Teller mit frischen Tomatensandwiches bequem gemacht hatte, fuhr Etty mit ihrem Bericht über die Heimreise aus Adelaide fort. Louisa lauschte fasziniert, zu was für einer humorvollen Geschichtenerzählerin Etty sich entwickelt hatte. Als die Geschichte zu Ende war und das Lachen verklungen, verabschiedeten sich Con Trevannick und Ruan von den Damen. Auf Langsdale gab es immer Arbeit.

»Es ist so schön, wieder zu Hause zu sein«, erklärte Etty, als die beiden Mädchen später am Nachmittag zum Cottage der Benedicts hinübergingen.

»Ich bin froh, dass du wieder da bist. Ich habe dich schrecklich vermisst. Die ganze Zeit hab ich auf noch einen Brief gewartet. Aber du hattest sicher viel zu tun«, fügte Louisa rasch hinzu, da sie fürchtete, ihre Worte könnten wie ein Tadel klingen.

»Ich habe dir so viel zu erzählen. Und es tut mir leid, dass ich dir nicht noch mal geschrieben habe. Das hätte ich wirklich tun sollen.«

»Ich bin dir nicht böse. Die Ferien werden sicher wunderbar werden, da wir vier endlich wieder zusammen sind.«

»Ich hab gedacht, Darcy hätte mich zumindest genug vermisst, um mich bei meiner Ankunft zu begrüßen«, sagte Etty mit gekünstelter Verärgerung. Damit versuchte sie zu kaschieren, wie sehr es sie kränkte, dass Darcy sich noch nicht hatte blicken lassen.

»Darcy ist vor ein paar Tagen mit Nelson hinausgeritten, um einen der Zäune zu reparieren. Er muss jetzt wie ein richtiger Mann auf der Farm arbeiten.«

»Hätten die Zäune denn nicht noch eine Woche warten können?«, fragte sie verdrießlich, obwohl sie genau wusste, dass kaputte Zäune so schnell wie möglich repariert werden mussten. Aber sie war wie selbstverständlich davon ausgegangen, dass Darcy sie gleich bei ihrer Rückkehr begrüßen würde, und erst als er nicht da war, hatte sie erkannt, wie sehr sie ihn die ganze Zeit vermisst hatte.

»Ich hab gehört, wie Pa gesagt hat, dass sie vielleicht morgen zurückkommen. Du wirst überrascht sein, wenn du Darcy siehst, Etty. Er ist ein ganzes Stück gewachsen, seit du fort bist.« Louisa seufzte. »Er sieht so gut aus.«

Dieses Seufzen irritierte Etty. »Louisa! Bist du etwa in Darcy verliebt?«

Louisa seufzte erneut. »Ich wäre es vielleicht, wenn ich eine Chance sähe, dass er sich jemals in mich verlieben könnte. Aber für ihn werde ich nie mehr als eine gute Freundin sein. Du bist diejenige, über die er die ganze Zeit redet. Hast du viel an ihn gedacht, während du in Adelaide warst?«

»Ich hatte kaum Zeit, an etwas anderes zu denken als an meine Gesangsausbildung. Bei Madame Marietta muss ich sehr hart arbeiten. Das macht mir aber nichts aus, weil sie eine sehr gute Lehrerin ist, die nur das Beste für mich will.« Plötzlich fing

Etty an zu kichern. »Oh, ich wünschte, du könntest sie sehen, Louisa. Sie ist die merkwürdigste Frau, die man sich nur vorstellen kann. Sie kleidet sich absolut fremdländisch. Ich habe sie ganz selten in einer anderen Farbe gesehen als in Rot. Dazu trägt sie Stoffblumen im Haar, das sie pechschwarz färbt, und unglaublich viel Strass. Sie spricht mit einem aufgesetzten europäischen Akzent. Im Grunde ist sie aber herzensgut. Obwohl Mama mir viele Geschichten über sie erzählt hat, war ich trotzdem ziemlich verblüfft, als ich sie das erste Mal sah.«

»Glaubt denn Madame, dass aus dir eine große Sängerin wird?«

»Das hat sie mir nie ausdrücklich gesagt, aber sie würde mich sicher nicht so hart rannehmen, wenn sie meinte, es wäre nicht der Mühe wert.«

»Und was ist mit deiner Schule? Gefällt es dir dort?«

Etty fing schallend an zu lachen. »Oje! Miss Hemingway bekäme einen Anfall, wenn sie hörte, dass du ihre Anstalt als ›Schule‹ bezeichnest. Ich besuche eine Akademie für junge Damen. Es ist sehr schön dort, auch wenn es mir zuerst nicht gefallen hat, dass ich mit einem anderen Mädchen das Zimmer teilen muss. Inzwischen macht es mir aber nicht mehr so viel aus. Sally und ich sind gute Freundinnen geworden. Nachts im Bett tauschen wir gerne unsere Geheimnisse aus.«

»Hast du mir deshalb nur einen einzigen Brief geschrieben?«

»Meinst du, weil ich eine neue Freundin habe? Nein, Louisa. Ich bin einfach nur eine sehr faule Briefeschreiberin. Vermutlich hätte ich nicht einmal so regelmäßig an Mama und Papa geschrieben, wenn wir uns nicht zu bestimmten Zeiten hinsetzen und Briefe nach Hause schreiben müssten. An Ruan habe ich auch nur zweimal geschrieben.«

»Habt ihr Mathematikunterricht?«

Die Wehmut in Louisas Stimme bei dieser Frage verblüffte

Etty. »Du meine Güte, nein. Das Einzige, was junge Damen über Mathematik wissen müssen, ist, wie man richtig addiert und subtrahiert. Eine Dame muss nämlich überprüfen können, ob ihre Haushälterin das Haushaltsbuch ordentlich führt.«

Der aufgesetzt hochherrschaftliche Ton, mit dem Etty das sagte, löste bei beiden Mädchen einen Kicheranfall aus. »Eine akkurate Handschrift hält man beispielsweise für viel wichtiger«, fügte Etty hinzu, nachdem sie sich wieder einigermaßen beruhigt hatte. »Und die Art und Weise, wie eine Dame spricht. Wir bekommen Unterricht in Sprechtechnik.«

»Was macht man denn da?«

»Man lernt, wie man korrekt spricht. Wir müssen laut lesen üben, damit wir eine Geschichte so vorlesen können, dass es sich gut anhört. Was natürlich keiner jungen Frau von Nutzen ist, es sei denn, sie hat eine ältere Verwandte, die sich gerne etwas vorlesen lässt.« Erneut fingen die Mädchen an, über Ettys übertrieben aufgeblasenen Ton zu kichern.

»Müsst ihr wirklich so reden?«, stieß Louisa unter Lachen hervor.

»Ich übertreibe, Louisa. Außerdem haben wir Tanzstunden, Musikstunden, Gesangsstunden und Benimmstunden. In denen muss man unter anderem mit einem Buch auf dem Kopf herumspazieren. Außerdem müssen wir lernen, wie man anständig sitzt, wie man unterschiedliche Leute korrekt anspricht und wie der Tisch für ein Dinner gedeckt sein sollte. Ganz ehrlich, Louisa, ich hätte mir nie vorstellen können, dass es so viele Dinge gibt, die eine junge Dame der Gesellschaft wissen muss.«

»Macht es dir denn Spaß, all diese Dinge zu lernen? Ich fände das furchtbar langweilig.«

»Ich will das alles lernen. Wenn ich erst eine berühmte Sängerin bin, will ich in der Lage sein, mich an den elegantesten Orten zwischen den vornehmsten Menschen bewegen zu können.« Etty bemerkte Louisas Gesichtsausdruck. »Warum guckst du mich so an? Glaubst du nicht, dass ich berühmt werde?«

»Etty, du bist so fest entschlossen. Ich bin sicher, dass du sehr berühmt werden wirst. Ich hab mir nur gerade vorgestellt, wie ich so ein Leben führen und dabei kläglich versagen würde. Ich wäre zufrieden damit, mein ganzes Leben hier auf Langsdale zu verbringen.«

»Du glaubst das nur, weil du nichts anderes kennst.«

»Ich war mit dir beim Besuch des Prinzen in Melbourne.«

Etty machte eine wegwerfende Handbewegung. »Solche Festveranstaltungen geben einem keine Vorstellung davon, wie ein anderes Leben aussehen könnte. Die finden nie wieder statt. Es sei denn, Königin Victoria persönlich beschließt, Australien einen Besuch abzustatten.«

»Die Königin würde niemals so weit reisen, wenn sie den Prinzen als ihren Gesandten schicken kann. Ich würde allerdings die Königin schon gerne mal sehen.«

»Eines Tages werde ich für die königliche Familie singen. Sie werden so begeistert von meiner Stimme sein, dass sie wollen, dass ich ihnen vorgestellt werde.«

»Um für die königliche Familie zu singen, musst du nach England reisen.«

»Das werde ich auch tun, meine ach so praktisch denkende Louisa.«

Louisa blieb die Luft weg. »Tatsächlich? Wann denn?«

»In einem Jahr, wenn ich siebzehn bin.«

»Oh.« Louisa wirkte bedrückt. »Tante Meggan hat uns gar nichts davon gesagt, dass du nach England gehst.«

»Meine Mutter weiß noch nichts davon. Und du solltest es auch niemandem sagen.«

Louisa lächelte erleichtert. »Ach, ich verstehe. Du hoffst also nur, dass du nach England gehst.«

»Ich habe es fest vor. Wenn Mama und Madame nicht einverstanden sind, werde ich eben allein mit Alistair reisen.«

Eine tiefe Stimme hinter ihnen ließ sie beide zusammenschrecken. »Wer ist Alistair, und wohin werdet ihr zusammen reisen?«

»Darcy!«, kreischten beide Mädchen.

»Willkommen daheim, Etty.« Er grinste sie an.

Etty widerstand dem Drang, sich Darcy an den Hals zu werfen, indem sie sich ermahnte, dass junge Damen sich nicht so unbeherrscht benahmen. »Wann hörst du endlich damit auf, dich an Leute heranzuschleichen?«, fragte sie stattdessen.

Er war größer und auch attraktiver denn je. Aber sein Lachen war noch genau so, wie sie es liebte.

»Ich muss doch meine Aborigine-Fertigkeiten üben.«

Etty lachte mit ihm, und von der Vornehmheit, die sie zeigen wollte, war nichts mehr zu spüren, als sie ihm spielerisch einen Stoß versetzte. »Gib doch nicht so an. Ach, ich freue mich ja so, dich wiederzusehen.«

»Gleichfalls.« Einen Moment lang betrachtete er sie schweigend, als wolle er feststellen, ob sie sich irgendwie verändert hatte. »Etty, ich muss jetzt zurück zur Arbeit. Nelson hat mich nur kurz gehen lassen, um hallo zu sagen. Hast du Lust, morgen reiten zu gehen? Ich darf mir einen Tag freinehmen. Louisa und Ruan – ihr solltet auch mitkommen, so wie früher.«

»Ja, das ist eine gute Idee«, sagte Louisa. »Wir sollten den ganzen Tag wegbleiben und unterwegs Picknick machen.«

»Das hatte ich auch vor, wenn unsere Eltern alle einverstanden sind. Wir reiten früh los, bevor es zu heiß wird.«

Die Sonne hatte kaum die niedrigsten Baumwipfel erreicht, als die vier jungen Leute am nächsten Morgen von Langsdale aufbrachen. Der Tag versprach heiß zu werden. Die Mädchen trugen breitkrempige Strohhüte, die mit Tüchern unter dem Kinn festgebunden waren und ihre Gesichter zusätzlich vor der Sonne schützten. Ruan hatte ebenfalls einen Strohhut aufgesetzt. Nur Darcy hatte darauf verzichtet. Seiner dunklen Haut machte es nichts aus, wenn sie länger der Sonne ausgesetzt war.

Sie hatten beschlossen, in die Berge jenseits von Creswick zu reiten, wo bisher noch keiner von ihnen gewesen war. Doch wenn Darcy sie führte, hatten sie keine Angst, dass sie sich verirren könnten. Sein Orientierungssinn war unfehlbar. Etty und Louisa ritten beide im Herrensitz und trugen Hosen unter ihren schlichten Röcken. In der wilden Buschlandschaft war es kaum möglich, im Damensattel zu reiten.

Als sie durch das Dorf Creswick kamen, erinnerte sich Etty an Geschichten, die sie über ihre Tante Selena gehört hatte. »Ich weiß gar nicht, warum wir überhaupt diese Röcke tragen«, sagte sie zu Louisa. »Tante Selena hat sich früher immer wie ein Junge angezogen.«

Ruan lachte höhnisch. »Tante Selena mag das ja getan haben, aber wenn Papa dich je in Hosen erwischt, ist der Teufel los.«

»Er wird es ja nicht erfahren, wenn du es ihm nicht sagst. Wenn wir außer Sichtweite der Leute hier sind, werde ich meinen Rock ausziehen.«

Etty hatte das aus purem Trotz gesagt und war überrascht, als Darcy sie in ihrer Absicht unterstützte.

»Das solltest du auch tun, Louisa. Es sieht ja keiner. Und du wirst feststellen, dass du ohne diesen Stoff, der ständig im Dickicht hängen bleibt, im Busch leichter vorankommst.«

Ruan und Darcy ritten ein kleines Stück voraus und wandten den Mädchen taktvoll den Rücken zu, während diese ihre Röcke auszogen, fest zusammenrollten und vorne an ihren Sätteln befestigten. Schon nach kurzer Zeit ritten sie durch so dichtes Buschwerk, dass beide froh waren, dass sie die Röcke los waren, die sie ganz gewiss behindert hätten.

Unbekümmert ritten die vier jungen Leute immer höher die Berge hinauf. Schließlich kamen sie an einen schmalen Bach, der sich in kleinen Rinnsalen über ein paar Felsen ergoss. Sein lustiges Plätschern war bei der glühenden Hitze ein willkommenes Geräusch. Alle waren sich einig, dass sie den perfekten Platz für ihr Picknick gefunden hatten, und stiegen von den Pferden. Während Darcy ein kleines Feuer machte, um Tee zu kochen, breitete Ruan die Decke auf dem Boden aus und begann, das Essen auszubreiten, das ihnen Mrs Clancy eingepackt hatte.

Es gab Sandwiches aus frisch gebackenem Brot, mit kaltem Roastbeef belegt und mit Senfgurken garniert, die Agnes eingelegt hatte. Dazu noch kleine reife Tomaten, ein Stück von Janes Käse, Pfirsiche aus dem Obstgarten und Mince Pie, obwohl erst in zwei Wochen Weihnachten war. Während die Jungen das Essen vorbereiteten, zogen die Mädchen ihre Stiefel und Socken aus, um mit den Füßen im Wasser zu plantschen.

Nach dem Essen blieben sie noch lange am Bach. Niemand machte sich über irgendetwas Sorgen. An diesem Tag war das Leben so perfekt, wie es sich jeder von ihnen nur wünschen konnte.

Jedenfalls so lange, bis Darcy sagte: »Ich rieche Rauch.« Er stand auf, drehte sich langsam auf der Stelle und suchte nach einer verräterischen grauen Rauchfahne.

Ruan, der den Geruch nur wenige Sekunden später als Darcy wahrgenommen hatte, raffte sich ebenfalls auf. Auch die Mädchen erhoben sich, nachdem sie sich kurz besorgt angesehen hatten. Darcy deutete nach Norden.

»Da ist es.«

Nun sahen auch die anderen drei die dünne graue Rauchfahne, die sich jedoch innerhalb kürzester Zeit zu einer dicken schwarzen Wolke entwickelte, deren Unterseite orange leuchtete.

»Ein Buschfeuer«, raunte Darcy. »Es scheint zwar noch ziemlich weit entfernt zu sein, wir sollten aber besser sehen, dass wir hier wegkommen.« Er schob mit dem Fuß so lange Erde auf die Glut ihres eigenen kleinen Feuers, bis sie erloschen war. Als zusätzliche Vorsichtsmaßnahme goss Ruan noch Wasser darüber. »Wir wollen schließlich nicht, dass es noch ein Buschfeuer gibt.«

Schnell verstauten sie ihre Picknicksachen in den Satteltaschen. Ruan und Darcy halfen den Mädchen beim Aufsitzen, bevor sie sich selbst auf ihre Pferde schwangen. Von ihren Sätteln aus konnten sie sehen, dass sich das Feuer rasch bewegte. Jetzt waren bereits deutlich Flammen zu erkennen. Darcy verharrte einen Moment, um sie genauer zu betrachten.

»Das Feuer scheint sich nach Westen zu bewegen. Wenn es diese Richtung beibehält, sind wir sicher.«

»Lasst uns losreiten«, drängte Ruan.

Als sie in einen kleinen Wald kamen, war das Feuer nicht mehr zu sehen. Merkwürdigerweise schien jedoch der Rauch dichter zu werden und das Sonnenlicht zu verfinstern. Alle erkannten den Ernst ihrer Lage. Im dichten Busch in der Falle zu sitzen wäre tödlich.

»Das Feuer muss sich wirklich sehr schnell bewegen«, bemerkte Ruan. »Vielleicht sollten wir mehr nach Süden reiten.«

»Wir müssen zusehen, dass wir verdammt schnell hier herauskommen«, erklärte Darcy. »Dieser Rauch stammt von einem anderen Brandherd.«

»Woher denn?«, fragte Ruan. Vier besorgte Augenpaare versuchten zwischen dem Rauch und den Bäumen hindurchzusehen.

»Ich weiß es nicht. Aber egal wo es ist, es ist bedrohlich nahe. Beeilt euch.«

Darcy drängte die Mädchen voranzureiten.

»Wir wissen aber doch gar nicht wohin«, rief Etty ihm zu.

»Geradeaus und bergab, nehmt den einfachsten Weg, den ihr finden könnt. Wir dürfen auf keinen Fall zwischen den Bäumen von dem Feuer eingeschlossen werden.«

Minuten erschienen ihnen wie Stunden. Niemand sprach, es sei denn, sie mussten sich über die einzuschlagende Richtung einigen. Mittlerweile konnten sie das Feuer hören, das Knistern von brennendem Buschwerk und gelegentlich den lauten Knall, mit dem der Saft in einem Eukalyptusbaum explodierte. Der Himmel wurde von Vögeln und Insekten verdunkelt, die instinktiv hoch in die Luft gestiegen waren. Als die vier dann sogar die von dem Feuer erzeugte Hitze spürten, bekamen sie wirklich Angst.

Wie durch ein Wunder stießen sie auf einen schmalen Pfad, der vermutlich von Goldgräbern stammte, die zehn Jahre zuvor in dieser Gegend gewesen waren. Obwohl ziemlich holprig und an manchen Stellen kaum zu erkennen, ermöglichte ihnen dieses freiere Stück Weg, ihre Pferde sehr viel schneller laufen zu lassen. Wenn es das Gelände zuließ, galoppierten sie. Sie alle wussten, dass sie um ihr Leben ritten. Ruan und Louisa waren ein gutes Stück voraus. Darcy, der wider alle Vernunft glaubte, er könnte seine Freunde retten, selbst wenn das Feuer sie einholte, bildete die Nachhut.

Dann war plötzlich alles anders. Etty wusste nicht, wie es passiert war. Gerade saß sie noch fest im Sattel, und im nächsten Moment lag sie flach auf dem Rücken. Sie hatte nichts weiter getan als sich umgedreht, um zu sehen, wie nah das Feuer herangekommen war. Sie wusste nicht, ob ihr Pferd gestrauchelt war oder ob sie aus irgendeinem anderen Grund das Gleichgewicht verloren hatte. Als Darcy neben ihr auf die Knie ging, bemühte sie sich bereits, sich aufzurichten.

»Alles in Ordnung?«

»Ja«, brachte sie keuchend hervor. »Ich bin wohl nur ein bisschen außer Atem.« Sie bemerkte nicht, dass Ruan und Louisa ihre Pferde gezügelt und sich umgedreht hatten, bis Darcy ihnen zurief: »Reitet nur weiter. Ich kümmere mich um Etty.«

»Ja, reitet weiter«, brüllte auch Etty ihnen zu, woraufhin sie keuchend nach Atem rang und eine Hand gegen ihren schmerzenden Brustkorb drückte. »Wo ist Mirabelle?«, fragte sie und blickte sich nach ihrer Stute um.

Darcy half ihr auf die Beine. »Sie ist in Panik geraten und auf und davon. Wir müssen beide auf Goonda reiten.«

Sie wussten, dass sie dem Feuer so nicht entkommen würden. Außerdem musste Darcy zunächst seine Stute beruhigen, die von der Hitze, dem Rauch und dem Lärm nervös geworden war. Kostbare Zeit verging, bevor sie beide aufsitzen konnten.

»Darcy.« Eng an seinen Körper geschmiegt flüsterte Etty mit vor Angst erstarrten Lippen seinen Namen. Sie wollte nicht sterben, und schon gar nicht wollte sie bei lebendigem Leib verbrennen.

Er legte seinen linken Arm um ihre Taille, drückte sie fest an sich und strich mit den Lippen sanft über ihr Ohr. »Wir werden nicht sterben.«

Leise schluchzend klammerte sich Etty an ihren Freund, während sie vor der Feuerfront flohen. Als sie abrupt anhielten, hatte sie nicht einmal bemerkt, dass sie den Pfad verlassen hatten. Bevor sie eine Frage stellen konnte, war Darcy aus dem Sattel gesprungen und hob die Hände, um sie herunterzuheben.

»Wir haben Glück«, sagte er.

Sie sah, dass sie am Rand einer tiefen, schmalen Schlucht standen, deren Boden mit üppigem Grün bewachsen war. Durch das Laubwerk glitzerte Wasser. Ohne jede Aufforderung ließ sie sich den Abhang hinuntergleiten. Hinter sich hörte sie Darcy rutschen und schlittern. Gemeinsam kamen sie auf dem feuchten, mit Farn bewachsenen Grund der Schlucht an. Darcy hielt die Decke umklammert, auf der sie beim Picknick gesessen hatten. Ohne auf die Kratzer und Prellungen zu achten, die sie sich zugezogen hatten, rappelten sie sich auf.

»Sind wir hier sicher? Und was wird aus Goonda?«

»Goonda muss sich um sich selber kümmern, so gut es geht. Komm mit! Lass uns nach einem Überhang suchen, wo wir besser geschützt sind!«

»Hoffentlich sind Ruan und Louisa in Sicherheit.«

»Das sind sie bestimmt. Das zweite Feuer hat die Richtung gewechselt.«

»Das ist mir gar nicht aufgefallen.«

»Aber mir. Es hat nach Norden abgedreht. Wenn es auf das erste Feuer trifft, werden die sich hoffentlich gegenseitig ausbrennen, bevor sie zu viel Schaden anrichten.«

In dem Wissen, dass das Feuer sich ihnen rasend schnell näherte, hasteten sie die Schlucht entlang. Nur einmal blieb Darcy kurz stehen, um die Decke in eine freie Wasserstelle zu tauchen. Als sie schließlich einen niedrigen Hohlraum unter einem Felsvorsprung fanden, hatten die Flammen fast den Rand der Schlucht erreicht. Ohne darüber nachzudenken, ob dort nicht bereits Wallabys sein könnten oder weniger freundliche Tiere, krochen sie hinein. Die Höhle war zu niedrig zum Sitzen. Sie legten sich nebeneinander, und Darcy zog die nasse Wolldecke über sie beide.

»Darcy, ich habe Angst«, flüsterte Etty.

»Du brauchst keine Angst zu haben. Wir sind hier sicher. Das Feuer wird vermutlich über die Schlucht springen. Selbst wenn die Büsche oben am Rand zu brennen anfangen, passiert hier unten nichts. Dazu sind die Pflanzen viel zu nass. Wir müssen nur den Kopf unter der Decke halten, damit wir keinen Rauch einatmen.«

»Bitte, halt mich.«

Darcy schob einen Arm unter ihre Schultern und drückte mit der anderen Hand ihre Wange sanft an seine Brust. Etty kuschelte sich an ihn.

»Ich liebe dich«, flüsterte sie.

»Ich liebe dich auch, Etty. Ich habe dich immer geliebt. Warum musstest du nur fortgehen?«

»Ich möchte Sängerin werden. Ich muss Sängerin werden. Da ist etwas in mir, was ich nicht unterdrücken kann.«

Darauf schwieg er eine Weile. »Versprichst du, eines Tages zu mir zurückzukommen?«

»Das verspreche ich dir. Ich werde dich immer lieben.«

»Du kannst mich nicht mehr lieben, als ich dich liebe.«

Sie spürte, wie sich ihr Mund zu einem winzigen Lächeln verzog. »Willst du mit mir streiten? Ausgerechnet jetzt?«

»Nein«, antwortete er. »Wir sollten noch nicht einmal sprechen. Wir sollten unseren Atem schonen.«

Beide wussten, dass das Feuer über ihnen tobte. Das furchterregende Tosen, mit dem es seine zerstörerische Kraft entfaltete, veranlasste sie, sich nur noch enger aneinanderzuschmiegen, um Trost beieinander zu finden. Falls sie überlebten, würden sie sich immer daran erinnern, wie nahe sie sich in dieser gefährlichen Situation gekommen waren. Und obwohl sie ihre Gedanken nicht aussprachen, durchlebten beide die Erinnerungen an die Jahre, in denen sie zusammen aufgewachsen waren. Etty dachte, wenn sie schon sterben müsste, erstickt von dem Rauch, den sie selbst durch die nasse Decke roch, dann würde sie zumindest in Darcys Armen sterben.

Es kam ihnen so vor, als lägen sie schon eine Ewigkeit im Dunkeln unter der nassen Wolldecke. Irgendwann, als sie längst jedes Zeitgefühl verloren hatten, regte sich Darcy und löste Etty sanft aus seinen Armen.

»Ich sehe mal draußen nach.«

Etty, die unter der Decke blieb, beobachtete, wie er aus ihrem Unterschlupf kroch und aufstand. Dann konnte sie sehen, wie sich seine Füße bewegten, während er sich nach allen Seiten umschaute.

»Das Feuer ist weg«, rief er ihr zu. »Es ist über die Schlucht gesprungen und bewegt sich von uns fort. Wir sind in Sicherheit.«

Nun kroch auch Etty aus der Höhle. Darcy half ihr auf die Beine und schloss sie in die Arme. »Unsere Stunde war noch nicht gekommen, Etty.«

Sie betrachtete sein rußverschmiertes Gesicht und fragte sich, ob ihres wohl genauso aussah. Ihre Augen brannten. Darcys Augen sahen ebenfalls rot und entzündet aus. Er berührte sanft Ettys Wange und sah sie dabei zärtlich an.

»Hast du geweint, Etty?«

»Ja. Ich habe geglaubt, wir würden sterben. Es tut mir leid.«

»Das braucht dir nicht leidzutun. Ich habe auch ein paar Tränen vergossen.«

Einige Sekunden standen sie eng umschlungen da, dann begann auch Etty sich in der Schlucht umzusehen.

»Wie sollen wir hier rauskommen?«, fragte sie, den Blick nach oben gerichtet. Rauchfahnen zeigten an, dass einige der umgestürzten Bäume dort immer noch schwelten. »Der Boden wird viel zu heiß sein, um da oben entlangzugehen.«

»Wir nehmen den Weg durch die Schlucht und hoffen, dass sie bis ins Tal hinunter führt. Wenn wir nicht vor Einbruch der Dunkelheit in Creswick sind, werden sich viele Leute Sorgen machen.«

Doch das war bereits jetzt der Fall.

Larry Benedict war auf dem Dach des Scherschuppens und nagelte gerade ein loses Eisenblech fest, da sah er in der Ferne den Rauch und das Glimmen des Buschfeuers.

»Wohin wollten die Kinder reiten?«, rief er Nelson nach unten zu.

»In die Berge jenseits von Creswick. Warum?«

»Da hinten brennt es. Und so wie es aussieht, ist es eine ziemlich breite Feuerfront.«

Im Nu stand Nelson oben auf der Leiter, um sich selbst ein Urteil über die Lage zu bilden. »Herrgott!«, fluchte er. »Hoffentlich sind sie rechtzeitig umgekehrt.«

»Yeah.« Larry runzelte nachdenklich die Stirn. »Ich weiß nicht, wie du das siehst, aber ich möchte auf jeden Fall nach Creswick. Irgendwer dort wird wissen, in welche Richtung die Kinder geritten sind.«

»Ich sag dem Boss Bescheid.«

Nelson rannte über den Hof zum Wollschuppen, wo er sehr wahrscheinlich Con Trevannick finden würde. Sobald Larrys Füße den Boden berührten, lief er zur Pferdekoppel und rief nach Ned Clancy, dem Hilfsarbeiter der Farm, er möge ihm helfen, zwei Pferde einzufangen und zu satteln. Das Pferd vom Boss stand im Stall.

Als er hörte, was los war, bestand Ned darauf mitzukommen. »Verdammt«, sagte er, »ich kenne diese Kinder alle von klein an. Wenn ihr nach ihnen sucht, will ich dabei sein.«

Mit grimmigen Gesichtern galoppierten die vier Männer über die nur wenige Meilen lange Straße nach Creswick. Das Feuer war anscheinend nicht mehr näher an das Dorf herangekommen. Auf der Hauptstraße drängten sich Männer, Frauen und Kinder, die zutiefst besorgt zu der Feuerwand hinüberblickten und sich fragten, was wohl passieren würde, wenn sich der Wind plötzlich in ihre Richtung drehte.

Für diesen Fall wurden bereits Vorkehrungen getroffen. Jeder verfügbare Eimer oder sonstige Behälter wurde mit Wasser aus dem Fluss gefüllt. Leinensäcke und Segeltuchstücke wurden um kräftige Stöcke gebunden, um damit die Flammen auszuschlagen. Alle wussten, dass bereits ein kleines Stückchen Glut, das vom Wind herübergeweht wurde, eine extreme Gefahr für die Siedlung, die ja hauptsächlich aus Holzhäusern bestand, bedeuten konnte.

Con zügelte sein Pferd bei den Leuten und sprach mit lauter Stimme, um sich trotz des ganzen Lärms bemerkbar zu machen. »Hat einer von euch heute Morgen vier junge Leute hier durchreiten sehen?«

Überall um ihn herum schüttelte man den Kopf. Aus einigen Metern Entfernung war jedoch eine kratzige Stimme zu hören. »Gehörten die etwa zu Ihnen, Mr Trevannick?«

Con wandte den Kopf in die Richtung. Die Stimme gehörte einem alten Goldgräber, der an den Ufern des Flusses geschürft hatte, seit dort zum ersten Mal Gold gefunden worden war.

»Haben Sie sie gesehen, Snowy? In welche Richtung sind sie geritten?«

»Kann ich nicht genau sagen. Oh Gott!« Con sah, wie auch viele andere, wie ein Ausdruck größten Entsetzens die wettergegerbten Gesichtszüge des alten Mannes verzerrte. Snowy, dem es offensichtlich widerstrebte, eine schlechte Nachricht zu übermitteln, deutete mit dem Kopf zu den Bergen. »Kann sein, dass sie dahin sind.«

»Sie haben sie aber nicht zurückkommen gesehen?«

Der Alte schüttelte den Kopf. Eine von Grauen erfüllte Stille breitete sich unter den Umstehenden aus. Viele kannten die jungen Leute aus Langsdale, wenn auch nur vom Sehen. Unvorstellbar, dass sie vom Feuer eingeschlossen sein könnten. Niemand sprach, als die vier Männer ihre Pferde in Richtung Berge lenkten. Nur der Polizei-Sergeant versuchte, sie aufzuhalten, indem er vor Cons Pferd trat.

Er grinste spöttisch, wie er das immer tat. Es hatte ihm großen Auftrieb gegeben, dass selbst ein so mächtiger Mann wie dieser Viehzüchter nicht erreicht hatte, dass er für den Mord an der Aborigine-Familie in irgendeiner Weise zur Rechenschaft gezogen worden war. »Sie haben doch hoffentlich nicht vor, da raufzureiten, Trevannick?«

»Meine Kinder sind irgendwo da oben, Sergeant, zusammen mit dem Sohn und der Tochter dieser beiden Männer.«

»Es ist meine Pflicht, Sir, Sie daran zu hindern, sich in Gefahr zu begeben.«

»So ein aufgeblasenes Arschloch«, flüsterte Ned Larry zu. »Dieser Kerl ist doch selbst die größte Gefahr hier.«

Larry verzog zustimmend das Gesicht.

»Unsere Kinder«, erwiderte Con, »sind bereits in Gefahr.« Sein Pferd reagierte auf den Druck seiner Schenkel und wollte los. »Gehen Sie mir aus dem Weg, Sergeant!«

»Lass sie durch, du blöder Esel«, brüllte jemand, begleitet von zustimmendem Johlen.

Mit einem zornigen Blick zu der kleinen Gruppe von Männern, von denen der Schmähruf gekommen war, trat der Sergeant widerwillig zur Seite.

»Ihr Dummköpfe«, rief er den Reitern hinterher. »Da oben in den Bergen werdet ihr sie niemals finden.«

Nelson drehte sich im Sattel um und warf dem Sergeant einen vernichtenden Blick zu. »Wir Schwarzen sind gute Fährtenleser.«

Die anderen würden sich tatsächlich auf Nelsons diesbezügliche Fähigkeiten verlassen. Als Heranwachsender war er von der Familie seiner Mutter so gut ausgebildet worden, dass er selbst Fährten verfolgen konnte, die für andere nicht zu erkennen waren. Doch sie würden alle vier nach den leichter erkennbaren Zeichen Ausschau halten – einem frisch abgebrochenen Zweig, niedergedrücktem Gras, einem losgetretenen Stein –, die verrieten, dass dort Reiter vorbeigekommen waren.

Rasch fanden sie die Stelle, wo sich die Spuren von vier Pferden von denen der vielen anderen Huftiere lösten, die dort entlanggelaufen waren. Der Weg, den die vier jungen Leute eingeschlagen hatten, war leicht zu verfolgen. Auf dem staubigen Boden waren die Hufabdrücke deutlich zu erkennen. Während sie den Spuren folgten, waren sich die Männer stets des Feuers bewusst, das nur wenige Meilen vor ihnen tobte.

Keiner von ihnen sprach. Sie hatten alle Sinne angespannt und hofften inständig, dass ihnen ihre Kinder bald auf dem Berg entgegenkommen würden. Als sie schließlich auf sie trafen, waren sie nur zu zweit.

Nelson hörte sie als Erster. »Da kommen Pferde.«

Die anderen sahen ihn an, dann lauschten auch sie angestrengt auf das Geräusch von Hufschlägen. Larry legte die Hände trichterförmig um den Mund.

»Kuu-iii!«, hallte der Buschmannruf zwischen den Bäumen hindurch.

Die Antwort kam prompt. »Kuu-iii!«

Nach wenigen Minuten waren sie bei ihnen. Louisa, der die Tränen die Wangen hinunterliefen, ließ sich dankbar in die Arme ihres Vaters sinken, wo sie erleichtert und verängstigt weiterschluchzte.

Con drückte seinen Sohn fest an sich, bevor er mit erstickter Stimme die furchtbare Frage stellte. »Etty und Darcy?«

»Wir wissen es nicht.« Dem Jungen entfuhr ein gequälter Schluchzer. »Oh Gott, Papa, wir wissen es nicht!« Dann sank er zu Boden, legte den Kopf auf die Knie und schluchzte so heftig, dass sein ganzer Körper bebte.

Ned Clancy kniete sich neben ihn und hielt ihm eine kleine Flasche Brandy hin. »Hier, Junge. Trink einen Schluck davon. Das wird dir guttun.«

Ruan hob den Kopf und sah seinen Vater an. Con nickte.

»Ned hat recht. Du wirst dich anschließend besser fühlen.« Ruan trank einen kleinen Schluck und schüttelte sich angewidert.

Larry bestand darauf, dass auch Louisa einen Schluck Brandy trank. Sie nahm die Flasche widerstandslos und begann heftig zu prusten, als der Alkohol ihre Kehle hinunterrann.

Nach einer Weile war Ruan in der Lage, ihnen zu erzählen, wann sie Darcy und Etty zuletzt gesehen hatten.

»Etty ist vom Pferd gefallen. Louisa und ich sind vor ihr geritten. Als wir merkten, dass die beiden nicht länger direkt hinter uns waren, wollten wir umkehren. Aber Darcy und Etty haben gebrüllt, wir sollten weiterreiten. Das Letzte, was ich gesehen habe, war, wie Darcy Etty auf Goonda half. Mirabelle war weggelaufen, direkt in den Busch hinein. Wir haben uns mehrmals umgedreht, aber wir haben die beiden nicht mehr gesehen.«

Er sah seinen Vater flehentlich an. »Wenn ich allein gewesen wäre, wäre ich zurückgeritten. Verzeih mir, Papa, aber ich konnte Louisa nicht alleine lassen, und ich wollte sie nicht auch noch in Gefahr bringen.«

Con legte Ruan eine Hand auf die Schulter. »Du hast richtig gehandelt, mein Sohn. Es war deine Pflicht, dich um Louisa zu kümmern.«

Ruan schüttelte bloß den Kopf; dann legte er ihn wieder auf die Knie, und sein Körper bebte erneut vor Kummer und Verzweiflung.

Louisa, die immer noch in den Armen ihres Vaters lag, hatte ebenfalls nicht aufgehört zu weinen. Die vier Männer sahen sich an. Niemand brauchte auszusprechen, was sie alle befürchteten. Wenn Darcy und Etty von dem Buschfeuer eingeschlossen worden waren, bestand keine Hoffnung, dass einer der beiden überlebt hatte.

7

Der zerklüftete Grund der Schlucht ließ sie nur mühsam vorankommen. Darcy ging vor und versuchte, den leichtesten Weg zu finden. Ohne zu klagen, mühte sich Etty, hinter ihm zu bleiben, kroch auf allen vieren über Felsbrocken und bog störende Zweige beiseite, die manchmal zurückschnellten und ihr das Gesicht zerkratzten. Wo immer er konnte, hielt Darcy die Zweige aus dem Weg, bis Etty vorbei war. Wenn es über hohe Hindernisse ging, zum Beispiel über einen umgestürzten Baum oder über große Felsbrocken, reichte er ihr die Hand, um sie hinaufzuziehen.

An manchen Stellen war die Vegetation so dicht, dass sie unter den Zweigen hindurchkriechen mussten, manchmal sogar auf dem Bauch. Immer wieder fragte Darcy Etty, ob sie noch könne. Schließlich bat sie ihn, damit aufzuhören.

»Ich sag dir schon, wenn ich nicht mehr kann.«

Sie wollte nicht reden, weil sie ihre ganze Willenskraft brauchte, um durchzuhalten. Das Verlangen, sich einfach auf die Erde zu legen und die Augen zu schließen, war überwältigend. Ihre Hände waren zerkratzt und blutig, und die Schrammen in ihrem Gesicht brannten von dem Schweiß, der darüber lief. Jeder Muskel in ihrem Körper tat ihr weh. Doch sie wusste, dass sie die Schmerzen ignorieren musste, wenn sie überleben wollte.

Sie hatte jedes Zeitgefühl verloren. Waren Minuten vergangen? Oder Stunden? Etty hatte keine Ahnung. Als sie schon eine

Ewigkeit durch die Schlucht zu kraxeln schienen, wurde ihr bewusst, dass sie das Feuer mittlerweile weit hinter sich gelassen hatten. Darcy hatte ihr gerade über einen gewaltigen Felsbrocken geholfen. Auf der anderen Seite befand sich ein kleiner, unglaublich klarer Wassertümpel, gesäumt von etwas Gras.

Sie knieten sich nebeneinander hin und tranken das kühle Wasser aus den Händen. »Wir ruhen uns hier aus«, sagte Darcy. »Wir sind jetzt in Sicherheit.«

Etty nickte und hoffte, dass sie die Kraft finden würde, nach ihrer Rast wieder aufzustehen und weiterzugehen. Sie legte sich ins Gras und merkte nicht mal, dass sie sofort eingeschlafen war, bis Darcy sie an der Schulter rüttelte. Als sie aufwachte, war sie völlig orientierungslos. Sie hatte von Adelaide geträumt und wusste einen Moment lang nicht, wo sie war. Doch noch bevor Darcy sprach, fiel ihr alles wieder ein.

»Wir müssen los, Etty. Die Sonne geht bald unter.«

Bevor sie sich auf den Weg machten, tranken sie noch einmal aus dem Tümpel. Nun kamen sie besser voran, weil die Schlucht allmählich breiter wurde, bis sie nur noch eine leicht abschüssige Senke war. Mittlerweile waren sie wieder von Wald umgeben. Darcy suchte stets den leichtesten Weg bergab zwischen den Bäumen und dem Unterholz hindurch. Im Westen hatte sich der Himmel leuchtend orange verfärbt. Durch den vielen Rauch in der Luft schien der Himmel eine kräftigere und sattere Farbe zu haben als normalerweise. Etty war jedoch zu müde, um die Pracht würdigen zu können, sondern betrachtete den Sonnenuntergang mit wachsender Nervosität. Je mehr die Farbe vom Himmel verschwand, desto unruhiger wurde sie. In ungefähr einer Stunde würde es völlig dunkel sein. Wie sollten sie dann ihren Weg durch den Busch finden?

Sie sagte nichts davon zu Darcy, weil sie spürte, dass er genauso beunruhigt war wie sie. Einmal glaubte sie, in der Ferne ein Licht zu sehen. Wenn das Licht aus Creswick kam, hatten sie noch einen weiten Weg vor sich. Und obwohl der Himmel über den Wipfeln der Bäume noch ein wenig hell war, wurde es zwischen den Bäumen rasch dunkler. Immer dunkler, bis Etty nur noch ungefähr einen Meter weit sehen konnte. Da griff sie nach Darcys Hand, weil sie Angst hatte, ihn im Dunkeln zu verlieren.

Dann hatten sie plötzlich den Wald hinter sich gelassen und standen auf einer Straße – einer richtigen Straße, nicht nur einem seit Langem nicht mehr genutztem Pfad. Und diese Straße musste nach Creswick führen. Die Lichter der Siedlung waren als schwaches Leuchten am Himmel zu sehen.

Darcy drückte Etty an sich. »Wir haben es geschafft, Etty. Auf dieser Straße werden wir gehen können, auch wenn uns nur die Sterne leuchten.«

»Was glaubst du, wie weit es noch ist?«

»Ungefähr zwei Meilen.« Er blickte zu der Feuerfront in der Ferne, die in der Dunkelheit der Nacht rot leuchtete. »Gott sei Dank ist das Feuer nicht in diese Richtung gekommen. Ein Brand von dieser Größe hätte Creswick völlig zerstört.«

Etty starrte ebenfalls zu der Feuerfront hinauf. »Ich hoffe, dass ich in meinem ganzen Leben nie wieder ein Buschfeuer sehe.«

»Das hoffe ich auch.«

Darcy hielt sie weiter an der Hand, um sie zu stützen, falls sie stolperte, doch Etty stellte fest, dass ihre Augen sich rasch an die Dunkelheit gewöhnten. Um sich von ihrer Müdigkeit abzulenken, begannen sie sich zu erzählen, was sie das ganze Jahr über gemacht hatten. Darcy berichtete Etty von seinem Traum, Jura zu studieren, und Etty erzählte, wie sehr sie sich danach sehnte, in den berühmtesten Opernhäusern der Welt zu singen.

Keiner erwähnte die Worte der Liebe, die ausgesprochen worden waren, als ihr Leben in Gefahr war. Sie waren beide erst sechzehn Jahre alt und hatten noch viele Pläne.

»Wer ist Alistair?«, fragte Darcy.

»Alistair?« Etty hatte ihn nicht erwähnt, als sie Darcy eben von Adelaide erzählte. Aus Gründen, die ihr selbst nicht klar waren, hatte sie mit Darcy nicht über ihren Klavierbegleiter reden wollen.

»Du hast gestern mit Louisa über ihn gesprochen.«

»Ach ja. Ich hab mich gefragt, woher du seinen Namen kennst. Alistair ist Pianist. Er spielt in meinen Gesangsstunden. Wenn ich einmal auftrete, wird er mein Begleiter sein.«

»Ist er jung?«

»Er ist zweiundzwanzig.«

Darcy grummelte irgendwas vor sich hin.

»Bist du etwa eifersüchtig?«, fragte Etty, die es insgeheim freute, dass er eifersüchtig sein könnte.

»Nein, bloß neugierig.« Er nahm wieder ihre Hand und drückte sie. »Du solltest besser keinen Mann angucken außer mich.«

Sie gingen weiter und schwangen dabei die Hände, an denen sie sich gefasst hatten. Etty begann das Lied zu singen, das ihre Mutter ihr beigebracht hatte und das ihren Eltern so viel bedeutete.

O fare you well, I must be gone
And leave you for a while;
But wherever I go, I will return,
If I go ten thousand miles, my dear,
If I go ten thousand miles.

Ten thousand miles it is so far
To leave me here alone,
Whilst I may lie, lament and cry,
And you will not hear my moan, my dear,
And you will not hear my moan.

The crow that is so black, my dear,
Shall change his colour white;
And if ever I prove false to thee,
The day shall turn to night, my dear,
The day shall turn to night.

O don't you see that milk-white dove
A-sitting on yonder tree,
Lamenting for her own true love,
As I lament for thee, my dear,
As I lament for thee.

The river never will run dry,
Nor rocks melt with the sun;
And I'll never prove false to the girl I love
Till all these things be done, my dear,
Till all these things be done.

Ruan wollte seinem Vater und Nelson helfen, nach Etty und Darcy zu suchen. Er könne ihnen zeigen, wo er die beiden zuletzt gesehen hatte. Doch davon wollte Con nichts wissen.

»Nelson wird ihre Spuren finden. Du reitest mit Ned, Larry und Louisa zurück. Ich möchte, dass du vor Einbruch der Nacht zu Hause bist. Deine Mutter, Agnes und Jane werden außer sich sein vor Sorge.«

Nicht dass die sichere Heimkehr von nur zwei Kindern etwas anderes auslösen würde als noch mehr Sorge, dachte Con und seufzte tief.

»Ich hoffe bei Gott, dass wir sie rasch finden.«

»Und lebend«, fügte Nelson hinzu.

Tief über den Hals seines Pferds gebeugt, suchte Nelson den Boden ab. Mühelos fand er die Spuren, die Ruan und Louisa auf ihrer Flucht vor dem Feuer hinterlassen hatten, und ritt voran den Berg hinauf. Con schaute sich angestrengt nach allen Seiten um, in der Hoffnung, irgendein Zeichen von Etty und Darcy zu entdecken. Immer wieder stieß er den Buschmannruf aus, erhielt aber keine Antwort.

Am Rande des vom Feuer verheerten Geländes hielten sie an. Baumstämme und Stümpfe schwelten vor sich hin. An manchen Bäumen züngelten noch rote Flammen, die das Innere der rauchgeschwärzten Stämme verzehrten. An den vielen dünnen Rauchfahnen und dem Flimmern der Luft war zu erkennen, welche Hitze der Boden ausstrahlte. »Da können wir mit den Pferden nicht rüber«, sagte Con und klang verzweifelt.

»Nein, Boss. Vor morgen früh wird der Boden nicht genügend abgekühlt sein, um darüber zu reiten.« Nelson blickte nach Westen. »Wir haben noch ein paar Stunden Tageslicht. Wir sollten den Rand des verbrannten Gebiets abreiten. Vielleicht stoßen wir auf ihre Spuren – falls sie durchgekommen sind.«

Falls sie durchgekommen sind. Beiden Vätern gingen die gleichen Ängste und Hoffnungen im Kopf herum.

»In welcher Richtung, Nelson? Nach rechts oder nach links?«

Nelson betrachtete sorgfältig die verkohlten Reste, die das Feuer hinterlassen hatte. »Das Feuer kam aus dieser Richtung.« Er zeigte nach rechts. »Wenn Darcy und Etty versucht haben, vor ihm zu fliehen, müssen wir nach links.«

»Das ist ein schönes Lied«, sagte Darcy, als der letzte Ton in der Nachtluft verklungen war. »Singst du es noch einmal?«

»Ich bringe dir den Text bei, dann können wir es gemeinsam singen.«

Er lachte laut. »Ich und singen?«

»Hast du schon mal versucht zu singen? Ich weiß, dass du eine Melodie pfeifen kannst. Ich bringe dir den Text Strophe für Strophe bei, und dann singen wir sie zusammen. Jetzt sprich mir nach: *O fare you well – I must be gone – and leave you for a while.*«

Darcy sprach Etty brav die Worte nach, bis sie die erste Strophe aufgesagt hatte. Dann ließ sie ihn die ganze Strophe wiederholen. Er gab sie ohne Zögern wieder.

»Jetzt die zweite Strophe?«, schlug er vor.

»Du solltest erst mal versuchen, die erste zu singen.«

»Ich versuche das mit dem Singen, wenn ich das ganze Lied kenne.«

»Na schön, wenn du mir versprichst, dass du es auch wirklich versuchst.«

Darcy lachte vor sich hin. »Ich verspreche, dass ich es versuche. Aber ich kann dir nicht versprechen, dass es sich gut anhört.«

Sie waren so sehr mit dem Lied beschäftigt, während sie weitergingen, dass sie nicht mehr daran dachten, wie weit es noch war. Doch trotz aller Mühe und allem guten Zureden von Etty stellte sich heraus, dass Darcy keine Singstimme hatte.

»Ich verstehe wirklich nicht, wieso du nicht singen kannst, wo du doch pfeifen kannst.«

»Warum soll ich überhaupt singen, wenn ich deiner schönen Stimme zuhören kann? Du singst, und ich pfeife die Begleitung.«

Das taten sie dann auch und hatten dabei so viel Spaß, dass die Schrecken des Feuers immer mehr in den Hintergrund traten und sie beinah das Gefühl hatten, einen ganz normalen Abendspaziergang zu machen.

Con und Nelson ritten langsam am Rande des verbrannten Gebietes entlang. In der Ferne loderte das Feuer immer noch. Wie lange es noch weiterwüten würde, bevor es endlich erlosch, darüber konnte man nur Vermutungen anstellen. Zweimal griff Con zu seinem Gewehr, um ein schwer verletztes Wallaby von seinen Qualen zu erlösen. Sie sahen auch bereits tote Tiere mit entsetzlichen Verbrennungen. Keiner der Männer sprach. Beide hofften, dass sie nicht die Leichen ihrer Kinder in einem ähnlichen Zustand finden würden.

Am Himmel kreisten Krähen, Habichte und andere Aasfresser. Die Vögel hatten sich bereits an den Wolken von Insekten gütlich getan, die sich auf ihrer Flucht vor den Flammen in die trügerische Sicherheit der Höhe gerettet hatten. An den Kadavern der Buschfeueropfer würden die Vögel noch tagelang reichlich zu fressen haben.

Plötzlich sah Nelson, dem die Augen von der angestrengten Suche bereits wehtaten, in einiger Entfernung zwischen den Bäumen ein Pferd. Abrupt zog er die Zügel an. Con hielt direkt neben ihm. »Was ist los, Nelson?«

»Da drüben steht ein Pferd. Das könnte Darcys Goonda sein.«

Con blickte zu dem Pferd hinüber und sah sich dann in der ganzen Umgebung um. »Wenn Goonda hier ist und unverletzt, dann sollten Darcy und Etty auch in der Nähe sein.«

Aber waren sie ebenfalls unverletzt? Sein Herz hämmerte vor Angst bei dem Gedanken, was für ein Schicksal den jungen Leuten widerfahren sein könnte. Er stieß ein lautes »Kuu-iii!« aus und lauschte angestrengt auf Antwort, mochte sie auch noch so leise sein.

»Die Kinder sind vielleicht gar nicht hier in der Nähe. Wenn Darcy seine Stute hat laufen lassen, könnte sie meilenweit galoppiert sein.« Nelson schwang sich aus dem Sattel und reichte Con seine Zügel. »Ich geh sie holen. Wir nehmen sie mit.«

Während Con nun Darcys Stute am Zügel führte, beugte sich Nelson wieder tief über den Hals seines Pferds, um Spuren auf dem Boden erkennen zu können. So ritten sie weiter, bis sie zu der Schlucht kamen. Sie sahen, dass das Feuer über die Schlucht gesprungen war, weil der Boden auf der anderen Seite ebenfalls verbrannt war. Die Schlucht selbst schien bis auf einige angeschwärzte Baumwipfel verschont geblieben zu sein. Zum ersten Mal, seit sie auf Ruan und Louisa gestoßen waren, verspürten die Männer eine gewisse Hoffnung – die bestätigt wurde, nachdem Nelson in die Schlucht hinuntergeklettert war.

»Ich habe ihre Spur«, rief er zuversichtlich. »Die beiden haben sich hier vor dem Feuer in Sicherheit gebracht.«

Von Freude überwältigt, spürte Con einen heftigen Schmerz in der Brust. Nachdem Nelson die Böschung der Schlucht wieder hinaufgeklettert war, riefen beide in die Dämmerung und warteten bang auf eine Antwort, die nicht kam.

»Hoffen wir, dass keine Antwort heißt, dass sie fast unten sind.« Nelson stieg wieder in den Sattel. »Wir reiten so nah wie möglich an der Schlucht entlang. Ich steige alle paar hundert Meter hinunter und sehe nach ihren Spuren, nur für den Fall, dass sie die Schlucht auf der anderen Seite verlassen haben.«

Das taten die beiden, und Con rief immer wieder kuu-iii. Schließlich kamen sie zu dem Tümpel, an dem Darcy und Etty getrunken hatten. Die Sonne war längst untergegangen, und um sie herum würde bald finstere Nacht sein. Doch keiner der beiden wollte die Suche aufgeben. Nelson versuchte, anhand der Spuren herauszufinden, welche Richtung Darcy und Etty von hier aus eingeschlagen hatten.

»Die Kinder sind weitergegangen und in Sicherheit, Boss. Sieht nämlich ganz so aus, als hätten sie sich entschlossen, der Schlucht bergab zu folgen. Ich würde vorschlagen, dass wir auf dem Weg zurückreiten, den wir gekommen sind. Da haben wir mehr offenes Gelände. Schade, dass heute Abend kein Mond scheint, doch die Sterne werden uns genügend Licht geben.«

Da Con wie wohl jeder Vater in einer solchen Situation

furchtbare Angst um sein Kind hatte, wollte er sich nur ungern von der Schlucht entfernen. »Besteht nicht doch die Möglichkeit, dass wir hier weiterreiten, Nelson? Vielleicht begegnen wir den beiden ja bald.«

»Ich weiß, wie Sie sich fühlen, Boss. Ich würde auch gern auf diesem Weg bleiben, doch wir müssen einen klaren Kopf bewahren. Da wir keine Antwort auf unsere Rufe bekommen haben, sind sie wahrscheinlich außer Hörweite. Der Busch da vor uns sieht ziemlich dicht aus. Wir könnten uns im Dunkeln darin verirren.«

Con wusste, dass Nelson mit dem, was er sagte, recht hatte. Also unterdrückte er das Verlangen, dort zu bleiben, wo er seine Tochter vermutete. »Okay, Nelson.«

Es war nicht einfach, im Dunkeln den Weg zurück zu finden, den sie gekommen waren. Schließlich erkannten sie die Stelle wieder, an der sie den Rand des verbrannten Gebiets erreicht hatten, und lenkten die Pferde bergabwärts. Jedoch waren sie sich keineswegs sicher, dass sie tatsächlich dem Weg folgten, den sie heraufgekommen waren. Fast am Fuße der Berge stellten sie dann überrascht fest, dass sie sich plötzlich auf einer Straße befanden.

»Sieht so aus, als wären wir auf einem anderen Weg heruntergekommen«, bemerkte Nelson.

Con versuchte, im Dunkeln irgendetwas von der Landschaft zu erkennen. »Ich glaube, ich bin schon mal auf dieser Straße gewesen. Wenn ich mich nicht irre, sind wir nicht allzu weit von Creswick entfernt.« Er wollte noch mehr sagen, als er plötzlich etwas wahrnahm, was er kaum glauben konnte. »Nelson, hören Sie das? Das ist doch Etty, die da singt.«

Nelson war so verblüfft, dass er anfing zu lachen. »Ja, ich höre sie und auch Darcy. Der pfeift nämlich zu ihrem Lied die Begleitung. Sie sind ein Stück vor uns, und es hört sich so an, als hätten sie keine Sorge auf der Welt. Und wir waren ganz von Sinnen vor Angst um die beiden.«

»Gott sei Dank, dass sie am Leben sind und offenbar unverletzt.«

Con legte eine Hand an den Mund, um erneut den Buschmannruf auszustoßen. Doch Nelson hielt ihn davon ab. »Kommen Sie. Wir reiten hinter ihnen her und überraschen sie.«

Die jungen Leute waren in so euphorischer Stimmung, dass sie dem Tod ein Schnippchen geschlagen hatten, dass Etty die fröhlichsten Lieder sang, die sie kannte. Bei einigen davon musste Darcy ganz einfach mit einstimmen, auch wenn er falsch sang. Sie schmetterten gerade aus vollem Hals *Botany Bay*, hatten sich an den Händen gefasst, schwangen heftig die Arme hin und her und schritten dabei munter voran, als Darcy hörte, dass sich hinter ihnen Reiter näherten. Er wusste sofort, wer diese Reiter waren.

Er ließ Ettys Hand los und drehte sich um. »Ihr habt sicher nach uns gesucht«, sagte er.

»Papa«, schrie Etty, so laut sie konnte, und während sie ihrem Vater in die Arme sank, durchlebte sie in Gedanken noch einmal die Schrecken des Feuers. »Ich hatte ja solche Angst, Papa. Ich habe geglaubt, wir müssten sterben.«

»Ihr habt euch aber gerade ganz fröhlich angehört.« Er brachte es nicht fertig, seinem geliebten Kind zu sagen, wie sehr er befürchtet hatte, nur noch seine verkohlte Leiche zu finden.

Darcy und sein Stiefvater begrüßten sich mit einem kräftigen Händedruck und sahen sich dabei fest in die Augen. Damit wusste jeder, was der andere empfand. Beide waren sie nicht der Typ dafür, ihre Gefühle mit Worten auszudrücken.

Ohne die Geborgenheit seiner Arme zu verlassen, blickte Etty ihren Vater an und fragte: »Was ist mit Ruan und Louisa?«

»Sie sind unverletzt und mit Ned und Larry auf dem Heimweg. Und nun müssen wir euch beide so schnell wie möglich ebenfalls nach Langsdale schaffen. Eure Mütter machen sich bestimmt noch größere Sorgen um euch, sobald die anderen da sind.«

Etty stieg zu ihrem Vater vorne aufs Pferd, während Darcy sich auf Goonda schwang. Und so ritten die vier nach Creswick. Dort gingen sie sofort zur Polizeistation, um zu melden, dass sie unverletzt zurückgekommen seien. Sie waren erleichtert, nur einen jungen Constable anzutreffen, der gerade Dienst hatte. Auf dem Weg durch die Siedlung wurden sie von Segenswünschen begleitet und vom Jubel und Dankgebeten dafür, dass zwei junge Leben gerettet worden waren.

»Haben denn sämtliche Einwohner auf unsere Rückkehr gewartet?«, fragte Darcy. Ihm wäre es lieber gewesen, wenn sie unbemerkt über die Hauptstraße hätten reiten können. Nach der ersten Erleichterung über die glückliche Rückkehr überkamen ihn nun starke Schuldgefühle. Schließlich war er der Anführer dieses Ausflugs gewesen.

Während der drei Meilen zurück nach Langsdale wurde kaum gesprochen. Etty, die völlig erschöpft war, lehnte sich dösend gegen ihren Vater. In der Dunkelheit mussten sich die drei Reiter mit allen Sinnen auf die Straße konzentrieren. Es kam ihnen so vor, als verginge eine halbe Ewigkeit, bis sie endlich die flackernden Lichter von Langsdale sahen. Schließlich ritten sie auf den Hof.

»Wir sind zu Hause, mein Liebling«, sagte Con.

Etty öffnete die Augen und brach sofort in Tränen aus. Ihre Mutter, ihr Bruder, Louisa, Jane, Agnes und Larry, sie alle warteten auf der Veranda. Als ihr Vater sie vom Pferd hob, taten ihr die steifen Muskeln in ihren Beinen so weh, dass sie aufschrie und hingefallen wäre, wenn ihr Vater sie nicht gestützt hätte. Sofort hob er sie hoch, erlaubte ihrer Mutter, sie kurz zu streicheln und ihr Gesicht zu küssen, und trug sie ins Haus. Etty sah nur noch, wie Darcy von Jane umarmt wurde.

Ned kümmerte sich um die Pferde. »Bin ja wirklich froh, dass ihr alle wieder zu Hause seid. Ihr habt sicher viel zu erzählen.«

Alle wollten die Geschichte hören und drängten sich hinter den Trevannicks ins Wohnzimmer. Ruan setzte sich neben seine Schwester und legte den Arm um ihre Schultern. Meggan saß auf der anderen Seite neben Etty, hielt ihre Hände und betrachtete besorgt das ascheverschmierte Gesicht ihrer Tochter. »Ist wirklich alles in Ordnung, Schatz? Du siehst aus, als wärst du tatsächlich im Feuer gewesen.«

»Das waren wir auch fast, Mama. Darcy hat uns beide gerettet.«

Darcy schüttelte den Kopf. »Wir haben Glück gehabt, Etty. Mehr nicht.«

Etty widersprach ihm mit feuchten Augen. »Das war nicht nur Glück, Darcy. Du wusstest genau, was zu tun war. Ohne dich hätte ich keine Ahnung gehabt, wie ich mich vor dem Feuer in Sicherheit hätte bringen können.«

»Ihr seht beide aus, als wärt ihr durch die Hölle gegangen«, stellte Meggan fest. »Gott sei gedankt, dass euch nichts passiert ist. Alle hier haben für eure sichere Rückkehr gebetet.«

In diesem Augenblick kam Mrs Clancy mit einem mit Essen voll beladenen Tablett ins Zimmer. Die beiden Aborigine-Hausmädchen folgten ihr. Eine mit einer riesigen Teekanne, die andere mit einem Tablett mit Tassen.

Erst beim Anblick des Essens merkte Etty, wie hungrig sie war. »Sie sind ein Engel, Mrs Clancy.«

»Hab mir gedacht, ihr könntet beide ein bisschen Hunger haben. Und nach dem langen Warten und all der Aufregung tut eine schöne Tasse Tee sicher allen gut.«

Etty und Darcy stürzten sich auf das Essen, während Con und Nelson ihnen ein wenig dabei halfen, alles zu verputzen. Ruan und Louisa hatten bereits gegessen und gebadet. Nach dem Essen wollte Etty noch nicht gleich baden. Zuerst wollte sie zusammen mit Darcy von ihren Abenteuern erzählen.

»Wenn ich erst mal sauber bin, will ich nur noch schlafen. Ich bin ja so müde.«

»Das geht mir genauso«, sagte Darcy. »Wir werden euch jetzt sofort alles erzählen.« Er sah Con an. »Wo soll ich anfangen?«

»Da, wo Etty vom Pferd gefallen ist.«

Etty überließ Darcy nur zu gerne das Reden. Er erzählte alles, ohne ein einziges Mal von seinen Zuhörern unterbrochen zu werden. Er berichtete, wie sie zu der Schlucht gekommen waren, wie sie in die kleine Felsenhöhle gekrochen waren und sich mit der nassen Wolldecke zugedeckt hatten, wie sie dem Verlauf der Schlucht bergab gefolgt und dann zu ihrer großen Freude auf die Straße gestoßen waren. Die Reaktionen der Zuhörer auf die Geschichte, die sie da hörten, waren nur an einem gelegentlichen Hochziehen der Augenbrauen oder Schürzen der Lippen abzulesen. Meggan war so aufgewühlt, dass sie die Hand ihrer Tochter noch stärker umklammerte.

»Gott segne dich, Darcy. Weil du so klar gedacht und so überlegt gehandelt hast, hast du euch beiden das Leben gerettet.«

Darcy verzog das Gesicht. »Ich weiß nicht, ob ich überhaupt etwas gedacht habe, Tante Meggan, außer natürlich, dass ich nicht wollte, dass wir in das Feuer geraten. Die Schlucht haben wir nur durch Zufall gefunden.«

»Oder durch die Hand der Vorsehung«, gab Con zu bedenken. »Doch ich stimme mit Ettys Mutter überein. Es spricht schon für klares Denken, dass du die Decke geschnappt hast, bevor du in die Schlucht hinuntergestiegen bist, und dass du sie dann nass gemacht hast, um euch vor der Hitze zu schützen.«

Darcy zog die Mundwinkel herunter. »Ich habe nicht das Gefühl, dass ich was Besonderes getan habe. Schließlich war es meine Schuld, dass wir überhaupt in diese Situation geraten sind.«

Seine drei Freunde protestierten lautstark, wie er denn auf so eine Idee komme.

»Wieso soll das deine Schuld gewesen sein?«, fragte Etty.

»Wir waren doch alle zusammen«, meinte Ruan.

»Du hast das Feuer schließlich nicht gelegt«, sagte Louisa.

Nelson legte eine Hand fest auf Darcys Schulter. »Die drei haben recht, mein Sohn. Das Feuer war halt plötzlich da. Wie es entstanden ist, kann man nur vermuten.«

»Der Vorschlag, in die Berge zu reiten, kam von mir.«

»Und wir waren alle einverstanden«, erinnerte ihn Ruan. »Mach dir keine Vorwürfe, Kumpel. Ende gut, alles gut, wie man so sagt.«

Con versuchte, das Gespräch von Darcys Schuldgefühlen abzulenken. »Kannst du dir vorstellen«, sagte er zu Meggan, »dass die beiden die Straße entlanghüpften und *Botany Bay* sangen, als wir sie gefunden haben.«

Etty lächelte ihre Eltern verlegen an. »Ich habe gedacht, Singen würde mich von meiner Müdigkeit ablenken und dafür sorgen, dass die Zeit schneller vergeht.«

»Ich kann das gut verstehen, Liebes. Das Singen hat dich bestimmt auch ein wenig aufgeheitert. Jetzt aber ab ins Bad und dann ins Bett. Morgen reden wir weiter.«

Nachdem sich alle eine gute Nacht gewünscht hatten, ging Darcy mit seinen und Louisa mit ihren Eltern nach Hause. Ruan, der plötzlich todmüde war, ging ebenfalls ins Bett.

Nachdem Etty gebadet hatte, kam ihre Mutter, um ihr einen Gutenachtkuss zu geben. »Schlaf gut, Schatz.«

»Das werde ich. Mama …«

»Ja?«

»Wir haben nicht nur *Botany Bay* gesungen. Als Erstes habe ich *The True Lover's Farewell* gesungen. Für Darcy, verstehst du?«

Meggan lächelte versonnen. Die Vorstellung, dass ihre geliebte und leidenschaftliche Tochter ganz bestimmt Liebesleid erfahren würde, tat ihr im Herzen weh.

»Ja, das tue ich. Ich habe dir doch erzählt, wie viel dieses Lied deinem Vater und mir bedeutet.«

»Hast du es für Papa gesungen, um ihm zu sagen, dass du ihn immer lieben wirst?«

Meggan lächelte. »Was glaubst du denn? Hast du es deshalb für Darcy gesungen?«

»Er sollte wissen, dass ich ihn immer lieben werde, egal wohin das Leben uns führt.«

»Ihr seid doch beide erst sechzehn, Schatz.«

»Papa hat mir mal erzählt, er habe sich in dich verliebt, als du erst zwölf warst.«

Bei der Erinnerung daran umspielte ein zärtliches Lächeln die Lippen ihrer Mutter.

»Das hat er schon häufiger behauptet. Schlaf jetzt, Schatz. Ich glaube, es wird immer eine besondere Beziehung zwischen dir und Darcy bestehen. Träum von ihm, wenn du möchtest.« Sie küsste Etty auf die Wange. »Gute Nacht, Liebling.«

»Gute Nacht, Mama.«

Meggan schloss leise die Tür. Dann blieb sie einen Augenblick in Gedanken versunken stehen, die Hand immer noch am Türknauf. Die starke Bindung zwischen Darcy und Etty war entstanden, als beide noch sehr klein waren. Dass sich aus dieser Freundschaft Liebe entwickeln würde, war für Meggan keine Überraschung. Doch die beiden waren noch jung – zu jung. Und selbst wenn sie das nicht wären, müsste Etty bereit sein, alles aufzugeben, um Darcy zu heiraten. Die Gesellschaft würde eine weiße Frau meiden, die einen Mischling zum Ehemann hatte.

8

Das Jahr 1868 ging so zu Ende, wie das neue Jahr begann, mit heißem Sommerwetter. Mr Boniface war gekommen, um die Feiertage bei seinen guten Freunden zu verbringen. Er war in bester Stimmung. Mit seiner Abhandlung über die wahre Intelligenz von Aborigines kam er gut voran. Er setzte sich leidenschaftlich dafür ein, dass Darcy von der Universität Melbourne angenommen wurde, und tat alles, um Darcy den Weg dorthin zu ebnen.

Auch wenn er das niemandem auf Langsdale gegenüber zugeben würde, befürchtete er manchmal, dass er sich eine zu schwierige Aufgabe vorgenommen hatte. Weiße, die sich dafür aussprachen, den Aborigines Zugang zu Schulbildung zu ermöglichen, waren in den Kolonien eine verschwindende Minderheit. Die meisten glaubten, dass die Aborigines in den Reservaten gut aufgehoben seien, die für sie eingerichtet wurden. Die Viehzüchter erwarteten, dass Aborigine-Männer auf ihren Farmen im Tausch gegen Essen, Tabak und Kleidung arbeiteten.

Selbst Con Trevannick, der Darcys Familie voll und ganz akzeptierte, bezahlte seine Aborigine-Schäfer mit Tee, Mehl, Zucker, Tabak und Ähnlichem. Boniface hatte sich mal mit Trevannick und Nelson über das Thema Aborigine-Arbeiter unterhalten. Ihn hatte besonders interessiert, wie zuverlässig die Aborigines waren und wie schnell sie ihre Aufgaben erlernten. Con Trevannick war voll des Lobes über seine Männer gewesen.

»Meine Aborigine-Schäfer sind zuverlässiger als die wenigen weißen Männer, die ich ab und zu eingestellt habe. Es sind gute und vernünftige Arbeiter. Oft habe ich das Gefühl, dass ich ihnen den gleichen Lohn geben sollte, den ich einem Weißen zahlen würde.«

Nelson war anderer Meinung. »Wenn Sie das tun, würden Sie nur Ärger kriegen. So etwas würde sich rasch auf den anderen Farmen herumsprechen. Sie würden sich den Zorn aller anderen Viehzüchter zuziehen, weil deren Aborigines dann den gleichen Lohn fordern würden.«

»Das ist wahr. Mit diesen Überlegungen habe ich mich auch schon herumgeschlagen, Nelson. Tatsache ist, Boniface, dass nur wenige Viehzüchter ohne die Arbeit der Aborigines überleben könnten.«

»Sie behandeln Ihre Arbeiter fair und geben ihnen großzügige Zuteilungen«, erklärte Nelson. »Auf manchen Farmen werden die Aborigines nicht mal halb so gut behandelt wie auf Langsdale. Lassen Sie alles so, wie es ist, Boss.«

Als das Thema eines Abends nach dem Essen nochmals zur Sprache kam, räumte selbst Mr Boniface ein, dass Nelson recht hatte. Durch seine eigenen Beobachtungen und Forschungen sowie aufgrund seiner Bekanntschaft mit der Aborigine-Familie auf Langsdale hatte er eine klare Vorstellung von den Problemen, mit denen die Ureinwohner des Landes zu kämpfen hatten. Mittlerweile verstand er auch, dass Darcys Familie tatsächlich einzigartig war. Nur sehr wenige Mischlinge wurden genauso akzeptiert und behandelt wie Weiße.

Auch wenn er es für sich behielt, hoffte er immer noch, dass Nelson und Jane ihm eines Tages die Erlaubnis geben würden, ihre Geschichte in der Abhandlung zu verwenden, an der er schrieb. Bisher war er noch auf keine weiteren Menschen mit Aborigine-Abstammung gestoßen, die einen vergleichbaren Bildungsstand erreicht hatten. Er setzte seine ganzen Hoffnungen auf Darcy.

Und Darcy setzte seine ganzen Hoffnungen auf Mr Boniface. Selbst wenn er in der Aufnahmeprüfung Spitzennoten erzielte, würde er immer noch einen einflussreichen Fürsprecher brauchen, damit man ihn tatsächlich aufnahm. Er war dankbar, dass Mr Boniface bereits Schritte unternommen hatte, um ihm den Weg zu ebnen.

Mitte Januar fuhr Mr Boniface zurück nach Melbourne. Jetzt blieben noch drei Wochen, bis Ruan zur Schule und Etty nach Adelaide zurückkehren würden. Die vier Freunde verbrachten so viel Zeit zusammen wie möglich. Die schreckliche Erfahrung, beinah von dem Buschfeuer eingeschlossen worden zu sein, hatte ihre Beziehung noch enger werden lassen. Sie vertrauten sich ihre Hoffnungen und Träume mit einer Offenheit an, wie sie das als kleine Kinder getan hatten.

Ruan wünschte sich sehnlichst, dass die nächsten drei Jahre schnell vergehen mochten. »Meine Eltern bestehen darauf, dass ich zur Schule gehe, bis ich siebzehn bin«, beklagte er sein Schicksal. »Du hast ja so ein Glück, Darcy.«

Darcy riss einen Grashalm aus und kaute darauf herum. »Inwiefern habe ich Glück?«

»Du brauchst nicht nach Melbourne und musst nicht diesen ganzen blöden Schulkram lernen.«

»Lernen ist nicht blöd«, protestierte Louisa. »Eines Tages wirst du dankbar sein, eine gute Schulbildung zu haben.«

»Ich muss doch bloß wissen, wie man die Farm leitet, wenn ich sie eines Tages von meinem Vater übernehme.«

»Das wirst du alles noch lernen, wenn du erst mal mit der Schule fertig bist«, sagte Louisa. »Jetzt erzähle ich euch ein Geheimnis.« Sie hielt lächelnd inne, bis sie sicher war, dass ihre drei Freunde ihr zuhörten. »Onkel Con hat zu mir gesagt, dass ich ihm ab nächstes Jahr bei der Buchführung für die Farm helfen kann. Und wenn ich dann genau weiß, wie man die Geschäftsbücher führt, gibt er mir einen Job als Farmbuchhalterin.«

»Wie langweilig«, erklärte Etty. »Ich meine, ich weiß, dass du so etwas gerne tust, Louisa, aber ich würde wahnsinnig, wenn ich den ganzen Tag in einem Büro sitzen und rechnen müsste.«

»Du solltest dich für Louisa freuen«, schalt Ruan seine Schwester. »Nicht jeder ist auf Ruhm und Reichtum aus.«

Die Stichelei saß. »Mir geht es gar nicht um Ruhm und Reichtum, Ruan. Die Musik ist in meiner Seele. Ich *muss* einfach singen. Um mich selbst zu verwirklichen, muss ich dorthin, wo die Leute mir zuhören.« Sie wusste jedoch, dass keiner von den anderen das verstand oder je verstehen würde. Nur ihre Mutter wusste um die innere Kraft, die ihren Ehrgeiz antrieb.

»Wirst du denn jemals wieder nach Hause zurückkehren?«, fragte Louisa.

Etty spürte, wie Darcy sie ansah. »Ja«, antwortete sie und wusste, dass sie damit Darcy ein Versprechen gab.

»Wenn du erst mal berühmt und reich bist, wirst du vielleicht deine Meinung ändern«, sagte er.

Etty zuckte mit den Schultern. »Langsdale wird immer mein Zuhause bleiben. Hier werden immer meine Familie und meine Freunde sein.«

»Vielleicht auch nicht, Etty.« Darcy hatte die Mundwinkel heruntergezogen. »Du bist nicht die Einzige, die ehrgeizig ist.«

Etty neigte den Kopf zur Seite. »Was für einen Ehrgeiz hast du denn, Darcy? Ich habe immer geglaubt, du würdest auf Langsdale bleiben.«

»Ich wollte es euch eigentlich nicht sagen und auch sonst niemandem. Ma und Nelson wissen es. Und der gute alte Boney.«

»Was wissen sie?«, fragte Louisa ganz aufgeregt vor Neugier. »Jetzt musst du es uns aber sagen.«

»Das finde ich auch«, sagte Ruan. »Du kannst uns nicht erst neugierig machen und dann schweigen.«

Darcy sah Etty an, in deren Blick eine merkwürdige Unschlüssigkeit lag, die er nicht deuten konnte. »Bist du denn nicht neugierig, Etty?«

Etty schnitt eine Grimasse. »Spann uns nicht länger auf die Folter. Wir alle wollen es wissen.«

»Ich lerne für die Aufnahmeprüfung zur Universität.«

Louisa jauchzte und klatschte vor Freude in die Hände. Ruan war sprachlos.

Etty biss sich auf die Unterlippe. Darcy auf die Universität? Nein, das konnte sie nicht akzeptieren. Darcy, ihr Darcy, sollte für immer auf Langsdale bleiben und jedes Mal auf sie warten, wenn sie zurückkam. »Warum willst du denn auf die Universität?«

»Ich möchte Jura studieren. Mein Ziel ist es, die Aborigines vor ungerechten Gesetzen und vor ungerechter Behandlung zu schützen.«

Diese Erklärung stieß auf tiefes Schweigen. »Ist denn keiner von euch dafür?«, fragte Darcy mit leicht zornigem Unterton. Er sah seine Freunde herausfordernd an und ließ dann den Blick auf Ettys Gesicht ruhen. »Dich scheint diese Idee sogar zu schockieren, Etty«, warf er ihr vor.

Louisa legte die Hand auf seinen Arm. »Beruhige dich, Darcy. Du musstest doch damit rechnen, dass wir alle überrascht sind, wo du nie auch nur die geringste Andeutung von deinen Plänen gemacht hast. Ich hoffe jedenfalls, dass dir gelingt, was du vorhast.«

»Wie kannst du denn hoffen, auf die Universität zu kommen?«, fragte Ruan mit einer Offenheit, die nur unter guten Freunden möglich ist. »Du durftest doch noch nicht mal zur Schule gehen.«

»Das war ja wegen meiner Aborigine-Herkunft«, fügte Darcy hinzu. »Doch nun will ich bei der Aufnahmeprüfung so gut abschneiden, dass die Kommission mich auf keinen Fall ablehnen kann. Boney wird mich voll unterstützen.« Er grinste Louisa an. »An deinen leuchtenden Augen kann ich sehen, dass du mir Erfolg wünschst.«

»Oh ja. Ich freue mich so sehr für dich. Ich weiß, dass du schon immer mehr sein wolltest als nur ein Farmarbeiter.«

Etty gefiel ganz und gar nicht, wie Darcy und Louisa sich anlächelten. Sie fühlte sich ausgeschlossen, besonders als auch Ruan Darcy von ganzem Herzen wünschte, dass er sein Ziel erreichen möge, und die drei nun dasaßen und sich anlächelten. Ihr war klar, dass sie ebenfalls ihre Freude ausdrücken und Darcy ermutigen sollte. Sie wollte jedoch, dass Darcy immer auf Langsdale sein und auf sie warten würde, so selbstsüchtig ihr Wunsch auch sein mochte. Verstand er das denn nicht?

»Ich hoffe nur«, erklärte sie, »dass du nicht allzu sehr enttäuscht bist, wenn du abgelehnt wirst.«

Darcy sah sie mit hochgezogenen Augenbrauen an. »Keine guten Wünsche von dir, Etty? Man könnte ja glatt den Eindruck haben, du möchtest nicht, dass ich auf die Universität gehe.«

Etty zuckte betont gleichgültig mit den Schultern. »Bis dahin hoffe ich, dass ich längst in Europa bin, um zu singen. Also spielt es für mich keine Rolle, ob du es schaffst oder nicht.«

Ihre schlechte Laune verdarb ihnen allen den Tag. Etty ärgerte sich über den verletzten Ausdruck, der bei ihren Worten in Darcys Blick trat. Aber auch ihre eigenen verworrenen Gefühle missfielen ihr. Da sie merkte, dass die anderen über ihr Verhalten gar nicht glücklich waren, griff sie, ohne zu zögern, zu der Ausrede, dass es Zeit wäre, Singen zu üben. Das Singen nahm dann ihre Aufmerksamkeit so stark in Anspruch, dass sie an nichts anderes mehr dachte. Doch als sie ihr Pensum erfüllt hatte und wieder ihren eigenen Gedanken nachhing, fragte sie sich, warum sie so verärgert darauf reagiert hatte, dass Darcy auf die Universität wollte. Warum war sie nur so unfreundlich zu ihm gewesen, als Ruan und Louisa ihn ermutigten?

Auch Darcy brauchte anscheinend eine Erklärung. Er suchte eine Gelegenheit, mit ihr alleine zu reden, und folgte ihr, als sie zum Stall ging, um ihrer Stute Mirabelle eine Möhre zu geben. Wenige Tage vor Weihnachten war ein Neuankömmling auf einem Pferd, das er gefunden hatte, in Creswick aufgetaucht. Seine Freude über sein neues Pferd endete, als der junge Polizei-Constable das Brandzeichen des Tieres erkannte. Er wusste, dass die Stute den Trevannicks auf Langsdale gehörte, und beschlagnahmte sie sofort. Seit Mirabelle zurückgebracht worden war, schenkte Etty ihr besonders viel Aufmerksamkeit.

Als sie der Stute gerade über die Nüstern streichelte, wieherte diese, als wolle sie jemanden begrüßen. Etty drehte sich um und sah Darcy durch den Stall auf sich zukommen. Sogleich wandte sie sich wieder dem Pferd zu.

»Was machst du hier?«, fragte sie, ohne ihn anzusehen.

»Offenbar bin ich unerwünscht. Was ist los mit dir, Etty?«

»Ich weiß nicht, was du meinst.«

»Doch, das weißt du. Wir haben uns immer so gut verstanden. Ich habe geglaubt, dass bei dem Buschfeuer etwas ganz Besonderes zwischen uns passiert ist.«

Etty nickte schweigend.

»Etty, sieh mich an … Bitte«, fügte er hinzu, als sie nicht sofort den Kopf drehte. »Ich muss wissen, warum du gesagt hast, dass es für dich keine Rolle spielt, ob ich auf die Universität gehe oder nicht. Ich bin ganz durcheinander. Spielst du mit meinen Gefühlen, Etty?«

»Nein!«, widersprach sie heftig. »Ich war bloß schockiert, mehr nicht. Du hast nie was davon gesagt, dass du etwas anderes vorhast, als hier zu bleiben. Selbst während des Feuers, als wir geglaubt haben, dass wir vielleicht zusammen sterben würden, hast du es mir nicht erzählt.«

»Ich hätte es dir auch heute nicht sagen sollen. Es tut mir leid, dass ich es getan habe. Vielleicht ist es dir tatsächlich egal, was ich tue. Du wirst in Europa sein, hast du gesagt, und du wirst nicht mal an mich denken, auch wenn du vielleicht in einem Lied etwas anderes gesagt hast.«

»Ich habe jedes Wort gemeint, das ich für dich gesungen habe, Darcy«, erklärte sie leidenschaftlich. »Eines Tages werde ich zurückkehren. Und dann möchte ich, dass du hier auf mich wartest.«

»Du willst also, dass ich mein Leben auf Langsdale verbringe, nur damit ich hier bin, wenn du irgendwann beschließt, nach Hause zu kommen? Du bist unglaublich egoistisch, Etty. Das bist du immer gewesen, nur ist mir bisher nie klar gewesen, wie sehr. Alles muss immer so sein, wie du es haben willst.«

Seine Stimme klang zornig, und seine Augen flackerten vor Wut. Etty sah jedoch nicht, dass hinter dem Zorn eine tiefe Verletztheit steckte. Sie war beleidigt, weil er sie als egoistisch bezeichnet hatte. Doch wenn sie ganz ehrlich mit sich war, musste sie zugeben, dass die Wahrheit sie schwer getroffen hatte. Hatte nicht mal jemand gesagt, dass die Wahrheit immer wehtut?

»Ich bin nicht egoistisch«, sagte sie kleinlaut.

»Ach ja?« In dieser kurzen Äußerung lag eine Menge Spott. »Du willst Ruhm und Reichtum, du willst nach England und Europa reisen, und trotzdem kannst du dir nicht vorstellen, dass andere ebenfalls ehrgeizig sind und Ziele haben.«

Da sie merkte, dass sie in dieser Auseinandersetzung den Kürzeren ziehen würde, widmete sich Etty wieder ihrer Stute. »Ruan und Louisa haben jedenfalls keinen Ehrgeiz«, sagte sie trotzig. »Warum musst du denn da anders sein?«

»Vielleicht weil ich halt anders bin, so wie meine Mutter und Nelson anders sind. Was hätte es denn für einen Sinn, intelligent zu sein und eine gute Schulbildung zu haben, wenn ich beides nicht einsetzen kann?«

Etty hob kaum merklich die Schultern und zog die Mundwinkel herunter.

»Es hat keinen Sinn, mit dir zu reden«, rief Darcy wütend. »Du weigerst dich, die Dinge aus meiner Perspektive zu sehen.«

»Das tue ich nicht«, schrie Etty. »Ich verstehe bloß nicht, warum du meinst, dich beweisen zu müssen, indem du dich in die Welt der Weißen hineindrängst.«

Darcy erstarrte. »Die Welt der Weißen, ja?« Der Schmerz, der sein Gesicht verzerrte, traf sie mitten ins Herz. »Ich hätte niemals gedacht, dass ich von dir solche Worte hören würde, Etty. Wir haben uns doch immer als gleich angesehen.«

»Ich hab das nicht so gemeint, Darcy.« Verzweifelt versuchte sie, ihre törichten Worte rückgängig zu machen. Mittlerweile machte Darcys Zorn ihr ein wenig Angst. »Wir sind immer noch gleich.«

Er lachte höhnisch. »Nein, das sind wir nicht. Jedenfalls nicht mehr. Das hast du sehr deutlich gemacht. Geh zurück nach Adelaide in deine schicke Schule für junge Damen, Etty. Such deinen Ruhm in den Opernhäusern der Welt. Mach mit deinem Leben, was du willst, und ich werde mit meinem ebenfalls machen, was ich will. Und das dämliche Lied, das du mir eines Abends vorgesungen hast, werden wir beide vergessen.«

Etty konnte nur mit Mühe die Tränen zurückhalten. »Ich habe diese Worte ehrlich gemeint. Und dir haben sie auch gefallen.«

»Wir hatten nur wenige Stunden zuvor dem Tod ein Schnippchen geschlagen.« Er fuhr mit einer Hand durch seine dicken schwarzen Locken, was ihn offenbar ein wenig besänftigte. »Wir müssen beide unseren eigenen Weg gehen, Etty«, sagte er dann mit ruhiger Stimme. »Ich wünschte nur, ich hätte deinen Segen.«

»Habe ich denn deinen?«

»Ja.«

»Dann wünsche ich auch dir alles Gute.«

»Danke, Etty.« Doch beide wussten, dass ihr Wunsch nur halbherzig war. »Unser Leben wird sich in unterschiedliche Richtungen entwickeln, Etty. Wir müssen das Beste aus der Zeit machen, die du noch hier bist.«

»Ja«, stimmte sie mit leiser Stimme zu, »weil ich dich wieder fast ein Jahr nicht sehen werde.«

»Dann werden wir also nicht mehr über unsere Zukunft streiten?«

»Nein.«

Während der folgenden Wochen bemühten sich beide sehr, so zu tun, als wäre zwischen ihnen alles in Ordnung. Doch sie wussten beide, dass sich ihre Beziehung unwiderruflich verändert hatte. Als der Tag kam, an dem sie Abschied nehmen mussten, ahnte keiner von ihnen, dass das Schicksal und die äußeren Umstände sie viel länger als nur ein Jahr voneinander trennen würden.

Im September erklärte Madame Marietta, dass Etty nun bereit sei, die ersten Schritte auf dem Weg zu internationaler Anerkennung zu tun.

Nun, da ihr Traum kurz vor der Verwirklichung stand, vertraute Etty Madames Urteil über ihre Fähigkeiten nicht so recht und geriet, ungeachtet ihrer Prahlerei Louisa gegenüber, in Panik.

»Ich bin doch gerade erst siebzehn geworden, Madame. Ich bin noch so jung. Meine Stimme ist noch nicht voll entwickelt.«

Das war, wie sie sofort feststellen musste, nicht die richtige

Ausrede gewesen. Madame baute sich entrüstet vor ihr auf und zog ihren Schal fest um ihre Schultern, als wolle sie sich vor einem so unverfrorenen Einwand schützen. »Du glaubst, junge Dame, dass ich, Madame Marietta, die in die große Opernhäuser der Welt gesungen hat, nicht weiß, wovon sie spricht? Zu jung, sagst du? Willst du warten, bis du eine alte Frau bist, bis du die Frische von Jugend verloren hast?«

»N… nein, Madame. Aber …«

»Hier gibt es keine ›Aber‹. Ich weiß, was das Beste für dich ist.« Sie richtete ihren gekränkten Blick zum Klavier und zu dem jungen Mann, der ihnen halb zugewandt dort saß. »Ihre Stimme ist noch nicht entwickelt, sagt sie. Sie ist zu dumm, ihrer Lehrerin zu vertrauen. Sagen Sie's ihr, Alistair. Vielleicht hört die dumme Mädchen auf Sie.«

Alistairs Lippen zuckten leicht amüsiert, doch er fasste sich rasch wieder. »Madame hat recht, Etty. Deine Stimme hat sich wunderschön entwickelt.« Er lächelte ihr aufmunternd zu.

Etty spürte, wie ihre Lippen anfingen zu zittern. Madame schlug entnervt die Hände über dem Kopf zusammen. »Jetzt auch noch Tränen. Was ist mit dir los? Bist du etwa verliebt? Hast du vielleicht ein Liebhaber?«

»N… nein, Madame. Weder noch.« Etty schluckte ihre Tränen hinunter. Sie würde sich nicht einschüchtern lassen. Wie viele Male hatte sie sich das schon geschworen? Madame könnte, wenn sie wollte, wahrscheinlich einen Feuer speienden Drachen zum Kuschen bringen. Bei der Vorstellung musste sie beinah kichern. Sofort waren ihre Augen wieder trocken.

»Sehr schön.« Madame machte immer noch ein leicht beleidigtes Gesicht, während sie sich auf ihren Stuhl plumpsen ließ, den spanischen Fransenschal neu um ihre Schultern drapierte und dabei Etty völlig ignorierte.

Etty blieb stehen, die Hände vor ihrem Rock zu Fäusten geballt. Sie spürte, wie sie vor Scham rot wurde, und wäre am liebsten im Boden versunken. Alistair warf ihr vom Klavierhocker aus immer wieder beruhigende Blicke zu. Etty lächelte ihn mit bebenden Lippen an, um zu zeigen, dass sie seine wortlose Unterstützung zu schätzen wusste.

Madame strich derweil mit den Händen über ihren Rock, drückte ihre Frisur zurecht und zupfte wieder an ihrem Schal. Schließlich sah sie Etty durchdringend an und blaffte so laut, dass diese zusammenzuckte. »Du wirst dich entschuldigen.«

Etty stammelte erst ein wenig, dann holte sie tief Luft, um ihre Stimme zu beruhigen. »Es tut mir leid, Madame. Ich wollte Sie nicht beleidigen, Madame, aber ich fühle mich noch nicht bereit aufzutreten.«

»Ich hab dir doch gesagt, es gibt hier keine ›Aber‹. Ich mag diese Wort nicht. ›Aber‹ ist eine schwache Ausrede für Leute, die etwas nicht tun wollen oder vor etwas Angst haben.« Plötzlich trat ein Leuchten in ihre dunklen Augen. »Ah. Das ist die Problem. Du hast Angst, auf die Bühne zu singen.«

Etty nickte unglücklich. »Ich habe kein Vertrauen zu mir. Als wir letzten Monat in der Oper waren, da war die Sopranistin fantastisch. Ich habe das Gefühl, dass ich niemals so gut sein kann wie sie.«

Madames fleischige Hand voller Ringe tat die Ausrede mit einer verächtlichen Bewegung ab. »Ich will nicht, dass du so bist wie andere Sängerinnen. Ich will, dass du besser bist als alle anderen. Hast du denn auch kein Vertrauen zu mir? Glaubst du, ich weiß nicht, wovon ich rede?«

»Ja, Madame. Ich meine nein – ich meine …« Etty rang die Hände. »Es tut mir leid, Madame. Ich weiß, dass Sie mir nicht sagen würden, dass ich bereit bin, wenn Sie nicht voll und ganz daran glaubten.«

Einigermaßen besänftigt stand Madame auf und gab Etty einen Kuss auf jede Wange. »Danke, meine Liebe. Nun fangen wir an, Pläne zu schmieden.«

Als Folge dieser Pläne reiste Ettys Familie Ende des Jahres nach Adelaide. Ettys Debüt sollte beim Weihnachtsball in der Residenz des Gouverneurs stattfinden. Es wurde ein absoluter Triumph und brachte ihr ein Lob von Madame ein, was selten vorkam. Noch mehr freute sich Etty, als sie sah, wie stolz ihre Eltern auf sie waren. Als sie nach dem Auftritt zu ihnen kam, hatte ihre Mutter Tränen der Rührung in den Augen. Auch ihr Vater schien beinah von seinen Gefühlen überwältigt zu werden. Ruan war völlig perplex.

»Donnerwetter, Etty. Du bist ja richtig erwachsen geworden. In diesem schicken Kleid siehst du überhaupt nicht mehr aus wie meine Schwester.«

»Das ist kein Kleid, das ist eine Robe«, klärte Etty ihn auf. »Weiß mein Bruder denn gar nichts, Mama?«

»Ich weiß, wie man ein Schaf schert. Das hab ich in der letzten Schersaison gelernt. Und ich kann das gut, nicht wahr, Papa?«

Ihr Vater lachte. »Jedem das Seine. Du siehst ganz reizend aus, mein Schatz. Ich kann kaum glauben, dass mein kleines Mädchen jetzt eine junge Dame ist.« Er legte einen Arm um seine Frau und sah erst sie und dann seine Tochter liebevoll an. »Wir sind sehr, sehr stolz auf dich.«

Madame sagte, dass sie gerne mit Etty nach London fahren würde. »Eine Saison in London wird Etty die Erfahrung geben, die sie braucht, bevor wir nach Mailand gehen, Meggan.«

»Warum muss ich denn unbedingt nach Mailand?«, fragte Etty.

Madame reagierte überrascht. »Das weißt du nicht?« In gespielter dramatischer Verzweiflung rang sie die Hände. »Was für ein Ignoranz! Du musst in die größte Opernhäuser der Welt singen. Deine Mutter hätte in Mailand gesungen, wenn sie nicht ...«

Ein Blick von Meggan brachte sie zum Schweigen. Selbst nach achtzehn Jahren gab sie Madames lockerem Mundwerk immer noch ein wenig die Schuld am Tod von David Westoby.

Madame zuckte mit den Schultern. Sie wusste genau, was hinter diesem warnenden Blick steckte. »Wie dem auch sei, Etty. Du wirst eine große Sängerin.«

»Madame«, sagte Meggan ruhig, aber entschlossen, »mein Mann und ich wollen natürlich das Beste für Etty. Doch wir möchten, dass sie in Australien bleibt, bis sie ein wenig älter ist. Es müsste doch viele Möglichkeiten für sie in Melbourne geben, wo die Oper jetzt so beliebt ist.«

Madame schien ihre Zweifel zu haben. »Beliebt, sagen Sie. Aber ist sie denn auch gut? Sie konnten keine gute Lehrerin in diese Stadt finden. Vielleicht ist die Oper auch nicht so gut.«

»Der Standard mag zwar nicht so hoch sein wie in Europa, da gebe ich Ihnen recht, doch die Aufführungen, die ich gesehen habe, waren alle von guter Qualität. Etty kann ohne unsere Erlaubnis Australien nicht verlassen, und die werden wir ihr frühestens in einem Jahr geben, wenn sie achtzehn ist, und noch lieber erst mit neunzehn. Wir möchten, dass Etty ihre Karriere in Melbourne beginnt.«

Etty, die mit einem empörten Ausbruch von Madame rechnete und befürchtete, dass diese ihrer Mutter gehörig die Meinung sagen würde, war erstaunt, dass Madames einzige Reaktion ein nachdenkliches Schürzen ihrer dunkelrot geschminkten Lippen war.

»Also gut, dann soll es Melbourne sein. Ich werde mich erkundigen.«

»Wie hast du es nur geschafft, Madame so schnell umzustimmen?«, fragte Etty ihre Mutter später. »Normalerweise mag sie es überhaupt nicht, wenn man ihr widerspricht.«

»Madame hat vor vielen Jahren etwas getan, was mir großen

Kummer bereitet hat. Sie wird mich bestimmt nicht noch einmal verärgern wollen.«

»Was hat sie dir angetan, Mama? Und warum hast du mich trotzdem zu ihr in den Unterricht geschickt?«

»Weil Madame eine ausgezeichnete Lehrerin ist. Ich wollte nicht, dass du von jemandem unterrichtet wirst, der weniger vom Singen versteht als ich. Und was die Angelegenheit vor vielen Jahren betrifft – das ist lange vorbei. Dir ist es doch auch lieber, wenn du erst mal in Melbourne bleibst, oder?«

»Ja, Mama, das stimmt. In einem Jahr, wenn ich achtzehn bin, dann werde ich bereit sein für die Welt.«

Ettys erster Auftritt in der Welt der Oper fand in einer Inszenierung von Bellinis *La Sonnambula* statt. Sie hatte zwar nur eine kleine Rolle, doch an diesem Abend wurde ihr endgültig klar, wohin sie gehörte. Ihre Eltern und ihr Bruder saßen im Publikum zusammen mit Madame, die unerschütterlich an ihrem Entschluss festhielt, weiterhin Ettys Lehrerin und Begleitperson zu sein.

»Sehen Sie«, flüsterte sie Meggan zu, »wie sie sich gegenüber den anderen Mädchen im Chor abhebt. Das ist Bühnenpräsenz, das ist Gesang, der von innen kommt. Ja, sie wird eine große Sängerin werden.«

Während sie ihre Tochter beobachtete, kamen in Meggan neben mütterlichem Stolz auch nostalgische Gefühle auf. Sie hatte nie die Gelegenheit gehabt, bei einer Oper mitzuwirken. Ein winziges Bedauern, das sie nun darüber in sich spürte, ließ sie schuldbewusst ihren Mann ansehen. Der bemerkte ihren Blick, wandte den Kopf, lächelte sie an und nahm ihre Hand. Dann wandten beide ihre volle Aufmerksamkeit wieder der Bühne zu. Während Con zärtlich ihre Hand drückte, wusste Meggan, dass der Verzicht auf künstlerischen Ruhm kein zu hoher Preis für eine solche Liebe gewesen war. War es zu viel verlangt, wenn sie sich für ihre Tochter sowohl Ruhm als auch eine ewige Liebe wünschte?

Zahlreichen Operngästen fiel die dunkelhaarige junge Schönheit im Chor auf. Und als immer mehr Leute über sie sprachen, fing der Produzent an, dem neuesten Mitglied seines Ensembles mehr Aufmerksamkeit zu schenken. Ihm gefiel, was er sah. Denn unter anderem erkannte er die Chance, einen Star zu schaffen – und die Möglichkeit, eine Menge Geld zu verdienen. Daraufhin sprach er mit dem Direktor und künstlerischen Leiter des Opernhauses.

»Ich möchte, dass Sie Henrietta Trevannick in unserer nächsten Inszenierung eine Hauptrolle geben.«

Der Direktor dachte über das Anliegen nicht einen Augenblick nach. »Wir spielen *Lucia di Lammermoor*. Das Mädchen ist nicht geeignet für die Rolle der Lucia. Sie hat nicht die Erfahrung, die man dafür braucht.«

»Sie wird mit der Herausforderung wachsen.«

»Hmmph!«, schnaubte der Operndirektor, begleitet von einem vielsagenden Blick. »Dieses junge Ding ist wohl Ihre Geliebte.«

»Ganz und gar nicht. Ich habe nie mehr als nur ein beiläufiges Wort mit Miss Trevannick gewechselt. Und bevor Sie sich in weiteren Mutmaßungen ergehen: Ich habe keine unlauteren Absichten der jungen Dame gegenüber. Ich habe das starke Gefühl, dass unsere Henrietta eines Tages auf der ganzen Welt berühmt sein wird. Und ich möchte derjenige sein, der ihr zum Start in diese Karriere verhilft.«

»Aber die Lucia … Nein, da kann ich nicht zustimmen.«

»Wenn nicht die Lucia, dann finden Sie eine andere Rolle, die zu ihr passt. Ich bestehe darauf, dass Henrietta Trevannick der Star unserer nächsten Inszenierung wird.«

Der Operndirektor ging im Zimmer auf und ab und strich

mit einer Hand immer wieder über seinen Bart, bis dieser unter dem Kinn ganz spitz war. Er wusste, dass er seinen Posten verlieren könnte, wenn er sich den Wünschen des Produzenten widersetzte. Außerdem musste er sich eingestehen, dass er ebenfalls vom Talent dieses Mädchens beeindruckt war. Er konnte sie sich als Gilda in *Rigoletto* vorstellen. Bloß, wie sollte er seiner ersten Sopranistin erklären, dass sie in der nächsten Inszenierung nicht dabei sein würde? Ob die beiden Damen und der Produzent wohl damit einverstanden wären, dass die Rolle Abend für Abend getauscht würde?

Der Produzent war nicht einverstanden und die erste Sopranistin auch nicht. Nach einer Schimpftirade gegen Henrietta und alle, die mit dem Opernensemble zu tun hatten, stürmte sie aus dem Theater. Es gebe andere Opernensembles auf der Welt, erklärte sie mit majestätischem Hochmut, die ihr Talent zu schätzen wüssten. Einzig der Operndirektor bedauerte, dass sie ging. Etty hingegen erhielt die volle Unterstützung von allen Mitgliedern des Ensembles, denen ihr bescheidenes Wesen besser gefiel als die Wutanfälle der gerade abgerauschten Diva.

Bei der Premiere von *Rigoletto* war die Familie Trevannick wieder im Theater. Sie teilten ihre Loge mit Madame und mit Mr Boniface, die sich an diesem Abend zum ersten Mal begegneten. Obwohl die beiden doch so verschieden waren, waren sie sich auf Anhieb sympathisch. Sie plauderten freundlich über die unterschiedlichsten Themen, während sie darauf warteten, dass der Vorhang aufging.

Der Abend gehörte Henrietta Trevannick. Ihre makellose Stimme, ihre Jugend, ihre Schönheit und ihr ergreifendes Spiel ließen manche Dame im Publikum ein Tränchen wegwischen, als sich der Vorhang vor dem über dem Leichnam seiner Tochter zusammengebrochenen Rigoletto schloss.

Niemand blieb auf seinem Platz sitzen, als sich der Vorhang wieder öffnete. Tosender Applaus hallte von der Decke und von den Wänden wider, so begeistert waren die Zuschauer. Sie applaudierten den Solisten, dem gesamten Ensemble, noch einmal den Solisten, dann nur Rigoletto und Gilda. Schließlich galt der Applaus einzig und allein Henrietta Trevannick.

Immer wieder wurde sie vor den Vorhang gerufen. Der Produzent und der Operndirektor kamen beide auf die Bühne und überreichten ihr jeder einen riesigen Blumenstrauß. Erneut wurde gejubelt und geklatscht. Dann hob der Produzent eine Hand und bat um Ruhe.

»Heute Abend wurde ein Star geboren.« Erneutes Klatschen, und erneut wurde um Ruhe gebeten. »Miss Henrietta Trevannick wird eine der berühmtesten Sopranistinnen der Welt werden. Doch nun, meine Damen und Herren, gestatten Sie ihr bitte, sich zurückzuziehen.«

Nur zögerlich verhallte der Applaus. Immer noch wurde vereinzelt geklatscht, bis auch dem Letzten klar geworden war, dass Henrietta Trevannick an diesem Abend nicht mehr auf die Bühne kommen würde. Als Etty zum letzten Mal die Bühne verließ, wurde sie sofort von zwei kräftigen Armen umschlungen, während die rote Rose in Madames Haar sie an der Nase kitzelte. Überrascht stellte Etty fest, dass Madame weinte.

»Mein liebes Kind, auf diese Abend habe ich meine ganze Leben gewartet.« Sie hielt Etty ein Stück von sich. »Du warst *magnifique*. Nun werde ich nicht mehr die alberne Mädchen mit die dürftige Stimmen unterrichten. Ich werde mich ganz meine Star widmen.«

Offenbar von ihren Gefühlen überwältigt, drehte Madame sich um und putzte sich geräuschvoll die Nase. Etty hatte ebenfalls feuchte Augen.

»Ich habe Ihnen für so vieles zu danken, Madame.«

»Ach, dieser Abend heute ist alle Dank, den ich will. Halt!« Sie hielt den Produzenten am Ärmel seiner Jacke fest. »Ich will mit Ihnen über unsere Star reden.« Madames energische Art zwang den Produzenten, sich ihrem Wunsch zu beugen, obwohl er sich sehr auf ein spätes Abendessen und eine gute Flasche Wein gefreut hatte.

Immer noch von der schwindelerregenden Euphorie gepackt, die sie vom ersten Applaus an ergriffen hatte, lief Etty in ihre Garderobe, wo, wie sie wusste, ihre Familie auf sie warten würde. Der Stolz auf deren Gesichtern, die warmherzigen Umarmungen und Küsse waren der perfekte Abschluss eines perfekten Abends.

»Ich brauche dich wohl nicht zu fragen, ob du glücklich bist?«, sagte ihre Mutter lächelnd. »Du glühst ja vor Aufregung.«

»War es nicht wunderbar, Mama, wie alle geklatscht haben und mich immer wieder zurück auf der Bühne haben wollten? Ich habe mir niemals vorgestellt, dass es so sein würde. Ich bin überwältigt.«

»Das waren alle, die dich heute Abend singen gehört haben. Ich bin sehr, sehr stolz auf dich.«

»Und du, Papa?«

»Ich bin verblüfft. Doch in dem Stolz, den ich empfinde, steckt auch ein bisschen Traurigkeit. Heute Abend habe ich mein kleines Mädchen an die Welt der Oper verloren.«

Etty schlang die Arme um ihren Vater. »Oh Papa, du wirst doch nicht etwa weinen?« Seine Augen waren leicht verschleiert. »Ich werde immer dein kleines Mädchen sein.«

»Du warst gut, Etty«, sagte Ruan anerkennend. »Wie lange brauchst du, um dich umzuziehen?«

»Warum fragst du das?«

»Ich komme um vor Hunger. Ich will essen gehen.«

Obwohl keiner von ihnen etwas von der Oper verstand, fuhren Larry und Agnes Benedict mit Louisa nach Melbourne, damit sie endlich aufhörte zu quengeln, weil sie Etty auf der Bühne sehen wollte. Mrs Clancy wollte auch gerne das Mädchen singen hören, das sie von klein auf gekannt hatte. Keiner von ihnen konnte so recht glauben, dass die junge Frau auf der Bühne ihre Etty war. Sie schien eine völlig andere Person zu sein.

Als sie am nächsten Tag mit ihr zu Mittag aßen, stellten sie jedoch fest, dass Etty sich kein bisschen verändert hatte. Louisa sprach aus, was alle dachten.

»Ich bin so froh, dass du immer noch die Gleiche bist, Etty.«

»Warum sollte ich plötzlich anders sein?«, fragte Etty überrascht.

»Weil du jetzt berühmt bist. Ich hatte befürchtet, dass du vielleicht meinst, wir wären nicht gut genug für dich.«

»Du weißt doch, dass ich nicht so bin, Louisa. Im Übrigen bin ich gar nicht so berühmt – jedenfalls noch nicht. Außerdem gehört ihr alle«, dabei sah sie auch die Erwachsenen an, »zu meiner Familie. Meine Gefühle für euch werden sich nie ändern, egal wie berühmt ich werde.«

Als Louisa nach Langsdale zurückkam und vor Bewunderung und Begeisterung für Etty übersprudelte, schien Darcy das wenig zu interessieren. Und als Louisa vorschlug, er solle nach Melbourne fahren, um Etty singen zu sehen, zuckte er abweisend mit den Schultern.

»Warum sollte ich so weit fahren? Vermutlich lässt man mich nicht mal ins Theater.«

»Ach so.« Sie vergaß immer wieder, dass Darcy ein halber Aborigine war. Nicht dass sie je verstehen würde, weshalb Rasse ein Grund zur Diskriminierung sein sollte. »Ich wünsche so sehr, du könntest Etty sehen und hören. Sie ist wirklich wunderbar und sehr glücklich mit ihrem Leben.«

Darcy, der gerade dabei war, seinen Sattel zu reparieren, hielt inne, wobei er darauf bedacht war, dass man ihm den schmerzlichen Verlust nicht ansah, den er empfand. »Etty hatte sich schon immer vorgenommen, erfolgreich zu sein. Ich freue mich für sie, dass sie glücklich ist.«

»Du sagst das so, als erwartest du, sie nie wiederzusehen.«

»Ich glaube nicht, dass irgendjemand von uns sie noch sehr oft zu Gesicht bekommen wird. Etty wird sich immer weiter von uns entfernen.«

Louisa dachte einen Augenblick nach. »Ja, das nehme ich auch an.« Dabei stahl sich eine heimliche Freude in ihr Herz. Nun würde sie Darcy immer für sich haben.

9

Während Etty zum Liebling von Melbourne wurde, rückte das Datum für die Aufnahmeprüfung für die Universität immer näher. Darcy war zuversichtlich, dass er die Prüfung bestehen würde. Mr Boniface bestärkte ihn darin. Sie schrieben sich jede Woche, wobei sie manchmal die ankommenden Briefe postwendend beantworteten. Darcys größte Sorge war, dass man ihn wegen seiner Rasse abweisen würde. Boney versuchte immer wieder, ihn zu beruhigen.

Ich werde bei Dir sein, Darcy. Außerdem hast Du im Dekan der juristischen Fakultät einen Fürsprecher. Dank unserer gemeinsamen Unterstützung darfst Du an der Prüfung teilnehmen. Wenn Du die Ergebnisse erzielst, die ich von Dir erwarte, wird man Dich anstandslos als Student annehmen.

Eine Woche vor dem Prüfungstermin fuhr Darcy nach Melbourne. Von früh bis spät büffelte er eifrig. Er lernte den Dekan kennen, der sich von Darcys intellektuellen Fähigkeiten aufrichtig beeindruckt zeigte. Mit erhobenem Kopf betrat Darcy schließlich den Prüfungsraum und ignorierte die abfälligen Blicke und das Gemurmel einiger anderer Prüfungskandidaten. Ebenso stolz verließ er den Raum auch wieder. Er wusste, dass er seine Sache gut gemacht hatte.

Andere Kandidaten wirkten nicht so glücklich. Zwei, die im

Prüfungsraum in seiner Nähe gesessen und offenbar Probleme mit den Fragen gehabt hatten, saßen jetzt bedrückt nebeneinander auf einer Bank vor dem Universitätsgebäude. Als er kam, standen sie auf, um ihm den Weg zu versperren.

»Was guckst du so selbstgefällig, Schwarzer?« Der Wortführer war groß, kräftig gebaut und wie ein feiner Herr gekleidet. Sein Begleiter war ein wenig kleiner. Darcy hatte vorher zufällig mitbekommen, wie er sagte, sein Vater sei Anwalt und erwarte, dass sein Sohn in seine Fußstapfen trete. Darcy wandte sich an den Kleineren der beiden.

»Ich habe gehört, wie Sie sagten, Ihr Vater sei Anwalt. Praktiziert er auch ein Recht für die Weißen und eins für die Aborigines?«

Der Mann schnaubte vor Wut. »So ist das Gesetz nun mal. Ihr Schwarzen müsst wissen, wo ihr hingehört.«

»Hierher bestimmt nicht«, fügte der Größere hinzu. »Wie bist du überhaupt hier reingekommen?«

»Nicht alle Weißen sind so engstirnig und borniert wie Sie beide. Jetzt gehen Sie mir bitte aus dem Weg.«

»›Jetzt gehen Sie mir bitte aus dem Weg‹«, äffte der Größere ihn nach. »Hast du das gehört, Johnny? Er hat ›bitte‹ gesagt. Was meinst du? Sollten wir ihm erlauben weiterzugehen, da er doch so ein höflicher Schwarzer ist?«

»Vielleicht sollten wir ihn darum betteln lassen. Damit er uns den nötigen Respekt erweist.«

Der andere lachte und verpasste Darcy einen Stoß gegen die Schulter. »Hast du nicht gehört, Schwarzer? Auf die Knie mit dir.«

Darcy war von dem Schubs ein wenig zurückgetaumelt, fing sich aber sofort wieder und trat einen Schritt vor. Er würde nicht betteln, und er würde auch keinen anderen Weg nehmen. Eher würde er die beiden ungehobelten Weißen beiseitestoßen. Der größere Mann war schnell, obwohl er so massig war. Zweimal traf er Darcy mit seinen riesigen Fäusten so hart an der Schulter, dass der auf dem Hintern landete.

Im Nu war Darcy wieder auf den Füßen und knallte seinem Angreifer eine Faust gegen die Kinnlade. Dessen Kumpel ging in Angriffsposition, fand sich aber nach einem Rückhandschlag ins Gesicht der Länge nach auf dem Boden wieder. Er blieb jedoch nicht lange liegen, da sein Kamerad ihn rasch auf die Beine zog. Nun umkreisten sie Darcy, zwei gegen einen, mit vor Hass sprühenden Augen.

Darcy duckte den ersten Schlag ab und hielt seine Fäuste in Verteidigungsstellung. Mann gegen Mann würde er jeden von ihnen in einem sauberen Kampf besiegen. Ihr Gesichtsausdruck sagte ihm jedoch, dass beide nicht vorhatten, fair zu kämpfen. Also würde er vermutlich heftige Prügel einstecken müssen, bevor er gewann. Aber gewinnen würde er. Er würde jedes Mal gewinnen, wenn ihn jemand herausforderte.

»Darcy! Darcy! Hör sofort auf.« Mr Boniface kam keuchend auf die drei zugelaufen, Haare und Augenbrauen standen ihm wirr vom Kopf. Er packte Darcy am Arm. »Was hast du dir denn dabei gedacht?« Dann sah er Darcys Peiniger mit seinem strengsten Schulmeistergesicht an. »Ihre beide wart schon immer Unruhestifter. Macht, dass ihr hier wegkommt! Ihr solltet euch schämen.«

Nachdem sich die beiden anderen unter empörtem Gemurmel davongeschlichen hatten, schimpfte er mit seinem Zögling. »Darcy, du Dummkopf! Willst du denn deine Chancen völlig ruinieren? Dein Verhalten muss immer tadellos sein. Auch wenn es unfair sein mag, man wird dich ständig im Auge behalten. Alles, was du tust, muss über jeden Vorwurf erhaben sein.«

Ohne Boney anzublicken, klopfte Darcy sich den Staub von seiner Jacke und seiner Hose. »Die beiden hatten es auf eine Prügelei abgesehen.«

»Das kann ich mir gut vorstellen. Du musst aber lernen, die andere Wange hinzuhalten.«

Da riss Darcy den Kopf hoch. Seine Nasenlöcher waren vor Wut weit aufgerissen. »Ich lasse mich keinen Feigling nennen.«

»Darcy, mein Junge«, sagte Boniface besänftigend, »du wirst schlimmere Schimpfnamen ertragen müssen als das, bevor du ein Examen ablegst. Es wird viele geben, denen es nicht passt, dass du auf der Universität bist. Der Weg, für den du dich entschieden hast, wird kein leichter sein.«

Das wusste Darcy nur zu gut. Er machte sich keine Illusionen darüber, wie sein Leben als Student aussehen würde. Also unterdrückte er seine Wut und erzählte seinem Lehrer von seiner Prüfungsklausur.

Nachdem er die Prüfung hinter sich gebracht hatte, dachte Darcy wieder mehr an Etty. Da dies sein letzter Abend in Melbourne war, beschloss er, sie sich auf der Bühne anzusehen. Am Theater kam er jedoch nicht mal bis zur Kasse. »Schwarzen ist es nicht erlaubt, das Theater zu betreten«, wurde er verächtlich abgewiesen.

Darcy juckte es in den Fäusten, diesem herablassenden Portier, der vermutlich nur eine rudimentäre Schulbildung hatte, das Gesicht zu demolieren. Er erinnerte sich jedoch an Boneys Rat und schob die Hände in die Hosentaschen. Trotzdem war die Wut, die in ihm aufstieg, offenbar an seinem Gesicht abzulesen, denn der Portier streckte abwehrend die Arme aus.

»Jetzt mach bloß keinen Ärger. Geh ganz friedlich, sonst muss ich den Constable da drüben rufen.«

Darcy warf einen Blick über die linke Schulter. Der Constable stand auf der anderen Straßenseite gegen eine Mauer gelehnt da und interessierte sich anscheinend sehr für das, was gerade vor dem Theater passierte. Ohne ein weiteres Wort drehte sich Darcy um und ging.

Doch er kochte vor Wut über diese Ungerechtigkeit. Vielleicht hätte er dem Portier sagen sollen, dass er Henrietta Trevannick kannte, dass sie zusammen aufgewachsen waren. Doch das hätte der ihm wahrscheinlich nicht geglaubt. Auch hätte es wohl nichts genutzt, wenn Etty ihre Freundschaft bestätigt hätte. Es gab eben Orte, die nur für Weiße zugänglich waren.

Da er spürte, dass ihn der Constable immer noch beobachtete, bog Darcy an der nächsten Straßenkreuzung um die Ecke. Als er an der nächsten Ecke noch einmal abbog, fand er sich auf der Rückseite des Theaters wieder. Dort sah er eine Laderampe mit breiten Türen. Daneben war eine Tür von normaler Größe. Alle Türen waren geschlossen. Niemand war zu sehen. Darcy sprang auf die Laderampe und probierte es an der kleinen Tür. Sie ließ sich mühelos öffnen.

Er huschte hinein und zog leise die Tür hinter sich zu. Trotz der schwachen Beleuchtung erkannte Darcy, dass er sich in dem Raum befand, in dem die Kulissen gelagert wurden. Er konnte hören, wie das Orchester sich einspielte. Aus den anderen Geräuschen, die er hörte, den leisen Stimmen, die Anweisungen erteilten, wurde ihm klar, dass er direkt hinter der Bühne sein musste. Ohne jede Mühe bewegte sich Darcy völlig lautlos nach rechts und schlängelte sich zwischen Kulissen hindurch, auf denen Landschaften und Gebäude abgebildet waren. Er suchte nach einem Weg, wie er von der Rückseite der Bühne in den Zuschauerraum gelangen würde. Sein gesunder Menschenverstand sagte ihm, dass es noch eine Tür geben musste.

Er fand die Tür genau in dem Moment, als das Orchester verstummte. Aus dem Publikum kam ebenfalls kein Geräusch. Darcy blieb stehen und lauschte. Dann hörte er, wie das Orchester in voller Lautstärke loslegte. Vor sich hin lächelnd, begann er vorsichtig die Tür aufzuziehen. Da griff eine Hand über seine Schulter und schob die Tür wieder zu.

»Was machst du da? Niemand darf während der Aufführung durch diese Tür.«

Darcy hatte sich zu dem Sprecher umgedreht. Der Mann blinzelte ihn im Halbdunkel an. »Hey! Wer sind Sie überhaupt? Sie sind doch kein Bühnenarbeiter.«

»Nein«, gab Darcy zu und versuchte rasch, die Situation einzuschätzen. Der Mann hatte sich freundlich angehört. Da er das Gefühl hatte, ihm vertrauen zu können, beschloss Darcy, es mit Ehrlichkeit zu versuchen. »Ich bin ein guter Freund von Miss Trevannick. Weil ich zur Hälfte Aborigine bin, bekomme ich keine Eintrittskarte. Ich gebe zu, dass ich versucht habe, mich in den Saal zu schleichen. Ich wollte Etty unbedingt sehen, bevor ich morgen nach Hause fahre.«

Vor Überraschung stieß der Mann einen kaum hörbaren Pfiff aus. »Das muss man sich mal vorstellen. Sie scheinen ja wohl die Wahrheit zu sagen. Es gibt nur etwa drei Leute, die Miss Trevannick mit ihrem Kosenamen anreden. Okay, rein mit Ihnen. Aber Sie sollten zusehen, dass Sie vor der Pause wieder draußen sind.«

Eine Handvoll Leute drehten den Kopf, als sich Darcy durch die Tür schlich. In dem düsteren Licht würden sie nur einen ordentlich angezogenen Mann mit olivfarbener Haut sehen. Mehrere Sitzreihen von der Stelle entfernt, an der er den Theaterraum betreten hatte, fand er einen freien Platz, praktischerweise am Rand. Er hatte sich kaum gesetzt, da ging auch schon der Vorhang auf.

Darcy genoss zwar die Musik und das ganze Schauspiel, wurde aber nicht schlau daraus, worum es in der Oper ging. Selbst wenn die Lieder auf Englisch gesungen worden wären, zweifelte er, dass er die Geschichte verstanden hätte. Nur wegen Etty lohnte es sich, das alles anzusehen. Als bei ihrem Erscheinen auf der Bühne tosender Applaus losbrach, schaute er sich überrascht im Publikum um. Eine noch größere Überraschung für ihn war jedoch, wie Etty reagierte. Unweigerlich musste er an eine Prinzessin denken, die ihre Untertanen grüßte.

Als sie zu singen anfing, herrschte im Publikum absolute Stille. Alle lauschten gebannt. Darcy schluckte einen Kloß im Hals herunter. Unwillkürlich hatte er plötzlich vor Augen, wie sie beide Hand in Hand rußverschmiert von dem Buschfeuer die Straße entlanggingen. Er musste mehrmals blinzeln, um sich wieder auf die Bühne konzentrieren zu können. Nun interessierte es ihn nicht mehr, wovon die Oper handeln könnte. Er sah nur noch Etty, hörte nur noch sie. Und er versuchte vergeblich, in ihr ein winziges Überbleibsel von dem Mädchen zu entdecken, das er sein Leben lang geliebt hatte.

Bevor sich der Vorhang am Ende des ersten Akts vollständig geschlossen hatte, schlüpfte Darcy wieder durch die Tür. Unbemerkt verließ er das Theater auf demselben Weg, den er gekommen war. Er konnte sich das nicht länger ansehen. Etty, seine Etty, lebte jetzt in einer Welt, die er weder kannte noch verstand. Er fühlte sich, als hätte man ihn bis auf den letzten Penny ausgeraubt.

Erst einige Tage später erzählte der Bühnenarbeiter Etty von dem jungen Aborigine, der sich ins Theater geschlichen hatte, um sie singen zu hören. »Ich glaub allerdings nicht, dass er lange geblieben ist. Ich hab ihn nämlich nicht mehr gesehen.«

Etty war sprachlos. Sie hatte nicht einmal gewusst, dass Darcy in Melbourne war. Er hatte sie nicht besucht, sondern sich nur ins Theater geschlichen und war dann, ohne ihr eine Nachricht zu hinterlassen, wieder gegangen. Etty war gekränkt.

Nach zwei Monaten, die ihm wie ein Jahr vorgekommen waren, erhielt Darcy endlich seine Prüfungsergebnisse. Er hatte mit sehr guten Noten bestanden. Den Ergebnissen war ein Brief des Dekans der juristischen Fakultät beigefügt. Was darin stand, ließ Darcy vor Wut toben. Er warf den Brief auf den Fußboden und verließ wortlos das Haus, wobei er die Tür hinter sich zuknallte. Erschrocken und besorgt zugleich hob Jane den Brief auf und las ihn mit zitternden Händen.

Lieber Mr Winton,
ich möchte Ihnen zu den hervorragenden Ergebnissen gratulieren, die Sie bei der Aufnahmeprüfung erzielt haben. Ihre intellektuellen Fähigkeiten müssen die weit verbreitete Ansicht erschüttern, dass Aborigines weniger Verstand haben als Weiße. Allerdings ist mir bekannt, dass Ihr Vater weiß war, was zweifellos Ihre Fähigkeiten erklärt.

Leider muss ich Ihnen jedoch mitteilen, dass Sie keinen Studienplatz an der juristischen Fakultät erhalten werden. Irgendwie ist dem Direktorium zu Ohren gekommen, dass eine Person mit Aborigine-Abstammung an der Prüfung teilgenommen hat. Die Empörung wurde noch größer, als man feststellte, dass Ihre Noten erheblich besser als die des Sohnes von einem der Direktoren waren.

Als Folge dieser Angelegenheit drohte mir der Verlust meiner Stellung als Dekan. Man teilte mir sogar mit, dass meine Beschäftigung in irgendeiner Funktion ernsthaft überdacht werden müsse. Ich habe eine kranke Frau und mehrere Kinder zu versorgen. An die muss ich zuallererst denken.

Sie sind ein junger Mann, der das Leben noch vor sich hat. Ich bin sicher, dass Ihnen noch viele Möglichkeiten offenstehen.

Mit freundlichen Grüßen

…………………………

Lange Zeit starrte Jane auf den Brief, doch statt der Worte sah sie nur noch vor sich, wie ihr Sohn wütend aus dem Haus gestürmt war. Möge Gott ihn davor bewahren, etwas Törichtes zu tun. Da bemerkte sie auf dem Tisch einen zweiten, ungeöffneten Briefumschlag, der in Mr Boniface' Handschrift an Darcy adressiert war. Jane hatte keine Bedenken, ihn zu öffnen.

In dem Brief verhöhnte Mr Boniface die Borniertheit und rassische Unwissenheit angeblich intelligenter Männer. Außerdem erklärte er, er sei bitter enttäuscht von der, wie er es nannte, Feigheit seines Freundes, des Dekans.

Besonders misslich ist die Tatsache, Darcy, dass der kleinere der beiden Rüpel, die Dich nach der Prüfung angepöbelt haben – Du erinnerst Dich ganz bestimmt an ihn –, der Sohn eines der Direktoren ist. Soweit ich weiß, haben seine Noten so gerade für eine Zulassung gereicht.

Ich weiß, wie bitter enttäuscht und wütend Du über diese ganze Ungerechtigkeit sein wirst. Doch auch wenn die Pforten der Universität nun für Dich verschlossen sind, versichere ich Dir, dass ich nach einem anderen Weg suchen werde, wie Du Deinen Traum verwirklichen kannst.

Es gab noch zwei Abschnitte in ähnlichem Tenor, in denen er Darcy beschwor, Geduld zu haben und nichts Unüberlegtes zu tun.

Wie gut er meinen Sohn kennt, dachte Jane. Sie wünschte, Nelson wäre nicht fort, um Schafe zusammenzutreiben. Gerade jetzt würde Darcy mehr denn je die starke leitende Hand eines Vaters brauchen.

Wo auch immer Darcy hingegangen war, um seine Wut abzureagieren, er erzählte nichts darüber, als er pünktlich zum Abendessen nach Hause kam.

»Ich will nicht darüber reden«, erklärte er, noch bevor Jane den Mund aufgemacht hatte.

»Wie du willst, mein Lieber.« Sie stellte einen Teller mit Hammeleintopf vor ihn hin. Es gefiel ihr nicht, dass er so sehr grübelte und so schweigsam war. Deshalb war sie erleichtert, als er nach dem Essen sagte, er würde Louisa besuchen gehen.

Darcys Gesichtsausdruck sagte Louisa sofort, dass irgendetwas fürchterlich schiefgelaufen war. Sie legte ein Tuch um ihre Schultern, dann gingen beide zum Fluss. Der Mond, der gerade groß und golden aufgegangen war, erhellte die Nacht. Louisa stellte keine Fragen. Sie wusste, dass Darcy reden würde, wenn er dazu bereit war.

Erst als sie am Fluss waren, erzählte er ihr alles. Seine Worte klangen so verbittert, dass sie wünschte, sie könnte irgendwie seinen Schmerz lindern.

»Was willst du jetzt machen?«

Er zuckte teilnahmslos mit den Schultern, und seine Worte trieften vor Hohn. »Ich nehme an, ich werde hierbleiben und mein Leben lang dämliche Schafe über die Weiden jagen.«

»Ist das denn so schlimm?« Louisa legte eine Hand auf seinen Arm. »Wir haben ein gutes Leben auf Langsdale, Darcy. Ich hätte nichts dagegen, den Rest meines Lebens hier zu verbringen. Wusstest du schon, dass Onkel Con mir zeigen will, wie man die Geschäftsbücher der Farm führt? Wenn ich gelernt habe, wie das geht, werde ich die gesamte Buchführung hier übernehmen.«

»Das hast du mir schon erzählt. Und ich weiß ja auch, wie sehr du Zahlen magst.«

»Das tue ich. Papa sagt, bei mir muss irgendein Vorfahr wieder durchkommen, da sich keins von meinen Geschwistern auch nur ein bisschen für Mathematik interessiert.«

Darcy trat gegen einen Stein. »Vielleicht kommen bei mir ja auch meine Vorfahren zu sehr durch, und ich sollte besser ein Stammesaborigine werden.«

Louisa zuckte zusammen und nahm ihre Hand von Darcys Arm. »Darcy! Wie kannst du nur so etwas sagen? Das Leben in einem Stamm würde dir überhaupt nicht gefallen, besonders nach dem Leben, das du bisher geführt hast.«

»Und was hat mir das gebracht?«, erwiderte Darcy mit einer Bitterkeit, die Louisa im Herzen wehtat. »Ich werde niemals von den Weißen als Ihresgleichen angesehen werden. Auch wenn mein leiblicher Vater weiß war, sehen die Weißen bei mir immer nur die schwarze Hälfte.«

»Das ist nicht wahr. Nicht alle sind so borniert. Die meisten Leute hier im Bezirk respektieren Nelson und deine Mutter.«

»Die meisten Leute möchten auf gutem Fuß mit den Trevannicks stehen«, sagte er spöttisch.

»Du hörst mir nicht zu, Darcy. Das Wichtigste ist, was für ein Mensch du bist, und nicht deine Hautfarbe. Jeder im Distrikt weiß, dass du ein guter Mensch bist.«

»Ach ja. So was hab ich die Leute auch schon über Nelson sagen gehört. ›Er ist ein guter Kerl für einen Mischling.‹ Was hat so eine Auffassung mit Respekt zu tun? Ich werde es dir sagen. Da gibt es keinen Respekt.«

»Wenn man ein gutes Zuhause hat mit einer Familie und Freunden, die einen lieben, spielt es dann eine Rolle, was der Rest der Welt denkt?«

»Doch, das tut es. Ich möchte wer sein, nicht bloß der clevere Mischling auf Langsdale.« Er tat einen tiefen Seufzer. »Ich wünschte, ich wäre mehr so wie du. Du bist zufrieden mit dem Leben, wie es ist, und willst nicht mehr.«

Bloß dass sie durchaus mehr wollte. Sie wollte, dass Darcy sich in sie verliebte. Sie hatten immer gut miteinander reden können, waren allerbeste Freunde. Nun, wo Etty weit weg war, hoffte sie, dass Darcy allmählich mehr in ihr sehen würde als eine Freundin.

Die nächsten Wochen waren für alle auf Langsdale schwierig. Obwohl jeder Darcy gern ein paar tröstende Worte gesagt hätte, machte das Schneckenhaus, in das er sich offenkundig zurückgezogen hatte, diese Worte unmöglich. Tagsüber arbeitete Darcy, abends aß er schweigsam mit seiner Mutter, nachts verschmähte er die Bequemlichkeit eines Bettes und schlief stattdessen unter freiem Himmel.

Jane ließ ihn gewähren, weil sie wusste, dass Darcy die Verbundenheit mit der Natur suchte, um seine Probleme zu verarbeiten. Sie wünschte nur, sie würde die Gedanken kennen, die ihrem Sohn durch den Kopf gingen. Sie litt genauso sehr wie er, weil sie absolut nichts tun konnte, um ihm zu helfen. Sie hoffte nur, dass die Zeit schnell vergehen würde, bis Nelson wiederkam.

Als Nelson schließlich zurück war, gelang es ihm ebenso wenig wie allen anderen, Darcy dazu zu bringen, über seine Enttäuschung zu reden.

»Der Junge muss eine Weile von hier fort«, sagte er zu Con Trevannick. »Ich würde ihn ja irgendwo hinschicken, wenn mich sein Gemütszustand nicht so beunruhigen würde. Seine Mutter ist außer sich vor Sorge.«

»Wir alle machen uns Sorgen um ihn, Nelson. Im Nachhinein betrachtet wäre es wohl besser gewesen, wenn man nie zugelassen hätte, dass er sich irgendwelche Illusionen bezüglich der Universität machte.«

»Das sehe ich auch so, und ich muss zugeben, dass Jane und ich von Anfang an Bedenken bei dieser ganzen Sache hatten. Doch Darcy wollte nicht auf uns hören. Er hat einen ziemlich starken Willen, wenn er sich etwas in den Kopf gesetzt hat.«

»Wir müssen Darcy dazu kriegen, dass er sich mit etwas anderem beschäftigt. Ich bin ganz Ihrer Meinung, dass es dem Jungen guttun würde, wenn er eine Weile von Langsdale wegkäme. Ich möchte Ihnen einen Vorschlag unterbreiten.«

»Schießen Sie los, Boss.«

»Ich trage mich seit einigen Monaten mit dem Gedanken, eine weitere Farm zu erwerben. Es gibt zwei Objekte, an denen ich interessiert bin. Das eine ist in der Nähe von Swan Hill, das andere, ob Sie es glauben oder nicht, ist Riverview.«

Nelson zog erstaunt die Augenbrauen hoch. »Riverview, ach ja? Es ist also wieder auf dem Markt?«

»Es wird schon seit einigen Monaten angeboten. Anscheinend will es niemand kaufen. Ich frage mich warum. Nach allem, was Sie mir über Riverview erzählt haben, war das doch ein florierender landwirtschaftlicher Betrieb.«

»Das war es zweifellos, als die Wintons es verkauft haben. Was haben Sie sich denn überlegt, Boss?«, fragte Nelson, obwohl er ziemlich genau ahnte, was Con vorschlagen würde.

»Larry und ich werden uns das Anwesen in der Nähe von Swan Hill ansehen. Dieses Objekt interessiert mich am meisten. Ich bin allerdings neugierig, was mit Riverview los ist. Wenn der Betrieb heruntergewirtschaftet ist, sollte man über den Preis verhandeln können. Ich schlage vor, Sie fahren nach Riverview und nehmen Darcy mit.«

Nelson dachte über den Vorschlag nach. »Darcy hat mehrfach gesagt, dass er sich manchmal fragt, wie es jetzt dort aussehen mag. Jane würde vielleicht auch gerne mitkommen.«

»Ja, ihr solltet alle drei fahren. Seht die Fahrt als Urlaub an.«

»Wie lange könnten wir denn von Langsdale fortbleiben? Ich schätze, wir brauchen mindestens fünf bis sechs Wochen für die Reise.«

»Lassen Sie sich ruhig noch mehr Zeit, wenn Sie möchten. Wie ich bereits sagte, bin ich eher am Erwerb des Objekts in Swan Hill interessiert. Der Hauptzweck eurer Reise besteht darin, Darcys Lebensgeister wieder zu wecken.«

Als Nelson Jane von dem Vorschlag erzählte, war sie sofort

begeistert. »Ich würde sehr gern mein altes Zuhause wiedersehen. Obwohl wir nun schon so viele Jahre auf Langsdale leben, wird Riverview immer einen besonderen Platz in meinem Herzen haben. Schließlich bin ich dort aufgewachsen.«

Darcy zeigte zum ersten Mal einen Funken Begeisterung, seit die Briefe angekommen waren. Er erzählte Louisa, dass er sich auf die Reise freue.

»Ich bin froh, von hier fortzukommen. Ich kann es nicht ertragen, dass jeder von meinem Misserfolg weiß. Selbst in der Stadt haben mich neulich ein paar Leute überheblich angegrinst. Ich glaube, dass man mittlerweile in der ganzen Gegend weiß, dass ich versucht habe, auf die Universität zu kommen. Jetzt hasse ich es, hier zu leben. Ich will irgendwo sein, wo niemand etwas über mich weiß.«

»Aber du fährst nur auf Besuch dorthin, Darcy. Du kommst doch zurück?«

»Vielleicht nicht. Vielleicht bleibe ich da.«

»Oh, Darcy. Bitte sage nicht, dass du nicht zurückkommst. Etty ist fortgegangen, und nun gehst auch du noch. Ich hätte mir nie vorstellen können, dass wir vier eines Tages getrennt sein würden.«

»Ruan wird Ende des Jahres endgültig nach Hause kommen. Dann hast du immer noch ihn als Gesellschaft.«

»Ich hoffe jedenfalls sehr, dass du vor Weihnachten wieder da bist. Denn dann ist auch Etty zu Hause, und wir werden wieder zu viert sein.«

Doch Darcy antwortete nicht. Er konnte Louisa nicht sagen, dass er Etty nicht sehen wollte. Weil sie nicht mehr Etty war. Sie war jetzt die umjubelte und gefeierte Henrietta Trevannick.

Nelson, Jane und Darcy fuhren von Echuca aus mit dem Raddampfer. Sie waren enttäuscht, dass weder Hal Collins und Selena mit der *River Maid* noch Captain Trevannick mit der *Lady Jane* an der Anlegestelle gestanden hatten. Nun fuhren sie mit der *River Princess*, dem neuesten und insgesamt dritten Dampfer in Hals kleiner Flotte.

Im Verlauf der Reise auf dem Fluss beobachteten Nelson und Jane erfreut, dass Darcys innere Anspannung nachließ. Allmählich wurde er lockerer und gesprächiger. Worüber er jedoch nie redete, war seine Ablehnung durch die Universität Melbourne. Auch Jane und Nelson schnitten das Thema nicht an. Falls Darcy je dazu bereit wäre, seine Enttäuschung zu äußern, gäbe es immer noch genügend Zeit für ein ausführliches Gespräch.

Während das Schiff den Fluss hinunterfuhr, ergingen sich die drei häufig in Reminiszenzen an Riverview. »Daran kann ich mich auch erinnern«, rief Darcy manchmal ganz aufgeregt, wenn seine Mutter oder Nelson eine Geschichte erzählten. Als die *River Princess* an dem uralten Eukalyptusbaum vorbeifuhr, der die Grundstücksgrenze von Riverview markierte, wurden Jane und Darcy immer kribbeliger und ungeduldiger. Nelson, der nur kurze Zeit auf Riverview gewesen war, empfand eher Neugier.

Alle drei waren jedoch schockiert von dem Anblick, der sie erwartete, als sie auf Riverview ankamen. Sowie sie das Ufer betreten hatten und von dort den Pfad zu dem höher gelegenen Farmhaus hinaufgingen, konnten sie sehen, wie verwahrlost alles war. Der hübsche Garten vor dem Haus existierte nicht mehr, der einstmals grüne Rasen bestand nur noch aus Dreck und Unkraut. An den Fenstern hingen schmutzige, zerlumpte Gardinen. Sämtliche umliegenden Gebäude sahen dringend reparaturbedürftig aus.

Niemand tauchte auf, um sich zu erkundigen, was sie hierher führte. Auch Nelsons lautes Klopfen an der Haustür brachte keine Reaktion.

Jane schaute sich ratlos um. »Es scheint niemand da zu sein.«

»Vielleicht sind sie unterwegs, um Schafe zusammenzutreiben oder Zäune zu ziehen«, meinte Darcy, runzelte aber ebenfalls die Stirn.

»Ich weiß nicht. Man sollte doch meinen, dass trotzdem jemand auf der Farm ist. Lasst uns mal hinters Haus gehen. Ich möchte gern wissen, was hier passiert ist. Es hat den Anschein, als wäre die Farm aufgegeben worden.«

»Mir ist zum Heulen zumute«, sagte Jane. »Mama und Papa wären ganz traurig, wenn sie das Haus, das sie aus dem Nichts aufgebaut haben, in einem solchen Zustand sähen.«

Sie konnte sich noch gut erinnern, wie sich die Wintons auf unberührtem Land niedergelassen hatten, an die Jahre harter Arbeit, an die ersten primitiven Rindenhütten und Zelte, dann das Blockhaus und schließlich das stattliche Farmhaus. Jane war von Anfang an bei ihnen gewesen, ein halb verhungertes Aborigine-Mädchen, das zusammen mit seiner Mutter von diesen seltsamen weißen Menschen gerettet worden war. Anne Winton hatte sie von Anfang an wie eine Schwester behandelt, ihr den Namen Jane gegeben und darauf bestanden, dass sie beide in einem Zimmer schliefen. Als Janes leibliche Mutter starb, wurden Mary und Charles Winton in jeglicher Hinsicht ihre Eltern.

Nelson klopfte gerade erfolglos an die Hintertür, da hörten sie hinter sich eine laute Stimme.

»Das nützt nichts, wenn Sie klopfen. Der alte Knabe hört Sie nicht.«

»Oh, tut mir leid. Ist er taub?«, fragte Nelson.

»Taub und blind für alles um sich herum. Der ist sturzbetrunken. So geht das schon, solange ich hier bin.«

»Und wie lange sind Sie schon hier?«

»Seit vier Monaten, und ich halt es nicht mehr lange aus. Die meisten Burschen sind schon weg. Wir sind nur noch zu zweit. Wir bleiben bloß hier, um aufzupassen, dass der alte Knabe sich nicht zu Tode säuft. Oder um ihn anständig zu begraben, wenn er's doch tut. Seid ihr hier, weil ihr Arbeit sucht, oder was?«

So wie der Mann sie nun ansah, hatte er anscheinend gerade erst bemerkt, dass sie Aborigines waren. Allerdings wirkte er eher neugierig als herablassend.

»Wir haben vor etlichen Jahren hier gelebt, als Riverview das Anwesen der Wintons war«, erklärte Nelson. »Gehört es immer noch den Leuten, die es damals gekauft haben?«

»Keine Ahnung. Der alte Knabe heißt Randall.«

Nelson nickte. »So hießen die Leute. Ich hab ihn damals kennengelernt. Ich hab ihn für einen guten Mann gehalten, der das Anwesen in Ordnung halten würde. Was ist passiert?«

Der Mann zuckte mit den Schultern. »Ich kann Ihnen nur sagen, was man mir erzählt hat. Möchtet ihr 'ne Tasse Tee? Kommt mit in die Küche, ich mach welchen. Es gibt auch noch 'ne Dose Kekse.«

Sie folgten dem Mann in die Küche. Jane blickte sich voller Entsetzen in dem verdreckten Raum um, der einst Mary Wintons ganzer Stolz gewesen war. Ihr schauderte bei dem Gedanken, in welchem Zustand der Rest des Hauses sein mochte, und sie konnte nur mühsam die Tränen zurückhalten. Darcys Gesichtsausdruck sagte ihr, dass er ähnliche Gedanken hatte, obwohl er erst vier gewesen war, als sie Riverview verlassen hatten.

Der Mann stellte eine Keksdose auf den kahlen Tisch und brühte einen Kessel Tee auf.

»Ich weiß nur vom Hörensagen, was sich hier abgespielt hat. Wie ich bereits sagte, bin ich erst seit ein paar Monaten hier. Ich bin auf einem Flussschiff hergekommen, weil ich Arbeit suchte. Wenn ich auch nur einen Funken Verstand gehabt hätte, wäre ich wohl weitergefahren.«

Er hielt inne und starrte sinnierend auf die Keksdose, als würde er in Gedanken noch einmal seine Entscheidung bedauern.

»Wie dem auch sei, ich bin geblieben. An dem Tag, an dem ich ankam, war der alte Randall relativ nüchtern. Man hat mir erzählt, dass seine Frau vor einigen Jahren mit einem anderen Mann nach Sydney abgehauen ist. Da hat Randall angefangen zu trinken. Angeblich war es am Anfang nicht so schlimm. Er ist zumindest tagsüber nüchtern geblieben, sodass er den Betrieb halbwegs in Schwung hielt. Doch dann hat er allmählich das Interesse daran verloren, und die Trinkerei wurde immer schlimmer.«

»Ich hab gedacht, er hätte Kinder ... zwei Söhne und eine Tochter«, sagte Nelson. »Ist denn die ganze Familie fortgegangen?«

»Die Mutter hat anscheinend die Tochter mitgenommen, und der jüngere Sohn ist ihnen einige Monate später gefolgt. Ich glaube, der ältere Sohn war gerade zu Besuch bei seinen Großeltern in England oder so. Jedenfalls, als er zurückkam und sah, was hier los war, hat er seinen Vater irgendwie dazu gekriegt, ihm das Anwesen zu überschreiben, und dann hat er es sofort zum Verkauf angeboten.«

»Wie lange ist das jetzt her?«

»Ungefähr sechs Monate. Könnte aber auch länger sein. Auf jeden Fall, bevor ich hierherkam.«

»Dieser Sohn hat doch wohl seinen Vater nicht im Stich gelassen?«, fragte Jane besorgt. »Wenn er Riverview verkauft, muss er ja eine andere Bleibe für den alten Herrn gefunden haben.«

Ein weiteres Schulterzucken. »Ich glaub, der Junge und der Alte können sich nicht ausstehen. Allerdings muss man dem Sohn zugutehalten, dass er vor zwei Wochen hier war und versucht hat, seinen Vater zu überreden, dass er mit ihm nach Adelaide geht. Der alte Randall hat sich rundweg geweigert, sich auch nur einen Meter von der Stelle zu rühren. Keine Ahnung, was passiert, wenn Riverview tatsächlich verkauft wird. Und wenn es nicht bald verkauft wird, ist es nichts mehr wert.«

Während sie den Tee tranken, stellte Nelson einige Fragen

über den Zustand des Anwesens und die Anzahl der Schafe, die dort gehalten wurden. Alle Fragen wurden bereitwillig beantwortet, wenn auch Jim, wie er sich inzwischen vorgestellt hatte, immer neugieriger wurde.

»Haben Sie Interesse zu kaufen?«, fragte Jim schließlich. »Nichts für ungut, Kumpel, aber sind Sie denn nicht ein halber Schwarzer? Ich meine, Sie haben doch sicher nicht das Geld dafür, oder?«

»Mein Vater«, antwortete Nelson, »ist ein wohlhabender Mann.« Jim brauchte nicht zu wissen, dass er niemals auch nur einen Penny vom Geld seines Vaters erhalten würde.

»Ah, ich verstehe. Entschuldigen Sie bitte. Ich hab das nicht bös gemeint. Sie möchten sich doch bestimmt mal umsehen.«

»Sehr gerne.« Nelson stand auf. »Komm, Darcy. Was ist mit dir, Jane? Möchtest du auch mitkommen?«

»Nein, ich bleibe in der Nähe des Hauses.«

Als sie alleine war, ging Jane den Hang hinter dem Haus zu Joshuas Grab hinauf. Auch ihm sah man an, dass sich jahrelang niemand darum gekümmert hatte. Jane kniete sich hin und riss das Unkraut aus, das auf dem Grab wucherte. Dann setzte sie sich auf die Fersen und legte die Hände in den Schoß. Sie spürte, wie ihr schwer ums Herz wurde, und begann laut zu reden.

»Es würde dir großen Kummer bereiten, Joshua, wenn du sehen könntest, was aus Riverview geworden ist. Du hast die Farm immer so sehr geliebt. Mama und Papa würden auch sehr traurig sein. Ich bin froh, dass sie dieses Haus, das sie aus dem Nichts aufgebaut haben, niemals in einem solchen Zustand sehen werden.«

Mary und Charles Winton wohnten immer noch in Adelaide in der Nähe ihrer Tochter Anne. Jane und ihre Pflegeeltern schrieben sich zwar regelmäßig, doch seit diese kurz nach Joshuas Tod Riverview verlassen hatten, hatten sie sich nicht mehr gesehen.

»Joshua, du hast mir die *Lady Jane* geschenkt, obwohl ich dieses Geschenk nicht annehmen wollte. Nachdem du gestorben warst, habe ich es nicht über mich gebracht, das Schiff zu behalten. Ich musste mich von allem frei machen, was zwischen uns passiert war. Hal hat mir das Schiff abgekauft, und Con Trevannick hat das Geld für mich angelegt. Er hat gesagt, ich könnte es vielleicht eines Tages brauchen.

Dieser Tag ist jetzt gekommen, Joshua. Ich werde mit dem Geld, das ich durch dich erhalten habe, Riverview zurückkaufen. Nelson, Darcy und ich werden die Farm so wiederherstellen, wie sie früher war. Morgen werden Darcy und ich dein Grab in Ordnung bringen. Ich weiß, dass mein Sohn dich sehr geliebt hat.«

So wie Joshua Darcy geliebt hatte; so wie er erklärt hatte, sie zu lieben.

»Ich glaube, ich hatte angefangen, dich ebenfalls zu lieben, trotz allem, was zwischen uns geschehen war.«

In Gedanken sah sie vor sich, wie Joshua gestorben war; wie sein Versuch, sie zu küssen, die bittere Erinnerung an die Vergewaltigung wieder geweckt hatte; wie die Wucht, mit der sie ihn von sich gestoßen hatte, ihn zu Boden geworfen hatte, direkt neben eine Todesotter. Jahre mussten vergehen, bevor sie sich mit dem Wissen abfinden konnte, dass sie für seinen Tod verantwortlich war.

Für Joshua und für Charles und Mary, die sie wie eine Tochter aufgezogen hatten, würde sie Riverview wieder instand setzen. Auch für Darcy würde sie es tun. Ihr Sohn würde seinen Stolz wiederfinden, wenn er wüsste, dass er eines Tages eine eigene Farm besitzen würde.

Das kleine Problem, dass Aborigines keinen Grundbesitz haben durften, schreckte sie nicht im Geringsten ab. Sie war sich sicher, dass Con Trevannick eine Möglichkeit finden würde, dieses Gesetz zu umgehen.

10

Während die Formalitäten für den Verkauf der Farm abgewickelt wurden, wurde der alte Mann unter minimalem Protest von seinem Sohn fortgebracht. Allerdings war er vom Alkohol so benommen, dass er gar nicht genau mitbekam, was mit ihm geschah. Weder Jane noch Nelson wussten, unter welchem Vorwand man den Alten dazu bewegt hatte, das Haus zu verlassen. Sie machten sich auch keine Gedanken darüber, welcher Kampf dem Sohn bevorstünde, wenn sein Vater schließlich merkte, dass man ihn nach Adelaide in eine Heilanstalt brachte.

Nachdem sie die notwendigen Schritte eingeleitet hatten, um Riverview zu erwerben, waren sie sofort nach Langsdale zurückgekehrt. Die erwarteten Schwierigkeiten blieben aus, da Nelsons Geburt offiziell von seinem weißen Vater angezeigt worden war. Sobald sie sicher wussten, dass Riverview in Kürze ihnen gehören würde, begann Jane, ihr Hab und Gut für den Transport zu packen. Sie würden so bald wie möglich reisen, bevor die sinkenden Wasserpegel den Flussverkehr während der Sommermonate zum Stillstand brachten.

Louisa erzählte Darcy, dass sie vielleicht ebenfalls Langsdale verlassen werde. »Wenn Onkel Con den Zuschlag für das Objekt in Swan Hill erhält, wird mein Vater dort Verwalter, und wir werden alle dort wohnen. Dann ist Ruan der Letzte von uns, der auf Langsdale bleibt.« Louisa seufzte betrübt über das Auseinanderbrechen ihrer engen Freundschaft.

»Wir werden uns schreiben, Louisa. Vielleicht können wir uns auch ab und zu besuchen.«

»Das hoffe ich sehr. Ich werde dich vermissen, Darcy.«

»Ich werde dich auch vermissen.« Und das meinte er ehrlich.

Nelson schätzte, dass es zwei Jahre unermüdliche harte Arbeit kosten würde, bis es auf Riverview wieder ungefähr so aussah wie bei Joshuas Tod. Sobald sie die Farm in Besitz genommen hatten, arbeiteten Nelson, Jane und Darcy vom frühen Morgen bis zum Einbruch der Dunkelheit. Nelson und Darcy waren häufig sogar schon auf den Beinen, noch ehe der Himmel anfing hell zu werden und den neuen Tag ankündigte. Darcy wachte stets auf, wenn der erste Kookaburra, eine Eisvogelart, seine Freude über das baldige Ende der Nacht in die Welt hinauslachte. Sobald die anderen Kookaburras antworteten, stand er auf und zog sich an.

Die kühle sanfte Morgendämmerung war ihm die liebste Tageszeit, kostbare Zeit, in der er völlig allein sein konnte. In diesen Minuten hing er ganz seinen allerpersönlichsten Gedanken nach. Er machte es sich zur Gewohnheit, hinunter zum Fluss zu gehen und sich ans Ufer zu setzen, während die Natur und ihre Geschöpfe erwachten. Von dort beobachtete er, wie das rosafarbene Morgenlicht zwischen den Bäumen am gegenüberliegenden Ufer hindurchspähte und Dunstschwaden wie Geister über dem Wasser aufstiegen.

Er war immer noch verbittert darüber, wie die Universität ihn behandelt hatte, obwohl ihm das auf Riverview weniger zu schaffen machte, als es das auf Langsdale getan hatte. Viel häufiger waren seine Gedanken allerdings bei Etty. Er vermisste sie so sehr, dass es ihm körperlich wehtat. Zutiefst bereute er, dass sie im Streit Abschied genommen hatten. Und manchmal verfluchte er sich, dass er sie in Melbourne nicht besucht hatte. Doch auf diesen Gedanken folgte sogleich die Erinnerung, wie sie vom Publikum verehrt auf der Bühne gestanden hatte, und er fragte sich, worüber sie wohl miteinander reden könnten, falls sie sich je wieder begegneten.

Aber sowohl im Kopf als auch im Herzen wusste er, dass er sie immer lieben würde. Als er eines Morgens merkte, dass er das Lied pfiff, das sie ihm beigebracht hatte, nachdem sie dem Feuer entkommen waren, fuhr er vor Wut über sich selbst auf, zog seine Sachen aus und sprang in den Fluss. Der Schock über das kalte Wasser war so groß, dass ihm jeder Gedanke an Etty sofort verging. Er schwamm quer durch den Fluss, hielt sich am anderen Ufer einige Augenblicke fest, um wieder zu Atem zu kommen, und schwamm zurück.

Frierend, aber erfrischt, trocknete er sich mit seinem Hemd ab und zog dann wieder Hose und Stiefel an. Das Schwimmen im frühen Morgengrauen wurde für ihn außer an extrem kalten Wintertagen und bei starkem Regen zur Routine.

Als größte Schwierigkeit für die neuen Besitzer von Riverview erwies sich die Suche nach Farmarbeitern. Obwohl Jim ursprünglich eingewilligt hatte, noch ein paar Wochen zu bleiben, verließ er die Farm fast sofort, nachdem der alte Mann weggebracht worden war. Ohne seine Gefühle in Worte zu fassen, gelang es ihm dennoch zu verstehen zu geben, dass er nicht vorhatte, für einen Mischling zu arbeiten, auch wenn Nelson besser ausgebildet war als er und ihm intellektuell eindeutig überlegen. Vielleicht war es gerade diese Ungleichheit, dachte Jane insgeheim, die Jim veranlasst hatte zu gehen.

Überall im Land benutzten die Schafzüchter die sehr preiswerte Arbeitskraft der Aborigines, um mit den von ihnen herangezogenen Tieren größeren Profit zu erzielen, und auch Nelson musste bald feststellen, dass er keine andere Wahl hatte. Er machte die verbliebenen Mitglieder der Aborigine-Gruppe ausfindig, die früher auf Riverview gelebt hatte, und hatte das Glück, unter ihnen zwei Männer zu finden, die bereits für Charles Winton als Schäfer gearbeitet hatten.

Außerdem stellte er drei von den jungen Stammesangehörigen ein, die zwar unsicher waren, als sie das erste Mal mit Pferden in Berührung kamen, sich aber schon bald als geborene Reiter erwiesen. Mit der begeisterten Unterstützung dieser jungen Männer machten sich Nelson und Darcy an die riesige Aufgabe, die verwilderten Schafe aus allen Ecken des Grundbesitzes zusammenzutreiben.

Es war ein jämmerlicher Haufen spindeldürrer Tiere, ihr Fell war verfilzt und voller Kletten, die Rücken von Fliegenmaden befallen. Viele waren altersschwach oder krank. Die etwa tausend Schafe – zu Charles Wintons Zeit waren es mehr als doppelt so viele gewesen – wurden in eine große Koppel gebracht und von dort in mehrere kleinere Koppeln getrieben. Die alten und kranken Tiere wurden mit einer Kugel in den Kopf getötet und die Kadaver zu einem Scheiterhaufen aufgetürmt, der am Ende riesig war.

Die Böcke kamen in die kleinste Koppel, wo Nelson später jedes Tier einzeln untersuchen wollte, um festzustellen, ob es als Zuchtbock geeignet war oder im Schlachthaus landen würde. Als Nächstes mussten die Mutterschafe und die Hammel voneinander getrennt werden. Auch von ihnen wurde eine große Anzahl ausgesondert, um nach Adelaide in die Schlachthäuser geschickt zu werden. Am Ende hatte sich die Herde beinah auf die Hälfte reduziert.

Nelson schrieb an Con Trevannick, weil er neue Zuchtböcke und Zuchtschafe kaufen wollte. Er wusste, dass die Merinoschafe auf Langsdale hochwertige Wolle lieferten, und wollte für Riverview den gleichen hohen Standard erreichen.

Während die Männer die Schafe aussortierten und die Nebengebäude reparierten, nahm Jane sich das Innere des Farmhauses vor. Sie stellte zwei junge Aborigine-Mädchen als Hilfe ein und machte sich daran, ihnen beizubringen, wie man ein Haus putzt und wie man Wasser in dem riesigen Kupferkessel in der Waschküche kocht, um dort Haushaltswäsche und Bekleidung zu waschen. Jane behandelte die Mädchen so freundlich, dass sie sich wichtig genommen fühlten, vermied aber im Umgang mit ihnen jegliche Vertraulichkeit. Sie wollte, dass die Mädchen bereitwillig arbeiteten, ihr gehorchten und sie respektierten.

Eines der Mädchen, die Jane ins Haus genommen hatte, war ungefähr zwölf Jahre alt. Die andere war ein paar Jahre älter, entwickelte sich langsam zur Frau und war einem der Stammesältesten versprochen. Ihr Name war Dalkira. Nach einem Gewitter hatte sie einmal auf den großen Regenbogen gezeigt, um zu erklären, was ihr Name bedeutete. Obwohl so schön wie der Regenbogen, nach dem sie benannt war, war sie keineswegs ein sanftmütiges und fügsames Wesen. Sie hatte vor Langem beschlossen, dass sie weglaufen würde, bevor der alte Mann sie zu seiner Frau machen konnte. Doch nachdem sie den Sohn der Missus gesehen hatte, entwickelte sie allmählich andere Ideen.

Ein Bad zu nehmen hatte für die beiden Mädchen bisher immer nur bedeutet, nackt in einem Fluss oder einem Wasserloch zu schwimmen. Als man ihnen sagte, sie sollten heißes Wasser aus dem Kupferkessel holen und damit die große Badewanne füllen, ahnten sie nicht, dass man sie zwingen würde, nacheinander dort hineinzuklettern, damit die Missus sie am ganzen Körper schrubben und ihnen die wirren schwarzen Locken einseifen und ausspülen konnte.

Yarea, das jüngere Mädchen, erhob ein lautes Protestgeschrei, als Jane anfing, ihr die Haare einzuseifen. Am Ende der Badeprozedur schluchzte sie nur noch leise vor sich hin. Als Dalkira aufgefordert wurde, in die Wanne zu steigen, tat sie das ohne Protest. Wenn diese seltsame Säuberungsmethode dafür sorgte, dass sie mehr wie die Missus aussah, war sie bereit, sich zu fügen, auch wenn es ihr keinen Spaß machte.

Nach dem Bad erhielten sie formlose Kleider aus dunkelblauem Stoff, die sie vom Hals bis zu den Knöcheln und von der Schulter bis zu den Handgelenken bedeckten. Die Missus gab jedem Mädchen einen Kamm und erklärte, wie man ihn benutzte. Mit Hilfe von Zeichensprache gab sie ihnen zu verstehen, dass sie sich von nun an immer so anziehen sollten und dass das Baden eine regelmäßige Einrichtung würde.

Da Dalkira erkannte, dass sie als Hausangestellte am ehesten vor dem alten Mann in Sicherheit war, gab sie sich große Mühe, das Wohlwollen der Missus zu erlangen. Aufgeweckt, wie sie war, beherrschte sie rasch ein einfaches Englisch. Nachdem sie den anfänglichen Schock über die aufgezwungene Sauberkeit überwunden hatte, stellte sie fest, dass es ihr gefiel, sauberes glänzendes Haar zu haben und eine Haut, die nach Seife roch. Und als sie Darcy sah, stellte sie fest, dass er ihr ebenfalls gefiel.

Letzteres passierte allerdings erst, nachdem sie schon einige Wochen im Farmhaus arbeitete. Darcy war mit den erfahrenen Aborigine-Schäfern unterwegs gewesen, um in den entlegensten Ecken des Grundbesitzes nach streunenden Schafen zu suchen. Er kam müde und euphorisch zugleich nach Hause. Die Niedergeschlagenheit, unter der er seit der Ablehnung durch die Universität gelitten hatte, war durch die vielen anderen Dinge, die seine Aufmerksamkeit forderten, verdrängt worden.

Dalkira hängte gerade Wäsche auf, als Darcy von den Stallungen herüberkam. Als er Hallo sagte und neben der Wäscheleine stehen blieb, senkte sie scheu den Blick, doch ihr Körper begann zu beben.

»Wie heißt du?«

»Dalkira«, antwortete sie und warf ihm einen Blick aus den Augenwinkeln zu.

»Arbeitest du gerne hier?« Als er sah, wie sie fragend die Stirn runzelte, wechselte er in die Pidgin-Sprache über und stellte die Frage erneut.

Dalkira nickte, weil sie vor Schüchternheit immer noch keinen Ton herausbrachte. Sie musste mehr üben, dachte sie, um die Sprache dieser Neuankömmlinge zu lernen. Sie sahen wie ihre Leute aus, sprachen und lebten aber wie die Weißen. Dalkira glaubte, sie würde gerne so sein wie sie. In dem großen Haus zu leben, obwohl es in vieler Hinsicht immer noch ungewohnt war, war so viel bequemer als ihr bisheriges Stammesleben. Und der junge Mann, dessen Haut heller war als ihre, gefiel ihr sehr.

Wenn Darcy in der Nähe war, ließ sie ihn nie aus den Augen, auch wenn sie darauf achtete, dass Yarea und die Missus nichts davon mitbekamen. Wenn er an ihr vorbeikam, sagte er immer Hallo. Er redete zwar auch mit Yarea, aber die war ja noch ein Kind und stellte somit keine Bedrohung für Dalkiras Ambitionen dar.

Als sie eines Morgens besonders früh aufgestanden war, sah Dalkira zufällig, wie Darcy zum Fluss ging. Sie folgte ihm mit ihrer angeborenen Lautlosigkeit. Hinter einem hohen Busch versteckt beobachtete sie, wie er sich auszog, bevor er in den Fluss sprang. In dem kurzen Moment, in dem sie ihn in seiner ganzen Nacktheit sehen konnte, stockte ihr der Atem. Sein Körper war ebenmäßig und stark. Schwarzes lockiges Haar umgab sein Geschlecht.

Plötzlich spürte sie ein Kribbeln zwischen den Beinen, als ob sie pinkeln müsste. Sie zog ihr Kleid hoch und hockte sich hin, um Wasser zu lassen. Doch davon ging das Kribbeln nicht weg. Erst als sie sich streichelte, verschwand das Kribbeln. An seine Stelle trat ein völlig anderes Gefühl, ein Gefühl, das Dalkira gefiel. Während sie Darcy beim Schwimmen beobachtete, streichelte sie sich sanft immer weiter, was ihr großes Vergnügen bereitete. Nun verstand sie, was mit ihr los war.

Als Darcy aus dem Wasser kam, sah es so aus, als würde er direkt zu ihrem Versteck blicken. Ihre Hand verharrte in der Bewegung, und sie hielt die Luft an, bis er anfing, sich abzutrocknen. Dann huschte sie völlig lautlos davon und kehrte unbemerkt ins Haus zurück. Doch das Kribbeln zwischen ihren Beinen hielt fast den ganzen Tag an. Dalkira fing an, davon zu träumen, dass sie mit Darcy so zusammenliegen würde, wie sie es mit dem alten Mann tun müsste, dem sie als Ehefrau versprochen war. Bloß dass sie sich umbringen würde, bevor der alte Mann sie zur Frau nahm.

Mehrere Tage lang stand Dalkira früh auf, um Darcy beim Schwimmen zu beobachten und sich an seiner Nacktheit zu erfreuen, bis eines Morgens Yarea, die neugierig geworden war, ihr zum Fluss folgte. Das jüngere Mädchen hatte noch nicht gelernt, wie man sich lautlos bewegt, außerdem rechnete sie nicht damit, dass Dalkira sich verstecken würde. Darcy hörte sie näher kommen, bevor er sie sah. Er trat gerade in der Mitte des Flusses Wasser. Sie war mehr überrascht, ihn zu sehen, als er sie.

»Geh zurück zum Haus, Yarea«, rief er ihr zu.

Das Mädchen blickte mit erstauntem Gesichtsausdruck um sich. »Massa tun sehen Dalkira?«

»Dalkira nicht hier am Fluss. Du gehst zurück zum Haus. Jetzt.«

Yarea wandte sich ab. Darcy beobachtete sie, bis sie das hohe Ufer erreicht hatte und nicht mehr zu sehen war. Also hab ich mir das doch nicht eingebildet, dachte er. Einige Male hatte er das Gefühl gehabt, dass er beobachtet wurde, hatte aber die Idee stets als töricht abgetan. Mit gemächlichen Zügen schwamm er zurück ans Ufer. Er wandte sich zum Fluss hin, während er sich abtrocknete und seine Hose anzog. Dass Dalkira ihm tatsächlich nachspioniert hatte, bereitete ihm Unbehagen und verärgerte ihn. Er war entschlossen, ihrer Spioniererei ein Ende zu bereiten.

Allerdings war ihm klar, dass es Zeitverschwendung wäre, sie zur Rede zu stellen, da er keinen wirklichen Beweis hatte. Sie würde einfach jedes Fehlverhalten abstreiten. Auch wollte er nicht das Risiko eingehen, dass seine Mutter vom Verhalten des Mädchens erfuhr. Sie war ein gutes Hausmädchen, willig und lächelte immer, im Gegensatz zu Yarea, die manchmal sehr mürrisch sein konnte.

Dalkira hatte sich sofort zurückgezogen, als Yarea sich vom Fluss abwandte. Sie wartete gleich hinter der nächsten Biegung des Pfads, sprang hinter dem Mädchen aus ihrem Versteck hervor und riss es mit einem heftigen Ruck an den Haaren. Vor Schreck und Schmerz schrie Yarea laut auf, verstummte aber sogleich wieder, als sie auf den Boden knallte. Den linken Arm unter dem Rücken verdreht, lag das Mädchen hilflos da. Ihre Augen weiteten sich angstvoll, als sie den Ausdruck in Dalkiras Gesicht sah.

»Du kleine Petze, du bist mir gefolgt«, herrschte sie das Mädchen in ihrer Sprache an. »Wenn du der Missus oder sonst jemand was sagst, wird es dir leidtun. Hast du das verstanden?« Sie verlieh der Frage noch mehr Nachdruck, indem sie der Jüngeren in die Rippen trat.

Yarea wimmerte, nickte aber gleichzeitig energisch. Sie wagte nicht, sich zu bewegen, bis Dalkira sich davonschlich. Dann richtete sie sich langsam auf und rieb sich den Arm, der verdreht unter ihr gelegen hatte und jetzt furchtbar wehtat. Ihre Seite schmerzte ebenfalls. Noch schlimmer war jedoch, dass das Kleid, das sie heute Morgen sauber angezogen hatte, schmutzig war. Es musste während der Nacht stark geregnet haben, denn der Boden war schlammig. Wie sollte sie der Missus den Dreck auf ihrem Kleid erklären? Die Lösung kam ihr, als sie sich von hinten dem Farmhaus näherte.

Zwischen dem Haus und dem Abort, den die Mädchen benutzten – ein Loch im Boden mit Sackleinen als Sichtschutz –, war ein kleines matschiges Stück Erde. Yarea ging schnurstracks in den Abort und wartete dort, bis die Missus nach ihr rief. Daraufhin lief sie über den Hof und sorgte dafür, dass sie auf dem matschigen Stück ausrutschte und auf die linke Seite fiel. Leider stürzte sie heftiger, als sie gewollt hatte, sodass die Tränen, die sie wimmernd vergoss, als sie zum Haus humpelte, echt waren.

Nachdem die Missus sie sanft wegen ihrer Achtlosigkeit gescholten hatte, forderte sie sie auf, das andere Kleid anzuziehen, das zum Waschen beiseitegelegt worden war. Yarea machte das nichts aus, weil sie eh nicht verstand, warum sie alle paar Tage ihre Kleider wechseln mussten, egal ob sie schmutzig aussahen oder nicht. Sie hätte ohne Weiteres tagein, tagaus dasselbe Kleid getragen. An dem kochenden Kupferkessel zu stehen und die Wäsche mit zwei Stöcken ständig hochzuheben und wieder einzutauchen war die Aufgabe, die sie am wenigsten mochte.

Als Dalkira allein zum Wäschewaschen geschickt wurde – die Missus hatte Yarea gesagt, sie solle für den Rest des Tages ihren Arm ausruhen –, freute sich Yarea insgeheim diebisch über den Verdruss des älteren Mädchens. Wenn sie noch ein bis zwei Tage so tun könnte, als schmerzte ihr Arm immer noch, würde Dalkira all die schwere Arbeit allein machen müssen. Yarea fand das nur gerecht.

Am nächsten Morgen schüttelte Dalkira Yarea wach. Nur für den Fall, dass das jüngere Mädchen es vergessen haben sollte, warnte sie es erneut, was passieren würde, wenn es wagte, ihr zu folgen. Yarea hatte gar nicht die Absicht, ihr zu folgen. Im Nachhinein hatte sie sehr schnell durchschaut, was Dalkira jeden Morgen tat, da ihr schon viele Male aufgefallen war, wie diese den Sohn der Missus beobachtete. Yarea wusste nicht, ob Dalkira bei dem Sohn lag. Eigentlich interessierte sie das auch nicht, abgesehen von der Macht, die ihr dieses Wissen über Dalkira gab. Sie wusste, dass der alte Bunoo Dalkira immer noch heiraten wollte. Wenn Dalkira zu frech wurde, wusste Yarea nun, wie sie sie in ihre Schranken weisen konnte.

Darcy hatte ebenfalls einen Plan, wie *er* Dalkira in ihre Schranken weisen konnte. Am nächsten Morgen ging er wie gewohnt schwimmen. Doch statt den Fluss zu durchqueren, schwamm er flussabwärts, wie er es schon einige Male gemacht hatte. Hinter einer leichten Biegung war er für jeden eventuellen Beobachter nicht mehr zu sehen. Er kletterte ans Ufer, zog die Hose an, die er in der Nacht dort hingelegt hatte, und ging am Ufer zurück. Barfuß und völlig lautlos schlich er sich an Dalkira heran, die durch die auseinandergedrückten Zweige des Busches spähte, hinter dem sie sich versteckt hatte. Zweifellos wartete sie darauf, dass er zurückgeschwommen käme.

»Ich bin hier«, sagte er. Er war so verärgert, dass er sich nicht die Mühe machte, die Pidginsprache zu benutzen.

Keuchend fuhr sie herum. Ihr anfänglich erschrockener Gesichtsausdruck verwandelte sich rasch in ein listiges Lächeln. Nun, wo Darcy wusste, dass sie ihn beobachtete, würde sie ihm zeigen, wie sehr sie ihn mochte. Sie packte ihr Kleid mit beiden Händen, um es hochzuziehen und ihm zu zeigen, wo es bei ihr kribbelte. Wenn er ihre Scham sah, würde er ganz bestimmt bei ihr liegen wollen.

Doch stattdessen packte er ihre Hände und hielt sie fest. In seinem durchdringenden Blick lag kein Funken Verlangen. Einen Moment lang hatte sie Angst, weil sie wusste, dass sie einen großen Fehler gemacht hatte. Seine Worte klangen rau und barsch.

»Geh zurück an die Arbeit, Dalkira. Wenn du so etwas noch

einmal tust, wirst du zu deinem Stamm zurückgeschickt. Das Gleiche wird passieren, wenn ich dich noch einmal erwische, wie du mich beobachtest.«

Als er ihre Hände losließ, floh sie. Er wusste, dass sie ihn genau verstanden hatte. Schwer seufzend ging Darcy wieder zum Fluss hinunter, um seine Stiefel und die anderen Sachen zu holen, die er dort ausgezogen hatte. Wenn das Mädchen in ihn verknallt war, könnte das ein Problem werden. Er würde sie von nun an genauer im Auge behalten. Nachdem er seine Stiefel angezogen hatte, blieb er noch eine Weile sitzen, starrte auf den Fluss und beobachtete ein Stück Treibholz, das von der trägen Strömung nach Süden getragen wurde.

Mittlerweile war er neunzehn Jahre alt und noch nie mit einer Frau zusammen gewesen. Natürlich hatte er Gefühle, Gefühle, die ihn im Alter von vierzehn Jahren beschämt hatten. Auf ein paar Umwegen hatte er von Nelson erfahren, warum er manchmal hart wurde und ihm das wehtat. Dennoch hatte er bisher nie das Bedürfnis gehabt, seine Gefühle näher mit einer Frau zu erkunden. Fluchend stand er auf. Verdammte Dalkira, sie hatte seine Gedanken in diese Richtung gelenkt. Er hatte jedoch nicht die Absicht, seine Neugier mit einem der Hausmädchen zu befriedigen.

Die Tage wurden kürzer, die Nächte länger, während der Sommer allmählich in den Herbst überging und es schließlich Winter wurde. Zur großen Erleichterung von Jane und Nelson hatte Darcy sich anscheinend mit seiner Situation abgefunden. Er sprach nicht mehr davon, dass er Jura studieren wolle, und zuckte nur unverbindlich mit den Schultern, wenn seine Mutter ihn danach fragte.

»Nichts, was ich sage oder tue, wird irgendetwas ändern, oder?«

Auf diese unstrittig wahre Aussage wusste Jane keine Antwort, nahm aber einfach an, dass ihr Sohn nun zufrieden sei und seinen Traum, Anwalt zu werden, aufgegeben habe. Wie es ihrem Wesen entsprach, fragte sie nie, ob sie die Briefe lesen dürfe, die Darcy immer noch von Mr Boniface erhielt, sondern gab sich mit dem zufrieden, was Darcy ihr über den Inhalt der Briefe erzählte. Was er ihr nicht erzählte, war, dass Mr Boniface weiter nach Möglichkeiten suchte, wie Darcy seinen Traum doch noch verwirklichen könnte.

Während des ganzen Winters hoffte Darcy bei jedem Brief von Boney, dass er ihm die ersehnte Nachricht bringen würde. Er verriet niemandem, wie gespannt er jeden Brief öffnete, noch wie enttäuscht er war, nachdem er ihn gelesen hatte. Zusammen mit Nelson stellte er sich jeden Tag der riesigen Herausforderung, Riverview in seiner einstigen Größe wiederherzustellen. Jede erledigte Aufgabe, so geringfügig sie auch sein mochte, erfüllte ihn mit Zufriedenheit. Er spürte, wie er eine starke Verbundenheit zu diesem Ort entwickelte. Und ihm war klar, dass er eigentlich zufrieden sein sollte. Riverview würde eines Tages ihm gehören. Die Schafe, um die er sich kümmerte, waren nicht der Besitz eines anderen Mannes. Trotzdem war es immer noch sein größter Wunsch, Jura zu studieren.

Als sich der Busch von den Blüten der Mimosen golden färbte und ihr Duft das Nahen des Frühlings ankündigte, hatte Nelson seine Verhandlungen mit Con Trevannick über den Erwerb von zwei Zuchtböcken und zwanzig Zuchtschafen abgeschlossen. Er sprach über seine langfristigen Pläne, während er mit Darcy den Drahtzaun einer neuen Koppel verstärkte.

»Diese Tiere werden der Anfang unserer eigenen hochwertigen Merinozucht sein. Insbesondere die Mutterschafe müssen sicher von den anderen Schafen abgetrennt sein. Ich will nicht, dass meine guten Zuchtschafe von minderwertigen Böcken besprungen werden.«

»Warum sortieren wir die anderen Böcke nicht einfach aus?«, fragte Darcy.

»Wir brauchen Geld, um diese Farm wieder rentabel zu machen. Und um Geld zu verdienen, brauchen wir sowohl Fleischschafe als auch Schafe zum Scheren. Wir werden die Langsdale-Zuchtböcke zu den besten Mutterschafen tun, die wir haben, damit wir neue Lämmer für die Wollproduktion bekommen. Die Lämmer der übrigen Mutterschafe mästen wir für den Metzger zum Schlachten. Das alles ist ein allmählicher Prozess, Darcy. Ich schätze, dass wir in vier bis fünf Jahren das alte Blut herausgezüchtet haben und eine Herde besitzen, die ganz aus hochwertigen Merinoschafen besteht.«

»Wann bekommen wir die Tiere aus Langsdale?«

»Sobald du dich nach Langsdale bequemst und sie hierher holst«, antwortete Nelson grinsend.

»Ich?« Darcy ließ vor Überraschung den Drahtspanner los, zog den Draht nach einer Ermahnung seines Stiefvaters aber sofort wieder an. »Wann soll ich denn fahren?«

Ihm gefiel die Vorstellung, wieder mal nach Langsdale zu kommen. Vielleicht könnte er in Narrabulla haltmachen und auch Louisa besuchen. Sie hatten sich bereits etliche Briefe geschrieben.

»Du kannst mit dem nächsten Dampfer fahren, der hier hält. Du wirst die Tiere auch mit dem Schiff zurückbringen. Con hat geschrieben, dass Hal Collins einen vierten Raddampfer gekauft hat, der einen Schleppkahn für Vieh hat.«

»Ich hab noch nie von einem Schleppkahn für Vieh gehört.«

»Wenn Hal damit Erfolg hat, wird es schon bald viel mehr davon auf dem Fluss geben.«

Darcy hätte Louisa seinen Besuch gern angekündigt, doch da er mit dem nächsten Dampfer fuhr, würde er eh zusammen mit seinem Brief reisen. Als sich herausstellte, dass der nächste Dampfer die *Lady Jane* war, die nur bis Swan Hill fuhr, freute sich Darcy sehr. Er würde sich in Swan Hill ein Pferd mieten und nach Narrabulla reiten. Vielleicht würde er sogar die ganze Strecke bis Langsdale reiten.

11

Louisa sah dem Umzug ihrer Familie auf die neue Farm von Con Trevannick in der Nähe von Swan Hill mit gemischten Gefühlen entgegen. Sie hatte gerade angefangen, sich mit dem Gedanken abzufinden, dass Darcy nicht nach Langsdale zurückkehren würde, da erklärte ihr Vater der ganzen Familie, er habe den Posten eines Farmverwalters auf dem neuen Anwesen angenommen.

Langsdale war ihr bisher einziges Zuhause. Und bis auf das eine Mal, als sie beim Besuch des Prinzen in Melbourne war, hatte sie sich nie weiter als nach Ballarat davon entfernt. Sie hatte Angst, ihre vertraute Umgebung zu verlassen, den Ort und die Menschen, die sie ihr Leben lang gekannt hatte, und ins Unbekannte zu ziehen. Ihr einziger winziger Trost war, dass sie an dem neuen Ort näher bei Darcy wäre, auch wenn sie immer noch eine Reise von ungefähr zwölf Tagen trennen würde.

Agnes teilte die Bedenken ihrer Tochter. Sie wollte nicht die Menschen verlassen, die sie liebte, Mrs Clancy, Jane, Meggan. Schon die Vorstellung, für eine Farm verantwortlich zu sein, die ganzen Vorräte zu bestellen und die »Missus« zu sein, bereitete ihr schlaflose Nächte. Als Larry einmal mitten in der Nacht hereinkam und sie in Tränen aufgelöst fand, hatte er seine langen Arme um sie geschlungen. Mit ruhiger Stimme hatte er ihr erklärt, was die neue Stellung für ihn bedeutete und wie sehr sich ihr Leben dadurch verbessern würde. Dann beschrieb er ihr noch einmal das große weitläufige Farmgebäude, in dem genügend Platz war, sodass sich ihre große Familie dort wohlfühlen würde.

Während der Vorbereitungen für den Umzug verbrachte Louisa jeden Tag mit Con Trevannick. Mit den Geschäftsbüchern von Langsdale war sie bereits vertraut, und nun lernte sie, wie sie das Buchhaltungssystem für das neue Anwesen Narrabulla einrichten sollte. Die Verantwortung, die sie dort haben würde, löste in ihr eine Mischung aus Aufregung und Beklommenheit aus. Sie war völlig verblüfft, als Con ihr sagte, dass sie ein eigenes Gehalt bekommen würde, unabhängig von dem ihres Vaters. Der Betrag war sehr viel höher als das, was sie in Langsdale für die Buchführung bekommen hatte.

»Hier in Langsdale warst du nur meine Assistentin, Louisa«, erklärte ihr Con. »In Narrabulla ruht die gesamte Verantwortung für die korrekte und genaue Buchführung auf deinen Schultern. Deshalb wirst du das volle Gehalt eines Buchhalters bekommen.«

»Aber ich bin doch erst siebzehn. Du kannst mich doch nicht wie eine Erwachsene bezahlen.«

»Ich werde dich deiner Arbeit entsprechend bezahlen, meine Liebe. Dein Alter spielt dabei keine Rolle. Ich bin überzeugt, dass du deine Aufgabe gut machst.«

Als sie ihrem Vater von dem Gehalt erzählte, das sie bekommen würde, riet er ihr, ein Bankkonto zu eröffnen. »In Narrabulla wirst du kaum Geld brauchen. Außerdem halte ich es nicht für ratsam, größere Geldbeträge im Haus zu haben. Du kannst bei einer der Banken in Swan Hill ein Konto eröffnen. Dort ist dein Geld sicher und bringt außerdem Zinsen.«

Die Vorstellung, eigenes Geld zu haben, erschien Louisa nur ein schwacher Trost, verglichen mit alldem, was sie zu verlieren glaubte. In den Wochen, in denen sie ihr Hab und Gut zusammenpackten und ihr gemütliches Zuhause sich allmählich in ein seelenloses Cottage verwandelte, vergoss Louisa stille Tränen. Einige wenige Male entdeckte sie auch in den Augen ihrer Mutter Tränen.

»Bist du traurig, dass du von hier fortmusst, Ma? Würdest du auch gern bleiben?«

Agnes kniete auf dem Boden und packte gerade Wäsche in einen Schrankkoffer. Als sie die Frage ihrer Tochter hörte, richtete sie sich auf und setzte sich auf einen Stuhl. »Als ich das letzte Mal mein Zuhause verlassen habe, wollte ich unbedingt fort. Wir waren so arm, und ich musste mich Tag und Nacht um meine Ma kümmern. Ich hab Meggan angefleht, mich mit nach Australien zu nehmen. Als sie ja gesagt hat, wär ich am liebsten nur mit dem, was ich am Leibe hatte, aus dieser Bruchbude gerannt. Und das waren bloß armselige Lumpen.«

»Hattest du wirklich eine so schlimme Kindheit, Ma?« Über die Kindheit ihrer Mutter wusste sie nur, dass ihre Familie arme Kupferbergleute in Cornwall gewesen waren.

»Ach, es ging uns nicht schlechter als allen andern, nachdem Wheal stillgelegt worden war.«

»Wheal?«, fragte Louisa.

»Wheal Pengelly, die Erzgrube, in der mein Pa und meine Brüder und Schwestern alle gearbeitet haben. Das heißt, bis Pa und einer der Jungen in dem Jahr, in dem ich geboren wurde, ums Leben gekommen sind.«

»Warum redest du nie über deine Familie, Ma?« Ihr Vater hatte ihnen viele Geschichten über seine Jugend in Amerika erzählt.

»Als ich nach Australien gekommen bin, habe ich ein neues Leben angefangen. Ich weiß, dass ich keinen von meiner Familie je wiedersehen werde.« Gleichgültig zog sie die Schultern hoch. »Ich weiß nicht mal, ob überhaupt noch einer lebt. Aber das spielt jetzt für mich keine Rolle mehr.«

»Ma! Wie kann dir das nur egal sein? Du hast ein großes Herz, Ma. Und uns hast du doch alle so lieb.«

»Ich bin mit einem guten Ehemann und gesunden Kindern gesegnet. Das Glück hatte meine arme Ma nicht.«

»Wie viele Geschwister hattest du denn?«

»Vier Schwestern und vier Brüder. Das sind nur die, die bis ins Erwachsenenalter gelebt haben. Ma hat vier weitere Kinder begraben und einmal Zwillinge tot geboren. Joan und Mary, die beiden Ältesten, waren bereits erwachsen und verheiratet, bevor ich geboren wurde. Die Einzigen, die mir je nahegestanden haben, waren die Zwillinge Annie und Betty. Wir waren die drei Jüngsten. Alle anderen waren viel älter. Zwei von den Jungen, Jack und Tom, sind auch nach Australien gegangen. Jack habe ich nicht sehr gut gekannt. Tom war … nein, wir reden nicht über Tom.«

»Warum nicht?«, fragte Louisa, die verblüfft einen Anflug von Schmerz im Gesicht ihrer Mutter bemerkte.

Agnes schüttelte den Kopf, als wolle sie ihn von unangenehmen Gedanken befreien. »Das war genug über die Vergangenheit, mein Kind. Wo dein Pa hingeht, gehen auch wir hin. Außerdem gehen wir ja nicht so weit weg, dass wir nicht mal auf Besuch nach Langsdale fahren können.« Agnes stand auf und streckte ihren Rücken. »Mir ist nach einer Tasse Tee mit Mrs Clancy. Kannst du bitte weiter einpacken, Schatz?«

»Ja, Ma.« Louisa hätte allerdings gern noch weitere Fragen gestellt, besonders über den ihr unbekannten Onkel Tom. Aus Gesprächen, die sie zufällig mitbekommen hatte, wusste sie, dass er mal in Ballarat gewesen war.

Doch bei den wenigen Gelegenheiten, wo jemand in ihrer Gegenwart seinen Namen erwähnt hatte, wurde anscheinend immer abrupt das Gesprächsthema gewechselt, sobald die Leute merkten, dass sie zuhörte. Vielleicht hatte dieser Onkel Tom etwas getan, was seiner Familie Schande gebracht hatte. Sie bezweifelte, dass ihre Neugier je gestillt würde. Nun ja, wie dem auch sei – sie zuckte mit den Schultern –, er war wahrscheinlich eh tot, und sie würde ihn sowieso nie kennenlernen.

Mit rasendem Herzklopfen lief Agnes zu Mrs Clancy in die Küche. Louisas Neugier, als sie sich geweigert hatte, über Tom zu sprechen, war unverkennbar gewesen. Bei dem ganzen Gerede über die Familie war ihr der Name dieses Schurken herausgerutscht, obwohl sie sich vor langer Zeit geschworen hatte zu vergessen, dass er überhaupt je existiert hatte.

Mrs Clancy, die Agnes vom Tag ihrer Ankunft auf Langsdale an wie eine Tochter unter ihre Fittiche genommen hatte, fing bereits an, Tee zu kochen, bevor Agnes überhaupt am Küchentisch saß.

»Diese ganze Packerei hat dich offenbar ziemlich erschöpft.«

»Ich hab gar nicht gewusst, dass wir so viele Sachen haben. Louisa …«, kurzes Zögern, »Louisa ist mir eine große Hilfe.«

»Ach so, du bist nicht nur müde, meine Liebe. Hast du ein Problem mit Louisa?«

»Oh, Mrs Clancy. Louisa ist in jeder Hinsicht meine Tochter, auch wenn ich sie nicht im Leib getragen habe. Ich möchte, dass sie nie erfährt, dass sie nicht unser Kind ist. Auch Larry liebt sie wie eine Tochter.«

Mrs Clancy gab Agnes eine Tasse Tee, stellte Zuckerdose und Milchkännchen auf den Tisch und schnalzte dabei mitfühlend mit der Zunge. »Du meine Güte, was ist denn passiert?« Dann nahm sie sich selbst eine Tasse Tee und setzte sich hin. »Du fängst doch nicht etwa an zu weinen?«

Agnes schniefte, wischte sich die Augen mit dem Zeigefinger und schüttelte den Kopf. Dann tat sie sich drei Löffel Zucker in den Tee. Es kümmerte sie nicht, dass Mrs Clancy überrascht die Augenbrauen hochzog. Sie brauchte jetzt unbedingt etwas Süßes.

»Das war gerade albern von mir. Es ist nichts.«

»Hmh. Du kommst doch nicht fast weinend in meine Küche und tust drei Löffel Zucker in deinen Tee, weil nichts ist.«

Agnes musste unfreiwillig lächeln. »Louisa hat mich nach meiner Familie gefragt. Ich hab sie nur selten den Kindern gegenüber erwähnt und immer nur gesagt, dass wir in Cornwall gelebt haben. Heute hat Louisa mir viele Fragen gestellt. Als ich ihr von meinen Brüdern und Schwestern erzählt habe, hab ich in Gedanken wieder das Dorf vor mir gesehen. Da hab ich mich vergessen und Toms Namen ausgesprochen.«

»Aber du hast doch nichts Schlimmes getan, wenn du bloß seinen Namen erwähnt hast.«

Erneut traten Agnes Tränen in die Augen. »Ich will nicht, dass Louisa je erfährt, dass wir sie adoptiert haben. Sie ist eine sanfte Seele, ganz wie ihre Mutter es war. Sie hat allerdings auch die gleiche Willenskraft wie Jenny. Als sie mal gefragt hat, warum sie so blond und hellhäutig ist und weder uns noch ihren Geschwistern ähnlich sieht, haben wir gesagt, das hätte sie von Larrys Familie.«

»Larrys Mutter war Indianerin.« Mrs Clancy runzelte die Stirn.

»Wir mussten Louisa doch einen Grund nennen, weshalb sie so anders aussieht. Larry erinnert sich, dass die Mutter seines Vaters blond war.«

»Nun ja, ich glaube, damit habt ihr keinen Schaden angerichtet. Liebe Agnes, du machst dir unnötig Sorgen.«

Agnes zuckte mit den Schultern. »Vielleicht tue ich das. Als ich Louisa zu mir genommen hab, habe ich mir geschworen, dass sie nie die Wahrheit über ihre Herkunft erfahren soll.«

Schweigend tranken die Frauen ihren Tee. Erst als Mrs Clancy aufstand, um ihre Tassen nachzufüllen, fragte sie: »Was wirst du tun, wenn Louisa eines Tages herausfindet, dass sie adoptiert wurde?«

Agnes sah Mrs Clancy direkt in die Augen. Ihre Stimme klang

umso beschwörender, weil sie so leise sprach. »Ich bete zu Gott, dass meine Tochter niemals die Wahrheit herausfindet, denn wenn sie das tut, wird sie auch die näheren Umstände ihrer Geburt wissen wollen. Und das ist etwas, was meine geliebte Louisa nie von mir erfahren wird.«

Schließlich kam der Tag, an dem die Familie bereit war, Langsdale zu verlassen. Im sanften Frühnebel eines Herbsttags setzte sich der kleine Treck, der winkend von den Trevannicks und dem gesamten Personal verabschiedet wurde, in Bewegung. Ihr Weg würde sie durch die dicht besiedelten Goldgräberstädte Clunes und Avoca führen. Von dort würden sie ihre Reise über die besten Straßen, die sie finden konnten, weiter nach Nordwesten fortsetzen, bis sie Narrabulla erreichten.

Larry, mit Agnes an seiner Seite, lenkte das hohe vierrädrige Fuhrwerk, auf dem ihr gesamtes Hab und Gut verstaut war. Ned Clancy fuhr einen kleineren Wagen, der mit Vorräten beladen war. Die vier ältesten Benedict-Söhne, Jack, Andy, Billy und Joey, die mittlerweile siebzehn, fünfzehn, dreizehn und zwölf Jahre alt waren, ritten ihre eigenen Pferde. Jack führte Louisas Stute am Zügel, während Louisa zusammen mit den Zwillingen May und Matthew in dem kleinen Wagen mitreiste.

Ab und zu stieg Louisa vom Wagen und ritt neben Ruan her, der der Familie helfen sollte, sich in Narrabulla einzurichten. Nach dem anfänglichen Kummer und Schmerz darüber, dass sie den Ort und die Menschen verlassen musste, die sie liebte, begann sie sich nun lebhaft für die Landschaft zu interessieren, durch die sie ritten. Schon am zweiten Tag hatte sie so viel Freude daran, dass sie fast die ganze Zeit mit Ruan und ihren Brüdern ritt.

Von dem Augenblick an, als man ihnen sagte, dass die Familie nach Narrabulla ziehen würde, hatten sich sämtliche Benedict-

Kinder wie verrückt auf das Abenteuer gefreut, mehrere Hundert Meilen durchs Land zu ziehen. Während also die jungen Leute das Reisen genossen, trauerte Agnes den geliebten Menschen nach, die sie hatte verlassen müssen, und fürchtete zugleich das Unbekannte.

Wenn sie nachts neben Larry unter dem Wagen lag, weinte sie oft lautlos vor sich hin. Louisa und die Zwillinge schliefen in der Nähe, während Ned und die Jungen ihr Lager unter dem kleineren Wagen aufgeschlagen hatten. Doch leider flossen Agnes' Tränen nicht immer ganz lautlos. Als sie einmal unabsichtlich schniefte, drehte sich Larry zu ihr um und strich mit seiner vom Arbeiten rauen Hand sanft über ihre Wange.

»Weinst du, Liebes?«, flüsterte er.

Agnes nickte und hickste leise, als ihre Tränen stärker zu fließen begannen. Larry zog ihren Kopf an seine Schulter.

»Wein dich ruhig aus. Ich weiß, wie schwer es dir gefallen ist, Langsdale zu verlassen.«

Agnes schniefte und nickte mit dem Kopf an der Schulter ihres Mannes. »Ich hab Angst, Larry. Ich bin doch immer nur eine arme Bergmannstochter und ein Dienstmädchen gewesen. Ich tu nicht wissen, wie man die Herrin einer Farm ist.«

Larrys Lippen berührten ihr Haar. »Jetzt redest du ja wieder so kornisch«, sagte er mit sanfter, leicht amüsierter Stimme.

»Ich tu das immer, wenn's mir nicht gut geht.«

»Ah, ich weiß da was, wie's dir gleich besser geht.«

»Larry!«, flüsterte sie eindringlich. »Die Kinder sind in der Nähe.« Doch ihre Tränen waren getrocknet, und sie spürte, wie ihr Körper an der Stelle warm wurde, wo ihr Mann sie mit der Hand auf ihrem Po an sich drückte.

»Wir können woanders hingehen«, flüsterte er ihr ins Ohr. »Komm mit.« Er schob die Decke beiseite, stand auf und zog Agnes unter dem Wagen hervor.

Er legte ihr die Decke um die Schultern, und sie stand da und blickte zu den Sternen hinauf, während er sich die Decke nahm, auf der sie gelegen hatten.

»So viele Sterne«, sagte sie staunend, als er sich neben sie stellte und den Arm um ihre Schultern legte. »Ich habe so oft nachts in die Sterne geguckt. Warum scheinen es heute Abend mehr zu sein?«

»Es scheint überhaupt kein Mond, deshalb können wir jeden einzelnen Stern sehen.« Dann schlang er den anderen Arm um sie, und sie legte ihren Kopf an seine Brust. Eine Weile blieben sie so stehen. Agnes betrachtete weiter fasziniert den Nachthimmel, wurde aber von Larry abgelenkt, der zärtlich an ihrem Ohr knabberte.

»Wie gut kannst du sehen?«, fragte er. »Haben sich deine Augen schon an die Dunkelheit gewöhnt?«

Agnes riss ihren Blick vom Sternenhimmel los, sah sich in der Dunkelheit um und blinzelte mehrmals, bis in dem undurchdringlichen Schwarz einzelne Formen schattenhaft zu erkennen waren. »Ja.«

Mit dem Arm um ihre Schulter führte Larry sie vom Camp weg zu dem Buschpfad, auf dem sie gekommen waren. Sie gingen ein kurzes Stück bis zu der Stelle, die Larry zunächst als Lagerplatz ausgeguckt hatte, bis Jack zurückgeritten kam, um ihnen zu sagen, dass weiter vorne noch ein besserer Platz sei.

Unter den strahlenden Sternen, in einer Welt, in der es anscheinend niemand außer ihnen gab, liebten sie sich mit der brennenden Leidenschaft, die sie immer noch füreinander empfanden. Glückselig schlief Agnes sofort danach ein. Sie wurde von Larry geweckt, als die graue Morgendämmerung allmählich heller wurde.

»Wir sollten besser zurückgehen, bevor die Kinder aufwachen.« Er half ihr auf die Beine, nahm sie stürmisch in die

Arme und gab ihr einen langen Kuss. »Miss Agnes, du bist das Beste, das mir je passiert ist. Mein Gott, ich liebe dich, Frau.«

»Ich liebe dich auch.«

»Es wird alles gut werden, Liebes. Wir machen Narrabulla zu unserem Zuhause, zu einem Ort, an dem unsere Kinder erwachsen werden können, einem Ort, den unsere Enkel und Urenkel eines Tages ihr Zuhause nennen werden.«

So herzerwärmend war das Bild, das Larry mit seinen Worten gezeichnet hatte, dass ihr erst am späten Vormittag, als sie schon lange unterwegs waren, einfiel, was daran nicht stimmte. »Narrabulla gehört Mr Trevannick.«

Larry grinste sie neckisch an. »Ich habe vor, es ihm eines Tages abzukaufen. Wir haben bereits darüber geredet. Con weiß, dass ich eine eigene Farm haben möchte.«

»Oh.«

»Oh«, ahmte er sie liebevoll nach. »Gefällt dir die Idee, dass wir ein eigenes Haus besitzen?«

Darüber dachte Agnes keine zehn Sekunden nach. »Ja, die Idee tut mir gut gefallen.«

Larry hatte ausgerechnet, dass sie am späten Vormittag ihres vierten Reisetags in Narrabulla ankommen müssten. Als sie am vierten Tag ihr Lager abbrachen, ritten Ruan, Jack und Andy voraus. Sie wollten als Erste auf der Farm ankommen. Sie redeten gerade mit dem ehemaligen Besitzer und freundeten sich mit den Hunden an, als die Wagen auf den Hof rollten.

Das Haus war erst zu sehen gewesen, als sie aus dem Waldstreifen herauskamen. »Da ist es, Liebes«, hatte Larry gesagt und sie breit angegrinst. »Was hältst du von unserem neuen Haus?«

Agnes hätte sich nicht einmal im Traum ein Haus vorstellen können, das so völlig verschieden war von dem Farmhaus in Langsdale. Auch wenn das Haupthaus dort zweimal erweitert worden war, war es ein ansehnliches Gebäude, das von gut gepflegten Gärten umgeben war. Sie hatte sich vorgestellt, dass ihr neues Haus ähnlich aussehen würde. Das ist ja ein Unterschied wie Tag und Nacht, dachte sie.

Seit das erste Gebäude auf Narrabulla errichtet worden war, hatte man nämlich mehrmals an das Haupthaus angebaut. Jeder angebaute Teil schien aus einem beliebigen Material zu bestehen, vermutlich das, was man gerade zur Verfügung hatte. Jeder Anbau hatte ein eigenes Dach. Unterhalb eines hohen Giebeldachs aus Schindeln fiel ein Metalldach schräg ab, dahinter war ein Dach aus Baumrinde zu erkennen. Wie Larry versprochen hatte, war das Haus ganz gewiss viel größer als das in Langsdale. Doch Agnes fragte sich besorgt, ob wohl innen alles genauso kunterbunt durcheinander war wie außen.

»Wir sind direkt am Fluss, Ma«, rief Jack, »und da steht ein Ruderboot. Damit können wir angeln gehen.« Der Fluss hatte die Jungen bisher am meisten beeindruckt.

»Es gibt noch viel zu tun, bevor ihr angeln gehen könnt«, antwortete Larry. Dann sprang er leichtfüßig von dem hohen Fuhrwerk und ergriff die ausgestreckte Hand des Mannes, der zu ihnen herübergekommen war.

»Hatten Sie eine gute Reise, Mr Benedict?«

»Alles bestens, Mr Rainey.« Er blickte zu seiner Frau hinauf. »Agnes, das ist Mr Rainey, der vorige Besitzer von Narrabulla. Mr Rainey, meine Frau Mrs Benedict.«

»Erfreut, Sie kennenzulernen. Sie haben ja zwei lebhafte Söhne.«

Larry schmunzelte. »Warten Sie nur, bis Sie den Rest kennenlernen«, sagte er und half Agnes vom Wagen herunter. Ned, Louisa und die kleineren Kinder gesellten sich zu ihnen, um ebenfalls vorgestellt zu werden.

»Kommt alle rein. Der Kessel steht auf dem Herd. Wir trinken erst eine Tasse Tee, dann führe ich Mrs Benedict durch das Haus.«

»Könnte ich vielleicht zuerst das Haus sehen?«, fragte Agnes.

»Ja, bitte«, fügte Louisa hinzu, die das Äußere des ausladenden Farmhauses mit ähnlichen Bedenken betrachtete wie ihre Mutter.

»Wie könnte ich die Bitte von zwei so charmanten Damen ablehnen? Also zuerst das Haus.«

Mr Rainey führte sie zur Eingangstür. Diese befand sich in dem ursprünglichen Holzhaus, dessen Dach ein großes Stück über die vordere Außenwand hinausragte. Der Bereich unter dem überstehenden Dach war mit Steinplatten gepflastert, und darauf standen zwei Liegestühle und ein altes Sofa. Vier Töpfe mit roten Geranien sorgten für leuchtende Farbtupfer. Agnes war jedoch mehr beeindruckt von dem Rasen, der sich bis an das hohe Flussufer erstreckte.

»Ach du meine Güte«, rief sie. »Da steht ja ein Gartenhaus.«

Das Verblüffende daran war nicht nur, dass es so etwas hier überhaupt gab, sondern dass diese hübsche, rosa und weiß angestrichene Holzkonstruktion aus schmalen Brettern so gar nicht zu dem großen Haupthaus passte.

»Das habe ich letztes Jahr für meine Frau bauen lassen. Sie werden feststellen, dass es ein sehr angenehmer Ort ist, um sich zu entspannen und den Verkehr auf dem Fluss zu beobachten. Mrs Rainey behauptet, dass sie den Fluss mehr vermissen wird als alles andere. Ganz ehrlich gesagt, wir würden beide lieber nicht nach England zurückkehren.«

Er beendete den Satz mit einem so resignierten Schulterzucken, dass Agnes sich erlaubte, nach dem Grund zu fragen, weshalb sie ein Zuhause verließen, das sie doch offenkundig liebten.

»Ich bin nach Australien gegangen, um ein Vermögen für

meine Söhne zu schaffen, da der Titel meines Vaters und sein Besitz an meinen älteren Bruder gehen würden. James ist jedoch vor zwei Jahren durch einen Sturz vom Pferd zum Krüppel geworden. Er war immer ein sehr aktiver Mann und hasste es, ans Bett oder den Rollstuhl gefesselt zu sein, nicht reiten zu können und sich selbst bei den grundlegendsten Bedürfnissen von Bediensteten helfen lassen zu müssen. Vor sieben Monaten konnte er seine Hilflosigkeit nicht länger ertragen. Durch seinen Tod bin ich zum Erben meines Vaters geworden. Der verlangt nun, dass ich zurückkehre, um meine Pflichten hinsichtlich Titel und Besitz zu erfüllen.«

»Das tut mir sehr leid«, murmelte Agnes, weil sie nicht wusste, was sie sonst sagen sollte.

»Wir müssen akzeptieren, was uns das Leben bringt. Kommen Sie, ich zeige Ihnen jetzt das Haus.«

Das Innere des Hauses überraschte Agnes genauso, wie es das Äußere getan hatte. Nur an geringfügigen Unterschieden in den Deckenhöhen konnte man erkennen, welche Räume später zu dem ursprünglichen Vier-Zimmer-Haus hinzugefügt worden waren. In jedem Zimmer spürte Agnes die Hand einer Frau, die aus einem Haus ein Heim gemacht hatte. Da die Raineys außer ihren persönlichen Dingen nichts mitzunehmen brauchten, hatten sie alles andere für die neuen Bewohner im Haus gelassen.

»Mrs Rainey war sicher sehr traurig, dass sie ihr Haus verlassen musste«, sagte Agnes zu Larry, als Mr Rainey sie einige Minuten alleine ließ. »Ich kann ihre liebevolle Hand in jedem Zimmer erkennen.«

»Glaubst du, dass du dieses Haus auch lieben wirst?«

Als Agnes darauf die Stirn runzelte, war er zunächst beunruhigt. Doch dann fragte sie ihn ganz unsicher, da sie offenbar nicht wusste, wie er reagieren würde: »Hältst du mich für albern, Larry, wenn ich sage, dass ich irgendwie das Gefühl habe, ich gehöre hier hin? Als ob das schon immer unser Zuhause hat sein sollen?«

Statt einer Antwort packte er sie mit seinen kräftigen Armen und hob sie hoch. »Ich liebe dich, Agnes Benedict.«

Sie boxte ihn leicht gegen die Schulter. »Lass mich runter. Mr Rainey könnte jeden Augenblick zurückkommen.«

Larry stellte sie erst wieder auf die Füße, nachdem er ihr einen herzhaften Kuss gegeben hatte. Agnes strich ihre Röcke glatt, brachte ihre Haare mit den Fingern wieder in Ordnung und sah ihren Mann kichernd von der Seite an. Oh ja, sie würden in diesem Haus sehr glücklich werden.

Die Benedict-Kinder machten einen ziemlichen Wirbel um die vielen Schlafzimmer und stritten lang und breit darüber, wer welches Zimmer haben sollte. Louisa bekam zum ersten Mal in ihrem Leben ein eigenes Zimmer. Auf Langsdale hatte sie eins mit den Zwillingen May und Matthew geteilt. Die beiden wollten auf keinen Fall getrennt werden. Da ihre Kindheit eh in wenigen Jahren vorbei sein würde, war Agnes einverstanden. Der Zeitpunkt, wo man sie aus Gründen der Schicklichkeit trennen müsste, würde früh genug kommen. Die vier übrigen Jungen teilten sich zwei Zimmer.

Das Elternschlafzimmer und das Zimmer, das Louisa zugeteilt worden war, lagen in einem Anbau auf einer Seite des ursprünglichen Hauses, die übrigen Schlafzimmer befanden sich in einem Anbau auf der anderen Seite. Die vier Räume des Haupthauses dienten nun als Salon, Esszimmer und Wohnzimmer und als Büro. Dort würde die gesamte Buchführung für die Farm erledigt werden.

Louisa stellte enttäuscht fest, dass in dem Büro nichts von der weiblichen Hand zu spüren war, die die Wohnräume so behaglich gemacht hatte. Dafür hatte es jedoch ein Fenster mit Blick auf den Fluss, der an dieser Stelle gerade einen weiten Bogen machte. Sofort begann sie zu planen, wie man den Raum verschönern könnte. Sie würde ihren Vater fragen, ob man die Wände nicht hellgrün streichen könnte, damit das Zimmer heller wirkte. Dazu noch hübsche Chintzgardinen am Fenster und ein paar Bilder an den Wänden, dann würde es ein angenehmer Arbeitsplatz sein.

Neben der Buchhaltung sollte Louisa die Aufgabe übernehmen, die Zwillinge zu unterrichten. Wenn man den Schreibtisch näher ans Fenster schob, wäre noch genügend Platz für einen Tisch, an dem die Zwillinge während der Unterrichtsstunden sitzen könnten. Mit einem Mal kam sie sich älter und selbstbewusster vor. Statt zweifelnd und unsicher blickte sie plötzlich mit freudiger Erwartung in die Zukunft. An diesem Abend schrieb sie Darcy einen langen Brief, in dem sie ihm alles über die Reise hierher und über ihr neues Zuhause erzählte.

12

Aber ich bin doch längst achtzehn, Mama.« Etty hatte das Gefühl, dass sie rot vor Empörung war. Sie hasste es, sich mit ihrer Mutter zu streiten, doch in diesem Fall war sie entschlossen, nicht nachzugeben. »Du hast gesagt, wenn ich achtzehn bin, würdet ihr mir erlauben, nach Europa zu gehen.«

»Nicht so ganz, meine Liebe. Ich habe gesagt, wir würden dir nicht erlauben fortzugehen, bevor du achtzehn bist.« Meggan sprach mit leiser und ruhiger Stimme in der Hoffnung, dass ihre Tochter sich ebenfalls beruhigen würde.

»Das heißt für mich, dass ihr bereit seid, mich gehen zu lassen, sobald ich achtzehn bin. Papa und du, warum stellt ihr euch nur so an? In wenigen Monaten werde ich neunzehn. Man hat mir das Angebot meines Lebens gemacht, und ihr behandelt mich immer noch wie ein Kind.«

Sie wandte sich von ihrer Mutter ab und schob trotzig die Unterlippe vor. Die Gärten und Weiden waren durchnässt vom kalten Winterregen. Im Salon brannte ein behagliches Feuer, doch Etty war trotz der wohligen Wärme deprimiert. Der Ehrgeiz brannte in ihr wie ein Feuer, während sie zugleich die kalte Furcht gepackt hatte, ihre größte Chance zum Ruhm zu versäumen.

Meggan seufzte. Ihre schöne, talentierte Tochter verdiente es, ihre Karriere in den großen Opernhäusern Europas voranzutreiben. Die Sängerin in ihr wünschte ihrer Tochter Ruhm und Erfolg. Doch als Mutter hatte sie das Bedürfnis, ihre Tochter in ihrer Nähe zu behalten. Sie brachte ein weiteres Argument vor, das dagegen sprach, dass Etty Australien verließ.

»Etty, dein Vater und ich haben uns schon viele Male über deine Zukunft unterhalten. Es hat ihm immer widerstrebt, dass du so weit von uns fortgehst. Und wo gerade erst der Krieg zwischen Frankreich und Preußen beendet ist, möchte keiner von uns, dass du nach Europa gehst.«

Mit einem entnervten Stöhnen stieß Etty die Arme in die Luft und hätte am liebsten mit dem Fuß aufgestampft. »Ich werde nach Italien gehen, Mama, nicht nach Frankreich oder Preußen.«

»In Italien hat es in den letzten Jahren auch politische Probleme gegeben. Und man weiß nie, was es in solchen Ländern sonst noch für Unruhen geben könnte. Du wirst in Melbourne und in Sydney gefeiert, Etty. Genügt dir das denn nicht?«

Meggan wusste, dass es das nicht tat. Ettys spöttischer Blick bestätigte das nur.

»Ich habe gedacht, dass gerade du das verstehen würdest.«

»Ich verstehe es ja. Aber als Mutter bin ich auch um dein Wohlergehen besorgt, Etty. Außerdem hast du uns nicht mal informiert, dass du beim italienischen Opernensemble vorsingst«, sagte sie in leicht tadelndem Ton.

»Das hab ich niemandem erzählt.«

»Absolut niemandem? Du bist ganz heimlich zu diesem Vorsingen gegangen?«

»Madame hat es gewusst. Sie hat das Vorsingen ja auch arrangiert. Und Alistair hat es gewusst.«

»Warum hast du deinem Vater und mir nichts davon gesagt?« Da Meggan als Antwort nur einen mürrischen Blick erntete, fuhr sie in etwas barscherem Ton fort. »Wann genau hat dieses Vorsingen überhaupt stattgefunden?«

»Am letzten Dienstag.«

Meggan war so überrascht und schockiert, dass sich nun eine leichte Verärgerung in ihre Stimme schlich. »Also einen Tag bevor dein Vater und ich nach Melbourne gekommen sind, um mit dir in die italienische Oper zu gehen?«

Etty nickte.

»Oh Etty, wie konntest du so ein wichtiges Ereignis nur für dich behalten? Ich habe immer gedacht, dass du uns deine Erfolge immer sofort mitteilen würdest.«

Etty zappelte nervös herum. Es behagte ihr nicht, dass ihre Mutter ihr unterstellte, sie hätte sich falsch verhalten. Sie musste sich verteidigen.

»Mama, da wusste ich doch noch gar nicht endgültig, ob man mich nehmen würde. Signor Ruggeiri wollte, dass ich noch ein Duett mit Benito Relia singe, bevor er sich entscheidet. Ich wollte nicht, dass irgendwer von dem Vorsingen erfährt, für den Fall, dass man mich ablehnt. Der Signor ist noch sparsamer mit Lob als Madame. Ich habe erst vor zwei Tagen die gute Nachricht erhalten, dass ich in das Ensemble aufgenommen werde. Und da bin ich sofort nach Hause gefahren, um es euch persönlich zu sagen, anstatt euch einen Brief zu schreiben.«

»Zumindest damit hast du eine gewisse Rücksicht deinen Eltern gegenüber bewiesen«, räumte Meggan ein, auch wenn sie keineswegs besänftigt war.

»Bitte, Mama. Papa und du, ihr dürft mich nicht daran hindern zu gehen.« Sie bettelte so, wie sie es als Kind getan hatte, wenn sie ihren Willen durchsetzen wollte. »Ich habe mein ganzes Leben davon geträumt, eine große Sopranistin zu werden.« Sie kniete sich vor ihre Mutter und ergriff beschwörend ihre Hände. »Mama, ich könnte ja deine Bedenken verstehen, wenn ich nur in der Hoffnung nach Übersee ginge, dass ich in ein Ensemble aufgenommen werde. Aber das ist nicht der Fall. Meine Zukunft ist gesichert.«

Meggan löste eine Hand und streichelte ihrer Tochter über die Wange. Sowohl ihr Herz als auch ihr Verstand waren aufgewühlt. Sie konnte die Leidenschaft, die Etty trieb, gut verstehen. War es bei ihr nicht genauso gewesen – bis sie sich verliebt hatte? Wenn Etty sich verlieben und heiraten würde, dann würde es ihr vielleicht genügen, in Australien zu bleiben.

»Wie geht es Alistair?«, fragte Meggan, sobald ihr der Gedanke kam, dass Etty vielleicht heiraten könnte.

Etty stand abrupt auf. »Willst du das Thema wechseln?« Sie entfernte sich ein paar Schritte, bevor sie ihre Mutter wieder ansah. Sie hatte die Augenbrauen so zusammengezogen, dass all ihre Opernkollegen sofort ihren Unmut erkannt hätten. Als ihre Mutter zu dem Vorwurf keine Stellung nahm, zuckte Etty mit den Schultern. »Alistair geht es gut.«

»Hast du ihn sehr gerne, Liebes? Ich habe doch gesehen, wie gut ihr euch versteht.«

Etty kniff die Augen zusammen. »Was willst du damit sagen, Mutter?« Das Wort »Mutter« klang so spitz wie die Stacheln eines Ameisenigels.

Meggan ignorierte Ettys gereizte Reaktion. »Als verheiratete Frau bräuchtest du nicht die Erlaubnis deiner Eltern, um reisen zu können.«

»Verheiratet!« Sie lachte verächtlich. »Willst du etwa, dass ich Alistair heirate?«

»Warum nicht? Dein Vater und ich halten ihn für einen äußerst passenden jungen Mann. Er wird deine Karriere unterstützen, wohingegen ein anderer Mann vielleicht nicht will, dass seine Frau auf der Bühne steht. Seit dem Tag, an dem ihr euch kennengelernt habt, seid ihr gute Freunde.«

»Genau, Mama. Alistair und ich sind gute Freunde. Wir sind kein Liebespaar.«

»Ich wollte nicht unterstellen …«

Etty schüttelte abschätzig den Kopf. »Ich weiß, dass du das nicht wolltest«, erklärte sie unwirsch. »Vielleicht sollte ich besser sagen, dass wir nicht verliebt sind. Nicht so wie Eheleute es sein sollten. Alistair ist für mich wie ein Bruder.«

»Viele gute Ehen beruhen auf sehr viel weniger Zuneigung.«

»Eine solche Ehe will ich nicht. Ich will meinen Mann lieben, so wie du und Papa euch liebt.«

Meggan schenkte ihrer Tochter ein warmes Lächeln. »Jede Frau wünscht sich Liebe, Etty, doch nur wenige finden die perfekte romantische Liebe. Dein Vater und ich haben großes Glück gehabt. Liebenswürdigkeit und Rücksicht von einem Mann, den man gerne hat, ist sehr viel mehr, als viele Frauen in der Ehe erleben.«

»Kann schon sein. Bloß gibt es bei deinem Vorschlag, dass ich Alistair heiraten soll, ein kleines Problem. Alistair müsste mich ja auch heiraten wollen, und ich weiß, dass er das nicht tut.«

Das machte Meggan neugierig. »Habt ihr denn schon einmal über eine Heirat gesprochen?«

»Nicht so, wie du das hoffst«, sagte Etty spöttisch.

Meggan beschloss, den Tonfall ihrer Tochter zu ignorieren. »In welcher Weise habt ihr denn übers Heiraten gesprochen?«

»Ganz allgemein im Laufe eines Gesprächs.«

»Ich fände es schön, wenn ihr mal weniger allgemein über das Thema sprechen würdet. Alistair wäre uns als Schwiegersohn auf jeden Fall willkommen.«

Doch Etty kniff die Lippen zusammen und schüttelte den Kopf. Ohne genau zu verstehen, wie so etwas sein konnte, wusste Etty, dass Alistair nie heiraten würde. »Ich fühle mich nicht sexuell zu Frauen hingezogen, Etty«, hatte er ihr eines Abends unverblümt erklärt, als es gerade so schien, als würde ihre Beziehung ein wenig intimer. »Ich bin nicht imstande, mit einer Frau zu schlafen.«

Alistair hatte fast damit gerechnet, dass er nach diesem Eingeständnis ihre Freundschaft verlieren würde, doch hatte Etty von Anfang an gewusst, dass er irgendwie anders war als andere Männer. Er würde immer ihr bester Freund sein, ihr Vertrauter. Etty sah jedoch keinen Grund, ihrer Mutter zu erklären, was mit Alistair los war. Stattdessen wechselte sie das Thema, was dann allerdings aufgrund ihres Frusts ein wenig sarkastisch ausfiel.

»Erlaubt ihr mir denn, Louisa allein zu besuchen, oder brauche ich dafür auch einen Anstandswauwau?«

»Wenn du in dem Ton mit mir redest, junge Dame, dann werden wir dir überhaupt nicht erlauben, Louisa zu besuchen, weder allein noch mit Begleitung. Entschuldige dich.«

Etty sah ein, dass sie zu weit gegangen war. »Es tut mir leid, Mama. Ich hätte nicht in dieser Weise mit dir reden dürfen.«

Meggan neigte den Kopf. »Ich nehme deine Entschuldigung an. Mir ist klar, dass du zurzeit ein wenig aufgewühlt bist.«

»Natürlich bin ich aufgewühlt.« Etty wollte gerade erneut die Diskussion über Italien beginnen, da kam Ruan herein und fragte: »Willst du mit mir reiten gehen, Etty?«

Sofort war das Thema Italien vergessen. »Oh ja! Wo willst du denn hin?«

»Guten Morgen, Ruan«, tadelte Meggan ihren Sohn in ironischem Ton wegen seiner schlechten Manieren. Ruan grinste nur.

»Tut mir leid, Mama. Ich bin ein bisschen in Eile. Wenn du mitkommen willst, Etty, solltest du dich rasch umziehen.«

»Ich beeil mich.« Etty raffte ihre Röcke und hastete unelegant aus dem Zimmer. In weniger als zehn Minuten war sie zurück und trug jetzt einen braunen Hosenrock und eine dunkelblaue Bluse, dazu einen breitkrempigen Strohhut. Sie lief direkt zur Rückseite des Hauses, wo ihr Bruder auf sie wartete.

Ruan grinste sie anerkennend an. »Ich wette, so schnell hast du dich noch nie umgezogen. Jetzt komm, unsere Pferde sind sicher schon für uns bereit.«

Etty hatte ihre Stute bisher nur über den Weidezaun hinweg gestreichelt, seit sie vor zwei Tagen nach Hause gekommen war. Das war jetzt der erste Ritt. Mirabelle schien es auch zu gefallen, dass Etty auf ihrem Rücken saß.

»Wenn wir draußen auf der Weide sind, lasse ich sie galoppieren. Das wird dir gefallen, nicht wahr, Mirabelle?« Sie tätschelte den Hals ihres Pferdes, woraufhin die Stute vergnügt wieherte.

Ruan lachte. »Obwohl ich sie bewege, wenn du nicht da bist, weiß Mirabelle genau, dass du ihre Herrin bist.«

»Ich habe sie bekommen, als ich zwölf war und sie drei. Sie weiß, dass ich sie gernhab. Ich vermisse sie sehr.«

»Du solltest häufiger nach Hause kommen. Ich vermisse dich auch, Schwesterherz.«

»Ich vermisse meinen kleinen Bruder ebenfalls.« Sie lachte, weil Ruan mittlerweile ein ganzes Stück größer war als sie. Dann lächelten sie sich auf diese besondere Weise an, wie das nur Geschwister können.

Ruan zeigte geradeaus. »Sieh mal das Tor dahinten im Zaun. Wer als Erster da ist.«

Sie galoppierten Kopf an Kopf über die Weide. Etty erreichte das Tor ganz knapp vor Ruan. Kurz davor bogen sie scharf in entgegengesetzter Richtung ab und ritten ein Stück am Zaun entlang, um ihren Pferden genügend Auslauf zu geben, vom Galopp zurück in den Schritt zu kommen. Dann drehten sie um und trafen sich wieder am Tor. Ruan stieg ab, um es zu öffnen, führte sein Pferd hinter Etty und Mirabelle hindurch, schloss das Tor und stieg wieder auf.

»Ich wünschte, ich hätte den Mut, über das Tor zu springen, wie Darcy es getan hätte«, sagte Etty.

Ruan schnaubte. »Das ist doch wohl nicht dein Ernst. Ich

würde jedenfalls nicht versuchen darüberzuspringen.« Das Tor hatte einen massiven Holzrahmen, und der oberste Balken war so stabil, dass sich ein Pferd daran die Fesseln brechen konnte. »Darcy ist ein viel besserer Reiter als wir beide und ein richtiger Waghals.«

»Goonda ist außerdem viel feuriger als Mirabelle oder deine Rosie. Ob Darcy uns wohl vermisst, seit er mit seinen Eltern auf Riverview lebt?«

»Er hat ein paarmal geschrieben. Er scheint ganz zufrieden zu sein. Ich muss zugeben, dass ich ihn vermisse und Louisa auch. Ich vermisse sogar die ganzen Benedicts. Es ist furchtbar ruhig hier, seit die Kinder alle weg sind.«

»Papa hat mir erzählt, dass er vorhat, eine neue Familie einzustellen.«

»Er hat bereits mit zwei Familien gesprochen und gesagt, dass er keine von beiden für geeignet hält, hier auf Langsdale zu leben.«

»Ich hab den Mann noch nicht kennengelernt, den Papa für Nelson eingestellt hat. Wie ist er denn so?«

»Ehrlich gesagt, Etty, ich mag den Buschen nicht. Er ist ein guter Arbeiter und scheint sich mit Schafen auszukennen. Aber er hat etwas an sich, was mir nicht gefällt. Ich habe das Gefühl, dass er irgendwas vor uns verbirgt.«

»Du meinst etwas aus seiner Vergangenheit, das niemand wissen soll?«

»Nein, das nicht. Eher etwas in seinem Charakter, das nicht gut ist. Er hat schon ein paarmal abfällige Bemerkungen mir gegenüber gemacht, weil ich der Sohn vom Boss bin. Natürlich nur, wenn Papa es nicht hören konnte.«

»Hast du Papa davon erzählt?«

»Papa braucht mich nicht zu verteidigen. Komm, lass uns noch ein bisschen galoppieren. Wir müssen bald umkehren.«

Sie trieben ihre Pferde zu einem kurzen Galopp an und ließen sie dann im Schritt nach Hause gehen.

»Ich muss dir unbedingt was erzählen, Ruan. Du wirst ganz überrascht sein.«

»Darf ich raten? Du hast unsere Eltern überredet, dass sie dich nach Europa gehen lassen.«

»Nein.« Etty zog die Mundwinkel herunter. »Und ich glaube auch nicht, dass ich sie noch überreden kann. Ich bin sauer auf Mama. Ich hab gedacht, sie würde mich unterstützen.«

Nun ließ sich Etty etwa eine Minute lang über ihren ganzen Verdruss aus, bis Ruan es nicht mehr hören konnte.

»Was wolltest du mir denn eigentlich erzählen?«

»Das wirst du niemals raten, Ruan. Ich hab Mama auch noch nichts davon gesagt. Ich glaube, Mr Boniface wird Madame bald einen Heiratsantrag machen.«

»Was!« Ruans Reaktion war so heftig, dass sein Pferd nervös zu tänzeln anfing. Als er es wieder unter Kontrolle hatte, sah er Etty an. »Soll das ein Witz sein? Boney und deine verrückte Madame Marietta?«

»Ich weiß, man kann es sich kaum vorstellen.« Etty lachte. »Doch sie verbringen viel Zeit miteinander und genießen das offenbar sehr.«

»Mich trifft der Schlag«, erklärte Ruan und benutzte einen von Neds Lieblingsaussprüchen. »Wenn das tatsächlich passiert, wird Madame vielleicht nicht mit dir nach Europa wollen.«

»Darüber habe ich mir auch schon Gedanken gemacht, deshalb habe ich Mama nichts davon gesagt. Aber dir wollte ich es auf jeden Fall erzählen.«

»Ich bin froh, dass du es getan hast. Haha! Madame und Boney! Was für ein merkwürdiges Paar die abgeben werden.«

»Irgendwann in einem Gespräch mit Alistair ist mir klar geworden, dass Madame eine sehr einsame Frau ist. Sie hat keine

Familie, die sich um sie kümmert, wenn sie nicht mehr alleine zurechtkommt. Vielleicht ist das bei Boney auch so.«

Ruan dachte über die Vermutung seiner Schwester nach. »Da hast du vielleicht recht, Etty. Der gute alte Boney hat auch keine Familie. Zwei einsame Menschen, die beieinander Trost suchen.«

»Ich glaube nicht, dass es den beiden um Trost geht. Das ist jedenfalls nicht der Hauptgrund. Trotz ihrer ganzen Exzentrik ist Madame sehr intelligent. Boney und sie können stundenlang über Themen diskutieren, über die die meisten Leute nichts wissen oder für die sie sich nicht interessieren.«

»Ich hab den alten Boney immer gemocht. Er war – ist – ein guter Lehrer.«

»Madame ist auch eine gute Lehrerin, auf ihrem Gebiet. Doch wenn sie ihre Wutausbrüche kriegt, bin ich manchmal froh, dass ich Alistairs Unterstützung habe.«

»Wie geht es Alistair? Du magst ihn sehr gerne, nicht wahr?«

»Ach, Ruan, du bist genauso schlimm wie Mama.«

»Was soll das denn heißen?«

»Mama hat mehr oder weniger vorgeschlagen, ich sollte Alistair heiraten. Sie hat gesagt, wenn ich einen Ehemann hätte, brauchte ich nicht die Erlaubnis meiner Eltern, um nach Europa zu reisen. Mein Mann wäre dann für mich verantwortlich.«

»Ich weiß doch, dass du unbedingt nach Italien willst. Warum heiratest du Alistair nicht einfach? Scheint mir die perfekte Lösung, wenn unsere Eltern dir die Reise nicht erlauben.«

»Ich will Alistair nicht heiraten und er mich auch nicht.«

»Vielleicht solltest du mal ernsthaft darüber nachdenken. Ich mag Alistair, und irgendwann musst du sowieso heiraten.«

»Ich sehe nicht ein, weshalb ich unbedingt heiraten muss. Außerdem hast du Darcy vergessen.«

Ruan schnaubte verächtlich. »Darcy wird dich niemals heiraten. Du bist dumm, wenn du glaubst, dass er das tut.«

Etty ärgerte sich über die abschätzigen Worte ihres Bruders. »Du hast ja keine Ahnung, Ruan. Seit dem Buschfeuer haben Darcy und ich eine Abmachung. Wir haben uns versprochen, aufeinander zu warten.«

Ruan schnaubte noch lauter. »Du meinst, dass Darcy so lange auf dich warten soll, bis du die Nase voll von Ruhm und Reichtum hast. Nach allem, was ich höre, ist er auf Riverview ganz glücklich. Er wird ein Mädchen heiraten, das mit dem Leben auf einer Schaffarm zufrieden ist.« Er schüttelte den Kopf, als Etty ihm widersprechen wollte. »Du würdest dich niemals mit so einem Leben abfinden. Jetzt nicht mehr.«

Etty schwieg, weil sie wusste, dass ihr Bruder recht hatte. Andererseits liebte sie Darcy immer noch und wünschte sich so sehr, dass er sie auch immer noch liebte. An diesem Abend schrieb sie ihm einen langen Brief und erzählte ihm von ihrem Leben, ihren Hoffnungen und Träumen. Sie beendete den Brief mit den Worten:

Du bist mir immer noch sehr wichtig, und ich hoffe, dass ich Dir das auch bin.
Liebe Grüße
Deine Freundin Etty

Nachdem sie ihren Stift hingelegt hatte, fragte sie sich, ob *Liebe Grüße, deine Freundin Etty* die richtigen Worte gewesen waren. Den Brief einfach nur mit ihrem Namen zu unterschreiben wäre ein zu abruptes Ende, doch eine intimere Formulierung wie *Dein Schatz Etty* schien ihr auch nicht angemessen, da sie nicht wusste, was er augenblicklich für sie empfand. Wenn er antwortete, würde sie wissen, ob sein Herz noch für sie schlug. Damit tröstete sie sich.

Etty nahm den Brief mit, als sie am nächsten Tag in die Kutsche nach Bendigo stieg. Von dort aus würde sie mit einer anderen Kutsche weiter nach Swan Hill fahren. Wenn sie den Brief in Swan Hill aufgab, erreichte er Darcy wahrscheinlich eher, als wenn sie ihn in Creswick abgeschickt hätte.

Jack Benedict, der mittlerweile fast eins achtzig groß war, war mit Louisa nach Swan Hill gekommen, um Etty abzuholen. Die beiden Mädchen umarmten sich herzlich und vergossen aus Freude über das Wiedersehen sogar ein paar Tränen.

Louisa trat einen Schritt zurück, um Ettys modisches Reisekleid aus weichem beigefarben kariertem Wollstoff zu bewundern. Es bestand aus einem dreifachen Rock mit Rüschen und einem eng anliegenden Oberteil. »Wie schön du aussiehst, selbst nach einer so langen Kutschfahrt. Meine Güte, Etty, du bist jetzt eine richtig modische junge Dame. Und ich sehe noch genauso aus wie immer, habe mich überhaupt nicht verändert. Neben dir komme ich mir ganz unscheinbar vor.«

»Unsinn, Louisa. Du hast dich schon verändert. Du siehst erwachsener aus, selbstbewusster.« Außerdem fiel Etty auf, auch wenn sie es nicht sagte, dass Louisa mit ihrem goldenen Haar und den auffälligen blauen Augen immer hübscher wurde.

»Wenn ich mich tatsächlich so verändert habe, wie du sagst, muss das daran liegen, dass ich mit der ganzen Buchhaltung für die Farm eine große Verantwortung habe.« Sie hakte Etty ein, während sie Jack folgten, der Ettys Gepäck trug. »Was hältst du von Jack? Ma behauptet, er wäre fünfzehn Zentimeter gewachsen, seit wir auf Narabulla sind.«

»Ich glaube, da hat Tante Agnes recht. Oh, ich bin ja so froh, wieder bei dir zu sein, Louisa. Und ich freue mich so sehr, euer neues Zuhause und die ganze Familie zu sehen.«

»Ich wünschte, du könntest länger bleiben als nur zwei Tage.«

»Ich muss am Samstag zurück nach Melbourne. Man hat mich nur kurz von der Arbeit beurlaubt.«

»Arbeit! Wie kannst du dein glanzvolles Leben als Arbeit bezeichnen?«

Etty lachte. »Mein Leben ist nicht nur Glanz. Da steckt auch eine Menge harter Arbeit dahinter. Neue Opernpartituren lernen, Übungsstunden, Bühnenproben, Kostümanproben. Manchmal bin ich morgens so müde, dass ich am liebsten den ganzen Tag im Bett bleiben würde, statt zur Probe zu gehen.«

»Aber du würdest doch dein Leben mit niemandem tauschen wollen?«

Etty schüttelte lächelnd den Kopf. »Ich tue das, wovon ich mein Leben lang geträumt habe, Louisa. Ich wäre am Boden zerstört, wenn ich aus irgendeinem Grund das Singen aufgeben müsste.«

»Noch nicht mal aus Liebe oder für eine Ehe?«

Etty runzelte die Stirn. Warum sprachen sie plötzlich alle aufs Heiraten an. »Ich würde niemals ohne Liebe heiraten, Louisa. Wenn ich einen Mann genug liebte, um ihn zu heiraten, würde ich erwarten, dass er mich auch so sehr liebt, dass er mein Leben nicht ändern will.«

Louisa war anderer Meinung. »Eine Frau sollte ihrem Mann folgen, nicht umgekehrt. Ich würde mein Leben ändern, um mich meinem Mann anzupassen.«

»Natürlich würdest du das. Doch unsere Lebensumstände sind völlig anders.« Genauso wenig waren sie vom Charakter her ähnlich, auch wenn sie sich so nahestanden wie Schwestern. Etty wusste, dass sie von Natur aus leidenschaftlich war. Louisa war sanft und lieb, so wie immer schon.

Inzwischen waren sie beim Wagen angekommen, wo Jack, der Ettys Gepäck bereits hinten eingeladen hatte, darauf wartete, den Mädchen hinaufzuhelfen. Von nun an wurde bis zum Ende von Ettys kurzem Besuch nicht mehr über Liebe und Ehe gesprochen. Angesteckt von der herzlichen Atmosphäre, die in der Familie Benedict herrschte, entspannte sich Etty und lachte sehr viel. Als sie wieder abreiste, kam ihr Europa endlos weit entfernt von den Menschen vor, die sie liebte.

Im Zug zurück nach Melbourne dachte sie ausgiebig über Karriere, Liebe und Ehe nach. Sie dachte auch viel an Darcy, erinnerte sich daran, wie nahe sie sich auf der Flucht vor dem Buschfeuer gekommen waren, an Zeiten, da sie sich gestritten hatten, und an die Male, als sie sich ewige Liebe versprochen hatten. Von irgendwoher kam ihr eine Erinnerung aus frühester Kindheit, wie sie Darcy geküsst und ihm gesagt hatte, dass sie ihn lieb habe. Sie lächelte gedankenversunken und fragte sich, was Darcy ihr wohl auf ihren Brief antworten würde.

Schon nach wenigen Tagen in Melbourne wurden die nostalgischen Gedanken an Familie und Freunde durch andere Dinge verdrängt. Völlig aufgeregt kam Madame keuchend ins Zimmer, wo sich Etty mit Alistair unterhielt. Sie schwenkte einen Brief in der Hand, der gerade erst zugestellt worden war.

»Etty, du musst sofort zu Signor Ruggeiri gehen, er will dich dringend sprechen.« Sie zerknautschte den Brief mit den Händen und drückte ihn an ihren wogenden Busen. Ihre Augen funkelten. »Der Signor muss dir etwas sehr Wichtiges mitzuteilen haben.«

Obwohl dieses plötzliche Ansinnen sie völlig überraschte, bemühte sich Etty, ihre Aufregung zu unterdrücken. »Madame, vielleicht will der Signor mir ja nur sagen, dass er seine Meinung geändert hat und mich nicht nach Italien mitnehmen will.«

»Nein, nein. Er ist ganz verliebt in deine Stimme. Das hat er mir selbst gesagt. Zieh dich rasch um, damit du dich sehen lassen kannst. Alistair, besorgen Sie uns eine Droschke.« Nachdem Madame diese Anweisungen erteilt hatte, ließ sie sich in einen Sessel plumpsen und fächelte sich mit dem Brief heftig Luft zu. Sie war völlig außer Atem vor Aufregung, und ihr Herz flatterte auf beunruhigende Weise in ihrer Brust. Als Etty einige Minuten später die Treppe herunterkam, hatte das starke Herzklopfen zum Glück nachgelassen.

Es begann jedoch von Neuem, als sie mit Etty bei Signor Ruggeiri saß und hörte, weshalb er Etty so dringend hatte sprechen wollen.

»Gestern hat es einen äußerst bedauernswerten Unfall gegeben. Unsere reizende Donna Bella ist auf der Treppe im Hotel gestolpert. Sie weiß nicht, wie es passiert ist, und ich weiß es auch nicht, obwohl ich im Foyer auf sie gewartet habe und sie fallen sah. Im ersten Moment war ich starr vor Entsetzen, weil ich befürchtete, der Sturz könnte tödlich gewesen sein, doch dann schrie sie, und ich habe mich ein wenig beruhigt. Allen, die ihr zu Hilfe eilten, war rasch klar, dass sie nicht vor Schreck, sondern vor Schmerzen schrie. Ihr rechtes Bein ist ziemlich übel gebrochen.«

»Wie furchtbar«, rief Etty. »Donna Bella ist die wunderbarste Sopranistin, die ich je gehört habe. Ich hoffe sehr, dass die Ärzte ihr Bein wieder in Ordnung kriegen.«

»Das tun wir alle. Der Chirurg war ganz optimistisch, dass Donna kein Hinken davontragen wird und dass sie sich unserem Ensemble wieder anschließen kann, bevor wir nach Neuseeland fahren.«

Etty hätte beinah gefragt, wie das Ensemble denn ohne seine erste Sopranistin zurechtkommen werde, als ihr plötzlich klar wurde, warum man nach ihr verlangt hatte. Signor Ruggeiro lächelte sie an.

»Ich sehe Ihnen an, Miss Trevannick, dass Sie bereits ahnen, was ich Ihnen sagen will. Ich möchte Sie bitten, für den Rest unserer Australien-Tournee Donna Bellas Platz in unserem Ensemble einzunehmen.«

»Oh.« War das wirklich wahr? Sollte sie, Henrietta Trevannick, ein Star des italienischen Opernensembles werden? Und das sogar, ohne Australien verlassen zu müssen? Sie spürte, wie ihre Wangen rot wurden. Ihr Herz raste, ihre Hände zitterten. Sie war überwältigt. Vor Rührung traten ihr Tränen in die Augen, die sie rasch wegblinzelte.

»Ich fühle mich sehr geschmeichelt, Signor Ruggeiri. Ich hoffe nur, dass ich Ihrem Vertrauen gerecht werde und tatsächlich Donna Bellas Part ausfüllen kann.«

»Sie werden mich nicht enttäuschen, meine Liebe. Sie haben großes Talent. Nun müssen wir über Ihre Vertragsbedingungen sprechen. Sind Sie als Miss Trevannicks Managerin einverstanden, Madame?«

Madame drückte eine Hand an ihren wogenden Busen und erklärte, dass sie absolut einverstanden sei. Sie habe nur eine Bedingung, dass Ettys Klavierbegleiter mit ihr reisen dürfe. »Sie haben seit Beginn ihrer Ausbildung zusammengearbeitet. Außerdem ist er als Lehrer fast so gut wie ich.«

»Wenn Miss Trevannick mein Star wird, nehme ich auch gerne ihren Begleiter mit.«

Damit war das geregelt. Etty begann sofort, mit dem Ensemble zu proben, denn bereits an diesem Abend sollte eine weitere Aufführung von *Die verkaufte Braut* stattfinden. Zum Glück war ihr die Rolle der Marenka vertraut. Obwohl sie sehr nervös war, enttäuschte sie Signor Ruggeiris Erwartungen nicht. Sie erhielt stürmischen Beifall.

Nach der Aufführung lud Alistair sie zum Essen ein. Madame wollte nicht mitkommen.

»Ich fühle mich ein bisschen müde, meine Lieben. Amüsiert euch nur gut. Wir reden morgen miteinander. Halten Sie doch bitte diese Kutsche für mich an, Alistair.«

Als die Kutsche mit Madame losfuhr, blickte Alistair ihr mit so besorgter Miene hinterher, dass Etty ihn fragte, was denn los sei.

»Madame«, sagte er und sah Etty. an. »Ist dir nichts an ihr aufgefallen?«

»Eigentlich nicht, außer dass sie ziemlich müde aussah.«

»Ist dir nicht aufgefallen, wie sie geredet hat?«

»Nein … Ach doch, das ist ja seltsam. Madame hat wie ein ganz normaler Mensch gesprochen.«

»Genau. Und wenn Madame die Rolle vergisst, die sie schon so lange spielt, kann das nur bedeuten, dass sie irgendeine große Sorge quält.«

»Meinst du, ich sollte auch nach Hause fahren, falls es ihr nicht gut geht?«

»Ich meine, du solltest jetzt etwas essen. Ich weiß nämlich, dass du den ganzen Tag kaum dazu gekommen bist.« Darauf nahm er sie am Ellbogen und führte sie zu ihrem gemeinsamen Lieblingsrestaurant.

Am nächsten Morgen kam Madame mit einem Tablett in Ettys Zimmer und rief: »Ich bringe Frühstück an Bett für die großartige Henrietta. Ah, meine Herz ist so voll. Ich habe immer davon geträumt, eine Star zu schaffen. Nun habe ich die größte Star.«

Etty nahm das Tablett lächelnd entgegen. Wenn sie Alistair später traf, könnte sie ihm glaubhaft versichern, dass mit Madame alles wieder in Ordnung war.

Während sie das Rührei und das frische Brötchen aß, die Madame ihr gebracht hatte, dachte Etty darüber nach, was ihr in den letzten vierundzwanzig Stunden passiert war. Die Vorstellung, dass sie nun die erste Sopranistin des Ensembles war, mit dem sie eigentlich hatte nach Italien reisen wollen, war fast wie ein Traum. Sie musste ihren Eltern sofort von diesem Glücksfall schreiben. Die würden sich freuen, dass sie diese Chance bekommen hatte, ohne Australien verlassen zu müssen. Vielleicht, aber auch nur vielleicht, würden sie nun auch nicht länger dagegen sein, dass Etty nach Italien ging. Diese Hoffnung sprach sie allerdings in ihrem Brief nicht aus.

Sie schrieb auch an Louisa, aber nicht an Darcy. Mit seiner Antwort auf ihren letzten Brief konnte sie erst rechnen, wenn sie von der Australien-Tournee zurück war, denn ihr Brief würde immer noch den Murray hinunter unterwegs sein. Wenn Darcy ihn erhielt, würde sie bereits auf dem Weg nach Adelaide sein.

13

Während Darcy mit einem Raddampfer nach Swan Hill reiste, war Ettys Brief auf einem anderen Dampfer in die entgegengesetzte Richtung unterwegs. Wie immer in müßigen Momenten kreisten seine Gedanken um Etty, und er fragte sich, was sie wohl gerade tun mochte. Da er nichts weiter zu tun hatte, als zu beobachten, wie das Flussufer vorbeiglitt, dachte er während der Fahrt von Riverview nach Swan Hill sehr oft an sie.

Er liebte Etty immer noch, würde sie immer lieben. Wenn sie beide auf Langsdale geblieben wären, hätten sie irgendwann geheiratet, da war er sich ganz sicher. Doch ihre Wege hatten sich getrennt. Seit er die Sopranistin Henrietta Trevannick, den Liebling der Melbourner Gesellschaft, auf der Bühne gesehen hatte, eine Frau, die in einer Welt gefeiert wurde, die ihm so fremd war wie ein unbekanntes Land, wusste er, dass er ihr nie seine Liebe erklären würde.

Als der Dampfer den Zusammenfluss von Darling und Murray River passierte und Swan Hill nur noch drei Tagesreisen entfernt war, nahm er sich fest vor, nicht immer nur an Etty zu denken und an niemand anders. Bisher hatte er nur wenig mit den anderen Passagieren auf der *Lady Jane* gesprochen. Wenn ihm nach Gesellschaft war, plauderte er ein wenig mit Captain Trevannick, der irgendwie mit den Trevannicks auf Langsdale verwandt war und sich deshalb für alle Neuigkeiten interessierte, die Darcy zu erzählen hatte.

Zu den Passagieren an Bord gehörten eine Witwe mittleren Alters, die zu ihrer Schwester nach Swan Hill fuhr, eine fünfköpfige Familie, die in Bendigo ein neues Leben anfangen wollte, sowie zwei weitere Männer. Einer davon sah aus wie ein Herumtreiber, was er auch war. Er reiste durchs Land und nahm hier und da einen Job an, wie es ihm gerade passte. Auch er hielt sich für sich und vergnügte sich anscheinend lieber mit seiner Flasche Rum als mit seinen Mitreisenden.

Der andere Mann, von dem Darcy wusste, dass er Mr Williams hieß, war wie ein feiner Herr gekleidet. Auch seine Umgangsformen waren die eines Gentleman, und seiner Sprache konnte man anhören, dass er eine ausgezeichnete Bildung genossen hatte. Er sah aus wie knapp über dreißig, konnte aber auch etwas jünger sein. Von Statur war er eher klein und vielleicht ein bisschen übergewichtig. Sein Gesicht konnte man ebenso wie sein mausgraues Haar und seinen mausgrauen Schnurrbart nur als unscheinbar beschreiben. Insgesamt also eine äußerst unauffällige Person.

Wie Darcy unterhielt er sich mit seinen Mitreisenden nur, soweit es die Höflichkeit erforderte. Über sich selbst gab er so gut wie nichts preis. Erst einen Tag vor der Ankunft in Swan Hill stellte Darcy fest, dass der Mann Anwalt war. Ihm war der Titel eines Buches aufgefallen, das der Mann las.

Während Darcy über diese unerwartete Entdeckung nachdachte und sich fragte, ob er sein Interesse an der Juristerei erwähnen sollte, fiel Williams auf, dass er beobachtet wurde. Er legte sein Buch zur Seite und sagte lächelnd: »Sie scheinen sich für mich zu interessieren.«

Darcy entschuldigte sich sofort. »Tut mir leid. Mir war nicht bewusst, dass ich Sie angestarrt habe. Sind Sie Anwalt?«

»Das bin ich. Warum fragen Sie? Brauchen Sie einen?«

»Nein, nein. Jedenfalls nicht so, wie Sie das gemeint haben.«

»Wofür sollte man denn sonst einen Anwalt brauchen, wenn nicht zur Unterstützung bei juristischen Problemen?«

Statt zu antworten, stellte Darcy eine weitere Frage. »Würden Sie jemanden als Mitarbeiter einstellen, der ein halber Aborigine ist?«

Williams zog eine Augenbraue hoch und schürzte die Lippen. »Sie sind selbst zur Hälfte Aborigine, nicht wahr?«

»Ja. Mein Vater war Weißer, meine Mutter eine Aborigine.«

»Sie sprechen, als hätten Sie eine ganz gute Bildung erhalten«, stellte er mit einem fragenden Unterton fest.

»Ich habe Unterricht bekommen«, gab Darcy zu. »Ich studiere die Gesetze«, fügte er hinzu, nachdem er zu dem Schluss gekommen war, dass Williams offenbar nicht zu den bornierten Menschen gehörte.

Der Mann mochte zwar nicht borniert sein, aber er war doch sehr überrascht. »Wie interessant. Jetzt verstehe ich Ihre Frage von vorhin. Würde es Ihnen etwas ausmachen, mir mehr über sich zu erzählen, Winton? Sie interessieren mich. Ich würde gerne wissen, wie Sie auf die Idee gekommen sind, Jura zu studieren. Und wie Sie das machen, da das Bildungssystem ja nur Leuten europäischer Herkunft offensteht.«

Darcy erzählte ihm von Boniface, dem Fernunterricht, seinem Bemühen, zum Studium zugelassen zu werden, und darüber, wie er sich noch weiter mit dem Thema beschäftigte. Er sprach mit leidenschaftlicher Stimme von seinem Wunsch, denjenigen zu helfen, denen das Gesetz keine Rechte gab. Ab und zu unterbrach ihn Williams mit einer Frage und kommentierte die Antwort mit einem verständnisvollen Nicken.

»Sie sind ein erstaunlicher junger Mann«, erklärte er, nachdem Darcy geendet hatte. »Ich würde Sie sehr gern als Anwaltsgehilfen einstellen, wenn ich eine Kanzlei hätte. Ich unternehme diese Reise, um herauszufinden, welche Stadt die besten Möglichkeiten für eine neue Anwaltskanzlei bietet. Soweit ich weiß, ist Echuca inzwischen ein geschäftiger Flusshafen.«

»Die *Lady Jane* hat in Swan Hill Endstation. Sie fährt nicht bis Echuca.«

»Ich weiß. Ich habe vor, zunächst eine Weile in Swan Hill zu bleiben. Von dort möchte ich erst nach Bendigo fahren und dann nach Echuca. Sie haben noch gar nicht den Zweck Ihrer Reise erwähnt.«

»Ich bin auf dem Weg nach Langsdale. Das ist eine Farm in der Nähe von Ballarat. Ich will dort Zuchttiere abholen und nach Riverview bringen, der Farm meiner Eltern«, erklärte er. »Ich bin auf Langsdale aufgewachsen.«

Da Williams aufrichtiges Interesse zeigte, erzählte Darcy ihm mehr über seine Jugend auf Langsdale. Im Gegenzug erzählte Williams ihm so einiges über sich. Er war der Sohn eines bekannten und wohlhabenden Anwalts in Adelaide, hatte es jedoch abgelehnt, in die Kanzlei seines Vaters einzusteigen. Ein jüngerer Bruder von ihm hatte das umso bereitwilliger getan. Williams wollte stattdessen eine eigene Kanzlei aufbauen, weit entfernt vom Einfluss seines Vaters, mit dem er über die Anwendung gewisser Rechtsprinzipien nicht immer einer Meinung war.

Als die *Lady Jane* in Swan Hill anlegte, verabschiedeten sich die beiden Männer. Williams versprach, Darcy Bescheid zu geben, sobald er seine eigene Kanzlei eingerichtet hatte. Darcy mietete sich ein Pferd und ritt pfeifend und mit Freude im Herzen nach Narabulla. Er konnte kaum erwarten, Louisa von dieser vielversprechenden Begegnung zu erzählen. Zum ersten Mal seit der Aufnahmeprüfung für die Universität blickte er optimistisch in die Zukunft.

Sein plötzliches Auftauchen in Narrabulla löste große Aufregung aus, besonders bei Louisa, die vor Überraschung aufschrie, als die kleine May in ihr Zimmer stürmte und die Neuigkeit verkündete. Geschäftsbücher und Rechnungen waren sofort vergessen. Sie rannte in die Küche, wo Darcy sich mit ihrer Mutter unterhielt und aß.

Er stand auf, als er sie kommen sah. Beide strahlten um die Wette. Mit beiden Armen fing er sie auf, als sie auf ihn zustürmte und ihm die Arme um den Hals schlang, fasste sie um die Taille, hob sie hoch und wirbelte sie einmal herum, bevor er sie wieder auf den Boden stellte.

Sie spürte, dass sie vor Freude glühte. »Es ist ja so schön, dich zu sehen. Ich habe dich so sehr vermisst.«

»Ich habe dich auch vermisst, Louisa. Ich vermisse tatsächlich alle.«

Louisa trat einen Schritt zurück. »Hast du mich denn besonders vermisst?«

»Natürlich hab ich das, du Gänschen.«

»Warum bist du hier? Wie lange bleibst du? Warum hast du uns nicht Bescheid gesagt, dass du kommst?«

»Jetzt lass Darcy erst mal in Ruhe aufessen«, unterbrach Agnes die Fragerei ihrer Tochter. »Später habt ihr noch reichlich Zeit zum Reden.«

»Ich bin wirklich ziemlich hungrig, Louisa. Seit dem Frühstück hab ich nichts gegessen.«

»Ich rede mit dir, während du isst, wenn es dich nicht stört.«

Darcy schüttelte den Kopf und versuchte zu lächeln, was allerdings schwierig war, da er bereits wieder ein ziemlich großes Stück Fleisch im Mund hatte. Zwischen den einzelnen Bissen erzählte er ihr von seinem Auftrag, Zuchtschafe und Böcke in Langsdale abzuholen. Louisa erzählte ihm, wie glücklich sie als Buchhalterin auf Narrabulla war. Solange er noch aß, lächelten sie sich allerdings die meiste Zeit nur an. Louisa hatte die Ellbogen auf den Tisch gestützt und den Kopf auf ihre Hände gelegt.

»Wie lange ist es jetzt her, seit wir uns das letzte Mal gesehen haben?«, fragte sie und gab sich die Antwort gleich selbst. »Vor zehn Monaten bist du mit deinen Eltern nach Riverview gegangen. Warum bist du nicht mit Tante Jane und Nelson zurückgekommen?«

»Sie haben mich nicht gebraucht, um den Kauf von Riverview in die Wege zu leiten. Deshalb bin ich lieber dort geblieben, um gleich mit der dringend notwendigen Arbeit anzufangen.«

»War das Anwesen sehr heruntergekommen?«

»Ich habe noch nie eine Farm in einem schlimmeren Zustand gesehen. Meine Mutter war sehr traurig, weil alles so verwahrlost war. Sie hat mir erzählt, dass es früher ein blühendes Anwesen mit einem stattlichen Haus und schönen Gärten war. Wir haben sechs Monate gebraucht, bevor sie das Gefühl hatte, dass alles wieder so hergerichtet war wie damals, als sie dort gelebt hat.«

»Kannst du dich an irgendwas von damals erinnern?«

Darcy schüttelte den Kopf. »Nein. Manchmal kommen mir Bilder in den Sinn, und ich meine, mich an einen bestimmten Ort zu erinnern oder an etwas, was dort passiert ist, aber das sind keine echten Erinnerungen.«

Als Darcy mit dem Essen fertig war, führte Louisa ihn auf der Narrabulla-Farm herum. Sie plauderten und lachten wie enge Freunde, die zu lange getrennt gewesen waren. Louisa erzählte ihm von Ettys jüngstem Besuch.

»Du solltest sie mal sehen, Darcy. Sie ist so modisch angezogen und so schön. Ich kann mir gut vorstellen, dass sie viele Verehrer hat.«

»Sie hat sich bestimmt sehr verändert und ist nicht mehr die Etty, die wir gekannt haben.« Darcys Herz schlug schneller. Er wollte sich nicht vorstellen, wie fremde Männer seiner Etty den Hof machten. Seiner Etty? Nein, nicht mehr seine Etty. War ihm das nicht schon vor über einem Jahr klar geworden?

»Als ich sie aus der Postkutsche habe steigen sehen, so schön und elegant, da hab ich gedacht, dass sie sich bestimmt verändert hat, dass sie total von sich selbst eingenommen sein muss. Erinnerst du dich, wie überheblich sie manchmal sein konnte, als wir noch jünger waren? Aber so ist sie jetzt überhaupt nicht mehr. Ich glaube, dass der Erfolg sie zu einem viel netteren Menschen gemacht hat.«

»Du warst schon immer sehr freundlich, Louisa.«

»Und du bist ein Charmeur, Darcy Winton. Ich kann dir gar nicht sagen, wie sehr ich mich freue, dass du hier bist. Kannst du wirklich nur einen Tag bleiben?«

Obwohl das seine ursprüngliche Absicht gewesen war, blieb Darcy auf Larrys Einladung schließlich doch mehrere Tage in Narrabulla. Wenn er nicht gerade mit Larry über das Farmgelände ritt oder mit Jack angeln ging, verbrachte er die meiste Zeit mit Louisa. Jedem Gespräch über Etty wich er erfolgreich aus. Er war zwar ehrlich genug, sich einzugestehen, dass er eifersüchtig war, sagte sich aber gleichzeitig, dass er seine gesamte Aufmerksamkeit Louisa schenken sollte, die besser zu einem Landmenschen wie ihm passte als Etty.

Erst kurz vor seiner Abreise erzählte er Louisa von dem Anwalt Mr Williams.

»Ich wollte es eigentlich niemandem sagen. Irgendwie hab ich die verrückte Idee, wenn ich über meine Hoffnungen rede, werden sie sich nicht erfüllen. Außerdem hat Williams mir ja nicht gerade eine Stelle angeboten.«

»Aber das ist ja ungeheuer spannend für dich, Darcy. Dieser Mr Williams hat sich anscheinend sehr für dich interessiert. Ich bin ja so froh, dass du es mir anvertraut hast. Dein Vertrauen ehrt mich sehr, und ich verspreche, dass ich niemandem davon erzählen werde, wenn du es nicht willst.«

»Ich möchte, dass es unser Geheimnis bleibt. Nur du und ich sollen davon wissen.«

»Dann soll es auch so sein.«

Ihr persönliches Geheimnis, ihre Liebe zu Darcy, vertraute sie ihm nicht an. Dafür war der richtige Zeitpunkt noch nicht gekommen. Trotz der Art und Weise, wie er reagierte, sobald der Name Etty fiel, oder vielleicht gerade deswegen, glaubte sie, dass er Etty immer noch liebte. Auch hatte sie ihm nichts von Ettys Plänen erzählt, nach Italien zu gehen. Das würde er früh genug von Tante Meggan erfahren.

Die Trevannicks hießen ihn auf Langsdale genauso herzlich willkommen, wie es die Benedicts auf Narrabulla getan hatten. Hier hatte man jedoch mit seiner Ankunft gerechnet, und er war ungeduldig von allen erwartet worden, insbesondere von Ruan. Mrs Clancy nahm ihn unter Tränen ungestüm in die Arme.

»Hier ist es nicht mehr so wie früher, seit ihr jungen Leute alle fort seid, die ihr ständig nach was zu essen gequengelt habt. Wie geht es deiner Ma und Nelson?«

»Beide sind bei guter Gesundheit, Mrs Clancy, und was Sie da backen, riecht so gut wie immer. Schokoladenkuchen?«

Die Köchin lachte so heftig, dass ihre Wangen schwabbelten. »Ich kann mich gut erinnern, was für ein Nimmersatt du warst, wenn ich Schokoladenkuchen gebacken hab. Und wie du dir hinter meinem Rücken noch mehr Stücke stibitzt hast. Aber jetzt musst du warten, bis der Kuchen fertig gebacken und abgekühlt ist. Und dann mach ich dir noch eine schöne Schokoglasur drauf.«

»Mrs Clancy, haben Sie den Kuchen etwa extra für mich gemacht?«

»Ich wollte dich doch so richtig willkommen heißen, mein Junge.«

»Ich muss zugeben, dass ich mich auf Langsdale immer noch wie zu Hause fühle, auch wenn es mir auf Riverview sehr gefällt.«

»Wenn man eine glückliche Kindheit hatte, bleibt der Ort, an dem man aufgewachsen ist, immer etwas Besonderes. Da kommt Ned.«

Darcy schüttelte dem Farmarbeiter die Hand. Er freute sich sichtlich, den alten Mann zu sehen. Während sie ein paar Nettigkeiten austauschten, stellte Mrs Clancy einen Teller mit Keksen auf den Tisch und schenkte Tee ein. Dann kam ein weiterer Mann herein und musterte Darcy mit unfreundlichen Blicken. Ned stellte ihn vor.

»Darcy, das ist Ted Skink. Ted hat Nelsons Stelle auf Langsdale übernommen. Ted, das ist Darcy Winton. Er will die Schafe abholen, die wir letzte Woche auf den Hof getrieben haben.«

Darcy wurde mit einem Grunzen begrüßt, seine ausgestreckte Hand ignoriert. Er sah, dass Ned die Stirn runzelte, und spürte, wie er selbst die Mundwinkel spöttisch verzog. Dieser Ted Skink war also auch jemand, der keine Mischlinge mochte. Nun ja, die Welt war voller ungehobelter Dummköpfe, und er hatte für solche Männer nichts übrig.

Allerdings wunderte er sich, wieso Con Trevannick, der doch in Rassen- und Glaubensfragen so tolerant war, einen solchen Mann eingestellt hatte. Er fragte Ruan danach.

»Ich kann nur sagen, Darcy, dass sich Skink verdammt gut mit Schafen auskennt. Er hat eine Menge Ahnung, und man muss gerechterweise zugeben, dass er nie nachlässig ist, was seine Arbeit angeht.«

»Aber du magst den Mann nicht.«

»Du hast den Nagel auf den Kopf getroffen, Kumpel. Ich finde, er sollte eher Skunk als Skink heißen. Und ich glaube, Pa weiß nicht, wie der Typ wirklich ist.«

»Wie ist er denn?«

»Er scheint irgendwie generell unzufrieden mit dem Leben zu sein. Er ist höflich, wenn es sein muss, aber sonst ist er immer richtig eklig. Die Schäfer mögen ihn alle nicht. Als die Scherer hier waren, war er mehr als einmal in eine Schlägerei verwickelt. Doch irgendwie wurden immer die Scherer beschuldigt, sie hätten die Schlägerei angezettelt. So ein Typ ist dieser Skink. Bösartig und gemein, und trotzdem schafft er es, dass Leute wie mein Vater ihn für einen guten Kerl halten.«

»Und wie behandelt er dich?«

»Respektvoll, wenn Pa oder Ned in der Nähe sind. Doch wenn ich mit ihm allein bin, stichelt er die ganze Zeit. Offenbar will er, dass ich die Beherrschung verliere. Ich kann dir sagen, Darcy, eines Tages verpasse ich ihm eine.«

»Warum tust du's denn nicht?«

»Ich geb es ja nur ungern zu, aber ich bin ein bisschen feige. Skink ist ein verdammt guter Kämpfer. Ich würde zweifellos den Kürzeren ziehen. Darcy, lass dir von mir einen guten Rat geben, halt dich von dem Mann fern, solange du hier bist. Er hasst Aborigines fast genauso sehr wie Chinesen. Poo Sun, unser Gärtner, ist eines Tages mit einer Mistgabel auf ihn losgegangen. Ich hab den kleinen Kerl noch nie so wütend erlebt. Er war echt auf Mord aus.« Bei der Erinnerung an diesen Zwischenfall musste Ruan lachen. »Skink hat geglaubt, er würde aufgespießt. Er ist abgehauen, als wäre ein Stier hinter ihm her. Seitdem ist Skink Poo Sun aus dem Weg gegangen. Das ist auch gut so, denn Poo Sun wird ihm niemals die Beleidigung seiner Vorfahren verzeihen.«

Trotz Ruans Rat und seiner eigenen Abneigung gegen Ted Skink war Darcy bereits am nächsten Morgen mit dem Mann alleine. Er war zum Fluss geschlendert und dann am Ufer entlang zu der Stelle gegangen, wo er früher am liebsten gefischt hatte. Hierher war er auch immer gekommen, um mit seinen Gedanken allein zu sein. An diesem Tag war sein Bedürfnis nach Einsamkeit besonders groß. Gestern hatte ihm Tante Meggan beim Abendessen stolz erzählt, dass Etty nun bei dem zurzeit in Australien gastierenden italienischen Opernensemble sang und vielleicht mit nach Neuseeland gehen würde.

Während er am Ufer des Flusses saß und Steine ins Wasser warf, dachte er die ganze Zeit an Etty. Seine Erinnerungen reichten bis weit in ihre Kindheit zurück. Es waren bittersüße Erinnerungen. Sie waren wie Bilder in seinem Kopf, Ettys Gesicht so klar, so lebensecht, als würde sie direkt neben ihm sitzen.

Er erinnerte sich daran, wie sie ihn einmal beim Fischen überrascht hatte, und musste lächeln. Er war nackt gewesen. Hatten sie da zum ersten Mal erkannt, dass sich die Zuneigung, die sie von Kindheit an füreinander empfunden hatten, zu etwas Stärkerem entwickelte? Er war sich nicht sicher, weil die Veränderung allmählich stattgefunden hatte. Oder etwa nicht? Er jedenfalls hatte Etty schon immer geliebt. Zumindest wusste er, dass er sie schon immer hatte heiraten wollen.

Er erinnerte sich sehr deutlich an einen Vorfall, der sich ereignet hatte, als sie noch sehr klein gewesen waren. Sie hatten sich im Busch verlaufen, und er hatte Etty getröstet und ihr gesagt, dass er auf sie aufpassen und sie heiraten würde, wenn sie groß wären. Er fragte sich, ob Etty sich auch noch daran erinnerte. Doch welchen Sinn hatte es überhaupt, darüber nachzudenken? Etty entfernte sich in jeder Hinsicht immer weiter von ihm. Auch wenn er niemals eine andere Frau so sehr lieben würde wie sie und sie immer einen Platz in seinem Herzen haben würde, wusste er doch, dass er sie sich aus dem Kopf schlagen musste.

Nachdem er zu diesem unwiderruflichen Schluss gekommen war, saß er in sich zusammengesunken da und ließ den Kopf hängen. Ein Mann sollte nicht weinen. Weinte er um sich oder um Etty? Er hatte geweint, als sein Onkel Josh gestorben war. Und er hatte geweint, als Ettys Vater ihn bestraft hatte, weil er weggelaufen war. Beide Male hatte er um etwas geweint, was er verloren hatte, und darum wusste er, dass er nun Etty verloren hatte.

Als er den Hufschlag eines Pferdes hörte, wischte er sich mit einem Ärmel übers Gesicht und raffte sich auf. Doch der Mann, der nur wenige Schritte von ihm entfernt sein Pferd zügelte, hatte die Tränen in seinen Augen offenbar gesehen.

»Sieh mal einer an, ist das nicht der Mischling, der da plärrt wie ein Baby? Warum sollte so ein Kerl wie du denn heulen? Ich hätt nicht gedacht, dass ihr Schwarzen überhaupt Gefühle habt. Na so was. Aber vielleicht hast du ja auch nur ein bisschen Dreck ins Auge gekriegt.« Skink schwang sich aus dem Sattel. »Solltest dir mal die Augen mit Wasser ausspülen, Schwarzer.«

Mit einem Satz war Skink bei Darcy und stieß ihn mit solcher Wucht um, dass er direkt am Fluss landete. Da er völlig überrumpelt worden war, hatte Darcy nicht verhindern können, dass er heftig auf den Boden schlug. Leicht benommen versuchte er noch, sich wieder aufzurichten, da kam Skink auch schon wie ein angreifender Stier mit gesenktem Kopf auf ihn zu und beförderte ihn mit einem Kopfstoß rückwärts ins Wasser.

Zitternd und prustend kam er wieder hoch. Das Wasser war eiskalt. Skink stand am Ufer, die Hände in die Hüften gestemmt, und verhöhnte ihn laut. Blitzschnell packte Darcy einen von Skinks Fußknöcheln, ein kurzer Ruck, und Skink lag im Wasser. Darcy zog ihn vorn am Hemd ein Stück heraus, holte dann mit der rechten Faust aus und verpasste ihm einen Schlag, der Skink wieder untergehen ließ.

Noch zweimal schlug er auf die gleiche Weise zu. Nach dem dritten Schlag versuchte Skink, auf allen vieren ans Ufer zu kriechen. Als er halb aus dem Wasser war, sprang Darcy auf ihn, knallte ihm die Faust an die Schläfe und rammte sein Gesicht in den Sand, sodass er keine Luft mehr bekam.

Skink machte einen Buckel und zog gleichzeitig die Knie an. Damit gelang es ihm, Darcy abzuschütteln. Im nächsten Moment lag er auf Darcy und packte dessen Kopf mit beiden Händen. Doch bevor er ihn auf den Boden knallen konnte, gelang es Darcy, sich mit einem gut platzierten Schlag zu befreien. Nun rangen sie miteinander und rollten schließlich, jeder den anderen fest umklammernd, zurück in den Fluss. Darcy rappelte sich als Erster auf. Und während sich Skink noch, auf einen Ellbogen gestützt, das Wasser aus dem Gesicht schüttelte, stieß Darcy dessen Kopf mit aller Kraft unter Wasser und hielt ihn fest. Ihm war egal, ob der Dreckskerl starb. Nur im Unterbewusstsein hörte er den Hufschlag und Ruans Stimme, die seinen Namen rief.

»Darcy! Um Himmels willen, was machst du da?«

Ruan stieß ihn weg, und er ging erneut unter. Als er wieder auf die Beine kam, sah er, wie Ruan Skink aus dem Fluss half. Darcy ging die paar Schritte bis zum Ufer und stand dann tropfend da, während Skink auf sein Pferd stieg. Der Mann hatte Zornesflecken im Gesicht.

»Dafür wirst du büßen, Schwarzer. Das war ein Mordversuch.«

Mit einem schnellen Griff packte Ruan das Zaumzeug von Skinks Pferd. Und mit einer ungewöhnlichen Autorität in der Stimme, ganz der Sohn seines Vaters, sagte er dann: »Ich weiß, was für ein Schuft Sie sind, Skink, und ich kenne Darcy. Ich kann Ihnen versichern, dass mein Vater Darcy eher glauben wird als Ihnen. Im Übrigen wissen Sie nicht, wie viel ich von der Schlägerei mitbekommen habe. Wenn Sie irgendwelche Vorwürfe gegen Darcy erheben, werden Sie feststellen, dass Ihre Tage auf Langsdale gezählt sind. Außerdem werde ich dann verdammt noch mal dafür sorgen, dass Sie kein Empfehlungsschreiben erhalten. Und jetzt machen Sie, dass Sie fortkommen.«

Während der Mann davonritt, ging Ruan zu Darcy hinüber. »Würdest du mir vielleicht mal erzählen, was das sollte?«

»Wie viel hast du wirklich mitgekriegt?«

»Ich hab gesehen, wie du versucht hast, den Schweinehund zu ertränken.«

»Ja, das wollte ich. Danke, dass du mich rechtzeitig daran gehindert hast. Ich hätte ihn glatt umgebracht.«

»Er hat dich provoziert?«

»Du kennst den Mann doch. Du hast mich ja vor ihm gewarnt.«

»Offensichtlich ohne Erfolg. Du hast Glück gehabt, dass ich gerade vorbeikam. Mein Gott, Kumpel. Ich hab noch nie jemanden erlebt, der so schnell wie du in einen Streit gerät. Du musst dich mehr zusammennehmen.«

»Das kann ich dir nicht versprechen, wenn Skink mich noch mal anpöbelt.«

»Versuch, ihm aus dem Weg zu gehen.«

»Ich hatte es heute Morgen nicht gerade darauf angelegt, ihn zu treffen. Er ist zufällig auf mich gestoßen …«, und weil Darcy gerade ein Gedanke gekommen war, grummelte er noch: »… oder mit Absicht.«

Sie gingen zurück zum Farmhaus. Ruan führte sein Pferd am Zügel. »Ich hab tatsächlich nach dir gesucht. Ich will nach Ballarat reiten. Hast du Lust mitzukommen?«

»Ja. Bleibst du über Nacht dort?«

»Wir können bei Onkel Tommy schlafen. Ich möchte bei ihm einen neuen Sattel bestellen.«

»Dein Onkel ist der beste Sattler, den ich kenne. Ich wäre selbst an einem neuen Sattel interessiert.«

Die beiden jungen Männer amüsierten sich in der Stadt und ritten am nächsten Morgen gut gelaunt nach Langsdale zurück. Den Nachmittag verbrachten sie damit, die Kisten mit den Schafen, die Darcy nach Riverview bringen sollte, auf das Fuhrwerk zu laden. Die Schafe waren zu wertvoll, um sie über Land zu treiben. Mit dem Fuhrwerk wurden sie nach Echuca gebracht, wo man sie in ihren Kisten auf einen Schleppkahn laden würde, um sie über den Fluss nach Riverview zu transportieren.

Fast auf den Tag sechs Wochen nach seiner Abreise kam Darcy mit den Schafen in Riverview an. Er war überrascht, wie sehr er sich beim Anblick des Farmhauses freute. Ihm war nicht bewusst gewesen, dass er die Farm inzwischen als sein Zuhause betrachtete und liebte. Doch auch die Freude heimzukehren brachte seinen Entschluss nicht ins Wanken, eines Tages als Anwalt zu arbeiten. Er fragte sich, ob Williams wohl inzwischen einen Ort für seine Kanzlei gefunden hatte. Und ob der Mann sein Versprechen halten und ihm schreiben würde.

Mittlerweile war Frühling, die schönste Jahreszeit. Die Tage waren klar und warm, die Nächte gerade kühl genug, dass man gut schlafen konnte. Phlox und Bartnelken blühten zwischen den zu neuem Leben erweckten Rosenstöcken in Janes Garten. Die Luft war vom Duft der Goldakazien erfüllt.

In diesem Frühjahr fand Darcy zu einer Zufriedenheit zurück, wie er sie schon seit geraumer Zeit nicht mehr empfunden hatte. Eines Tages würde dieses wunderschöne Anwesen ihm gehören. Dieses Wissen verhalf ihm zu einem neuen Selbstwertgefühl. Die Richtung, die sein Leben nehmen würde, war nun klar. Da Nelson gesund und im besten Alter war, blieben Darcy noch viele Jahre, um seiner Leidenschaft für die Juristerei nachzugehen, bis der Zeitpunkt kam, wo er Riverview übernehmen würde.

Er merkte, dass sowohl seine Mutter als auch Nelson erleichtert waren, ihn so zufrieden zu sehen, deshalb ließ er sie in dem Glauben, dass er keinerlei Absicht habe, Riverview je zu verlassen. Nur wenige Tage nach seiner Rückkehr hatte er Boney geschrieben und ihm von seiner Begegnung mit dem Anwalt Mr

Williams erzählt und von seiner Hoffnung, dass sich aus dieser zufälligen Begegnung etwas Gutes entwickeln könnte. Boney schrieb ihm erfreut zurück.

Ich bin fest davon überzeugt, dass das Gewünschte eines Tages Realität wird, wenn man es wirklich will und bereit ist, hart dafür zu arbeiten, und niemals die Hoffnung aufgibt.

So begann Darcy an seine Zukunft zu glauben, statt nur zu hoffen. Und er war mehr denn je davon überzeugt, dass seine Zukunft als Anwalt gesichert sei, als er einen Brief von Williams erhielt.

Lieber Mr Winton,
ich habe mich entschlossen, mich in Bendigo niederzulassen, weil mir die Stadt gut gefällt. Allerdings praktizieren hier bereits einige Anwälte, deshalb rechne ich damit, dass es eine Weile dauern wird, bis ich mich etabliert habe. Mir ist klar, dass mein Alter einige potentielle Klienten abschrecken könnte, weil sie mich für zu jung halten, um genügend juristische Kenntnisse oder genügend Erfahrung zu haben. Doch ich bin sicher, dass ich schon bald meine Fähigkeiten beweisen kann.

Seit sich unsere Wege getrennt haben, habe ich oft an Sie gedacht, Mr Winton. Ihre Herkunft ist für mich kein Problem. Mich interessieren sehr viel mehr Ihre juristischen Kenntnisse und Fähigkeiten. Wir müssen regelmäßig miteinander korrespondieren. Ich möchte mit Ihnen über bestimmte Fälle diskutieren, damit Sie praktische Erfahrung bekommen und ich Ihre Fähigkeiten einschätzen kann. Ich bin überzeugt, dass wir gut zusammenarbeiten könnten.

Mit freundlichen Grüßen
Ernest Williams Esq.

Darcy war begeistert. Nun war seine Zukunft nicht länger ungewiss. Er glaubte an sich selbst und an seine juristischen Fähigkeiten. Es machte ihm nichts aus zu warten, bis Ernest Williams nach ihm schickte.

14

Sydney im Frühling war ein farbenfroher und heiterer Ort, zumindest für die gesellschaftliche Elite, die sich die vielen Attraktionen leisten konnte, die die Stadt zu bieten hatte. Das derzeit gastierende italienische Opernensemble war das Hauptthema bei den meisten gesellschaftlichen Anlässen. Es gehörte zum guten Ton, in der Oper gesehen zu werden. Jeder, der eine gewisse Position innehatte, selbst diejenigen, die nichts von klassischer Musik verstanden oder sie nicht mochten, ging pflichtbewusst in jede der drei Aufführungen der Saison.

Die Damen der Gesellschaft versuchten sich gegenseitig darin zu übertreffen, die gastierenden Künstler zum Morgentee, Nachmittagstee und zu einem späten Abendessen einzuladen. Insbesondere wetteiferten sie miteinander, Henrietta Trevannick als Ehrengast in ihrem Haus begrüßen zu dürfen. Als sie feststellten, dass sie Miss Trevannick nur in Begleitung ihrer Mentorin haben konnten, jener seltsamen Frau, die sich Madame Sowieso nannte und die keine Gastgeberin, die etwas auf sich hielt, jemals willkommen heißen würde, ging die Anzahl der Einladungen jedoch deutlich zurück.

Etty fand die ganze Situation ziemlich lächerlich. Boshafterweise hatte sie bewusst auf Madames Begleitung bestanden, weil sie genau wusste, dass die Societydamen weniger an ihr selbst interessiert waren als daran, ihr gesellschaftliches Ansehen zu vergrößern. Das bisschen Freizeit, das sie hatte, verbrachte sie lieber mit Alistair, indem sie die Stadt erkundeten oder eine Bootsfahrt durch den schönen Hafen machten.

Seit das Ensemble Melbourne verlassen hatte und zuerst auf dem Seeweg nach Adelaide und dann an der Küste entlang nach Sydney gereist war, hatte Alistair die Rolle von Ettys Manager übernommen. Obwohl Madame darauf bestand, Ettys Anstandsdame zu geben, und nicht bereit war, ihre Starschülerin aus den Augen zu lassen, war zumindest für Etty und Alistair offenkundig, dass sie nicht ganz gesund war. Entgegen allen Erwartungen hatte Etty Madame, die nach allen Aufführungen unvoreingenommen und konstruktiv Kritik übte, sehr lieb gewonnen und konnte sich nicht vorstellen, wie sie jemals ohne sie als Mentorin zurechtkommen sollte.

Auch war für sie ein Leben ohne Alistair undenkbar. Sie mochte ihn so gern wie einen Bruder, aber in vieler Hinsicht war er für sie viel mehr als das. Er war ihr Vertrauter, ihr Fels in der Brandung. Mit ihm konnte sie über ihre Gefühle und ihre Probleme sprechen und wusste, dass er sie verstehen und ihr so gut raten würde, wie er nur konnte. Manchmal, wenn sie einfach nur reden musste, war er ein guter Zuhörer. Gelegentlich weinte sie sich an seiner Schulter aus, wenn sie übermüdet war oder der Stress der Proben ihr zu viel wurde.

Ein Problem, das ihr immer mehr zu schaffen machte, waren die unerwünschten Annäherungsversuche von Benito Relia. In Melbourne hatte er sie lüstern begafft, was sie ignoriert hatte. Alle anzüglichen Blicke oder sexuellen Anspielungen hatte sie absichtlich missverstanden. Sie fand ihn eher komisch und sah in ihm nicht den unwiderstehlichen Liebhaber, für den er sich anscheinend hielt. Im Übrigen war er fast so alt wie ihr Vater und sah bei Weitem nicht so gut aus. Leider schien ihr Desinteresse seine Leidenschaft nur zu befeuern. Eines der Mädchen aus dem Chor versuchte, Etty die Situation zu erklären.

»Benito versteht einfach nicht, dass du kein Interesse an ihm hast. Er ist der eingebildetste Mann, den ich kenne.«

»Das glaube ich gern, Maria. Er fasst mich ständig völlig unnötig und viel zu intim an. Ich fürchte, eines Tages wird er mich tatsächlich auf der Bühne küssen, statt nur so zu tun. Ich weiß ehrlich nicht, wie Donna Bella ihn ertragen hat.«

»Donna Bella war seine Geliebte!«, rief Maria aus. »Das musst du doch gewusst haben!«

Etty biss sich auf die Unterlippe und zog die Augenbrauen zusammen. »Nein«, sagte sie bedächtig, »das habe ich nicht.«

»Benito hofft offensichtlich, dass du Donna Bellas Platz nicht nur auf der Bühne, sondern auch in seinem Bett einnehmen wirst.«

»Niemals! Aber danke, dass du mich aufgeklärt hast, Maria. Jetzt werde ich noch vorsichtiger auf seine Avancen reagieren.«

Trotz ihres demonstrativen Desinteresses wurden Benitos Annäherungsversuche so massiv, dass Etty nirgends mehr alleine hinging aus Angst, sich plötzlich in seiner Gesellschaft zu befinden. Madame oder Alistair waren immer an ihrer Seite. Leider erwies sich jedoch Madame in dieser Sache als keine große Hilfe. Vielmehr gab sie offen zu, sie wünschte, sie wäre viele Jahre jünger.

»Benito ist ein sehr schöne Mann. Ah, diese wunderbare schwarze Augen, so geheimnisvoll, so leidenschaftlich. Eine solche Mann weiß, wie man einer Frau große Lust bereitet. Ich hatte mal einen italienischen Liebhaber. Er hat mir beigebracht, Dinge zu spüren, die ich nie bei eine andere Mann empfunden habe.« Sie seufzte nostalgisch.

»Du solltest ihn nicht so herzlos zurückweisen, meine liebe Etty. Du bist ein große Sängerin, aber du musst auch ein große Schauspielerin sein. Doch das du kannst nicht sein, wenn du keine Leidenschaft erlebt hast. Du solltest in Erwägung ziehen, Benito zu deine Liebhaber zu nehmen.«

»Nichts dergleichen werde ich tun, Madame. Ich mag den Mann nicht mal besonders. Abgesehen davon ist er alt genug, um mein Vater zu sein.«

»Er ist eine hervorragende Tenor.« Madame schmollte beinahe.

»Ja, er ist ein hervorragender Tenor, und ich fühle mich geehrt, dass ich an der Seite eines Sängers seines Formats auftreten kann. Aber ich kann doch den Sänger schätzen, ohne dass ich ihn als Person mögen muss.«

»Bist du nicht immer noch Jungfrau, meine Liebe?«

Etty schnappte nach Luft. »Das wissen Sie ganz genau, aber was hat das …?«

»Beim ersten Mal sollte eine Frau mit einem Mann zusammen sein, der weiß, was er tut. Du willst doch deine Jungfräulichkeit nicht an einen Mann verlieren, der einfach ohne Rücksicht auf deine Gefühle auf dich steigt und dich benutzt, um sich zu befriedigen.«

Etty spürte, wie ihre Wangen feuerrot wurden. »Also wirklich, Madame, dieses Gespräch wird langsam lächerlich. Ich habe nicht den Wunsch, meine Jungfräulichkeit zu verlieren, und ich möchte auch nicht über dieses Thema diskutieren. Als meine Anstandsdame sollten Sie mich vor Lüstlingen beschützen und mich nicht ermutigen, mir einen Liebhaber zu nehmen.«

Madame reagierte gereizt. »Ich habe dir nur meine Meinung gesagt. Ich bezweifele nämlich, dass du je einen besseren ersten Liebhaber finden wirst als Benito.«

»Ich will keinen ›ersten‹ Liebhaber und keinen ›letzten‹ und auch keinen dazwischen. Es gibt nur einen Mann, den ich jemals lieben werde, und er wird der erste und der letzte Mann sein, der meinen Körper besitzt.«

Madame saß plötzlich kerzengerade. »Du hast einen Liebhaber? Wer ist er? Warum weiß ich nichts davon?«

Etty knirschte entnervt mit den Zähnen. »Weil er *nicht* mein Liebhaber ist. Er ist – ach, lassen wir doch dieses Gerede. Ich gehe jetzt aus, und zwar alleine. Ich werde mich bemühen, Benito aus dem Weg zu gehen, also geben Sie die Hoffnung auf, dass ich seinen Verführungskünsten erliegen werde.«

Madame beharrte jedoch auf ihrer Meinung, dass Etty an einem Punkt in ihrem Leben angekommen sei, an dem sie die Erfahrung körperlicher Liebe brauche. Auch wenn sie klug genug war, Etty nicht noch einmal unverblümt vorzuschlagen, sie solle sich den Tenor als Liebhaber nehmen, nutzte sie doch jede Gelegenheit, Etty die Idee irgendwie nahezubringen.

Als das Ensemble in Sydney ankam, konnte Etty sowohl Madames Anspielungen als auch Benito Relias Avancen nicht länger ertragen. Zwar wollte sie das Ensemble nicht verlassen, was sie auch gar nicht gekonnt hätte, ohne ihren Vertrag zu brechen und großes Chaos auszulösen, doch sie war zu dem Schluss gekommen, dass etwas geschehen musste. In ihrer Verzweiflung wandte sie sich an Signor Ruggeiri, weil sie wusste, dass er keinen seiner beiden Starsänger verlieren wollte.

Sie trafen sich zum Morgentee in einem Café mit Blick auf den Hafen, wo sie ganz sicher nicht von anderen Mitgliedern des Ensembles behelligt werden würden. Signor Ruggeiri war bereits da, als sie kam, und stand auf, bis sie sich hingesetzt hatte. Sie bestellten zweimal Devonshire Tea.

»Sie sehen ein wenig angespannt aus, Henrietta. Gibt es ein Problem, über das Sie mit mir reden möchten?«

»Ja, Signor, auch wenn ich nicht weiß, was Sie dann von mir denken werden.«

»Wollen Sie mir etwa sagen, dass Sie mein Ensemble verlassen möchten?«

Völlig verblüfft, weil sie tatsächlich nahe dran gewesen war, schüttelte Etty nur den Kopf.

»Dann sehe ich keinen Grund, weshalb ich schlecht von Ihnen denken sollte.«

Ein Lächeln umspielte ihre Lippen. Das Opernensemble war Signor Ruggeiris Ein und Alles. »Ich möchte sehr gerne beim Ensemble bleiben. Und ich hoffe auch, dass ich mit Ihnen nach Italien gehen kann. Es gibt jedoch ein Problem, von dem ich nicht mehr weiß, wie ich damit umgehen soll.«

In dem Moment kam der Ober mit einem Tablett, auf dem eine Teekanne, Tassen und Unterteller, Zuckerdose und Milchkännchen standen. Er stellte alles auf den Tisch und sagte, er würde den Rest gleich bringen. Etty starrte über die Straße zum Hafen, bis auch Teebrötchen, Sahne und Erdbeermarmelade vor ihnen standen.

Sie schenkte Signor Ruggeiri und sich selbst Tee ein, brach ein Teebrötchen durch und bestrich es mit reichlich Marmelade und Sahne. Sie führte es halb zum Mund, doch dann legte sie es wieder auf den Teller. Sie konnte nicht essen, bevor sie ausgesprochen hatte, was sie bedrückte.

»Signor Ruggeiri, im Ensemble gibt es einen Mann, der mich mit seinen Annäherungsversuchen belästigt. Er ignoriert all meine Versuche, ihn zu entmutigen. Mittlerweile fühle ich mich sehr unwohl, wenn er in der Nähe ist.«

»Ah, Benito.«

Etty blieb beinahe die Luft weg. »Sie wissen das? Sie haben gesehen, wie er mir nachstellt? Warum haben Sie denn nichts gesagt?«

Der Signor strich über seinen dünnen Schnurrbart. »Mir war nicht klar, dass Sie Benitos Aufmerksamkeit als so unangenehm empfinden.«

»Das haben Sie nicht bemerkt? Sie müssen doch gesehen haben, dass ich ihn ständig zurückgewiesen habe.«

»Das stimmt. Ich muss gestehen, Henrietta, dass ich das Ganze mit einigem Amüsement beobachtet habe und mich gefragt habe, wer wohl als Erster nachgeben würde. Nun nehmen Sie doch bitte wieder Platz. Ich entschuldige mich. Es ist wohl Ihr gutes Recht, gekränkt zu sein.«

Etty setzte sich wieder auf ihren Stuhl. »Natürlich ist das mein gutes Recht, Signor. Wenn Sie nicht mein Arbeitgeber wären, würde ich auf der Stelle hinausgehen. Und wenn ich nicht so leidenschaftlich gerne singen würde, würde ich das Ensemble verlassen und nie wieder zurückkommen.«

»Beruhigen Sie sich doch bitte. Essen Sie Ihre Brötchen, und trinken Sie Ihren Tee. Nach dem Essen werden wir weiter über diese Angelegenheit reden.«

Schweigend verzehrten sie ihr Frühstück, Etty entrüstet, Signor Ruggeiri amüsiert.

»Ich hatte gehofft …«, Signor Ruggeiri tupfte sich den Mund mit seiner Serviette ab, »dass Sie auch die Neuseeland-Tournee mit uns zusammen machen.«

»Mein Vertrag gilt nur für Australien.«

»Dann verlängern wir ihn.«

Etty konnte ihre Verblüffung nicht verbergen. »Wird sich Donna Bella denn nicht wieder dem Ensemble anschließen?«

»Donna Bella wird in Neuseeland zu uns stoßen. Sie reist direkt von Melbourne dorthin.«

»Ist denn ihr Bein restlos verheilt?«

»Ich glaube ja. Ich möchte jedoch nicht, dass sie jeden Abend auftritt und sich möglicherweise überanstrengt.«

Würde Donna Bellas Rückkehr dazu führen, dass Benito sie in Ruhe ließ? Etty hatte da ihre Zweifel. Sie war für ihn zu einer Herausforderung geworden, die er bezwingen wollte.

Etty biss sich erneut auf die Unterlippe. »Ich würde gerne mit nach Neuseeland fahren«, sagte sie seufzend und runzelte gleichzeitig die Stirn.

»Wenn die unerwünschten Aufmerksamkeiten unseres verliebten Benitos nicht wären. Ich werde mit ihm reden und ihm sagen, er soll sich benehmen.«

»Meinen Sie, er wird auf Sie hören, Signor? Er ist nämlich sehr von sich eingenommen.«

»Für mich ist er nicht so wichtig wie Sie, Henrietta. Er wird sich benehmen, wenn er befürchten muss, seine Stellung im Ensemble zu verlieren. Der junge Marcus könnte sehr gut seinen Platz einnehmen. Der Junge ist äußerst vielversprechend. Ich habe sogar schon daran gedacht, ihn an einem Abend die Hauptrolle singen zu lassen. Er ist schon viel zu lange die zweite Besetzung. Kommen Sie heute Abend zu mir, dann unterzeichnen wir einen Vertrag für die Neuseeland-Tournee.«

Was auch immer Signor Ruggeiri zu Benito gesagt haben mochte, es hatte sofortige Wirkung. Noch am selben Nachmittag wurde ein riesiger Blumenstrauß bei Etty abgeliefert. Die beiliegende Karte enthielt eine wortreiche Entschuldigung – in schlecht formuliertem Englisch – dafür, dass er ihr Kummer bereitet habe. Madame fand die Geste natürlich höchst romantisch. Etty blickte der abendlichen Begegnung mit Benito nervös entgegen. Als sie zum Theater kam, stellte sie jedoch erstaunt fest, dass der Signor Wort gehalten hatte und Marcus an diesem Abend in der *Verkauften Braut* die männliche Hauptrolle sang.

Henrietta und Marcus erhielten lang anhaltenden, stürmischen Applaus. Ihre Duette entfachten einen besonderen Zauber, den niemand, und schon gar nicht der Leiter des Ensembles, vorhergesehen hatte. Signor Ruggeiri war entzückt.

»Ihr müsst häufiger miteinander singen. Zusammen seid ihr *magnifico*. Wenn Sie nach Italien kommen, Henrietta, werden Sie immer Marcus zum Partner haben. An der Seite von Benito waren Sie gut. Aber mit Marcus sind Sie brillant.«

Marcus strahlte über dieses seltene Lob, legte Etty einen Arm um die Schulter und drückte sie an sich. Etty lächelte ihn glücklich an. Sie waren gut gewesen zusammen. Dann sah sie, dass Benito sie mit finsterer Miene beobachtete, und wusste, was er dachte. Doch Marcus' Umarmung war rein freundschaftlich gewesen, er hatte nichts getan, woran Etty Anstoß nehmen könnte.

Als Etty zu ihrer Garderobe ging, stellte sich Benito ihr in den Weg. »Bella Henrietta.«

Bevor sie ahnte, was er vorhatte, lagen seine Hände auf ihren Schultern, und seine Lippen berührten ihre. Der Kuss war nicht leidenschaftlich, nur fest, genauso fest wie der Schlag, den Etty ihm auf die Wange verpasste, sobald er sie losließ. Sie drängte sich an ihm vorbei, fort von dem Blick seiner beängstigend zornig glühenden Augen, und lief schnurstracks Alistair in die Arme.

Hinter ihr brüllten sich Marcus und Benito auf Italienisch an. Alistair begleitete Etty bis zur Tür ihrer Garderobe.

»Ich warte hier, bis du dich umgezogen hast.«

Etty lächelte ihn dankbar an. Sie fing an zu zittern, weniger wegen des Kusses, sondern weil sie befürchtete, dass sie zu heftig reagiert hatte. Benito würde ihr diesen Schlag ins Gesicht nicht so bald verzeihen. Ihre Position innerhalb des Ensembles könnte von nun an unerträglich werden. Das erklärte Etty Alistair auf dem Heimweg zum Hotel. Wenn es nicht gerade regnete oder extrem windig war, ging Etty lieber zu Fuß, statt eine Droschke zu nehmen. Die Nachtluft half ihr, sich zu entspannen, sodass sie, sobald sie im Bett war, sofort einschlief.

»Was soll ich nur tun, Alistair? Das hat bestimmt üble Folgen.«

»Wovor hast du denn Angst?«

»Signor Ruggeiri hat Benito gesagt, er soll mich nicht belästigen. Solange wir mit dem Ensemble zusammen sind, wird er mir keine Probleme bereiten. Aber seine Augen machen mir

Angst. Er wird mir nicht verzeihen, dass ich ihn ins Gesicht geschlagen habe.«

»Du brauchst einen Beschützer, Etty, jemanden, der das Recht hat, ihn zu zwingen, dich in Ruhe zu lassen.«

»Meinst du, ich sollte mir einen Leibwächter engagieren?«

»Nein, ich meine, du solltest dir einen Verlobten zulegen.«

Die Ruhe, mit der er das aussprach, ließ Etty mehr stutzen als die Worte an sich. Sie blieb stehen und sah ihn an. »Und wie soll ich an einen Verlobten kommen?«

»Das ist doch ganz einfach. Ich werde dein Verlobter. Denk mal darüber nach, Etty«, forderte er sie auf, als sie ihn verwirrt ansah. »Als dein Verlobter habe ich viel mehr das Recht, dich zu beschützen, als wenn ich nur dein Manager bin. Ich glaube nicht, dass sich irgendwer wundern wird, wenn wir plötzlich unser Verlöbnis bekannt geben. Nur du und ich, und natürlich Madame, werden wissen, dass es keine echte Verlobung ist.«

»Ich bezweifele, dass ein Ring an meinem Finger Benito abschrecken wird. Meinst du wirklich, er wird mich in Ruhe lassen, wenn er glaubt, dass wir verlobt sind?«

»Ich hoffe es jedenfalls. In nicht einmal sechs Wochen kehrt das Ensemble nach Italien zurück, dann bist du den Mann los.«

Etty deutete ironisch einen Knicks an. Sie amüsierte der Gedanke, Alistair als ihren Verlobten vorzustellen. »Also gut, der Herr, ich nehme Ihren Antrag an. Ich werde mir einen passenden Ring besorgen.«

»Das wirst du nicht tun. Morgen gehen wir zusammen los und kaufen dir einen richtigen Verlobungsring. Wir müssen dafür sorgen, dass unsere Verlobung echt aussieht.«

Trotz Ettys Einspruch wegen des hohen Preises kaufte Alistair ihr am nächsten Tag einen tiefblauen Saphir, der von Diamanten eingefasst war.

»Ich habe deinen Augen angesehen, wie sehr dir dieser Ring

gefällt. Er passt perfekt an deinen Finger, also musst du ihn haben.«

»Oh, Alistair, ich habe ein schlechtes Gewissen, einen so teuren Ring unter Vorspiegelung falscher Tatsachen anzunehmen.«

»Dann betrachte ihn doch einfach als ein Geschenk aus Freundschaft.«

»Du bist mein liebster Freund, Alistair. Danke.« Sie hob den Kopf und gab ihm einen Kuss auf die Wange, worauf er sie an sich drückte.

»So wie du meine liebste Freundin bist, Etty. Und jetzt müssen wir Madame und allen anderen unsere Neuigkeit mitteilen.«

Wie sie beide erwartet hatten, war Madame skeptisch. »Sie, Alistair? Sie wollen heiraten? Nein, nein. Sie sind nicht der Mann, der sich ein Frau nimmt. Glauben Sie etwa, ich weiß das nicht?«

»Etty ist nicht irgendeine Frau, Madame. Ich liebe sie sehr.« Den Zusatz »als Freundin« verschwieg er.

»Liebst du Alistair denn auch, Etty?«

Etty lächelte Alistair verschwörerisch an. »Genauso sehr, wie er mich liebt, Madame.«

Für beide war dies nicht gelogen, sie hatten nur nicht erklärt, was für eine Art von Liebe sie teilten. Madame musterte forschend ihre lächelnden Gesichter, räusperte sich ein paarmal und zupfte an ihrem Schal, wie sie es immer tat, wenn sie etwas irritierte. Dann seufzte sie so tief, dass ihr Busen sich hob und wieder senkte.

»Ich hoffe nur, dass keiner von euch einen Fehler macht.«

Die Nachricht von ihrer Verlobung wurde von allen anderen mit Gratulationen und guten Wünschen begrüßt – außer von Benito, der ein Gesicht machte wie ein Kind, dem man gerade sein Lieblingsspielzeug weggenommen hat. Dennoch sprach er steif und formal seine Glückwünsche aus, die von Etty freundlich entgegengenommen wurden, während Alistair ihn mit einem herausfordernden Blick ansah, der deutlich besagte: »Etty ist jetzt meine Verlobte. Wenn du sie belästigt, kriegst du es mit mir zu tun.«

Auch wenn Alistairs wahre Liebe ein Mann gewesen war, hatte er nichts Verweichlichtes an sich. Schon in jungen Jahren hatte er gelernt, sich körperlich zu verteidigen. Ein hübscher blonder Junge mit einer Vorliebe für Musik und einer Abneigung gegen Sport war ein naheliegendes Opfer für Schulhofschläger.

Signor Ruggeiri erklärte, dass dieser Anlass gefeiert werden müsse. »Wir geben noch drei Vorführungen, dann veranstalten wir eine große Party, bevor wir nach Neuseeland reisen.«

Etty war dagegen. Eine Party, um eine Scheinverlobung zu feiern, schien ihr eine geschmacklose Farce. Alistair riet ihr jedoch, sich in das Unvermeidliche zu fügen.

»Sieh es doch einfach als Abschlussparty der Australien-Tournee an, wenn du dich dann besser fühlst. Wir müssen vielleicht den einen oder anderen Toast auf unser künftiges Glück über uns ergehen lassen, doch ansonsten wird es den Leuten bei der Party weniger um unsere Verlobung gehen, als um die Gelegenheit zu essen, zu trinken und fröhlich zu sein.«

Zwischen der letzten Aufführung in Sydney und der Abreise ihres Schiffs nach Neuseeland blieb noch eine Woche Zeit. Etty, Alistair und Madame nutzten die Gelegenheit, um noch einmal gemeinsam die Sehenswürdigkeiten der Stadt zu erkunden. Sie unternahmen eine Hafenrundfahrt, durchstreiften den Stadtteil The Rocks, der vor fast hundert Jahren erbaut worden war, und bewunderten die schönen Villen in Rose Bay.

An einem sonnigen Tag fuhren sie nach Brighton, um am Strand spazieren zu gehen. Keiner von ihnen hatte je einen solchen Strand gesehen. Goldener Sand, so weit das Auge reichte, und ein blaugrüner Ozean, dessen mit weißen Schaumkronen besetzte Wellen auf den Strand rollten, wo sie sprudelnd über den Sand wirbelten, bevor sie wieder zurückwichen. Barfüßige Jungen, die sich die Hosen bis zu den Knien aufgerollt hatten, tollten am Wasser herum, während ihre Schwestern in Schuhen und Strümpfen neidisch zusahen.

Graue und weiße Möwen kreisten schreiend über ihnen. Ab und zu schoss eine im Sturzflug aufs Wasser hinab, in der Hoffnung, einen Fisch zu erwischen. Zufrieden atmete Etty die Seeluft tief ein, während sie über den Sand schlenderten.

»Der Strand hat einen ganz eigenen Geruch. Er ist überhaupt nicht mit dem der Weiden zu Hause, mit denen des Buschs oder der Stadt zu vergleichen. Es gefällt mir, wie es an der Küste riecht.«

»Nach Salzwasser und Seetang«, sagte Alistair. »Seht mal die Sandburg, die der Junge da gebaut hat. Die ist ja fantastisch.«

Er zeigte auf einen etwa sechsjährigen Jungen, der gerade sorgfältig einen Graben um die Sandburg zog, die er gebaut hatte. Der Junge war ganz in seine Arbeit vertieft und offensichtlich froh, für sich zu sein, statt mit ein paar älteren Jungen in der Nähe Ball zu spielen. Bestürzt blickte er auf, als der Ball in seine Burg krachte.

Etty war empört. »Diese Kerle haben den Ball mit Absicht auf die Burg geworfen. Wie können sie nur so gemein sein?«

Während die Jungen lachten und den Burgenbauer verhöhnten, der in Tränen ausgebrochen war, ging Alistair mit großen Schritten über den Sand und packte den offenkundigen Anführer der Gruppe im Nacken. Von keinem der Halbwüchsigen schien ein Elternteil oder ein Betreuer da zu sein, der darauf achtete, dass sie sich benahmen.

»Entschuldige dich! Sofort!« Alistair schob den sich hin und her windenden Jungen zu der zerstörten Sandburg und hielt ihn erbarmungslos fest, bis er eine Entschuldigung gemurmelt hatte.

»Und jetzt macht, dass ihr fortkommt. Nehmt euren Ball mit, und achtet in Zukunft darauf, wo ihr ihn hinwerft.«

Dann hockte sich Alistair neben den Jüngeren. »Du brauchst nicht zu weinen. Wir bauen zusammen eine noch schönere Sandburg. Was hältst du davon?«

Der Junge nickte. Er hatte vor Überraschung ganz große Augen bekommen.

»Wo sind denn deine Eltern?«, fragte Alistair. Er hielt es für geraten, sie von seiner Vertrauenswürdigkeit zu überzeugen.

»Meine Oma ist da drüben.«

Alistair drehte den Kopf zu einer älteren Frau, die auf einem Liegestuhl in der Sonne saß und schlief. Etty und Madame machten es sich gerade auf ebensolchen Stühlen bequem. Alistair lächelte zu ihnen hinüber, dann widmete er sich wieder dem Kind.

»Wie heißt du?«

»Robbie.«

»Nun, Robbie, wie groß sollen wir die Burg denn bauen?«

Innerhalb von Minuten war er genauso vertieft in die Arbeit wie sein neuer junger Freund, der ständig lebhafte Vorschläge machte und herumflitzte, um Muscheln zu suchen, mit denen er die Burg schmückte.

Vergnügt und entspannt beobachtete Etty Alistair in seiner neuen Rolle. Madame war eingeschlafen, so wie die Großmutter des Knaben neben ihr. Ab und zu blickte Alistair in ihre Richtung und winkte ihr lächelnd zu. Er hatte ganz offensichtlich seinen Spaß. Was für ein wunderbarer Vater er sein würde. Etty spielte an ihrem Verlobungsring herum. Ob ein Mann wie Alistair, der nie mit einer Frau geschlafen hatte und auch kein Verlangen danach verspürte, sich ändern könnte? Wie traurig, wenn er nie eigene Kinder haben würde, wo er doch so mühelos eine Beziehung zu diesem kleinen Jungen hatte herstellen können.

Als sie einige Zeit später den Strand verließen, klagte Madame über Übelkeit. In der Tat sah sie sehr blass aus. Sie erklärte, sie hätte einen Sonnenstich. Sobald sie ins Hotel zurückgekehrt waren, ging sie zu Bett. Als sie vierundzwanzig Stunden später immer noch im Bett lag, bestand Etty darauf, einen Arzt zu rufen. Madame lehnte das kategorisch ab.

»Aber Madame, wir fahren doch in zwei Tagen nach Neuseeland. Bis dahin müssen Sie wieder gesund sein.«

»Ich komme nicht mit, Etty. Ich fahre zurück nach Melbourne zu mein liebe Mr Boniface.«

Etty widersprach. »Sie sind nicht in der Verfassung, irgendwohin zu fahren. Sie brauchen einen Arzt. Bitte, Madame, ich werde mir die ganze Zeit Sorgen um Sie machen, wenn Sie keinen Arzt kommen lassen.«

Alistair beschloss, einen Arzt zu rufen, auch wenn Madame darauf bestand, dass sie keinen brauche. Dann zwang er sie, sich untersuchen zu lassen.

»Ja, ich glaube, Sie haben tatsächlich einen Sonnenstich«, stimmte der Arzt ihr zu. »Ich gebe Ihnen ein Medikament, dann werden Sie sich im Nu besser fühlen.«

Alistair und Etty wandten sich besorgt an den Arzt, nachdem er Madames Zimmer verlassen hatte. »Ist es wirklich nur ein Sonnenstich? Sie ist oft ziemlich außer Atem.«

»Tatsächlich? Davon hat mir die Patientin nichts gesagt. Allerdings bestätigt das meine Diagnose. Sie hat ein schwaches Herz. Ich habe ihr geraten, sich zu schonen, aber sie will einfach nicht wahrhaben, dass sie nicht nur zu viel Sonne abbekommen hat, sondern dass mit ihr tatsächlich etwas nicht stimmt.«

»Ist sie denn in der Lage, allein nach Melbourne zurückzureisen?«

»Ich glaube, das wird kein Problem sein, Miss Trevannick. In Melbourne gibt es ja offenbar jemanden, zu dem sie gehen kann.«

»Sie hat dort einen sehr guten Freund, der sich um sie kümmern wird.«

»Dann brauchen Sie sich keine Sorgen zu machen. Es war mir ein Vergnügen, Sie persönlich kennenzulernen, Miss Trevannick. Ich bin ein großer Fan von Ihnen.«

Etty bedankte sich liebenswürdig, und als Alistair die Tür hinter dem Mann geschlossen hatte, fragte sie: »Glaubst du, dass Madame tatsächlich so gesund ist, dass sie allein reisen kann?«

»Ich muss zugeben, dass mir bei dem Gedanken nicht ganz wohl ist. Es würde mir sehr viel besser gehen, wenn sie eine Begleitperson hätte.«

»Mir auch. Die Frage ist nur, woher wir die auf die Schnelle nehmen sollen.«

»Ich werde mich mal bei der Schifffahrtsgesellschaft erkundigen. Vielleicht reist ja noch eine Frau alleine und wäre bereit, sich ein wenig um Madame zu kümmern und dafür zu sorgen, dass sie sicher in Melbourne ankommt.«

Wie es ein glücklicher Zufall wollte, konnte Alistair Madame in einer Kabine zusammen mit einer schottischen Krankenschwester unterbringen, die nach Süden zu ihrer Tochter und ihren Enkelkindern reiste. Er setzte sich mit der Krankenschwester in Verbindung und bat sie, sich am nächsten Tag mit ihnen und Madame zu treffen. Etty und er würden bereits an Bord des Schiffes nach Neuseeland sein, wenn der Küstendampfer mit dem Ziel Melbourne von Sydney losfuhr.

Das Treffen war ein Erfolg. Madame schien erleichtert, eine Reisebegleiterin zu haben, auch wenn sie zu stur war zuzugeben, dass sie sich Sorgen gemacht hatte. Schwester McIver nahm Madames offenkundige Verschrobenheiten ganz gelassen hin. Und so konnten Etty und Alistair sich sehr viel beruhigter verabschieden.

15

Obwohl Darcy ganz zufrieden war mit dem Lauf, den sein Leben nahm, gab es zwei Dinge, die ihn beunruhigten. Das erste war der Brief von Etty, der ihn bei seiner Rückkehr nach Riverview erwartet hatte. Was sie schrieb, versetzte ihm einen Stich ins Herz. War er ihr wirklich noch wichtig? Jedenfalls war ihr das Singen offenbar sehr viel wichtiger. Sie hatte nämlich nur über *ihr* Leben geschrieben, über *ihre* Träume und Wünsche und hatte ihn überhaupt nicht nach *seinen* Träumen und Wünschen gefragt. Und dass sie den Brief mit *Liebe Grüße, deine Freundin Etty* unterschrieben hatte, schien doch nur zu beweisen, dass er für sie nicht mehr als nur noch ein Freund war. Er wünschte, er könnte sie vergessen. Doch das gelang ihm nicht.

Sein anderes Problem war Dalkira. Sie beobachtete ihn ständig und schaffte es irgendwie immer wieder, genau da zu sein, wo er gerade war. Er glaubte zwar nicht, dass sie ihm nachspionierte, wenn er schwimmen ging, jedenfalls nicht mehr, nachdem er sie dringend davor gewarnt hatte. Doch ihr unverhohlenes Interesse an ihm machte ihn extrem nervös. Durch Ignorieren ließ sie sich nicht abschrecken. Nach ein paar Wochen war der Punkt erreicht, an dem er seiner Verärgerung Luft machen musste.

Er kam gerade vom Abtritt und stellte fest, dass sie in der Nähe herumlungerte. Herrgott noch mal, konnte er denn nicht mal ungestört seine Notdurft verrichten? Mit raschen Schritten ging er auf sie zu und packte sie grob am Arm.

»Warum verfolgst du mich ständig? Ich bin es satt, dich jedes Mal zu sehen, wenn ich mich nur umdrehe.«

Er spürte, wie sie zitterte, und hoffte, dass es aus Angst vor einer Bestrafung war, merkte jedoch sehr schnell, dass ein ganz anderes Gefühl sie zum Beben brachte. Als sie ihn ansah, leuchteten ihre Augen listig.

»Du Dalkira mögen?« Sie versuchte, sich an ihn zu schmiegen. Mit einem empörten Schrei stieß er sie von sich.

»Ich mag dich nicht. Du benimmst dich, oder die Missus schickt dich zurück. Dann musst du den alten Mann heiraten.«

Das Mädchen schmollte. »Dalkira nicht gehen zurück. Dalkira dein Frau sein.«

»Ich habe eine Frau. Ich will dich nicht.«

Doch auch damit konnte er sie nicht abschrecken, wie er gehofft hatte. Sie lächelte ihn erneut listig an. »Dein Frau nicht hier. Dalkira hier.«

Darcy wurde immer wütender. Am liebsten hätte er das Mädchen geschlagen, damit es endlich Vernunft annahm. Stattdessen ließ er es einfach stehen. Er wusste nicht, wie er das Problem lösen sollte. Er wollte die Angelegenheit weder seiner Mutter noch Nelson gegenüber erwähnen. Dass er so wütend geworden war, hing teilweise damit zusammen, dass er eine ungewollte Regung gespürt hatte, als sie versucht hatte, sich an ihn zu schmiegen. Obwohl er fast neunzehn war, hatte er noch nie mit einer Frau geschlafen.

Zu seinem Leidwesen stellte er fest, dass er viel zu oft darüber nachdachte, wie es wohl sein mochte, eine Frau zu haben, und dass das seinen Seelenfrieden störte. Er hatte immer geglaubt, dass Etty seine erste und einzige Frau sein würde. Obwohl er sich dafür hasste, begann er sich nun zu fragen, ob sie noch immer unschuldig war. Wie er gehört hatte, wurde in der Gesellschaft, der sie jetzt angehörte, kein so großer Wert auf Moral gelegt. Etty würde sich doch bestimmt nicht so sehr erniedrigen, dass sie sich einen Liebhaber nahm. Das sagte er sich jedenfalls, aber der Gedanke, dass sie es trotzdem tun könnte, tat ihm weh.

Als er an Louisa schrieb, um ihr von dem Brief zu erzählen, den er von Ernest Williams erhalten hatte, fragte er auch beiläufig, ob sie etwas Neues von Etty gehört hätte. Seit ihm der Gedanke gekommen war, dass Etty einen Liebhaber haben könnte, war er besessen davon, die Wahrheit zu erfahren, egal wie sie aussehen mochte. Aber er würde mindestens noch vier Wochen leiden müssen, bis er eine Antwort von Louisa erhielt.

Dalkira blieb weiterhin ein Stachel in seinem Fleisch, sodass er versuchte, so oft wie möglich vom Farmhaus entfernt zu arbeiten. Ihr Anblick verärgerte ihn, und er wollte sich nicht eingestehen warum. Seit der Pubertät hatte er immer seine Hand benutzt, wenn er sich Erleichterung verschaffen musste. Jetzt befriedigte ihn dies nur noch für kurze Zeit, und er hatte seine Hand in den letzten Monaten viel zu oft benutzt.

An einem ungewöhnlich heißen Tag Ende September, nachdem er den ganzen Tag im Staub gewühlt und den Scherschuppen sauber gemacht hatte, ging Darcy zum Fluss. Zuerst wollte er schwimmen, danach vielleicht ein bisschen fischen. Er schlenderte am Ufer entlang und genoss die kühle Brise und die friedliche Atmosphäre, in der nur das Geschrei der Vögel und das Platschen der Fische im Wasser zu hören war. Nicht weit entfernt gab es ein kleines Stück Sandstrand. Das war einer seiner Lieblingsplätze, wo er sich gern entspannte, wenn er allein sein wollte. Manchmal nahm er seine juristischen Fachbücher mit, wenn er hierher ging. Er wünschte, er hätte das auch heute getan.

An dem winzigen Strand warf er seinen Hut auf die Erde und setzte sich hin, um Stiefel und Strümpfe auszuziehen. Er beschloss, sich vor dem Schwimmen ein wenig auszuruhen, legte sich auf den Rücken und benutzte seine Hände als Kopfkissen. Dann beobachtete er hoch oben am Himmel einen Pelikan, der versuchte, einen Luftstrom zu finden, von dem er sich tragen lassen konnte. In seiner Nähe nippte ein braun-gelber Honigfresser am Nektar eines scharlachroten Zylinderputzers. Auch den beobachtete Darcy eine Weile, bis ihm die Augen vor Müdigkeit zufielen. Schließlich döste er ein, war sich aber seiner Umgebung immer noch bewusst. Unerwartetes Geplätscher veranlasste ihn, sich auf die Ellbogen zu stützen und zum Fluss zu blicken.

Dalkira stand nackt im wadentiefen Wasser. Ihre dunkle Haut glitzerte feucht, und ihre Haare waren nass. Darcy fragte sich, ob sie ihm gefolgt war. Als sie mit den Händen an ihrem Körper hinunter und über ihre Brüste fuhr, als wolle sie das Wasser von ihrer Haut reiben, war er sich dessen sicher. Und er wusste auch genau, warum sie es getan hatte. Obwohl er sich sagte, dass er gehen sollte, nahm er jedes Detail ihres Körpers in sich auf. Sie war die erste nackte Frau, die er sah.

Als sie aus dem Wasser kam und auf ihn zuging, wurde er hart vor Verlangen. Er hatte keinen Gedanken mehr im Kopf, war nur noch von dem Urbedürfnis getrieben, in sie einzudringen. In der kurzen Zeit, bis sie bei ihm war, hatte er sich bereits die Hose aufgeknöpft. Er packte sie an den Beinen und zog sie auf sich. Mit einem kräftigen Stoß war er in ihr, der Erguss folgte beinah sofort. Noch einige Male stieß er zu, bevor er sie von sich schob. Er ekelte sich vor sich selbst.

Ohne ein Wort zu ihr zu sagen, stand er auf, zog seine Hose aus und lief über den Sand ins Wasser. Mit kräftigen Zügen schwamm er bis weit in die Mitte des Flusses. Während er dort Wasser trat, verfluchte er sich innerlich wegen seiner mangelnden Selbstbeherrschung. Aber mein Gott, was war das für ein gutes Gefühl gewesen. Dalkira war am Ufer sitzen geblieben, die

Knie gebeugt und die Beine gespreizt, sodass er selbst aus dieser Entfernung sehen konnte, was sich dazwischen befand. Sie wollte offenkundig mehr.

Seinen Schwanz verfluchte er ebenfalls. Der war schon wieder hart, obwohl er im kalten Wasser war. Er schwamm zurück. Diesmal war er derjenige, der mit dem Gedanken an Sex aus dem Wasser stieg. Die Beine immer noch gespreizt, lag Dalkira auf dem Rücken und wartete. Er beugte sich über sie und nahm sie wieder – und immer wieder.

Als er völlig erschöpft war, stand er auf und zog sie auf die Beine. »Du gehst jetzt zurück zum Haus. Und sagst nichts der Missus und auch nichts zu Yarea.«

Dalkira lächelte erneut ihr listiges Lächeln. »Dalkira jetzt dein Mädchen. Nichts sagen.«

»Nein, du bist nicht mein Mädchen. Nie mehr. Schluss, aus. Du gehst jetzt. Und kommst nicht wieder zu mir.«

Seine harschen Worte stießen auf taube Ohren. Das Mädchen lächelte nur. »Dalkira dein Mädchen. Wieder mit dir liegen.«

Sie huschte davon und holte ihr Kleid, das sie unter einem Busch versteckt hatte. Darcy setzte sich in den Sand, stützte die Ellbogen auf die Knie und legte den Kopf auf die Hände. Was zum Teufel sollte er jetzt tun? Am besten wäre es wohl, ihr völlig aus dem Weg zu gehen. Wenn sie nun ein Kind von ihm bekam? An diese Möglichkeit hatte er bis zu diesem Augenblick überhaupt nicht gedacht. Er stöhnte. Wenn er mit dem Kopf statt mit dem Schwanz gedacht hätte, wäre er so schnell er konnte davongelaufen, als er sie im Wasser stehen sah. Doch was geschehen war, war geschehen. Er musste nur dafür sorgen, dass sich so etwas nicht wiederholte.

Zwei Nächte später wachte er auf, weil er spürte, wie Dalkira gerade nackt neben ihm ins Bett schlüpfte. Da er selbst immer nackt schlief, entfachte die Berührung mit ihrer Haut sofort ein

Feuer zwischen seinen Beinen. Auf der Stelle zerrann sein Vorsatz, sie nie wieder anzufassen, zu nichts. Er war ein Mann und hatte die Bedürfnisse eines Mannes, und Dalkira war willig.

Diesmal und bei allen weiteren Malen achtete er darauf, seinen Samen nicht in sie zu ergießen. Als sie sich mehrere Nächte von ihm fernhielt, schloss er erleichtert, dass ihre Periode eingesetzt hatte. Und er war mehr als bereit für sie, als sie in sein Bett zurückkehrte.

Völlig unvorbereitet war er allerdings, als Nelson ihn eines Tages ohne Umschweife fragte: »Fickst du Dalkira?«

Darcy hatte nicht im Traum damit gerechnet, dass Nelson etwas von der Beziehung ahnte. Außerdem war er schockiert über die derbe Ausdrucksweise.

Nelson zog eine Grimasse. »Dir gefällt wohl meine Wortwahl nicht. Wie soll ich es denn sonst nennen? Du liebst das Mädchen nicht, du benutzt es nur.«

Darcy ging in die Defensive. »Sie ist von sich aus zu mir gekommen. Ich habe noch nie eine Frau gehabt, Nelson. Sie war nackt und hat sich mir angeboten. Ich bin nicht aus Stein.«

»Wie lange geht das schon?«

»Seit ein paar Wochen.«

»Wie viel ist ein paar Wochen?«

Darcy ließ kräftig Luft ab. »Fünf Wochen.«

»Und was passiert, wenn das Mädchen schwanger wird?«

»Ich passe auf, dass sie es nicht wird.«

»Ach ja? Darcy, du bist blind und dumm. Dieses Mädchen ist ehrgeizig. Sie sieht, dass wir Aborigines sind, und möchte genauso leben wie wir.«

Darcy schwieg. Er hatte sich nie gefragt, ob Dalkira etwas damit bezwecken könnte, dass sie sich ihm freiwillig hingab.

»Ich möchte bezweifeln, dass du je darüber nachgedacht hast, dass Dalkira, auch wenn sie für uns arbeitet, eine Stammesangehörige ist, die bereits einem Mann als Ehefrau versprochen ist. Wenn ihre Familie oder der Mann, den sie heiraten soll, je herausfindet, dass du mit ihr geschlafen hast, ist es sehr gut möglich, dass dein Leben verwirkt ist und ihres auch.«

Darcy starrte Nelson entsetzt an. Sein Stiefvater hielt seinem Blick gelassen stand. »Das hat dir einen kleinen Schock versetzt, nicht wahr?«

»Was soll ich denn jetzt tun?«, sagte Darcy.

»Du wirst dich ab sofort von dem Mädchen fernhalten. Mir ist egal, was du ihr sagst oder wie du das anpackst, aber du musst ihr deutlich zu verstehen geben, dass es zwischen euch keinerlei Techtelmechtel mehr gibt.«

Wie Darcy befürchtet hatte, war es nicht einfach, Dalkira loszuwerden. Das gelang ihm erst, als er ihr drohte, er würde ihrer Familie erzählen, was sie getan hatte. Da sie nicht wusste, dass es für ihn so ungefähr das Letzte wäre, sich den Zorn des Stammes zuzuziehen, ängstigte sie die Drohung so sehr, dass sie ihn von nun an in Ruhe ließ. Während Darcy einerseits erleichtert war, war er andererseits frustriert. Er war kaum in der Lage, sie auch nur anzusehen, ohne ein Ziehen in der Leistengegend zu spüren.

Dalkira von Riverview fortzuschicken, ohne dass er seiner Mutter, die sicherlich ohnehin nicht begeistert wäre, ein gutes Dienstmädchen zu verlieren, alles gestand, war nicht möglich. Deshalb beschloss Darcy, dass *er* gehen müsse. Louisa hatte in ihrem Brief geschrieben, dass Etty voraussichtlich Ende Oktober oder Anfang November nach Melbourne zurückkehren würde und vorhatte, in Australien zu bleiben, um die Weihnachtszeit mit ihrer Familie zu verbringen, bevor sie nach Übersee ging.

Wenn das tatsächlich so war, würde Etty inzwischen wieder in Melbourne sein. Also würde Darcy nach Melbourne fahren.

Liebes, vertrautes Melbourne. Etty war froh, wieder zu Hause zu sein, und freute sich darauf, sich nach der langen Tournee und den vielen Auftritten ausruhen zu können. Sie würde sich nicht wieder dem Melbourner Opernensemble anschließen. Bis zu ihrer Abreise nach Europa beabsichtigte sie nur wenige Gesangsabende zu geben. Obwohl sie auf die fantastische Erfahrung der letzten Monate um nichts auf der Welt hätte verzichten wollen, fühlte sie sich jetzt doch stark erholungsbedürftig.

Nachdem sie einen Fuhrmann beauftragt hatten, ihr Gepäck, sobald es ausgeladen war, einzusammeln und ihnen zuzustellen, nahmen Etty und Alistair eine Droschke zu dem Haus in Toorak, das Etty zum achtzehnten Geburtstag von ihren Eltern bekommen hatte. Es war ein Haus mittlerer Größe, das von einem hübschen Garten umgeben war. Eine Frau kam täglich, um die Hausarbeit zu erledigen; ihr Mann kümmerte sich um den Garten und half seiner Frau bei allen schwereren Arbeiten im Haus.

Zwei Monate nachdem Etty und Madame das Haus bezogen hatten, war Alistair bei ihnen eingezogen. Er hatte eine separate Wohnung im ehemaligen Dienstbotenteil auf der Rückseite des Hauses, aß aber immer mit Etty und Madame.

Etty seufzte glücklich, als die Droschke durch das offen stehende schmiedeeiserne Tor fuhr. »Trautes Heim, Glück allein. Ich liebe mein Haus wirklich sehr. Nach fünf Monaten in Hotelzimmern und Schiffskabinen freue ich mich darauf, endlich wieder in meinem eigenen Bett zu schlafen.«

Alistair lachte. »Wie wirst du es denn aushalten, ein Jahr oder noch länger fort zu sein, wenn wir nach Italien gehen?«

»Ich weiß ja, dass mein Haus für mich da sein wird, wenn ich zurückkomme. In Italien werde ich außerdem nicht ständig von einem Hotel ins andere ziehen müssen. Ich finde bestimmt eine Wohnung, die ich zu meinem zweiten Zuhause machen kann.«

Der Kutscher hatte die Droschke um die kreisförmige Einfahrt gelenkt und hielt nun vor den Eingangsstufen an. Alistair war bereits ausgestiegen und half Etty vom Wagen herunter, da kam die Haushaltshilfe aus der Tür geeilt.

Etty sah sie erstaunt an. »Mrs Brown, was ist denn los? Ich habe Sie heute Nachmittag gar nicht hier erwartet.«

»Ich bin Tag und Nacht hier gewesen, Miss Trevannick. Madame geht es nicht gut.«

Alistair ergriff ihren Arm, als sie voller Sorge ausrief: »Ich muss sofort zu ihr.«

»Sie ist in ihrem Zimmer, Miss. Der Arzt hat darauf bestanden, dass sie im Bett bleibt.

Etty raffte die Röcke, hastete die wenigen Stufen zur Veranda hoch und rannte mit klappernden Absätzen über die Fliesen in der Diele. Alistair lief neben ihr her die Treppe hinauf und dann den Flur entlang bis zu Madames Zimmer. Die Tür stand offen. Durch die Gardinen am Fenster waren blauer Himmel und sich im Wind wiegende Baumkronen zu erkennen. Madame sah, wie sie an der Tür zögerten.

»Etty, Alistair, meine Lieben, kommt herein, ihr beiden.«

Sie streckte ihnen die Arme entgegen, die seit ihrer letzten Begegnung deutlich dünner geworden waren. Etty kämpfte mit den Tränen. Madame war offensichtlich sehr krank. Als Etty am Krankenbett stand, legten sich sehr schwache Finger um ihre Hände.

»Madame.« Ihrer Stimme waren die Tränen anzumerken, die sie zu unterdrücken versuchte. »Liebe Madame, ich hätte mit Ihnen zurück nach Melbourne fahren sollen.«

Madame schüttelte schwach mit dem Kopf. »Du warst auch in Neuseeland erfolgreich, nicht wahr?«

»Etty hatte glänzenden Erfolg«, antwortete Alistair. »Sie wären sehr stolz auf sie gewesen.«

Madame zog Etty zu sich herunter, um sie auf die Wange zu küssen. »Ich bin immer stolz auf dich gewesen, mein geliebtes Mädchen. Ich bin zufrieden. Ich habe eine große Künstlerin geschaffen. Es macht mir nichts aus zu sterben.«

»Nein, Madame, nein, Sie werden wieder gesund. Sie müssen wieder gesund werden. Ich kann ohne Sie nicht singen.«

Nun konnte Etty die Tränen nicht länger zurückhalten. Sie setzte sich auf die Bettkante und umarmte die Frau, die sie wie eine Großmutter lieben gelernt hatte. Madame legte ihre Arme um Ettys Rücken. Auch sie weinte. Alistair ging zum Fenster und rieb sich mit einer Hand über die Augen. Er durfte jetzt keine Tränen vergießen, sondern musste stark sein für die beiden Frauen, die er so sehr liebte.

Etty löste sich sanft aus Madames Armen und trocknete sich die Augen. »Was hat der Arzt gesagt?«

»Ich bin eine alte Frau. Mein Herz ist erschöpft. Ich bin müde, Liebes.«

»Möchten Sie, dass wir jetzt gehen, damit Sie schlafen können?«

»Kommst du später noch mal und setzt dich zu mir?«

»Natürlich mache ich das, Madame. Ich werde nicht von Ihrer Seite weichen, bis es Ihnen wieder besser geht.«

Alistair begleitete Etty zu ihrem Zimmer, ging mit hinein und machte die Tür hinter ihnen zu, denn Madames Zimmer lag in Hörweite. Er fasste sie an den Schultern und blickte ihr forschend in die Augen. Etty sah ihren eigenen Kummer in seinen Augen. In seinen ruhigen Worten war der ganze Schmerz zu spüren, der ihn erfüllte.

»Du weißt, dass Madame nicht mehr gesund wird, nicht wahr?«

Etty nickte, und ihre Tränen begannen wieder zu fließen. »Ich weiß. Oh, Alistair.«

Sie weinte in seinen Armen und er in ihren, bis sie keine Tränen mehr hatten.

»Jetzt brauche ich eine Tasse Tee«, sagte sie schließlich mit immer noch bewegter Stimme.

»Die brauchen wir beide.«

Sie gingen zusammen hinunter in die Küche, wo Mrs Brown bereits Wasser aufgesetzt hatte. Sie ließen sich am Küchentisch nieder, und Mrs Brown berichtete, wie Madame seit ihrer Rückkehr nach Melbourne gekränkelt hatte.

»Dieser nette Mr Boniface ist jeden Tag gekommen, um nach ihr zu sehen. Nach seinen Besuchen schien es ihr immer viel besser zu gehen. Er war derjenige, der mich gefragt hat, ob ich im Haus wohnen könnte, bis Sie zurückkommen. Ich muss gestehen, dass mir selbst nicht wohl war bei dem Gedanken, dass sie nachts alleine war.«

»Wie lange ist sie denn schon bettlägerig?«

»Erst seit ein paar Tagen. Lassen Sie mich mal überlegen ... ja, am Samstagmorgen, da hatte sie einen Anfall. Ich habe wirklich geglaubt, sie stirbt, gleich hier auf der Treppe vor der Haustür. Mr Brown hat sie ins Bett getragen und dann den Arzt geholt. Bis der gute Mann hier war, hatte Madame schon wieder etwas Farbe im Gesicht. Sie beharrte darauf, dass alles in Ordnung wäre. Nun ja, Sie wissen ja, wie beherzt sie sein kann.«

»Starrköpfig«, korrigierte Alistair.

»Der Arzt ist auch ein starrköpfiger Mann. Sie wechselten das ein oder andere Wort, wie Sie sich vorstellen können, doch als der Arzt ging, hatte sich Madame damit abgefunden, im Bett zu bleiben.«

»Mrs Brown, Sie haben gerade gesagt, dass es Madame kurz nach dem Anfall besser ging. Wann ist es denn wieder schlimmer geworden?«

»Sie hatte noch ein paar leichtere Anfälle, und nach jedem

war sie schwächer. Der Arzt hat gesagt, dass man damit rechnen muss, Miss Trevannick und Mr Alistair, dass der nächste Anfall der letzte sein könnte.«

Beide nickten. Ihnen war der Ernst von Madames Zustand bewusst.

Etty verbrachte so viel Zeit wie möglich an Madames Seite und verließ ihren Platz nur, wenn Mr Boniface zu Besuch kam. Madame schlief sehr viel. Wenn sie wach war, wollte sie, dass Etty ihr in allen Einzelheiten über die Neuseeland-Tournee erzählte. Etty tat ihr den Gefallen und berichtete nicht nur über das Land und die einzelnen Aufführungen, sondern fügte auch noch Tratsch über die Mitglieder des Ensembles hinzu.

»Marcus und ich haben eine wunderbare Partnerschaft entwickelt. Zwischen uns besteht eine starke künstlerische Übereinstimmung. Signor Ruggeiri ist felsenfest davon überzeugt, dass wir großen Erfolg in Mailand haben werden.«

Madame berührte den Saphirring an Ettys Finger. »Ich glaube, Alistair wird dir ein guter Ehemann sein. Er teilt deine Leidenschaft für die Musik und wird nicht von dir verlangen, dass du deine Karriere unterbrichst, um Kinder zu bekommen.«

»Ich weiß, Madame.« Was sollte sie sonst sagen? Das war jetzt nicht der richtige Zeitpunkt, um Madame zu erklären, dass ihre Verlobung nur eine Scheinverlobung war.

Etty hatte den Ring vom Finger nehmen wollen, als sie von Neuseeland zurück nach Australien fuhren, doch Alistair hatte darauf bestanden, dass sie ihn weiterhin trug.

»Der Ring sieht sehr schön an deiner Hand aus. Wie ich schon sagte, betrachte ihn doch einfach als Freundschaftsbeweis. Trag ihn an einem anderen Finger, wenn dir das lieber ist.«

Der Ring passte jedoch an keinem anderen Finger so richtig, also blieb er am Ringfinger ihrer linken Hand.

Von Zeit zu Zeit erging Madame sich in Erinnerungen an ihre

Liebhaber und an die Jahre, in denen sie mit diversen Opernensembles aufgetreten war. »Ich war keine große Sängerin, aber ich wurde eine große Lehrerin. Glaub ich jedenfalls.«

»Sie sind die beste Lehrerin, die es gibt, Madame. Ohne Sie wäre ich niemals so erfolgreich geworden.«

»Selbst die beste Lehrerin kann aus einer untalentierten Sängerin keine gute machen. Ich hätte nie damit gerechnet, jemals eine solche Schülerin zu haben wie dich, meine liebste Etty.«

»Sie hatten aber doch Mama. Von ihr habe ich meine Stimme geerbt.«

»Ach ja, Meggan. Sie war meine große Hoffnung.« Madame seufzte tief, und eine Träne lief ihre Wange hinunter. »Deine Mutter mag mich vielleicht enttäuscht haben, aber sie hat mir stattdessen ihre Tochter gegeben. Etty, ich würde deine Mutter gern noch einmal sehen. Etwas lastet auf meinem Gewissen, das ich klären muss, bevor ich vor meinen Schöpfer trete.«

»Ich werde ihr sofort schreiben, Madame.«

Etty erinnerte sich, dass ihre Mutter ihr beim ersten Besuch in Adelaide erzählt hatte, dass Madame ihr etwas zuleide getan hätte. Was das genau war, hatte ihre Mutter jedoch nicht preisgegeben. Zweifellos war das die Angelegenheit, die Madames Gewissen plagte. Etty schrieb einen kurzen Brief, und Alistair brachte ihn zur Post, damit er noch mit der nächsten Postkutsche nach Ballarat gehen könnte. Drei Tage später war Meggan in Melbourne.

Nachdem sie ihre Tochter umarmt hatte, die sie fünf Monate nicht gesehen hatte, ging Meggan sofort zu Madame. Während sie bereits die Treppe hinaufstieg, zog sie Hut und Handschuhe aus und gab sie Etty, damit sie die Sachen in das Zimmer brächte, das für sie und Con immer bereitstand, wenn sie nach Melbourne kamen. Etty ließ ihre Mutter an der Tür zu Madames Zimmer allein. Madame schlief.

Leise betrat Meggan das Zimmer. Sie war schockiert über das eingefallene und bleiche Gesicht ihrer alten Lehrerin. In den Monaten, seit Meggan sie das letzte Mal gesehen hatte, schien Madame um viele Jahre gealtert zu sein. Mit der Spitzenhaube auf dem Kopf und dem weißen Nachthemd, das bis zum Hals zugeknöpft war, hatte sie nur noch wenig Ähnlichkeit mit der lebenssprühenden exzentrischen Frau, die damals ein junges, weltfremdes Mädchen eingeschüchtert hatte. Meggan setzte sich auf den Stuhl neben dem Bett. Eine Zeit lang beobachtete sie, wie sich Madames Brustkorb schwach hob und senkte und wie sie leise atmete. Viele Erinnerungen kamen ihr in den Sinn, gute, lustige und traurige.

Madame hatte sie ermuntert, ihr Glück mit Con so weit wie möglich auszukosten, selbst als sie noch mit David verheiratet gewesen war. Jene zwei Wochen leidenschaftlicher Liebe hatten schließlich zu einer Tragödie geführt, und das alles nur wegen Madames losem Mundwerk.

Meggan nahm eine trockene und runzelige Hand von der Bettdecke und hielt sie zwischen ihren Händen. »Ich verzeihe Ihnen«, flüsterte sie. »Ich habe Ihnen schon vor langer Zeit verziehen, wegen Etty.«

Madame regte sich leicht. Wenige Minuten später öffnete sie die Augen und drehte den Kopf, damit sie sehen konnte, wer ihre Hand hielt.

»Meggan, meine Liebe. Sind Sie das wirklich?«

»Ja, Madame, ich bin's.«

»Bitte verzeihen Sie mir, Meggan. Ich habe meine Schuld tief in mir begraben, weil ich nicht wahrhaben wollte, dass ich den Tod Ihres Mannes verursacht habe. Nun kommt das alles wieder und quält mich. Ich war eine törichte Frau mit zu losem Mundwerk.«

Bestürzt sah Meggan, wie Tränen die pergamentartigen Wangen hinunterzulaufen begannen. Sie drückte Madames Hand. »Ganz ruhig. Die Zeit heilt alle Wunden. Ich habe Ihnen schon vor Langem verziehen. Sie dürfen sich nicht quälen. Vielleicht hatte das Schicksal es vorherbestimmt, dass David an jenem Nachmittag vor diese Kutsche laufen sollte, ganz gleich ob sie mit ihm gesprochen hätten oder nicht.«

Madame schniefte. »Sie haben immer an das Schicksal geglaubt, daran kann ich mich erinnern.«

»Ja, das habe ich, und ich glaube immer noch, dass uns unser Lebensweg vorherbestimmt ist, wie schmerzhaft er auch manchmal sein mag. Ruhen Sie sich jetzt erst mal aus, Madame. Ich muss meine Reisekleidung ausziehen und mich ein wenig frisch machen. Ich bin bald wieder bei Ihnen.«

Madame Marietta starb dreieinhalb Wochen später. Etty saß an ihrem Bett, als sie ihren letzten Atemzug tat. Leblose Augen starrten auf einen Punkt irgendwo hinter Ettys Schultern. Sie berührte mit einer Hand das noch warme Gesicht, um die Lider über diesen blicklosen Augen zu schließen, stellte aber fest, dass sie es nicht konnte. Ein Schauder ergriff sie. Sie zog das Betttuch über Madames Gesicht. Dann ging sie leise hinaus, um Alistair zu sagen, dass das Ende gekommen war.

Er kehrte mit ihr ins Schlafzimmer zurück und hob das Betttuch an, um die Aufgabe zu erfüllen, zu der Etty nicht in der Lage gewesen war. »Unsere liebe Madame. Jetzt hat sie ihren Frieden.«

Dann legte er einen Arm um Etty. Sie schmiegte sich an ihn und drückte ihre Wange an seine. Merkwürdigerweise vergoss sie keine Tränen. Vielleicht weil sie alle schon so lange mit dem Tod von Madame gerechnet hatten.

»Ich werde sie so sehr vermissen, Alistair. Sie ist mir sehr lieb geworden.«

»Ich weiß, mein Schatz. Ich werde sie auch vermissen. Jetzt

muss ich aber den Arzt holen gehen. Kann ich dich eine Weile allein lassen?«

»Ja, ich komme schon zurecht. Ich muss Mama schreiben. Ich habe ihr versprechen müssen, ihr sofort Bescheid zu geben, damit sie zur Beerdigung kommen kann. Die Beisetzung müssen wir auch organisieren.«

»Darum kümmern wir uns, wenn der Arzt den Totenschein ausgestellt hat.«

»Den Totenschein ausstellen.« Wie gefühllos sich das anhörte, doch genau das würde der Arzt tun. Etty berührte sanft Madames Wange mit den Lippen, dann verließ sie hinter Alistair das Zimmer. Draußen nahmen sie sich noch einmal tröstend in die Arme, bevor Alistair davoneilte, um den Arzt zu holen.

Ettys Eltern kamen beide zur Beisetzung nach Melbourne. Erst als ihre Mutter sie in die Arme nahm, fing Etty an zu weinen. Und als die Tränen einmal flossen, waren sie anscheinend nicht mehr zu stoppen. Furchtbare Schluchzer erschütterten ihren Körper. Sie wusste, dass ihre Mutter mit ihr weinte.

Zum Begräbnis erschienen alle, die in Melbourne etwas mit der Oper zu tun hatten. Mr Boniface war auch da. Er hatte Tränen in den Augen und wurde von Alistair gestützt, der ihn über Madames Tod informiert hatte, sobald er den Arzt geholt hatte. Boney war zum Haus geeilt, um noch einmal das Gesicht der Frau zu sehen, die ihn sowohl amüsiert als auch fasziniert hatte.

»Madame Marietta war die erstaunlichste Frau, die mir je begegnet ist. Sie hatte einen so scharfen und wissbegierigen Verstand wie ein Mann. Es hat mich immer wieder verblüfft, über wie viele Themen man sich mit ihr unterhalten konnte. Ich werde die liebenswürdige Dame sehr vermissen.«

Wie es Madames Wunsch gewesen war, fand nur eine schlichte Trauerfeier am Grab statt, bei der ein Pfarrer die notwendigen Worte sprach.

»Ich war nicht an Religion interessiert, solange ich am Leben war, und ich will die Religion auch nicht, wenn ich tot bin.«

Diese oder ähnliche Worte hatte sie oft genug ausgesprochen, dass Alistair und Etty sich daran gebunden fühlten. Sie diskutierten lange mit dem ihnen unbekannten Pfarrer, der der Meinung war, dass es für die Seele der Dame besser wäre, wenn ein kompletter Gottesdienst mit Erlösungshymnen in der Kirche abgehalten würde. Als Etty schließlich erklärte, dass Madame dann vermutlich entrüstet aus dem Sarg steigen würde, erklärte sich der Mann unter missbilligendem Schnauben bereit, nur die notwendigen Worte am Grab zu sprechen.

Erst als der Leichenschmaus vorbei war und alle Trauergäste Ettys Haus verlassen hatten, hatte sie Zeit, sich in aller Ruhe mit ihrer Mutter zusammenzusetzen. Diese nahm die linke Hand ihrer Tochter und hielt sie so, dass sie den Saphirring betrachten konnte.

»Das ist ein sehr schöner Ring, mein Schatz. Ich glaube, den habe ich noch nie an dir gesehen.«

»Das kannst du auch nicht, Mama. Ich hatte ihn abgenommen, als du Madame besucht hast.« Sie sah, dass ihre Mutter die Augenbrauen hochzog. Sie würde eine Erklärung von ihr verlangen.

»Warum denn das? Ist das ein Verlobungsring?«

»Alistair hat ihn mir geschenkt.«

»Mein Schatz, du wirst ja ganz rot. Wie lange seid ihr denn schon verlobt? Warum hältst du etwas so Wichtiges vor deinen Eltern geheim?«

»Weil wir nicht wirklich verliebt sind. Wir haben nur so getan, weil Benito Relia mir unangenehme Avancen gemacht hat.«

»Ach so.« Einige Sekunden herrschte Schweigen. »Warum trägst du ihn dann immer noch wie einen Verlobungsring? Wollt ihr den Schein aufrechterhalten?«

»Nein, Mama. Alistair wollte, dass ich den Ring behalte, und das ist der einzige Finger, an dem er passt. Müssen wir jetzt unbedingt darüber reden?«

Sie war müde, gestresst und trauerte. Da waren ihr die Fragen ihrer Mutter zu viel. »Ich werde mich jetzt hinlegen, Mama. Wir sehen uns beim Abendessen.«

So wie ihr Vater beim Dinner auf ihre linke Hand starrte, wusste sie, dass ihre Mutter ihm von ihrem Gespräch erzählt hatte. Sie war erleichtert, dass Alistair nicht mit ihnen aß. Er hatte gemeint, dass Mr Boniface vielleicht froh wäre, wenn er an diesem Abend nicht allein zu sein brauchte, und dass Etty den Abend ganz gerne nur mit ihrer Familie verbringen würde.

Als sich ihre Eltern am nächsten Morgen verabschiedeten, sagte ihre Mutter: »Du kommst doch Weihnachten, oder nicht? Bring Alistair mit und auch Mr Boniface, wenn er mag.« Sie blickte sich um, um sich zu vergewissern, dass niemand zuhörte. »Du solltest wissen, dass dein Vater und ich uns sehr freuen würden, wenn du und Alistair euch richtig verloben würdet.«

»Mama, bitte …«

»Schon gut, mein Schatz, ich sage nichts mehr. Wir sehen uns Weihnachten.«

16

Darcy ritt Richtung Süden nach Wellington, wo seit vielen Jahren eine Fähre Passagiere und Fahrzeuge über den Murray River übersetzte. Jetzt im Dezember war der Wasserspiegel stark gesunken. In einigen Gegenden war der Fluss vermutlich völlig ausgetrocknet oder nur noch ein schlammiger Tümpel. Riverview hatte das Glück, an einem tiefen Abschnitt zu liegen, wo es selbst in trockenen Jahren Wasser gab, auch wenn dies am Ende des Sommers meist trüb war und modrig roch. Einige wenige Raddampfer verkehrten immer noch im unteren Abschnitt, wo der Fluss breit und noch schiffbar war, und auf dem Lake Alexandrina, durch den der Murray floss, bevor er schließlich ins Meer mündete. Die Dampfer, die flussaufwärts nach Swan Hill, Echuca und noch weiter fuhren, hatten bereits vor einigen Wochen den Betrieb eingestellt.

In Wellington fand er einen seriösen Mietstall, wo er seine Stute Goonda unterstellen konnte, bis er zurückkam. Von der Poststation am gegenüberliegenden Ufer aus würde er die Kutsche nach Melbourne nehmen, eine Reise von etwa vierhundert Meilen, die vier Tage dauern würde. Die Postkutsche von Cobb & Co, die von sechs kastanienbraunen Pferden gezogen wurde, war ein beeindruckender Anblick. Die Karosse war dunkelrot gestrichen und an der Seite mit goldfarbenen Schnörkeln verziert. Die Räder waren leuchtend gelb, das Innere mit feinem braunem Leder verkleidet und die Sitze mit dunkelrotem Leder gepolstert.

Darcy stellte fest, dass außer ihm acht Leute mit der Kutsche fahren würden. Der erste Fahrgast, den er kennenlernte, war ein Prediger, ein großer, gebeugter, ausgemergelt aussehender Mann mit einer Bibel unterm Arm, dessen säuerliche Miene deutlich zu verstehen gab, dass er nicht den Wunsch hatte, sich mit seinen Mitreisenden zu unterhalten. Sobald er in der Kutsche saß, schlug er sofort seine Bibel auf und vertiefte sich in die Lektüre. Er ließ sich noch nicht mal von der geschwätzigen Frau stören, die mit ihrem Ehemann einstieg.

Sie war eine korpulente Frau und bestand darauf, auf der vorderen Sitzbank mit dem Rücken in Fahrtrichtung zu sitzen, um möglichst wenig von dem Staub abzukriegen, der von den Hufen der Pferde und den Rädern aufgewirbelt wurde. Da sie es rigoros ablehnte, auf der gegenüberliegenden Bank Platz zu nehmen, zwang sie die übrigen Fahrgäste, sich entsprechend ihren laut verkündeten Wünschen umzusetzen. Ihr dürrer sanftmütiger Mann entschuldigte sich derweil verlegen bei den von seiner Frau herumkommandierten Fahrgästen. Da für jeden Fahrgast nur knapp vierzig Zentimeter Sitzfläche zur Verfügung standen, nahm sie mehr als den ihr zustehenden Platz in Anspruch. Wie gut, dass ihr Mann seine vierzig Zentimeter kaum ausfüllte, dachte Darcy ironisch.

Der ausgemergelte Priester wählte den Fensterplatz neben dem Ehemann. Darcy machte es nichts aus, sich auf die Rückbank zu setzen. Ihm war egal, in welche Richtung er guckte. Neben ihm saß eine hochschwangere junge Frau. Bei den übrigen Fahrgästen handelte es sich um vier junge Männer, die sich offenbar untereinander nicht kannten.

Mit einer sanften Schaukelbewegung nach hinten fuhr die Kutsche los. Da die Straße gut zu befahren und relativ eben war, setzte sich die sanfte Schaukelei, vor und zurück, während der flotten Fahrt fort. Als er sich aus dem Fenster beugte, stellte

Darcy überrascht fest, wie gut die sechs Pferde miteinander harmonierten. Die sechs rechten Vorderbeine trafen ebenso gleichzeitig auf dem Boden auf wie die sechs linken Vorderbeine. Die Hinterbeine bewegten sich nach dem gleichen Muster. Während er den Kopf wieder einzog, überlegte er, vielleicht den Kutscher zu fragen, ob er später am Tag, wenn es etwas kühler wurde, neben ihm oben auf dem Bock sitzen dürfe.

Alle zehn bis zwanzig Meilen hielten sie bei einer Poststation an. Die Fahrgäste waren froh, sich ein paar Minuten die Beine vertreten zu können, während die Pferde ausgewechselt wurden. Um die Mittagszeit machten sie eine längere Pause in einem Gasthof, der Essen und Erfrischungen für die Reisenden anbot.

Die korpulente Frau, die mit ihrer anmaßenden Art den übrigen Fahrgästen auf die Nerven gegangen war, wurde im Laufe der Fahrt immer stiller, da ihr von dem ständigen Schaukeln der Kutsche übel wurde. Eine Zeit lang beklagte sie sich zwar noch, dass es ihr nicht gut gehe, bis ihr die Frau des Gastwirts in der Mittagspause ein Gebräu gegen die Übelkeit gab. Die Wirtsfrau war mit den Beschwerden vertraut, die das Reisen in einer Kutsche bei vielen Fahrgästen auslöste, insbesondere bei Frauen, und hatte deshalb stets einen Vorrat von ihrem Spezialgebräu zur Hand. Es handelte sich dabei um einen Sud aus Blättern und Wurzeln von heimischen Pflanzen, die in der Nähe wuchsen. Das Rezept hatte sie von einer alten Aborigine-Frau. Was auch immer die genaue Zusammensetzung des Gebräus war, auf jeden Fall brachte es die Frau, die daraufhin den größten Teil des Nachmittags döste, zur großen Erleichterung der übrigen Fahrgäste zum Schweigen.

Die erste Nacht verbrachten sie in Bordertown, wo Zollbeamte sowohl aus Victoria als auch aus Südaustralien gewissenhaft überprüften, ob auch niemand zollpflichtige Güter über die Grenze brachte, ohne die entsprechende Gebühr zu zahlen. Am zweiten Abend übernachteten sie in Horsham. Nachdem sie zwei Tage auf engstem Raum in der Postkutsche verbracht hatten, unterhielten sich die Fahrgäste mittlerweile recht lebhaft miteinander. Das heißt alle bis auf den Prediger, der weiterhin stur in seiner Bibel las. Er hätte genauso gut taub sein können, so wenig Notiz nahm er von den Gesprächen um ihn herum. Alle anderen Fahrgäste äußerten sich jedoch sehr froh darüber, als sich das Ehepaar in Horsham verabschiedete.

Da am nächsten Morgen keine neuen Fahrgäste zustiegen, hatten die verbliebenen Reisenden mehr Platz und konnten es sich etwas bequemer machen. Die junge Frau, die sich als Mrs Harriet Jones vorgestellt hatte, erzählte, dass sie nach Ballarat wollte, wo ihr Mann bei einem der großen Bergbauunternehmen beschäftigt war, die jetzt die alten Goldfelder von Ballarat betrieben. Darcy fand die Frau sehr sympathisch, und so plauderten die beiden freundlich miteinander.

Mittags hielten sie in Ararat. Von dort aus waren es nur noch etwas mehr als fünfzig Meilen bis nach Ballarat, wo sie die letzte Nacht verbringen sollten, bevor die Kutsche am nächsten Morgen zur letzten Etappe nach Melbourne aufbrach. Am Nachmittag gerieten sie in ein schweres Unwetter. Rasch wurden die Lederjalousien über die offenen Fenster neben den äußeren Sitzplätzen gezogen. Nun drang nur noch durch die Glasfenster der Türen und die schmalen Streifen Glas oben auf beiden Seiten Licht in die Kutsche. Wegen des Unwetters wurde es draußen aber schon bald so dunkel, dass die Reisenden einander kaum noch erkannten, außer wenn ein heller Blitz aufleuchtete.

Mrs Harriet Jones hatte eine solche Angst vor dem Gewitter, dass sie heftig zu zittern anfing. Darcy versuchte, sie zu beruhigen, indem er ganz behutsam ihre Hand berührte. Sie sah ihn an und sagte mit bebender Stimme: »Würden Sie es für unverschämt halten, wenn ich Sie bitten würde, Ihren Arm um mich zu legen?«

»Fühlen Sie sich dann sicherer?«

»Ja, das werde ich bestimmt. Ich habe furchtbare Angst vor Gewitter.«

Und so saß Darcy da, einen Arm um Mrs Jones' Schultern gelegt, als die Kutsche plötzlich so gewaltig vor- und zurückschaukelte, dass die Insassen von ihren Plätzen geschleudert wurden. Sie wurden noch einige Sekunden durchgeschüttelt, dann neigte sich die Kutsche gefährlich zur Seite. Allen war klar, dass sie umkippten, noch bevor sie durcheinandergewirbelt wurden und die Kutsche mit einem entsetzlichen splitternden Geräusch auf dem Boden aufschlug.

Ganz instinktiv hatte sich Darcy mit dem Rücken in die Richtung gedreht, in die die Kutsche kippte, und beide Arme um Harriet Jones gelegt. Während er sie festhielt, dachte er nur daran, wie er sie und ihr ungeborenes Kind schützen könnte. Der heftige Aufprall, mit dem er auf dem Rücken landete, raubte ihm den Atem, und er verlor für einen Moment die Orientierung. Er merkte jedoch rasch, dass er unverletzt war und die schluchzende Mrs Jones noch fest in seinen Armen hielt.

»Ist alles in Ordnung, Mrs Jones?«

»Ich … ich glaube ja.«

Das Gewirr von Armen und Beinen um sie herum ordnete sich allmählich wieder. Der Prediger stöhnte vor Schmerz.

»Mrs Jones, meinen Sie, wir könnten es schaffen, uns gemeinsam auf die Seite zu drehen? Wenn Sie in der Lage sind, sich hinzusetzen, könnte ich aus der Tür klettern. Dann könnte ich Ihnen nach draußen helfen.«

Unter einigen Schwierigkeiten gelang ihnen das Manöver. Darcy erhob sich mühsam, langte mit einem Arm nach oben, um den Türgriff zu drehen, und versuchte mehrmals, die Tür mit aller Kraft aufzustoßen, bis sie dumpf auf der Seite der Kutsche aufschlug. Dann hielt er sich an beiden Seiten der Türöffnung fest, zog sich nach oben und hockte sich hin. Ein kurzer Blick ringsum sagte ihm bereits, dass die Situation äußerst übel war. Der Kutscher lag tot auf der Straße. Sein Genick war gebrochen. Die Pferde, die in den Zugriemen gefangen waren, wieherten verzweifelt und bäumten sich in Panik auf.

Darcy blickte nach unten in die Kutsche. »Ich muss die Pferde befreien. Der Kutscher ist tot.«

Er sprang auf die Erde und fragte sich, ob sein Geschick mit Pferden wohl ausreichen würde, sechs verängstigte Tiere zu beruhigen. Umso erleichterter war er, als zwei der jungen Männer neben ihm auftauchten, von denen, wie er inzwischen wusste, einer Farmarbeiter und der andere Jockey war. Gemeinsam gelang es ihnen, die Pferde auszuspannen und sie zu beruhigen. Als Nächstes mussten sie die übrigen Fahrgäste befreien. Als sie feststellten, dass der Prediger ein gebrochenes Bein hatte und einer der anderen Männer, die noch in der Kutsche waren, sich ein Handgelenk gebrochen hatte, wussten sie nicht, wie sie die verletzten Männer am besten aus dem umgekippten Fahrzeug herausholen sollten.

Der junge Farmarbeiter meinte, man könne vielleicht die Pferde benutzen, um die Kutsche aufzurichten. Darcy erklärte ihm sofort, dass das zwecklos sei. Eins der Vorderräder war so stark beschädigt, dass die Kutsche nicht stehen bleiben würde. Also blieb ihnen nichts anderes übrig, als die Verletzten durch die Tür herauszuziehen und zu hoffen, dass man ihre Verletzungen dadurch nicht noch verschlimmerte.

Unter wortreichen Entschuldigungen für alle eventuellen Peinlichkeiten schlang der noch verbliebene unverletzte Fahrgast seine Arme um Mrs Jones' Oberschenkel und hob sie so hoch, dass Darcy sie unter den Achseln fassen und aus der Kutsche ziehen konnte. Vorsichtig ließ er sie anschließend in die Arme des Farmarbeiters hinab. Dann führte der Jockey sie zu einem Baum, wo sie den toten Kutscher nicht sehen konnte. Sie setzte sich auf den Boden und lehnte den Rücken gegen den Stamm. In der Zwischenzeit kletterte der Farmarbeiter zu Darcy hinauf.

Der Fahrgast mit dem gebrochenen Handgelenk wurde auf ähnliche Weise befreit. Nun waren nur noch der Prediger und der unverletzte Mann in der Kutsche. »Der Prediger ist vor Schmerz ohnmächtig geworden«, rief jener zu Darcy hinauf. »Sein Bein ist so übel gebrochen, dass man ihn, ohne es zu schienen, nicht bewegen kann. Ich bin bereit, hier bei ihm zu bleiben, wenn jemand Hilfe holt.«

»Wir können nur wenige Meilen von der nächsten Poststation entfernt sein«, bemerkte der Farmarbeiter.

Darcy stimmte ihm zu. »Ich möchte allerdings bezweifeln, dass wir zwischen hier und Ballarat einen Arzt finden werden.«

Sie berieten sich kurz, was sie tun sollten, und kamen rasch zu dem Schluss, dass Darcy, der es sich als Einziger zutraute, ein Kutschpferd ohne Sattel zu reiten, Hilfe holen sollte. Er hoffte, dass die Poststation über eine Kutsche verfügte, mit der man die gestrandeten Reisenden abholen könnte.

Der Besitzer der Station begrüßte ihn mit der bangen Frage: »Sind Sie unterwegs der Postkutsche begegnet? Hätte schon seit über einer Stunde hier sein müssen. Hey, ist das nicht ein Kutschpferd?«

»Wir sind drei Meilen von hier umgestürzt. Der Kutscher ist tot und zwei Fahrgäste verletzt. Außerdem war eine schwangere Frau in der Kutsche.«

»Oh Gott!« Der Mann war entsetzt.

Darcy schwang sich vom Pferd. »Ich brauche ein anderes Pferd. Ich muss nach Ballarat, um einen Arzt zu holen. Können Sie den Leuten da hinten Hilfe bringen?«

»Ich hab keine Kutsche oder so, aber ich reite hinaus und

bringe ihnen was zu essen und Wasser. Vielleicht sollte ich auch ein paar Decken mitnehmen.«

»Wie steht's mit einem guten Pferd? Ich muss schnell reiten.«

»Sie können meine Stute nehmen. Sie ist stark.«

Schon bald war Darcy wieder unterwegs. Bei der letzten Poststation vor Ballarat hielt er kurz an, um den Unfall zu melden. Als er auf dem schwitzenden Pferd in Ballarat eingaloppierte, war die Sonne schon fast untergegangen. Schnurstracks ritt er zur Zentrale von Cobb & Co, wo man rasch Pferde vor eine freie Kutsche spannte und einen Jungen losschickte, um einen Arzt zu holen.

In weniger als einer Stunde waren sie wieder auf der Straße nach Ararat. Darcy saß neben dem Kutscher auf dem Bock. Es wurde rasch dunkler, und die Laternen an der Kutsche beleuchteten den Weg vor ihnen kein bisschen. Obwohl der Kutscher die Straße gut kannte, war er froh, dass Darcy ihm mit seinen guten Augen half, Hindernisse rechtzeitig zu erkennen.

Als sie vor sich ein Feuer leuchten sahen, wussten sie, dass sie in der Nähe des Unfallorts waren. Mittlerweile waren über zwei Stunden vergangen, seit sie Ballarat verlassen hatten, und fast dreieinhalb Stunden, seit Darcy sich aufgemacht hatte, um Hilfe zu holen. Die gestrandeten Fahrgäste hatten am Straßenrand ein Feuer gemacht. Offensichtlich hatten sie die Kutsche kommen gehört, denn alle außer Mrs Jones waren auf den Beinen und jubelten, als das Fahrzeug in Sicht kam.

Darcy bemerkte, dass der Mann, der bei dem Prediger hatte bleiben wollen, ebenfalls auf der Straße war. Ihn beschlich ein ungutes Gefühl, während er und der Arzt aus der Kutsche stiegen.

»Ist der Patient mit dem gebrochenen Bein noch in der Kutsche?«

Der Mann, der bei dem Prediger geblieben war, warf einen Blick auf Mrs Jones, bevor er zu ihnen herüberkam, und teilte ihnen dann leise mit: »Er ist vor etwa einer Stunde gestorben. Er muss sich heftig den Kopf angestoßen haben oder so was Ähnliches, denn er hat die Augen nie wieder geöffnet. Und plötzlich hat er einfach aufgehört zu atmen.«

Ein schmerzerfülltes Stöhnen veranlasste alle, sich zu Mrs Jones umzudrehen, die die Hände auf ihren gewölbten Leib presste. »Sie werden trotzdem gebraucht, Doktor«, fügte der Mann hinzu. »Ich glaube, die Dame steht kurz vor der Geburt.«

Der Arzt kniete sich neben Mrs Jones. »Ist das Ihr erstes Kind, Ma'am?«

»Ja. Es soll aber erst in einem Monat kommen.«

»Wie häufig sind die Wehen?«

»Ich weiß es nicht. Ich glaube, sie werden häufiger. Oh!«

Der Arzt legte rasch eine Hand auf ihren Bauch, um festzustellen, wie stark die Kontraktion war. »Ich glaube nicht, dass die Geburt unmittelbar bevorsteht. Beim ersten Kind dauert es meistens recht lange. Trotzdem würde ich Ihnen nicht raten, mit einer Kutsche zu fahren. Die Bewegung könnte die Geburt beschleunigen.«

»Ich kann mein Kind doch nicht hier am Straßenrand zur Welt bringen.« Verzweifelt fing sie an zu weinen. Darcy kniete sich neben sie und ergriff tröstend ihre Hand.

»Doktor, die Poststation ist nur drei Meilen entfernt. Meinen Sie, Mrs Jones wäre vielleicht in der Lage, diese kurze Entfernung in der Kutsche zurückzulegen?«

»Es bestünde immer noch ein Risiko, aber wohl eines, das wir eingehen müssen. Die Dame kann tatsächlich ihr Kind nicht hier gebären. Versuchen Sie, sich zu entspannen, Ma'am. Ich kümmere mich inzwischen um den Mann mit dem gebrochenen Handgelenk.«

Als Darcy ebenfalls Anstalten machte fortzugehen, griff sie nach seiner Hand. »Bleiben Sie bitte bei mir. Ich habe Angst.«

»Wir müssen uns noch um ein paar Dinge kümmern, bevor wir von hier weg können. Dabei muss ich den anderen Männern helfen. Ich verspreche, mit Ihnen in der Kutsche zu fahren.«

Zu den Dingen, die zu erledigen waren, gehörte unter anderem, den toten Prediger aus der Kutsche herauszuholen. Seine Leiche und die des Kutschers wurden in Segeltuch gewickelt, das man eigens zu diesem Zweck aus Ballarat mitgebracht hatte. Nachdem das Segeltuch gut verschnürt war, wurden die Leichen mit einem Seil auf dem Dach der Ersatzkutsche festgebunden.

Darcy, der immer wieder einen Blick auf Mrs Jones warf, um festzustellen, ob mit ihr alles in Ordnung war, sah, dass sie die Hände vors Gesicht geschlagen hatte. Die arme Frau. Das war kein Anblick für eine so junge und sanftmütige Person. Das Gepäck der Fahrgäste wurde von der umgestürzten Kutsche zusammen mit der Postkiste unter dem Bock in die andere Kutsche umgeladen.

Inzwischen hatte der Arzt Mrs Jones auf der vorderen Sitzbank in eine halb liegende Position gebracht und sich ihr gegenübergesetzt, damit er sie beobachten konnte. Der Farmarbeiter bot an, sich neben den Kutscher zu setzen. Mrs Jones bat Darcy, neben ihr Platz zu nehmen. Die übrigen Fahrgäste teilten sich die restlichen Plätze.

Den Anweisungen des Arztes gemäß fuhr der Kutscher nur halb so schnell wie normalerweise, trotzdem war sowohl für den Arzt als auch für Darcy unübersehbar, dass Mrs Jones immer mehr litt. Um nicht vor Schmerz aufzuschreien, biss sie sich bei jeder Wehe so fest auf die Lippen, dass sie bluteten. Vielleicht spürte sie ebenso wie Darcy an dem gelegentlichen Räuspern der anderen Männer, wie peinlich denen die Situation war.

Als sie die Poststation erreichten, hob Darcy Mrs Jones aus der Kutsche und trug sie hinein. Der Herbergsbesitzer führte ihn eilig durch zum Schlafzimmer. Der Arzt folgte ihnen, zog sogleich

Hut und Mantel aus, rollte die Ärmel hoch und bat um heißes Wasser und saubere Handtücher. Dann nahm er sein Stethoskop, lauschte auf den Herzschlag und legte es wieder beiseite.

Die junge Frau sah ihn ängstlich an. »Ist mit meinem Baby alles in Ordnung? Können Sie den Herzschlag hören?«

Der Arzt betrachtete sie fürsorglich. »Ich höre zwei Herzschläge. Haben Sie gewusst, dass Sie Zwillinge bekommen?«

Ihr schockierter Gesichtsausdruck sagte ihm alles. »Zwillinge? Sind Sie sicher?«

»So sicher, wie es mir meine Erfahrung erlaubt.«

Harriet Jones brach in Tränen aus. »Sie kommen zu früh. Sie werden sterben.«

»Unsinn, Mädchen. Zwillinge kommen häufig etwas früher. Ich habe zwei kräftige Herzschläge gehört. Sie hören einfach auf mich und pressen, wenn ich es Ihnen sage. Ihre Babys werden prächtig sein.«

Der Herbergsbesitzer kam mit heißem Wasser zurück und goss es in den Wasserkrug, damit der Arzt sich die Hände waschen konnte. Der stand auf und signalisierte Darcy mit einem Blick, er möge ihn zum Waschgestell begleiten. Während er sich die Hände schrubbte, sprach er mit leiser Stimme.

»Ich wäre glücklicher mit dieser Geburt, wenn mir jemand assistieren könnte. Leider ist keine Frau hier. Mir ist aufgefallen, dass Mrs Jones offenbar großes Vertrauen zu Ihnen gefasst hat.«

»Ich werde Ihnen helfen«, sagte Darcy sofort. »Ich habe schon viele Male Mutterschafen bei der Geburt geholfen, und da waren eine ganze Menge Zwillinge dabei. Ich kann mir nicht vorstellen, dass die Geburt von Menschenbabys so viel anders verläuft.«

Der Arzt sah ihn überrascht und erfreut an. »Ausgezeichnet.«

Ein Schmerzensschrei ließ ihn wieder an das Bett eilen. Rasch schrubbte sich Darcy die Hände. Die Babys kamen im Abstand von kaum einer Minute zur Welt.

»Zwei Jungen, Mrs Jones.« Das Geschrei der Neugeborenen erfüllte den Raum. Harriet Jones lächelte und weinte zugleich. »Ich werde Sie jetzt sauber machen, dann können Sie Ihre Babys in den Arm nehmen.«

Darcys Aufgabe bestand darin, die Babys zu waschen und in Windeln zu wickeln, für die man ein Betttuch in Streifen gerissen hatte. Er kam aus dem Staunen nicht mehr heraus. Obwohl er schon Hunderte Male das Wunder der Geburt erlebt hatte, rührten ihn diese winzigen Menschenkinder zutiefst. Er bewunderte, wie perfekt die Kleinen waren, bewunderte ihre niedlichen Fingerchen mit den winzigen Nägeln, den weichen braunen Flaum auf ihren Köpfen und wie sich ihre kleinen Münder bewegten und sich der Ausdruck auf ihren nahezu identischen Gesichtern veränderte.

Mit Tränen in den Augen brachte er sie zu ihrer Mutter. Ihre Augen strahlten, als sie in jedem Arm ein Baby hielt. »Die beiden sehen völlig gleich aus.« Darcy konnte nur lächeln. »Sie haben ja Tränen in den Augen.«

»Zu sehen, wie Ihre Babys auf die Welt kamen, war für mich ein bewegendes Erlebnis, bei dem ich mir ganz klein vorkam. Ich hoffe, es hat Ihnen nichts ausgemacht, dass ich dem Arzt assistiert habe.«

»Wie könnte mir das etwas ausmachen, wo Sie mir doch diese beiden wunderbaren Geschöpfe in die Arme gelegt haben?«

»Danke. Sie müssen sich jetzt ausruhen. Ich komme später wieder.«

Erst als am nächsten Morgen die Sonne bereits hoch am Himmel stand, erlaubte der Arzt Darcy wieder, die junge Mutter zu besuchen. Sie saß mit einem Nachthemd bekleidet im Bett. Die Babys, die nun winzige Sachen anhatten statt Streifen von zerrissenen Betttüchern, schliefen in einer Kiste, aus der man ein behelfsmäßiges Kinderbett gemacht hatte.

»Sie sehen gut aus«, sagte er zu Mrs Jones.

»Mir geht es auch gut. Ich bin nur ein bisschen müde.«

»Wie haben Sie denn so schnell all diese Sachen bekommen?« Dabei deutete er mit einer Hand auf Mrs Jones, die Zwillinge und das provisorische Bett.

»Nachdem Sie gestern Abend gegangen waren, hat der Arzt mir geholfen, mein Nachthemd und die Babysachen in meinem Gepäck zu finden. Und als ich heute Morgen aufwachte, lagen die beiden in dem Bettchen.«

Darcy stellte sich neben die Kiste und betrachtete die kleinen schlafenden Gesichter. Am liebsten hätte er noch einmal ihre zarte Haut berührt, hatte aber Angst, er könnte die Kinder wecken. »Haben Sie ihnen schon Namen gegeben?«

»Noch nicht. Mein Mann wollte einen Sohn Michael nennen, nach seinem Vater. Wie heißen Sie eigentlich?«

»Darcy Winton.«

»Ihr Name gefällt mir. Ich werde den Älteren Michael Darcy und den Jüngeren Winton John nennen. John ist der Name meines Vaters.«

»Ich fühle mich sehr geschmeichelt. Hoffentlich hat Mr Jones nichts gegen die von Ihnen gewählten Namen.«

»Sicherlich nicht, wenn ich ihm sage, wie gut Sie zu mir waren.«

Von draußen waren Hufschlag und das Klappern von Rädern zu hören. »Da kommt offenbar eine Kutsche. In welche Richtung die wohl fährt?«

»Werden Sie sie nehmen, wenn sie nach Ballarat fährt?«

»Ich möchte Sie und Ihre Jungs nicht ohne Schutz hier zurücklassen. Der Arzt wird wohl schnell zu seinen Patienten in der Stadt zurückkehren wollen.«

Sie hörten eilige Schritte auf dem Flur. Dann wurde die Tür weit aufgestoßen. Ein junger Mann, dessen staubiges Gesicht von Sorgenfalten zerfurcht war, erschien im Türrahmen. »Robert«, rief Harriet Jones überrascht.

Ohne Darcy näher zu beachten, eilte der junge Mann ans Bett. Darcy wartete nur so lange, bis er sah, wie Mr Jones seine Frau liebevoll umarmte, dann huschte er leise aus dem Zimmer. Vor der Poststation wurde gerade ein graues Pferd von einer Wagonette ausgespannt. Seine Neugier, wie Mr Jones von der Niederkunft seiner Frau und ihrem gegenwärtigen Aufenthaltsort erfahren hatte, wurde erst befriedigt, als der junge Mann nach einer Weile aus dem Schlafzimmer kam und sich überschwänglich bei dem Arzt und bei Darcy bedankte.

»Ich war auf der Poststation, als die Kutsche mitten in der Nacht ankam und die Insassen von dem Unfall berichteten. Ich wollte sofort mein Pferd satteln und im Galopp hierher reiten, um an der Seite meiner Frau zu sein. Doch dann sagte mir die Vernunft, ich sollte die wenigen Stunden bis Tagesanbruch abwarten. In der Zeit kam mir die Idee, mir die Wagonette von meinem Chef auszuleihen, damit ich Harriet mit zurück nach Ballarat nehmen könnte. Ich dachte, ich würde vielleicht meine Frau und ein Baby nach Hause bringen. Mit zwei Söhnen hatte ich nicht gerechnet.«

»Die beiden sind prächtige, gesunde Jungen«, sagte der Arzt. »Sie können sich sehr glücklich schätzen.«

»Ich würde meine Frau gerne so schnell wie möglich mit nach Hause nehmen. Meinen Sie, dass Harriet und die Säuglinge noch heute reisen können, Doktor?«

»Unter normalen Umständen würde ich einer Mutter, die gerade Zwillinge geboren hat, empfehlen, mindestens zwei Wochen im Bett zu bleiben. Doch das hier sind keine normalen Umstände. Mrs Jones ist eine starke junge Frau. Ich glaube nicht, dass die Fahrt ihr etwas anhaben kann, außer sie zu ermüden. Sie kann sich ins Bett legen, sobald Sie zu Hause sind. Haben

Sie jemanden, der Ihnen mit den Säuglingen unter die Arme greifen kann?«

»Meine Tante wohnt nur ein paar Straßen von uns entfernt. Sie wird uns helfen.«

»Sehr gut. Darf ich Sie vielleicht um einen Platz in der Wagonette bitten? Ich habe Patienten in der Stadt, um die ich mich kümmern muss.«

»Es ist mir ein Vergnügen, Sie mit nach Ballarat zu nehmen. Und Sie auch, Mr Winton, wenn Sie möchten.«

»Danke. Ich nehme Ihr freundliches Angebot gerne an.«

In Ballarat verabschiedete er sich von der jungen Familie und versprach auf Harriets Bitte, sie immer zu besuchen, wenn er in Ballarat war. Dann sah er auf den bei Cobb & Co ausgehängten Fahrplänen nach, wann die nächste Kutsche nach Melbourne abfuhr.

Als er erfuhr, dass er erst in einer Kutsche am nächsten Morgen einen Platz bekommen würde, suchte er sich ein Zimmer für die Nacht. Dabei wurde ihm erst bewusst, wie nah an Langsdale er doch war. Als Darcy von Riverview aufgebrochen war, hatte er sich keinerlei Gedanken darüber gemacht, welche Strecke die Postkutsche von Wellington nach Melbourne nehmen würde. Nun beschloss er, die Rückreise in Ballarat zu unterbrechen, um Langsdale einen Besuch abzustatten. Er hoffte, dass er den Trevannicks gute Nachrichten überbringen könnte. In der Nacht hatte er nämlich beschlossen, Etty zu bitten, ihn zu heiraten.

In Melbourne benutzte Darcy den Waschraum des Criterion Hotels, um sich frisch zu machen. Nachdem er den Schmutz von der Reise abgewaschen hatte, fühlte er sich erheblich besser. Er zog ein sauberes Hemd an, klopfte den Staub von seiner Hose und ging mit seiner Tasche in der Hand auf die Straße hinaus, um sich nach dem Weg nach Toorak zu erkundigen. Als er feststellte, dass Ettys Haus ein ganzes Stück entfernt lag, war er sich zunächst unschlüssig, ob er eine Droschke nehmen oder ein Pferd mieten sollte, entschied sich aber schließlich für ein Pferd. Das würde ihm die Möglichkeit geben, sich freier zu bewegen.

Ein hilfsbereiter Passant erklärte ihm, dass er drei Blocks in südlicher Richtung einen Mietstall finden würde. Es war sehr heiß, und als Darcy den Stall schließlich fand, fühlte er sich wieder genauso verschwitzt und schmutzig wie in dem Moment, als er aus der Postkutsche gestiegen war. Der Besitzer verhandelte gerade mit einem gut gekleideten Gentleman, der die Zügel eines großen schwarzen Hengstes in der Hand hielt. Während er wartete, ließ Darcy den Blick über die Pferde im Stall schweifen. Das war alles nichts Besonderes, fand er. Auch wenn keines der Tiere vernachlässigt aussah, wirkten sie alle doch ziemlich matt und abgestumpft. Diese Pferde reichten qualitativ nicht an die Arbeitspferde auf Langsdale oder Riverview heran. Und sie waren erst recht nicht mit seiner schönen Goonda zu vergleichen.

Darcy trat zurück auf die Straße und fragte sich, ob es denn in nicht allzu weiter Entfernung vielleicht einen besseren Mietstall gab. Als kurz darauf der gut gekleidete Gentleman den Stall verließ, ging Darcy noch einmal hinein. Der Besitzer führte gerade den Hengst in eine leere Box. Die Mähne und der Schweif des Tieres waren wie schwarze Seide, die Augen wach und klar, die Ohren gespitzt. Darcy stieß einen kaum hörbaren Pfiff aus. Das war ein fürstliches Pferd. Wie gerne würde er ein solches Tier besitzen.

»Sind Sie auf der Suche nach einem Pferd?«, fragte der Stallbesitzer, nachdem er die Boxentür hinter dem Hengst geschlossen hatte.

»Ja. Ich brauche eins für ungefähr eine Woche, solange ich hier in Melbourne bin.«

»Wo kommen Sie denn her?«

»Aus dem Süden.« Darcy machte keine genaueren Angaben, obwohl der Stallbesitzer offenkundig mehr wissen wollte. Er hielt den Mann nämlich für jemanden, der gerne und hemmungslos mit jedermann tratschte.

»Das ist ein sehr schönes Tier«, lobte Darcy und streichelte dem Hengst über die Nüstern. Das Pferd wieherte fröhlich. Es war bei beiden Liebe auf den ersten Blick.

Der Stallbesitzer beobachtete das Geschehen neugierig. »Er ist zu verkaufen, wenn Sie Interesse haben.«

Darcy starrte ihn erfreut und ungläubig zugleich an. »Wie viel?«

»Mehr, als Sie sich leisten können, nehme ich an. Er ist ein reines Vollblut.«

»Wie viel?«, wiederholte Darcy. Es ärgerte ihn, dass der Mann sofort annahm, er könne nicht zahlen, weil er wusste, dass das ein übliches Rassenvorurteil war.

»Einhundert Pfund.«

»Ich kaufe ihn.«

Nun starrte der Stallbesitzer ihn an. »Tatsächlich? Aber können Sie sich das denn leisten? Sind Sie nicht ein ...?«

»Ja, das bin ich«, erwiderte Darcy. Er konnte sich gerade noch beherrschen, dem Mann nicht einen Faustschlag zu verpassen. »Und ich habe das Geld, um das Pferd zu bezahlen.« Er zog seine Brieftasche hervor, zählte hundert Pfund ab und gab dem Mann die Scheine. »Ich nehme an, Sie haben die nötigen Papiere zum Unterschreiben, die beweisen, dass ich das Pferd rechtmäßig erworben habe?«

»Äh, ja.« Der Mann blickte immer noch ungläubig auf die Geldscheine in seiner Hand. Eigentlich hatte das Pferd nur achtzig Pfund kosten sollen, plus zehn Prozent Provision für ihn, wenn er es verkaufte. Er hatte hundert Pfund gesagt, weil er nicht geglaubt hatte, dass ein Mischling, wenn auch ein gut gekleideter, in der Lage wäre, diesen Betrag zu zahlen. Nun hatte er das Gefühl, dass er derjenige war, den man in seine Schranken verwiesen hatte.

Er hätte nur zu gerne gewusst, wie dieser Typ an so viel Geld kam. Vielleicht war er ja ein Strauchdieb, oder vielleicht hatte er ein bisschen Gold gefunden. Der verschlossene Ausdruck in dem schwarzen Gesicht sagte ihm jedenfalls, dass er keine Antwort darauf bekommen würde, selbst wenn er fragte. Er zuckte innerlich mit den Schultern. Nun ja, wie dem auch sei, jedenfalls hatte er einen hübschen Profit gemacht. Sie hatten die Papiere ordnungsgemäß unterzeichnet. Nun konnte der Typ mit dem Pferd verschwinden, und er würde sich eine gute Flasche Scotch kaufen statt des billigen Fusels, den er sonst trank.

Nachdem er die Eigentumspapiere für Pferd, Sattel und Zaumzeug in der Tasche hatte, sprach Darcy einige Minuten leise mit dem Pferd. Er wollte, dass Midnight – so lautete der wenig originelle Name des Tiers – eine Beziehung zwischen ihnen spürte, bevor er sich in den Sattel schwang. Ein Vollbluthengst erforderte eine ganz besondere Behandlung.

Der Stallbesitzer, der das Ganze beobachtete, während er das Geld sorgfältig in einer Kasse verschloss, murmelte vor sich hin. »Der Kerl ist offenbar bekloppt, wenn er so mit einem Pferd redet.« Man fütterte ein Pferd, striegelte es, wenn nötig, aber man versuchte doch nicht, ein Gespräch mit ihm zu führen.

Während er das Pferd sattelte und seine Tasche am Sattel befestigte, redete Darcy weiter auf Midnight ein. Als er schließlich meinte, dass es reichte, stieg er auf und ritt die Straße hinunter. Ettys Haus lag einige Meilen südöstlich vom Stadtzentrum. Darcy musste unterwegs mehrmals nach dem Weg fragen. Je näher er seinem Ziel kam, desto reicher wurde die Gegend und umso mehr neugierige Blicke erhielt er von den Leuten, an denen er vorbeikam.

Für die reichen Bewohner von Toorak war ein Mischling, der durch die Straßen ritt, an sich schon ein merkwürdiger Anblick. Und dass der Mann auf einem offensichtlich wertvollen Pferd saß, machte selbst die Gleichgültigsten unter ihnen neugierig.

Bereits von fern sah er die Staatsflagge von Victoria auf dem viereckigen Turm des Toorak House wehen. Bis zu diesem Augenblick hatte Darcy überhaupt nicht darüber nachgedacht, dass Etty im gleichen Viertel wohnte wie der Gouverneur Sir John Manners-Sutton. Toorak House mit seinen riesigen Ausmaßen und das prachtvolle Grundstück, auf dem es stand, ließen ihn ehrfürchtig staunen.

Während er weitere Villen passierte, fragte er sich, ob Ettys Haus wohl genauso hochherrschaftlich sein mochte. Als er in ihre Straße bog, stellte er erleichtert fest, dass die Häuser, obwohl sie eindeutig reichen Leuten gehörten, sehr viel bescheidener in Größe und Stil waren. Ettys Haus war leicht zu finden. Ihre schöne Stimme erklang aus dem offenen Fenster eines einfachen zweistöckigen Hauses mit einem kleinen Säulenvorbau vor der Haustür. Vier hohe Fenster mit dunkelgrünen Holzläden befanden sich in gleichmäßigen Abständen zu beiden Seiten der Haustür. Darüber im oberen Stockwerk waren vier etwas niedrigere Fenster und in der Mitte ein noch kleineres direkt über der Tür. Es war ein äußerst elegantes Haus.

Darcy zügelte Midnight, um Ettys Gesang zu lauschen. Auch wenn er die fremden Worte nicht verstand, die sie sang, konnte er die Leidenschaft in ihrer Stimme hören und die Traurigkeit in den Worten spüren. Diese Traurigkeit ging ihm ans Herz, und er fragte sich, wie jemand, der so privilegiert aufgewachsen war wie Etty, ein so tiefes Gefühl auszudrücken vermochte.

Als er schließlich Midnight die kurze Kieszufahrt hinauflenkte, hörte das Singen plötzlich auf. Er hörte eine Männerstimme sprechen, Ettys kurze Antwort, dann sprach wieder der Mann.

Wer war da bei Etty, fragte sich Darcy. Würde sein unangekündigtes Erscheinen sie in Verlegenheit bringen? Sollte er an die Tür klopfen oder sich umdrehen und fortreiten? Vielleicht hätte er ihr einen Brief schicken sollen, statt unerwartet aufzutauchen. Sein Verlangen, Etty zu sehen, wurde durch die große Unsicherheit getrübt, ob er klug gehandelt hatte, wo er doch überhaupt nicht wusste, wie sie ihn empfangen würde. Würde Etty sich freuen, ihn zu sehen?

17

Während Darcy noch Mut fasste abzusteigen und an die Tür zu klopfen, hörte er Schritte auf dem Kies. Eine stattliche Frau unbestimmten Alters kam mit einem vollen Korb auf dem Arm die Zufahrt herauf. Sie starrte ihn neugierig an und sprach dann in leicht feindseligem Ton.

»Suchen Sie jemanden? Haben Sie sich vielleicht in der Adresse geirrt?«

Darcy tippte an seinen Hut. »Guten Tag, Ma'am. Ich habe mich gewiss nicht in der Adresse geirrt. Ich möchte Etty besuchen.«

»Oh. Sie sind ein Freund von ihr?« Das war eher eine Feststellung als eine Frage. »Dann kommen Sie mal mit. Werden Sie von Miss Trevannick erwartet?«

»Nein, ich wollte sie überraschen.«

Darcy stieg vom Pferd, machte Midnight an einem Pfosten neben der Zufahrt fest und folgte der Frau ins Haus. Dort stellte diese den Korb auf einen kleinen Tisch. »Wenn Sie vielleicht da drinnen warten wollen«, sie deutete auf eine Tür rechts vom Flur. »Ich sage Miss Trevannick Bescheid, dass sie Besuch hat. Welchen Namen soll ich nennen?«

»Nun ja, ich möchte sie gern überraschen.« Er versuchte, die Frau mit seinem charmanten Lächeln zu bezirzen. »Bitte sagen Sie ihr einfach, dass sie jemand sprechen möchte. Allein«, fügte er hinzu, weil ihm wieder die Männerstimme einfiel, die er gehört hatte.

Die Frau zog misstrauisch die Augenbrauen zusammen und schürzte die Lippen. »Bitte, Ma'am«, wiederholte Darcy.

Mit einem Schulterzucken gab sie Darcy zu verstehen, dass sie das alles sehr merkwürdig fand, dann führte sie ihn ins Empfangszimmer und verschwand, um ihre Dienstherrin zu holen.

Mrs Brown stieg die Treppe zum Musikzimmer hinauf, wo Alistair gerade ein neues Lied angestimmt hatte, das Etty einstudieren sollte. Beide drehten sich erstaunt um, als sie an die Tür klopfte. Mrs Brown hatte die Anweisung, Etty während ihrer Übungsstunden mit Alistair nicht zu stören, es sei denn, es ginge um etwas sehr Wichtiges.

»Entschuldigen Sie bitte die Störung, Miss Trevannick. Da unten ist ein Mann, der Sie sprechen möchte.«

»Wer ist es, Mrs Brown? Vielleicht kann er in einer Stunde wiederkommen, wenn Alistair und ich unsere Übungen beendet haben.«

»Ich glaube kaum, dass er jemand ist, der gerne wartet, Miss.« Mrs Brown hatte nicht gewagt, ihm das vorzuschlagen. Er schien ziemlich entschlossen zu sein, ihre Dienstherrin sofort zu sehen. »Er wollte mir seinen Namen nicht nennen. Außerdem hat er darum gebeten, Sie allein zu sprechen.«

Alistair stand vom Klavier auf. »Ich muss sagen, dass ich das als eine sehr ungewöhnliche Bitte empfinde. Ein Mann, der seinen Namen nicht nennen möchte, will Etty alleine sprechen. Warum haben Sie nicht darauf bestanden, dass er seinen Namen verrät?«

»Es tut mir leid, Mr Alistair. Er schien Miss Trevannick zu kennen.«

»Ein Grund mehr, sich vorzustellen.«

»Wenn ich mir die Bemerkung erlauben darf, Miss Trevannick, er hat etwas Ehrliches an sich.«

Alistair ließ sich nicht beschwichtigen. »Ist Ihnen sonst noch etwas an ihm aufgefallen, was uns vielleicht einen Anhaltspunkt geben könnte, was er von Etty will?«

Mrs Brown überlegte, ob sie sagen sollte, dass der Mann ein Mischling war, kam jedoch zu dem Schluss, dass sie damit seine Identität verraten könnte. Sein Charme hatte ihr Herz zum Flattern gebracht, und sie war überzeugt, dass hinter dem Wunsch des Mannes, ihre Dienstherrin zu überraschen, etwas Romantisches steckte.

»Nein, Mr Alistair.«

»Etty, ich meine, du solltest nicht alleine mit diesem Fremden reden. Du weißt nicht, wer er ist oder was er von dir will.«

»Oh, Alistair, ich möchte bezweifeln, dass mir in meinem eigenen Haus etwas passieren wird. Ist der Mann im Empfangszimmer, Mrs Brown?«

»Ja, Miss Trevannick.«

»Dann werde ich jetzt wohl zu ihm müssen. Ich glaube nicht, dass das sehr viel Zeit in Anspruch nehmen wird, Alistair. Wir setzen unsere Übung fort, sobald ich weiß, wer dieser Mann ist und weshalb er mich sprechen möchte.«

»Ich gehe mit dir hinunter. Nein, nein, ich komme nicht mit ins Zimmer. Ich warte im Flur, nur für den Fall, dass du mich brauchst.«

Sobald die Tür sich hinter ihm geschlossen hatte, trat Darcy an das offene Fenster, um nach Midnight zu sehen. Nach einem kurzen Blick, der ihm bestätigte, dass es dem Pferd offenbar nichts ausmachte, angebunden zu sein, schaute er sich im Zimmer um. Es war mit einer Eleganz möbliert, die so typisch für Etty zu sein schien. Im Kamin, der jetzt im Sommer nicht benutzt wurde, stand ein Kupfertopf mit einer Schusterpalme. Über dem Kaminsims hing ein Porträt von Etty. Dann betrachtete Darcy das Fenster, wo helle Chintzgardinen sich leicht im

Nachmittagswind bauschten. Genau dieses Fenster war auch auf dem Porträt hinter Etty zu sehen, einer schönen und elegant gekleideten Etty, die ganz anders aussah als das Mädchen, das er kannte. Er starrte immer noch auf das Porträt, als sich die Tür hinter ihm öffnete.

Darcy drehte sich genau in dem Moment um, als Etty laut aufstöhnte. Eine Sekunde später lagen sie sich in den Armen. Keiner von ihnen hatte gesprochen. Die Heftigkeit, mit der sie sich umarmten, sagte mehr als tausend Worte. Als sie sich schließlich losließen, sahen sie sich lächelnd in die Augen, beide ganz überwältigt von der Wiedersehensfreude und dem Bekenntnis ihrer tiefen Liebe zueinander. Darcys Finger umschlossen Ettys Ellbogen. Ihre Hände ruhten auf seinen muskulösen Armen.

»Darcy, das ist aber eine Überraschung.«

»Anscheinend eine freudige.«

Sie lächelten sich wieder an, beide wahnsinnig glücklich.

»Du siehst gut aus, Etty.«

»Du auch.«

Sie lächelten immer weiter, als gäbe es keine Worte für ihre Gefühle. Darcy zog sie erneut an sich. »Ich liebe dich, Etty.«

»Ich liebe dich auch.«

Sie küssten sich. Darcy löste sich von ihr, als die Leidenschaft zu stark wurde. Er musste sich beherrschen. Er liebte sie zu sehr, um sie zu nehmen, bevor er mit ihr verheiratet war. Etty ergriff seine Hand und zog ihn zum Sofa, wo sie sich nebeneinander hinsetzten. Sie hielt die Hände fest auf dem Schoß ineinander verschränkt, weil sie eigentlich Darcys innig geliebtes Gesicht berühren wollte, seine Haut unter ihren Fingerspitzen spüren und mit den Fingern durch seine dichten schwarzen Locken fahren wollte.

»Warum bist du hier?«, fragte sie.

Darcy griff nach ihrer Hand. »Ich bin gekommen, um dich zu

sehen. Ich wollte wissen, was du für mich empfindest und ob es einen anderen Mann in deinem Leben gibt.«

Etty lächelte ihn zärtlich an. »Es gibt keinen anderen Mann in meinem Leben. Es hat nie einen gegeben, und es wird auch nie einen geben. Du bist meine einzige Liebe.«

»Etty Trevannick, du musst mich heiraten.«

»Ich muss?« Etty lachte. »Ich habe schon immer vorgehabt, dich eines Tages zu heiraten.«

Darcy runzelte die Stirn. »Eines Tages? Jetzt noch nicht?«

»Darcy, du hast mir noch nicht mal einen ordentlichen Heiratsantrag gemacht«, neckte sie ihn. Dann kam ihr plötzlich ein anderer Gedanke. »Du musst erst meinen Vater um Erlaubnis bitten, um mich zu heiraten. Oder hast du das bereits getan?«

»Nein.« Darcy lächelte sie reumütig an. »Also schön, meine Liebste, ich werde alles ordnungsgemäß machen. Sobald wir die Einwilligung deiner Eltern haben, werde ich dir auf Knien einen Antrag machen.«

Etty lachte über seine gespielte Ernsthaftigkeit. »Du weißt ganz genau, dass es eine reine Formalität ist, meine Eltern um ihre Einwilligung zu bitten. Von nun an werde ich uns als verlobt betrachten.«

Darcy hatte Ettys rechte Hand gehalten. Nun nahm er ihre linke und betrachtete sie. Dann sah er ihr stirnrunzelnd ins Gesicht und bemerkte, dass Etty sich auf die Unterlippe biss. »Du trägst ja bereits einen Ring. Hast du mich belogen?«

»Nein! Nein. Der Ring ist nicht das, was er zu sein scheint.«

»Was ist er denn dann? Für mich sieht er sehr nach einem Verlobungsring aus.«

»Ja. Nein, warte, Darcy.« Er war bereits halb aufgestanden. Sie kannte sein aufbrausendes Temperament nur zu gut und zog ihn zurück aufs Sofa. »Hör mir zu. Ich werde es dir erklären.« Er setzte sich hin, doch sein Gesichtsausdruck war immer noch zornig. »Ich trage diesen Ring, seit ich mit dem italienischen Opernensemble in Sydney war. Er sollte lediglich eine gewisse Person von ihren Annäherungsversuchen abhalten. Du musst mir glauben. Ich sage dir die Wahrheit.«

Als er immer noch ein finsteres Gesicht machte und sie skeptisch ansah, ging Etty zur Tür und öffnete sie. Alistair stand draußen unter dem Eingangsportal. »Alistair, würdest du bitte mal kommen?«

Drinnen im Zimmer war Darcy mittlerweile aufgestanden und machte Anstalten zu gehen. »Setz dich, Darcy. Ich lasse nicht zu, dass du mich in so schlechter Stimmung verlässt. Alistair, würdest du bitte Darcy erklären, warum ich diesen Ring an diesem speziellen Finger trage?«

Darcy starrte den anderen Mann wütend an. »Wer sind Sie? Warum sind Sie hier in Ettys Haus?«

Alistair zog angesichts dieses aggressiven Verhaltens die Augenbrauen hoch und sah Etty fragend an. »Ist das der Mann, von dem du mir erzählt hast? Der Mann, den du mehr als jeden anderen liebst?«

»Ja, Alistair, das ist mein schlecht gelaunter Liebster, Darcy Winton. Darcy, ich möchte dir gern Alistair James vorstellen, meinen Klavierbegleiter und Manager. Und du hörst dir jetzt an, was Alistair zu sagen hat. In der Zwischenzeit mache ich für uns alle Tee.«

Etty ließ sich Zeit damit, das Teetablett vorzubereiten. Als sie zurück ins Empfangszimmer kam, war Darcy allein. »Wo ist Alistair?« Sie stellte das Tablett auf den niedrigen Tisch.

»Er meinte, wir sollten lieber wieder allein sein.«

»Wie ich sehe, bist du nicht mehr böse. Du glaubst also, was Alistair dir erzählt hat?«

»Ja. Es tut mir leid, Etty. Ich bin irrsinnig eifersüchtig geworden, als ich den Ring an deiner Hand gesehen hab. Doch nun, da ich deinen Alistair kennengelernt habe, weiß ich, dass ich niemals einen Grund haben werde, auf deine Beziehung zu ihm eifersüchtig zu sein.«

Weiter war dazu nichts zu sagen, ein verstehender Blick zwischen ihnen genügte. Seufzend setzte sich Etty hin und schenkte Tee ein. »Ich sollte den Ring wohl besser nicht mehr tragen, auch wenn Alistair es gerne sieht. Ich habe schon Mama gegenüber ausführliche Erklärungen abgeben müssen. Und Madame gegenüber auch.« Ihre Augen wurden feucht von Tränen, die sie rasch wegblinzelte.

Darcy stellte seine Tasse auf den Tisch und nahm Etty ihre ab. Dann zog er sie auf die Beine und nahm sie tröstend in die Arme. »Alistair hat mir erzählt, dass sie gestorben ist. Es tut mir so leid, Etty. Mir war nicht klar, dass du in Trauer bist. Du trägst ja keine Trauerkleidung.«

»Ich musste Madame versprechen, kein Schwarz zu tragen. Sie hat leuchtende Farben geliebt. Ihr Begräbnis war ganz bestimmt das bunteste, das Melbourne je erlebt hat. Der arme Pfarrer war entsetzt. Ich bin überzeugt, dass Madame in ihrem Sarg gelacht hat.« Etty lächelte schniefend. »Die liebe Madame, ich vermisse sie so sehr.«

»Dann bin ich ja zum richtigen Zeitpunkt gekommen, um dich ein bisschen von deinem Kummer abzulenken.«

»Wie lange willst du in Melbourne bleiben?«

»Das weiß ich noch nicht. Vielleicht zwei Wochen. Ich habe versprochen, Weihnachten wieder auf Riverview zu sein.«

»Wo wirst du wohnen? Hier im Haus gibt es mehrere Gästezimmer.«

»Oh nein, Etty. Mit dir in einem Haus zu schlafen, das wäre eine unwiderstehliche Versuchung, selbst wenn du ein Dutzend Anstandsdamen hättest.« Er runzelte die Stirn. »Hast du überhaupt eine Anstandsdame?«

»Nicht mehr, seit Madame von uns gegangen ist. Alistair hat, wie er dir vielleicht erzählt hat, eine eigene Wohnung auf der Rückseite des Hauses, wo früher die Zimmer für den Butler waren. Mr und Mrs Brown bewohnen ein Cottage auf dem Grundstück. Jetzt guck doch nicht so finster, Darcy. Alistair und ich fahren über Weihnachten nach Langsdale. In der kurzen Zeit bis dahin wird es schon keine skandalösen Gerüchte geben. Also sag schon, wo willst du wohnen?«

»Ich hab vor, den guten alten Boney zu besuchen. Ich hab ihm gleich nach meiner Ankunft hier in der Stadt einen kurzen Brief geschrieben. Ich hoffe, dass ich bei ihm ein Bett bekomme.«

»Der arme Boney. Madames Tod hat ihn zutiefst erschüttert. Die beiden hatten sich sehr lieb gewonnen. Er wird sich bestimmt über deine Gesellschaft freuen.«

Das tat er tatsächlich. Allerdings war Darcy schockiert, wie sehr sein Freund gealtert war, und es beschämte ihn, wie bereitwillig er ihn bei sich aufnahm. Sie redeten bis weit in die Nacht miteinander, jetzt nicht mehr als Lehrer und Schüler, sondern von Mann zu Mann. Als Darcy sah, wie Boney allmählich wieder ein bisschen Freude am Leben gewann, war er froh, dass er den alten Mann gefragt hatte, ob er bei ihm wohnen könne.

Während der zwei Wochen verbrachten Darcy und Etty jede mögliche Minute miteinander. Manchmal wurden sie auf ihren Ausflügen von Alistair oder Boney begleitet, manchmal auch von beiden. Doch die meiste Zeit waren sie allein miteinander. Sie schlenderten durch den botanischen Garten, fuhren mit dem Zug nach St. Kilda, wo sie Arm in Arm über die Strandpromenade spazierten und in einem der Cafés hausgemachtes Eis aßen, oder sie erkundeten gemeinsam die Läden und Märkte.

Zu viert verbrachten sie einen ganzen Tag im Royal Park Zoo. Sie bestaunten die Affen, die amerikanischen Schwarzbären, die Tiger, Löwen und anderen exotischen Tiere. Im Schatten machten sie ein Picknick mit kaltem Huhn, Kaninchenpastete, Käse, Tomaten und vielen anderen Köstlichkeiten, die ihnen Mrs Brown in zwei Körbe gepackt hatte. Die Freude an diesem Mahl im Freien wurde nur dadurch getrübt, dass sie ständig die Fliegen von ihrem Essen verscheuchen mussten. Nachdem sie gesättigt waren, entspannten sie sich noch eine Weile bei angenehmen Gesprächen, bevor sie einen letzten Spaziergang durch den schön angelegten Garten unternahmen.

Die Tage waren heiter und sonnig, die Dezemberhitze erträglich, bis die heißen Winde kamen, die die Quecksilbersäule auf fast vierzig Grad ansteigen ließen, und sich das Kobaltblau des Himmels in ein gleißendes Blass verwandelte, das in den Augen wehtat. Nach zwei glühend heißen Tagen änderte sich das Wetter über Nacht. Am Morgen regnete es, und die Quecksilbersäule sank um etwa zwanzig Grad.

Etty lachte, als Darcy bei ihr ankam und sich bitterlich über den Regen und die Kälte beklagte. »Das Wetter in Melbourne ist immer unberechenbar. Heute Nachmittag kann es schon wieder sonnig und heiß sein.«

Doch es regnete auch noch am nächsten und am übernächsten Tag, und mit jedem Tag schien es kälter zu werden. Der Topf mit der Schusterpalme wurde aus dem Kamin entfernt, damit man ein kleines Feuer anzünden konnte. An einem Tag besuchten sie mit Boney und Alistair die Gemäldegalerie und am nächsten Tag das Museum. Als es am dritten Tag immer noch regnete, saß Darcy mit Etty in deren Empfangszimmer. Wegen des trüben, regnerischen Wetters hatten sie die Gardinen zugezogen. Das im Kamin glühende Feuer heiterte den Raum ein wenig auf.

Etty unterhielt Darcy mit Geschichten von ihren Reisen und mit lustigen Anekdoten über ihre Erfahrungen mit dem italienischen Opernensemble. Allerdings erzählte sie ihm nicht, dass sie vorhatte, im neuen Jahr nach Mailand zu reisen und sich dort dem Ensemble wieder anzuschließen. Auch wenn Darcy beteuerte, wie sehr ihn diese Geschichten aus ihrem Leben amüsierten, wusste sie, dass er nicht verstehen würde, dass das Bedürfnis zu singen ihrer Seele entsprang. Oper hatte für sie nichts mit einem bestimmten Lebensstil zu tun. Sie musste einfach singen.

Darcy seinerseits sprach über Riverview und darüber, wie viel ihm dieser Ort inzwischen bedeutete. Er erzählte ihr von einem Traum, den er kürzlich gehabt hatte, in dem sein vor langer Zeit verstorbener Onkel Josh zu ihm gekommen war und ihm erklärt hatte, es sei schon immer vom Schicksal bestimmt gewesen, dass Riverview einmal Darcy gehören sollte. Außerdem beschrieb er, wie seine Mutter das einst so prächtige Farmhaus liebevoll wiederhergerichtet hatte.

Seine Mutter hatte ihm auch erzählt, wie sie und ihre eigene Mutter krank und halb verhungert von den Wintons gefunden worden waren, als diese auf dem Weg zu dem Stück Land waren, auf dem sie sich niederlassen wollten und dem sie den Namen Riverview geben würden. Sie hatte ihm viele Geschichten aus ihrer Jugend auf Riverview erzählt, unter anderem auch die, wie es dazu gekommen war, dass sie für Charles und Mary Winton eine zweite Tochter geworden war.

Etty hörte fasziniert zu, wie Darcy diese Geschichten für sie jetzt noch einmal wiedergab. »Wie wunderbar, dass deine Familie wieder im alten Zuhause deiner Mutter wohnt. Tante Jane muss sehr glücklich sein.«

»Ma und Nelson sind beide glücklich. Nelson hat seinem Vater geschrieben, mit dem er viele Jahre lang überhaupt keinen Kontakt hatte, und ihm erzählt, dass er jetzt eine eigene Farm besitzt. Nun korrespondieren sie regelmäßig. Nelson hofft, dass sein Vater vielleicht eines Tages zu Besuch nach Riverview kommt.«

Als sich daraufhin zwischen ihnen Schweigen ausbreitete, bemerkte Etty nach einer Weile: »Du hast gesagt, dass Tante Jane und Nelson glücklich sind, aber dich hast du nicht mit einbezogen.«

»Ich bin zufrieden, Etty. Allerdings habe ich den Wunsch, Anwalt zu werden, immer noch nicht aufgegeben. Ich glaube und hoffe, dass sich vielleicht bald eine Chance für mich auftut.«

»Oh? Wie denn das? Hat Boney eine Möglichkeit gefunden?«

»Nein, Boney nicht, auch wenn er mich stets ermutigt hat, meine Studien fortzusetzen. Das Leben ist voller merkwürdiger Zufälle. Als ich nach Langsdale gereist bin, um die Schafe abzuholen, die wir gekauft hatten, habe ich auf dem Schiff einen Mann namens Ernest Williams kennengelernt. Er war auf der Suche nach einer Stadt, in der er eine Anwaltskanzlei eröffnen könnte. Später hat er mir, wie versprochen, geschrieben, um mir mitzuteilen, dass er sich in Bendigo niedergelassen hat. Sobald er sich einen Namen gemacht hat und genügend Mandanten hat, will er mich als Gehilfen einstellen. Und wenn ich erst einmal Anwaltsgehilfe bin, hoffe ich, ziemlich rasch ein richtiger Anwalt werden zu können.«

»Wie wunderbar, Darcy. Ich freue mich ja so für dich. Das Leben läuft gut für uns beide – für uns alle. Louisa ist glücklich auf Narrabulla, und für Ruan ist Langsdale sein Ein und Alles. So sollte es ja auch sein, da es eines Tages ihm gehören und er es irgendwann an seine Kinder weitergeben wird, die dann an ihre Kinder und so weiter, von einer Generation zur nächsten.«

»Ich hoffe, dass ich eines Tages Riverview an meine Kinder weitergeben werde – an unsere Kinder.« Er nahm Ettys Hand. »Ich habe dir noch gar nicht von dem wunderbaren Erlebnis erzählt, das ich auf dem Weg nach Melbourne hatte.«

»Du hast geschildert, wie die Kutsche umgekippt ist.«

»Das ist aber nicht die ganze Geschichte.« Dann berichtete

er ihr, wie er dem Arzt assistiert hatte, als Mrs Jones zwei nahezu identisch aussehende Zwillingsjungen zur Welt brachte. »Bis dahin habe ich mir nie Gedanken über Babys gemacht. Doch als ich dieses Wunder erlebt habe, sehnte ich mich plötzlich danach, eines Tages einen eigenen Sohn in den Armen zu halten, dessen Mutter du bist. Willst du mich heiraten, Etty?«

Etty, die tief bewegt von Darcys Geschichte war, verbarg ihre Gefühle hinter einem neckischen Lächeln. »Du musst trotzdem erst Papa fragen.«

Sie neckte ihn, denn jedes Mal, wenn sie sich vorstellte, mit Darcy verheiratet zu sein, begann ein Dutzend Schmetterlinge in ihrem Bauch zu flattern, und ihr Herzschlag beschleunigte sich so heftig, dass sie manchmal das Gefühl hatte, ihr würde das Herz gleich in der Brust zerspringen. Und als sie ihn nun von Babys reden hörte und sich vorstellte, von ihm ein Kind zu bekommen, steigerte sich dieser Zustand noch, und sie spürte ein heftiges Verlangen an der intimsten Stelle ihres Körpers. Vielleicht ging es Darcy genauso, denn seine Augen glühten vor Leidenschaft. »Sieh mich nicht so an, Darcy, sonst will ich ...«

»Was? Mich küssen? In meinen Armen liegen?«

»Ja«, flüsterte sie, mehr brachte sie nicht heraus, denn Darcy hatte sie bereits an sich gezogen und seine Lippen heiß auf ihre gedrückt. Hitze durchströmte ihre Körper und wurde immer glühender, je mehr ihre Leidenschaft wuchs. Darcy ließ seine Hand zur Rundung ihrer Brust wandern. Sie schmiegte sich fest an ihn und krallte ihre Finger in seine schwarzen Locken, um seinen Mund in einem nie endenden Kuss festzuhalten. Nichts existierte mehr auf der Welt außer Darcy und ihr, außer ihnen beiden. Der Kuss ließ sie zu einem Wesen verschmelzen.

»Oh, Entschuldigung.« Alistairs Stimme zerstörte ihre verzehrende Leidenschaft. Sie lösten sich heftig atmend voneinander, während ihre Augen im Blick des anderen das Feuer suchten und fanden, das immer noch in ihnen loderte. Alistair war bereits wieder gegangen.

Darcy nahm Ettys Gesicht in beide Hände und strich mit den Lippen sanft über ihren Mund. »Ich brauche dich so sehr. Du musst mich heiraten, Liebste.«

»Oh mein Liebster, ich glaube, das muss ich wohl.« Sie wusste, sie beide hätten ihre Leidenschaft nicht mehr beherrschen können, wenn Alistair sie nicht gestört hätte. Und sie wusste, dass sie mehr als bereit gewesen war, sich Darcy ganz hinzugeben.

»Etty, ich hatte eigentlich vor, in drei Tagen Melbourne zu verlassen und nach Hause zurückzukehren. Du willst über Weihnachten nach Langsdale. Lass uns doch morgen schon zusammen dorthin fahren. Wir holen die Erlaubnis deiner Eltern ein, und dann heiraten wir im neuen Jahr. Liebling? Was ist los?«

Etty war abrupt aufgestanden und auf die andere Seite des Zimmers gegangen. Sie sah ihn mit tränenfeuchten Augen an und rang die Hände. Nun wurde es Zeit, das Problem anzusprechen, das sie seit Tagen quälte und nachts nicht schlafen ließ. »Ich reise im Januar nach Italien.«

Darcy stand ebenfalls auf und runzelte fassungslos die Stirn. »Was hast du gesagt?«

»Ich reise nach Italien, nach Mailand, um mit dem italienischen Opernensemble zu singen.«

»Nein.« Er schüttelte verwirrt den Kopf. »Du kannst nicht nach Italien gehen. Du hast doch gesagt, dass du mich heiraten willst.«

»Oh, Darcy. Ich will dich ja auch wirklich heiraten.« Sie fing an zu weinen, weil ihr Körper immer noch nach seinem verlangte. »Bitte, versteh das doch. Sei mir nicht böse.«

»Ich habe allen Grund, böse auf dich zu sein, nach dem, was gerade zwischen uns geschehen ist. Ich bin ganz durcheinander. Weißt du überhaupt, was du willst, Etty? Willst du dein Leben lang herumreisen und singen, oder willst du mich heiraten? Du musst dich für eines entscheiden. Entweder für mich oder für deine Karriere.«

»Ich kann mich nicht entscheiden. Ich will beides.« Nun weinte Etty so heftig, dass ihr die Tränen die Wangen hinunterliefen. Sie machte nicht einmal den Versuch, sie wegzuwischen.

Ohne ein weiteres Wort zu sagen, drehte sich Darcy auf dem Absatz um. Etty lauschte auf seine Schritte im Flur und hörte, wie die Haustür hinter ihm zuknallte. Sie sank zu Boden, während ihr Körper von lautem Schluchzen geschüttelt wurde. Die Arme, die sich einige Augenblicke später um sie legten, um sie zu beruhigen und zu trösten, gehörten Alistair. Sie wusste nicht, wie lange sie an seiner Schulter geweint hatte, doch als die Schluchzer verebbten und die Tränen nur noch vereinzelt flossen, fühlte sie sich krank und hatte rasende Kopfschmerzen.

Alistair zog sie auf die Beine. »Geh und wasch dir das Gesicht. Dann fühlst du dich schon besser. Ich mache dir eine Tasse heißen süßen Tee, und wenn du möchtest, kannst du mir erzählen, worüber du dich so aufgeregt hast.«

In jener Nacht war Etty sehr unruhig. Wenn sie schlief, träumte sie wirre und unsinnige Träume, in denen ihr Darcy entrissen wurde. Diese Träume waren so verstörend, dass sie davon aufwachte und Angst hatte, wieder einzuschlafen, weil sie fürchtete, der Traum könnte wiederkommen. Irgendwann zwischen Mitternacht und Morgengrauen stand sie auf und setzte sich ans offene Fenster. Die Nachtluft war angenehm. Von Zeit zu Zeit hörte sie den Ruf eines Nachtvogels. Einmal lauschte sie dem rauen Tschk-tschk-tschk eines Opossums auf seinen nächtlichen Streifzügen.

Viele Gedanken gingen ihr im Kopf herum, Sehnsüchte und ein tiefes Bedauern. Sie liebte Darcy sehr. Andererseits musste sie unbedingt singen. Gab es eine Möglichkeit, diese beiden

Leidenschaften, die sie verzehrten, miteinander in Einklang zu bringen? Irgendwann musste sie wieder eingeschlafen sein, denn sie wurde am frühen Morgen vom Lachen der Kookaburras geweckt. Bereits jetzt war die Hitze in der Luft zu spüren. Noch bevor die Sonne aufgegangen war, versprach der Tag, im Gegensatz zu den vorhergegangenen, extrem heiß zu werden. Welch Ironie des Schicksals, dachte sie, dass die Sonne schien, während ihr Herz voll düsterer Wolken war. Etty zog sich an, verließ das Haus und spazierte eine Weile durch die Straßen von Toorak. Als sie zurückkam, war das Frühstück fertig. Alistair machte einen besorgten Eindruck.

»Etty, wo bist du gewesen? Ich hab mir schon Sorgen gemacht.«

»Ich habe letzte Nacht sehr wenig geschlafen. Da habe ich mich entschlossen, einen Morgenspaziergang zu machen.«

Er bemerkte die Schatten unter ihren Augen, die Trauer in ihrem Blick. »Wie fühlst du dich heute?«

»Ich glaube, ich muss Darcy aufsuchen. Wir können doch nicht auf diese Weise auseinandergehen, nachdem wir uns so leidenschaftlich unsere Liebe erklärt haben. Ich werde ihn bitten, mir ein Jahr in Italien zu gewähren, ihn anflehen zu warten, bis ich dieses Bedürfnis in mir befriedigt habe. Alistair, ich hab fast die ganze Nacht nachgedacht. Ich liebe Darcy sehr. Ich möchte seine Frau sein. Aber ich kann das Singen nicht aufgeben.«

»Ich halte es für vernünftig, dass du die Gelegenheit nutzen willst, in Europa aufzutreten. Wenn Darcy dich wirklich liebt, sollte er das verstehen und bereit sein, auf dich zu warten.«

»Das hoffe ich wirklich. Alistair, würdest du mich heute Morgen zu Mr Boniface begleiten? Ich möchte zwar allein mit Darcy reden, aber es gibt mir Mut, wenn ich weiß, dass du in der Nähe bist.«

Sobald sie das Frühstück gegessen hatte, das Mrs Brown für sie bereitet hatte, eilte Etty in ihr Zimmer und zog ihr schlichtestes Besuchskleid an. Sie wollte, dass Darcy in ihr die Etty sah, mit der er aufgewachsen war, und nicht die gefeierte Henrietta Trevannick.

Als sie bei Mr Boniface ankamen, konnte dieser nur sein Bedauern ausdrücken. »Darcy ist gestern Nachmittag abgereist. Hat er Ihnen das nicht gesagt?«

Etty vermochte nur den Kopf zu schütteln. Da sie spürte, wie ihr die Tränen kamen, wandte sie sich ab und überließ es Alistair, Mr Boniface die notwendigen Erklärungen zu geben. Auf dem ganzen Heimweg weinte sie.

»Schreib Darcy einen Brief«, schlug Alistair ihr vor, als sie wieder zu Hause waren. »Erklär ihm, wie wichtig dir diese Chance ist, in Mailand singen zu können. Bitte ihn, dir dieses eine Jahr zu gewähren. Wenn er dich wirklich liebt, wird er es tun.«

Darcy überlegte ernsthaft, ob er nicht direkt nach Wellington reiten sollte, um dort den Fluss zu überqueren, statt von Ballarat zuerst noch einen Abstecher nach Langsdale zu machen. Vielleicht hätte er das auch getan, wenn er in Ballarat nicht Ruan getroffen hätte. Denn wenn er sich geweigert hätte, nicht wenigstens eine Nacht auf Langsdale zu verbringen, wäre das äußerst unhöflich und nicht zu erklären gewesen. Also ritt er mit Ruan nach Hause.

Er wurde überaus herzlich willkommen geheißen. Auf die Frage, was ihn in die Gegend geführt habe, antwortete er, er sei zu Besuch in Melbourne gewesen. Und als man ihn fragte, ob er Etty gesehen hätte, bejahte er das, ohne jedoch zuzugeben, dass sie der eigentliche Grund für seine Reise gewesen war. Er sprach auch nicht von seinem Wunsch, sie zu heiraten. Mit unendlicher

Selbstdisziplin hörte er zu, wie Tante Meggan sich über Ettys fantastische Aussichten in Italien ausließ. Während er sich das anhörte, wuchs in ihm die Überzeugung, dass Etty die Oper niemals aufgeben würde, um seine Frau zu werden, ganz gleich wie leidenschaftlich sie ihre Liebe zu ihm beteuerte.

Er hätte seine Reise am nächsten Tag fortgesetzt, wenn ihn die Trevannicks nicht dazu bewegt hätten, eine weitere Nacht zu bleiben. Ruan bat darum, einmal auf Midnight reiten zu dürfen, bevor Darcy abreiste, und sei es auch nur um die Koppel am Haus.

»Midnight ist ein prächtiges Tier, Darcy. Ma sagt immer, dass unser Leben vorherbestimmt ist. Das Schicksal hatte ganz sicher seine Hand im Spiel, als du Midnight gekauft hast.«

»Das denke ich auch. Eigentlich wollte ich eine Droschke nach Toorak nehmen, doch dann habe ich mich entschlossen, mir ein Pferd zu mieten, und dabei habe ich Midnight gefunden und gekauft.«

»Hat Etty sich gefreut, dich zu sehen?«

»Das hat sie jedenfalls gesagt.«

Ruan sah Darcys verschlossenem Gesichtsausdruck an, dass er dieses Gespräch nicht fortsetzen wollte. »Ach ja. Etty und du, ihr habt euch wohl wieder gestritten, was? Wie kommt es, dass ihr beide euch nie treffen könnt, ohne euch zu streiten? So ist das schon, seit wir langsam erwachsen geworden sind.«

»Wir haben halt unterschiedliche Ansichten.«

»Ansichten worüber? Kannst du das etwas genauer erklären?«

»Nein, das möchte ich nicht. Hey! Was zum Teufel …« Er rannte los, Ruan blieb ihm dicht auf den Fersen. Beide hatten gehört, dass der Hengst plötzlich furchtbar schrie.

Skink hielt Midnights Zügel in der Hand und schlug mit einem schweren Stock auf das Tier ein. Obwohl sich der Hengst immer wieder aufbäumte, schaffte Skink es, den Tritten der Vorderbeine auszuweichen und weiterhin wahllos auf das Tier einzuschlagen.

Mit einem Wutschrei setzte Darcy über den Zaun, packte Skink mit der linken Hand hinten am Hemd und riss ihm mit der rechten den Stock weg. Midnight, der immer noch vor Angst wieherte, galoppierte in Panik auf die andere Seite der Koppel. Darcy verpasste Skink mit dem Stock einen wuchtigen Schlag in die Seite, worauf dieser zu Boden stürzte, wo er benommen liegen blieb. Im Nu stand Darcy keuchend über ihm und holte mit dem Stock zu einem mörderischen Schlag aus.

»Darcy, du kannst ihn doch nicht umbringen!« Ruan packte Darcys Arm und riss ihn so fest nach hinten, dass der Stock auf die Erde fiel.

Um nicht um seine Rache gebracht zu werden, trat Darcy den am Boden liegenden Mann in die Rippen und vernahm zufrieden, wie es krachte und der Mann vor Schmerzen aufheulte.

Ruan, der versuchte, Darcy fortzuzerren, sah, dass Ned zu ihnen gerannt kam. »Ned, hilf mir, bevor Darcy diesen Dreckskerl umbringt!«

Beide Männer brauchten all ihre Kraft, um den rasenden Darcy daran zu hindern, weiter auf Skink loszugehen. Sie hielten ihn an den Armen fest, jeder auf einer Seite, während Skink rasch außer Reichweite von Darcys Stiefeln kroch. Taumelnd raffte er sich auf und humpelte, sich vor Schmerzen krümmend, davon. Dabei hielt er sich mit der linken Hand die rechte Seite seines Brustkorbs.

Darcy schüttelte Ned und Ruan ab und rannte über die Koppel. Als er sich Midnight näherte, verlangsamte er den Schritt und redete beruhigend auf das misshandelte Tier ein. Er musste sein ganzes Geschick einsetzen, bevor Midnight stehen blieb und ihm erlaubte, sich zu nähern. Das Pferd blieb jedoch ängstlich und verdrehte die Augen, sodass das Weiße zu sehen war.

Als der Hengst sich ein wenig beruhigt hatte, fuhr Darcy mit den Händen über seine Vorderbeine, um nach Prellungen zu suchen, und war erleichtert, als er keine fühlte. Kurz darauf begann das Pferd wieder nervös zu tänzeln. Darcy streichelte ihm über die schwarzen Nüstern und flüsterte sanft in sein Ohr. Er würde Midnight sofort gründlich untersuchen müssen.

Während Darcy den Hengst noch abtastete, warf er zufällig einen Blick nach hinten über die Koppel und sah, dass Con Trevannick Skink zur Rede stellte. Er beachtete die beiden jedoch nicht weiter, sondern widmete seine ganze Aufmerksamkeit Midnight, um sich zu vergewissern, ob der Hengst tatsächlich keine Verletzungen erlitten hatte. Plötzlich stand Ruan neben ihm.

»Alles in Ordnung mit Midnight?«

»Er ist nicht verletzt, aber total verängstigt.«

»Skink hat zugegeben, dass er versucht hat, Midnight zu reiten. Dämlicher Idiot, zu meinen, er könnte sich einem Hengst auf den Rücken schwingen, der ihn nicht kennt. Als Midnight sich weigerte, sich von ihm satteln zu lassen, hat Skink angefangen, ihn zu verprügeln. Pa hat den Dreckskerl gerade fristlos und ohne Referenzen entlassen. Mein Vater duldet es nicht, wenn jemand ein Tier quält.«

»Es hat mich eh gewundert, dass dein Vater ihn so lange hier beschäftigt hat.«

»Mich auch. Ich bin froh, dass er weg ist. Nach dem, was ich gerade gehört habe, war Pa wohl doch nicht so blind für Skinks Fehler, wie ich geglaubt habe. Er versucht schon seit einiger Zeit, einen Ersatz für den Mann zu finden, was ich allerdings nicht gewusst habe. Darcy, pass nur auf, wenn du von hier fortreitest. Ich traue es Skink durchaus zu, dass er dir irgendwo an der Straße auflauert.«

Darcy beherzigte Ruans Warnung und war sehr wachsam,

doch er erreichte Wellington ohne jeden Zwischenfall. Wenige Tage später kam er in Riverview an. Er ritt auf Midnight und führte Goonda am Zügel, froh, dass der Hengst und die Stute sich akzeptierten.

18

Das Jahr 1872 verging ohne bedeutsame Ereignisse auf Riverview, Langsdale und Narrabulla. Etty war in Europa, wo ihr Ruhm mit jedem Auftritt wuchs. Sie schrieb regelmäßig ihrer Mutter, gelegentlich Louisa, Darcy jedoch nie.

Als Darcy nach seinem Besuch bei Etty in Melbourne nach Hause gekommen war, war er zunächst überrascht, doch sogleich erleichtert gewesen, dass Dalkira nicht länger für seine Mutter arbeitete. An ihrer Stelle war jetzt Yareas jüngere Schwester da. Er hatte seine Mutter, wie er hoffte, ganz beiläufig gefragt, was denn mit Dalkira passiert sei.

»Ich habe sie fortgeschickt. Ja, ich weiß, dass du mit ihr geschlafen hast. Nelson und ich haben keine Geheimnisse voreinander. Während du in Melbourne warst, ist deine Tante Anne mit ihrem Mann und ihrem ältesten Sohn Harry zu Besuch gekommen. Ich hab dir ja schon erzählt, wie sehr sich Anne darüber gefreut hat, dass Riverview wieder in Familienbesitz ist, obwohl wir gar keine Blutsverwandten sind. Dein Cousin Harry würde gerne hier arbeiten. Deshalb der Besuch. Er kommt im neuen Jahr wieder und wird dann hierbleiben.«

»Wie alt ist dieser Harry?«

»Er ist neunzehn, bereits ein Mann. Nelson glaubt, dass der Junge von seinem Großvater die Liebe zum Land geerbt hat. Er ist sehr froh, dass er zu uns kommt. Nelson braucht jemanden, der zuverlässig ist, wenn du die Stelle als Anwaltsgehilfe annimmst.«

»Ich verstehe. Aber was hat das alles mit Dalkira zu tun?«

»Anne hat vor Kurzem ihr Hausmädchen verloren und war beeindruckt von Dalkiras Fertigkeiten. Damit war für mich das Problem gelöst, was ich mit dem Mädchen machen soll. Ich verlasse mich darauf, mein Sohn, dass du dich von Yarea und Gilly fernhältst.«

Er schämte sich, dass seine Mutter wusste, dass er Dalkira benutzt hatte. Deshalb versicherte er ihr, sie brauche keine Angst zu haben, dass er den gleichen Fehler noch einmal machen werde. »Ein Mann ist ohnehin besser dran ohne eine Frau. Ich will jedenfalls keine in meinem Leben.«

»Höre ich da Verbitterung in deiner Stimme, Darcy? Wie war es eigentlich bei Etty? Du hast überhaupt noch nichts über deinen Besuch bei ihr erzählt.«

»Da gibt es nichts zu erzählen. Etty geht nach Italien. Ihr geht es einzig und allein um ihre Karriere.«

Drei Wochen später erhielt er den Brief, den Etty ihm nach seiner Abreise geschrieben hatte. Sie wollte also, dass er auf sie wartete. Dass er ihr ein Jahr gewährte, damit sie ihren Ehrgeiz befriedigen konnte. Er riss den Brief in Fetzen, bevor er ihn fortwarf. Wie hatte sie sich nur über die Leidenschaft hinwegsetzen können, die sie beide verzehrt hatte, um ihm zu erklären, dass sie vorhatte fortzugehen? Wenn er sie liebte, würde er bereit sein zu warten, schrieb sie. Ach ja! Wenn sie ihn liebte, hätte sie bereit sein sollen, in Australien zu bleiben.

Trotz seiner großen Verbitterung wünschte sich Darcy, dass das Jahr schnell vorbeigehen möge. Seine Gefühle schwankten zwischen Wut und Verlangen. Er wusste, er wäre der glücklichste Mann auf der Welt, wenn Etty zurückkäme und seine Frau würde. Doch seine Träume wurden immer wieder von nüchternen Überlegungen zerstört. Etty würde das Singen niemals aufgeben. Mittlerweile zweifelte er daran, ob sie je eine gemeinsame Zukunft haben würden. Er fürchtete die Nächte, in denen sein Verlangen nach Etty ihn quälte. Harte körperliche Arbeit, die dafür sorgte, dass er einschlief, sobald er sich ins Bett legte, erlöste ihn zeitweilig von diesen Qualen. Und er beschäftigte seinen Verstand, indem er immer wieder seine juristischen Bücher studierte.

Der Anwalt Ernest Williams, der langsam, aber stetig seine Kanzlei in Bendigo aufbaute, korrespondierte regelmäßig mit Darcy, dem es Spaß machte, nach Lösungen für die juristischen Probleme zu suchen, die Williams ihm in seinen Briefen darlegte. Williams war sehr zufrieden mit ihm.

Sie haben einen guten juristischen Sachverstand, Winton. Ich wünschte, ich wäre in der Lage, Sie sofort einzustellen. Um Klienten zu finden, habe ich jedoch häufig auf mein Honorar verzichtet oder mich in Naturalien bezahlen lassen. Ich bin gut versorgt mit allen möglichen Lebensmitteln, und als Gegenleistung für meine Dienste wurden auch schon Umbauten an dem Gebäude vorgenommen, in dem ich meine Kanzlei habe.

Doch obwohl dieses System des Tauschhandels sich für mich ganz zufriedenstellend angelassen hat, gibt es mir bisher nicht die Mittel, einen Angestellten zu bezahlen. Ich möchte jedoch noch einmal meine Absicht bekräftigen, Sie einzustellen, sobald ich finanziell abgesichert bin.

Auch wenn Darcy gehofft hatte, in naher Zukunft bei Mr Williams einsteigen zu können, zweifelte er nicht an der Aufrichtigkeit des Mannes. Er war dankbar, dass der Anwalt ihm zumindest auf andere Weise die Möglichkeit gab, seine Kenntnisse anzuwenden. Vieles von dem, was Williams ihm schrieb, teilte Darcy Boney mit. Dieser schrieb Darcy fast jede Woche und fing ebenfalls an, ihm juristische Fragen zu unterbreiten, die teilweise aus in der Zeitung erwähnten Fällen stammten, für die er eine hypothetische Lösung suchen konnte.

Darcy führte außerdem eine regelmäßige Korrespondenz mit Louisa, die im Juli mit ihrer Mutter Riverview besuchte. Obwohl er sich freute, sie zu sehen, hatte er wenig Zeit für sie, da er den ganzen Tag auf der Farm zu tun hatte. Gelegenheit zu reden hatten sie eigentlich nur am Abend, wenn alle gemütlich vor dem Feuer im Salon saßen.

»Du hast ja Midnight noch gar nicht gesehen, Louisa. Morgen arbeite ich in der Nähe des Hauses. Komm gegen neun zum Stall, dann stelle ich euch einander vor.«

Plötzlich sah Louisa den verbleibenden Tagen ihres Besuches voller Zuversicht entgegen. Vielleicht würde sie ja von jetzt an mehr Zeit mit Darcy verbringen können.

Auch wenn Louisa Midnight bewunderte, war sie doch froh, dass die Stalltür zwischen ihnen war. Der arrogante Stolz dieses glänzenden schwarzen Kopfes schüchterte sie ein.

»Er tut dir nichts«, versicherte Darcy ihr. »Jedenfalls nicht, solange ich bei dir bin.«

»Ich hätte viel zu viel Angst, allein auch nur in seine Nähe zu gehen. Ich traue Hengsten nicht.«

»Wenn man sie richtig behandelt, sind sie ganz fügsam. Der Mann, dem Midnight gehört hat, bevor ich ihn gekauft habe, war offenbar gut zu ihm. Das Pferd hat mir von Anfang an gehorcht.«

»Dir gehorchen alle Pferde. Früher hab ich immer beobachtet, wie du mit den Pferden auf Langsdale gearbeitet hast.«

»Daran kann ich mich auch erinnern.« Er lachte sie an. »Ich erinnere mich an ein kleines Mädchen mit Zöpfen, das auf dem Zaun saß.«

»Ach. Ein kleines Mädchen? Ich bin nur zwei Jahre jünger als du.« Sie legte den Kopf in den Nacken und blickte zu ihm auf. »Hältst du mich immer noch für ein kleines Mädchen?«

»Du möchtest wohl ein Kompliment hören. Na gut. Du bist eine hübsche junge Frau, Louisa. Eines Tages wirst du einem Mann eine wunderbare Ehefrau sein.«

Ich möchte dir eine wunderbare Ehefrau sein, dachte Louisa, sagte aber: »Ich habe letzte Woche einen Brief von Etty bekommen. Den zweiten, den sie mir geschrieben hat.«

»Ja und?«

»Ach, hast du auch einen Brief bekommen?«

»Nein. Etty hat mir nie viel geschrieben.«

»Das tut mir leid.«

»Das braucht dir nicht leidzutun. Ich muss nicht immer alle Neuigkeiten wissen.«

»Ach«, sagte Louisa erneut. Darcys Verhalten verwirrte sie. Er wollte sich anscheinend gleichgültig geben. Doch sein Schmollen sagte etwas anderes. »Soll ich dir erzählen, was Etty geschrieben hat?«

Ein Schulterzucken, was ebenfalls Gleichgültigkeit signalisieren sollte. »Ich nehme an, sie ist jetzt berühmt.«

»Etty prahlt nicht mit ihrem Erfolg. Sie schreibt, dass sie glücklich ist. Sie liebt Italien und war auch schon in Frankreich und Deutschland. Als sie mir geschrieben hat, plante ihr Opernensemble gerade, nach England zu gehen. Etty muss ein unglaublich interessantes und aufregendes Leben führen.«

»Dann hat sie ja, was sie immer gewollt hat.«

Diese wenigen Worte enthielten etwas so Endgültiges, dass Louisa nicht mehr über Etty sprach. Sie hatte alles erfahren, was sie wissen wollte. Darcys vorgespielte Gleichgültigkeit sagte ihr, dass er Etty noch immer liebte. Da Louisa Etty auch sehr gern hatte, wollte sie mit keinem Wort und keiner Geste versuchen, Darcy dazu zu bringen, seine Liebe ihr zuzuwenden. Darcy und sie waren immer noch enge Freunde, auch wenn sie ihn schon lange so liebte, wie eine Frau einen Mann nur lieben kann. Sie würde immer für ihn da sein. Vielleicht würde er ihr eines Tages seine Liebe schenken. Und wenn das geschah, wäre sie bereit.

Etty hatte Europa im Sturm erobert. Ihr Ruhm breitete sich rasch aus, und ihr Name wurde mit Bewunderung ausgesprochen. Begeisterte Zuschauer warfen ihr nach jedem Auftritt Blumen auf die Bühne. Hoffnungsvolle Verehrer schickten Rosensträuße und Körbe mit exotischen Blumen in ihre Garderobe. Mehr als einmal schon, wenn sie mit Alistair in einem Restaurant aß, hatte ein leidenschaftlicher junger Verehrer ihre Hand ergriffen und ehrfürchtig geküsst. Solche Begegnungen amüsierten Etty, die rasch lernte, mit derart übertriebenen Gunstbeweisen souverän umzugehen.

Ab und zu gestattete sie einem Verehrer, sie zu einem gesellschaftlichen Ereignis zu begleiten oder zu einem Ausflug einzuladen, doch sie sorgte dafür, dass keiner von ihnen Grund hatte zu glauben, sie würde ihn allen anderen vorziehen. Nie nahm sie vom selben Mann zwei Einladungen hintereinander an. Und sie traf sich überhaupt nur dann mit jemandem ein zweites Mal, wenn sie die Gesellschaft dieses Mannes wegen seiner intelligenten Konversation, seines Humors oder ganz allgemein wegen seiner guten Umgangsformen genoss. Mit einem Verehrer, der den Fehler machte zu versuchen, sie in den Arm zu nehmen oder gar zu küssen, sprach sie nie wieder.

Verärgerte Frauenhelden fingen an, sie als frigide zu bezeichnen. In manchen Kreisen wurde sie die Eiskönigin genannt. Etty fand das amüsant. Sie wusste, dass ihr Herz voller Leidenschaft war, einer Leidenschaft, von der Madame behauptet hatte, sie müsse sie entdecken, um eine große Sängerin zu werden. Wie recht die gute Madame gehabt hatte. Die Gefühle, die sie mittlerweile zum Ausdruck bringen konnte, brachten ihr Publikum zum Weinen. Nachts vergoss Etty manchmal selber Tränen, wenn der Gedanke an Darcy sie nicht einschlafen ließ. Sie hatte die feste Absicht, nach Australien zurückzukehren, sobald ihr Jahresvertrag ausgelaufen war.

Obwohl sie von Darcy keine Antwort auf ihre Bitte bekommen hatte, ihr dieses eine Jahr zu gewähren, redete sie sich ein, dass sie sich nur wiederzusehen brauchten, und alles wäre gut. Ihre Opernkarriere würde sie zwar niemals aufgeben, doch sie stellte sich ein gemeinsames Leben mit Darcy in Melbourne vor, wo er seine juristischen Interessen verfolgen könnte. Sie schuf sich den Traum von einer idyllischen Ehe, in den sie sich immer tröstend flüchtete, wenn sie an das wütende Schweigen dachte, mit dem Darcy aus ihrem Haus gestürmt war.

Mitte Januar, als das Jahr, um das sie Darcy gebeten hatte, vergangen war, begannen Etty und Alistair ihre Rückkehr nach Australien zu planen.

Signor Ruggeiri versicherte Etty, wie sehr man sie vermissen werde, dann schockierte er sie mit den Worten: »Aber Sie werden uns jetzt ohnehin noch nicht verlassen. Sie gehen mit dem Ensemble nach Amerika.«

»Amerika! Signore, ich gehe zurück nach Australien. Ich habe meine Heimkehr bereits um zwei Monate hinausgeschoben, als ich mich bereit erklärt habe, die Wintersaison noch an der Scala zu bleiben.«

»Was sind denn schon ein paar Monate mehr? Etty, bella mia, der Veranstalter, der alles organisiert hat, hat auf Henrietta Trevannick bestanden. Ihr Ruhm ist sogar schon bis über den Atlantik gedrungen. Die Amerikaner schreien danach, sie zu sehen.«

Etty fühlte sich hin- und hergerissen. Sie hatte sich sehr darauf gefreut, nach Australien zurückzukehren, und schon ungeduldig auf die Abreise gewartet. Die vergangenen zwölf Monate waren für sie voller unvergesslicher Erlebnisse gewesen. Sie hatte ihren und Madames Traum erfüllt, an der Mailänder Scala zu singen. Sie hatte die bedeutendsten Städte Europas besucht. Doch ihr Herz gehörte Australien, dem Land, in dem sie geboren war.

Alistair beobachtete sie, und als sie ihn Rat suchend ansah, signalisierte er mit einem leichten Schulterzucken, dass es ihre Entscheidung sei. Signor Ruggeiri beobachtete ebenfalls die widerstreitenden Gefühle in ihrem Gesicht.

Sie hob hilflos die Arme. »Ich weiß nicht, Signore. Ich habe mich so sehr darauf gefreut, nach Hause zu fahren.«

»Ihr Zuhause läuft Ihnen nicht weg. Ich brauche Sie, bella mia. Ohne Sie findet die Amerika-Tournee vielleicht gar nicht statt.«

»Darf ich das erst mit Alistair besprechen, bevor ich eine Entscheidung treffe?«

»Wenn Sie versprechen, dass Sie mir heute Nachmittag eine Antwort geben.«

»Das verspreche ich.«

»Was meinst du, was ich tun soll?« Sie saßen in ihrem Lieblingsrestaurant und aßen ihr geliebtes Mailänder Schnitzel. Auf dem Weg dorthin hatten sie geschwiegen, weil Etty zu sehr mit ihren eigenen Gedanken beschäftigt war, um sich zu unterhalten.

»Willst du meine ehrliche Meinung hören?«

»Deine Meinungen sind immer ehrlich, Alistair. Deshalb schätze ich sie ja so sehr.«

Er lächelte vage über dieses Kompliment. »Ich denke, du solltest nach Amerika gehen.«

Etty nickte leicht, denn auch sie freundete sich immer mehr mit diesem Gedanken an.

»Signor Ruggeiri ist gut zu dir gewesen, Etty. Er hat dir die Tür zum Ruhm geöffnet. Ich meine, dass du ihm ein wenig Dankbarkeit schuldest. Außerdem«, fügte er grinsend hinzu, »würde ich auch gern Amerika kennenlernen.«

»Ja, und es wäre ja auch nur für zwei Monate. Mitte des Jahres können wir wieder zu Hause sein.«

Etty musste jedoch erfahren, welchen Preis sie für den Ruhm zu zahlen hatte. Ihr Leben gehörte nicht mehr ihr. Entscheidungen über ihre Zukunft konnte sie nicht mehr selber treffen. Zwar gehörte sie mit dem Ende der Amerika-Tournee nicht mehr zum Opernensemble, doch dafür war Alistair in seiner Rolle als Manager äußerst aktiv gewesen. Von Amerika aus würden sie sofort nach England gehen. Auf die Saison in London würde eine ausgedehnte Tour über den Kontinent bis hin nach Russland folgen, und danach würden sie nach Mailand zurückkehren. Etty wurde überredet, nicht ihre Zukunft bei der Oper aufs Spiel zu setzen, indem sie nach Australien zurückkehrte, wo doch ganz Europa sie singen hören wollte.

Als Weihnachten und auch Neujahr vorübergingen, ohne dass er ein Wort von Etty gehört hatte, nagte die Verbitterung an Darcy wie ein Krebsgeschwür. Da er ohnehin zu Jähzorn neigte, konnte schon die kleinste Verstimmung bei ihm einen Wutanfall auslösen. Sein Cousin Harry, für den das Leben auf einer Farm etwas völlig Neues war, bekam am häufigsten Darcys Launen zu spüren, bis er sich schließlich wehrte und Darcy einen Kinnhaken verpasste.

Außer sich vor Zorn schlug Darcy zurück. Nun ging die Prügelei erst richtig los. Darcy musste seine Meinung, dass Harry ein verweichlichter Stadtmensch sei, rasch revidieren. Harry wusste, wie man kämpfte, und teilte genauso viele Schläge aus, wie er einsteckte. Sie kämpften, bis sie beide nur noch taumelten, bis jeder

Schlag den anderen umwarf. Erst als sie beide keuchend, blutbeschmiert und voller Blessuren auf dem Boden lagen und keine Energie mehr hatten aufzustehen, endete der Kampf.

Als Darcy sein geschwollenes Auge öffnete, sah er Nelson, die Hände in die Hüften gestützt, wütend auf ihn herabstarren. »Auf die Beine mit dir. Du auch, Harry.« Die beiden jungen Männer rafften sich mit schmerzverzerrter Miene auf. »Gebt euch die Hand und hört mit diesem Unsinn auf. Du prügelst dich viel zu gern, Darcy.«

Darcy rieb sich sein schmerzendes Kinn. »Harry hat angefangen.«

»Ich weiß. Ich hab euch von Anfang an beobachtet.«

Die jungen Männer sahen sich an und blickten dann wieder zu Nelson. »Warum hast du uns denn nicht aufgehalten?«, fragte Darcy.

»Weil du mal einen Denkzettel nötig hattest. Du hast Harry die ganze Zeit schon schikaniert – jawohl, schikaniert«, wiederholte er, als Darcy protestieren wollte. »Mir war klar, dass Harry sich das nicht mehr lange bieten lassen würde. Außerdem habe ich gewusst«, fuhr er mit einem ironischen Grinsen fort, »dass Harry in Adelaide Boxsport betrieben hat.«

Darcy starrte Harry fassungslos an. »Du hinterlistiger Dreckskerl.« Dann lachte er, weil man ihn so richtig reingelegt hatte. »Aber du hast mich nicht besiegt.« Er streckte die Hand aus, und Harry schüttelte sie.

»Jetzt wirst du wohl deine schlechte Laune nicht mehr an mir auslassen.«

»Eher nicht.« Nun lachten sie beide zusammen, und damit war ihre Freundschaft besiegelt.

Darcy verschloss die Verbitterung, die seinen Jähzorn noch verstärkt hatte, tief in seinem Herzen. Dann erhielt er tatsächlich eine Nachricht von Etty, eine Postkarte aus Amerika. Darauf stand nur, dass sich ihre Rückkehr nach Australien verzögert hätte. Er warf die Karte ins Feuer.

Der Brief, auf den er schon so lange gewartet hatte, kam mit dem ersten Schiff an, das Anfang April 1873 den Fluss hinunterfuhr. Bereits am Ende desselben Monats war er Gehilfe des Anwalts Ernest Williams Esq. in Bendigo.

Darcy stellte schon bald fest, dass die Aufgaben eines Anwaltsgehilfen ziemlich eintönig waren. Die Anhörungen vor Gericht fand er immer interessant, auch wenn sich die Täter oft nichts Schlimmeres hatten zuschulden kommen lassen, als durch Trunkenheit öffentliches Ärgernis zu erregen. Außerdem gab es zahlreiche Anklagen wegen geringfügiger Diebstahlsvergehen und nicht gerade wenige wegen körperlicher Gewalt. Es erzürnte ihn immer besonders, wenn das Opfer einer solchen Gewalttat eine Frau war.

Dass regelmäßig Aborigines vor Gericht standen, die wegen Trunkenheit oder geringfügiger Delikte angeklagt waren, bekümmerte ihn sehr. Er sah, dass sich das Verhalten der Männer in keiner Weise änderte, wenn man sie ein paar Tage ins Gefängnis sperrte. Sobald sie entlassen wurden, fingen sie wieder an zu trinken.

»Wie kommen die an den Alkohol?«, fragte er Williams. »Wer auch immer den Aborigines Alkohol verkauft, verstößt gegen das Gesetz. Diese Leute müssten bestraft werden.«

»Das ist wahr. Leider gibt es immer noch viel zu viele Dreckskerle, die mit Alkohol Aborigine-Frauen kaufen. Außerdem gibt es um die Goldfelder herum viel zu viele illegale Destillerien. Die Männer und Frauen, die dort Schnaps brennen, interessiert nicht, wem sie ihr Gift verkaufen.«

»Warum schließt die Polizei die Brennereien dann nicht?«

»Die müssen sie erst mal finden. Leute, die illegal Schnaps herstellen, haben eine Menge Informanten, die sie vor einer Polizeirazzia warnen. Bis die Polizei in dem verdächtigen Gebäude auftaucht, sind sämtliche Gerätschaften gut versteckt.«

»Ich wollte Jura studieren, um den Aborigines und anderen armen Leuten, die zu Unrecht diskriminiert werden, helfen zu können. Doch auch wenn es illegal und unmoralisch sein mag, Alkohol an Aborigines zu verkaufen, kann man das wohl kaum als Diskriminierung bezeichnen.«

»Was ist denn für Sie Diskriminierung?«

Da erzählte Darcy Williams von dem Massaker an der Aborigine-Familie, das sich vor Jahren auf Langsdale ereignet hatte. Der Zorn in seiner Stimme war nicht zu überhören, als er erzählte, dass der Sergeant und seine Spießgesellen für ihre Verbrechen nicht bestraft worden waren.

»Gegen diese Art von Diskriminierung möchte ich kämpfen. Bei Brutalität und Mord gibt es ein Gesetz für die Weißen und ein anderes für die Aborigines.«

»Das ist wahr. Allerdings ändert sich da was, wenn auch sehr langsam. Sie sind erst wenige Monate hier, Winton. Sind Sie von Ihrer Arbeit enttäuscht?«

»Überhaupt nicht. Das ist alles sehr interessant, wenn auch oft Routine. Ich warte halt nur voller Ungeduld auf die Gelegenheit, als Anwalt selbst Unrecht bekämpfen zu können.«

»Sie sind also immer noch entschlossen, Anwalt zu werden?«

»Auf jeden Fall. Ich habe jahrelang auf so eine Chance gewartet, wie Sie sie mir gegeben haben.«

»Was ich ganz gewiss nicht bedauere. Sie haben meine Erwartungen mehr als erfüllt. Was würden Sie sagen, wenn ich Ihnen erkläre, dass ich Sie bereits jetzt für ausreichend qualifiziert halte, um Ihre Zulassung als Anwalt zu beantragen?«

Darcy starrte ihn fassungslos an. Er fragte sich, ob seine Ohren ihn wohl getrogen hatten. Er brachte kein Wort heraus.

»Ich werde mir aus Melbourne die nötigen Formulare für Ihre

Zulassung schicken lassen. Die füllen wir dann aus und schicken sie mit der Bitte um zügige Bearbeitung zurück. Noch vor Ende des Jahres sind Sie Anwalt.«

»Danke, Mr Williams. Ich … du meine Güte, ich bin fast sprachlos. Ich bin überwältigt.«

»Da ist nur eine Kleinigkeit, über die Sie ganz ernsthaft nachdenken sollten, bevor die Papiere eintreffen. Sie werden Ihre Herkunft verleugnen müssen. Sie haben gesagt, Ihre Mutter sei von einer weißen Familie adoptiert und großgezogen worden. Damit können wir das Problem umgehen. Kennen Sie den Namen Ihres leiblichen Vaters?«

»Nein. Meine Mutter hat sich immer geweigert, ihn mir zu sagen. Allerdings habe ich mich oft gefragt, ob nicht mein Onkel Joshua mein Vater gewesen sein könnte. Er hat mich sehr geliebt, und außerdem trage ich den Namen Winton.«

»Wo wohnt dieser Onkel?«

»Er ist vor vielen Jahren gestorben, als ich noch klein war.«

»Wir werden nach Möglichkeit ›Vater unbekannt‹ hinschreiben. Wenn wir unbedingt einen Namen angeben müssen, nehmen wir den Ihres Onkels.« Williams lachte. »Ein guter Anwalt kennt alle möglichen Winkelzüge. Wir erzählen ja keine Lügen. Wir lassen einfach nur unnötige Informationen weg. Sie werden der erste Mensch von Aborigine-Herkunft sein, der die Gesetze zur Diskriminierung von Aborigines überwindet.«

Darcy dachte daran, wie man ihm sowohl eine Schulausbildung als auch ein Universitätsstudium verwehrt hatte, und fing ebenfalls an zu lachen. Boney würde das sicher als guten Scherz gegen das weiße Establishment sehen. Er würde Boney schreiben und ihm erzählen, was da im Gange war. Seiner Familie und Louisa würde er erst davon berichten, wenn er seine Zulassung in der Tasche hatte.

Da sie nun nur noch eine Tagesreise mit der Postkutsche voneinander entfernt wohnten, schrieben sich Darcy und Louisa jede Woche. Außerdem kam Louisa ungefähr alle sechs Wochen nach Bendigo. Diese Einkaufstouren waren für Louisa nur ein Vorwand, Darcy zu besuchen.

Agnes unterstützte diese Romanze von Herzen gern. Sie wusste, dass ihre Tochter bis über beide Ohren in Darcy verliebt war. Und auch wenn die Liebe ihrer Tochter bisher nicht erwidert wurde, so wusste Agnes doch, dass Darcy Louisa sehr gern hatte. Mit der Zeit würde er lernen, sie so zu lieben, wie ein Mann eine Frau lieben sollte. Agnes konnte sich keinen besseren Ehemann für ihre Tochter vorstellen.

Mutter und Tochter wären sehr erfreut gewesen, hätten sie gewusst, dass Darcy allmählich anfing, ernsthaft über eine Ehe nachzudenken. Nachdem er die Freuden des Sex mit Dalkira kennengelernt hatte, war er nicht mehr in der Lage, abstinent zu bleiben. Die sechzehn Monate, die er ohne weibliche Gesellschaft auf Riverview verbracht hatte, hatten seine Selbstbeherrschung hart auf die Probe gestellt. In Bendigo gab es reichlich Prostituierte, die überaus bereit waren, ihn zufriedenzustellen. Selbst zwei seiner Klientinnen hatten geglaubt, sie könnten ihn für seinen juristischen Rat im Schlafzimmer bezahlen. Die hatte er allerdings abgewiesen.

Als er schließlich seine offizielle Zulassung als Anwalt erhielt, hatte er es satt, Huren benutzen zu müssen. Außerdem begann er, sich in der Stadt eingesperrt zu fühlen. Er dachte mehr und mehr an die Weite und die Freiheit auf Riverview. Nun, wo er erreicht hatte, wofür er so lange und so hart gearbeitet hatte, empfand er zwar eine große Befriedigung, aber nicht die Euphorie, die er erwartet hatte. Ihm kamen allmählich Zweifel, ob er wirklich mit Leib und Seele Anwalt sein könnte.

Sein Gewissen und seine Dankbarkeit Williams gegenüber bewogen ihn allerdings, mindestens noch ein Jahr in dessen

Kanzlei zu bleiben. Doch er musste sich der Tatsache stellen, dass er einsam war. Zwar hatte er einige Bekannte in der Stadt, aber keine engen Freunde. Er brauchte eine Ehefrau, eine gute Frau, die glücklich an seiner Seite wäre, egal wo er lebte, eine Frau, die ihm bereits erklärt hatte, wie sehr ihr Riverview gefiel. Diese Frau war nicht Etty. Von ihr hatte er nur gehört, dass sie immer noch die gefragteste Sopranistin in Europa war. Und selbst diese dürftige Nachricht hatte er von Ettys Mutter.

Anfang Dezember fragte Darcy Louisa, ob sie ihn heiraten wolle.

Louisa war nach Bendigo gekommen, um Weihnachtsgeschenke für ihre Eltern und Geschwister zu kaufen. Darcy begleitete sie durch die Geschäfte und trug ihr die Päckchen zum Hotel. Sie brachte sie auf ihr Zimmer und setzte sich dann zu Darcy in die Teestube. Er war den ganzen Tag lang so wunderbar aufmerksam gewesen, hatte genauso viel Freude daran gehabt wie sie, für jedes Familienmitglied das richtige Geschenk auszusuchen, dass sie zögerte, ihm zu sagen, dass sie einen Brief von Etty erhalten hatte.

Darcy durchschaute sie jedoch. »Ich glaube, du ringst mit dir, ob du mir etwas sagen sollst oder nicht, Louisa.«

Sie zog einen Schmollmund. »Es war schon immer unmöglich, etwas vor dir geheim zu halten.«

»Dann solltest du lernen, deine Mimik besser unter Kontrolle zu haben.«

»So wie du?«

Er lächelte. »Genau, das muss ein Anwalt unbedingt können.« Nun lachten beide. »Also, was schiebst du vor dir her, weil du nicht weißt, ob du es mir erzählen sollst oder nicht?«

»Ich habe letzte Woche einen Brief von Etty erhalten.«

Zunächst war er verärgert und gekränkt, weil Etty ihm nicht geschrieben hatte, aber dann fiel ihm ein, dass sie natürlich nach

Riverview geschrieben hätte. Doch er versteckte seine Gefühle hinter höflicher Neugier.

»Was schreibt sie denn? Kommt sie bald nach Hause?«

»Etty wird nie mehr nach Australien zurückkommen, außer vielleicht um ihre Eltern zu besuchen. Sie ist inzwischen so berühmt, dass sie kein normales Leben mehr führen könnte.«

»Hat Etty dir das in ihrem Brief geschrieben?«

»Etty schreibt nur von den Orten, an denen sie gewesen ist, und über die wunderbaren Dinge, die sie gesehen hat. Ihr Brief ist voller interessanter Neuigkeiten aus ihrem Leben. Doch sie schreibt nie über persönliche Dinge, außer wenn sie sagt, dass sie manchmal kaum glauben kann, wie berühmt sie geworden ist. Obwohl sie so sehr entschlossen war, eine berühmte Sängerin zu werden – du erinnerst dich doch bestimmt, wie oft sie davon gesprochen hat, als wir noch Kinder waren –, habe sie sich nie vorstellen können, dass ihr Traum so glanzvoll in Erfüllung gehen würde, schreibt sie.«

Darcy hüllte sich in nachdenkliches Schweigen. »Vermisst du sie sehr?«, fragte Louisa mit einer Stimme, in der ihre zärtlichen Gefühle für den Mann neben ihr mitschwangen.

Darcy sah Louisa in die Augen. »Etty habe ich mir schon vor langer Zeit aus dem Kopf geschlagen. Sie wird immer ihren eigenen Weg gehen, und das wird nie der gleiche sein wie meiner. Louisa, du hast bisher kaum etwas von Bendigo gesehen außer der Pall Mall und den Läden. Am späten Nachmittag, wenn es etwas kühler ist, würde ich gern mit dir eine Fahrt durch die Stadt machen. Ich könnte eine Pferdekutsche mieten.«

Louisa strahlte vor Freude. »Danke, Darcy. Das wäre sehr schön.«

Die Abendluft war köstlich. Am Nachmittag hatte ein frischer Wind für so angenehme Temperaturen gesorgt, dass Louisa sich nur ein ganz leichtes Umschlagtuch um die Schultern zu legen brauchte. Darcy zeigte ihr die Sehenswürdigkeiten der Stadt und fuhr mit ihr bis zu den Eaglehawk-Goldfeldern hinaus. Auf dem Rückweg machte er einen Umweg zu einem niedrigen Hügel, von dem man auf die Außenbezirke der Stadt hinunterblicken konnte.

Ein fast voller Mond stand hoch am Himmel, und ein angenehmer Wind trug die Geräusche der fernen Stadt zu ihnen herüber.

»Hat es dir gefallen?«, fragte Darcy.

»Sehr. Was für ein schöner Abend.«

»Durch dich wird er noch schöner.«

Überrascht über das unerwartete Kompliment drehte sie den Kopf. Bei Darcys Lächeln ging ihr das Herz auf. »Warum siehst du mich so an?«

»Willst du mich heiraten, Louisa?«

»Oh ja, ja.« Sie schlang ihm die Arme um den Hals, und er fasste sie um die Taille, um ihnen beiden Halt zu geben, denn die Kutsche fing plötzlich an zu schaukeln. Er küsste sie kurz und sanft, dann hielt er sie ein Stück von sich.

»Ich verspreche, dass ich dir ein guter Ehemann sein werde.«

»Und ich verspreche dir, dass ich dir eine gute Frau sein werde.« Sie hielt inne und biss sich auf die Unterlippe, als ein unliebsamer Gedanke ihr Glück trübte.

Darcy fasste sie an den Schultern. »Louisa, ich habe *dich* gebeten, meine Frau zu werden. Denk nicht mehr an Etty. Du passt viel besser zu mir.«

Louisa lächelte ihn glücklich an. »Das habe ich schon immer gewusst, und ich habe die ganze Zeit gehofft, dass du es eines Tages auch merken würdest. Ma und Pa werden sich ja so freuen, wenn ich es ihnen erzähle.«

»Louisa, ich möchte nicht, dass du ihnen jetzt schon etwas sagst.«

»Warum nicht? Möchtest du erst meinen Vater um Erlaubnis bitten?«

»Das sollte ich auf jeden Fall tun, aber das ist nicht der einzige Grund. Louisa, bevor ich dich heirate, möchte ich herausfinden, wer mein Vater ist. Ich möchte sicher sein, dass in meinem Blut nichts Schlechtes ist, das an unsere Kinder vererbt werden könnte.«

»Warum machst du dir deshalb Sorgen? Du bist völlig gesund. Außerdem hast du früher immer gesagt, du wolltest es gar nicht wissen.«

»Ich sehe das jetzt anders. Erbkrankheiten, sowohl körperliche als auch geistige, können manchmal eine Generation überspringen. Durch meine Rechtsstudien habe ich viel über die menschliche Natur gelernt.«

»Hast du denn überhaupt keine Ahnung, wer dein Vater ist?«

»Nein. Allerdings habe ich schon oft gedacht, dass es mein Onkel Josh gewesen sein könnte. Es würde mich jedenfalls sehr freuen, wenn sich herausstellte, dass ich ein echter Winton bin.«

»Na schön, dann werde ich nichts sagen. Aber schreib bitte ganz schnell deiner Mutter, denn ich fürchte, dass ich das Geheimnis nicht sehr lange für mich behalten kann.«

19

Niemand konnte das Leuchten in Louisas Augen übersehen, und schon gar nicht ihre Mutter. »Du siehst aus wie eine Katze, die an der Sahne genascht hat. Oder vielleicht wie ein Mädchen, das weiß, dass seine Liebe erwidert wird?«

Louisa musste einfach lächeln und spürte, wie ihr ganzes Gesicht strahlte. »Ich bin ja so, so glücklich, Ma. Eigentlich soll ich noch niemandem etwas sagen, aber ich muss dir einfach erzählen, dass Darcy mich heiraten will.«

»Da bin ich ja froh, dass der Junge endlich zur Vernunft gekommen ist.«

»Wie meinst du das, Ma?«

»Ich weiß, dass du ihn schon seit vielen Jahren liebst, mein Schatz. Und ich habe beobachtet, wie du deine Liebe vor ihm geheim gehalten hast, weil du für ihn nie mehr als eine gute Freundin oder so etwas wie eine Schwester warst. Du wirst Darcy eine bessere Ehefrau sein, als Etty das je gewesen wäre.«

»Das glaube ich auch, Ma. Wir werden uns auf Riverview niederlassen und eine Familie gründen. Keiner von uns erwartet mehr vom Leben.«

»Darcy wird also die Anwaltskanzlei verlassen?«

»Darcy bleibt noch ein Jahr in Bendigo. Er ist enttäuscht, dass er keinem Aborigine so hat helfen können, wie er sich das vorgestellt hat. Außerdem vermisst er Riverview. Wir sind beide auf einer Farm groß geworden, und wir lieben diese Art zu leben. Wir möchten nicht, dass unsere Kinder in der Stadt aufwachsen.«

Agnes umarmte ihre Tochter. »Ich freue mich ja so sehr für dich, mein geliebtes Kind. Aber warum will Darcy denn, dass du niemandem erzählst, dass er dir einen Heiratsantrag gemacht hat?«

»Darcy hat an seine Mutter geschrieben. Du weißt doch, dass Darcy nie wissen wollte, wer sein Vater ist. Er hat immer gesagt, er habe Nelson und wolle keinen anderen Vater. Allerdings hat er mir erzählt, dass er sich manchmal fragt, ob nicht Onkel Josh sein Vater gewesen sein könnte. Nun möchte Darcy wissen, wer tatsächlich sein Vater ist. Er möchte sicher sein, dass es keine Probleme gibt; er meint damit so etwas wie Geisteskrankheiten, die an unsere Kinder vererbt werden könnten.«

»Er macht sich bestimmt unnötig Sorgen. Ich weiß zwar auch nicht, wer Darcys Vater ist, ich glaube allerdings, dass es ein Gentleman war, der nach England zurückgekehrt ist, ohne zu wissen, dass er ein Kind gezeugt hat. Das hab ich aus ein paar Dingen geschlossen, die seine Mutter und Meggan mir im Laufe der Zeit erzählt haben. Ich hab aber nie danach gefragt. Wenn Jane gewollt hätte, dass ich es weiß, hätte sie es mir anvertraut.«

Nach dem Gespräch mit ihrer Tochter begann Agnes sich Gedanken darüber zu machen, ob Louisa nicht auch erfahren sollte, wer ihre wirklichen Eltern waren. Sie quälte sich zwei ganze Tage damit herum, bis Larry wissen wollte, was sie denn bedrücke.

»Wie kommst du denn darauf, dass mich etwas bedrückt?«

»Weil ich dich kenne, meine Liebste. Du lächelst gar nicht mehr, während Louisa fast nur noch strahlend wie ein Honigkuchenpferd herumläuft. Habt ihr mir irgendwas verheimlicht?«

Agnes nickte unglücklich. »Ich hätte es dir sagen sollen, aber Louisa wollte, dass es ein Geheimnis bleibt.«

»Was soll ein Geheimnis bleiben? Unsere Tochter sieht aus, als hätte sie sich verliebt.«

»Darcy hat sie gebeten, ihn zu heiraten.«

»Na endlich. Ich kann nicht sagen, dass es mich überrascht, und ich bin auch nicht unglücklich darüber, dass die beiden heiraten. Ich glaube, dass sie gut zusammenpassen. Machst du so ein trauriges Gesicht, weil du Bedenken dagegen hast?«

»Nein, nein. Ich freue mich sehr für Louisa. Doch bevor sie heiraten, will Darcy unbedingt wissen, wer sein Vater ist. Nun mache ich mir Gedanken darüber, ob ich Louisa nicht sagen sollte, dass wir nicht ihre leiblichen Eltern sind.«

»Darüber haben wir doch schon viele Male gesprochen. Ich dachte, wir hätten uns geeinigt, es ihr niemals zu sagen.«

»Ja, ich weiß, aber Darcy hat an seine Mutter geschrieben und sie nach seinem Vater gefragt. Er glaubt, er müsse erfahren, was für ein Typ von Mann ihn gezeugt hat, bevor Louisa und er ihre Verlobung offiziell machen. Wir wissen, wie schlecht Louisas leiblicher Vater war. Vielleicht haben beide, unsere Tochter genauso wie Darcy, das Recht, alles über ihre Herkunft zu erfahren.«

»Falls du dir Sorgen darüber machst, dass irgendwelche schlimmen Dinge an eins ihrer Kinder vererbt werden könnten, kann ich dich beruhigen. Nach allem, was ich von dir über deine Familie erfahren habe, kam die Brutalität deines Vaters vom übermäßigen Trinken. Außerdem hast du mir erzählt, dass du deinen Bruder immer bewundert und zu ihm aufgeblickt hast, bis zu dem Zeitpunkt, wo er ausgewandert ist. Sein Charakter hat sich erst hier in Australien verändert. Ich bin sicher, dass irgendwelche Umstände, über die wir nichts wissen, ihn zu der Art von Mann gemacht haben, die er geworden ist.«

Als Agnes anscheinend immer noch nicht überzeugt war, fasste ihr Mann sie an den Schultern und zwang sie, ihm in die

Augen zu sehen. »In Louisa steckt keinerlei Bösartigkeit, die sie an ihre Kinder weitergeben könnte. Tom wurde nicht als schlechter Mensch geboren, er wurde erst durch die Umstände schlecht. Jenny Tremayne war eine liebe, sanfte und mutige junge Frau. Diese Charakterzüge hat Louisa geerbt. Sie ist in einer glücklichen Familie aufgewachsen ohne die Armut und Brutalität, die ihr in eurer Kindheit ertragen musstet. Ich glaube, wir würden mehr Unheil als Gutes anrichten, wenn wir Louisa die Wahrheit sagten. Sie gehört zu uns, seit sie wenige Wochen alt war, und ist in jeder Hinsicht unsere Tochter, außer im biologischen Sinne.«

»Da hast du wohl recht.«

»Natürlich habe ich recht, meine Liebste. Also, lächle wieder und hör auf, dir unnötig Sorgen zu machen.«

Ein paar Tage später schrieb Louisa an Darcy, weil sie sich wünschte, dass er Weihnachten bei ihrer Familie verbrachte.

Du wolltest zwar, dass ich unser Geheimnis für mich behalte, aber Ma hat es erraten. Wahrscheinlich habe ich zu glücklich ausgesehen, was ich ja auch bin. Ma hat es Pa erzählt, und sie sind beide sehr froh darüber. Sie würden sich freuen, wenn Du Weihnachten bei uns verbringen würdest.

Bevor er Louisas Einladung erhielt, hatte Darcy bereits geplant, in den Weihnachtsferien nach Melbourne zu fahren und Boney zu besuchen. Er wollte seinem alten Freund von seinen Erfahrungen berichten, denn Boney war für ihn längst kein Lehrer mehr, sondern ein Freund und Mentor.

Boney, der sich bereits wie ein alter Mann vorkam, erklärte, dass ihm Darcys Besuch sehr gutgetan habe. Darcy versicherte das Gleiche. Durch seine Gespräche mit Boney war er wieder auf den Boden der Tatsachen zurückgekehrt und akzeptierte, dass eine Verbesserung der rechtlichen Situation der Aborigines, so wie sie ihm vorschwebte, nur in kleinen Schritten möglich war.

»Du bist immer hitzköpfig und impulsiv gewesen, Darcy, mein Junge. Und hartnäckig. Deine Hartnäckigkeit hat dich dahin gebracht, wo du heute bist. Du hast trotz aller Rückschläge nie dein Ziel aus den Augen verloren. Tu das auch jetzt nicht. Ich habe immer an dich geglaubt. Du musst weiter an dich glauben.«

Darcy kehrte erfrischt an Geist und Seele nach Bendigo zurück. Louisa sah er im Januar wieder. An ihren Augen konnte er ablesen, wie sehr sie ihn liebte. Er freute sich ebenfalls sehr, sie wiederzusehen. Vielleicht liebte er sie ja doch mehr, als er geglaubt hatte.

»Wann rechnest du denn mit einer Antwort von deiner Mutter? Können wir unsere Verlobung denn nicht jetzt schon bekannt geben?«

»Hab noch ein bisschen Geduld, Liebes. Unsere Eltern wissen es ja bereits. Der Rest der Welt spielt keine Rolle. Mein Brief und Mas Antwort werden auf dem Landweg befördert, da der Flussverkehr während des Sommers eingestellt ist. Es dauert sicher nur noch wenige Wochen, bis ich ihren Brief bekomme.«

Jane schrieb jedoch nicht an Darcy, sondern nach Langsdale, an Meggan.

Darcys Brief kam erst Ende Januar auf Riverview an. Jane öffnete ihn gespannt. Sie freute sich immer sehr, wenn sie eine Nachricht von ihrem Sohn erhielt – ihrem Sohn, dem Anwalt. Sie war ungeheuer stolz auf Darcy. Doch dieser Brief war anders als die bisherigen. Jane saß mit dem Blatt Papier auf dem Schoß da und starrte mit leerem Blick auf die gegenüberliegende Wand. Darcy konnte Louisa nicht heiraten. Er musste die Wahrheit erfahren, die ganze Wahrheit, doch das bedeutete, dass auch die Geheimnisse anderer Personen enthüllt werden müssten. In ihrer Verzweiflung schrieb sie an Meggan, obwohl sie lieber persönlich mit ihr gesprochen hätte. Doch dafür war es nach Langsdale viel zu weit.

Nachdem Meggan Janes Brief gelesen hatte, war sie ebenfalls stark aufgewühlt. In diesem Moment wünschte sie, dass Ettys Liebe zu Darcy größer gewesen wäre als ihr Ehrgeiz. Wenn Darcy Etty geheiratet hätte, wäre niemand von ihnen in dieses Dilemma geraten. Doch was geschehen war, war geschehen. Das Bedauerlichste daran war, dass Louisa genau die Art von Frau war, die Darcy brauchte, wenn nicht diese eine Sache ihrer Verbindung im Wege stehen würde.

Am liebsten wäre sie nach Bendigo gefahren, um mit Darcy zu reden. Doch das untersagte Con ihr strikt. Unerwarteterweise war Meggan nämlich schwanger. Der Arzt sprach von einem typischen Wechseljahrsbaby.

»Sei vernünftig, meine Liebe«, ermahnte Con sie. »Als du das letzte Mal schwanger warst, vor siebzehn Jahren, hast du das Baby verloren und wärst beinahe selbst gestorben. Damals hat man uns gesagt, du solltest auf keinen Fall noch ein Kind bekommen. Du darfst dich jetzt keinem Risiko aussetzen.«

»Du hast ja recht, mein Lieber. Ich muss auch zugeben, dass mir überhaupt nicht danach ist, mich in einer Kutsche durchrütteln zu lassen. Ich werde Darcy schreiben. Vielleicht sollte ich auch Agnes schreiben, denn sie muss sich überlegen, wie sie das alles Louisa erklären soll.«

Und so erhielt Darcy Ende Februar einen Brief von Meggan.

Mein lieber Darcy,
die Geschichte, die ich Dir jetzt schreiben werde, ist viel zu kompliziert, um sie in wenigen Worten zu erzählen. Die ver-

schlungenen Wege des Schicksals, die Deine gegenwärtige Situation herbeigeführt haben, umfassen eine Zeitspanne von etwa fünfundvierzig Jahren. Wenn Du diese Seiten gelesen hast, wirst Du verstehen, warum Du Louisa nicht heiraten kannst.

Louisa nicht heiraten? Wie kam Tante Meggan denn darauf? Darcy las weiter und hatte große Mühe, die Dinge zu begreifen, von denen Tante Meggan schrieb.

Ich muss Dich zurück in das Jahr 1827 führen, und zwar nach Cornwall, wo alles begann. Pengelly war damals ein Bergarbeiterdorf, wo sämtliche Männer, Frauen, Jungen und Mädchen im Wheal Pengelly arbeiteten, wo sie das Kupfer förderten, das dafür sorgte, dass der Squire Tremayne reich blieb.

Meine Mutter Joanna war zwar nicht das hübscheste Mädchen im Dorf, doch sie zog die Blicke zweier Männer auf sich. Einer davon war mein Vater Henry Collins. Zu der Zeit erwartete die Frau des Squire, eine geborene Louise Pengelly, ihr erstes Kind.

Auch wenn es für diese Geschichte nicht von Belang ist, möchte ich erwähnen, dass Louise Phillip Tremayne geheiratet hatte, um den Besitz ihrer Familie zu retten. Das Dorf und die Kupfermine behielten den Namen Pengelly, nur das Haus hieß von da an Tremayne Manor.

Zur Verteidigung meiner Mutter Joanna muss ich sagen, dass sie Phillip Tremayne aufrichtig geliebt hat, der ihre Liebe ebenso aufrichtig erwiderte. Doch selbst wenn Phillip frei gewesen wäre, hätte ihre unterschiedliche soziale Stellung jeden Gedanken an eine Ehe unmöglich gemacht. Als Joanna merkte, dass sie ein Kind erwartete, tat Phillip das, was er für das Beste hielt. Er arrangierte ihre Ehe mit Henry Collins. Als Entschädigung dafür, dass er bereit war, das Kind eines anderen Mannes als sein eigenes anzunehmen, wurde Henry zum Minenaufseher befördert und erhielt ein ansehnliches Cottage.

Das Kind war ein Mädchen und wurde Caroline genannt. Sie war sanftmütig und hatte blonde Haare und blaue Augen wie ihre Mutter. Niemand im Dorf verschwendete jemals einen Gedanken daran, dass Phillip Tremayne ebenfalls blond und blauäugig war.

Im Laufe der Jahre gebar Joanna vier weitere Kinder: Will, mich, Hal und Tommy. Louisa hatte nur zwei Kinder: Rodney, der nicht mal ein Jahr älter war als Caroline, und Jenny, die ungefähr in meinem Alter war. Außerdem hatte Phillip einen Pflegesohn namens Con Trevannick, der für die jüngeren Tremaynes wie ein Bruder wurde.

Wie meine Mutter zog auch Caroline die Aufmerksamkeit zweier Männer auf sich. Der eine war ein Bergarbeiter namens Tom Roberts. Tom sah gut aus und war bei allen beliebt. Anscheinend hatte er nicht die schlechten Eigenschaften seines verstorbenen Vaters geerbt, der häufig betrunken war und dann brutal wurde. Tom wollte Caroline heiraten. Meine Schwester hatte aber nur Augen für Rodney Tremayne und er für sie. Es blieb nicht aus, dass auch Caroline unverheiratet schwanger wurde.

Das junge Liebespaar war fest entschlossen zu heiraten. Als beide Familien strikt gegen eine solche Ehe waren, schlug Rodney vor, irgendwohin auszuwandern, zum Beispiel nach Amerika, wo ihnen niemand ihren Herzenswunsch verbieten könne.

In dem verzweifelten Wunsch, ihre Tochter davor zu bewahren, eine noch schwerere Sünde zu begehen, erzählte Jo-

anna Caroline, wer ihr leiblicher Vater war. Caroline erlitt einen Schock. Der Gedanke, ein Kind von ihrem Halbbruder zu erwarten, war für sie unerträglich. Am nächsten Morgen fand man sie tot auf dem Grund eines stillgelegten Minenschachts.

Tom gehörte zu den Männern, die Carolines Leiche nach oben brachten. Er war außer sich vor Schmerz und schwor den Tremaynes Rache. Die Sache mit Caroline und Rodney hatte er im wahrsten Sinne des Wortes aus meinem Bruder Will herausgeprügelt. Ich glaube, von diesem Tag an begann Tom sich zu verändern, bis er schließlich noch schlimmer war als sein brutaler Vater. Kurz danach überwarf sich Rodney Tremayne mit seinem Vater und verließ das Herrenhaus, ohne jemandem zu sagen, wohin er ging.

Die Geschichte geht nun in Südaustralien weiter, wohin unsere Familie sechs Monate nach Carolines Tod auswanderte. Tom Roberts kam etwas später dorthin. Er arbeitete in einer Gruppe mit Will, Hal und Tommy in der großen Kupfermine von Burra. Diese frühen Jahre in Australien sind nicht wichtig für die Geschichte, von der ich schreibe, deshalb springe ich jetzt in das Jahr 1850, als nämlich Jenny Tremayne in Begleitung von Con Trevannick in Burra ankam.

Zu dem Zeitpunkt war Phillip Tremayne krank und wusste nicht, wie lange er noch zu leben hatte. Deshalb hatte er den Wunsch, sich mit seinem Sohn zu versöhnen. Nachforschungen hatten ergeben, dass Rodney nach Australien gegangen war. Es erschien logisch, in den Kupferstädten in Südaustralien nach ihm zu suchen, weil dort überwiegend Einwanderer aus Cornwall lebten.

Jenny Tremayne und mein Bruder Will verliebten sich ineinander. Es war Liebe auf den ersten Blick. Während dieser Zeit entdeckten auch Con und ich unsere Liebe füreinander.

Ich will jetzt nicht im Einzelnen auf diese Liebesgeschichten eingehen. An dieser Stelle genügt es, wenn ich sage, dass Con und Jenny schließlich nach Cornwall zurückkehrten, ohne Rodney gefunden zu haben.

Du willst wissen, wer Dein Vater ist. Er hat auf Riverview für Charles Winton gearbeitet, unter dem Namen James Pengelly. Ich war diejenige, die auf einem Ball in Adelaide erkannt hat, dass er in Wirklichkeit Rodney Tremayne war. Deine Mutter hat mir erzählt, dass Du in derselben Nacht gezeugt wurdest. Mir ist bewusst, wie stolz Du auf Dein Aborigine-Blut bist, aber Du musst akzeptieren, dass in Deinen Adern auch Tremayne-Blut fließt.

Nun muss ich noch einmal ein Stück in der Zeit springen, nämlich zu den Goldfeldern von Ballarat, wohin meine Brüder in der Hoffnung gegangen waren, dort ein Vermögen zu machen. Ungefähr zur gleichen Zeit hatte ich meine verwitwete Mutter zurück nach Cornwall gebracht. In Begleitung von Jenny Tremayne kehrte ich zurück nach Australien. Agnes, die die Jüngste von Tom Roberts' Geschwistern ist, kam als mein Dienstmädchen mit.

Tom Roberts war ebenfalls in Ballarat, ein brutales und korruptes Mitglied einer inkompetenten und größtenteils korrupten Polizeitruppe. Er nahm seine Rache, die er vor so vielen Jahren den Tremaynes geschworen hatte, indem er Jenny vergewaltigte. Louisa ist das lebende Ergebnis dieser Übeltat. Als Jenny starb, haben Agnes und Larry Louisa adoptiert. Sie glaubt, dass sie ihre wahren Eltern sind, und Du darfst ihr nie etwas anderes erzählen.

Verstehst Du nun, Darcy? Dein Vater und Louisas Mutter waren Bruder und Schwester. Louisa und Du, Ihr seid Cousin und Cousine ersten Grades. Ihr könnt sowohl aus gesetzlichen als auch aus moralischen Gründen nicht heiraten.

Ich bedaure zutiefst, dass die Taten vorheriger Generationen dieses Dilemma geschaffen haben. Alle Fragen, die Du mir noch stellen möchtest, nachdem Du diesen Brief gelesen hast, werde ich Dir gerne beantworten.

Mit tiefster Zuneigung

Tante Meggan

Darcy musste den Brief mehrmals lesen, bevor er die komplizierten Beziehungen begriffen hatte. Zumindest wusste er jetzt, wer sein Vater war. Doch nun dachte er, dass es vielleicht klüger gewesen wäre, es nie erfahren zu haben. Mit Verblüffung nahm er zur Kenntnis, dass Louisa nicht die leibliche Tochter von Agnes und Larry Benedict war. Er wusste, dass Jenny Tremayne während des Eureka-Aufstands erschossen worden war, als sie sich vor Will Collins geworfen und die Kugel abbekommen hatte, die für ihn bestimmt war. Ihr Grab war auf Langsdale, und als Kinder hatten sie oft in der Nähe gespielt.

Er hatte nicht die geringste Ahnung, wie er Louisa das erklären sollte, ohne ihr zu sagen, wer ihre Eltern waren. Ihm war absolut hundeelend, weil er wusste, wie sehr sie ihn liebte. Er brauchte einen Rat, und der einzige Mensch, der ihm seiner Meinung nach diesen Rat geben konnte, war Tante Meggan.

Darcy erhielt eine Woche Urlaub von seiner Arbeit. Statt mit der Postkutsche zu fahren, beschloss er, auf Midnight zu reiten. Wenn er die kürzestmögliche Strecke nahm, könnte er es an einem Tag bis Langsdale schaffen. Er verließ Bendigo im grauen Licht der Morgendämmerung und ritt am frühen Abend durch das Eingangstor der Langsdale-Farm.

Die Hofhunde kamen bellend angelaufen, als er sich dem Haus näherte. Die beiden, die er kannte, brachte er mit wenigen Worten zum Schweigen. Der dritte folgte dem Beispiel seiner Gefährten. Darcy bemerkte, wie sich die Gardine vor dem

Salonfenster bewegte. Offenbar wollte jemand wissen, warum die Hunde gebellt hatten. Er wandte sich zur Seite und ritt zu den Ställen. Nach einem so langen Tag musste Midnight abgerieben und getränkt werden, bevor er sich im Haus meldete.

Nachdem er sich um Midnight gekümmert hatte, ließ er sich noch einen Moment Zeit, um Ettys Stute Mirabelle zu tätscheln. Er fragte sich, ob das Pferd Etty vermisste. Doch Etty war nicht der Grund seines Besuchs auf Langsdale. Wegen Louisa war er gekommen. Er verließ den Stall und ging zur Küche hinüber. Mrs Clancy würde überrascht sein, ihn zu sehen.

Sie schloss ihn in die Arme. »Das ist aber eine Überraschung, wo Miss Etty doch gerade erst gestern eingetroffen ist.«

Der Schock traf Darcy wie ein Schlag in den Magen. »Etty? Etty ist hier?«

»Sie ist gestern gekommen, genauso unangekündigt wie du, um ihre Mutter zu überraschen.«

»Ist sie alleine?« Spielte das wirklich eine Rolle?

»Mr Alistair hat sie begleitet. Er ist jetzt allerdings schon wieder auf dem Rückweg nach Melbourne.«

»Ach so.« Er setzte sich an den Tisch. »Haben Sie vielleicht 'ne Tasse Tee für mich, Mrs Clancy?«

»Möchtest du auch 'nen Happen essen? Du siehst aus, als könntest du was vertragen.«

»Danke, ich hab tatsächlich Hunger. Ich bin heute Morgen in Bendigo losgeritten.«

»Tatsächlich? Das ist aber eine lange Strecke für einen Tag. Deshalb bist du wohl auch zuerst in die Küche gekommen, statt gleich ins Haus zu gehen.«

»Da haben Sie recht, Mrs Clancy. Zuerst musste ich mich allerdings um mein Pferd kümmern.«

»Hast du Goonda immer noch?«

»Ja, sie steht allerdings zu Hause in Riverview. Ich habe Midnight mit nach Bendigo genommen. Sie erinnern sich doch bestimmt an meinen schwarzen Hengst.«

»Ach ja, jetzt fällt's mir wieder ein. Dieser Skink hat versucht, ihn zu reiten, und du hast Skink vor Wut halb totgeschlagen. Ned sagt, er habe den Kerl in Ballarat und in Creswick gesehen. Er hat auf keiner anderen Farm Arbeit gekriegt, nachdem Mr Trevannick ihn fortgejagt hat. Er hat Ned geschworen, sowohl du als auch der Boss müsstet dafür zahlen, dass er keine Arbeit mehr hat.«

»Ich habe keine Angst vor ihm«, sage Darcy. Er war jedoch nicht so ganz bei der Sache, weil ihn der Gedanke nicht losließ, dass Etty in Langsdale war. Er hatte keine Ahnung, was er empfinden würde, wenn er sie wiedersah. Das fand er jedoch heraus, noch bevor er mit dem Essen fertig war.

Sie kam zur Küchentür, sagte: »Mrs Clancy«, und verstummte dann, weil sie ihn entdeckt hatte. Seine Hand, die gerade eine Gabel voll Essen hatte zum Mund führen wollen, verharrte in der Luft. Ettys Gesicht war bleich geworden vor Schock. Zumindest hatte er den Vorteil, dass er vorgewarnt gewesen war. Er legte die Gabel hin und stand auf.

»Hallo, Etty.«

»Was machst du hier?« Sie sprach mit leiser, angestrengter Stimme.

»Ich wollte mit deiner Mutter reden.«

»Ich sage ihr, dass du da bist.«

Sie eilte aus der Küche. Darcy starrte auf den leeren Türdurchgang. Warum nur war Etty nicht in Europa geblieben? Wie konnte er auch nur daran gedacht haben, Louisa zu heiraten, wenn er Etty so sehr liebte?

Mrs Clancy berührte ihn an der Schulter. »Setz dich hin, Junge, und iss auf.«

Er sah sie an und nickte. Die alte Frau verstand, wie sollte sie auch nicht? Schließlich hatte sie die beiden bereits gekannt, als sie fast noch Babys waren.

Con Trevannick und nicht Meggan kam in die Küche, um Darcy zu begrüßen. »Haben die Hunde vorhin deinetwegen gebellt?«

»Ja. Ich bin direkt zu den Ställen geritten, um mich um Midnight zu kümmern. Dann habe ich es nicht fertiggebracht, an der Küche vorbeizugehen, ohne mir zuerst von Mrs Clancy etwas zu essen geben zu lassen.« Er grinste die Köchin an, und die lachte.

»Du hast dich kein bisschen verändert, Darcy Winton. Und wenn du jetzt fertig gegessen hast, verschwinde aus meiner Küche, damit ich hier sauber machen kann.«

Darcy gab ihr einen festen Kuss auf die Wange und ging dann mit Con Trevannick hinaus.

»Du hast Etty einen schweren Schock versetzt. Ich habe meine Tochter noch nie so außer sich erlebt.«

»Ich war selbst ein bisschen schockiert, als Mrs Clancy mir gesagt hat, dass Etty hier ist. Ich hatte geglaubt, sie hätte sich in Europa niedergelassen. Sie war doch über zwei Jahre fort.«

»Zur allseitigen Überraschung ist meine Frau schwanger. Das Kind soll im Juni kommen. Etty wollte in dieser Zeit bei ihrer Mutter sein, für den Fall, dass nicht alles glatt verläuft. Wir sind sehr froh, sie hier zu Hause zu haben.«

»Ja, das kann ich mir gut vorstellen. Wie geht es Tante Meggan?«

»Sie behauptet, sie fühle sich sehr gut. Ich brauche dich ja wohl nicht nach dem Grund deines unerwarteten Besuchs zu fragen.«

»Ich bin ganz durcheinander. Es wird Louisa das Herz brechen, wenn ich ihr sage, dass wir nicht heiraten können. Besonders da ich ihr keinen triftigen Grund nennen kann. Doch selbst wenn ich es könnte, würde es ihr trotzdem das Herz brechen.«

»Ich fürchte, da weiß ich keine Lösung. Vielleicht hat Meggan ja eine Idee.«

Als sie den Salon erreichten, öffnete Con die Tür. Meggan war allein.

»Wo ist Etty?«, fragte ihr Vater.

»Sie hat gesagt, sie habe Kopfschmerzen und müsse sich hinlegen.« Man konnte Meggan am Gesicht ansehen, dass sie ihrer Tochter nicht glaubte. Con erklärte grummelnd, er würde sich in sein Arbeitszimmer zurückziehen, damit die beiden ungestört reden könnten.

»Komm herein und setz dich, Darcy. Du hast ja anscheinend einen langen Ritt hinter dir.«

»Ja, Tante Meggan. Ich wollte so schnell wie möglich kommen. Ich konnte keinen klaren Gedanken mehr fassen, seit ich deinen Brief erhalten habe. Warum hat meine Mutter mir nicht geschrieben?«

»Deine Mutter weiß, dass Agnes und Larry nicht wollen, dass Louisa jemals erfährt, dass sie nicht ihre leibliche Tochter ist. Außerdem kenne ich die Hintergründe dieser ganzen Geschichte besser. Wenn es mein Zustand erlaubt hätte, wäre ich nach Bendigo gekommen, um es dir persönlich zu erzählen. Aber vielleicht ist es in dem Brief sogar klarer geworden.«

»Ich musste ihn mehrmals lesen. Tante Meggan, wie soll ich das bloß Louisa erklären?«

Meggan schüttelte betrübt den Kopf. »Darcy, das weiß ich nicht. Ich hab Agnes ebenfalls einen Brief geschrieben, in dem ich ihr alles erklärt habe. Vielleicht finden Larry und sie eine Möglichkeit, es Louisa zu sagen, ohne dass es sie zu tief erschüttert. Liebst du sie aufrichtig?«

»Ich liebe Louisa, aber ohne große Leidenschaft.«

»Wie sehr liebt Louisa dich?«

»Zu sehr. Hätten wir beide aus ähnlichen Gründen diese Ehe

eingehen wollen, könnten wir uns jetzt leichter darauf einigen, getrennte Wege zu gehen. Ich hasse den Gedanken, ihr wehzutun. Sie ist ein so liebes und sanftes Wesen.«

»Louisa ist im Aussehen und im Charakter genau so, wie ihre leibliche Mutter war. Doch Jenny hat eine innere Kraft und Stärke bewiesen, die uns alle überraschte. Ich glaube, dass Louisa zu der gleichen Stärke fähig sein wird.«

»Ich hoffe, dass du recht hast, Tante Meggan.«

»Das hoffe ich auch. Nun entschuldige mich bitte, Darcy. Ich werde zurzeit schnell müde. Es wird Zeit, dass ich mich zum Schlafen zurückziehe. Du kannst diese Nacht Ruans Zimmer benutzen. Er ist in Ballarat und kommt erst in ein bis zwei Tagen zurück.«

»Wenn es dir recht ist, Tante Meggan, würde ich lieber in Boneys altem Cottage schlafen, wenn es frei ist.«

»Ja, schon. Das benutzt niemand. Aber hättest du es im Haus denn nicht bequemer?«

»Das Cottage reicht mir.«

»Wie du möchtest. Lass dir von Mrs Clancy alles geben, was du brauchst.«

Drinnen im Cottage war es ein bisschen staubig, und es roch muffig. Ansonsten aber war alles sauber. Darcy warf die Decken, die Mrs Clancy ihm gegeben hatte, auf das Bett und machte Feuer. Dann lehnte er sich gegen den Rahmen der offenen Tür und blickte zu dem Farmhaus hinüber, in dem Etty schlief. Wenn sie nicht zu Hause gewesen wäre, hätte er Ruans Zimmer genommen. Doch er war auf gar keinen Fall in der Lage gewesen, mit ihr unter einem Dach zu schlafen. Er hasste sie beinahe, wünschte, sie wäre in Europa geblieben. Heute Abend war sie vor einem Gespräch mit ihm davongelaufen. Wie würde sie sich morgen verhalten?

20

Für Etty war an Schlaf nicht zu denken. Nachdem sie sich in ihr Zimmer geflüchtet hatte, hatte sie sich auf die Bettkante gesetzt. Da saß sie nun, die Hände fest ineinander verschränkt gegen das Kinn gedrückt und die Arme seitlich an sich gepresst, um das furchtbare Zittern zu unterdrücken, das sie ergriffen hatte. In ihrem Kopf herrschte ein derartiger Aufruhr, dass sie nicht denken, sich nicht bewegen, überhaupt nichts tun konnte.

Vielleicht hätte sie die ganze Nacht so dagesessen, wenn ihre Mutter nicht an die Tür geklopft hätte und unaufgefordert eingetreten wäre. Meggan sah ihre Tochter an und machte leise die Tür hinter sich zu.

»Es ist wegen Darcy, nicht wahr? Du hast gar keine Kopfschmerzen.«

»Hast du ihn hierhergebeten, um mich zu überraschen, Mama? Wenn ja, dann ist dir das zweifellos gelungen.«

»Ganz ruhig, mein Liebes. Es hat dir offensichtlich einen großen Schock versetzt, Darcy zu sehen. Aber glaub mir, Etty, wir hatten keine Ahnung, dass er plötzlich auf Langsdale auftauchen würde.«

»Warum ist er denn gekommen? Hat er gewusst, dass ich hier bin?«

»Etty, sei doch vernünftig. Du bist doch erst seit gestern hier. Und wir hatten auch nicht gewusst, dass du nach Hause kommen würdest.«

»Tut mir leid, Mama. Doch dass Darcy einen Tag nach mir hier ankommt, schien mir ein zu großer Zufall, als dass es nicht geplant gewesen wäre.«

»Ich kann dir versichern, dass es nicht geplant war. Doch nun sag mir, warum dich seine Anwesenheit so aufgeregt hat, nachdem du fast zweieinhalb Jahre fort warst und Darcy kein einziges Mal in deinen Briefen erwähnt hast. Bist du mit Darcy im Unfrieden auseinandergegangen?«

»Ja. Das letzte Mal, als ich ihn in Melbourne gesehen habe, kurz bevor ich nach Übersee gegangen bin. Seit damals habe ich nichts mehr von ihm gehört.«

»Hast du ihm denn geschrieben und dich bei ihm entschuldigt, weil du dich im Unfrieden von ihm getrennt hast?«

»*Ich* war nicht wütend auf ihn. *Er* war wütend auf mich. Und ich habe ihm tatsächlich geschrieben, Mama, aber er hat mir nie geantwortet.«

»Worüber habt ihr euch denn gestritten, dass du nach so langer Zeit immer noch verbittert bist?«

Etty stand auf und ging zum Fenster. Dort schob sie den Vorhang zur Seite und starrte hinaus in die Dunkelheit. »Darüber möchte ich nicht reden, Mutter.«

»Na schön. Ich werde dich nicht drängen. Wenn du mich in diesem Ton mit ›Mutter‹ anredest, weiß ich, dass du auf stur geschaltet hast. War deine Starrköpfigkeit der Grund für euer Zerwürfnis?«

»Meine Starrköpfigkeit!« Etty drehte sich wütend um. »Darcy ist derjenige, der starrköpfig ist. Er will, dass ich alles für ihn aufgebe. Er war nicht mal bereit, mir dieses eine Jahr zu gewähren, um mir meinen Traum in Europa zu erfüllen.«

Meggan schnalzte verärgert mit der Zunge. »Wenn ich dabei gewesen wäre, hätte ich euch beide gepackt und mit den Köpfen aneinandergehauen. Ihr seid ja beide solche Dummköpfe. Sture und launische Dummköpfe. Wenn ihr euch auf einen vernünftigen Kompromiss geeinigt hättet, steckte Darcy jetzt nicht in diesem schrecklichen Dilemma.«

»Was für ein Dilemma?«

»Das kann ich dir nicht sagen.«

»Du meinst, du willst es mir nicht sagen. Dann sage ich dir was, Mutter: Wenn du nicht so dämlich gewesen wärst, in deinem Alter noch schwanger zu werden, wäre ich überhaupt nicht nach Hause gekommen.«

Meggan verpasste ihrer Tochter eine schallende Ohrfeige. »Wag es nicht noch einmal, so mit mir zu reden. Du magst zwar eine Diva sein, aber du bist immer noch meine Tochter. Was auch immer deine Probleme sind, Etty, du hast sie dir selber zuzuschreiben. Ich werde erst wieder mit dir reden, wenn du bereit bist, dich zu entschuldigen.«

Meggan rauschte aus dem Zimmer und knallte die Tür hinter sich zu. Etty wandte sich wieder zum Fenster. Sie hatte die Hände an den Seiten zu Fäusten geballt, und ihre Augen füllten sich mit Tränen. Aber sie wollte nicht weinen. Sie weigerte sich zu weinen. Darcy hatte ihr schon zu viele Tränen bereitet. Doch das, was sie zu ihrer Mutter gesagt hatte, bloß weil sie erregt war, war unverzeihlich. Etty wischte sich die Tränen aus den Augen und lief zum Schlafzimmer ihrer Eltern. Dort klopfte sie leise an die Tür.

»Ja?«, rief Meggan.

»Ich bin's, Etty. Darf ich hereinkommen, Mama?«

»Ja.«

Ihre Mutter saß an der Frisierkommode und war dabei, die Nadeln aus ihrem Haar zu entfernen.

»Es tut mir leid, Mama. So etwas Gemeines hätte ich nicht zu dir sagen dürfen.«

»Nein, das hättest du nicht. Wenn du es aufrichtig bedauerst, werde ich dir verzeihen.«

»Es tut mir wirklich leid. Ich weiß ja, wie sehr du dich auf dieses Baby freust. Es wäre schrecklich, wenn einem von euch etwas geschehen würde. Ich bin doch nach Hause gekommen, um bei dir zu sein, um dir zu helfen.«

»Das weiß ich, Liebes. Und ich weiß auch, dass du mir nicht hast wehtun wollen. Du hast im Zorn gesprochen, weil du unglücklich bist.«

Sie streckte die Hand nach ihrer Tochter aus. Etty eilte zu ihr, kniete sich neben den Stuhl und legte den Kopf in den Schoß ihrer Mutter. Nun flossen die Tränen, die sie nicht hatte vergießen wollen.

»Ich liebe ihn immer noch, Mama. Ich liebe ihn so sehr.«

Ihre Mutter hielt sie fest und strich ihr über die Haare, bis sie aufhörte zu weinen. Dann legte sie beide Hände um Ettys Gesicht und wischte mit den Daumen die Tränen von den Wangen ihrer Tochter. »Du musst mit Darcy reden. Vielleicht liebt er dich ja auch immer noch.«

»Ich habe Angst, Mama.«

»Wovor?«

»Dass Darcy nicht mit mir reden will.«

»Es gibt nur eine Möglichkeit, das herauszufinden. Morgen solltest du dich mit Darcy in aller Ruhe zusammensetzen, und ihr solltet miteinander reden, ohne dass einer von euch die Beherrschung verliert.«

Nachdem Etty ihr einen Gutenachtkuss gegeben hatte und gegangen war, saß Meggan nachdenklich da und bürstete ihre Haare. Was auch immer geschehen würde, Louisa wäre die Leidtragende. Doch vielleicht wäre es für sie weniger schmerzlich, Darcy an Etty zu verlieren, als Darcy anscheinend ohne guten Grund zu verlieren.

Um Mitternacht war Etty es leid, sich die ganze Zeit schlaflos im Bett hin und her zu wälzen. Ihr ging viel zu viel im Kopf herum. Sie plante das Gespräch mit Darcy – was sie sagen würde – was er antworten würde – wie sie ihm antworten würde und so weiter. Auch wenn ihr klar war, dass solche Gespräche nie wie geplant verliefen, versuchte sie trotzdem immer wieder, sie sich in Gedanken auszuspinnen. Als sie die Uhr in der Diele Mitternacht schlagen hörte, warf sie die Bettdecke von sich und schwang die Füße auf den Boden.

Obwohl die Nacht recht kühl war, hoffte sie, dass ihre Ruhelosigkeit nachließ, wenn sie eine Weile auf der Veranda auf und ab ging. Wenn es ihr zu kalt wurde, würde sie sich sicher gerne wieder ins Bett kuscheln. Sie schlüpfte in warme Hausschuhe, zog einen Morgenmantel aus weicher Wolle an und ging dann leise auf die Veranda.

Tief atmete sie die Nachtluft ein. Nachts schien immer alles anders zu riechen als am Tag, und Sommernächte rochen anders als Winternächte. Und auf Langsdale roch es nachts ganz anders als an jedem Ort der Welt, an dem sie gewesen war. Überrascht stellte sie fest, wie sehr sie den Schafgeruch in der Luft genoss. Sie war zwar tatsächlich nach Hause gekommen, um ihrer Mutter zu helfen, doch auf der letzten Etappe ihrer Reise, von Melbourne hierher hatte sie gemerkt, wie sehr sie ihr Zuhause vermisst hatte. In Zukunft würde sie einmal im Jahr zu Besuch kommen.

Falls sie nach Europa zurückkehrte. Sie hatte ihre Fähigkeiten bewiesen, hatte die höchstmögliche Anerkennung erhalten. Würde und könnte sie nun damit zufrieden sein, nur noch in Australien aufzutreten? Sie hatte reichlich Zeit, um eine Entscheidung zu treffen. Sie wollte mindestens ein halbes Jahr zu Hause bleiben, bis ihre Mutter entbunden hatte und Etty sicher sein konnte, dass mit ihr und dem Baby alles in Ordnung war.

Zweimal war sie bereits die ganze Veranda entlanggegangen, da sah sie eine Gestalt auf das Farmhaus zukommen. Der Mann hatte die Hände in die Taschen seines Mantels gesteckt. Er ging mit gebeugtem Kopf, um zu sehen, wo er hintrat. Etty würde seinen Gang überall erkennen.

Hatte Darcy auch nicht schlafen können? Waren seine Gedanken und Gefühle in ähnlichem Aufruhr wie ihre? Etty ging bis an die Treppe, lehnte sich gegen den Pfosten, verschränkte die Arme über der Brust und schob die Hände in die Ärmel ihres Morgenmantels, um sie warm zu halten. In dieser Haltung beobachtete sie, wie Darcy näher kam.

Er war noch ungefähr zwanzig Meter von ihr entfernt, als er den Kopf hob und sie sah. Er zögerte kurz. Als Etty die Treppe hinunterzugehen begann, ging er auch weiter auf sie zu. Kaum mehr als einen Schritt voneinander entfernt blieben sie einander gegenüber stehen. Keiner von ihnen lächelte. Keiner sprach. Jedes Augenpaar betrachtete intensiv das Gesicht des anderen. Dann fielen sie sich in die Arme.

Monate, Jahre waren wie weggeblasen. Es war so, als wären sie nie getrennt gewesen. Als sie sich schließlich losließen, nahm Darcy Ettys Hand und führte sie zu Boneys Cottage. Immer noch wechselten sie kein Wort. Es waren auch keine Worte nötig, selbst als sie im Cottage waren und Darcy den Gürtel ihres Morgenrocks löste und den Mantel über ihre Schultern nach hinten gleiten ließ.

Mit beiden Händen umschloss Darcy ihr Gesicht und küsste sanft ihren Mund. Er sah ihr unablässig in die Augen, während er ihr Nachthemd aufknöpfte. Nur als er es ihr über den Kopf streifte, wurde der Blickkontakt kurz unterbrochen. Er warf das Nachthemd beiseite, kniete sich vor sie, umfasste mit den Händen ihre Taille und zog sie an sich. Dann drückte er seine Lippen gegen ihren weichen Bauch.

Etty spürte ein Kribbeln und fing an zu zittern. Sie fuhr mit ihren Fingern durch seine Locken. Schließlich stand Darcy auf, hob sie hoch und legte sie aufs Bett. Dann begann er sich auszuziehen. Sie beobachtete ihn. Als sie eine Hand auf ihre Brust legte, stellte sie erstaunt fest, wie hart sich die Brustwarze anfühlte. Sie blickte rasch weg, als er in seiner ganzen männlichen Pracht dastand. Keine der Statuen von nackten Männern, die sie gesehen hatte, sah so aus wie er!

Sie spürte, wie das Bett unter seinem Gewicht nachgab, als er sich neben sie legte. Er berührte mit der Hand ihre Wange, damit sie ihm den Kopf zuwandte. Sie drehte sich um, sah ihn an, nahm ihn in die Arme und küsste ihn. Der Kuss verzehrte sie wie jener nie vergessene Kuss in Melbourne. Doch diesmal konnten sich auch ihre Körper ungehindert berühren. Wie sie es liebte, seine nackte Haut auf ihrer zu spüren. Und sie liebte es, wie er mit den Fingern über ihre Haut fuhr und sie überall vor Verlangen zum Vibrieren brachte.

Sie keuchte auf, als er sie zwischen den Oberschenkeln streichelte, und drückte sich gegen seine Hand, gegen seinen Körper. Er drehte sie auf den Rücken und legte sich auf sie. Als er das erste Mal ein kleines Stückchen in sie eindrang, keuchte sie noch lauter. Sie konnte kaum glauben, was für ein wunderbares Gefühl das war. Er hielt inne und beugte sich hinab, um sie zu küssen.

»Bist du noch Jungfrau?«, flüsterte er.

»Ja.«

»Ich werde versuchen, ganz sanft zu sein.«

Er gab sich solche Mühe, ihr nicht wehzutun, dass sie nur ein kurzes Brennen spürte. Als er erneut innehielt, legte sie die Hände auf sein Gesäß und drückte ihn tief in sich hinein. Ihr schwanden fast die Sinne vor Lust, als sie spürte, wie er sich in ihr bewegte. Sie hatte immer gewusst, dass Darcy der Erste, der Letzte und der Einzige sein würde.

Sehr viel später weckte er sie mit einem Kuss. »Du solltest jetzt zurückgehen, bevor alle auf sind. Zieh dich an. Ich bringe dich zum Haus.«

Als sie das Cottage verließen, stellte Etty überrascht fest, dass der Morgen bereits anbrach. Die Farm würde tatsächlich bald zum Leben erwachen. Darcy verließ sie an der Treppe zur Veranda mit einem raschen Kuss und einem Händedruck.

»Wir reden später.«

Etty nickte und schaute hinter ihm her, wie er in Richtung Stall ging, dann schlich sie sich in ihr eigenes Zimmer. Dort fiel sie in einen tiefen Schlaf, aus dem sie erst am späten Vormittag aufwachte.

Sie blieb noch längere Zeit im Bett liegen und dachte über die Stunden nach, die sie in Darcys Armen verbracht hatte. Ihr war klar, dass nun der Zeitpunkt gekommen war, wo sie eine eindeutige Entscheidung über ihre Zukunft treffen musste. Konnte sie das Singen, das sie aus tiefster Seele liebte, für den Mann aufgeben, den sie ebenfalls über alles liebte? Sie empfand es als unfair, sich zwischen den beiden großen Lieben ihres Lebens entscheiden zu müssen. Selbst der Gedanke, dass ihre Mutter auf möglichen Ruhm verzichtet hatte, um ihre wahre Liebe zu heiraten, konnte Ettys widerstreitende Gefühle nicht besänftigen.

Schließlich stand sie auf, wusch sich mit dem kalten Wasser aus dem Krug und zog eins der einfachen Kleider an, die sie in Langsdale zurückgelassen hatte. Ihre europäische Garderobe war viel zu elegant für das Leben auf einer Schaffarm. Sie fragte sich, was Darcy gerade machte und ob sie ihn bald sehen würde. Nachdem sie so lange geschlafen hatte, war sie hungrig und brauchte dringend eine Tasse Kaffee. Sie hatte es sich angewöhnt, Kaffee statt Tee zu trinken, besonders morgens nach dem Aufwachen.

Da niemand im Salon war und sie ihre Mutter auch nicht in

deren Schlafzimmer antraf, ging Etty durchs Haus zur Küche. Dort traf sie ihre Mutter und Darcy, die sich mit Mrs Clancy unterhielten. Ihre Mutter sah sie an.

»Guten Morgen, Liebes. Du hast aber lange geschlafen.«

»Guten Morgen, Mama. Ja, ich war wohl immer noch müde von der Reise.« Sie hatte Hemmungen, Darcy anzusehen, wünschte ihm aber einen guten Morgen. Erst als er antwortete, sah sie ihm ins Gesicht und stellte fest, dass man ihm seine Gedanken und Gefühle in keiner Weise anmerkte, während sie den Eindruck hatte, als stünde ihr alles für jeden sichtbar ins Gesicht geschrieben.

»Sie möchten bestimmt 'ne Tasse Tee«, sagte Mrs Clancy und ging zum Herd.

»Eine Tasse Kaffee bitte, Mrs Clancy.«

»Hm. Kaffee, na so was. Was ist denn falsch an einer guten Tasse Tee?«

Etty musste lachen. »Gar nichts, Mrs Clancy, außer dass es in Italien sehr schwer ist, eine wirklich gute Tasse Tee zu bekommen.«

Darcy stand auf und sagte, er wolle nach Creswick reiten, um den Schmied nach Midnights Hufen sehen zu lassen. »Hast du Lust, mit mir zu reiten, Etty?«

»Ja, das würde ich gern tun. Während ich fort war, hatte ich nur selten Gelegenheit zu reiten. Ich bin ein bisschen aus der Übung.«

»Um Mirabelle zu reiten, brauchst du nicht viel Übung. Sie kennt dich doch.«

»Ja. Sie hat sich sehr gefreut, mich wiederzusehen.«

»Kannst du in einer halben Stunde fertig sein?«

»Ja.«

»Okay. Dann treffen wir uns am Stall.«

Nachdem er gegangen war, sagte Mrs Clancy, sie müsse zum

Abtritt, sei aber gleich wieder da. Sobald Mutter und Tochter allein waren, musterte Meggan Etty forschend.

»Es sieht ja so aus, als hättest du bereits mit Darcy geredet.«

»Wie kommst du denn darauf, Mama? Wann soll ich denn seit gestern Abend mit ihm gesprochen haben?« Klangen ihre Worte harmlos genug, oder war ihr Gesicht so rot, wie es sich anfühlte? Ob ihre Mutter etwas ahnte? Doch die nächste Bemerkung ihrer Mutter ließ sie aufatmen.

»Mit seiner Einladung, ihn nach Creswick zu begleiten, hat Darcy dir die Gelegenheit gegeben, mit ihm über eure Meinungsverschiedenheiten zu sprechen. Sei vernünftig, Etty. Bemüh dich, nicht die Beherrschung zu verlieren oder Darcy zu provozieren.«

»Das werde ich.«

Nachdem Etty rasch ihren Kaffee getrunken hatte, ging sie auf ihr Zimmer, um sich zum Reiten umzuziehen. Meggan blieb mit ihren aufgewühlten Gedanken allein zurück. Ihr war nicht entgangen, dass Etty zunächst vermieden hatte, Darcy anzusehen, und dass die Wangen ihrer Tochter leicht errötet waren. Da sie selbst als junge Frau verbotene Leidenschaft erlebt hatte, war sie sich ziemlich sicher, dass Darcy und Etty zumindest einen Teil der Nacht zusammen verbracht hatten. Würde ihre Leidenschaft ebenfalls ein glückliches Ende finden wie bei ihr und Con? Meggan hoffte für Etty, dass es so wäre. Blieb nur noch das Problem mit Louisa.

Als Etty zum Stall eilte, wartete Darcy draußen auf sie. Die Pferde waren bereits gesattelt. Als Etty den schwarzen Hengst sah, war sie sehr überrascht. Sie hatte sich zwar keine besonderen Gedanken darüber gemacht, auf was für einem Pferd Darcy gekommen war, doch nun merkte sie, dass sie Goonda erwartet hatte.

»Erinnerst du dich noch an Midnight, Etty? Ich habe ihn jetzt seit über zwei Jahren.« Seine Worte klangen heiter, doch seine Augen glühten. Etty erwiderte seinen Blick mit ebenso großer Leidenschaft, dann senkte sie die Augenlider. Es arbeiteten nämlich einige Männer in der Nähe.

»Ich kann mich an ihn erinnern. Ist er schwierig zu reiten?«

»Für mich nicht. Dir würde ich allerdings niemals erlauben, auf seinen Rücken zu klettern.«

»Das würde ich auch gar nicht wagen.« Sie ließ sich von Darcy beim Aufsteigen auf Mirabelle helfen und beobachtete dann, von brennender Liebe verzehrt, wie er sich in den Sattel schwang. »Was ist denn aus Goonda geworden?«

»Die habe ich zu Hause auf Riverview gelassen, damit mein Cousin Harry sie reiten kann, solange ich in Bendigo wohne.«

Inzwischen hatten sie ihre Pferde in Bewegung gesetzt. »Du wohnst in Bendigo?«, fragte sie erstaunt.

»Ja.« Darcy lächelte zu ihr hinüber. »Ich wohne jetzt seit fast einem Jahr in Bendigo.«

»Das habe ich nicht gewusst.«

»Nein. Wir müssen über eine Menge Dinge reden, Etty.«

»Ja, das müssen wir.«

»Sollen wir im leichten Galopp reiten?«

»Ich würde Mirabelle gern richtig galoppieren lassen.«

»Wenn Mirabelle galoppiert, will Midnight das auch, und dann rast er wie der Teufel und ist nur noch mit viel Glück zu bändigen.«

Etty stellte sich vor, wie der schwarze Hengst mit fliegender Mähne und wehendem Schweif über eine offene Weide galoppierte, mit Darcy auf dem Rücken. Das wäre ein unvergesslicher Anblick.

»Na schön, dann reiten wir eben im leichten Galopp.«

So ritten sie nebeneinander, bis sie sich der Grenze von Langsdale näherten, wo Darcy Midnight so weit zügelte, dass er im Schritt ging. Auch Etty hielt Mirabelle zurück, damit sie neben Midnight blieb.

»Wir machen einen kleinen Umweg und reiten erst zum Fluss.«

Etty nickte. Sie wusste, was Darcy meinte. Es handelte sich um den Fluss, der eine halbe Meile vom Farmhaus entfernt floss. Nicht weit von der Stelle, wo sie jetzt von der Straße abbogen, mündete er in einen größeren Fluss. Das Gebiet um die Mündung herum war dicht mit Gras und schattigen Bäumen bewachsen. Als sie noch klein waren, war das bei ihren Familien ein beliebter Ort für Picknicks gewesen. Später, als sie alt genug waren, um ohne Begleitung eines Erwachsenen auszureiten, waren sie auch oft dort gewesen. Nun war es der Ort, an dem Darcy sie wieder in die Arme nahm.

Sobald sie abgestiegen waren, hatte er sie an sich gezogen, sein Gesicht in ihrem Haar vergraben und ihre Wange an seine Schulter gedrückt.

»Etty, Etty, ich kann ohne dich nicht leben. Sag mir, dass du das Gleiche empfindest. Sag mir, dass dir die letzte Nacht genauso viel bedeutet hat wie mir.«

Sie hob den Kopf und sah ihm in die Augen. »Die letzte Nacht hat mir alles bedeutet. Ich sehne mich danach, wieder mit dir zusammen zu sein.«

Er strich mit dem Mund sanft über ihre Lippen. Als sie mehr wollte, zog er den Kopf zurück. »Wenn ich dich heftiger küsse, will ich dich wieder lieben.«

»Das möchte ich doch.«

»Nein, mein Schatz. Wenn ich dich das nächste Mal liebe, will ich, dass du meinen Ring trägst. Doch zunächst müssen bestimmte Dinge beredet werden. Es sind nämlich einige Probleme zu lösen, von denen du nichts weißt. Komm, setzen wir uns hin.«

Sie setzten sich ins Gras, allerdings nicht nebeneinander. Etty hielt ihre Knie umklammert und drückte sie an sich. Darcy saß etwas schräg zu ihr. Er hatte das rechte Bein untergeschlagen, das linke Knie gebeugt und den linken Arm darauf gelegt. Mit der rechten Hand riss er einen Grashalm aus und begann, den Saft auszusaugen.

»Sind diese Probleme der Grund, weshalb du nach Langsdale gekommen bist?«, fragte sie.

»Ja.«

»Sagst du mir, um was es geht?«

»Noch nicht. Ich möchte, dass du mir zuerst von dir erzählst, was du alles gemacht hast, seit du von hier fortgegangen bist.«

»Das würde dich nur langweilen. Ich tue ja nichts anderes als singen, in Italien, in Deutschland, überall wo man mich bittet aufzutreten.«

»Du musst doch mehr getan haben als nur auftreten und singen. Du hast doch bestimmt neue Freunde gewonnen und viele interessante Orte gesehen.«

»Viele interessante Orte habe ich tatsächlich gesehen. Und was Freunde angeht, würde ich die Leute, mit denen ich zu tun habe, eher als Bekannte bezeichnen. Von denen steht mir niemand nahe. Außer Alistair natürlich.«

»Mrs Clancy hat mir erzählt, dass er dich nach Hause begleitet hat. War Alistair die ganze Zeit bei dir?«

»Natürlich war er die ganze Zeit bei mir. Als mein Manager kümmert er sich um die geschäftliche Seite meiner Karriere. Und als mein Klavierbegleiter ist er manchmal noch strenger mit mir, als Madame es je war. Wenn ich auch nur eine Note ein winziges bisschen falsch singe, schimpft er mich ganz fürchterlich aus.«

»Ich kann mir dein Leben überhaupt nicht vorstellen. Warst du glücklich?«

»Die meiste Zeit.«

Er sah sie durchdringend an. »Wann warst du denn nicht glücklich?«

Doch sie schüttelte den Kopf und stellte ihm stattdessen eine Frage. »Warum wohnst du in Bendigo?«

»Ich habe mir auch einen Traum erfüllt. Ich bin jetzt Anwalt. Erinnerst du dich noch an diesen Ernest Williams, von dem ich dir erzählt habe?«

»Ja. Er hat also sein Versprechen gehalten? Das freut mich sehr für dich.«

»Danke.« Er nahm eine Hand von ihr, drehte sie um und streichelte mit seinem Daumen über die Handfläche. »Ist dir aufgefallen, dass wir uns die ganze Zeit wie alte Freunde unterhalten haben?«

Darcys Daumen löste Empfindungen in ihr aus, die absolut nichts mit Freundschaft zu tun hatten und die hinauf in ihre Achselhöhlen wanderten und hinab bis in ihr tiefstes Inneres. Etty befeuchtete ihre Lippen mit der Zungenspitze und sah, wie seine Augen glühten. Doch er ließ ihre Finger los.

»Wir sollten uns auf den Weg machen.« Darcy stand auf und streckte die Hand aus, um ihr aufzuhelfen. Er hielt ihre Hand immer noch, als sie sich dicht gegenüberstanden.

»Küss mich, Darcy.«

Kopfschüttelnd ließ er sie los und trat einen Schritt zurück. »Das getraue ich mich nicht, dann kommen wir nie nach Creswick.«

Auf der restlichen Strecke unterhielten sie sich nur über unpersönliche und alltägliche Dinge. Beiden war klar, dass ihre Zukunft noch nicht geklärt war. Offenbar bestand zwischen ihnen ein stillschweigendes Einvernehmen, während dieses Ausflugs nach Creswick einfach die Gesellschaft des anderen zu genießen.

Als sie die Hauptstraße entlangritten, spürte Darcy, dass er beobachtet wurde. »Hast du auch das Gefühl, dass uns jemand nicht aus den Augen lässt, Etty?«

»Nein. Wie kommst du darauf?« Etty blickte rasch von einer Seite zur anderen. »Ich sehe niemanden, der uns beobachten könnte.«

»Irgendwer tut das aber. Ich kann seine Blicke auf mir spüren. Das ist kein gutes Gefühl, Etty.«

»Du meinst, dass uns jemand in böser Absicht beschattet?«

»Genau dieses Gefühl habe ich. Und wo wir gerade von unguten Gefühlen sprechen – ist das da drüben nicht Sergeant Dunstan? Ich hab gedacht, der wäre schon vor ein paar Jahren versetzt worden.«

Als er sie näher kommen sah, trat der Sergeant auf die Straße und zwang die Reiter anzuhalten.

»Was hast du in Creswick zu suchen, Mischling? Ich hab gehört, deine Familie hätte die Gegend hier verlassen.«

»Und ich hab gehört, man hätte Sie irgendwohin versetzt, wo Ihre Vorgesetzten Sie besser im Auge behalten können.«

Der Sergeant grinste spöttisch. »Jetzt habe ich hier wieder das Sagen. Und du bist in meiner Stadt nicht willkommen.«

»Ihre Stadt, Dunstan?« Darcy lachte mit voller Absicht so, dass es beleidigend klingen musste. Er drängte Midnight vorwärts und zwang damit den Sergeant, fluchtartig aus dem Weg zu gehen. Als Etty ebenfalls weiterritt, sagte der Sergeant zu ihr: »Sie sollten etwas sorgfältiger darauf achten, mit wem Sie verkehren, Miss Trevannick.«

Darcy drehte sofort den Kopf nach hinten. Sein Gesichtsausdruck veranlasste Etty, ihm die Hand auf den Arm zu legen und ihn dringend zu bitten, den Mann zu ignorieren. Trotzdem starrte Darcy den Sergeant noch einen Moment lang abschätzig an, bevor er sich endgültig abwandte. Nachdem sie Midnight und Mirabelle zum Schmied gebracht hatten, gingen Etty und

Darcy zurück ins Zentrum der Stadt, um im Creswick Hotel zu Mittag zu essen.

Sie bestellten Rinderbraten mit Yorkshirepudding, Bratkartoffeln und Kohl-Möhren-Gemüse, das Ganze serviert mit einer dicken Bratensauce. Etty betrachtete den Teller, den man vor sie stellte, mit offenkundigem Vergnügen.

»Das wird mir so richtig gut schmecken. Wie oft habe ich mich nach einem schönen Rinderbraten mit allem Drum und Dran gesehnt. Ich nehme auch noch Apfelkuchen mit Sahne zum Nachtisch. Den hab ich auch sehr vermisst.«

»Wie war denn das Essen in Italien und in den anderen Ländern, die du besucht hast?«

»Das italienische Essen mag ich am liebsten. Sie kochen viel mit Kräutern und Tomaten und essen sehr viel Pasta, die mit unterschiedlichen Saucen serviert wird.«

»Was ist Pasta? Das Wort habe ich ja noch nie gehört.«

»Pasta ist …« Etty lachte leise. »Pasta ist schwer zu erklären. Sie wird aus einem Mehlteig hergestellt, und es gibt sie in vielen Formen und Größen. Die Pasta wird in Salzwasser gekocht, bis sie weich ist, dann abgeschüttet und auf einem tiefen Teller, mit Sauce begossen, serviert. Oft wird auch noch ein harter Käse namens Parmesan darübergerieben. Die Italiener benutzen Pasta außerdem in Suppen, in im Ofen überbackenen Gerichten und sogar in Desserts.«

»Kannst du italienisch kochen?«

»Einige italienische Gerichte krieg ich hin.«

»Dann musst du dir die Zutaten besorgen, damit du sie für mich kochen kannst. Wenn wir verheiratet sind.«

Messer und Gabel noch in der Hand ließ Etty die Handgelenke auf der Tischkante ruhen. »Erst haben wir aber noch eine Menge zu bereden, Darcy. Du hast selbst gesagt, dass du einige Probleme lösen musst.«

»Das muss ich in der Tat.«

»Willst du nicht doch mit mir darüber reden?«

Darcy dachte wenige Sekunden nach. »Ich habe die ganze Zeit hin und her überlegt, ob ich es dir sagen soll oder nicht. Um der Fairness willen hast du ein Recht darauf, es zu erfahren. Ich fürchte nur, dass es dir wehtun wird.«

Welterfahren, wie Etty mittlerweile war, sagte sie: »Es gibt eine andere Frau in deinem Leben.«

Einen Moment lang wirkte Darcy verblüfft über ihre Scharfsinnigkeit, dann nickte er leicht mit dem Kopf. »Louisa.«

Eifersucht versetzte Etty sofort einen Stich ins Herz. Sie fragte sich, wieso sie nicht darauf gekommen war, da Darcy und Louisa ja auch schon seit ihrer Kindheit befreundet waren. »Ich verstehe.«

»Tust du das wirklich, Etty? Begreifst du wirklich, warum ich Louisa gebeten habe, mich zu heiraten?«

»Ihr seid verlobt?« Wie hatte er sie nur mit dieser Leidenschaft lieben können, wenn er mit Louisa verlobt war? Er schien ihre Gedanken lesen zu können.

»Wir sind nicht offiziell verlobt, worüber wir angesichts der Umstände nur froh sein können.«

»Weil ich zurückgekommen bin?«

»Was zwischen uns letzte Nacht passiert ist, wäre in jedem Fall passiert, unabhängig von irgendwelchen Bindungen, die du oder ich inzwischen eingegangen sein mochten. Dass wir zusammengekommen sind, war unvermeidlich.«

Er hatte ja so recht. Ohne dass auch nur ein Wort notwendig gewesen wäre, waren sie sich in die Arme gelaufen, getrieben von einer Kraft, die stärker war als sie beide.

»Nein, wir können deshalb froh sein«, fuhr Darcy fort, »weil ich, noch bevor ich dich wiedergesehen hab, erfahren habe, dass Louisa und ich nicht heiraten können. Und das muss ich ihr sagen. Ich bin nach Langsdale gekommen, um deine Mutter um Rat zu fragen.«

»Das verstehe ich nicht. Warum bittest du meine Mutter um Rat? Warum nicht deine eigene Mutter?«

»Langsdale ist für mich näher als Riverview. Ich hatte das Bedürfnis, mit jemandem zu reden, der mir persönlich nahesteht. Etty, ich denke aber, es ist nur fair, dir zu sagen, dass ich die Nase voll hatte, auf dich zu warten, und deshalb Louisa einen Heiratsantrag gemacht habe.«

»Ich verstehe.« Etty tat so, als erfordere das Beenden ihres Mahls ihre gesamte Aufmerksamkeit. Ihr Kopf war jedoch voller Fragen, auf die nicht leicht eine zufriedenstellende Antwort zu finden war.

»Bist du gekränkt, Etty?«

»Dazu habe ich kein Recht. Ich war schließlich diejenige, die dich vernachlässigt hat. Allerdings bin ich mir sicher, dass Louisa deine Avancen ermutigt hat.«

»Nur indem sie mir eine gute Freundin war. Louisa und ich haben schon immer gut miteinander reden können.«

»Daran kann ich mich erinnern.«

Darcy legte seine Hand auf ihre. »Du bist also nicht böse auf mich oder eifersüchtig?«

»Unsere Liebe ist zu stark für Eifersucht.«

»Ist sie auch stark genug, dass du dafür deine Karriere aufgeben würdest?«

Etty musste heftig schlucken. Auf diese Frage wusste sie keine Antwort.

Darcy schloss die Antwort aus ihrem Schweigen. Sein Gesichtsausdruck war plötzlich von unbändigem Zorn erfüllt, doch seine Stimme blieb ruhig – zu ruhig und zu bitter. »Ich verstehe.« Er schob seinen Stuhl nach hinten und stand auf. »Ich gehe zurück zur Schmiede. Lass dir deinen Apfelkuchen schmecken. Wir treffen uns hier, wenn es Zeit wird aufzubrechen.«

»Darcy. Warte.« Sie stand halb auf, ließ sich dann aber wieder auf ihren Stuhl sinken. Warum liebte sie ihn bloß so sehr, wo er doch so sprunghaft war? Hätte dieser dämliche hitzköpfige Idiot sie nicht wenigstens antworten lassen können, statt seine eigenen Vermutungen anzustellen. Sie würde ihn in Ruhe lassen, bis sich sein Zorn abgekühlt hatte. Inzwischen würde sie ihren Apfelkuchen mit Sahne genießen, sich ein bisschen in der Stadt und in den Läden umsehen – auf keinen Fall in die Nähe der Schmiede gehen – und zum Hotel zurückkehren, wenn sie genug gesehen hatte. Falls Darcy als Erster dort war, könnte er ja auf sie warten.

21

Nachdem Darcy fluchtartig das Hotelrestaurant verlassen hatte, hatte er nach nicht einmal zehn Schritten schon wieder das Gefühl, dass er beobachtet wurde. Als er sich umdrehte, sah er Skink. Der stand, die Hände in den Hosentaschen, auf der anderen Straßenseite gegen die Wand eines Geschäfts gelehnt da. Das Gesicht des Mannes war von glühendem Hass verzerrt. Darcy betrachtete ihn starr und ausdruckslos. Vor Feiglingen wie Skink hatte er keine Angst. Nachdem er den Mann vielleicht zehn Sekunden betrachtet hatte, kehrte Darcy ihm den Rücken zu und ging weiter die Straße hinunter.

»Eingebildeter schwarzer Dreckskerl«, murmelte Skink vor sich hin. »Eines Tages kriegst du schon noch dein Fett weg.«

»Bist wohl auch nicht so gut auf den Mischling zu sprechen, was?«, fragte eine Stimme neben ihm.

Skink drehte den Kopf zu Sergeant Dunstan. »Was geht Sie das an, Copper?«

»Red bloß höflich mit mir, Skink, sonst sperre ich dich ein.«

»So? Weswegen denn diesmal?«

»Mir fällt schon was ein. Es sei denn, du wärst bereit, mir ein bisschen behilflich zu sein.«

»Und wobei?«

»Zufällig gibt es gute Gründe, dass ich den Mischling gern hinter Gittern hätte.«

»Was hat er Ihnen denn getan?«

»Das geht dich nichts an, Skink. Alle wissen, dass du ohne Zeugnis aus Langsdale rausgeschmissen worden bist. Willst du dich dafür nicht revanchieren?«

»Darauf können Sie Gift nehmen.«

»Du brauchst nichts weiter zu tun, als ihn in eine Schlägerei zu verwickeln. Dann tust du so, als wärst du verletzt, und ich verhafte ihn wegen schwerer Körperverletzung.«

»Das ist alles? Nee, Sie können sich verdammt noch mal selbst mit dem prügeln. Mit dem will ich nicht noch mal aneinandergeraten.«

»Du bist ein Feigling, Skink. Aber vielleicht ändert das hier ja deine Meinung.« Dunstan zog einige zerknitterte Pfundnoten aus der Innentasche seiner Uniformjacke.

Skink schielte nach dem Geld. Vier Pfund. Damit würde er eine Weile gut leben können. Er war es leid, sich immer nur mit irgendwelchen Gelegenheitsjobs über Wasser zu halten. Er packte die Geldscheine, stopfte sie in die Hosentasche und schlenderte hinter seinem Opfer her. Allerdings hatte er überhaupt keine Eile, eine Prügelei anzuzetteln. Wenn er scharf genug nachdachte, fiel ihm vielleicht eine andere Möglichkeit ein, wie er den Mischlingskerl in Schwierigkeiten bringen könnte, ohne selbst dabei verletzt zu werden.

In der Schmiede kam Darcy derweil mit dem Schmied über Pferde und ihre richtige Behandlung ins Gespräch. Da er immer noch wütend auf Etty war, blieb er gerne zum Plaudern da, während Midnight neue Eisen angepasst wurden. Allerdings sah er inzwischen ein, dass er ihr Gelegenheit hätte geben sollen zu antworten, bevor er wütend das Hotel verließ, und hoffte, dass ihn das Gespräch mit dem Schmied in bessere Laune versetzte, bevor es Zeit wurde, nach Hause zu reiten.

Skink schaffte es, ohne gesehen zu werden, auf die Rückseite der Schmiede zu gelangen, wo er durch einen Spalt in der Bretterwand in die Werkstatt hineingucken und das Gespräch belauschen konnte. Während er dort stand, erinnerte er sich an seinen gescheiterten Versuch, dieses große schwarze Pferd zu besteigen. Und da kam ihm die Idee, nach der er gesucht hatte. Er hätte fast laut gelacht, weil es so einfach war.

Wenn der Hengst plötzlich mitten auf der Straße Amok lief, hätte Dunstan einen guten Grund, den Besitzer des Pferdes zu verhaften, weil er ein gefährliches Tier in die Stadt gebracht hatte. Er brauchte nur etwas, womit er das Tier reizen konnte. Rasch lief er zu der alten Goldgräberstätte am Fluss, wo vorhin einige Jungen mit Steinschleudern auf Vögel geschossen hatten. Sie waren noch da.

Skink ging auf die Jungen zu und riss die am besten aussehende Schleuder an sich. »Die nehm ich mir.«

»Hey, geben Sie die wieder her, Mister. Das ist meine.«

»Du kannst sie später wiederhaben, wenn ich sie nicht mehr brauche.«

Skink lief vom Fluss zurück in den Ort und sah, wie sein Feind gerade mit dem Hengst und der Stute am Zügel die Schmiede verließ. Sobald sie oben auf dem Hügel waren, wäre der richtige Moment zu handeln, überlegte er. Dort waren nämlich mehr Leute auf der Straße, sowohl zu Fuß als auch zu Pferd, und es gab mehr, die in die Läden gingen oder aus ihnen herauskamen. Auf dem Weg den Hügel hinauf bückte sich Skink ab und zu, um ein paar geeignete Steine aufzusammeln, dann suchte er nach einer günstigen Stelle, von der er seinen Angriff starten konnte.

Da er möglichst nicht dabei gesehen werden wollte, suchte er einen Platz, an dem er relativ verborgen wäre, aber trotzdem freie Bahn hätte. Einige Fässer, die vor einem der Läden gestapelt waren, boten ihm die gewünschte Deckung. Er würde die Ellbogen lässig auf eines der Fässer stützen, als beobachte er einfach das Treiben auf der Straße. Wenn dann der Hengst auf einer Höhe mit ihm war, brauchte er nur die Hände zu heben und den Stein zu schleudern. Als Kind hatte er perfekt mit einer Steinschleuder umgehen können. Diese Fertigkeit hatte er bestimmt nicht verloren.

Die vier Jungen, die auf die Vögel geschossen hatten, hatten unterdessen eine eilige Beratung im Flussbett abgehalten.

»Was glaubt ihr, wofür der Mann meine Schleuder haben wollte?«

»Keine Ahnung. Vielleicht will er sich 'ne Krähe zum Abendessen schießen. Er sah aus wie ein Landstreicher.«

»Vielleicht sollten wir ihm hinterher.«

»Meinst du? Vielleicht sollte ich die Sache meinem Pa erzählen. Wir wissen ja, wie der Mann aussieht.«

»Ich bin dafür, dass wir ihm folgen und mal gucken, warum er dir deine Schleuder weggenommen hat.«

»Yeah, das machen wir. Komm, Fred, du kannst das später noch deinem Pa erzählen.«

Die vier Jungen, von denen keiner älter als zehn Jahre war, kletterten aus dem Flussbett. Sie überlegten, in welche Richtung der Mann wohl gegangen sein mochte, da entdeckte ihn der Junge, der ihn unbedingt hatte verfolgen wollen, fast oben am Hügel.

»Da ist er! Kommt mit!«

Zusammen stiegen sie den Hügel hinauf.

»Hey, seht mal dieses schwarze Pferd da«, sagte einer von ihnen. »Ist das nicht schön?«

»Oh ja.«

Während sie immer wieder bewundernde Blicke zu dem Pferd hinüberwarfen, das ein kleines Stück vor ihnen den Hügel hinaufgeführt wurde, näherten sie sich vorsichtig der Stelle, wo der Mann, den sie verfolgten, mit den Armen auf ein Fass gestützt vor einem Laden stand.

Da Skink sich so sehr auf den Mann mit den beiden Pferden

konzentrierte, bemerkte er die vier Jungen nicht, die sich an ihn heranschlichen. Langsam hob er die Schleuder und nahm eine Schulter zurück, um genau zielen zu können.

»Er zielt auf das Pferd«, flüsterte Fred.

Und während Skink noch das Pferd anpeilte, warf sich Fred mit einem Schrei auf ihn und stieß ihn heftig in die Seite. Der Mann und der Junge stürzten in eine Richtung, das Fass in die andere.

»Hau ab, du kleiner Dreckskerl«, schrie Skink und bemühte sich, wieder auf die Beine zu kommen.

»Sie wollten das Pferd treffen.« Fred versuchte, ihm seine Schleuder zu entreißen.

Als Skink wieder so halbwegs stand, stieß er den Jungen weg. Doch Fred stürzte sich erneut auf ihn. Fluchend zielte Skink aufs Geratewohl, verfehlte das Pferd und hätte beinah einer alten Dame den Hut vom Kopf geschossen. Er war stinkwütend. Er hatte nur deshalb nicht getroffen, weil sich das Balg an sein Bein klammerte und zog. Mit der Rückhand versetzte er dem Jungen einen bösartigen Schlag gegen den Kopf, woraufhin dieser besinnungslos zu Boden fiel.

Darcy sah alles und begriff sofort. Zielstrebig ging er auf Skink zu, der ängstlich einige Schritte zurückwich. Dann drehte er sich um, um zu fliehen, stolperte aber über den bewusstlosen Jungen und landete auf dem Hinterteil. Auf Händen und Füßen versuchte er nun, sich rückwärts fortschieben, ohne Darcy auch nur für eine Sekunde aus den Augen zu lassen. Dieser band rasch die beiden Pferde an ein Geländer, wobei er bemerkte, dass sich bereits eine Frau um den Jungen kümmerte, der leise stöhnte. Skink hatte sich auf alle viere gedreht und wollte gerade aufstehen, um wegzulaufen, da packte ihn Darcy hinten an Hemd und Hosengürtel und schleuderte ihn kopfüber auf die Straße.

Sofort war Darcy über ihm, zerrte ihn auf die Beine und

schüttelte ihn heftig. »Du hast einen unschuldigen Jungen geschlagen und versucht, mit der Schleuder auf ein Pferd zu schießen. Ich hab dich schon einmal verprügelt, du Dreckskerl. Ich sollte es wieder tun.«

Mit einem Knurren zog Skink blitzschnell das Knie an und zielte auf Darcys Leistengegend, traf wegen Darcys schneller Reaktion jedoch nur seinen Oberschenkel. Darcy ließ den Mann los und verpasste ihm rasch einen Kinnhaken. Wieder landete Skink auf dem Hinterteil. Und wieder versuchte er, auf Händen und Füßen davonzukriechen. Den Blick starr auf Darcy gerichtet achtete er nicht auf das nervös herumtänzelnde Pferd hinter ihm.

Da keilte Midnight mit den Hinterbeinen aus und erwischte Skink am Hinterkopf. Der stürzte vornüber und knallte mit dem Gesicht auf den Boden. Einen Moment lang erstarrte alles schockiert, dann brach ein Tumult aus. Darcy stand fassungslos da, als ein Constable sich neben den Mann kniete und ihn für tot erklärte. Sekunden später legte ihm Sergeant Dunstan mit einem Blick voller Bösartigkeit und Triumph Handschellen an.

»Jetzt hab ich dich, du dreckiger Mischling. Dafür wirst du hängen.«

»Sie können diesen Mann nicht verhaften«, protestierte jemand. »Der andere wurde von dem Pferd getötet.«

»Ich verhafte den Besitzer eines gefährlichen Pferdes. Und das Vieh lasse ich erschießen.«

Bei diesen Worten rastete Darcy aus. Er stieß dem Sergeant die Fäuste unters Kinn, dann drehte er sich mit ausgestreckten Armen im Kreis herum, um die beiden Constables abzuwehren. Gleichzeitig blickte er sich nach einer Möglichkeit zu fliehen um. Die Schaulustigen hatten bereits Platz gemacht, um ihn durchzulassen, da sah er Etty.

Sie stand mit vor Entsetzen weit aufgerissenen Augen am

Straßenrand, die Hände auf den Mund gepresst. Beim Anblick ihrer Qual zögerte er einen kurzen Moment. Dieses Zögern kostete ihn seine Chance zu entkommen. Er wurde ins Gefängnis abgeführt. Auf beiden Seiten ging ein Constable neben ihm, der ihn fest am Arm gepackt hatte. Dunstan folgte und zielte mit einer Pistole auf Darcys Rücken.

»Nein! Nein!«, schrie Etty und lief hinter ihnen her. Sie packte den Sergeant am Arm. »Lassen Sie ihn gehen. Er hat nichts getan.«

Der Sergeant schüttelte ihre Hand ab. »Das geht Sie nichts an, Miss.«

»Das geht mich sehr wohl etwas an. Außerdem gibt es Zeugen, die gesehen haben, was passiert ist. Sie müssen Darcy freilassen.«

Darcy drehte den Kopf zu ihr. »Mir passiert schon nichts, Etty. Ich kenne mich doch mit dem Gesetz aus.«

Mit bebender Unterlippe beobachtete Etty, wie der Mann, den sie liebte, ins Gefängnis gebracht wurde. Darcy mochte zwar Anwalt sein, doch Sergeant Dunstan machte seine eigenen Gesetze. Sie wusste nicht, was sie tun sollte. Vielleicht sollte sie einige der Zeugen bitten, mit ihr auf die Polizeiwache zu kommen und Darcys Freilassung zu verlangen. Oder sollte sie besser schnell nach Langsdale reiten und ihren Vater holen? Inzwischen hatten zwei Männer Skinks Leichnam hochgehoben und trugen ihn fort.

Als sie zu den Pferden hinüberblickte, fiel ihr Dunstans Drohung ein, Midnight zu erschießen. In Anbetracht des Charakters dieses Mannes konnte man eine solche Drohung nicht auf die leichte Schulter nehmen. Sie würde zwar niemals wagen, auf Midnight zu reiten, fragte sich aber, ob er sich von ihr zurück nach Langsdale führen lassen würde. Sie streichelte seine Nüstern und sprach so sanft auf ihn ein, wie Darcy das bei einem

Pferd tat, mit dem er sich anfreunden wollte. Da hörte sie, wie jemand höchst überrascht ihren Namen rief.

Ruan, der sein Pferd am Zügel führte, kam eilig auf sie zugelaufen. Rasch band er sein Pferd an und nahm Etty ungestüm in die Arme. »Etty, ich kann es kaum glauben! Wann bist du denn zurückgekommen?«

»Genau an dem Tag, als du nach Ballarat geritten bist. Oh, Ruan, es ist etwas Furchtbares passiert.«

»Ich hab gesehen, wie Darcy abgeführt wurde. Was ist denn bloß los?« Etty erzählte, was sie wusste.

Ruan hörte ihr grimmig schweigend zu. »Dunstan hat seit Jahren einen Groll auf Darcy. Unsere Familie hat er auch nie gemocht. Wir gehen zusammen hin und reden mit dem Sergeant. Allerdings bezweifle ich, dass er Darcy freilässt.«

Sie gingen zur Polizeiwache und taten ihr Möglichstes, aber ohne Erfolg. Sie durften nicht einmal mit ihrem Freund reden.

»Dann reiten wir nach Hause, Etty, und sagen es Pa. Er hat mehr Einfluss als wir.«

»Darcy ist Anwalt. Er wird schon verhindern können, dass er zu Unrecht verurteilt wird.« Mit diesem Gedanken versuchte sie sich Mut zu machen, denn sie wusste, dass die Diskriminierung, gegen die Darcy ankämpfte, immer noch alltägliche Praxis war.

»Ruan, wir können Midnight nicht hierlassen. Ich glaube, der Sergeant will ihn schon aus reiner Bosheit Darcy gegenüber erschießen. Und das würde Darcy in eine derartige Rage versetzen, dass er ganz bestimmt etwas Schreckliches tut.«

»Ich habe Midnight schon mal geritten. Ich glaube, ich kann mit ihm umgehen. Würdest du mein Pferd führen?«

»Natürlich. Wir sollten jetzt sofort Pa holen.«

Normalerweise wären sie die drei Meilen nach Langsdale galoppiert, aber Ruan war klar, dass er den Hengst nicht mehr kontrollieren könnte, wenn der erst einmal im Galopp war. Der

Ritt im Schritttempo gab ihnen die Möglichkeit, über sich selbst zu reden und Lücken zu füllen über alles, was in den Jahren geschehen war, in denen sie getrennt gewesen waren.

Auf Langsdale machten sie sich sofort auf die Suche nach ihrem Vater, erfuhren aber, dass er erst später am Abend zu Hause erwartet wurde. Nachdem er von Etty gehört hatte, was geschehen war, ließ er sein Pferd sofort wieder satteln und ritt nach Creswick. Ruan begleitete ihn. Etty sollte bei ihrer Mutter bleiben. Sie stritt mit ihrem Vater, weil sie unbedingt mitkommen wollte. Doch er war unnachgiebig.

Etty konnte nicht dasitzen und warten. Sie wanderte im Zimmer auf und ab, bis ihre Mutter sie schließlich aufforderte, sich zu setzen.

»Ich finde keine Ruhe, Mama. Ich wünschte, Papa hätte mich mitreiten lassen.«

Meggan bemerkte, wie Etty nervös die Hände rang. Auch ihrem Gesicht war die Anspannung anzusehen. »Du liebst Darcy immer noch, selbst nach all deinen Erfahrungen in Übersee.«

»Ich habe nie aufgehört, ihn zu lieben, so wie er nie aufgehört hat, mich zu lieben. Und ehe zu fragst: Ich weiß, dass er erwogen hat, Louisa zu heiraten. Das hat er mir gesagt.«

»Hat er dir sonst noch was erzählt?«

»Er meinte, er könnte sie doch nicht heiraten. Ich nehme an, weil ihm klar geworden ist, dass er Louisa nicht wirklich liebt.«

»Vielleicht«, pflichtete ihr Meggan nach kurzem Zögern bei. Sie würde Etty nicht in die ganze Geschichte einweihen, es sei denn, es wäre unvermeidlich. »Schenk uns beiden einen Sherry ein, Liebes. Ein kleiner Drink wird dir vielleicht helfen, dich zu entspannen.«

Während sie ihren Sherry nippten, versuchte Meggan ihre Tochter von ihrer Sorge um Darcy abzulenken, indem sie ihr Fragen zu ihren Auftritten und den Opern stellte, in denen sie gesungen hatte. Viele davon waren Meggan unbekannt. Etty beantwortete bereitwillig ihre Fragen, blickte aber beim winzigsten Geräusch von draußen auf, um zu sehen, ob ihr Vater zurückgekommen war.

Als er dann tatsächlich ins Zimmer trat, konnte sie an seiner grimmigen Miene ablesen, dass er Darcys Freilassung nicht hatte erreichen können. Sie richtete sich abrupt auf und starrte ihn nur an. Ruan kam herein, setzte sich neben seine Schwester und legte ihr tröstend einen Arm um die Schultern.

»Wie ist es gelaufen?«, fragte Meggan.

»Die beiden Constables hatten Darcy bereits nach Ballarat gebracht. Von dort bringen sie ihn nach Melbourne, wo er wegen Mord vor Gericht gestellt wird.«

»Nein!«, schrie Etty. »Darcy hat niemanden getötet. Es gibt Leute, die das bezeugen können.«

»Dunstan hat mehrere Zeugen gefunden, die bereit sind, eine eidesstattliche Erklärung abzugeben, dass sie gesehen hätten, wie Darcy Skink zu einer Schlägerei provoziert habe. Sie schwören, dass der Mann starb, als er nach einem Kinnhaken von Darcy mit dem Kopf auf dem Boden aufschlug.«

»Das ist eine Lüge!«, schrie Etty. »Midnight hat den Mann getreten. An seinem Kopf muss eine Verletzung von Midnights Huf zu sehen sein. Der Arzt kann die Todesursache bestätigen.«

»Wir sind beim Arzt gewesen, nachdem wir die Polizeiwache verlassen haben. Er beharrt darauf, dass Skink bereits tot war, als er von Darcys Hengst getreten wurde.«

»Das ist nicht wahr! Midnight hat Skink getötet! Ich habe gesehen, wie es passiert ist, und das haben andere Leute auch. Sergeant Dunstans Zeugen lügen aus irgendeinem Grund.«

»Die Zeugen stecken zweifellos mit Dunstan unter einer Decke, oder er hat etwas gegen sie in der Hand, womit er sie zwingen kann, Darcy die Schuld an Skinks Tod zu geben.«

»Was kann man denn jetzt tun?«, fragte Meggan betroffen, während Etty leise vor sich hin weinte.

»Wir reiten morgen noch einmal nach Creswick und versuchen, so viele Leute wie möglich zu finden, die beschwören, was tatsächlich passiert ist. Wenn Darcy vor Gericht gestellt wird, brauchen wir jede Aussage, die wir nur kriegen können, um seine Unschuld zu beweisen.«

Erst als er im Schlafzimmer mit seiner Frau alleine war, gestand er, dass er sich große Sorgen mache. »Dunstan triefte nur so vor Schadenfreude. Auf eine Gelegenheit wie diese hat er seit dem Massaker vor vielen Jahren gewartet. Er will Darcy hängen sehen.«

»Es gibt aber doch sicher noch Hoffnung. Wenn wir andere, ehrliche Zeugen finden, wie du gesagt hast.«

»Ich werde alles in meiner Macht Stehende tun, um Darcy freizubekommen. Doch da Dunstan nach so langer Zeit immer noch auf Rache sinnt, wird er jetzt vor keinem Mittel zurückschrecken, sein Ziel zu erreichen.«

»Du glaubst also nicht, dass Darcy eine größere Chance hat, seine Unschuld zu beweisen, weil er Anwalt ist?«

»Wie wir wissen, hat Darcy in seinem Zulassungsantrag seine Aborigine-Herkunft verschwiegen. Ich fürchte, dass unter diesen Umständen die Tatsache, dass er Anwalt ist, sogar gegen ihn spricht.«

»Ich muss an Jane schreiben.«

»Warte noch einen Tag oder so, Liebes. Wenn wir es schaffen, Darcy freizubekommen, braucht sie sich keine unnötigen Sorgen zu machen.«

Darcy wurde über Nacht in das Gefängnis von Ballarat gesperrt. Er zwang sich, sich zu entspannen und nicht an Etty zu denken. Er brauchte einen klaren Kopf, denn er hatte vor zu fliehen, lange bevor sie Melbourne erreichten. Seine Erfahrungen mit dem Gesetz ließen ihn das Schlimmste erwarten. Er durfte keineswegs mit einem fairen Prozess rechnen. Und wenn er an einen bornierten Richter geriet, würden seine Chancen, fair behandelt zu werden, noch mehr schwinden. Doch in Südaustralien hatte die Polizei von Victoria keinerlei Befugnisse. Zu Hause in Riverview würde er also sicher sein.

Nur ein einziger Constable saß am nächsten Tag in der frühen Postkutsche nach Melbourne neben ihm. Es handelte sich um eine kleinere Kutsche als die, mit der er von Wellington aus gereist war. Nur fünf Personen teilten sich die sechs Sitzplätze. Darcy, der mit Handschellen an den Constable gefesselt war, saß auf der vorderen Bank. Ihm gegenüber saß ein Ehepaar mit seinem kleinen Sohn. Während der Mann nur einen kurzen Blick auf Darcy warf, bevor er sich ganz seiner Zeitung widmete, und die Frau offenkundig vermied, den Gefangenen überhaupt anzusehen, betrachtete der Junge ihn neugierig.

»Sind Sie ein Buschräuber, Mister?«

»Pst!«, flüsterte die Mutter.

»Sei still!«, befahl der Vater und raschelte mit der Zeitung.

Darcy grinste den Jungen augenzwinkernd an, worauf dieser notgedrungen ein Kichern unterdrücken musste. Er gehorchte zwar seinen Eltern und schwieg, lächelte Darcy aber ab und zu scheu an. Beim ersten Halt blieben alle Reisenden in der Kutsche. Die vier Pferde wurden routiniert und schnell gewechselt. Auf der nächsten Poststation würden alle aussteigen, weil sie dort frühstücken konnten. Darcy nahm sich vor, viel zu essen. Dieses Frühstück war vielleicht die letzte anständige Mahlzeit, die er in nächster Zeit bekommen würde.

Der Constable und sein Gefangener setzten sich einander gegenüber an einen kleinen Tisch, ein Stück von der Familie entfernt, die sich ebenfalls zum Frühstück niedergelassen hatte.

Darcy wurden die Handschellen abgenommen, damit er essen konnte. Seine geladene Pistole hatte der Constable griffbereit auf den Tisch gelegt, als Warnung für seinen Gefangenen, nur ja nicht fliehen zu wollen.

»Da brauchen Sie sich keine Sorgen zu machen«, sagte Darcy. »Ich bin nicht gerade wild darauf, eine Kugel in den Rücken zu kriegen. Außerdem wäre es mir zuwider, wenn das Kind und seine Mutter ein solches Blutvergießen mit ansehen müssten.«

Dann machte er sich hoch konzentriert über sein Frühstück her, als würde das Essen seine gesamte Aufmerksamkeit erfordern. Dabei versuchte er, sich möglichst detailliert zu erinnern, wie diese Poststation aufgebaut war. Das Gasthaus, die Ställe, über denen sich die Unterkünfte der Stallburschen befanden, die Wohnung des Inhabers und seiner Frau, die hinten an das Gasthaus angebaut war. Der Abtritt war ein ganzes Stück von den Gebäuden entfernt.

Die Poststation befand sich auf einem gerodeten Grundstück, das von Buschland umgeben war. Und Darcy konnte sich genau erinnern, wie sie angelegt war. Er war bereit zu handeln.

»Ich muss erst noch den Abtritt benutzen, bevor wir wieder in die Kutsche steigen.«

»In Ordnung. Aber ich bin dir sofort auf den Fersen, falls du irgendwelche krummen Sachen versuchst.«

»Mach ich nicht. Dafür ist mir mein Leben zu lieb.«

»Was dir noch davon bleibt«, sagte der Constable hämisch.

Darcy ignorierte die Bemerkung und ging durch die Hintertür auf den Abtritt zu, eine kleine primitive Bretterbude ohne Dach und ohne Fußboden. Wenn das Loch im Boden voll war, würde man es zuschütten und die Bude über einem frisch gegrabenen Loch aufstellen. Die Tür war geschlossen. Darcy und der Constable warteten, bis sie aufging. Der Junge kam heraus und schloss seinen Gürtel. Als Darcy in den Abtritt hineingehen wollte, befahl ihm der Constable, die Tür geöffnet zu lassen. Darcy protestierte höhnisch.

»Wenn ich nur pissen wollte, würde ich mich an einen Baum stellen. Ich lass doch nicht die Tür offen, damit mich alle da drinnen sitzen und scheißen sehen können. Hier sind schließlich auch Damen.«

Da dem Constable plötzlich bewusst wurde, dass auch die Frau aus der Kutsche auf den Hinterhof des Gasthauses kommen könnte, erklärte er Darcy schroff, er dürfe die Tür schließen. »Aber lass dir nicht zu viel Zeit da drinnen.«

Darcy seufzte. »Ich werd mir Mühe geben, Constable, aber manchmal brauch ich halt 'ne Weile, bis ich's rausgedrückt hab.«

Während er die Tür schloss und mit einem Stück gebogenem Draht, das an einem Nagel eingehakt wurde, festmachte, hörte er, wie der Junge den Constable fragte, welches Verbrechen Darcy denn begangen habe. Das war gut. Er hoffte, dass die Neugier des Jungen den Constable eine Weile ablenken würde. Die Wandbretter waren oben und unten lose in eingekerbte Holzbalken gesteckt. In der Zeit, in der sich Darcy normalerweise die Hose aufgeknöpft und auf das Holzbrett über dem Loch gesetzt hätte, hatte er bereits zwei Bretter entfernt.

Er schlüpfte durch die Lücke hindurch, stellte die Bretter rasch wieder an Ort und Stelle, hielt einen Moment inne, um sich zu vergewissern, dass ihn niemand beobachtete, und verschwand dann im Busch. Der Junge beschäftigte den Constable immer noch mit seinen Fragen, was Darcy vielleicht eine zusätzliche halbe Minute verschaffte, um ein Versteck zu finden, bevor seine Flucht entdeckt wurde. Er hatte die Bretter wieder in die Wand eingesetzt, weil er hoffte, dass der Constable sich dadurch täuschen ließe und fälschlicherweise annehmen würde, sein Gefangener wäre an ihm vorbeigehuscht, während er mit dem Jungen sprach. Dann würde er nämlich zunächst zur Vorderseite des Gasthauses laufen.

Darcy bewegte sich lautlos und schnell und bemühte sich, keine Spuren zu hinterlassen. Nicht dass der Constable die Fähigkeit besessen hätte, irgendwelche Zeichen zu erkennen, die ihm verraten könnten, wohin sich sein Gefangener gewandt hatte. Schließlich hörte er, wie der Constable den Männern mit lauter Stimme befahl, ihm bei der Suche nach dem entkommenen Gefangenen zu helfen. Als er an einen Baum mit einer dichten Krone kam, kletterte er flink hinauf und versteckte sich zwischen dem Laub. Irgendwann war ein Peitschenknall zu hören, gefolgt von den Geräuschen der abfahrenden Postkutsche. Die Stallburschen würden sich um die ausgespannten vier Pferde kümmern müssen. Also würde nur der Constable, möglicherweise unterstützt von dem Gastwirt, nach ihm suchen.

Kurz nachdem die Kutsche aufgebrochen war, hörte er den Constable mit viel Lärm durch den Busch trampeln und seinen Gefangenen auffordern, sich zu ergeben. Lächelnd suchte sich Darcy einen sicheren Platz auf einem dicken Ast und stellte sich auf eine lange Wartezeit ein. Der Constable war bisher nicht einmal in die Nähe von Darcys Versteck gekommen, und die Tatsache, dass seine Schritte im Busch immer leiser wurden, sagte Darcy, dass er sich noch weiter entfernte. Er fragte sich, wann der Constable wohl die Suche aufgeben und zurück nach Ballarat reiten würde, um Hilfe zu holen. Falls der Trottel sich nicht vorher im Busch verirrte.

Schon nach recht kurzer Zeit hörte er einen Reiter vom Gasthaus in Richtung Ballarat davongaloppieren. Leise lachend kletterte er von dem Baum herunter und machte sich auf den Weg durch den Busch. Er hatte vor, in westliche Richtung zu gehen, einen großen Bogen um Ballarat zu machen und sich dann nach Langsdale durchzuschlagen. Darcy wusste nicht, welch günstiges Schicksal Ruan ausgerechnet gestern nach Creswick geführt hatte. Auf jeden Fall hoffte er, dass Ruan Etty und sein Pferd sicher nach Langsdale zurückgebracht hatte.

Da ihn niemand sehen durfte und er außerdem seine Spuren verwischen musste, könnte er mehrere Tage bis Langsdale brauchen. Sobald er Midnight wiederhatte, wäre er schnell am Murray River und könnte dort einen Dampfer nach Riverview nehmen.

Die Nachricht von Darcys Flucht erreichte Creswick am späten Nachmittag. Con und Ruan erfuhren es noch vor dem Sergeant, da der Mann, der ihn benachrichtigen sollte, die Trevannicks auf der Straße traf.

»Darcy ist entkommen, Mr Trevannick. Man hat mich hergeschickt, um es Sergeant Dunstan zu sagen.«

»Wann ist er geflohen?«

»Beim zweiten Zwischenstopp. Ein Suchtrupp ist von Ballarat aus unterwegs.«

»Na dann viel Glück«, sagte Ruan spöttisch. »Die haben keine Chance, Darcy zu finden.«

»Hoffentlich haben Sie recht. Dunstan ist hier der Verbrecher, nicht Darcy. Der Sergeant wird ziemlich sauer sein. Mir tut jeder leid, der ihm heute Abend in die Quere kommt.«

Die Trevannicks wollten Dunstans Wutanfall nicht miterleben, wollten nicht mit anhören, wie er über die Unfähigkeit des betroffenen Constables tobte und wie er ankündigte, diesen Drecksmischling mit eigenen Händen zu fangen, und wenn es das Letzte war, was er tat. Stattdessen ritten sie eilig mit der guten Nachricht nach Langsdale zurück.

Kaum eine halbe Stunde später hämmerte Sergeant Dunstan an ihre Haustür. Etty, die die Polizei hatte kommen sehen, war auf Wunsch ihrer Mutter rasch ihren Vater holen gegangen. Con

Trevannick öffnete die Tür. Die Constables warteten auf ihren Pferden.

»Was führt Sie hierher, Sergeant?«

»Ich bin auf der Suche nach einem entflohenen Schwerverbrecher. Ich nehme an, dass er demnächst hier auftauchen wird. Constable Redding wird hierbleiben, um den entlaufenen Gefangenen zu verhaften, sobald er hier ankommt.«

»Nein, Sergeant. Constable Redding wird nicht hierbleiben und auch kein anderer Polizeibeamter. Ich will nicht, dass meine Frau in irgendeiner Weise beunruhigt wird.«

Der Sergeant reagierte aggressiv. »Ich bin in diesem Bezirk für das Gesetz zuständig, und ich habe die Befugnis, meine Männer überall zu postieren, wo es mir passt.«

»Außer auf Langsdale. Sie waren nie auf meinem Anwesen willkommen, Dunstan, und werden es auch nie sein. Ihre Verbrechen sind nicht vergessen, auch wenn es Ihnen gelungen ist, einer strafrechtlichen Verfolgung zu entgehen. Für mich sind Sie immer noch ein dreckiger Mörder.«

Dunstan sah nervös hinter sich, um festzustellen, ob seine Constables überrascht fragende Blicke tauschten. Er wusste, dass er bei beiden nicht beliebt war. Wenn er einen von ihnen auf Langsdale zurückließ, würde Trevannick ihm Dinge über ihren Sergeant erzählen können, die seine Leute besser nicht wissen sollten.

»Na schön, Trevannick. Sie können sich allerdings darauf verlassen, dass wir regelmäßig Patrouillen hier in der Gegend durchführen, bis wir den Mischling wieder gefangen haben.«

»Damit verschwenden Sie nur Ihre Zeit. Darcy wird nicht herkommen, wenn ihm klar ist, dass die Polizei nach ihm sucht.«

»Ich hab seinen Hengst in Ihrer Pferdekoppel gesehen. Er wird dieses Tier nicht zurücklassen. Einen guten Tag, Trevannick. Ich komme wieder.«

Con beobachtete, wie die Polizisten davonritten. Die ganze Familie war davon überzeugt, dass Darcy zurück nach Langsdale kommen würde. Con hoffte, dass der Junge raffiniert genug war, sich von den Patrouillen nicht erwischen zu lassen.

Da Darcy fest damit rechnete, dass die Polizei Langsdale im Auge behalten würde, war es für ihn einfach, die Patrouillen zu umgehen. Er wartete, bis es dunkel wurde, und huschte dann in das Cottage, wo er rasch seine wenigen Sachen zusammenpackte. Daraufhin ging er zur Koppel und pfiff nach Midnight. Er führte den Hengst in den Stall, sattelte ihn und befestigte das kleine Päckchen mit seinen Habseligkeiten am Sattel, für den Fall, dass er überstürzt aufbrechen musste.

Anschließend ging Darcy schnurstracks zur Küche. Er hatte Hunger und musste außerdem Proviant mitnehmen. Mrs Clancy und Ned waren beide dort. Die Köchin schrie erschrocken auf, dann lief sie quer durch den Raum und nahm ihn erleichtert in die Arme. Ned stand auf, um Darcy die Hand zu schütteln, gab dann jedoch seinem Gefühl nach und umarmte ihn kurz.

»Alles in Ordnung, Junge? Wir haben uns große Sorgen um dich gemacht.«

»Mir geht's ganz gut, Ned. Ich habe Midnight bereits gesattelt. Wenn ich nur etwas zu essen haben könnte, Mrs Clancy, und ein bisschen Proviant zum Mitnehmen, dann mach ich mich auf den Weg, bevor die Polizei wieder herkommt.«

»Und was ist mit Miss Etty und ihren Eltern? Sie werden doch nicht fortgehen, ohne mit ihnen zu reden?«

»Natürlich nicht. Aber ich muss erst was essen. Ich habe seit sechs Tagen keine anständige Mahlzeit gehabt, seit dem Frühstück an dem Morgen, an dem ich geflohen bin.«

»Ich sag dem Boss, dass du hier bist«, erklärte Ned.

»Wie hast du denn überlebt?«, fragte Mrs Clancy.

»Mit dem, was ich im Busch gefunden hab, Mrs Clancy. Ich mag zwar ein halber Weißer sein, aber wie jeder vollblütige Aborigine kann ich auch von dem leben, was die Natur hergibt.«

Er hatte kaum angefangen zu essen, als plötzlich eilige Schritte zu hören waren. Etty kam in die Küche gelaufen.

»Darcy!«

Er sprang auf, schlang seine Arme um sie und drückte sie voller Verlangen an sich. Dann küssten sie sich leidenschaftlich. Mrs Clancy verließ leise die Küche.

»Ich war ganz außer mir vor Sorge um dich. Das waren wir alle.«

»Ich habe bei jedem Schritt auf dem Weg hierher an dich gedacht. Etty, setz dich zu mir und red mit mir, während ich esse. Ich wage nicht, zu lange zu bleiben.«

»Wo willst du denn hin?«

»Als Erstes nach Bendigo, um Williams zu erklären, was passiert ist. Ich muss Victoria mindestens für so lange verlassen, bis mein Name reingewaschen ist.«

»Pa bemüht sich sehr darum. Willst du mit dem Schiff nach Hause fahren?«

»Ja. Der Fluss ist die sicherste Möglichkeit. Wenn ich die *River Maid* oder die *Lady Jane* erwische, kann mir nichts mehr passieren.«

»Die Polizei könnte auch den Fluss beobachten. Was machst du, wenn die den Dampfer durchsuchen wollen, auf dem du bist?«

Er sah sie mit jenem frechen Grinsen an, bei dem ihr immer das Herz schmolz. »Dann spring ich über Bord und schwimme nach New South Wales.«

»Du solltest über die Gefahr, in der du dich befindest, keine Witze machen.«

»Ich habe nur versucht, ein Lächeln auf dein trauriges Gesicht zu zaubern, Liebste.« Er legte Messer und Gabel hin. »Etty, ich werde nach dir schicken, sobald ich sicher auf Riverview angekommen bin. Wirst du kommen?«

»Ja. Ja, das werde ich.«

»Meinst du das wirklich? Wirst du das Singen aufgeben, um mich zu heiraten?«

»Ich habe jetzt keinerlei Zweifel mehr. Ich liebe dich, Darcy Winton. Ich möchte den Rest meines Lebens mit dir verbringen.«

Er nahm ihre Hand und führte sie an seine Lippen. »Danke.«

Sie saßen nur da und lächelten sich an, während Darcy zu Ende aß und Mrs Clancy zurückkehrte, um für ihn ein Paket mit Proviant für seine Flucht vorzubereiten.

22

Bevor Darcy sich auf Midnights Rücken schwang, nahmen sie sich noch einmal leidenschaftlich in die Arme. Etty schaute ihm hinterher, wie er am Scherschuppen vorbei querfeldein ritt. Er hatte ihren Eltern, Ruan und ihr erzählt, er würde auf einem Umweg Richtung Westen reiten und Straßen möglichst meiden. Bendigo würde er nur im Schutze der Dunkelheit betreten und wieder verlassen und genau darauf achten, dass ihn niemand sah.

Etty kam in jener Nacht nicht zum Schlafen. Sie zog einen warmen Morgenmantel über ihr Nachthemd, setzte sich ans Fenster und dachte an Darcy, der irgendwo dort draußen im Dunkeln war. Sein Leben war in Gefahr, falls er von der Polizei aufgespürt würde. Tausende Gedanken, Bilder, Erinnerungen und Ängste wirbelten ihr durch den Kopf. Als sie morgens um halb fünf den ersten Kookaburra lachen hörte, lief sie zu Ruans Zimmer und klopfte laut an, um ihn zu wecken.

»Ruan, wach auf. Ich muss mit dir reden.«

»Warte, ich zieh mir nur schnell eine Hose an.«

»Beeil dich.«

Er öffnete die Tür und fuhr sich mit der Hand durch sein zerzaustes Haar. »Was ist denn los?«

»Reitest du mit mir nach Bendigo?«

»Nach Bendigo? Warum? Oh Gott! Willst du etwa hinter Darcy her?«

»Ja. Wenn wir jetzt aufbrechen, können wir vor Darcy dort sein.«

»Wie willst du ihn denn treffen, wenn er nichts von dir weiß?«

»Er hat mir erzählt, dass er zu seinem Arbeitgeber Mr Williams will. Dort werde ich auf ihn warten.«

»Das werden unsere Eltern dir nicht erlauben.«

»Sie können mich nicht aufhalten. Ich werde nach Bendigo reiten, Ruan, egal was irgendwer sagt. Notfalls auch alleine.«

»Diese weite Strecke kannst du auf keinen Fall alleine zurücklegen. Ich muss mich nur eben fertig ankleiden. Zieh du dich auch an, dann reden wir mit den Eltern.«

»Kommt überhaupt nicht infrage!«, erklärte Con.

»Papa, ich liebe Darcy. Ich ertrage es nicht, nicht zu wissen, ob er in Sicherheit ist.«

»In der letzten Woche hast du es doch auch ausgehalten, nichts zu wissen, meine Liebe.«

»Da blieb mir nichts anderes übrig, denn wir wussten ja nicht, wo er steckte. Jetzt, da ich weiß, wohin er will, möchte ich bei ihm sein. Ich muss Gewissheit haben, dass er sicher in Riverview ankommt.«

»Hast du vor, Darcy nach Riverview zu begleiten?«, fragte ihre Mutter.

»Ja, Mama. Ich werde ihn heiraten.«

»Liebst du ihn denn genug, um alles aufzugeben? Den Gesang? Deinen Ruhm? Für ein Leben als Darcys Frau auf einer Schaffarm?«

»Ja, Mama, das tue ich.«

Meggan betrachtete ihre Tochter, sah die Entschlossenheit in ihren Augen. »Ich glaube, du liebst Darcy so, wie ich deinen Vater geliebt habe.« Sie lächelte ihren Mann leicht resigniert an. »Ich fürchte, wir müssen unserer Tochter erlauben, uns zu verlassen. Sie wird auch ohne unsere Zustimmung gehen.«

»Ja, Papa, das werde ich.«

»Dann müssen deine Mutter und ich uns jetzt auch noch Sorgen um dein Wohlergehen machen, nicht nur um Darcys.«

»Es tut mir leid, Papa. Aber ich muss Darcy begleiten.«

Tief seufzend gab ihr Vater angesichts ihrer Entschlossenheit nach, obwohl ihm die Sache ganz und gar nicht behagte. »Pass gut auf deine Schwester auf, Ruan.«

Etty umarmte ihren Vater und gab ihm einen Kuss. »Danke, Papa.«

»Ich bin allerdings überhaupt nicht glücklich über diese ganze Angelegenheit. Sergeant Dunstan wird all seine Männer losschicken, wenn er feststellt, dass Midnight nicht mehr bei uns auf der Koppel steht.«

Da hatte Ruan eine Idee. »Sag ihm, ich wäre mit Midnight für ein bis zwei Tage zu einer der Außenweiden geritten.«

»Ich bezweifele zwar, dass er mir so eine Geschichte abnimmt, aber vielleicht funktioniert es ja. Und ihr beide solltet jetzt besser sehen, dass ihr fortkommt, wenn ihr heute Abend in Bendigo sein wollt.«

Meggan folgte Etty in ihr Zimmer, um ihr zu helfen, Kleidung zum Wechseln und einige andere notwendige Dinge einzupacken. Als Etty fertig war, klammerten sich beide mit Tränen in den Augen aneinander.

»Du verstehst das, nicht wahr, Mama?«

»Ja, mein Liebes, ich verstehe das. Du musst mir schreiben, sobald du in Sicherheit bist.«

»Das werde ich. Ich versprech's dir.«

Meggan sah Etty merkwürdig lächelnd an. »Du bist wie Selena. Sie ist deinem Onkel Will hinterhergeritten.«

Diese Bemerkung lenkte Etty von ihrer eigenen Situation ab. »Onkel Will? Aber Tante Selena ist doch mit Onkel Hal verheiratet.«

»Diese Geschichte erzähle ich dir irgendwann einmal. Pass auf dich auf, Schatz.«

»Du auch, Mama. Es tut mir leid, dass ich nicht hier sein werde, wenn das Baby kommt.«

»Mach dir darüber keine Sorgen. Ich habe das Gefühl, dass alles gut gehen wird und ich ein gesundes Kind zur Welt bringe.«

Darcy wartete, bis die Stadt fast völlig im Dunkeln lag, bevor er nach Bendigo hineinritt. Es überraschte ihn nicht, als er in Williams' Wohnung über dessen Kanzlei Licht brennen sah. Ganz bestimmt beschäftigte sich sein Arbeitgeber noch mit einem Fall. Er führte Midnight in die Gasse hinterm Haus, wo ihn niemand sehen konnte, dann schloss er die Tür zur Kanzlei auf und ging hinein. Er hatte kaum die Tür geschlossen, da rief Williams von oben nach ihm.

»Sind Sie das Winton? Kommen Sie herauf, ich habe Sie erwartet.«

Darcy stieg argwöhnisch die Treppe hinauf. Die Nachricht von seiner Verhaftung und anschließenden Flucht könnte Bendigo durchaus schon erreicht haben. Hatte Williams angenommen, dass er zur Kanzlei kommen würde, oder hatte man ihm eine Falle gestellt? Williams erschien oben auf der Treppe und beruhigte ihn.

»Bisher war keine Polizei hier. Sie haben die Verbindung offenbar noch nicht hergestellt.« Er schüttelte Darcy die Hand. »Ich freue mich, dass Sie es sicher bis hierher geschafft haben. Kommen Sie herein.«

Williams deutete einladend auf die offene Wohnungstür. Als Darcy eintrat, sah er Etty, die ihn quer durch das Zimmer anlächelte.

»Was machst du denn hier?«, fragte er erschrocken, obwohl sein Herz sich vor Freude überschlug.

»Ich warte auf dich. Ich komme mit dir, Darcy.«

»Das kannst du nicht, das ist viel zu gefährlich. Die Polizei ist hinter mir her. Etty, du musst zurück nach Langsdale.«

»Ich war doch nicht den ganzen Tag unterwegs, um dich hier zu treffen, bloß um dann gleich wieder kehrtzumachen und zurück nach Hause zu reiten.«

»Etty.« Er sprach ihren Namen mit Verzweiflung in der Stimme aus, dann wandte er sich an Ruan, der seitlich an der Wand auf einem Stuhl saß. »Hast du deine Schwester hierher begleitet, Ruan?«

»Keiner von uns wollte zulassen, dass sie alleine reitet.«

»Eure Eltern wissen Bescheid?« Er blickte von Ruan zu Etty.

»Ja, mein Liebling, sie wissen, was ich vorhabe. Ich werde dich heiraten, Darcy Winton, und mit dir nach Riverview kommen.«

Er trat zu ihr und drückte sie fest an sich. »Vielleicht können wir noch nicht sofort heiraten. Würdest du auch ohne Ring mit mir zusammen sein?«

»Das brauchst du mich gar nicht zu fragen. Du weißt doch, dass ich das will.«

Er küsste sie flüchtig. »Ich liebe dich, Etty.«

»Tja«, sagte Ruan und stand auf, »ihr wollt euch bestimmt so schnell wie möglich auf den Weg machen. Ich gehe Mirabelle holen.«

»Wo sind eure Pferde?«

»Bei einem Freund in der nächsten Straße auf dem Hof«, antwortete Williams. »Wir haben es für klüger gehalten, sie nicht bei mir unterzustellen.«

»Ich nehme an, Sie kennen die ganze Geschichte und wissen, weshalb ich auf der Flucht bin.«

»Ich habe die Berichte in der Zeitung gelesen, sie aber nicht geglaubt. Ihre reizende Freundin hat mir erzählt, was tatsächlich passiert ist.«

»Haben Sie mich deshalb erwartet?«

»Ich habe mich schon die ganze Zeit gefragt, ob Sie nicht hierherkommen würden. Und sei es auch nur, um die Dienste eines guten Anwalts in Anspruch zu nehmen.«

»Tut mir leid, Mr Williams, aber ich werde nicht in Victoria bleiben und darauf warten, dass meine Unschuld bewiesen wird, und riskieren, in der Zwischenzeit möglicherweise von einem übereifrigen Polizisten erschossen zu werden.«

»Das kann ich verstehen. Miss Trevannick hat mir erzählt, dass ihr Vater dabei ist, so viele Hinweise wie möglich zu sammeln, um zu beweisen, dass die gegen Sie erhobenen Vorwürfe gegenstandslos sind. Ich werde ihm meine Hilfe anbieten.«

»Danke. Ich bin auch hergekommen, um Sie zu bitten, sich darum zu kümmern, dass meine persönlichen Dinge nach Riverview geschickt werden.«

»Das mache ich für Sie, Winton. Außerdem werde ich alles Notwendige tun, damit die Klage gegen Sie abgewiesen wird.«

Etty und Darcy verließen Bendigo in der Morgendämmerung. Williams hatte darauf bestanden, dass sie erst ein paar Stunden schliefen. Ruan ritt mit ihnen bis hinter die letzten Ausläufer der Stadt, weil er der Meinung war, dass eine kleine Gruppe von Reitern weniger Aufmerksamkeit erregte als ein Mann und eine Frau alleine. Unter Tränen verabschiedete sich Etty von ihrem Bruder.

»Sag Mama und Papa, dass wir nach Narrabulla reiten und dort auf Onkel Hals Raddampfer warten. Sie werden sich weniger Sorgen machen, wenn sie wissen, dass wir bei den Benedicts sind.«

Als Ruan fort war, fragte Darcy: »Warum hast du zu Ruan gesagt, dass wir nach Narrabulla reiten? Echuca ist doch sehr viel näher.«

»Ja, Echuca ist näher. Aber denk doch mal nach. Sergeant Dunstan ist sicher auch schon darauf gekommen, dass du Victoria verlassen willst. Und er wird erwarten, dass du das per Schiff tust. Er wird außerdem erwarten, dass du schnurstracks nach Echuca reitest.«

»Ich habe über diese Dinge auch nachgedacht. Selbst wenn er bereits eine Nachricht nach Echuca geschickt hat, so kennt mich dort niemand. Und die Stadt ist groß genug, um sich zu verstecken.« Er beugte sich zu ihr hinüber und küsste sie rasch auf die Wange. »Vielleicht können wir dort sogar heiraten.«

»Mit dem Heiraten kann ich noch warten, Darcy. Auch wenn du recht hast mit dem, was du sagst, meine ich trotzdem, dass wir nach Narrabulla reiten sollten.«

»Das finde ich nicht.«

»Du denkst an Louisa, nicht wahr?«

»Ja. Ich habe keinerlei Kontakt mit ihr gehabt, seit ich sie gefragt habe, ob sie mich heiraten will. Was wird sie denken, wenn wir zusammen dort auftauchen?«

»Louisa weiß, dass wir uns immer geliebt haben.«

»Ich hasse den Gedanken, ihr wehzutun.«

»Ich möchte ihr auch nicht wehtun. Louisa ist gütig und freundlich. Sie wird sich für uns freuen. Es ist sicher besser, wenn sie es jetzt erfährt, statt dass sie noch länger davon ausgeht, ihr wäret verlobt.«

»Wissen die Benedicts über meine Probleme Bescheid?«

»Papa hat ihnen geschrieben. Er hatte auch schon daran gedacht, dass du nach Narrabulla gehen könntest.«

»Dann tun wir das. Wir müssen vielleicht nachts draußen kampieren.«

»Das macht mir nichts aus.«

Sie hielten sich so weit wie möglich von der Hauptstraße nach Swan Hill entfernt. Je weniger Leute ihnen begegneten, desto sicherer für sie. Midnight war ein zu markantes Pferd, als dass ihn irgendwer vergessen würde, wenn die Polizei nach irgendwelchen Begegnungen auf der Straße fragte.

Als die Schatten länger wurden, suchte Darcy nach einem Platz, an dem sie die Nacht verbringen konnten. Ein gutes Stück von der Straße entfernt war ein kleiner Flussarm, an dem sie ohne Gefahr ein Feuer machen konnten, um sich zu wärmen und um das Fleisch und die Kartoffeln zu braten, die sie von Langsdale mitgebracht hatten. Schon jetzt war es deutlich kälter geworden, und Etty zitterte ein wenig, als sie vom Pferd stieg.

»Ist alles in Ordnung?«, fragte Darcy, als er sah, dass sie die Arme um sich geschlungen hatte und kräftig rieb.

»Es ist nur ein bisschen kühl.« Außerdem fühlte sie sich sehr steif und wund, da sie nicht mehr gewohnt war, so lange Strecken zu reiten, und schon gar nicht zwei Tage hintereinander.

»Meinst du, du kannst ein Feuer anzünden, während ich mich um die Pferde kümmere?«

»Ich hab nicht vergessen, wie das geht, Darcy. Dafür habe ich früher zu oft ein Lagerfeuer gemacht.«

Sie hatten eine kleine Pfanne, um das Fleisch zu braten, einen Kessel zum Wasserkochen, zwei Löffel, zwei Messer, zwei Gabeln, zwei kleine Zinnteller und zwei Zinnbecher. Ruan hatte das Allernotwendigste an Geschirr für sie zusammengesucht. Als das Feuer richtig brannte, schob Etty es an einer Seite etwas auseinander, legte die Kartoffeln dort in die heiße Glut, holte Wasser im Kessel und stellte ihn zum Kochen seitlich auf das Feuer. Dann briet sie das Fleisch.

Nachdem Darcy die Pferde versorgt hatte, begann er, belaubte Äste von Bäumen abzuhacken.

»Was machst du da?«

»Ich baue uns ein Gunyah für die Nacht. Da sind wir etwas geschützter vor der feuchten Nachtluft.«

Bis zu diesem Augenblick hatte sich Etty nur danach gesehnt, ihren schmerzenden Körper auszuruhen. Doch Darcys Worte lösten ein ganz anderes Verlangen in ihr aus. Heute Nacht würde sie wieder in den Armen ihres Geliebten liegen, in einer einfachen Schutzhütte, wie sie die Aborigines bauten, und nur die Sterne wären Zeugen, wenn sie sich liebten.

Nachdem sie gegessen hatten, ging Darcy mit Tellern und Besteck ans Wasser und spülte alles ab. Etty schüttete Teeblätter in das kochende Wasser, nahm den Kessel vom Feuer und ließ ihn eine Minute stehen, bevor sie dreimal gut umrührte, damit die Teeblätter nach unten sanken.

Sie tranken den Tee schwarz und ungesüßt, weil sie vergessen hatten, Zucker mitzunehmen. Etty störte das nicht. Sie war so müde und brauchte so dringend eine Tasse Tee, dass sie ihn rasch austrank und ihnen sofort einen zweiten Becher einschenkte.

Darcy begleitete sie ein kleines Stück von ihrem Lager fort und entfernte sich dann, damit sie ungestört ihre Notdurft verrichten konnte, während er selbst sich auch im Dunkeln erleichterte. Sie rief leise nach ihm, als sie fertig war, und er führte sie zurück zum Feuer.

»Bist du sehr müde, Liebste?«

»Ja. Außerdem bin ich ganz steif und wund. Ich würde mich gern hinlegen.«

»Geh in das Gunyah und zieh dich aus. Da ist eine Decke, auf der wir liegen können, und eine zum Zudecken.« Er küsste sanft ihre Lippen. »Ruf mich, wenn du so weit bist. Diese Nacht halten wir uns gegenseitig warm.«

Es war gar nicht so einfach, sich auf der Decke kniend in dem Gunyah auszuziehen. Nach zahlreichen Verdrehungen und Verrenkungen war sie schließlich nackt. Sie faltete ihre Kleidung ordentlich zusammen, legte sich hin und zog die zweite Decke über sich. Dann rief sie nach Darcy.

Er musste sich tief beugen, um hereinzukommen. Offensichtlich hatte er sich draußen ausgezogen, er war nämlich bereits genauso nackt wie sie. Etty hob die Decke, damit er darunterkriechen konnte. Sofort nahmen sie sich in die Arme, schmiegten ihre Körper aneinander und genossen die warme Haut des anderen. Etty wusste, dass Darcy das gleiche Verlangen nach ihr verspürte wie sie nach ihm, doch er hielt sie einfach nur fest. Schließlich küsste er sie auf die Wange und setzte sich hin.

Etty verstand das nicht. »Was ist los, Darcy? Ist etwas nicht in Ordnung?«

»Ich habe mir geschworen, dich erst wieder zu lieben, wenn du meinen Ring am Finger trägst.«

Als sie Anstalten machte zu protestieren, legte er ihr einen Finger auf die Lippen, um sie zum Schweigen zu bringen. Er schob seine Hände unter ihre Achseln und half ihr, sich ebenfalls zu setzen. Dann nahm er ihre linke Hand in seine und streifte ihr mit der rechten einen aus Gras geflochtenen Ring auf den Finger. Seine dunklen Augen strahlten tiefste Aufrichtigkeit aus, als er in ihr erstauntes Gesicht blickte.

»Mit diesem Ring vermähle ich mich mit dir. Vor Gott und dem Himmel über uns bist du nun in jeder Hinsicht meine Frau.«

Obwohl er sie sehr zärtlich liebte, zuckte sie zusammen, sobald er ihre schmerzenden Muskeln berührte. Als sie sich schließlich voneinander lösten, forderte er sie auf, sich auf den Bauch zu legen, damit er ihr sanft die steifen Muskeln an Gesäß und Oberschenkeln massieren konnte. Nach einer Weile schlief sie unter seiner liebevollen Fürsorge ein. Bevor er sich selbst wieder neben sie legte, bat er in einem kurzen stummen Gebet um eine sichere Ankunft auf Riverview.

Am frühen Nachmittag erreichten sie Narrabulla. Ihre anfängliche Erleichterung war mit einem Schlag verflogen, als sie in der Nähe des Farmhauses vier Polizeipferde angebunden vorfanden. Etty sah Darcy erschrocken an. Der machte ein grimmiges Gesicht.

»Woher wussten die das?«, fragte Etty ängstlich.

»Vielleicht suchen die gar nicht nach mir. Vielleicht sind die hinter jemand anders her, oder das ist eine reine Routinepatrouille. Doch egal, weshalb die hier sind, wir sollten besser verschwinden.«

Sie wendeten ihre Pferde und ritten zurück in die Richtung, aus der sie gekommen waren.

»Solange die auf Patrouille sind, können wir nicht riskieren, nach Swan Hill zu reiten. Wir müssen wieder in den Busch.« Er blickte zum Himmel hinauf, der sich seit dem Morgen immer bedrohlicher zugezogen hatte. »Noch vor Einbruch der Dunkelheit wird es anfangen zu regnen. Alleine käme ich wahrscheinlich zurecht, aber du kannst nicht im Regen draußen kampieren.«

»Ich kann alles, was du kannst.«

»Nein, wir müssen einen Unterstand finden. Ich meine mich zu erinnern, dass es nur wenige Meilen südwestlich der Farm eine alte Schäferhütte gibt. Ich nehme an, dass ich die finde.«

»Onkel Wills Farm ist hier in der Nähe.«

»Weißt du, wo genau?«

»Nein.«

»Ich auch nicht. Vielleicht würden wir ja hinfinden, aber diese Nacht brauchen wir auf jeden Fall einen Unterstand.«

Rasch wurde es immer dunkler, und noch bevor sie die kleine Holzhütte erreichten, fing es an zu regen. Sie banden die Pferde an und liefen zur Tür. Mit einem leisen Angstschrei wich Etty zurück, als ein kleines Wallaby aus dem Schuppen gesprungen kam.

Darcy hielt sie lachend an den Schultern fest. »Zumindest wissen wir jetzt, dass hier niemand ist, wenn schon Tiere die Hütte übernommen haben.«

Drinnen war es zu dunkel, um außer den Umrissen einiger einfacher Möbelstücke und einer Sturmlaterne auf dem kleinen Tisch viel zu erkennen. Darcy hob die Laterne hoch und schüttelte sie vorsichtig.

»Da ist noch etwas Brennstoff drin. Hoffen wir nur, dass der Docht es noch tut.«

Er versuchte, die Laterne mit einem Streichholz anzuzünden. Sie qualmte zwar stark, doch zumindest hatten sie jetzt etwas mehr Licht und konnten erkennen, wie schmutzig ihr Unterschlupf war und warum es dort so furchtbar stank. Der Boden aus nackter Erde war mit Tiermist übersät, und unter dem Rindendach hingen staubige Spinnweben. In einer Ecke regnete es bereits durch, und auf dem Fußboden begann sich eine Schlammpfütze zu bilden.

»Wohl kaum ein Palast, was?« Darcy zuckte zusammen, als er das Entsetzen auf Ettys Gesicht sah. »Ich fürchte, wir müssen das Beste draus machen. Der Regen wird immer stärker. Ich schau mal, ob ich ein bisschen trockenes Holz für ein Feuer auftreiben kann. Sieh du mal, ob du was findest, womit du den Kamin sauber machen kannst.«

Neben dem Kamin fand Etty einen Schürhaken und ein Gerät, das wie eine Art Schaber aussah, und begann, die Überreste von etlichen Feuern aus dem Kamin zu entfernen. Als sie damit fertig war, stellte sie einen Eimer, den sie gefunden hatte, unter die undichte Stelle im Dach. Mit einem stark ramponierten Reisigbesen, der in einer Ecke an der Wand gelehnt hatte, fegte sie anschließend die Wallaby-Exkremente nach draußen. Als sie ungefähr den halben Raum gesäubert hatte, kehrte Darcy mit einem Armvoll Holz zurück.

»Hier sieht es ja schon viel besser aus. Ich hoffe, es riecht auch besser, sobald ich das Feuer in Gang habe. Ich hab ein bisschen Zitronenmyrte zum Verbrennen mitgebracht. Hoffen wir bloß, dass der Kamin funktioniert.«

Das tat er tatsächlich, aber erst nachdem eine gut einen Meter lange Pythonschlange hinunter ins Feuer gefallen war. Etty kreischte. Darcy lachte.

»Für unser Abendessen ist damit auch gesorgt, Etty.«

»Igitt! Ich hab keine Schlange mehr gegessen, seit du mal eine gefangen und für uns gebraten hast, als wir noch Kinder waren.«

»Ich meine mich zu erinnern, dass sie dir geschmeckt hat. Die hier ist schön dick. Da haben wir reichlich.«

Die Schlange gab ein gutes Mahl ab. Sie war saftig wie ein zartes Hühnchen. Etty war so hungrig, dass sie ihre ganze Hälfte aufaß. Nach dem Essen machten sie sich auf dem Fußboden vor dem Kamin ein Schlaflager. Dann legten sie sich auf die Decke und liebten sich, unterhielten sich eine Weile miteinander und liebten sich erneut. Später lag Darcy auf dem Rücken und hatte den Kopf auf seinen rechten Arm gebettet. Im linken hielt er Etty, die sich mit der Wange an seine Schulter schmiegte.

»Ich hab darüber nachgedacht, warum die Polizei auf Narrabulla war.«

»Mhm?« Etty, die schon halb eingeschlummert war, blinzelte heftig mit den Augen, als Darcy sprach.

»Vermutlich weiß fast jeder im Bezirk, dass dein Vater Narrabulla gekauft und Larry als Verwalter dorthin geschickt hat.«

»Du meinst also doch, dass die Polizei nach dir gesucht hat?«

»Sergeant Dunstan hat sich hämisch gefreut, als er mich verhaftet hat. Er hasst alle Aborigines und hegt seit Jahren einen persönlichen Groll gegen mich. So schnell wird er die Jagd nicht aufgeben. Ich glaube, er hat die Polizei von Swan Hill benachrichtigt, dass ich in Narrabulla auftauchen könnte.«

»Ich fürchte, da hast du recht, Liebster. Wir hätten nach Echuca reiten sollen, wie du wolltest.«

»Nein, dein Vorschlag, uns auf Narrabulla zu verstecken und dort auf unseren Dampfer zu warten, war schon gut. Wir haben beide bloß nicht genügend bedacht, wie hartnäckig Dunstan sein würde.«

»Was sollen wir jetzt tun? Meinst du, es wäre gefährlich, morgen nach Narrabulla zurückzukehren? Die Polizisten sind doch bestimmt bereits heute Nachmittag nach Swan Hill zurückgeritten.«

»Für uns wäre es einigermaßen sicher, aber wir würden Larry und seine Familie in Gefahr bringen, falls die Polizei wiederkommen sollte und uns findet. Sie könnten alle verhaftet werden, weil sie einem entflohenen Gefangenen Unterschlupf gewährt haben.«

»Wirklich?«

»Ganz bestimmt. Jetzt haben wir nur noch die Möglichkeit, morgen bis nach Swan Hill zu reiten und zu hoffen, dass entweder die *River Maid* oder die *Lady Jane* dort liegt oder dass wir einen sicheren Ort finden, wo wir uns verstecken können, bis eine der beiden ankommt.«

Am Morgen mussten sie feststellen, dass es immer noch regnete. Der Eimer in der Ecke war übergelaufen. Darcy kippte das Wasser vor die Tür und stellte den Eimer wieder unter die undichte Stelle im Dach. Das Frühstück bestand für jeden aus einer Tasse schwarzem, ungesüßtem Tee. Sie hatten nichts mehr zu essen. Darcy war äußerst nachdenklich.

»Reiten wir trotzdem nach Swan Hill?«, fragte Etty.

»Nicht, solange es so heftig regnet.«

»Was glaubst du denn, wann es nachlässt?«

»Vermutlich erst in ein paar Tagen.«

»Was machen wir denn solange? Wir haben nichts zu essen.«

»Vielleicht kann ich uns irgendwas fangen.«

»Ich hab keine Lust, noch mal Schlange zu essen. Einmal hat gereicht.«

»Ich könnte uns ein paar Witchetty-Maden besorgen.« Er zog lachend den Kopf ein, als sie so tat, als wolle sie ihn schlagen.

»Hör auf herumzualbern. Das ist eine ernste Sache.«

»Fühlst du dich hier sicher genug, dass ich dich ein bis zwei Stunden allein lassen kann?«

»Warum? Wo willst du hin?«

»Nach Narabulla.«

»Du hast doch letzte Nacht gesagt, wir könnten nicht dorthin.«

»Wir können dort auch nicht hin, um auf das Schiff zu warten. Aber wenn ich allein gehe, kann ich uns etwas zu essen besorgen. Ich nehme Mirabelle und nicht Midnight. Sie fällt weniger auf. Du musst mir nur sagen, ob ich dich allein lassen kann. Du kannst so lange mein Gewehr haben.«

»Mir passiert schon nichts. Bei diesem Wetter wird bestimmt niemand hierherkommen.«

»Ich beeile mich.«

Die nächsten beiden Stunden vergingen für Etty quälend langsam. Da sie ihre Hände irgendwie beschäftigen musste, begann sie, das Innere ihrer Zufluchtsstätte genauer zu erkunden, auch wenn sie das nicht von ihren Sorgen ablenkte. Über dem Kamin befanden sich zwei Regalbretter, auf denen zwei rußgeschwärzte Pfannen, ein Teekessel und eine Kaffeekanne standen. Außerdem eine Dose Sirup, ein Glas Marmelade und ein Glas mit einer hart gewordenen Masse undefinierbarer Herkunft. Der Sirup war noch genießbar. Auf der Marmelade hatte sich allerdings eine haarige graue Schimmelschicht gebildet, wie Etty feststellte, als sie den Deckel öffnete.

Der kleine, ungefähr sechzig mal neunzig Zentimeter große Tisch war an der Wand befestigt. Daneben stand ein dreibeiniger Hocker. Das Glas der Sturmlaterne war von Ruß ganz schwarz. Auf der anderen Seite der Hütte hatte jemand aus gegabelten Stöcken, jungen Bäumen und Sackleinen ein schmales Bett gebaut. Das Sackleinen war schon halb verfault. Etty riss ein kleines Stück ab und säuberte damit die Laterne. Allerdings fand sie nichts, womit sie den Docht hätte abschneiden können. Sie würden sich wohl damit abfinden müssen, dass die Laterne qualmte und immer wieder schwarz wurde, wenn man sie anzündete.

Nach weniger als zwei Stunden, die Etty jedoch wie ein halber Tag erschienen waren, kehrte Darcy mit einem Sack voller Lebensmittel zurück. Er war so nass, dass er überall Wassertropfen verteilte. Seine Stiefel waren mit Matsch bespritzt. Etty nahm ihm rasch den Sack ab und stellte ihn auf den Tisch, während Darcy seinen nassen Mantel ablegte und sich hinsetzte, um seine schmutzigen Stiefel auszuziehen. Den Mantel hängte er an einen Haken neben der Tür. Die Stiefel stellte er zum Trocknen ans Feuer.

»Du solltest alles ausziehen«, ermahnte ihn Etty. »Du bist ja durch und durch nass.«

»Am Feuer werd ich schnell wieder trocken.« Er legte noch mehr Holz nach und wartete, bis die Stücke brannten, dann sah er Etty mit ernster Miene an. »Die Polizei war immer noch auf Narrabulla. Sie waren nur zu zweit, aber einer davon war Sergeant Dunstan.«

Mit einem Seufzer ließ sich Etty auf den dreibeinigen Hocker sinken und presste vor Entsetzen die Hand auf den Mund. »Hat man dich gesehen? Wie bist du an das Essen gekommen?«

»Ich hab Jack bei einem der Nebengebäude gesehen. Er hat mir die Sachen nach draußen gebracht. Während ich auf ihn wartete, habe ich Dunstan aus dem Arbeiterquartier kommen sehen. Er hat sich umgeschaut, ich bin mir aber sicher, dass er mich nicht gesehen hat. Und Jack war ganz vorsichtig, als er die Lebensmittel herausgeschmuggelt hat. Er wird niemandem aus der Familie sagen, dass ich da war, damit die Polizei nicht durch ein unbedachtes Wort alarmiert wird. Tante Agnes weiß es allerdings auch, denn sie hat die Sachen eingepackt.«

Etty legte die Arme um Darcy, ohne darauf zu achten, dass ihr Mieder nun ebenfalls nass wurde. »Ich habe Angst, Darcy. Wenn Dunstan so entschlossen ist, dich zu fassen, dass er sogar den weiten Weg nach Narrabulla auf sich nimmt, wird er die Suche nicht so leicht aufgeben.«

»Ich weiß. Er muss mit der Postkutsche gereist sein, weil er vor uns auf Narrabulla angekommen ist«, sagte Darcy und schob sie dabei ein kleines Stück von sich. »Liebling, du wirst ja ganz nass.«

»Du solltest dich ausziehen. Drüben in der Ecke neben dem Bett ist eine Leine gespannt. Da kannst du alles aufhängen. Ich seh mal nach, was du zu essen mitgebracht hast, und mache uns was zurecht.«

Der Sack enthielt einen Laib Brot, der außen etwas feucht geworden war, ein großes Stück gekochtes Rindfleisch, eine kleine Tüte Mehl, zwei Dosen Heringe, Zucker, Tee, vier Äpfel und eine große Fleischpastete.

»Tante Agnes muss entweder glauben, dass wir furchtbar hungrig sind, oder, dass wir noch tagelang hier festsitzen, so viel wie sie uns zu essen mitgegeben hat. Sollen wir als Erstes etwas von der Fleischpastete nehmen?«

»Glaubst du, dass die Polizei deine Spur findet?«, fragte Etty, als der Regen am Nachmittag ein wenig nachließ.

»Sämtliche Hufabdrücke müssen inzwischen gründlich weggespült sein. Solange dieser Regen anhält, sind wir hier vor Entdeckung sicher.«

»Vielleicht klart es ja bald auf.«

»Nein, es wird bald wieder in Strömen gießen. Wart es nur ab.«

Darcy hatte recht. Es fing tatsächlich wieder an zu schütten, und das vier Tage lang. Bis dahin waren ihre Essensvorräte fast aufgebraucht.

»Wir müssen weiter«, sagte er, als sie morgens aufwachten und eine bleiche Sonne durch die tropfenden Büsche und Bäume schien. »Zuerst essen wir aber was, denn wer weiß, ob wir heute sonst noch was bekommen. Wir müssen uns von der Straße fernhalten. Ich denke, dass wir uns Swan Hill von Westen nähern sollten, denn Dunstan wird uns von Osten erwarten.«

Und so kamen sie dann auch am späten Nachmittag in die Stadt. Als Erstes ritten sie zum Kai, um festzustellen, ob sich unter dem gut ein Dutzend Schiffen, die dort festgemacht hatten, einer der beiden Dampfer befand, die sie suchten. Darcy fragte einen der Arbeiter, ob er etwas über die *River Maid* oder die *Lady Jane* wisse.

»Die *Lady Jane* ist vor zwei Tagen Richtung Goolwa losgefahren. Sie wird erst in einigen Wochen wieder hier sein.«

»Und was ist mit der *River Maid*?«

»Die müsste jetzt in Echuca sein und in etwa einer Woche wieder hier.«

»Danke.«

»Was jetzt?«, fragte Etty, als sie vom Kai wegritten.

»Wir brauchen irgendeine Unterkunft.«

Sie fanden ein billiges Hotel, in dem sie ein Zimmer mieten konnten, ohne dass man ihnen Fragen stellte.

»Wir können keine neugierigen Gastwirte gebrauchen«, erklärte Darcy. »Ich weiß, dass das hier ein mieser Schuppen ist, aber wir werden für heute Nacht das Beste daraus machen. Morgen suchen wir uns eine bessere Bleibe.«

Das Schicksal schien es gut mit ihnen zu meinen. Am nächsten Tag mieteten sie ein Zimmer bei zwei unverheirateten älteren Damen, deren Haus in einer kleinen Seitenstraße nicht allzu weit vom Kai entfernt lag. Hinter dem Haus befand sich sogar ein altes Schutzdach, wo sie Midnight und Mirabelle unterstellen konnten. Die Zwillingsschwestern, zwei empfindsame Romantikerinnen, kamen rasch zu dem Schluss, dass dieses junge Paar, das sich offensichtlich sehr liebte, von zu Hause durchgebrannt war. Dass der Mann gut aussah, gebildet und ein halber Aborigine war, machte die Sache nur noch romantischer. Die Schwestern versprachen den jungen Leuten, niemandem etwas von ihrer Anwesenheit zu erzählen.

»Wir hören, wenn die *River Maid* ankommt«, sagte eine von ihnen. »Wir erkennen jeden Raddampfer auf dem Murray an seinem Pfeifen.«

»Tatsächlich?«, fragte Etty verblüfft.

»Das kann jeder, der am Fluss lebt. Jeder Dampfer hat ein ganz unverwechselbares Signal.«

»Wie interessant.«

Die Schwestern, deren einziges Interesse im Leben anscheinend das Kommen und Gehen der Raddampfer war sowie die Leute, die sie betrieben, unterhielten sie mit lebhaften Anekdoten und pikantem Tratsch. Doch auch wenn die Tage angenehm verstrichen, konnten weder Darcy noch Etty sich jemals richtig entspannen.

Nachdem sie vier Tage bei den Schwestern gewesen waren, wagte sich Etty in die Stadt, um einige persönliche Dinge zu besorgen. Darcy wollte sie begleiten, doch Etty war dagegen.

»Du musst hierbleiben, damit dich niemand sieht. Dunstan würde dich sofort erkennen, wenn du ihm über den Weg läufst. Mich erkennt er vielleicht nicht so leicht. Ich werde mich in den Läden nicht lange aufhalten. Ich erledige meine Einkäufe und komme sofort zurück. Soll ich dir etwas mitbringen?«

Mit einem grauen Wolltuch von einer der beiden Schwestern, das sie sich um Kopf und Schultern wickelte, machte sich Etty auf den Weg zum Einkaufsviertel. Sie sah zwei Polizeibeamte, die an einer Ecke standen und sich unterhielten. Beide waren ihr unbekannt. Trotzdem senkte sie vorsichtshalber den Kopf so tief, dass ihr Gesicht völlig hinter dem Tuch verborgen war, als sie an ihnen vorbeiging.

Sie versuchte, ihre Einkäufe so schnell wie möglich zu erledigen, und wurde sofort nervös, als sie in der Apotheke einige Minuten warten musste, bis sie bedient wurde. Als sie noch rasch in den Lebensmittelladen gehen wollte, um eine Dose Kekse für die Schwestern zu kaufen, sah sie das WANTED-Plakat, das draußen an der Wand klebte. Der Zeichner hatte Darcys Gesicht so genau dargestellt, dass es geradezu unheimlich war. Eine Belohnung von fünfhundert Pfund war für seine Festnahme ausgesetzt – TOT ODER LEBENDIG.

Etty vergaß die Kekse und eilte zum Haus zurück. Dabei blickte sie ständig hinter sich, um festzustellen, ob ihr jemand folgte. Allein durch ihre offenkundige Nervosität erregte sie die Aufmerksamkeit von Sergeant Dunstan, der beobachtete, wie sie davonlief, nachdem sie das Plakat gelesen hatte. Zwar erkannte er die Frau mit dem Tuch nicht, doch er sah, dass sie sich wie jemand verhielt, der etwas zu verbergen hatte. Er folgte ihr in einem gewissen Abstand, sorgte dafür, dass sie ihn nicht bemerkte, und beobachtete, in welchem Haus sie verschwand. Eine Zeit lang stand er nur da, rieb sich das Kinn und fragte sich, warum er das untrügliche Gefühl hatte, dass diese Frau wichtig war.

Nach einigem Überlegen entschied er, was zu tun war, ging mit langen Schritten die Straße entlang, schob das Lattentor auf, marschierte zwischen den blühenden Blumenbeeten hindurch und hämmerte an die Tür. Sie wurde um einen Spalt geöffnet, und zwei fast identische grauhaarige Köpfe spähten um die Türkante.

»Was wollen Sie?«, fragte der obere Kopf, während der untere »Guten Tag« sagte.

»Ich habe gerade eine Frau dieses Haus betreten sehen, eine junge Frau, wenn ich mich nicht irre. Ich will mit ihr sprechen.«

»Oh, da müssen Sie sich irren, Sergeant«, sagte der untere Kopf. »Hast du jemanden ins Haus kommen sehen, Fredericka?«

»Nein«, antwortete der obere Kopf. »Es ist niemand ins Haus gekommen, Officer. Da haben Sie sich vertan.«

»Ich verlange, dass Sie mich hineinlassen, damit ich Ihr Haus durchsuchen kann.«

»Das können wir Ihnen nicht erlauben«, sagte der obere Kopf. »Wir sind zwei alte Damen und leben ganz allein.«

»Woher sollen wir denn wissen, ob Sie wirklich Polizist sind und nicht jemand, der uns hereinlegt und ausrauben will?«, fragte der untere Kopf.

Sergeant Dunstan kochte vor Wut. Nun war er endgültig überzeugt, dass sie jemanden versteckten. »Gehen Sie mir aus dem Weg!«

»Oh nein«, sagte der obere Kopf.

»Wir können sehr laut schreien«, drohte der untere Kopf.

Beide Damen sahen ihn mit einem milden und unschuldigen Gesichtsausdruck an. Dunstan fluchte so unanständig, dass beide Schwestern rot wurden, dann drehte er sich auf dem Absatz um und ging stampfend den Weg zurück, den er gekommen war. Etty kam die Treppe heruntergelaufen, um die alten Damen zu umarmen.

»Vielen, vielen Dank. Sie waren beide wunderbar.«

»In der Liebe und im Krieg ist alles erlaubt«, erklärte die eine.

»Ihr jungen Turteltäubchen seid bei uns sicher«, versprach die andere.

Als sie an diesem Abend im Bett lagen, sagte Etty: »Wir können hier nicht länger bleiben. Nun, da Dunstan Verdacht geschöpft hat, wird er auf jeden Fall wiederkommen. Außerdem ist da dieses WANTED-Plakat. Wir wissen nicht, wie viele davon in der Stadt aufgehängt worden sind. Wenn die Schwestern nun so eins sehen? Dann wissen sie, dass wir nicht durchgebrannt sind.«

»Ich dachte, das wären wir«, sagte Darcy, rollte zu ihr herüber und knabberte an ihrem Ohr.

Etty drehte den Kopf weg. »Jetzt sei mal ernst, Darcy. Die alten Damen sind so nett zu uns gewesen, und ich fände es schrecklich, wenn sie am Ende das Gefühl bekämen, wir hätten sie betrogen.«

»Ich verstehe ja, was du meinst, Liebling. Wir wissen, dass die *River Maid* in ein paar Tagen hier ankommen soll. Wenn morgen früh immer noch schönes Wetter ist und es so aussieht, als bliebe es so, können wir ein Stück den Fluss hinaufreiten und dort warten.«

»Ja, das können wir machen, wenn wir uns was zu essen mitnehmen und vielleicht ein Stück Segeltuch für einen Unterschlupf.«

Darcy lachte. »Etty, meine Liebste, aus dir wird noch eine echte Buschfrau. Während ich nur daran denke, wie wir den Dampfer erreichen können, kümmerst du dich um die praktischen Dinge.«

»Einer von uns muss das schließlich tun.«

Er lachte wieder und küsste sie. »Schlaf jetzt, mein Liebes. Morgen früh überlegen wir, was wir tun.«

Am Morgen beschlossen sie dann, dass es tatsächlich das Beste wäre, das Haus der Schwestern zu verlassen. So wie sie Sergeant Dunstan kannten, waren sie überzeugt, dass er wiederkommen würde. Die Schwestern mochten zwar tatsächlich glauben, dass der Polizist im Auftrag des Vaters des Mädchens auf der Suche nach einem durchgebrannten Liebespaar gewesen war. Doch Darcy und Etty machten sich keine Illusionen darüber, wie übel die beiden netten Damen von Dunstan behandelt werden würden, sollte er herausfinden, dass sie dem Mann, den er suchte, Unterschlupf gewährt hatten.

Sie wollten gerade den Schwestern von ihren Plänen berichten, da rief eine der beiden: »Da kommt die *River Maid.*«

Für Darcy und Etty hörten sich alle Dampfer auf dem Fluss gleich an. Sie sahen sich wortlos an. Wenn das tatsächlich die *River Maid* war, hätte sie zu keinem günstigeren Zeitpunkt ankommen können.

»Sind Sie sicher?«, fragte Etty.

»Wir haben Ihnen doch gesagt, dass wir jeden Dampfer auf dem Fluss an seinem Pfeifen erkennen.«

»Wir müssen uns beeilen, Darcy. Wir wollen das Schiff doch nicht verpassen.«

»Ihr habt genügend Zeit. Die *River Maid* hat den Kai noch nicht erreicht. Und normalerweise bleibt sie ein bis zwei Stunden, bevor sie weiterfährt.«

Darcy und Etty eilten die Treppe hinauf, um ihre wenigen Habseligkeiten einzupacken.

»Was machen wir, wenn Onkel Hal unsere Pferde nicht mitnehmen kann?«

»Dann können wir nur hoffen, dass sie auf einem anderen Dampfer mitfahren können.«

Beim Abschied hatten die Schwestern Tränen in den Augen und hielten die Hände in romantischer Verzückung an die Brust gedrückt. Etty küsste beide auf die Wange.

»Vielen Dank, dass Sie uns Unterschlupf gewährt haben.«

»Wir hoffen, dass ihr ein langes und glückliches Leben haben werdet«, sagte die eine.

»Und viele schöne Kinder«, fügte die andere hinzu.

Darcy und Etty führten ihre Pferde zum Kai. Auf dem ganzen Weg dorthin hielten sie Ausschau, ob Dunstan irgendwo zu sehen war. Darcy hatte seinen Hut tief in die Stirn gedrückt, damit man sein Gesicht nicht so deutlich sah. Er hoffte, dass keiner der Polizisten am Kai in ihm den Mann auf dem WANTED-Plakat erkennen würde.

Wie immer fiel Midnight auf. »Ein schönes Pferd haben Sie da, Mister«, rief ein Constable, der an einer Mauer lehnte.

»Ja«, antwortete Darcy und blickte mit gesenktem Kopf zu ihm hin, um sich für das Kompliment zu bedanken. Der Constable blieb in seiner lässigen Haltung stehen.

»Ich fürchte«, sagte er leise zu Etty, »dass Midnight zu viel Aufmerksamkeit auf uns lenkt.«

»Jetzt kann ich die *River Maid* sehen. Und da drüben auf dem Kai ist Tante Selena. Oh nein, sie geht offenbar in die Stadt. Hoffentlich ist Onkel Hal noch an Bord.«

Sie gingen so schnell, wie es in dem Gewimmel am Kai möglich war. Hal Collins stand an Deck seines Dampfers und erteilte zwei Männern Befehle, die Waren an Bord trugen.

»Onkel Hal«, rief Etty und winkte, als er sich umschaute.

»Etty!« Er wechselte rasch ein paar Worte mit den Arbeitern und eilte dann, so schnell es sein Holzbein erlaubte, zu den beiden, um sie zu begrüßen. »Was macht ihr denn hier?«

»Wir brauchen deine Hilfe, Onkel Hal. Darcy wird von der Polizei wegen eines Verbrechens gesucht, das er nicht begangen hat. Wir müssen unbedingt nach Riverview.«

Hal blickte sich instinktiv um, um festzustellen, ob Polizei am Kai war. »Ich bringe euch sicher dorthin. Deine Tante Selena hat bereits angekündigt, dass Darcy in Schwierigkeiten steckt. Du weißt ja, dass sie manchmal gewisse Ahnungen hat. Ich muss also gestehen, dass ich nicht allzu erstaunt bin, Darcy zu sehen. Aber dass du hier bist, Etty, überrascht mich schon.«

»Kannst du unsere Pferde mitnehmen?«, fragte Darcy.

»Tut mir leid.« Er streichelte Midnight über die Nüstern. »Ich kann verstehen, weshalb du ihn nicht zurücklassen willst. Einem Freund von mir gehört die *Thistle*, und die hat auch einen Lastkahn. Er wird eure Pferde transportieren. Kommt mit.«

Hal führte sie ans Ende des Kais, wo ein Dampfer mit Lastkahn am Ufer vertäut war. Der Kapitän und auch der Kahnführer waren beide freundlich, und da der Kahnführer offensichtlich Pferde mochte, war Darcy zuversichtlich, dass man sich gut um seinen geliebten Hengst kümmern würde. Nachdem man sich einig geworden war, eilten sie zur *River Maid* zurück.

»Wir legen ab, sobald Selena zurück ist. Sie ist nur ein bisschen einkaufen gegangen. Die hinteren Kabinen sind frei. Ab und zu nehmen wir nämlich schon Passagiere mit. Die übrigen Kabinen benutzen wir als Lagerräume.«

»Wir brauchen nur eine Kabine, Onkel Hal.« Etty spürte, wie sie rot wurde. Sie hob ihre Hand, damit er den Grasring sehen konnte. »Wir sind verheiratet, in unseren Herzen und vor Gott, wenn auch noch nicht vor dem Gesetz.«

»Ich verstehe. Kann allerdings nicht sagen, dass ich das billige. Und das würden deine Eltern auch nicht tun.«

»Sie wissen, dass Darcy und ich so bald wie möglich heiraten werden.«

»Selena hat immer schon gewusst, dass ihr eines Tages heiraten würdet. Aber jetzt lasst ihr euch am besten nicht mehr sehen, bis wir ein gutes Stück von Swan Hill entfernt sind.«

Als Selena zurückkam, lief sie sofort in die Kabine, um beide zu umarmen.

»Ich bin froh, dass ihr in Sicherheit seid. Jetzt will ich aber wissen, was passiert ist. Was für ein Verbrechen hast du denn angeblich begangen, Darcy?«

Gemeinsam erzählten sie Selena die ganze Geschichte. Später, als sie den Fluss hinunterfuhren, erzählten sie sie Hal noch einmal.

»Ich habe schon einige schlimme Dinge über diesen Sergeant Dunstan gehört. Er ist ein Schurke in Uniform. Er ist derjenige, der hinter Gittern sitzen sollte.«

»Er ist ein Mörder. Ich habe Jura studiert in der Hoffnung, für mehr Gerechtigkeit sorgen zu können. Dunstan und seine Spießgesellen hätten für das Massaker an der Aborigine-Familie auf Langsdale gehenkt werden müssen.« Darcy schlug mit der Faust auf den Tisch. »Dunstan wendet das Gesetz immer noch so an, wie es ihm behagt, während ich, ein anerkannter Anwalt, auf der Flucht bin.«

Etty drückte Darcy eine Hand auf den Arm, damit er sich beruhigte. Selena und Hal wussten beide nicht, was sie sagen sollten. Hal, weil er wusste, dass Darcy recht hatte. Doch Selena schwieg, weil ihr verfluchter sechster Sinn sie um Darcys Leben fürchten ließ.

Am nächsten Morgen standen Darcy und Etty Arm in Arm auf dem Vorderdeck und betrachteten die vorbeigleitende Flusslandschaft. Etty lehnte den Kopf an Darcys Schulter.

»Wir sind jetzt in Sicherheit, Liebling. Selena hat gesagt, dass wir in zehn Tagen auf Riverview ankommen. Tante Jane wird überrascht sein, uns zu sehen.«

»Ja, das wird sie.« Er drücke Etty an sich. »Trotzdem kann ich mich immer noch nicht ganz entspannen. Auch wenn der Murray River die Grenze zwischen Victoria und New South Wales bildet, werde ich mich erst völlig sicher fühlen, wenn wir die Grenze nach Südaustralien passiert haben.«

Sergeant Dunstan kehrte tatsächlich zum Haus der beiden alten Damen zurück, in der Absicht, sich wenn nötig gewaltsam Einlass zu verschaffen. Als er feststellte, dass niemand zu Hause und die Haustür abgeschlossen war, begann er, im Hof herumzuschnüfffeln. Und als er dort Pferdeäpfel fand, beschimpfte er sich selbst als absoluten Idioten. Der Pferdemist war höchstens einen Tag alt. Die Turteltäubchen waren gerade erst ausgeflogen.

Aber vielleicht hatten sie Swan Hill ja noch nicht verlassen. Sofort schwang er sich wieder in den Sattel und trabte eilig zum Kai. Seinen Fragen begegnete man entweder mit Kopfschütteln oder mit verständnislosen Blicken. Während seine Laune von Minute zu Minute schlechter wurde, ritt er langsam am Kai entlang und ließ seinen Blick gründlich über jeden dort festgemachten Dampfer schweifen, in der Hoffnung, den Flüchtigen zu entdecken. Dann folgte er weiter dem Ufer, um sich die Schiffe anzusehen, die keinen Anlegeplatz am Kai bekommen hatten. Schließlich kam er zu einem Dampfer, an dem ein Lastkahn befestigt war. Das schwarze Pferd auf dem Kahn war unverkennbar.

»Das ist aber ein schönes Tier«, sagte er zu dem Kahnführer. »Reist der Besitzer mit dem Dampfer?«

»Die *Thistle* befördert keine Passagiere. Die Leute, denen das Pferd gehört, sind mit Master Hal auf der *River Maid* mitgefahren.«

»Die hab ich gar nicht am Kai gesehen.«

»Die ist vermutlich schon gestern Nachmittag abgefahren. Die bleibt nie lange in Swan Hill.«

Fluchend wendete Dunstan sein Pferd und ritt davon. Der Kahnführer fragte sich, was den Sergeant so verärgert haben mochte, kratzte sich am Kopf und zuckte mit den Schultern. Im Grunde war es ihm egal. Sie würden losfahren, sobald der Dampfkessel der *Thistle* genügend Druck hatte.

Derweil stürmte Dunstan in die Polizeiwache von Swan Hill und wollte wissen, ob es möglich wäre, die *River Maid* abzufangen, bevor sie die Grenze nach Südaustralien passiert hatte.

»Auf jeden Fall, Sergeant. Der Fluss hat viele Windungen. Sie vermuten also, dass sich ihr entflohener Gefangener auf der *River Maid* befindet?«

»Ja, Sir. Ich würde gerne zwei Constables mitnehmen.«

»Kein Problem. Vermutlich wollen Sie sofort aufbrechen.«

»Ja, Sir.«

In bester Laune ritt Dunstan mit den beiden ihm zugeteilten Constables aus Swan Hill hinaus. Er war davon überzeugt, dass er nun endlich die alte Rechnung mit diesem Drecksmischling Darcy Winton begleichen könnte.

23

Die Polizisten ritten schnell. Auf Rat der Constables postierte sich Dunstan an einer Stelle, wo das Ufer so hoch war, dass man das Deck jedes Dampfers überblicken konnte, aber trotzdem niedrig genug, um leicht an Bord zu gelangen. Noch wichtiger war jedoch, dass der Fluss sich nur wenige hundert Meter weiter flussabwärts stark verengte. Dunstan wartete ungeduldig und schreckte jedes Mal nervös auf, sobald er hörte, dass sich ein Dampfer näherte. Er begann, die Hände auf dem Rücken verschränkt, am Ufer auf und ab zu gehen und stellte sich dabei alle möglichen wünschenswerten Szenarien vor. Als der Constable auf dem Beobachtungsposten nach endlosen Stunden ungeduldigen Wartens verkündete, dass sich die *River Maid* nähere, stieg Dunstan auf sein Pferd. Er konnte seine Erregung kaum unterdrücken.

Aus dem Ruderhaus sah Hal die drei berittenen Polizisten am Ufer. Er war sofort überzeugt, dass sie nicht zufällig dort waren. An ihrer Haltung konnte er erkennen, dass sie auf die *River Maid* warteten. Irgendwie mussten sie erfahren haben, dass er Passagiere an Bord hatte. Da gerade ein umgestürzter Eukalyptusbaum teilweise die Fahrrinne versperrte, konnte er das Ruderhaus aber nicht verlassen, um Darcy zu warnen. Also konnte er nur hoffen, dass Darcy nirgends zu sehen war. Er beugte sich aus dem Fenster und rief den alten George, seinen Maschinisten.

»George, wenn wir an diesem Eukalyptusbaum vorbei sind, machst du so viel Dampf, wie du nur kannst.«

»Mach ich, Hal. Damit wir schnell an den Coppers vorbei sind, was?«

»Ich halte jedenfalls nicht an.«

Etty, Darcy und Selena, die auf dem oberen Hinterdeck saßen, bekamen von dem Wortwechsel nichts mit. Als Selena merkte, dass die *River Maid* beschleunigte, sah sie die andern beiden erstaunt an. »Das ist ja merkwürdig. Auf dieser Strecke fährt Hal nie mit Volldampf. Ich gehe mal ins Ruderhaus und frage ihn, warum er es so eilig hat.«

Darcy stand ebenfalls auf, ging an die Reling und lehnte sich darüber, um nach vorne zu schauen, zog aber sofort wieder den Kopf ein.

»Polizei! Ich bin mir sicher, dass einer davon Dunstan ist. Hal will offenbar mit Volldampf an ihnen vorbeifahren.«

»Wir sollten besser hineingehen.«

Also gingen sie in ihre Kabine. Darcy zog den Vorhang über das kleine Fenster und ließ nur einen schmalen Spalt offen, damit er hinaussehen konnte.

»Da steht Dunstan mit zwei Constables. Woher er wohl weiß, dass wir an Bord sind?«

»Vielleicht weiß er es gar nicht genau. Wenn ihm bekannt ist, dass dieser Dampfer meinem Onkel gehört, ist er vielleicht nur auf Verdacht hier.«

»Wenn wir mit Volldampf vorbeifahren, wird dieser Verdacht für ihn zur Gewissheit.«

»Was soll Onkel Hal denn sonst tun? Wenn er anhält, wirst du verhaftet.«

»Dunstan gibt nicht auf. Bei den vielen Biegungen im Fluss wird er es immer wieder schaffen, uns irgendwo aufzulauern.«

Sie hörten, wie am Ufer laut Befehle erteilt wurden. Die Worte waren allerdings bei dem Lärm, den das Schaufelrad und der Heizkessel machten, nicht zu verstehen. Etty fuhr heftig zusammen, als ein Schuss abgefeuert wurde, gefolgt von wütendem Gebrüll.

»Er hat auf uns geschossen«, sagte Etty keuchend. »Darcy, der ist wahnsinnig!«

»Bleib hier.«

»Wo willst du hin?«

»Nachsehen, ob jemand getroffen wurde.«

»Sei vorsichtig.«

Darcy blieb auf der Seite des Schiffes, die für die Polizisten nicht einsehbar war. George saß sicher unten im Kesselraum. Und als er sich über die Seite lehnte, sah er, dass Hal und Selena im Ruderhaus waren. Rasch eilte er in die Kabine zurück zu Etty.

»Es ist niemandem etwas passiert. Dunstan muss über das Schiff geschossen haben. Komm her, Liebste, du zitterst ja.«

Er setzte sich zu Etty auf die Koje und nahm sie in die Arme. »Wir sind jetzt an ihnen vorbei. Hey, wein doch nicht. Heute sehen wir die nicht wieder.«

»Ich hoffe, wir sehen nie wieder einen Polizisten aus Victoria. Ich liebe dich so sehr, Darcy. Ich würde sterben, wenn dir etwas passiert.«

»Mir wird nichts passieren. Hör mal, wir fahren wieder langsamer. Hal ist offenbar der Meinung, dass die Gefahr vorbei ist.« Mit diesen Worten zog er Etty von der Koje hoch. Als sie gemeinsam vorsichtig durch die Tür blickten, die auf das Hinterdeck führte, stellten sie erleichtert fest, dass die Polizisten hinter einer Flussbiegung verschwunden waren. Die *River Maid* wurde immer langsamer und steuerte dann direkt auf das Ufer zu, das zu New South Wales gehörte.

»Was macht Hal denn da? Er wird doch nicht jetzt schon anhalten?«

»Nein, das tut er nicht«, erklärte Selena, die sich zu ihnen gesellt hatte. »Wir nähern uns jetzt einem Flussabschnitt, der gerade so breit ist, dass immer nur ein einziger Dampfer durchfahren kann. Hal hält es für möglich, dass an dieser Stelle weitere Polizisten warten, weil sie dort leicht an Bord springen könnten.«

»Warum steuert er denn aufs Ufer zu? Umfährt er wieder ein Hindernis?«

»Nein, Darcy. Wir biegen in einen kleinen Nebenarm, der einen Bogen beschreibt und zwei Meilen flussabwärts wieder in die Hauptfahrrinne mündet. Dieser Nebenarm ist nur schiffbar, wenn der Fluss sehr viel Wasser führt, so wie jetzt. Wir können froh sein, dass es in letzter Zeit so viel geregnet hat.«

Der Nebenarm war kaum breiter als die *River Maid.* Das Schiff bewegte sich im Schneckentempo, und häufig kratzten Zweige an den Seiten. Etty kam es so vor, als würden sie durch einen feuchten, dunklen Tunnel fahren, in dem ihnen jeden Augenblick ein Unglück zustoßen könnte. Sie stellte sich abwechselnd aufs Vorderdeck, wo sie sich fragte, ob sie überhaupt weiterkommen würden, und aufs Hinterdeck, wo sie schaudernd beobachtete, wie die Bäume hinter ihnen scheinbar dicht zusammenrückten.

Darcy, der bei Hal im Ruderhaus gewesen war, hatte nach ihr gesucht und stellte sich nun neben sie. »Ich bin froh, dass ich nicht hier entlangfahren muss. Hal scheint das aber überhaupt nichts auszumachen. Er sagt, er sei hier schon mal durchgefahren.«

»Mir ist das gar nicht geheuer. Ich komme mir vor wie an irgendeinem Fantasieort im Märchen. Es würde mich nicht wundern, wenn wir jeden Augenblick von Kobolden angesprungen würden.«

Darcy schlang lachend die Arme um sie und ließ sein Kinn

auf ihrem Kopf ruhen. »Du hast zu viel Fantasie, mein Schatz. Wenn du gesagt hättest, dass du jeden Augenblick mit einem Bunyip rechnest, hätte ich dir vielleicht geglaubt, aber nicht mit Kobolden.«

»Ach ja? Sind Bunyips denn realer als Kobolde?«

»Die Aborigines glauben das jedenfalls.«

Etty lehnte sich mit dem Rücken an seine Brust. »Wirst du unseren Kindern die Sitten und Gebräuche der Aborigines beibringen?«

»Natürlich, auch wenn sie nur zu einem Viertel Aborigines sein werden. Du hättest doch nichts dagegen?«

»Nein, mir gefällt die Vorstellung, wie du ihnen Tierfährten erklärst und ihnen beibringst, woran man die Exkremente verschiedener Tierarten unterscheidet. Ganz so, wie Nelson es uns allen beigebracht hat.«

Die *River Maid* kam nun völlig zum Stehen. »Ich glaube, wir werden über Nacht hierbleiben. Bei diesem schwachen Licht kann er nicht riskieren weiterzufahren.«

»Hat Onkel Hal dir das gesagt?«

»Ja. Zumindest diese Nacht können wir uns hundertprozentig sicher fühlen.«

Danach fuhren sie zwei Tage den Fluss hinunter, ohne einen Polizisten zu sehen und ohne dass man ihnen bei den Farmen, an denen sie anhielten, verdächtige Fragen stellte. Die Farmersfrauen kamen an Bord und kauften in dem schwimmenden Gemischtwarenladen ein. Etty, die in den elegantesten Boutiquen Europas eingekauft hatte, beobachtete beschämt, welches Vergnügen diesen Frauen ein Band in einem neuen Farbton oder ein Stück Stoff bereitete. Ihr wurde klar, dass sie, obwohl sie auf einer Schaffarm aufgewachsen war, doch sehr verwöhnt war.

Besonders schmerzlich war die Armut auf einer Farm zu erkennen, wo etliche barfüßige Kinder in schlecht sitzender und geflickter Kleidung herumliefen. Etty hätte am liebsten sämtlichen Kindern Schuhe gekauft. Die Frau schien das Angebot auch annehmen zu wollen, bis ihr Mann herbeigeeilt kam und Etty erklärte, sie brauchten keine Almosen.

»Was für ein Scheusal von Mann«, sagte sie später zu Selena. »Ist er so stolz, dass er sogar in Kauf nimmt, dass seinen Kindern im Winter die Füße erfrieren?«

»Mir tun die Frau und die Kinder leid. Ich vermute sehr stark, dass er sie alle schlägt. Aber ich fürchte, wir können nichts dagegen tun. Wir können niemandem vorschreiben, wie er seine Familie zu behandeln hat.«

»Hinter Leuten wie ihm sollte die Polizei her sein und nicht hinter guten Männern wie Darcy.«

»Da bin ich ganz deiner Meinung, meine Liebe. Ob die Polizei wohl endlich aufgegeben hat?«

»Das hoffe ich sehr. Ich bin ja so froh, wenn wir endlich die Grenze überquert haben.«

»Das werden wir alle sein.«

Dunstan hatte sich jedoch geschworen, dass er die Verfolgung von Darcy Winton niemals aufgeben würde. Er war sich so sicher gewesen, dass er ihn an der Stelle, wo sich der Fluss verengte, erwischen würde. Er konnte nicht verstehen, wieso die *River Maid* dort nicht aufgetaucht war. Auch die Constables hatten keine Erklärung dafür. Er schimpfte und tobte und trat um sich. Dann sprang er auf sein Pferd und galoppierte zurück in Richtung Swan Hill, weil er glaubte, der Dampfer müsse umgekehrt sein. Doch als er von einem hohen Aussichtspunkt über den Fluss blickte, konnte er kein Schiff entdecken, das so aussah wie das, nach dem er suchte.

Wurde er langsam wahnsinnig? Ein Raddampfer konnte doch

nicht einfach verschwinden. Er schimpfte immer weiter auf die Constables ein, die ihn geifern ließen, bis er gezwungen war innezuhalten, um zu verschnaufen.

»Der Dampfer könnte sich irgendwo in einem Nebenarm verstecken, Sergeant. Ich habe ein ganzes Stück flussabwärts eine Mündung gesehen.«

»Warum haben Sie mir das nicht gesagt, Sie nutzloser Trottel? Wir müssen wieder umkehren.«

»Wir kommen nicht mit, Sergeant. Ihr Vogel ist ausgeflogen, und Sie sind verrückt. Wir reiten beide zurück nach Swan Hill.«

»Sie stehen unter meinem Befehl«, brüllte er. »Wenn ich sage, wir kehren wieder um, dann kehren wir wieder um.«

»Tut uns leid, Sergeant.« Ohne weiter auf die Drohungen zu achten, die Dunstan ihnen hinterherschrie, galoppierten die beiden Constables davon.

In blinder Wut ritt Dunstan zurück flussabwärts. Als er an die enge Stelle kam, ohne dass er am gegenüberliegenden Ufer eine Flussmündung entdeckt hatte, beschloss er, hier ein Lager aufzuschlagen und zu warten. Dabei kam er sich besonders clever vor. Die *River Maid* würde vermutlich am nächsten Morgen hier vorbeifahren, weil man annahm, dass keine Polizei mehr in der Nähe wäre.

Als die Sonne am nächsten Tag ihren Höchststand erreicht hatte, erkannte Dunstan, dass er umsonst gewartet hatte. Seine Laune war hundsmiserabel, als sich ein Dampfer näherte, der flussaufwärts fuhr. Er grüßte den Kapitän, der sich aus dem Ruderhaus lehnte.

»Hallo, Officer. Was macht denn ein Polizist hier draußen alleine?«

»Haben Sie die *River Maid* gesehen?«

»Ich bin ein Stück flussabwärts an ihr vorbeigefahren. Sind Sie auf der Suche nach ihr?«

»Sonst hätte ich ja nicht gefragt«, knurrte Dunstan. Er hatte keine Zeit zum Reden. Wenn er sich beeilte, würde er das Schiff vielleicht noch mal einholen.

Das hätte er wohl auch, wenn sein Pferd kein Hufeisen verloren hätte. Er spuckte Gift und Galle, verfluchte sein Schicksal, verfluchte sein Pferd. Was zum Teufel sollte er jetzt tun? Er befand sich mitten im Nichts, und das mit einem Pferd, das er nicht reiten konnte. Auch hatte er keine Ahnung, wie nah oder wie weit es bis zur nächsten Farm war. Ihm blieb kaum etwas anderes übrig, als weiter am Fluss entlangzugehen. Wenn er sich nahe am Wasser hielt, hätte er zumindest genug zu trinken. Vielleicht entdeckte er ja auch zuerst ein Farmhaus auf der anderen Flussseite.

Der Weg am Fluss entlang war äußerst beschwerlich, und Dunstan verfluchte Darcy Winton bei jedem Schritt. Wenn er nicht bald zu irgendeiner Siedlung kam, würde er draußen schlafen müssen und hätte nichts zu essen. Die spärliche Notration, die er immer dabeihatte, hatte er bereits am vergangenen Abend verspeist. Als er eine Stelle erreichte, wo das Ufer flach und eben und von Eukalyptusbäumen bewachsen war, beschloss er, dort sein Nachtlager aufzuschlagen. Da er überhaupt keine Buscherfahrung hatte, wusste er nicht einmal, wie man ein Feuer anzündete. Bei seinen Versuchen brachte er nur eine Stichflamme zustande, die beinah sofort wieder verlöschte.

Schließlich fand er sich damit ab, dass er die Nacht frierend und hungrig verbringen musste, wickelte die Satteldecke um sich und lehnte sich mit dem Rücken gegen einen Baum. Er döste nur unruhig, da ihn jedes Geräusch nervös aufschrecken ließ. Schließlich schlief er doch erschöpft ein und wurde erst vom Lärm eines Raddampfers geweckt. Sofort war er auf den Beinen und stakste steif ans Ufer. Er brauchte nicht mal zu rufen, denn der Dampfer hielt hundert Meter stromaufwärts an.

Als er sah, wie Männer ausstiegen, um Feuerholz zu sammeln, verlangsamte er seinen Schritt. Das Schiff würde noch eine Weile dort bleiben.

Kein Frühstück hatte ihm jemals so gut geschmeckt wie das an diesem Morgen auf dem Flussdampfer, und auch kein Getränk war mit dem Tee zu vergleichen, mit dem er die gebratenen Hammelkoteletts und das Rührei hinunterspülte. Nachdem seine Lebensgeister wieder erwacht waren, erklärte er dem Kapitän, dass er hinter einem gefährlichen Mörder her sei, der aus der Haft entkommen sei und nun versuche, nach Südaustralien zu fliehen.

»Auf welchem Schiff ist denn dieser Verbrecher?«

»Auf der *River Maid*. Er hat Beziehungen zu Trevannick.«

»Tatsächlich? Sind Sie sicher?«

»Absolut. Meinen Sie, Sie könnten die *River Maid* einholen?«

»Auf jeden Fall. Die *Silver Swan* ist ein reines Passagierschiff. Außer in den Städten halten wir nur an, um unsere Holzvorräte aufzufüllen. Collins' *River Maid* dagegen ist ein schwimmender Gemischtwarenladen. Und eines kann ich Ihnen sagen, Collins und ich, wir können uns nicht ausstehen. Wenn Sie den Jungs beim Holzaufladen helfen, können wir schneller losfahren.«

»Ich bin doch kein Arbeiter, Captain. Sagen Sie Ihren Männern, sie sollen sich beeilen.«

Der Kapitän zuckte mit den Schultern. »Ganz wie Sie wollen. Was machen Sie denn mit Ihrem Pferd?«

»Gar nichts. Es hat hier genügend Wasser und Gras.«

Der Kapitän der *Silver Swan* kam zu dem Schluss, dass er den Polizisten nicht besonders mochte. Seine Passagiere taten das offenbar auch nicht, denn sie grüßten nur höflich und distanziert, wenn sie dem ungepflegten Sergeant begegneten. Und wenn dieser irgendwelche abfälligen Kommentare über seine Person mitbekam, wurde seine ohnehin miese Laune nur noch schlechter. Die Einschätzung des Kapitäns, dass sie die *River Maid* erst in ein bis zwei Tagen einholen würden, vergrößerte zudem noch seinen Frust. Er wollte seinen Mann schnappen, bevor sich dieser auf südaustralisches Gebiet rettete.

Mittlerweile waren sieben Tage vergangen, seit die *River Maid* in Swan Hill abgelegt hatte. Sie hatten die Mündung des Darling River passiert, und die Grenze zu Südaustralien war nur noch zwei Tagesreisen entfernt. Etty und Darcy waren jetzt ruhiger, genossen die Landschaft, die sie durchreisten, und interessierten sich für die Siedler, die sie entlang des Flusses trafen. Ständig begegneten ihnen Raddampfer in allen Formen und Größen, die flussaufwärts fuhren. Einige Male waren sie auch von Dampfern überholt worden, die wie sie flussabwärts unterwegs waren.

Darcy saß hinten auf dem Deck und ließ eine Angelschnur ins Wasser hängen. Etty hockte auf einem umgedrehten Eimer neben ihm. »Da kommt ein Raddampfer immer näher, der uns gleich überholen wird. Das könnte ein Passagierschiff sein. Auf dem oberen Deck scheint es viele Kabinen zu geben.«

»Da hast du wohl recht. Das Schiff nähert sich sehr schnell. Wenn es uns in diesem Tempo überholt, werden wir klatschnass.«

Sie wussten, dass Hal den anderen Dampfer gesehen hatte, denn die *Maid* drosselte bereits ihre Geschwindigkeit und fuhr nach rechts, um das andere Schiff vorbeizulassen.

»Es heißt *Silver Swan*«, sagte Etty. »Ist das kein schöner Name für ein Schiff?«

Darcy zuckte mit den Schultern und holte seine Angelschnur ein. »Ein fantasievoller Name. Dabei ist sie noch nicht mal silbern angestrichen. Doch zumindest scheint sie langsamer zu werden.«

Sie beobachteten, wie die *Silver Swan* ihr Tempo so sehr verringerte, dass sie sich nur noch zentimeterweise an der *Maid* vorbeibewegte. Einige Passagiere winkten Darcy und Etty zu, und sie winkten zurück. Andere riefen Grüße herüber, die sie ebenfalls erwiderten. Während der große Raddampfer sie ganz gemächlich überholte, kam er der *Maid* anscheinend näher als nötig. Sie hörten, wie Hal den anderen Kapitän anbrüllte, er solle doch aufpassen. Dieser brüllte einige beleidigende Worte zurück.

»Hört sich so an, als ob Hal und der andere Kapitän sich nicht besonders mögen«, bemerkte Darcy. »Der hat das wohl absichtlich gemacht, um Hal zu ärgern.«

»Nein, Winton. Er hat das gemacht, damit ich herüberspringen konnte.«

Beim ersten Ton der Stimme, von der er gehofft hatte, sie nie wieder zu hören, war Darcy herumgefahren. Etty schrie auf. Da stand Dunstan und hielt sein Gewehr auf sie beide gerichtet.

»Du bist tot, Mischling. Ich habe nicht vor, dich am Leben zu lassen.«

Doch bevor er abdrücken konnte, war Darcy über Bord gesprungen. Dunstan rannte zur Reling.

»Neeeiiin!«, schrie Etty und stürzte sich auf den Sergeant.

Er stieß sie grob zur Seite.

Hob erneut das Gewehr.

Feuerte.

Etty sah, wie Darcy im Wasser zusammenzuckte. Sie schrie seinen Namen, während sie zusehen musste, wie er unter der Wasseroberfläche verschwand.

»Neeeiiin! Neeeiiin!« Sie drehte sich zu Dunstan um. »Mörder!«

In der Nähe lag eine Axt. Etty packte sie mit beiden Händen und holte aus, um sie Dunstan in den Körper zu schlagen, doch

Hal entriss sie ihr gerade noch rechtzeitig. George und Selena standen hinter ihm. Etty sah das alles jedoch nur wie durch einen roten Dunstschleier aus mörderischem Hass. »Ich bring ihn um!«, schrie sie Hal an. Doch Selena schloss sie in ihre starken Arme und redete eindringlich auf sie ein, sie solle aufhören, sich zu wehren.

Durch den Dunstschleier bemerkte Etty die Angst im Gesicht des Sergeants. George hatte ihm das Gewehr entrissen. Als Hal auf ihn zutrat, sah sie, wie er sich nun krampfhaft um eine gewisse Lässigkeit bemühte.

»Er war ein Verbrecher, der versucht hat, sich der Verhaftung zu entziehen. Ich musste ihn erschießen.«

»Er war unschuldig. Sie sind ein Mörder, der sich hinter einer Polizeiuniform versteckt. Aber wenn Sie es geschafft haben, auf mein Schiff zu springen, dann können Sie auch wieder runterspringen.«

Bevor irgendwer erkannte, was Hal vorhatte, hatte er Dunstan einen kräftigen Kinnhaken verpasst, der den Mann rückwärts in den Fluss beförderte. Sie beobachteten, wie er prustend wieder auftauchte und um Hilfe schrie, er könne nicht schwimmen.

»So ein Pech«, sagte Hal grimmig, hob ein Stück Holz auf und warf es ins Wasser. »Daran können Sie sich festhalten. Wenn Sie noch einmal versuchen, auf mein Schiff zu kommen, sind Sie derjenige, der eine Kugel verpasst kriegt.«

»Hoffentlich ertrinkt er.« Der Dunstschleier vor Ettys Augen war verschwunden. Bittere Tränen liefen ihr die Wangen hinunter. »Hoffentlich ertrinkt er«, sagte sie noch einmal, bevor die bitteren Tränen in ein von tiefer Trauer erfülltes Schluchzen übergingen. Sie sank auf die Knie und vergrub ihr Gesicht in den Händen. Selena hielt sie in den Armen. Ihre Stimme schien wie aus weiter Ferne zu ihr zu dringen.

Hal steuerte die *River Maid* sofort ans Ufer, um sie festzumachen. Sie wollten mit dem Beiboot nach Darcy suchen. Im günstigsten Fall war er nur verletzt. Im schlimmsten Fall hofften sie, wenigstens seine Leiche zu finden.

Sie suchten den restlichen Tag und auch noch den ganzen nächsten Tag, ohne eine Spur von Darcy zu finden. Etty weigerte sich, sich auszuruhen. Sie blieb auf dem Hauptdeck und betrachtete voller Panik jeden vorbeikommenden Dampfer, weil sie fürchtete, sie könnte in einem der riesigen Schaufelräder Darcys Leiche entdecken. Dunstan sahen sie nie wieder. Sie wussten nicht, ob er ertrunken war oder ob ihn ein anderer Dampfer aufgelesen hatte. Es war ihnen egal.

Schließlich versuchte Hal noch zu tauchen, weil er glaubte, dass sich Darcys Leiche vielleicht in dem Geäst unter Wasser liegender Bäume verhakt haben könnte. Doch das Wasser war viel zu trüb, um etwas sehen zu können.

»Es tut mir leid, Etty, aber mehr können wir nicht tun. Wir kehren jetzt um und bringen dich zurück. Du musst nach Hause.«

Sie argumentierte. Sie weinte. Sie tobte vor Wut. Erst als Selena sie zwang, ein wenig Laudanum zu nehmen, beruhigte sie sich. Hal wendete die *Maid* und fuhr mit Volldampf zurück nach Swan Hill, wo er Etty und Selena in die Postkutsche setzte. So würden die beiden längst auf Langsdale sein, während er noch mit der *River Maid* nach Echuca unterwegs war.

Nachdem sie sich einmal ganz ihrem Kummer hingegeben hatte, weinte Etty nie wieder. Selena machte sich große Sorgen um ihre Nichte, und nachdem sie sie wohlbehalten zu Hause abgeliefert hatte, machte sich Meggan genauso große Sorgen um ihre Tochter. Etty lebte in ihrer eigenen stillen, von einer unsichtbaren Mauer umgebenen Welt, die niemand zu durchdringen vermochte. Meggan versuchte es. Con versuchte es. Ruan versuchte es. Sogar Mrs Clancy und Ned versuchten es. Doch ohne Erfolg.

Meggan musste die schmerzliche Aufgabe übernehmen, an Jane und an Agnes zu schreiben. Als die Briefe fertig waren, war sie selbst der Verzweiflung nahe. Plötzlich musste sie wieder an den weißen Hasen denken, den sie als zwölfjähriges Mädchen gesehen hatte, und daran, wie sie damals geglaubt hatte, er würde Unglück bringen. Vielleicht war dieses Tier tatsächlich ein böses Omen gewesen. In ihrer Familie hatten sich bereits genug tragische Dinge ereignet. Warum hatte auch noch Darcy sterben müssen?

In dem Bemühen, Etty aus der entsetzlichen Lethargie herauszureißen, in die sie verfallen war, setzte sich Meggan eines Tages, als sie wusste, dass Etty in der Nähe war, ans Klavier und sang. Sie hoffte, über die Musik an ihre Tochter heranzukommen. Etty trat auch tatsächlich ins Zimmer. Meggan lächelte ihre Tochter an, doch Ettys Gesicht blieb ausdruckslos.

»Hör bitte auf damit, Mutter. Ich will nie wieder Musik hören.«

Fünf Wochen nach dem Vorfall auf dem Murray River erhielten sie eine Nachricht von Hal. Meggan las den Brief. Das war also das Ende. Vielleicht könnten Ettys Wunden nun anfangen zu heilen. Sie ging zu ihrer Tochter.

»Ich habe einen Brief von Hal bekommen. Möchtest du ihn lesen?«

Etty sah sie an und schüttelte den Kopf. »Sag du's mir.«

Meggan setzte sich neben ihre Tochter und ergriff ihre Hände. »Man hat Darcys Leiche gefunden. Ein ganzes Stück flussabwärts von der Stelle, an der er verschwunden ist.«

Nervös betrachtete sie Ettys Gesicht und sah, wie sie schluckte. Doch Meggans Stimme blieb ausdruckslos.

»Er musste dort begraben werden, wo man ihn gefunden hat. Das verstehst du doch, Liebes?«

»Ja, Mutter. Warum ruhst du dich nicht aus? Dein Baby muss doch bald kommen.«

Meggan unterdrückte die Tränen. War ihre geliebte Tochter denn zu gar keiner Empfindung mehr fähig? In der Nacht weinte sie in den Armen ihres Mannes aus Trauer um ihr erwachsenes Kind. Am Morgen setzte sie sich hin und schrieb noch einen Brief.

Sie sagte Etty nichts davon, und so kam es, dass Etty, die in ihrer eigenen Welt lebte und nicht mitbekam, was um sie herum vorging, völlig erstaunt war, als Alistair eines Tages zu ihr ins Zimmer trat.

»Etty.« Er streckte die Hände nach ihr aus.

»Alistair.« Die Mauer um ihr Herz zersplitterte wie Glas. Der große Schmerz, der ihr Herz verschlossen hatte, brach sich in einer Flut von Tränen und herzzerreißenden Schluchzern Bahn. Alistair hielt sie die ganze Zeit fest, bis das Schluchzen nachließ und die Tränen nicht mehr so heftig flossen. Er hielt sie immer noch, bis sie allmählich ruhig wurde.

»Ich habe ihn so sehr geliebt, Alistair. Wie soll ich nur ohne ihn leben? Wie soll ich sein Kind ohne einen Vater großziehen?«

»Du bist schwanger?« Seiner Stimme war der Schmerz anzuhören, den er für diese Frau empfand, die er mehr als jeden anderen Menschen auf der Welt liebte, aber nicht so lieben konnte, wie ein Mann eine Frau lieben sollte.

»Wir haben uns geliebt.«

»Mit der Zeit wirst du mit zärtlicher Erinnerung an deine Liebe denken. Und in deinem Kind wirst du immer noch etwas von Darcy haben.«

Etty fing wieder an zu weinen, diesmal allerdings leiser. Ihr war nie klar gewesen, dass Trauer so furchtbar sein konnte. Einzig Alistairs Gegenwart schenkte ihr ein wenig Trost. Alistair konnte sie Dinge sagen, die sie selbst ihrer Mutter nicht sagen konnte. Mit ihm konnte sie den furchtbaren Schmerz in ihrem Herzen teilen. Nach zwei Tagen schlug er vor, dass sie heiraten sollten.

»Etty, du weißt, dass ich dir nie ein normaler Ehemann sein werde. Aber ich will für dich sorgen, dich beschützen und dir helfen, dein Kind großzuziehen.« Er lächelte sie an. »Du weißt doch, dass ich Kinder mag.«

Etty strich mit der Hand über seine Wange. »Du bist ein guter und liebenswürdiger Mann, Alistair.«

»Aber du willst mich nicht heiraten.«

»Alles, was du sagst, ist wahr, Alistair. Überall, wo ich hinsehe, überall, wo ich hingehe, gibt es irgendetwas, was mich an Darcy erinnert. Ich möchte Langsdale verlassen. Ich möchte Australien verlassen. Ich muss irgendwohin, wo es nichts gibt, was ich mit ihm verbinde, wo mir keine Erinnerung vorgaukelt, er wäre noch am Leben.«

»Willst du denn auch wieder singen?« Meggan hatte ihm erzählt, dass Etty nichts mehr mit Musik zu tun haben wollte.

»Ich glaube, das kommt wieder, wenn ich in Europa bin. Ja, Alistair, ich bin bereit, dich zu heiraten.«

Etty wollte, dass sie ihre Pläne geheim hielten, bis ihre Mutter ihr Baby bekommen hatte. »Ich bin nach Hause gekommen, um während dieser Zeit bei meiner Mutter zu sein, um ihr alle Hilfe zu geben, die sie braucht. Deshalb werde ich auch so lange hierbleiben.«

Neun Tage später gebar Meggan ohne jegliche Komplikationen eine Tochter. Sie war ein molliges und gesundes Baby. Voller Staunen hielt Etty ihre kleine Schwester im Arm.

»Wie willst du sie nennen, Mama?«

»Sie soll Caroline heißen, nach meiner Schwester. Caroline Rose.«

»Du bist so winzig und so schön, Caroline Rose.«

»Dein Baby, das Baby von Darcy und dir, wird auch schön sein.«

Etty schnappte nach Luft. »Woher weißt du das?«

»Ich bin deine Mutter, Liebes. Eine Mutter weiß so etwas.«

»Ich werde Alistair heiraten.«

»Das überrascht mich nicht. Wirst du auch nach Europa zurückkehren?«

»Ja, Mama.«

Epilog

An einem wunderschönen Spätfrühlingstag des folgenden Jahres erblickte Darcy James Alistair in einer Villa in der Nähe von Mailand das Licht der Welt. Während er langsam heranwuchs, liebte er seinen sanftmütigen Vater und vergötterte seine berühmte Mutter. Sobald er alt genug war, um es zu verstehen, erzählte man ihm, dass in seinen Adern Aborigine-Blut fließe. Als er noch älter war, dachte er daran, eines Tages nach Australien zu gehen, um das Land seiner Eltern kennenzulernen.

Merice Briffa

lebt in Brisbane, Australien, mit vielen Tieren, darunter einem Zwergspitz und einheimischen Tieren wie Papageien, Schlangen und einem Opossum. 1994 erschien ihr erster Roman »The Final Dreaming«. »Lied des Schicksals« ist der vierte Band ihrer großen Australien-Saga, die mit »Land meiner Träume« begann und in »Himmel der Sehnsucht« und »Der Traum der roten Erde« ihre Fortsetzung erfuhr.

Mehr von Merice Briffa:

Land meiner Träume. Roman (als E-Book erhältlich)
Der Traum der roten Erde. Roman (als E-Book erhältlich)

GOLDMANN
Lesen erleben